« AILLEURS ET DEMAIN »

Collection dirigée par Gérard Klein

DU MÊME AUTEUR

Chez le même éditeur

LES DIABLES BLANCS, 2005

PAUL McAULEY

GLYPHES

Traduit de l'anglais par Bernard Sigaud

ROBERT LAFFONT

Titre original : MIND'S EYE

ISBN 978-2-221-10639-6
(édition originale : ISBN 0-7432-3887-7, Simon & Schuster, Londres)

pour Georgina, toujours

NORFOLK

28 novembre 1981

Le lendemain de l'anniversaire d'Alfie, son dixième, son père vint le chercher au pensionnat et l'emmena au bord de la mer. En ce dernier samedi de novembre, l'air était d'un froid boréal, mais lumineux et limpide, et ils roulaient la capote baissée dans la Morgan. Le petit roadster sportif rouge était de loin la voiture préférée d'Alfie, à des années-lumière de l'Austin Metro exiguë de sa grand-mère ou de la vieille et lourde Rover qui sentait le moisi et lui donnait toujours un peu le mal de mer. Calé à l'intérieur du cockpit encombré et surbaissé de la Morgan, aux robustes cadrans étincelants sur le tableau de bord en bois verni, avec l'air glacial qui déferlait sur l'étroit pare-brise, on avait presque l'impression d'être dans un avion de chasse. Et tandis que son père négociait à tombeau ouvert les virages de la route secondaire, Alfie se prenait pour un as de la RAF et mitraillait les ennemis tapis dans les haies.

Mick Flowers conduisait avec une compétence décontractée, la fermeture Éclair de son blouson de cuir remontée jusqu'au col, son écharpe en soie blanche et ses cheveux blonds rabattus par le vent ; il disait à son fils qu'il avait une nouvelle mission à Beyrouth, mais que ce n'était pas grand-chose, l'affaire de deux semaines, pas plus. Alfie n'était pas tellement troublé par cette nouvelle. Son père était un reporter photographe qui passait le plus clair de son temps dans les points chauds de la planète ; il avait couvert la fin de la guerre du Viêt Nam, les conflits de la Rhodésie, du Liban, du Biafra et du Cambodge (il avait été blessé au Cambodge), et les troubles en Irlande du Nord. Comme son père était en déplacement pour ses reportages et que sa mère n'était plus de ce monde (peu après avoir donné naissance à leur unique enfant, cette mannequin texane passionnément fantasque

– qu'il avait rencontrée et épousée lorsqu'il travaillait pour les magazines de mode londoniens haut de gamme – était morte dans des circonstances scabreuses impliquant un membre du Congrès ivre et une course automobile illégale dans les environs d'Amarillo), Alfie partageait son temps entre le pensionnat et la maison de ses grands-parents dans la banlieue de Cambridge – la maison de sa grand-mère depuis que son grand-père était mort d'une attaque un an plus tôt. Alfie voulait parfois que son père ressemble plus aux pères de ses camarades de classe – qu'il soit banquier ou militaire de carrière, un type avec un job ordinaire et une vie ordinaire, un type avec une épouse au lieu d'un chapelet de petites amies, un type qui ne flambe pas au jeu la quasi-totalité de ses revenus, qui ne soit pas enclin à débarquer sans prévenir, épuisé et échevelé, pour remplir la maison de fumée de cigarette et des picotantes pulsations à basse fréquence du rock. Ce qui ne l'empêchait pas d'être excessivement fier de son père, de découper ses photos dans les journaux et les revues pour les coller dans un album avec des cartes postales et des aérogrammes expédiés de tous les coins du monde. Quand il serait grand, Alfie serait reporter photographe lui aussi. Ça, et pas autre chose.

— Je rentrerai bien avant Noël, dit Mick Flowers. Croix de bois, croix de fer, et cætera. Je vais t'aider à monter le kit que ta grand-mère t'a donné. Au cas où tu aurais besoin d'aide, évidemment.

C'était la maquette Airfix au 1/600e du SS *Canberra*, la plus grande à laquelle il se soit jamais attaqué. Mais deux ans après sa première tentative sérieusement ratée pour assembler un Spitfire Mark IX, il se considérait comme une sorte d'expert en montage de maquette ; il dit donc à son père que, sauf pour la proue, qui donnait l'impression d'être difficile à reproduire exactement, le montage ne devrait pas poser de problèmes.

— On va voir ensemble de quoi il en retourne, chef, dit Mick Flowers. D'accord ?

— D'accord.

Ils abordèrent un croisement avec la route principale ; Mick Flowers orienta la Morgan vers l'horizon rectiligne. Lorsque des rafales balbutiantes de lumière solaire éclatèrent derrière une rangée de peupliers plantés pour servir de brise-vent, il regarda son fils et vit que les yeux d'Alfie étaient hermétiquement fermés.

— Les lumières scintillantes te font toujours passer un mauvais quart d'heure ? dit-il.

Les peupliers étaient loin derrière eux. Alfie ouvrit les yeux, haussa les épaules sous son anorak matelassé.

— S'il t'est arrivé quoi que ce soit depuis la dernière fois que je t'ai vu, Alfie, des crises, des cauchemars ou des trucs de ce genre, je crois que tu devrais me le dire.

Alfie haussa les épaules à nouveau, obstiné, gêné, et, surtout, plein de honte. Il n'aimait pas parler de ses crises parce que ça lui rappelait l'accident qui les avait déclenchées, qui avait noué son cœur en une boule de honte et de culpabilité.

— Je vais mieux, papa, dit-il. Vraiment.

Son père accepta ce mensonge. Du moins ne lui posa-t-il plus de questions. La Morgan dévorait la route dans un vrombissement soutenu. Des convois de petits nuages blancs apparurent à la lisière du ciel bleu glacial lorsqu'ils s'approchèrent de la côte.

Un vent frigorifiant soufflait de la mer ; il démêlait les touffes d'oyats au sommet des dunes, projetait du sable sur le parking désert et traversait l'anorak d'Alfie, son pull-over aux armes de l'école et sa chemise en flanelle grise. Mais il oublia complètement le froid lorsque son père ouvrit le coffre de la Morgan et lui présenta un grand paquet plat enveloppé dans du papier kraft. Mick Flowers se cala contre la voiture, ses cheveux blonds lui giflant le visage, et regarda avec un sourire attendri Alfie déchirer l'emballage pour révéler un losange de toile rouge vif.

— J'ai pensé que ce ne serait pas un mauvais endroit pour l'essayer, commenta-t-il.

Dix minutes plus tard, le père et le fils se poursuivaient le long de la plage, riant et poussant des cris de joie lorsque le vent s'empara du cerf-volant et l'emporta très haut au-dessus d'eux. Le losange rouge tendu vibrait à chaque fois qu'il plongeait ou remontait ; sa longue queue était décorée d'une douzaine de petits segments de tubulure en plastique qui émettaient un son étrangement plaintif lorsque l'air les traversait. Avec son matériel favori, un Nikon cabossé muni d'un objectif de 21 mm, Mick Flowers prit des photos sous plusieurs angles de son fils arc-bouté contre la puissante traction du cerf-volant tel un pêcheur essayant de ramener un poisson d'une taille exceptionnelle ; puis il grimpa jusqu'à la crête des dunes et prit une série de clichés du garçonnet et de son cerf-volant encadrés par les plans parallèles de la grève et du ciel. Plus tard, dans la chambre noire de l'appartement qu'il louait à Londres, il agrandit un de ces clichés sur du papier noir et blanc à fort contraste qui accentuait la lumière éblouissante du soleil hivernal sur la plage humide et l'envoya à son fils avec un petit mot pour commémorer cette journée. Ce fut la dernière lettre qu'Alfie reçut jamais de lui.

Alfie laissa le cerf-volant gravir l'échelle du vent jusqu'à ce qu'il ne soit plus qu'un point rouge vif épinglé sur le bleu du ciel. Il apprit vite à le faire glisser latéralement en de vertigineux piqués, comme un Spitfire ou un Mosquito évitant avec agilité la DCA allemande, apprit à le placer au vent pour lui faire reprendre de l'altitude et à tracer d'immenses boucles dans l'air chahuteur. Mais il finit par être négligent et laissa le cerf-volant descendre trop bas : il cala, tomba comme une pierre et s'écrasa dans la mer gris ardoise. Mick Flowers se débarrassa de ses chaussures et pataugea dans l'eau tandis qu'Alfie moulinait pour tenter de ramener le cerf-volant alourdi, craignant d'abord que la ficelle ne casse et que son cadeau d'anniversaire ne soit emporté par les flots, puis poussant un cri de joie lorsque son père le cueillit à la crête d'une vague.

Le souffle coupé par l'excitation, le père et le fils ramenèrent le cerf-volant à la voiture, l'attachèrent au pare-chocs arrière pour qu'il puisse sécher dans le vent, et engloutirent la collation d'anniversaire que la grand-mère d'Alfie avait rassemblée dans un petit panier d'osier. Des sandwiches au pâté de poisson et au cresson en forme de triangles sans croûte ; des friands dans une pâte feuilletée dorée ; un gâteau de Savoie glacé dans lequel étaient piquées dix bougies magiques qui pétillèrent élégamment mais bien trop brièvement.

La courte journée d'hiver était presque terminée. Il commençait à faire sombre. Mick Flowers tira une couverture écossaise du coffre et annonça à Alfie qu'ils allaient faire un feu – ça serait très amusant.

— Officiellement, c'est toujours ton anniversaire, chef. Nous avons la permission de rentrer tard et de hurler à la lune.

Alfie, sachant très bien à quoi ce feu servirait réellement, eut un soudain pincement à l'estomac. Il savait depuis le début que la journée allait se terminer ainsi, mais il avait jusque-là réussi à ne pas y penser.

Le soleil se couchait derrière une rangée de pins recroquevillés derrière les dunes. La plage déserte s'étirait sur un kilomètre et demi de chaque côté sous une ciel démesuré couleur prune. Alfie aida son père à édifier un petit wigwam avec des morceaux de bois rejetés par la mer et à le calfeutrer avec des oyats et des algues desséchées. Une fois qu'il eut pris, le feu brûla allégrement en lançant des lambeaux de flammes dans la brise froide ; les algues salées crépitaient dans une lueur bleu-jaune. Mick Flowers tira un paquet de guimauves de la poche intérieure de son blouson de cuir. Alfie et lui les embrochèrent sur des bouts de bois et les firent rôtir dans les flammes. Le feu semblait prendre du volume à mesure que l'air s'assombrissait autour d'eux. Comme s'ils étaient dans une grotte de lumière, un espace intime propice aux confidences.

— Je suppose qu'on ferait mieux d'en finir, dit Mick Flowers au bout d'un moment.

Il tira une tabatière de sa poche.

Alfie sentit l'angoisse se nouer dans sa poitrine en une boule chaude et désespérément complexe.

— Papa, jusqu'à quand on est obligés de faire ça ?

— Je n'en sais rien, Alfie. C'est la stricte vérité.

— Mamie dit que...

— Si on faisait ce que veut ta grand-mère et qu'on aille voir les toubibs, ils te donneraient des médicaments que tu serais obligé de prendre tous les jours, toute ta vie. Comme ça, c'est mieux, non ?

— J'imagine.

Ils avaient eu cette discussion plusieurs fois déjà. Avec toujours les mêmes arguments. Et Alfie finissait toujours par se soumettre. C'était soit le traitement de M. Prentiss, soit l'hôpital, et l'hôpital serait certainement pire. L'hôpital, ça voulait dire d'obscures procédures médicales. L'hôpital, ça voulait dire que des inconnus allaient découvrir ce qu'il avait fait – ce qu'il s'était fait.

À l'époque, ça n'avait pas semblé très important. Une peccadille motivée par la curiosité : il avait voulu savoir ce qui était caché dans le compartiment secret du bureau de son grand-père. Ce n'était pas sa faute s'il avait été blessé par ce qu'il avait trouvé, pas vraiment. C'était une erreur, un horrible accident.

L'année précédente, aux premières heures de la veille de Noël, le grand-père d'Alfie avait été victime d'une apoplexie massive dans son sommeil. Il ne s'était jamais plus réveillé et était mort dans la journée. Une semaine après l'enterrement, deux hommes étaient venus vider sa cabane.

Ce n'était pas une cabane de jardin ordinaire, mais une sorte de chalet posé sur des piliers en bois à croisillons comme le mirador d'un camp de prisonniers de guerre, avec des murs peints en jaune vif et le toit rouge comme les boîtes à lettres anglaises. Elle se dressait dans un bosquet de pins d'Écosse, de bouleaux argentés, de jeunes chênes et de rhododendrons tout au bout du long et tortueux jardin de la villa victorienne où Alfie habitait avec ses grands-parents. Un escalier en bois montait jusqu'au balcon où le grand-père d'Alfie aimait rester assis en fumant la pipe et contempler le panorama qui, au-delà des champs et des parcelles boisées, s'étendait jusqu'à l'horizon rectiligne du Cambridgeshire.

Tapi dans sa cachette derrière un gros buisson de rhododendrons, immobile et silencieux tel un espion surveillant les activités d'agents ennemis, il voyait son père et les deux hommes évoluer à l'intérieur de la cabane et leurs ombres apparaître et disparaître derrière sa fenêtre poussiéreuse. Il les vit redescendre l'escalier, transportant chacun deux ou trois cartons, visa soigneusement avec le pistolet à amorces que son père lui avait rapporté de Singapour – l'un des cadeaux qu'il avait ouverts sans grand enthousiasme le lendemain du jour où son grand-père était mort –, et les mitrailla consciencieusement, en bon tireur embusqué. Il était le dernier et vaillant défenseur d'une forteresse envahie par les ennemis ; ou un détective tenant en échec des malfaiteurs prêts à tout. Il vit les deux hommes, l'un et l'autre beaucoup plus âgés que son père, empiler les cartons dans le coffre de leur Jaguar grise, vit son père leur serrer la main, les vit monter dans leur voiture et démarrer tandis que son père disparaissait dans la maison. Il attendit jusqu'à ce qu'il ait la certitude absolue que la voie était libre, puis se coula sous le médiocre couvert du petit bosquet jusqu'à la cabane et monta l'escalier quatre à quatre, le cœur battant.

À première vue, rien ne semblait avoir changé. Les deux tapis orientaux usés jusqu'à la corde couvraient toujours le plancher en se chevauchant. Le fauteuil en cuir aux ressorts fatigués dans lequel Alfie, du moment qu'il promettait d'observer un silence parfait, avait la permission de s'asseoir pour lire pendant que son grand-père travaillait, était toujours à côté du poêle en fonte aux tuyaux noirs. Bourré de coke rougeoyant, ce dernier chauffait tellement que lorsque Alfie crachait dessus, la salive dansait avant de disparaître dans un réjouissant sifflement. Le poêle était à présent éteint, évidemment, et il faisait froid et humide dans la cabane. Il y flottait l'odeur atténuée mais reconnaissable du bizarre tabac de son grand-père, odeur qui réveilla quelque chose au tréfonds de son être et il se sentit tout triste et esseulé. Les rayonnages qui montaient jusqu'au plafond étaient toujours pleins à craquer de piles de livres et de papiers, et les photos datant du séjour de son grand-père en Irak étaient encore accrochées çà et là, mais la collection d'artefacts antiques – fragments de poterie non vernissée, tablettes d'argile portant des rangées rectilignes de caractères cunéiformes, une lampe en terre cuite en forme de pantoufle, des haches, des outils et des pointes de flèches en pierre et en silex, des aiguilles en os et des fragments d'os où étaient gravées des images de rennes et de chevaux, les uns achetés dans des ventes aux enchères ou auprès d'autres collectionneurs, les autres provenant de chantiers archéologiques, en Irak, où le grand-père d'Alfie avait travaillé dans les années 1930 – avait été emportée, et le bureau à cylindre, privé de son fouillis familier de paperasses, affichait sa triste nudité.

C'était là que son grand-père, plein de gentillesse, de patience et de douceur, et totalement détaché de la vie ordinaire, travaillait tous les jours ; perché sur le bord d'un fauteuil pivotant, il calligraphiait avec un stylo à encre vert à plume en or des pages et des pages de notes pour sa thèse monumentale qui ne serait jamais achevée, des lettres à d'autres spécialistes et des articles en vue de publication dans des revues érudites – la grand-mère dactylographiait ensuite des copies de ces derniers sur une antique machine à écrire noire –, examinait de près des motifs sur des morceaux de poterie ou des encoches sur des fragments d'os avec une énorme loupe dont le manche en ivoire fendu avait été sommairement réparé avec de la bande adhésive, ou exécutait des croquis soigneux, minutieusement hachurés, avec un jeu de Rotring sur des feuilles de papier à dessin crème à fort grammage. À présent, les piles de notes et de dessins, les lettres bien classées et tous les autres morceaux de papier avaient été enlevés du bureau et de sa rangée de casiers. Alfie s'approcha de la fenêtre sur la pointe des pieds, regarda la maison à travers les arbres dénudés par l'hiver puis retourna au bureau, toujours sur la pointe des pieds, comme un cambrioleur. Il fallait qu'il sache absolument quelque chose.

L'été précédent, pieds nus, s'appliquant à être aussi silencieux qu'un valeureux Indien, il s'était glissé dans la cabane juste au moment où son grand-père extrayait une feuille de papier enroulée sur elle-même d'un compartiment dissimulé à l'intérieur du bureau. Le vieil homme avait tranquillement rangé le rouleau de papier et ordonné à Alfie de jurer, la main sur le cœur, qu'il n'en parlerait à personne, que ce serait leur petit secret à eux deux, et qu'il n'essaierait jamais d'ouvrir le tiroir et de regarder ce qu'il y avait à l'intérieur. À présent, raisonna Alfie, c'était son devoir de vérifier si les deux hommes avaient emporté ce mystérieux morceau de papier. Le cœur battant, la gorge serrée, il ouvrit le mince tiroir central, qui contenait des bouts de crayon, des rouleaux d'adhésif à moitié utilisés, des ficelles de diverses longueurs, et la règle métallique et l'instrument ressemblant à un compas à deux pointes avec lesquels son grand-père mesurait ses tessons, ses cailloux et ses os, le posa avec précaution sur le plancher à côté du bureau puis plongea la main à l'intérieur de l'espace qu'il occupait et appuya sur le panneau du fond. Celui-ci céda avec un déclic franc et se dégagea brusquement ; Alfie fit coulisser le compartiment et en retira la feuille de papier enroulée. Elle était jaunie par le temps et attachée avec un morceau de ruban noir. Il y avait aussi une pochette en cuir souple fermée par un cordon – la blague dans laquelle le grand-père d'Alfie conservait la poudre qu'il ajoutait au tabac de sa pipe.

Alfie se rappelait le frisson d'émotion pure qu'il avait ressenti lorsque le tiroir secret lui avait cédé son trésor, se rappelait avoir traversé la pelouse au pas de commando et regagné sa chambre sans encombre, hors d'haleine et le cœur battant. Mais il n'arrivait pas à se rappeler ce qui s'était passé ensuite. Il y avait un trou, un blanc, et il s'était retrouvé couché dans son lit, faible et désorienté, son père assis à son chevet.

Un Mick Flowers irrité et bouleversé, qui, pis que tout, essayait de dissimuler le fait qu'il avait peur pour de bon, informa Alfie qu'il avait eu une crise après avoir goûté à la poudre secrète de son grand-père et regardé quelque chose qu'il n'aurait pas dû regarder. Alfie supposa qu'il avait dû détacher le ruban et dérouler la feuille de papier, mais il ne se rappelait pas l'avoir fait et ne se rappelait pas non plus ce qu'il avait vu – il ne savait pas si c'était un dessin, un schéma ou une formule magique. Quoi qu'il en soit, cette vision avait fait plus que déclencher une crise. Elle avait faussé son cerveau. Elle avait imprimé sa marque. Cette nuit-là, Alfie fut possédé par des cauchemars saisissants de réalisme dans lesquels des visages monstrueux se matérialisaient à partir de nuages de points et de lignes tourbillonnants ; le lendemain, il eut une autre crise et, contre l'avis de sa grand-mère, on l'emmena voir un vieil ami de la famille, M. Prentiss, qui élabora le traitement qui l'avait plus ou moins guéri.

Un an plus tard, Alfie était encore sujet à des crises bénignes de temps à autre. Ça commençait par un goût bizarre dans la bouche, âpre et acide comme du métal brûlant, ensuite le monde sautait comme un film mal recollé, mais ce n'était pas si sérieux que ça – pas beaucoup plus grave qu'un bégaiement ou un tic nerveux. Il n'avait pas une seule fois été victime d'une vraie crise d'épilepsie comme celles dont souffrait le garçon pâle et craintif de la classe d'en dessous au pensionnat. Il ne se roulait pas par terre en poussant des cris d'animaux, et ne s'éveillait plus en nage, muet de terreur après avoir rêvé de monstres amphibies qui émergeaient de motifs criards, mais, bien que le traitement de M. Prentiss tienne en respect les grosses crises et les cauchemars, cela ne voulait pas dire qu'Alfie l'appréciait. Non seulement ça lui rappelait ce qu'il avait fait, mais c'était un truc bizarre, à vous donner froid dans le dos. Il savait que c'était nécessaire, mais il savait aussi qu'il ne s'y habituerait jamais.

Mick Flowers colla ensemble quatre feuilles de papier à cigarette pour faire un carré, le plia au milieu et laissa tomber des brins de tabac au fond du sillon. Il déplia un petit cube de papier d'aluminium, écrasa sur le tabac un peu de somptueux haschisch noir marocain puis plongea la main dans son blouson et en tira une petite bourse de cuir souple qui lui pendait sur la poitrine, accrochée à une boucle de ficelle noire flexible. Le dos au vent, il tira sur le cordon qui étranglait la bourse, en sortit une pincée de poussière grise dont il saupoudra le mélange de tabac et de haschisch, roula le joint et le ferma aux deux bouts d'une franche torsion.

Alfie observa ce rituel l'esprit vide. La bourse avait appartenu à son grand-père : c'était précisément celle qu'il avait trouvée dans le compartiment secret avec le morceau de papier. Son grand-père utilisait la poussière qu'elle contenait pour assaisonner sa mixture de tabac personnelle, confectionnée spécialement pour lui dans une petite boutique de Charing Cross Road. Une fois, dans l'un des rares moments où il se laissait aller aux confidences, il avait dit à Alfie que cette poussière était l'extrait desséché d'une plante, appelée haka, qui avait poussé spontanément sur les pas d'Adam et Ève après leur expulsion du jardin d'Éden, quelque part au nord de Bagdad.

Mick Flowers ouvrit son Zippo d'une pichenette et alluma le joint. Il inhala une taffe profonde et crépitante et passa le joint à Alfie, qui téta sans protester cette mamelle humide. Il avait eu la nausée la première fois qu'il avait fumé une de ces cigarettes très spéciales, mais il était désormais habitué à leur densité et à leur goût douceâtre. Sans se faire prier, il aspira la fumée jusqu'au fond de ses poumons et la retint avant d'exhaler. Mick Flowers l'observait à la dérobée en dessinant négligemment des points et des lignes ondulées dans le sable avec un bâton. Lorsque Alfie eut fumé le joint jusqu'au résidu, il le repassa à son père, qui le pinça dans un petit morceau de carton enroulé et aspira une ultime bouffée avant de jeter le mégot dans les charbons ardents. Il regardait toujours son fils du coin de l'œil.

— Tu les vois ? demanda-t-il.

Alfie hocha la tête. Il fixait le centre du foyer, où des étincelles craquaient et bondissaient au milieu des braises. Son père se pencha vers lui et lui caressa la nuque en murmurant l'incantation qui le conditionnerait. Alfie savait que son père était en train de l'hypnotiser et se dit sournoisement que cette fois-ci, il allait résister, ou alors qu'il se relèverait d'un bond pour courir autour du feu ou s'enfuir dans le noir. Mais il était plus facile de ne rien faire, de rester assis le visage rôti par le feu et le dos frigorifié par le vent tandis que les motifs familiers rampaient au cœur frissonnant du foyer et que la voix de son père montait et descendait avec le bruit des vagues qui s'écrasaient sur la plage, murmure calmant bien que dépourvu de sens...

Alfie passa alors d'un état de transe hypnotique légère au sommeil. Mick Flowers se leva, dégourdit son genou raidi où était encore logé un éclat d'obus et prit dans ses bras le corps inerte de son fils. D'un coup de pied, il recouvrit les braises de sable, puis il traversa les dunes en portant Alfie jusqu'à l'endroit où était tapie la petite voiture de sport. Derrière lui, la marée gagnait peu à peu sur la plage, touchant et retouchant de ses doigts d'écume en dentelle les motifs qu'il avait négligemment tracés dans le sable. Puis, dans un premier sursaut brutal et audacieux, elle les oblitéra, et, dans un deuxième, éteignit le feu.

Le lendemain, Mick Flowers prit l'avion pour Beyrouth. Une semaine plus tard, l'appartement qu'il louait à Londres fut ravagé par un incendie. Trois jours après le sinistre, l'ambassade britannique à Beyrouth reçut une enveloppe contenant son passeport taché de sang.

Son corps ne fut jamais retrouvé.

Première partie

LA QUÊTE

1.

Le passé d'Alfie Flowers le rattrapa par la vitre d'un bus 73, dans un éclair de lumière noire.

C'était un après-midi ensoleillé à Londres, la dernière semaine de mai. Alfie avait photographié des lichens sur des pierres tombales et des arbres à Abney Park, vaste cimetière victorien envahi par la végétation qui s'élargissait dans des directions inattendues depuis son entrée sur Stoke Newington Church Street. Des bénévoles étaient en train de le restaurer section par section ; ils débarrassaient les concessions des ronces, des sureaux et des sycomores, découvraient des pierres tombales exhaussées et renversées, révélaient de nouvelles perspectives aux rayons solaires. Après avoir erré pendant des heures dans des allées parsemées de tas de sciure fraîche, Alfie, agréablement fatigué, s'était adjugé la place de choix dans le bus : le siège de gauche, en haut, tout à l'avant de l'impériale. Le bus s'était presque immédiatement trouvé bloqué dans un embouteillage parce que le Gaz ou les Téléphones avaient éventré la chaussée et réduit sa largeur à une voie unique, mais Alfie n'en avait cure. Il n'était pas pressé. Il était un photographe de la rue, un capteur des bagatelles inconsidérées de la métropole et de ses personnages excentriques, qui vivait chichement de ses piges et du reliquat des droits d'auteur des photographies réimprimées à partir des archives paternelles. Il ne planifiait pas ses journées ; actuellement, il n'avait pas d'attaches. Personne ne l'attendait quand il rentrait chez lui. Il avait tout le temps du monde devant lui. Il se vautra dans un somptueux désordre sur le siège tout en sirotant un milk-shake à la banane et en regardant passer les gens de l'autre côté de la rue qui, à l'endroit où le bus s'était immobilisé, était étranglée comme un cou tordu.

C'est à ce moment qu'Alfie vit la chose. Éblouissante comme un tesson de soleil ricochant sur du verre, sauf qu'elle était noire – un cercle noir dégoulinant sur la vitrine d'un restaurant, harcelant son attention, se dédoublant en larges disques iridescents qui flottaient derrière ses paupières quand il tentait de repousser la vision en cillant. Elle chatouilla son cerveau, réveilla de vieux souvenirs. C'était une démangeaison incurable, un éternuement qui ne voulait pas venir, un mot qui restait englué dans sa gorge.

Un peu plus loin dans la rue, devant la tranchée où personne ne travaillait actuellement, le feu provisoire passa au vert. Le bus gronda, trembla et commença à avancer ; Alfie cilla, ramassa son fourre-tout, retraversa le couloir central et descendit les marches en titubant, puis sauta de la plate-forme à ciel ouvert sur le trottoir.

L'éclaboussure noire sur la vitrine de l'établissement, un restaurant jamaïquain peint en jaune, vert et rouge, semblait flotter et osciller comme cette sorte d'illusion d'optique où la perspective ne cesse de s'inverser. Elle tendit vers Alfie une gueule reptilienne, un tunnel ou tourbillon qui aspira sa sensibilité jusqu'à la dernière goutte. Il fit involontairement un pas vers elle ; une camionnette le frôla à moins de trente centimètres et klaxonna. Il recula, sautant d'un pied sur l'autre, aperçut un homme en pantalon noir et chemise blanche de serveur qui sortait du passage sur le côté du restaurant avec un seau en zinc débordant d'eau savonneuse.

Le cœur d'Alfie se mit à battre violemment. Il sentit le goût de métal brûlé dans sa bouche. De l'autre côté de la rue, le garçon plongea un tampon de paille de fer dans le liquide moussant, le tordit et entreprit de frotter le bord du cercle noir. Alfie le héla, lui demanda de bien vouloir s'arrêter un instant, mais sa voix fut couverte par le bruit de la circulation et le garçon, sans se douter de rien, continua de gratter le motif. Alors, Alfie tira son Nikon de sa sacoche, encliqueta le zoom dans la baïonnette, fit la mise au point de ses doigts tremblants et prit plusieurs clichés de suite.

Lorsque le feu repassa au rouge et qu'Alfie put traverser la rue, le cercle était déjà à moitié effacé. Le serveur, un jeune Noir mince, regarda Alfie approcher avec un regard prudemment hostile qui commença à durcir. Alfie avait l'habitude de ce type de regard : beaucoup de gens, en voyant sa grande taille, ses larges épaules à peine contenues par son blouson de cuir usagé, l'ovale insipide de son visage sous ses cheveux blonds coupés court sans style particulier, le prenaient pour un policier en civil ou en dehors de son service. Quelques jours plus tôt, alors qu'il attendait de pouvoir traverser Caledonian Road, un vagabond s'était tranquillement approché de lui et l'avait accusé de le suivre. Alfie avait commis l'erreur de se retourner. L'homme, bondissant sur la pointe des pieds, les poings serrés dans les poches de sa veste en jean – probablement sur un morceau de tuyau ou un tournevis affûté –, les yeux rouges et fragiles dans des orbites meurtries par trop de shit ou de coke, l'haleine empestant le métal, s'était penché tout près de lui et lui avait dit :

— Tu peux pas me la faire, mec. Je *sais* que t'es un flic. Je *sais* que tu me suis.

Alfie s'était comporté comme il le faisait toujours dans des situations pareilles – comme un policier. Il avait regardé l'homme bien en face et lui avait demandé où il allait. L'agressivité du clochard s'était évaporée sous le feu aveuglant de cet assaut frontal. Il avait détourné ses yeux injectés de sang et indiqué d'un coude docile le sommet de la colline, au-delà des hautes murailles de la prison de Pentonville.

— Je traverse la rue directement, avait dit Alfie, alors, je ne vais pas te suivre, vu ?

Et lorsque l'homme avait commencé à s'éloigner en traînant les pieds, il n'avait pu s'empêcher d'ajouter :

— Fais attention à toi.

Confronté maintenant à l'hostilité naissante du serveur, Alfie tira une carte de visite des profondeurs de son blouson et dit avec ce qu'il espérait être un sourire engageant :

— Je suis photographe. Photographe indépendant. Est-ce que vous pourriez attendre un moment pendant que je prends une photo de ce machin ?

C'était un cercle épineux entourant la caricature au pochoir d'un soldat américain sur le point d'écraser du pied la tête d'un enfant aux yeux démesurés allongé par terre. Des tirets et des cercles, des grilles et des lignes ondulées, des éclairs explosant en zigzag et plusieurs douzaines de formes audacieusement simples s'engrenaient comme un mécanisme d'horlogerie à la délirante complexité. À moitié effacé, il n'avait plus aucun pouvoir sur Alfie. C'était juste un motif insolite encadrant un graffiti politique plutôt naïf.

Sceptique, le garçon examina la carte d'Alfie et dit :

— Je suis obligé de nettoyer ça maintenant, on va ouvrir.

Alfie fouilla dans sa poche à nouveau, en extirpa la coupure de dix livres pliée qu'il gardait là au cas où il aurait besoin d'un supplément de persuasion et la brandit, coincée entre le pouce et l'index.

— Pour votre peine. Ça ne prendra qu'une minute.

Le garçon prit le billet, haussa les épaules.

— Pourquoi vous vous intéressez à cette merde ?

Alfie changeait l'objectif de son Nikon.

— Je m'intéresse à toutes sortes de choses. Aux gens, aux trucs que font les gens, à tout ce qui se passe dans la rue. Si vous pouviez vous mettre un peu plus sur la gauche, là, vous faites de l'ombre. Merci.

Il prit trois clichés en variant le temps de pose, sortit le compact Olympus qu'il utilisait pour les instantanés indiscrets et prit deux autres photos, au cas où. Le garçon lui dit que c'était la première fois qu'il voyait une chose de ce genre, qu'il n'avait aucune idée de qui l'avait fait, et que le tag n'était pas là quand le restaurant avait fermé la veille au soir.

— Mais y a quelqu'un qui a mis son nom dessus, dit-il. Vous voyez ?

Alfie ne voyait rien et le garçon dut lui indiquer l'endroit. Inscrite en capitales lisibles sous la caricature, incurvée pour tenir dans l'anneau épineux, se trouvait la signature de l'artiste.

MORPH.

— Donc tu as vu le premier sur une vitrine de restaurant, dit Toby Brown une semaine plus tard. Et les autres ?

— En gros, dans Hackney et dans Bow, dit Alfie. Elliot m'a baladé en voiture dans ces coins, et on a réussi à en repérer plus d'une vingtaine. Quatre pochoirs différents, tous avec le même encadrement, tous signés Morph. Mais j'ai trouvé les meilleurs exemples, comme celui que tu as sous les yeux, en me promenant le long du canal. On dirait que c'est son endroit favori.

C'était le milieu de la matinée, le soleil jouait à cache-cache au milieu d'une armada de majestueux nuages blancs. Alfie et Toby étaient assis dans la courette intérieure minable de l'appartement en sous-sol de Toby. Alfie s'était armé de courage en venant ici pour demander à son meilleur ami de l'aider à trouver ce Morph, à découvrir qui il était. Il avait déjà essayé de demander à sa grand-mère si elle avait jamais vu quelque chose comme les graffiti de Morph, mais elle était dans un de ses mauvais jours et avait complètement ignoré les photographies qu'il lui avait montrées. Il les avait également montrées à son agent, qui avait déjà été l'agent de son père, et lui avait demandé si ce dernier avait jamais pris de photos de graffiti.

— Non, pour autant que je m'en souvienne, avait dit Lucinda. Je peux consulter les fichiers, évidemment, rien que pour en être certaine...

— Je suis sûr que vous avez raison, s'était hâté de dire Alfie.

Il savait que Lucinda avait plus ou moins complètement en mémoire chacun des tirages de ses clients. Elle lui avait demandé s'il s'agissait d'un nouveau projet et n'avait pas semblé convaincue lorsqu'il lui avait dit que ce n'était vraiment rien de plus qu'un truc qui avait attiré son attention. Mais elle lui avait accordé le bénéfice du doute et avait changé de sujet de conversation pour lui parler de l'intérêt manifesté par un éditeur allemand qui songeait à réimprimer un recueil des premiers travaux de Mick Flowers photographe de Londres dans les années 1960, où il immortalisait ses marchés en plein air, ses cynodromes, ses cafés.

— Je ne peux pas te promettre grand-chose en matière d'avance sur les droits, coco, les temps étant ce qu'ils sont, mais je te tiendrai au courant.

Alfie avait réussi à éviter d'expliquer à Lucinda pourquoi il s'intéressait tellement aux graffiti de Morph, pourquoi il croyait qu'ils pouvaient avoir un rapport avec son épilepsie et avec la disparition de son père, mais il savait que s'il voulait persuader Toby de l'aider, il serait obligé de raconter à son ami toute cette triste histoire. Il avait passé la nuit précédente à s'armer de courage, à préparer ce qu'il allait dire et à s'entraîner à le dire, en se persuadant que c'était ce qu'il y avait de mieux à faire, que c'était le seul moyen d'aller de l'avant. À présent qu'il était au pied du mur, il ressentait l'angoisse du vide du parachutiste qui va sauter pour la première fois et la sueur lui picotait la paume des mains.

Toby Brown était un tâcheron endurci du journalisme, de deux ans plus vieux qu'Alfie, frêle, habituellement vêtu de noir, et récemment divorcé. Il louait son appartement en sous-sol ; dans le séjour s'empilaient des caisses de livres qu'il n'avait pas encore déballées. Il écrivait des brèves et des critiques de films pour des journaux régionaux, plaçait à l'occasion un papier ou un reportage dans la presse nationale et rédigeait des comptes-rendus de livres de toutes sortes pour des journaux et des revues. Si vous aviez besoin d'un résumé intelligent et distrayant des mémoires d'un sous-ministre, d'une histoire grand public de la Troisième Croisade, d'un journal de voyage écrit par un auteur à succès pendant son année sabbatique ou de la biographie d'une obscure courtisane du XVIIe siècle, alors Toby Brown était votre homme. Contrairement à la plupart de ses confrères, il n'était ni romancier raté ni scénariste en herbe. Le journalisme aux pièces était pour lui une profession honorable dont il vivait confortablement en jonglant avec les dates de bouclage et en harcelant sans trêve les rédacteurs en chef pour décrocher de nouveaux contrats. Alfie et lui avaient depuis longtemps élaboré une relation professionnelle informelle mais rentable. Quand Alfie devait fournir deux cents mots pour accompagner une photographie qu'il avait vendue, il s'adressait à Toby ; quand Toby avait besoin d'une photo pour illustrer un de ses papiers, il s'adressait à Alfie.

— Ils sont tous du même môme ? dit Toby. « Morph », ça ne peut pas être son vrai nom.

— C'est son tag, son nom de rue, son pseudo, le nom qu'il utilise pour signer ses œuvres, ses pochoirs, ses graffs, quoi. Elliot a un cousin qui connaît ce milieu. Il dit que Morph circule depuis maintenant un mois, mais personne ne sait qui il est. Personne ne l'a vu, personne ne lui a parlé, il ne zone avec personne et n'utilise pas non plus les forums de tagueurs sur Internet. Mais il est admiré par les connaisseurs, même s'il se sert de pochoirs pour produire ses œuvres, ce qui, à ce que je crois comprendre, est d'ordinaire plutôt mal vu. Les tagueurs hard balancent des flops à coups d'acrylique et crament les murs avec leurs graffs en quadrichromie – ces lettrages géants style bulles de BD, tu piges ? Ils font ça à main levée. Morph travaille au pochoir, et toujours en une seule couleur, le noir. Ce qui ne l'a pas empêché de se faire une réputation. Il y a un animateur de talk-show sur une radio pirate qui est en train de gonfler son image.

Alfie s'interrompit, à bout de souffle ; il se rendit compte qu'il bafouillait et découvrit que ça lui était égal. Il était impulsé par une exultation effrénée. Il était prêt à sauter en l'air.

— Les tagueurs « hard » qui « crament » les murs, un mec

qu'on « gonfle » à la radio. Le jargon de la rue commence à déteindre sur toi, Flowers.

Comme d'habitude, le sourire asymétrique de Toby était vissé autour d'une cigarette. Il en consommait de deux à trois paquets par jour. Son jean noir et sa chemise de lin noir délavé, les manches relevées au-dessus du coude, étaient généreusement saupoudrés de cendre de tabac. Ses yeux sombres, implantés assez près l'un de l'autre, considéraient Alfie avec un amusement affectueux.

— Je cite le cousin d'Elliot, dit Alfie.

Il refusait de se laisser mettre dans l'embarras. Cette histoire était trop importante.

— Bon, Morph est peut-être célèbre dans la rue, mais je n'ai jamais entendu parler de lui. Qu'est-ce qu'il a de si intéressant ?

— Jette encore un coup d'œil à ses œuvres.

Toby feuilleta à nouveau la liasse de photographies.

— Je suppose que pour des graffiti, ce n'est pas trop mal. Alors ce mec, ce tagueur, aurait des intentions politiques. Est-ce qu'il y a autre chose que je devrais savoir ? Parce que si tu crois que je peux transformer ça en de l'info, réfléchis. Même avec le côté antiaméricain, c'est plutôt mince.

— Oublie ces dessins pour le moment, dit Alfie. Ils sont secondaires. Regarde bien le motif qui les encadre.

Toby choisit une des photos, l'approcha de son visage, la brandit à bout de bras, la tourna et la retourna.

— Il y a quelque chose qui m'échappe, hein ? Qu'est-ce qui m'échappe ?

— Ça ne produit pas d'effet sur toi ? Ça ne te semble pas bizarre, ça ne te saute pas littéralement aux yeux ?

— Si ça contient une sorte d'image ou de message cachés, il va falloir que tu me l'indiques noir sur blanc. Tu te souviens de ces illusions d'optique qu'on a vues partout pendant deux ans au début des années 1990 ? Un tas de lignes ondulées qui, si on les regardait comme il le fallait, étaient censées se transformer en l'image tridimensionnelle d'un groupe de chevaux au galop ? On était censé détendre son regard, et l'image devait, d'une manière ou d'une autre, se matérialiser dans toute sa netteté, mais ça n'a jamais marché avec moi. Ton truc, c'est la même chose. Tu vas être obligé de m'affranchir, Flowers, de me dire exactement de quoi il retourne.

Alfie se cala contre le dossier de son siège et reprit son souffle.

— C'est quelque chose dans mon passé. Et dans le passé de mon père et de mon grand-père aussi.

— Du temps où ton père était espion ?

— Il n'était pas exactement un espion.

— Du temps où il travaillait pour le MI6 sur une base non contractuelle, alors. Quel rapport avec ces caricatures ?

— C'est le motif qui entoure les dessins.

Toby examina à nouveau le cliché.

— Je ne le vois toujours pas.

— Justement.

— Il va falloir que tu sois plus clair, Flowers. Il y a de la friture en pagaille. Essaie de me dire ça dans l'ordre chronologique avec des mots d'une syllabe ou moins.

— Tu sais que j'ai des crises d'épilepsie.

Toby hocha la tête.

— Quand tu te retires dans ta tête pendant un petit moment ou deux.

— C'est ce qu'on appelle des fausses absences. Comparables à celles causées par une épilepsie classique de type petit mal, sauf que les miennes sont atypiques parce que ce ne sont pas des crises généralisées affectant tout le cerveau, mais des crises focales – localisées, qui en affectent seulement une partie. Et elles s'accompagnent d'une aura, une sensation bizarre, un peu comme à l'approche d'un orage. Cette aura, cette sensation bizarre, est le prodrome focal de la crise. Je... je me sens partir. Je peux observer la portion de mon cerveau qui subit la crise.

Alfie s'aperçut qu'il recommençait à bafouiller et vint droit au fait :

— J'ai passé des tas de tests quand j'étais gosse. Les toubibs ont identifié la partie de mon cerveau où se produisaient ces crises. C'est dans le cortex visuel.

Peu après que son père avait disparu au Liban, Alfie avait eu deux crises majeures en une seule journée et avait été admis à Addenbrooke's Hospital. On avait diagnostiqué des crises d'épilepsie atypiques partielles avec généralisation secondaire et on lui avait prescrit un sédatif, le phénobarbital. Il était toujours sous phénobarbital ; il était pratiquement en état de dépendance chronique et essayait de maintenir le dosage au minimum en le complétant par de la benzodiazépine ou du clonazépam obtenus grâce à une connaissance qui travaillait dans une clinique traitant les pharmacodépendances. Il prenait aussi du Valium, pour maintenir son équilibre. Expert en automédication, il surveillait et modifiait en permanence sa météorologie émotionnelle.

— Et ça aurait quelque chose à voir avec ces dessins ? demanda Toby.

— Ça n'a rien à voir avec les dessins, dit Alfie. Mais ça a tout à voir avec le motif qui les encadre. Avec ce que je vois et ce que tu ne vois pas. Au fait, qu'est-ce que tu vois ?

— Je suppose que ça ressemble un peu à une couronne d'épines.

— T'as pas l'impression que ça bouge ?

— Je te l'ai déjà dit, en matière d'illusions d'optique, je ne suis pas le plus réceptif des sujets.

— Tu vois un motif statique. Je vois quelque chose de vivant. Quelque chose qui pulse et qui tourne.

— À cause de ton épilepsie.

— On se connaît depuis combien de temps ?

Toby regarda Alfie bien en face et dit :

— Je peux te demander... si ça va ? Sérieusement.

— Quelque chose comme huit ans, non ?

— Parce que tu m'as l'air un peu énervé. Plus qu'un peu, en fait.

— Huit ans, neuf ?

— Environ neuf, je suppose.

— Je veux te dire quelque chose. Un truc que je n'ai jamais dit à personne.

— Du moment que tu n'es pas obligé de me tuer après, je suis tout ouïe.

Alfie lui lança un regard noir.

— Pardon, dit Toby. Je sais. C'est sérieux. Et c'est quoi, alors ?

— Une vieille histoire de famille, dit Alfie.

Et c'est avec une impression de chute libre dans l'air raréfié qu'il raconta à Toby ce qui s'était passé après la mort de son grand-père. Il lui parla des deux hommes qui avaient emporté les papiers de son grand-père et sa collection d'artefacts antiques. Il lui dit comment il était entré en cachette dans le bureau de son grand-père et avait regardé la feuille de papier dissimulée dans le tiroir secret, et ce qu'elle lui avait fait.

Lorsque Alfie eut terminé, Toby ouvrit son briquet d'un coup sec, se pencha vers la flamme pâle et alluma une nouvelle cigarette.

— Comment peux-tu être sûr que c'était ça ? Que ce n'était pas simplement le choc, ou alors, je ne sais pas, moi, le chagrin ?

— J'étais normal avant de regarder ce truc. Ensuite, je suis devenu épileptique.

— Mais tu ne te rappelles pas ce que tu as vu. Ce qui était sur cette fameuse feuille de papier.

Toby se penchait en avant, excité et charmé par le récit d'Alfie, les yeux brillants d'intelligence.

— Ça aurait pu être une formule magique, dit-il, ou alors, ça aurait pu être une image de Barney le dinosaure.

— Je crois ce que c'était un peu avant l'époque de Barney.

— Peu importe. Mais qu'est-ce qui te fait croire que le truc qui était sur cette feuille de papier a un rapport avec les petits chefs-d'œuvre de Morph ? Comment tu vas me convaincre que tu n'es pas aussi cinglé qu'un lemming accro aux bananes ?

— Ça va en effet te sembler dingue, mais les graffiti de Morph m'affectent. Ou plutôt, les motifs qui les entourent m'affectent. C'est comme si j'avais le soleil dans les yeux, ou que des doigts remuaient à l'intérieur de ma tête. C'est un peu comme l'aura dont je t'ai parlé, la sensation que j'éprouve juste avant une crise. En plus, je me rappelle que mon grand-père possédait deux pierres plates, qu'il appelait des plaquettes avec, gravés dessus, les mêmes types de caractères que les trucs que Morph met autour de ses caricatures. Et puis il y a autre chose.

Alfie fouilla dans son fourre-tout de photographe et en retira une petite boîte plate dont il enleva le couvercle.

Teddy Brown se pencha et considéra l'éclat de pierre gros comme le pouce, noirci par le temps et cerné d'un filigrane argenté, niché sur un vieux morceau de coton jauni.

— C'est très beau, ça. Mais ça ne veut pas dire qu'on est fiancé ou un truc dans ce goût-là, hein ?

— Dis-moi ce que tu vois.

— Je vois des marques, dit Toby. Des points au-dessus d'une ligne ondulée. C'est quoi, ça, un des morceaux de pierre de ton grand-père ? Une de ces « plaques » ?

— Plaquettes. Non, elles ont été emportées avec le reste des affaires de mon grand-père. Ça, ça appartenait à mon père. Il l'a donné à une de ses petites amies, la veille de sa disparition. Mais le motif qui est gravé dessus est le même que celui des plaquettes de mon grand-père, et tu peux constater que c'est le même genre de truc que ce qui entoure les caricatures de Morph.

Toby se cala sur son siège et gratifia Alfie d'un regard fluide de ses yeux conjoints.

— Alors, qu'est-ce que tu essaies de me dire ? Que ces mystérieux motifs ont non seulement causé ton épilepsie, mais ont aussi un rapport avec ces tags ?

Alfie indiqua sa tempe d'un mouvement circulaire de l'index.

— Ouais, je sais, c'est aussi dingue qu'un sandwich à la soupe.

— Tu devrais absolument vérifier si t'as pas d'araignées dans le plafond.

— Elle habitait au Liban, dit Alfie.

— Cette petite amie ?

— À Beyrouth.

Alfie marqua une pause pour ajouter :

— Je l'ai rencontrée, une fois.

— Avant que tu me racontes le reste de l'histoire, remplissons nos verres.

— Merci, mais j'ai un milk-shake dans mon sac, là.

— Bien sûr. Je vais me chercher un rafraîchissement et je suis à toi. D'habitude, c'est deux heures plus tard, mais bon...

Quand Toby se fut installé dans son fauteuil, Alfie dit :

— Quand j'ai hérité du terrain, il y avait une vieille caravane dessus. Personne n'y avait touché depuis la disparition de mon père. Depuis sa mort. C'était un homme à femmes, et c'est là qu'il planquait les lettres de ses diverses petites amies. Je les ai trouvées dans une boîte à sucre métallique. Je suppose qu'il ne voulait pas qu'une de ses conquêtes fouille son appart et trouve les billets doux de ses anciennes amoureuses. Il y en avait environ une douzaine d'une femme qui lui écrivait de Beyrouth et je me suis demandé si elle n'aurait pas une petite idée de ce qui lui était arrivé. Alors, j'ai joué les détectives. J'ai consulté un exemplaire de l'annuaire téléphonique de Beyrouth à la bibliothèque municipale de Camden, j'ai dépensé une petite fortune en appels internationaux et j'ai fini par tomber sur l'un de ses frères. Il m'a dit qu'elle s'était mariée et avait déménagé en Amérique, mais il n'a pas voulu me dire où. J'ai pensé que ça s'arrêterait là, et j'avais plus ou moins fait une croix dessus lorsqu'elle m'a téléphoné, complètement à l'improviste, environ un an plus tard. Elle était de passage à Londres, en vacances. Je l'ai vue, nous avons parlé de mon père, et elle m'a donné ce morceau de pierre.

Alfie se rappelait avoir attendu la femme – Mrs Miriam Luttwak, née Miriam Haddad – dans le salon de l'hôtel Savoy. Nerveux et mal à l'aise dans l'unique costume qu'il possédât, et qui semblait avoir rétréci d'au moins une taille depuis la dernière fois qu'il l'avait porté, pour la cérémonie de remise des diplômes à l'université de Bristol. Miriam Luttwak était plus âgée que ce à quoi il s'attendait : une quinquagénaire svelte, les cheveux blonds ramassés en un haut chignon lustré, qui marcha droit sur lui au milieu de l'accumulation de fauteuils somptueux et de tables basses. Elle l'avait embrassé sur les deux joues et lui avait dit qu'il était assurément le fils de son père, qu'elle l'aurait reconnu n'importe où.

Devant une tasse de thé et des brioches, elle lui expliqua qu'elle avait épousé un médecin américain, un chirurgien qui travaillait en bénévole dans les camps de réfugiés palestiniens. Quand il avait terminé son service, elle était rentrée avec lui en Amérique, à Boston. Avant cela, elle travaillait comme interprète ; elle avait travaillé avec Mick Flowers la première fois qu'il était venu au Liban couvrir la guerre civile, et ils étaient rapidement devenus amis intimes. Elle dit à Alfie que son père avait séjourné chez elle cette ultime fois à Beyrouth, qu'il s'était déplacé à plusieurs reprises pour une affaire dont il ne voulait pas lui parler, quelque chose qui impliquait un autre Anglais, bien qu'elle n'ait jamais rencontré cet ami de Flowers et qu'elle ne connaisse pas son nom. Ils avaient loué une voiture pour aller en Syrie, et c'est à ce moment-là qu'ils avaient disparu.

— À l'époque, la guerre durait depuis cinq ans. Pour des Européens qui voulaient traverser le pays en voiture et seuls, le moment était mal choisi. Je l'ai supplié, dit Miriam Luttwak avec un regard ferme et sérieux. Je lui ai dit d'attendre. Je pouvais arranger une escorte. Mon frère était dans la milice chrétienne, les Phalangistes. Avec un peu d'argent, il aurait été possible d'organiser un accompagnement jusqu'à la frontière. Avec un peu plus d'argent, on aurait pu trouver quelqu'un pour aider votre père et son ami une fois qu'ils auraient atteint la Syrie. Mais votre père a dit qu'il s'agissait d'une négociation délicate et que s'il s'y présentait avec une tierce personne, cela effaroucherait les gens que son ami et lui allaient rencontrer.

— Où allaient-ils, exactement ? Qui étaient-ils censés rencontrer ?

— Je ne sais pas. Mais je peux vous dire que lorsqu'il est parti, il avait sur lui une grosse somme en dollars américains.

— Il allait acheter quelque chose.

— C'est ce que je crois.

Miriam Luttwak fouilla dans son sac à main et en retira une petite boîte qu'elle posa au milieu de la table basse entre leurs deux fauteuils, près de la théière en argent.

— Quelques jours avant son départ, il m'a donné ceci. Il a dit que c'était très ancien. Et aussi qu'il voulait me le confier. Plus tard, quand j'ai su qu'il ne reviendrait pas, je l'ai fait sertir.

Alfie ramassa le fragment de pierre et passa le doigt sur les ciselures.

Miriam Luttwak l'observait attentivement.

— Je crois que vous avez une idée de ce que c'est.

— Mon grand-père collectionnait des trucs comme ça. De très vieux objets.

— Je crois que votre père et son ami étaient en cheville avec des pilleurs de sépultures et des contrebandiers. Au Moyen-Orient, on peut gagner facilement de l'argent en déterrant des trésors et en les vendant au marché noir à des collectionneurs, ou à des agents qui travaillent pour des musées. Peut-être que votre père essayait d'acheter une pièce importante.

Soudain, sans prévenir, Miriam Luttwak rejeta la tête en arrière. Alfie se rendit compte avec un pincement d'embarras qu'elle pleurait, qu'elle ne voulait pas que les larmes abîment son maquillage.

Elle tira un mouchoir de la manche de sa veste et s'en tamponna soigneusement les yeux, en disant :

— Je tenais beaucoup à lui. C'était l'homme le plus courageux que j'aie connu, et un authentique artiste avec son appareil photo. Chacune de ses images contenait une vérité.

Elle renifla délicatement, replia le mouchoir et le rangea.

— Je suis sûre que vous savez que votre père avait la réputation de prendre très peu de photos. Les autres photographes prenaient une photo en noir et blanc, et puis prenaient la même scène en couleurs, pour être sûrs d'avoir bien couvert l'événement. Votre père utilisait toujours soit le noir, soit la couleur. Il disait que certains sujets exigeaient le noir et blanc, d'autres la couleur, et qu'il ne fallait pas mélanger les deux. Une fois, il a patrouillé pendant trois jours à bord d'un véhicule des Phalangistes ; il a été pris dans un affrontement où deux ont été tués et trois blessés, et durant tout ce temps il n'a tiré que deux rouleaux de film. Une autre fois, il est tombé sur des jeunes chrétiens qui faisaient la fête devant le cadavre d'une adolescente musulmane. La personne qui l'escortait l'a averti qu'il serait tué s'il prenait des photos, mais il en a pris une quand même. Une fois, il m'a dit – et il vous l'a peut-être dit à vous aussi – qu'il ne servait à rien de prendre une photo « au cas où ». Qu'il valait bien mieux savoir quand prendre des photos, et quand ne pas en prendre. Il voyait le monde très clairement. Plus clairement que quiconque j'aie jamais rencontré. Il portait un regard de poète sur la vérité du monde – vous comprenez ce que je veux dire ?

— Oui. Absolument.

— Il faut que vous gardiez ça aussi, dit Miriam Luttwak en poussant la boîte vers lui sur la table. Ses lettres, je les ai brûlées avant de me marier, vous comprenez. Et j'ai honte de dire que j'ai aussi brûlé les quelques rares photos que j'avais de lui. Mais ceci vous appartient.

— Je ne peux accepter...

— Mais si.

Miriam Luttwak jeta un coup d'œil à sa coûteuse montre en or et s'écria qu'elle avait un rendez-vous qu'elle ne pouvait pas reporter. Alfie et elle se levèrent en même temps, se firent maladroitement la bise au-dessus de la table, au-dessus du petit éclat de pierre, et elle s'en alla.

Dans le jardin négligé de sa cour intérieure, Toby Brown demanda :

— Et après ?

— Et après, dit Alfie, je ne l'ai jamais revue.

— Je veux dire, c'est tout ? Elle t'a donné ce morceau de pierre, que ton père lui a donné juste avant de disparaître, et tu n'as pas essayé de savoir ce que c'était ?

— Je savais que ça provenait de quelque chose de très ancien, je savais que les inscriptions gravées dessus ressemblaient à celles figurant sur certains des artefacts de l'âge de pierre que mon grand-père collectionnait. Ce que je ne savais pas, c'est ce que ça signifiait – et puis non, je n'ai pas essayé de le trouver. J'ai bien posé la question à ma grand-mère, mais elle m'a dit que cela ne la regardait pas, et moi non plus. Elle m'a dit de tout oublier. Elle m'a dit de laisser le passé où il était – dans le passé. Et pendant longtemps, c'est exactement ce que j'ai fait. J'essayais de maintenir une sorte d'équilibre dans ma vie parce que le stress augmente la fréquence de mes crises, et, franchement, j'ai plus ou moins oublié cette histoire. Et c'est quand j'ai vu le premier exemple des graffiti de Morph que tout ça m'est revenu, d'un seul coup.

Il y eut un silence. Un avion de ligne se traîna en rugissant au-dessus de la flottille de nuages. Un oiseau hasarda quelques notes expérimentales quelque part au-delà des murs couverts de lierre du jardinet.

— Alors, comment je peux t'aider ? finit par dire Toby.

— Je suis aussi transparent que ça ? dit Alfie en souriant.

— Pourquoi, alors, tu aurais craché cette douloureuse confession ?

— Je veux retrouver ce graffiteur parce qu'il sait quelque chose au sujet de ces motifs. Peut-être qu'il peut m'aider à comprendre ce qui s'est passé quand j'ai regardé quelque chose que je n'aurais pas dû regarder. Et ce qui est arrivé à mon père. Peut-être... C'est tellement tiré par les cheveux que je ne veux même pas y réfléchir, mais si un de ces motifs m'a fait du mal, peut-être qu'il y en a un autre qui peut me guérir.

— Et tu crois que je peux t'aider à localiser ce type.

— Je croyais que tes contacts étendus dans les médias pourraient peut-être trouver un indice à son sujet. Si ça peut te servir, je crois que c'est un Irakien.

— À cause de ses caricatures ? Je n'en suis pas sûr. Il y a des tas de gens dans ce pays qui sont contre l'invasion de l'Irak. Alison a manifesté deux fois contre. Comme elle n'arrête pas de me le rappeler, ça a fait vachement de bien à son amour-propre.

Alison était l'ex-femme de Toby. Bien qu'ils aient obtenu un divorce à l'amiable plusieurs mois auparavant, Toby et elle se disputaient encore, et plus que jamais.

— Mon grand-père travaillait en Irak avant la guerre, dit Alfie. C'est là qu'il a commencé à s'intéresser à l'histoire ancienne, et je crois que c'est de là que provenaient les plaquettes – ces pierres avec des motifs gravés dessus.

— Ou alors, il aurait pu les avoir dans une vente aux enchères, ou lors d'une vente de charité de la paroisse locale.

— En plus, le Liban et la Syrie ont une frontière commune avec l'Irak.

Et la drogue que fumait le grand-père d'Alfie et qui faisait aussi partie du traitement de M. Prentiss, venait d'Irak, mais

Alfie n'était pas prêt à en parler à Toby. Il avait déjà l'impression de lui en avoir trop dit.

— Si tu veux que je t'aide, dit Toby, soudain très professionnel, tu vas être obligé de me laisser procéder à ma manière.

— Absolument.

— Laisse-moi ces photos. Je vais m'en occuper tout de suite.

Une demi-heure plus tard, Alfie rentrait chez lui en bus lorsque son portable sonna. C'était Toby.

— Une de tes photos va être publiée dans l'*Independent* de demain, dit-il.

Alfie sentit une boule se former brusquement dans sa poitrine.

— Tu écris une histoire là-dessus ? Toby, il n'était pas question de ça !

— Je leur ai proposé un papier sur Morph, pas sur toi et ta famille d'originaux. Le rédac'chef des actualités n'a pas voulu prendre le texte, mais il m'a demandé d'envoyer tes photos. Alors j'en ai scanné deux et je les lui ai envoyées par e-mail. Il va en prendre une pour illustrer un article sur les résultats d'un sondage où on demandait aux gens si on aurait dû envahir l'Irak, les effets sur la crédibilité du gouvernement, et cætera.

— Et comment ça va m'aider à trouver Morph ?

— Primo, ça te rapporte cinq cents livres, moins ma très raisonnable commission. À un moment ou un autre, nous serons probablement obligés de graisser la patte à quelqu'un du service des Douanes et de l'Immigration pour obtenir les noms de tous les réfugiés qui sont arrivés récemment d'Irak, alors, ne fais pas le difficile. Secundo, il est possible que cette photo chatouille l'amour-propre de Morph. Peut-être qu'il demandera à en avoir un exemplaire. Ton nom sera imprimé dessous, et peut-être qu'il te contactera. Remercie-moi quand tu veux. Ça m'est égal.

Alfie se demanda qui d'autre pourrait s'intéresser à la photo – au graffiti de Morph. Il était encore en chute libre, mais maintenant que le sol se précipitait à sa rencontre, il ne pouvait plus reculer.

— Je suppose que c'est un plan, dit-il.

— C'est *mon* plan, dit Toby. Comment pourrait-il ne pas marcher ?

2.

La famille d'Harriet Crowley avait une affiliation avec les services secrets britanniques qui remontait à la Seconde Guerre mondiale. Comme la plupart des traditions datant des temps héroïques de l'égalitarisme, ça ne comptait plus pour grand-chose, mais parce qu'elle avait aidé le « 6 » à débrouiller une vilaine petite affaire au Nigeria trois ans plus tôt, il ne lui fallut qu'une semaine pour organiser une rencontre en tête à tête avec son nouveau contact. L'agent avec lequel elle avait précédemment travaillé, un homme courtois qui possédait toute une collection de nœuds papillons et le sens de l'humour le plus ironique qu'elle ait jamais connu, était mort d'un cancer du poumon l'année précédente. Mais maintenant, à huit heures du matin, le nouveau avait une demi-heure de retard. Harriet attaquait déjà sa troisième tasse de café et commençait à se demander si elle n'allait pas être obligée de s'occuper de l'épidémie de glyphes et de tout ce qu'elle impliquait sans aucune aide officielle.

Elle attendait dans un coin de la salle d'un restaurant italien – nappes à carreaux rouges et blancs sur les tables dispersées entre de massifs piliers, la collection habituelle de coupures de journaux et de photos de footballeurs punaisée au mur derrière le Gaggia sifflant – au sous-sol d'un immeuble de bureaux près de Vauxhall Cross, le quartier général disgracieux du MI6 posé à côté du pont de Vauxhall, qui évoquait le résultat d'un accouplement imprudent entre un temple aztèque et une centrale nucléaire. Avec son tailleur-pantalon le plus chic, (un ensemble gris perle Karen Millen), ses cheveux blonds tirés en arrière découvrant son visage pâle, le badge provisoire obligatoire pour entrer dans l'immeuble accroché au revers de sa veste, elle affichait un tranquille anonymat au milieu de la douzaine de clients, exactement comme elle le souhaitait, occupée à lire son édition Penguin Classics de *David Copperfield* tout en buvant une minuscule gorgée de café à chaque fois qu'elle tournait une page. Elle avait l'habitude d'attendre – ça représentait une part importante de son travail habituel –, et elle était assez intelligente pour ne pas téléphoner et demander pourquoi son contact avait du retard ou même s'il viendrait pour de bon. Elle décida de lui accorder une demi-heure de plus. S'il ne se pointait pas, alors *che sera, sera*, elle serait obligée d'essayer de traquer Morph toute seule, quelles qu'en soient les conséquences.

Il se glissa sur le siège en face d'elle quelques minutes avant l'heure limite, appela le garçon par son prénom et demanda un verre d'eau du robinet. Un homme de grande taille approchant de la quarantaine, les cheveux bruns striés de mèches ensoleillées retombant sur le col, le visage profondément hâlé, chemise en lin au col boutonné, lunettes noires accrochées à la poche de poitrine. Bref, le parfait spécimen de ces canailles, anciens des services spéciaux éduqués dans les public schools et à Oxford-Cambridge, qui hantent Vauxhall Cross. Il adressa à Harriet un sourire paresseux qui découvrit un demi-hectare de dents blanches et lui dit :

— Je m'imaginais que le Nomads' Club n'était rien de plus que deux vieux bonshommes coriaces, survivants du bon vieux temps de l'Empire. Puis-je dire à quel point je suis heureux de découvrir que je me trompais lourdement ?

— Je ne suis pas exactement membre du club, dit Harriet.

— Je crois comprendre que vous êtes dans tous vos états pour une raison ou une autre. Je peux vous accorder...

L'homme affecta de consulter sa montre, un objet massif avec tellement de cadrans et de boutons qu'il aurait pu passer pour la télécommande d'un sous-marin nucléaire.

— ... Dix minutes. Feu à volonté.

— Avez-vous un nom ?

— Ils ne vous l'ont pas dit ? Mais où ai-je la tête ! Bien sûr qu'ils ne vous l'ont pas dit. Je suis Jonathan Nicholl. Mes amis m'appellent Jack.

— Je vous appellerai M. Nicholl.

— Détecté-je une miette d'hostilité ?

— J'étais très amie avec un charmeur comme vous il y a quelques années.

— Et je présume qu'il vous a brisé le cœur.

— Quelque chose dans ce goût-là.

— Dites-moi le nom de ce voyou et je le défierai de votre part. Au pistolet, à l'aube sur Hampstead Heath.

— Ou au lance-roquettes sur le dôme du Millénaire.

Jack Nicholl grimaça un sourire.

— Comme vous voudrez. Mais, sérieusement, ce bourreau des cœurs était-il quelqu'un que je pourrais connaître ?

Harriet ne put s'empêcher de succomber un peu à son charme – les contacts du MI6 étaient formés pour ça – mais elle savait que ce charme était du velours sur un gant de fer. Elle lui accorda son plus beau sourire et dit :

— C'est une information confidentielle.

— Les informations confidentielles, c'est mes affaires. Et en parlant d'affaires, je suppose que devrions revenir à celle qui nous préoccupe, dit Jack Nicholl.

Il remercia le garçon lorsqu'il déposa le verre d'eau sur la table.

— J'ai les échantillons ici, dit Harriet.

Elle sortit l'enveloppe A5 de son petit sac à dos en cuir et laissa tomber une demi-douzaine de photos sur la nappe, à côté du petit vase en verre à facettes qui contenait un bouquet de fleurs en soie.

Jack Nicholl les ramassa en bloc et, avec le coup de poignet rapide d'un donneur de black jack à Las Vegas, les plaqua sur la table, face vers le bas.

— J'aurais pensé que vous seriez un peu plus discrète.

— Vous m'avez demandé de vous rencontrer dans un lieu public.

— Touché. Et si vous me disiez de quoi il s'agit ?

— De photos de graffiti. Plus précisément, de graffiti à tendance anti-invasion-de-l'Irak.

Jack Nicholl exhiba ses dents une fois de plus.

— Je crois que le terme politiquement correct est « libération ».

— Quelqu'un qui signe Morph est en train d'en mettre partout dans les quartiers est de Londres.

— Et ça devrait nous intéresser parce que...

— Parce qu'il se sert d'un glyphe pour encadrer ses dessins.

— Ah oui. J'ai feuilleté les dossiers, bien sûr. Très intéressant, et cætera, mais c'est de l'histoire ancienne à plus d'un égard, n'est-ce pas ?

— Je présume que vous avez lu le dossier sur la débâcle au Nigeria. C'est arrivé il y a tout juste trois ans.

— Hmm, et c'était une vilaine affaire, en plus. Mais quelle affaire ne l'est pas, dans ce métier ? Alors, quel rapport entre votre aventure nigériane et ce graffiteur ?

Harriet y avait longuement réfléchi, avait élaboré des listes de noms et de dates qu'elle avait reliés dans un enchevêtrement de flèches. Avec des points d'interrogation à côté de la plupart des flèches.

— Je ne crois pas qu'il y ait un rapport direct, avoua-t-elle. Je crois que c'est plutôt en rapport avec l'origine des glyphes.

Jack Nicholl réfléchit, puis dit :

— Si c'est vrai, ça pourrait causer des complications, vu la situation actuelle. Le glyphe qu'il utilise... est-il... quel est le terme correct ?

— Actif. Oui, il l'est. C'est une version du glyphe de fascination utilisé dans les tracts de propagande lâchés au-dessus de la France occupée pendant la Seconde Guerre mondiale. Sans la drogue, l'effet est très limité, évidemment...

— Évidemment, dit Jack Nicholl en levant les yeux au ciel.

Harriet ne pouvait dire s'il se moquait d'elle ou non, et décida de lui accorder le bénéfice du doute. Elle tira de son sac un exemplaire de l'*Independent* de la veille, montra à Jack Nicholl la photo en page quatre.

— Il y a une complication possible, dit-elle. Quelqu'un d'autre a repéré les œuvres de Morph.

Jack Nicholl haussa les épaules.

— Ça ne veut pas nécessairement dire quelque chose.

— Regardez la signature.

— Alfie Flowers... Hmm, ce nom ne m'est pas inconnu, effectivement, mais ça reste flou.

— Son père est mort au cours d'une opération au Liban.

— Bien sûr, le reporter photographe ! Un homme selon mon cœur, à tous égards. Mais son fils n'est pas l'un des nôtres, et je crois pas qu'il soit l'un des vôtres non plus, alors comment s'est-il retrouvé dans cette histoire ?

Harriet était impressionnée. L'air languide de Jack Nicholl dissimulait un esprit acéré.

— Pour autant que je sache, dit-elle, il ignore l'existence du Nomads' Club, mais il a été blessé par un glyphe quand il était petit – un accident après la mort de son grand-père. Si j'ai bien compris, l'accident aurait pu le sensibiliser.

Jack Nicholl médita cette information.

— Donc M. Flowers voit ces graffiti et sait qu'ils sont d'un type inhabituel, mais il se pourrait qu'il ne sache pas *pourquoi* ils sont inhabituels.

— Mais il se pourrait tout aussi bien qu'il le sache.

— Êtes-vous entrée en contact avec lui ?

— Bien sûr que non.

Clarence Ashburton et Julius Ward, les deux membres survivants du Nomads' Club, le lui avaient déconseillé. « Il n'est pas nécessaire de remuer la vase au fond de cette petite mare », avait dit Clarence. « Nous devons respecter les désirs de sa grand-mère », avait dit Julius. Harriet était certaine que les deux vieillards partageaient un secret qu'ils ne voulaient pas lui révéler, mais elle n'avait pas insisté pour qu'ils lui fournissent une explication. Le Nomads' Club était un enchevêtrement d'intrigues manquées et de conspirations à demi oubliées qui n'avaient plus aucun sens. Des secrets – c'était à peu près tout ce qu'il en restait.

— Voulez-vous que nous entrions en contact avec lui ? demanda Jack Nicholl.

— Je crois qu'il aurait besoin d'être surveillé, dans son propre intérêt. S'il se met à rechercher Morph, il risque de s'attirer des ennuis sans le vouloir.

— Et ce graffiteur ?

— Manifestement, il faudrait le retrouver dès que possible.

— Je suppose que « Morph » est son nom d'artiste. Avez-vous la moindre idée de qui il peut être réellement ?

— Il n'est pas fiché par la police, mais je me demande s'il ne serait pas fiché à l'Immigration.

— Je croyais que ces... « bergers » avaient été exterminés depuis longtemps.

— Les Kefidis ? Ils ne vivent plus là où ils vivaient auparavant, mais il se peut que certains aient survécu. Et il se peut aussi que l'un d'entre eux ait réussi à parvenir jusqu'ici, légalement ou illégalement.

— On a l'impression que ce serait plutôt du ressort des ploucs du MI5.

— Je ne veux pas plus que vous partager des informations avec le MI5.

— Bien dit.

Pour la première fois Jack Nicholl la considéra avec un intérêt non feint.

— Bon, continua-t-il, je crois que nous devrions laisser M. Flowers tranquille pour l'instant. Il sera obligé de prendre soin de sa personne tout seul. Ou peut-être que le Nomads' Club peut faire quelque chose pour lui, en tant que fils d'un éminent ancien membre du club. Quant à Morph, je suppose que je pourrais tâter le terrain dans une ou deux directions. Si je trouve quelque chose, je vous informe.

En clair : c'est moi qui vous appellerai, ne songez même pas à m'appeler.

— Merci, dit Harriet.

Elle était sincère. Le résultat était au-delà de ses espérances.

— Il n'y a pas de quoi, dit Jack Nicholl en ramassant les photos. Puis-je les garder ? Je les mettrai dans un nouveau dossier. Je suggère que vous détruisiez les négatifs ou effaciez les fichiers JPEG, évidemment.

— C'est déjà fait. Et je me suis aussi occupée des graffiti.

— Pas trop brutalement, j'espère.

Harriet sortit la bombe de peinture noire de son sac à dos et la posa sur la table.

— Je suppose que le procédé est efficace, n'est-ce pas ? dit Jack Nicholl en riant.

— J'ai recouvert tous ceux que j'ai repérés. Bien sûr, il doit en rester pas mal que je n'ai pas trouvés. Il y a des limites à ce que peut faire une personne seule.

Jack Nicholl observa une pause d'une seconde et dit :

— Si c'est une demande d'assistance, je peux la transmettre aux échelons supérieurs, mais je ne peux rien vous promettre.

— J'ai pensé que ça pourrait être utile pour l'entraînement de vos dernières recrues.

— Je crains que toutes nos dernières recrues ne soient dans les laboratoires de langue, en train d'apprendre l'arabe. Avez-vous demandé de l'aide en dehors du cercle enchanté ?

— Je tiens autant que vous à ce que cette affaire ne s'ébruite pas.

— Je n'en doute pas. Eh bien, c'était un plaisir inattendu de se rencontrer, pour moi comme pour vous.

Jack Nicholl repoussa sa chaise et se leva.

— Je vous en prie, Harriet, ne vous levez pas. Je connais le chemin.

3.

La grand-mère d'Alfie lui révéla l'existence de son héritage le jour de ses vingt et un ans, onze ans après la disparition de Mick Flowers et trois ans après que l'autorisation de le considérer comme décédé eut été accordée par l'officier de l'état civil de Cambridge. Alfie croyait que son père n'avait rien laissé derrière lui hormis la Morgan – vendue depuis longtemps pour rembourser des dettes de jeu qui avaient fait surface après sa disparition –, un coffret de 33 tours et une pleine armoire de vêtements dans la maison de Cambridge, plus un ensemble de tirages photographiques dans les archives de son agent. Tout ce que Mick Flowers avait pu posséder par ailleurs, y compris ses archives de négatifs et ses carnets, avait disparu dans l'incendie de l'appartement qu'il louait à Londres. Alfie fut donc surpris d'apprendre lors de son repas d'anniversaire dans un coûteux restaurant français à l'ancienne, à Bristol, où il accomplissait sa dernière année à l'université, que sa grand-mère s'occupait depuis onze ans d'un terrain que son père avait possédé dans le nord de Londres. Un terrain dont Alfie pouvait disposer comme bon lui semblerait à présent qu'il était majeur.

— Ton père l'a gagné au poker, expliqua sa grand-mère. Il appartenait à un gentleman de Malte qui, je crois, a été tué par balles dans un pub de l'East End. Ton père fréquentait parfois des gens hauts en couleur, Alfie. Il était comme ton grand-père, il avait un petit grain de folie. Mais, contrairement à ton grand-père, Dieu merci, il n'a jamais eu l'occasion de s'en débarrasser avec l'âge.

La grand-mère d'Alfie, Elizabeth Flowers, était une petite femme mince avec la tournure d'une Gitane pleine de vie, encore séduisante à soixante-cinq ans avec ses cheveux teints en noir brillant, ses bracelets aux deux poignets et son collier de lourdes perles en bois. C'était une authentique beauté lorsque le grand-père d'Alfie l'avait rencontrée pendant la Seconde Guerre mondiale, modeste mais irrésistible dans son uniforme de l'armée. À l'époque, elle était chauffeur et promenait des gradés dans Londres et les comtés limitrophes sans la moindre inquiétude pendant le black-out, car elle jouissait d'une vision nocturne excellente et pouvait s'orienter dans les rues à la seule clarté des étoiles, si nécessaire. Elle avait une fois eu comme passager le maréchal Montgomery, qui restait dans son souvenir comme l'individu le plus mal embouché qu'elle ait jamais rencontré. Elle avait roulé pour le général sir Frederick Pile, commandant en chef de la Défense antiaérienne. Elle avait roulé pour une poignée de Yankees et un assortiment d'espions. Et elle avait roulé pour Maurice Flowers, qui travaillait alors dans les bureaux du SOE – les Services spéciaux britanniques –, à Baker Street. Maurice Flowers était tombé amoureux d'elle et elle était tombée amoureuse de lui. Ç'avait été un mariage printemps-automne entre une belle fille de vingt ans et un érudit célibataire qui avait entamé sa quarantaine, mais on avait vu bien plus bizarre pendant la guerre. Elizabeth Flowers était rapide et efficace lorsque les circonstances l'exigeaient, ce qui se confirma au plus haut degré après la disparition de son fils unique, et toujours accueillante et généreuse envers son petit-fils, mais elle avait aussi un côté secret et aimait faire les choses en douce. Six mois plus tard, elle surprit Alfie une fois de plus, lorsqu'elle l'invita à rencontrer l'homme qu'elle allait épouser. Jusque-là, Alfie n'était absolument pas au courant de cette histoire d'amour qui prenait un tour de plus en plus sérieux.

Ce soir-là, à Bristol, elle eut une autre surprise pour Alfie : elle tira un *Londres de A à Z* de son sac à main et lui montra où était situé son héritage : sur une mince parcelle à Islington, à côté de la ligne de chemin de fer qui desservait le nord de la capitale. Elle posa deux clés sur la table. Une pour le cadenas qui fermait le portail, dit-elle, et une pour la caravane.

— La caravane ?

Alfie avait du mal à absorber tout ça.

Sa grand-mère le regarda posément par-dessus la table.

— Ne te monte pas trop la tête, mon chéri. Ça ne va pas te rapporter des millions. C'est guère plus qu'un bout de terrain vague, avec rien dessus à part une caravane complètement pourrie et une sorte de garage qui paie un loyer de misère. Actuellement, le POS ne permet pas de construire quelque chose de plus permanent, mais Islington est un quartier plein d'avenir, et si tu vendais ça à un honnête spéculateur immobilier, à supposer que tu en trouves un, je suis sûre que tu encaisserais une somme rondelette. Mais c'est à toi de décider ce que tu veux en faire. Je m'en suis occupée pendant toutes ces années, et maintenant, c'est ta responsabilité.

Ils convinrent de visiter les lieux ensemble quand Alfie rentrerait pour les vacances universitaires de Noël, mais on était encore à un mois de Noël, et Alfie s'aperçut qu'il ne pouvait pas attendre si longtemps. Il monta à Londres le week-end suivant. Il essaya de se comporter comme un adulte en voyages d'affaires – un simple tour du propriétaire, mon cher – mais il ressentait le même vertige que celui qui s'était emparé de lui lorsqu'il avait fait un autre voyage clandestin à Londres, plusieurs années auparavant, pour chercher la maison de M. Prentiss.

Il pleuvait à Londres, l'averse tombait de nuages ventrus qui frôlaient les toits innombrables. Deux heures de l'après-midi et il faisait déjà si sombre que les réverbères étaient allumés et communiaient au-dessus de leurs reflets sur les chaussées mouillées. Des voitures fonçaient, les phares allumés, projetant des gerbes d'eau sur les trottoirs rendus glissants par les feuilles mortes. Le manteau en laine grise des surplus de l'armée fut rapidement trempé et avait déjà facilement doublé de volume lorsque Alfie eut traversé un enchevêtrement de rues résidentielles pour arriver devant le terrain que lui avait légué son père.

Il était coincé entre les arrière-cours d'un alignement délabré de maisons accolées de quatre étages qui dataient de l'époque victorienne et la tranchée en déblai hébergeant la ligne de chemin de fer du nord de Londres. Une paire de portes en grillage rouillées jouxtait un petit bâtiment apparemment provisoire construit à partir de coffrages en béton armé, avec une porte à volet métallique côté rue. Le cœur battant, Alfie tourna la clé du lourd cadenas, qui s'ouvrit dans ses mains. Il repoussa les portes et franchit le seuil tel un intrus sur le point d'être menacé par un propriétaire brandissant un fusil. Une large dalle de béton craquelée et envahie par l'herbe était bordée du côté de la voie par des mûriers, des aubépines et des sycomores dépourvus de feuilles, noirs et dégoulinants sous la pluie. Une sorte de garage se dressait au fond – un abri en bois et en tôle ondulée, ouvert en façade comme un hangar à récoltes, dans lequel un vieux bus londonien rouge était garé à côté d'une caravane posée sur des traverses de chemin de fer.

La seconde clé ouvrit la porte de la caravane. À l'intérieur, ça sentait l'humidité et les souris. Le sol en linoléum craquelé était jonché de leurs déjections. Les coussins en mousse à un bout de la caravane avaient été profondément rongés. Le bas des rideaux à fleurs était en lambeaux. Il y avait encore des crottes de rongeurs sur les surfaces en Formica du coin cuisine. Une souris momifiée gisait dans le minuscule évier en aluminium.

Un journal reposait sur la table pliante, ses premières pages réduites à l'état de dentelle jaunâtre et cassante. Alfie écarta de la main des virgules en fiente de souris desséchée, trouva une page où la date était encore lisible. Samedi 28 novembre 1981. Le lendemain de son dixième anniversaire. Le jour où Alfie avait vu son père pour la dernière fois.

Alfie verrouilla la caravane et arpenta les limites de son domaine ; il s'immobilisa sous la pluie impitoyable pour regarder les voies en contrebas. Il découvrit qu'il était heureux. Le terrain n'était pas grand-chose, mais il avait appartenu à son père et lui appartenait désormais. Il comprit alors qu'il ne le vendrait jamais.

Elizabeth Flowers se remaria peu après qu'Alfie eut terminé ses études. Elle avait rencontré son nouveau mari, Harry Walker, pendant une croisière le long des côtes de Norvège. C'était un architecte et un amateur de jazz, un homme énergique et sociable avec un œil de verre et une crinière de cheveux blancs. Il jouait du trombone dans un orchestre qui se produisait tous les dimanches dans un pub, et récitait à l'occasion des poèmes de Tennyson et de Browning qu'il avait été forcé d'apprendre à l'école. Alfie aimait bien Harry et ses trois fils, mais il choisit d'habiter dans le nord de Londres, sur ses terres, au lieu d'emménager dans l'immeuble victorien de Harry à Richmond. Il acheta une caravane neuve, se fit installer l'eau et l'électricité puis acheta une deuxième caravane, plus petite, qu'il transforma en chambre noire.

Il n'avait plus bougé de là. Depuis onze ans. Il était devenu une figure familière du quartier. On le voyait traîner la patte avec son blouson de cuir noir élimé et son fourre-tout qui lui battait la hanche ; feuilleter des piles de vieilles revues aux puces de Camden Passage les samedis matin à la recherche de reproductions des premières photos de son père ; manger du riz frit spécial et des rouleaux de printemps au Dragon Doré, le « vente à emporter » chinois de Caledonian Road, ou des spaghetti carbonara dans la gargote italienne en face de la prison de Pentonville, ou du curry vert thaïlandais au pub local, où il avait ses habitudes. Il étouffait entre deux doigts la flamme de la bougie plantée dans la bouteille dégoulinante de cire avant de s'attabler pour boire une limonade ou un citron vert dans son coin sombre, sous des rayonnages accusant le poids de livres poussiéreux, jamais lus et illisibles, et tailler une bavette avec d'autres habitués – journalistes, musiciens, bouquinistes, brocanteurs, des hommes qui habitaient le demi-monde du travail indépendant et du célibat en chaussettes sales. Des génies méconnus de la capitale qui échangeaient des potins sur des rumeurs et des prétendues conspirations, et faisaient quelques affaires les uns avec les autres. On payait cash. On se renvoyait l'ascenseur. Des Londoniens. Des drôles de gaziers.

Habiter une caravane dans une parcelle de désert paumée au milieu de Londres n'avait rien de réjouissant en hiver, mais les étés le compensaient largement. En été, la vie était facile. En été, le petit lopin d'Alfie était une tranche de paradis fraîche et verdoyante au milieu des briques noires de suie et des rues défoncées.

À neuf heures du matin, deux jours après que sa photo du graffiti de Morph eut été publiée dans l'*Independent*, Alfie se prélassait dehors en robe de chambre ; assis sur sa chaise en plastique devant sa table en plastique, il sirotait un jus d'orange et mangeait un croissant. Des nuages blancs flottaient dans le ciel ; l'air était déjà chaud. Les oiseaux chantaient dans les aubépines et les sycomores, les papillons voletaient autour des inflorescences pointues, violet poussiéreux, des buddleias qui poussaient derrière l'atelier de George Johnson. On entendait le grésillement ténu d'une radio dans une des maisons qui tournaient le dos au terrain, et le bruit blanc de la ville vibrait comme un aspirateur en action dans une pièce reculée d'une gigantesque demeure.

Les sycomores étaient plus grands, il y avait une voiture de pompiers Dennis F15 garée dans la cour, et deux autobus à impériale partageaient maintenant le grand garage avec les caravanes d'Alfie. Son locataire, George Johnson, qui restaurait des Jaguar de collection dans l'atelier à coté du portail, avait l'année précédente racheté l'un des Routemaster obsolètes que la Régie des transports londoniens vendait à bas prix – mais à part cela, le terrain n'avait guère changé depuis la première fois qu'Alfie l'avait vu. Même sans être constructible, il valait vraiment une coquette somme d'argent et, grâce à la délirante spirale des prix de l'immobilier, sa valeur augmentait sensiblement jour après jour. Alfie caressait parfois le fantasme de le vendre pour acheter un petit appartement sympa, peut-être dans l'un de ces nouveaux lotissements de charme à Clerkenwell, mais, en vérité, il était plutôt satisfait de son sort, surtout les jours comme celui-ci, avec la ville qui s'éveillait autour de lui, les oiseaux qui se répondaient dans les arbres, le soleil chaud sur sa nuque. Il songeait négligemment à aller se promener le long du canal, histoire de voir si Morph avait commis d'autres œuvres, et demander à des jeunes apparemment branchés ce qu'ils savaient sur lui. D'abord, il appellerait Toby pour voir s'il voulait l'accompagner. C'était peut-être aujourd'hui qu'ils allaient trouver le bout du fil qui les conduirait au graffiteur.

Alfie savait qu'il risquait de s'infliger un chagrin considérable en remuant le passé, mais il découvrait que ça lui était égal. Il allait avoir trente-trois ans cette année. Il n'était plus jeune, et il savait qu'il n'arriverait jamais à la cheville du photographe qu'était son père. Il était techniquement compétent et savait voir, et, à l'occasion, avec pas mal de chance, il réussissait à prendre une photo exceptionnelle, mais à présent il connaissait suffisamment ses capacités et le métier pour se rendre compte qu'il n'avait pas l'étoffe d'un vrai grand photographe, le sens parfait de l'ambiance ou de l'immédiateté d'une situation, d'une émotion ou d'un paysage et la faculté de les graver au cœur d'un instantané. Son père l'avait ; Don McCullin l'avait ; Larry Burrows en avait eu à la pelle ; mais lui, non. Bon, *c'est la vie*. Il n'embrasserait jamais une princesse non plus, ni ne deviendrait astronaute ou pilote d'avion de chasse. Il était incrusté ici, protégé par une armure d'habitudes ; il maintenait son équilibre, flottait dans la vie.

Sa dernière petite amie avait dit qu'il était comme l'un de ces ermites que les nobles gardaient dans un coin de leur domaine. Elle plaisantait, mais il avait amèrement ressenti la justesse de la comparaison. Actuellement, sa plus grande ambition était de monter une exposition de ses photos de lichens dans quelque petite librairie ou sur les murs d'un café. Dans les vallées sèches de l'Antarctique, fantastiquement froides et totalement sevrées de précipitations, il y avait des lichens qui, dans leurs meilleurs jours, prenaient une unique molécule de gaz carbonique, fabriquaient une molécule de sucre et exhalaient une molécule d'oxygène. De minuscules taches sur les rochers, vieilles de milliers d'années, qui croissaient d'un millimètre par siècle. Comme ces lichens, Alfie s'était fait une vertu de son existence marginale, mais la semaine précédente, quand il cherchait Morph, il avait eu l'impression de s'éveiller d'un long sommeil. Pour la première fois depuis des années, il avait commencé à sentir que le monde était bourré de possibilités en voie de concrétisation. Pour la première fois depuis des années, il avait commencé à se sentir authentiquement en vie.

Une voiture klaxonna devant l'entrée du terrain. Alfie se déplaça, verre de jus d'orange en main, se demandant si l'un des clients de George était arrivé de bonne heure. Mais lorsqu'il vit l'homme en complet bleu pâle et T-shirt jaune bouton d'or qui se tenait près de l'Audi gris métallisé garée en travers devant le portail, il lui lança :

— C'est pas à vendre. Vous perdez votre temps.

Parce qu'il ne se passait pas de semaine sans qu'un agent immobilier ou un spéculateur foncier s'arrêtent pour essayer de le convaincre de tout le bénéfice qu'il tirerait de la vente du terrain ou laissent tomber leur carte de visite dans la boîte boulonnée au montant du portail.

— Monsieur Flowers ?

L'homme brandit un exemplaire de l'*Independent*, plié pour montrer la photo d'Alfie. Environ quarante-cinq ans, trapu, parfaitement bronzé, les cheveux noirs coupés court sur un front qui se dégarnissait.

— Alfie Flowers ?

— C'est moi.

— Je suis Robbie Ruane, dit l'homme en souriant derrière les mailles du grillage. Je crois que nous nous intéressons tous les deux à Morph.

— Ah oui ?

— Quand j'ai vu cette photo, j'ai compris qu'il fallait que je vous retrouve.

L'homme tira une carte de visite de la poche supérieure de sa veste et la montra à Alfie à travers le grillage.

— J'ai une petite galerie à Brick Lane. Urban Graphics.

Alfie se sentit soudain exposé, vulnérable et ridicule avec ses mollets nus sous l'ourlet de sa robe de chambre, son verre de jus d'orange à la main. Il s'était montré au monde, et le monde avait répondu en la personne de ce zig tiré à quatre épingles avec son rire plaqué.

— Je me demande si je pourrais vous parler de votre photo, dit Robbie Ruane. Je crois qu'il s'agit d'une des œuvres que notre ami commun a exposées le long du canal.

— Vous le représentez, monsieur Ruane ? Vous êtes son agent ?

— Pas du tout. Mais, pour être franc, j'espère le représenter. L'art naïf, l'art spontané, le street art qui vient du cœur et des tripes, un art qui répond à l'anonymat de la condition humaine – c'est la prochaine grande tendance. Très excitant, très provocant, très actuel. Je m'occupe déjà d'un certain nombre de ce qu'on appelle les artistes de rue, et je m'intéresse beaucoup au travail de Morph.

— Désolé de vous décevoir, mais j'ignore tout de lui.

— Moi aussi. C'est pourquoi je remonte toutes les pistes possibles. C'est pourquoi, après avoir vu votre photo, j'étais carrément forcé de vous parler.

— Eh bien, nous avons parlé.

Robbie Ruane agita la carte qu'il essayait encore de passer à travers le grillage.

— Je suis très impatient de contacter Morph. Et même, comme je suis bêtement désespéré, j'offre une récompense.

Il y avait quelque chose de troublant dans le regard fixe de l'homme, une lueur de folie comme dans celui d'un fanatique, ou d'un toxicomane accro à la prochaine dose. Alfie se demanda si Ruane avait été affecté par le motif de Morph. S'il y était en quelque sorte sensible, s'il avait été piégé par lui sans savoir pourquoi.

— Je suis photographe, monsieur Ruane. Je crois que vous m'avez pris pour quelqu'un d'autre.

— Vous avez découvert l'œuvre de Morph et vous y avez vu quelque chose, tout comme moi. Si vous savez quelque chose, n'importe quoi, je vous promets que vous serez généreusement récompensé.

Derrière lui, sur la table en plastique devant sa caravane, le téléphone portable d'Alfie se mit à sonner.

— Il faut que je réponde, dit-il. Et si j'étais vous, je déplacerais votre bagnole de luxe avant que mon locataire arrive. Il est plutôt expéditif dans ses rapports avec les gens qui lui bloquent l'entrée.

Pendant qu'Alfie s'éloignait avec des picotements plein le dos, Robbie Ruane le héla, lui disant qu'il lui laissait sa carte, qu'ils se parleraient encore, très bientôt.

Le portable avait cessé de sonner lorsque Alfie le ramassa. Il interrogea sa messagerie tout en voyant avec un énorme soulagement Robbie Ruane se glisser dans sa voiture et démarrer. La voix de Toby Brown lui dit à l'oreille : « Flowers, j'ai deux nouvelles pistes chaudes. Rappelle-moi. »

Alfie le rappela.

— Tu connais la zone industrielle à Kentish Town ?

— Laquelle ?

— Regis Road, là où il y a le grand immeuble UPS, haleta Tony, apparemment tout excité. Amène-toi, le plus vite possible.

— Tu as trouvé quelque chose, hein ?

— Pas question que tu y ailles à pied, et prends pas le bus non plus. Une fois dans ta vie, appelle un radio-taxi. Dis au chauffeur de trouver Pronto Delivery, c'est au bout de Regis Road. Et dis-lui de se grouiller. Si t'arrives pas là-bas dans les cinq minutes, il en restera plus.

— De quoi ?

— Perds pas de temps, dit Toby en coupant la communication.

Pronto Delivery occupait un entrepôt dans le coin le plus éloigné d'une zone industrielle triangulaire délimitée sur deux côtés par un enchevêtrement de voies de chemin de fer. Lorsque Alfie arriva en radio-taxi, Toby Brown l'attendait devant les grilles et fumait avec une furieuse concentration.

— Tu es en retard, dit-il à Alfie qui payait le chauffeur. Et pourquoi tu es toujours en retard ? Et n'oublie pas le reçu.

— Qu'est-ce que c'est que cette histoire ?

— Viens voir un peu.

Il conduisit Alfie au bout de la rue qui longeait l'entrepôt préfabriqué. Alfie lui parla de Robbie Ruane, et Toby lui dit qu'à son avis c'était un trouduc, mais inoffensif.

— J'ai appelé mon agent, dit Alfie. Elle va se renseigner, histoire de savoir s'il est bien qui il prétend être.

— À ta place, je ne m'occuperais pas de lui.

— Et s'il trouvait Morph avant nous ?

— Et pourquoi ? Il n'a pas trouvé ça, dit Toby en l'entraînant derrière l'entrepôt.

Ils arrivèrent dans une cour où étaient garées plus d'une douzaine de camionnettes blanches. Une équipe d'hommes de peine – cirés, bottes et lourds gants en caoutchouc – était en train de les nettoyer. Ils se démenaient avec des lances d'arrosage, des seaux et des brosses, frottaient les parois des véhicules et les lavaient à grande eau.

Toby alluma une cigarette, une de plus, et dit à Alfie qu'il avait eu l'info très tôt le matin.

— Le coursier qui a livré une biographie de merde pour que j'en fasse un compte-rendu est un ami. Bon, pas vraiment un ami, mais il passe chez moi pratiquement tous les jours : les gens n'arrêtent pas de m'envoyer des bouquins à commenter, Dieu merci, et on échange un mot de temps en temps. Il m'a affranchi parce qu'il pensait qu'il y avait peut-être là matière à un article.

Les flancs blancs mouillés des véhicules déjà nettoyés luisaient, encore légèrement marqués par ce qui avait été bombé sur eux. Les hommes frottaient les autres avec du détergent industriel et de grosses éponges, avec des brosses montées sur des lances d'arrosage ; ils éliminaient les grands graffiti, les pochoirs que Morph avait centrés sur le côté de chaque camionnette. Les véhicules mouillés fumaient sous le soleil. L'eau ruisselait partout sur le macadam, tourbillonnait autour des bottes des hommes, des pneus des utilitaires. Des îles de mousse blanche dérivaient sur les contre-courants.

— Il a bombé toutes les camionnettes dans la cour. Celles-ci sont les dernières à passer au lavage. Tu es arrivé juste à temps. Qu'est-ce que tu en dis, Flowers ? C'est ça ou pas ? Ça te fait pas vibrer quelque part dans ton cerveau très spécial ?

Tous les pochoirs étaient identiques : la caricature bombée en noir d'un mollah ricanant qui tranchait la gorge d'un mouton marqué US ARMY. Et ils étaient tous encadrés par le même fourré de motifs entrelacés étincelant comme des anneaux de verre noir brisé, tournant sur eux-mêmes, s'allumant et s'éteignant par impulsions sur les flancs blancs des camionnettes.

— Ça vibre méchamment, dit Alfie en cherchant son appareil dans son fourre-tout.

Il se mit en position de combat et visa un graffiti intact en se concentrant sur la caricature du mollah et du mouton en son centre. Le cadre pulsait en mesure avec la pulsation dans ses tempes, dans ses yeux.

— J'ai déjà décroché un article dans le canard local. Une récapitulation des exploits de notre petit gars, et deux paragraphes juteux sur sa toute dernière provoc. Deux cents livres facilement gagnées, moins le pourboire que je dois au mec qui m'a renseigné. On se partagera ça fifty-fifty.

— Tu peux tout garder, dit Alfie en prenant la photo.

Il en prit une autre. C'était comme s'il essayait de mettre au point sur des faisceaux de lumière solaire qui calcinaient la peau gonflée de l'océan. Il varia la focale du zoom, le temps de pose et l'ouverture. Il prit des plans d'ensemble des hommes affairés autour des camionnettes. La pulsation était maintenant à l'intérieur de son crâne.

Lorsque Alfie eut terminé son film, Toby dit :

— Il y a encore autre chose que tu devrais voir.

Il le conduisit à l'intérieur de l'entrepôt, où un jeune Noir empilait à la diable des cartons marqués MÉDICAMENTS URGENTS - FRAGILE à l'arrière d'un véhicule fraîchement lavé. Toby s'approcha de lui et lui demanda où se trouvait Barry.

— Là-dedans, dans le bureau, dit l'homme en lançant un autre carton sur le tas.

Le bureau était un préfabriqué tout en longueur installé derrière des piles de palettes vides. Une affiche *Entrée Interdite aux Chauffeurs* était scotchée sur la porte à demi vitrée que Toby ouvrit sans frapper. Assises devant des écrans d'ordinateur, deux Noires pianotaient tout en parlant dans leur micro-casque ; un homme en bras de chemise et bretelles, corpulent, avec une calvitie naissante leva les yeux de son bloc à pince. C'était Barry. Toby lui présenta Alfie et dit qu'il avait besoin de revoir la bande.

— La police a pris l'original, dit Barry en insérant une vidéocassette dans un lecteur, heureusement que j'en ai fait une copie.

— Vous avez filmé le type en vidéo ? demanda Alfie.

— On a des caméras dedans et dehors. Ce petit salaud a bombé les objectifs de deux des caméras qui couvrent la cour, mais il n'a pas vu la troisième. Mon patron est allé faire un tour à l'agence qui est censée surveiller les caméras et il est en train de leur passer un savon, parce que personne n'a rien remarqué.

— Un spot de deux minutes et quelques secondes sur l'artiste dans ses œuvres, dit Toby à Alfie. Barry, démarre la bande.

Mais lorsque Barry alluma le petit téléviseur placé à côté du magnétoscope, Alfie, déjà sensibilisé par les tags de Morph, s'aperçut que le scintillement noir et blanc lui faisait mal aux yeux. Il se détourna, Toby soupira et dit :

— Barry, essaie l'arrêt sur image. Ici. Super. Tu ne peux pas au moins y jeter un coup d'œil, Flowers ?

Alfie s'y risqua. L'image granuleuse, prise en plongée depuis un coin du toit au-dessus de la cour triangulaire, montrait des ombres opaques et les toits des véhicules qui brillaient comme des pierres tombales radioactives.

— Là, exactement, dit Toby en tapotant de l'index le coin inférieur droit de l'écran.

Alfie se pencha vers le téléviseur. Une tache pâle se précisa en un visage qui regardait la caméra. Alfie avait la bouche comme l'intérieur d'une bouilloire. Était-ce bien une main qui tenait une bombe de peinture, découpée sur le pâle reflet de la carrosserie ?

— C'est la meilleure image, dit Toby.

Puis il dit, d'une voix différente :

— Flowers ? Tu vas bien ?

Alfie sentit une présence fluide derrière ses yeux, un assassin qui sortait des ténèbres de son crâne et se répandait devant lui. Il s'arracha à l'écran en sursaut... et se retrouva assis sur une chaise, la tête renversée, les yeux fixés sur les dalles peinturlurées au plafond du bureau. Il y avait plein de gens autour de lui et quelqu'un – Toby Brown – disait :

— Des trucs comme ça, il en a de temps en temps. Ça ira mieux si vous le laissez prendre un peu l'air.

— Mais ça va, maintenant, dit Alfie.

— Vous n'aimez pas la télé, hein ? dit Barry.

— C'était comme si tu avais été frappé par la foudre, dit Toby. Et puis tu es tombé comme une masse.

— Estimez-vous heureux de pas avoir eu droit au grand jeu, dit Alfie.

Il avala un demi-comprimé de phénobarbital et un demi-comprimé de Valium avec deux gorgées d'eau minérale glacée tirée d'une bouteille que lui donna l'une des femmes. Une aiguille de douleur incandescente vibrait derrière son œil gauche, mais à part cela, il se sentait bien. Lorsqu'ils furent dehors, au soleil, au milieu de l'équipe de nettoyeurs en pleine action, il dit à Toby :

— Je ne suis pas sûr que ça valait le prix de la course. Tu n'as pas une meilleure photo de lui ? Parce que, franchement, ça pourrait être n'importe qui.

Toby haussa les épaules.

— Peut-être que les flics vont traiter l'image avec leur batterie de gros ordinateurs et lancer un avis de recherche. Mais j'en doute.

— Je suppose qu'Elliot pourrait essayer d'en tirer quelque chose, dit Alfie.

Elliot Johnson, le neveu de George, était un concepteur de sites Internet indépendant. Il aidait également divers membres de sa famille dans leurs diverses affaires, et aidait aussi Alfie quand il avait besoin de numériser ses photos.

— Je crois que ça vaut le coup d'essayer, dit Toby en allumant une cigarette.

— Je suppose que Morph s'est attaqué à ces camionnettes parce qu'elles vont partout à Londres. Comme des panneaux d'affichage mobiles qui font la pub de ses exploits. Mais pourquoi précisément cette société de messagerie express ? C'est très loin de son circuit habituel, et il aurait eu une meilleure couverture s'il avait essayé chez UPS, qui est juste au bout de la rue. Eux doivent avoir une bonne centaine de véhicules.

Toby haussa les épaules.

— Les camionnettes UPS sont peintes en marron et les dessins ne seraient pas aussi visibles. Et je présume que la sécurité est plus stricte chez UPS, en plus : une boîte qui tourne vingt-quatre heures sur vingt-quatre, c'est plus dur à pénétrer.

— J'imagine.

— Le principe, c'est de s'assurer qu'il sache que tu t'intéresses à lui. Il y a une agence de radio-taxis sur Fortress Road. Il faut que rentres chez toi pour tirer ces photos, et moi, j'ai besoin de rentrer chez moi pour écrire deux paragraphes de ma prose immortelle. Au fait, tu es libre lundi soir ?

— Il va falloir que je voie ça avec ma secrétaire particulière.

— Dis-lui de tout annuler. Il faut que tu assistes à certaine fête.

— Parce que ?

— Parce que je n'ai pas été inactif. J'ai cherché ce Morph de mes deux à droite, à gauche, dans tous les azimuts. Entre autres, j'ai écouté cette radio pirate et l'animateur de talk-show qui était en train de « gonfler », comme tu disais, l'image de Morph. Il semble que Morph ait été retenu pour s'exhiber avec un tas d'autres virtuoses de la bombe dans une fête de fin de tournage pour... et là, tu vas adorer... *L'Élémentaire*.

— Tu plaisantes.

Alfie avait brièvement travaillé comme photographe de plateau pour *L'Élémentaire*, un film d'horreur à petit budget qui irait directement dans les vidéo-clubs. Mais il avait quitté après seulement deux semaines, quand il s'était rendu compte que le réalisateur n'avait aucunement l'intention dc lui payer ses frais, sans parler des honoraires qu'il lui avait promis.

— Comme disait l'artiste inconnu, dit Toby, le monde est petit, mais je ne voudrais pas être obligé de le peindre.

4.

Le lendemain, un dimanche, Alfie prit le train jusqu'à Kew pour voir sa grand-mère. Il en avait pris l'habitude après qu'elle eut été placée en résidence médicalisée. Le dimanche précédent, lorsqu'il avait essayé de la questionner sur les graffiti de Morph, elle était dans un de ses mauvais jours. Repliée sur elle-même, verrouillée dans ses pensées, elle avait refusé de regarder ses photos, avait ignoré ses questions, avait commencé à s'agiter quand il avait insisté. Il espérait qu'aujourd'hui ça se passerait mieux ; lorsqu'il avait appelé la résidence juste avant de partir, l'infirmière avait dit que sa grand-mère avait été très loquace au petit déjeuner et venait de faire une petite promenade dans le jardin.

La grand-mère d'Alfie était devenue de plus en plus excentrique après la mort de Harry Walker. À l'époque, les trois fils de Harry étaient déjà tous mariés et avaient quitté la grande demeure de Richmond – et elle y avait vécu seule. La plupart des pièces avaient progressivement fini par tomber dans l'abandon. Elle sortait à peine et passait le plus clair de son temps dans un fauteuil inclinable dans un coin du salon, à déchiffrer des romans sentimentaux ou à écouter la radio. Derrière les portes-fenêtres, la pelouse échevelée se couvrait de mousse, et les rosiers qu'elle avait passé des heures à tailler, pailler et traiter au pulvérisateur contre les taches noires et les pucerons tressaient de grands enchevêtrements de tiges. Souvent, son unique sujet de conversation était le passé. Son enfance, la guerre, son histoire d'amour avec le grand-père d'Alfie. De plus en plus souvent, elle prenait Alfie pour son fils – pour le père d'Alfie. Un entrepreneur itinérant la persuada que l'allée nécessitait des réparations urgentes et lui compta deux mille livres pour deux heures de travail. Heureusement, elle le paya avec un chèque qu'Alfie réussit à intercepter avant qu'il soit encaissé, mais éliminer l'huile de vidange que l'homme avait répandue sur le macadam en parfait état de l'allée coûta presque mille livres. La grand-mère d'Alfie ne s'était jamais tellement intéressée aux travaux ménagers. À présent, la poussière s'accumulait partout, la vaisselle sale suppurait dans l'évier en céramique de la grande cuisine carrelée, le réfrigérateur était un reposoir pour légumes flasques et le site d'expériences en mycologie avancée. Alfie s'arrangea pour qu'une femme du quartier vienne deux fois par semaine faire le ménage et la lessive. Il acheta à sa grand-mère un four à micro-ondes parce que la cuisinière à gaz lui donnait des cauchemars. Elle ouvrait le robinet d'un des brûleurs, oubliait de l'allumer et s'en allait... Alfie et les trois fils de Harry se relayaient pour tenter de la persuader de chercher une maison plus petite ou un logement en foyer, mais elle ne voulait pas en entendre parler. « Je suis parfaitement heureuse ici, disait-elle. J'ai tout ce qu'il me faut. Pourquoi vous voulez que je déménage ? »

La crise arriva le jour où Alfie reçut un appel de la police. On avait trouvé sa grand-mère en train d'errer dans la rue en peignoir et pantoufles à trois kilomètres de son domicile, et dans une telle confusion mentale qu'elle ne savait même pas en quelle année on était, sans parler de son adresse. Après qu'on eut diagnostiqué chez elle une maladie d'Alzheimer à un stade précoce, il y eut une réunion de famille. Alfie et Joe Walker, le fils aîné de Harry, assumèrent conjointement la curatelle. La grande demeure de Richmond, dont les fils de Harry hériteraient lorsque la grand-mère d'Alfie décéderait, fut mise en location ; le revenu net des loyers, ajouté aux intérêts servis sur la somme substantielle qu'elle avait mise de côté après avoir vendu la maison de Cambridge, était plus que suffisant pour lui payer une place dans une résidence troisième âge médicalisée.

C'était un modèle du genre : un grand immeuble victorien plein de coins et de recoins, construit bien en retrait de la rue, avec une longue allée gravillonnée entre des tilleuls blanchis par le temps et un vaste jardin aménagé en parc. Toutes les chambres avaient une salle de bains individuelle. Les cuisines étaient impeccables, les menus imaginatifs et variés, et il y avait une petite boutique où les résidents pouvaient acheter des confiseries, des cigarettes, des revues et des journaux. Des sorties au bord de la mer et au théâtre étaient organisées. Tous les vendredis soir, on dansait dans le spacieux salon. Il y avait des ateliers de dessin, des cours d'histoire locale et de composition florale. L'endroit était aussi bien aménagé qu'un hôtel quatre étoiles, mais personne n'avait l'intention ni l'espoir d'y rester.

La grand-mère d'Alfie logeait avec les autres résidents handicapés moteurs et mentaux dans une longue annexe d'un étage à l'arrière de la maison ; les chambres s'ouvraient sur chaque côté d'un couloir équipé de mains courantes en laiton fixées aux murs et de portes assez larges pour laisser circuler les personnes en fauteuil roulant. À la réception brillamment éclairée, l'infirmière en chef, une jeune native d'Antigua aux douces rondeurs, confirma qu'Elizabeth Flowers était de bonne humeur. Alfie la trouva dans son fauteuil inclinable près de la fenêtre. Ses cheveux blancs, qu'elle ne teignait plus, s'étalaient en éventail sur ses épaules. Alfie lui avait apporté une boîte de pâtisseries, comme toujours, et elle mangea un chausson aux abricots avec une sorte de délicatesse distraite tandis qu'il lui racontait ses aventures de la semaine. Il ne savait pas trop jusqu'à quel point elle comprenait. Elle vivait désormais entièrement dans le passé, se retirant de plus en plus loin du présent à mesure que les souvenirs et les facultés qu'elle avait acquis dans sa longue vie étaient rongés par sa maladie.

Elle avait depuis longtemps oublié qui était Alfie, le confondant soit avec son père soit avec son grand-père, mais, cette fois-ci, elle regarda vraiment ses photos et sembla lui prêter attention pendant qu'il lui expliquait comment il était affecté par les tags de Morph. Lors de certaines visites, comme aujourd'hui, elle semblait raisonnablement lucide ; d'autres fois, comme le dimanche précédent, elle fixait un horizon inimaginablement lointain sans dire un mot. Le pire, c'était les fois où elle s'accrochait à la main d'Alfie dans un désespoir muet, les larmes perlant au coin des yeux, lorsqu'elle semblait être consciente de ce qui lui arrivait, mais était incapable d'exprimer l'horreur qu'elle ressentait, et qu'Alfie était incapable de la réconforter. Aujourd'hui, elle l'écouta, hocha la tête, et quand il eut terminé, elle dit :

— Je ne sais pas pourquoi tu me racontes tout ça, Michael. Tu sais bien que ça ne me regarde pas.

— Qu'est-ce qui ne te regarde pas, mamie ? Dans quoi Michael était-il impliqué ? Est-ce que ça avait un rapport avec des motifs comme ceux-ci ?

— Maintenant, tu essaies de... tu sais, comme ces hommes.

Lorsqu'elle ne put trouver le mot qu'elle cherchait, elle fronça le nez de frustration et Alfie entrevit un instant la petite fille qu'elle avait été.

— Ces hommes ?

— Avec leurs chapeaux hauts de forme et leurs lapins.

— Les prestidigitateurs ?

Elle hocha la tête.

— Je n'essaie pas de te jouer un tour, mamie.

— Ça m'étonnerait que tu y arrives, dit-elle avec un zeste de sa verdeur passée.

— Je n'y songerais même pas. Vraiment. Est-ce que Maurice avait des images de ce genre ?

Alfie avait examiné les papiers de son grand-père lorsqu'il avait aidé à vider la maison de Richmond, en espérant trouver des souvenirs de son séjour en Irak. Des journaux intimes et des photographies, des détails de fouilles archéologiques. Il espérait exhumer le manuscrit de la thèse à laquelle travaillait son grand-père après son départ à la retraite, ou alors une liasse de ses minutieux croquis de tessons et de pointes de flèche, mais, apparemment, tout avait été emporté par les deux hommes qui avaient visité la maison de son grand-père à Cambridge, des années avant. Tout ce qu'Alfie avait trouvé, c'était un paquet de lettres et de cartes postales datant de l'époque où son grand-père courtisait sa grand-mère, des petits riens tendres échangés par deux amoureux séparés par la guerre.

— Il faut que tu laisses tomber ça, Michael, dit sa grand-mère. Il faut que tu t'occupes de ton petit garçon. Il a besoin de son père, maintenant. Il faut qu'il guérisse.

Alfie se rendit compte que sa grand-mère répétait une vieille discussion qu'elle avait eue avec son père vingt ans plus tôt.

— Est-ce que ça avait un rapport avec ces motifs ? demanda-t-il. Regarde-les bien, mamie. S'il te plaît. Dis-moi si tu les reconnais. Dis-moi si papy... si Maurice t'a jamais montré quelque chose comme ça.

Une expression espiègle passa sur le visage de sa grand-mère. Elle sourit, porta un doigt à ses lèvres et dit :

— Tu ne vas pas me prendre en faute comme ça.

Sa voix était légère, juvénile. Ses yeux brillaient. Elle avait encore presque toutes ses dents – dans la famille d'Alfie, côté maternel comme côté paternel, on n'avait guère besoin d'aller chez le dentiste. Elle avait des os solides et une bonne santé.

Son esprit était en voie d'effacement, mais son corps tenait quand même et se renouvelait aveuglément.

— Moi, te prendre en faute ? dit Alfie. Comment ça ?

— Je ne t'ai jamais laissé tomber une seule fois à cet égard.

Alfie ne savait pas trop si sa grand-mère croyait maintenant parler à son père, ou à son grand-père.

— Je le sais, dit-il. Mais juste pour cette fois, j'ai besoin de savoir s'il s'agit des mêmes motifs.

— Je ne le leur ai pas dit.

— Qu'est-ce que tu ne leur as pas dit, mamie ? À qui ?

— Ils voulaient tout avoir, mais j'étais bien obligée de garder quelque chose, Maurice. Tu as écrit de si belles pages sur tes aventures en Irak et sur tes travaux, je ne pouvais pas les laisser tout avoir. Ce n'était pas vraiment mal de ma part, n'est-ce pas ?

— Tu veux dire, les lettres ? Les lettres que Maurice t'as écrites ?

Le paquet de lettres était rangé avec deux albums de photos et d'autres souvenirs dans une boîte à archives sur la table près du lit de sa grand-mère. Chaque semaine, un bénévole lui rendait visite et tentait de stimuler sa mémoire défaillante en lui demandant de raconter des histoires à propos des gens figurant sur ces vieilles photos. Parfois, Alfie procédait de même. Il tira donc le paquet de lettres de dessous les albums, défit le nœud du ruban avec lequel il les avait attachées quatre ans plus tôt et les montra à sa grand-mère, en les étalant comme des cartes à jouer juste sous son nez. Des enveloppes déchirées avec des timbres verts et rouges portant le profil d'un roi défunt. Du papier bleu réglé, des aérogrammes ténus déchirés le long de leurs pliures. L'encre noire devenue brune. Des mots, des expressions ou des phrases entières occultés par le crayon noir du censeur. Alfie montra les lettres à sa grand-mère, mais elle les considéra d'un regard absent et secoua la tête lorsqu'il lui demanda si c'était là tout ce qu'elle avait soustrait aux deux hommes venus chercher les affaires de son mari.

— Je ne pouvais pas les laisser tout avoir. Dis-moi que tu me pardonneras. S'il te plaît, dis-moi que tu me pardonneras...

Alfie lui dit qu'il lui pardonnerait, bien sûr. Il éprouvait un sentiment de honte ignoble, conscient qu'il était d'avoir trop exigé d'elle, mais il sentait aussi poindre une étincelle d'excitation. Ils se promenèrent dans les jardins. Sa grand-mère essaya de nommer toutes les fleurs qu'elle voyait. Certains des noms étaient exacts. À la fin, quand il eut renoncé à essayer de lui faire comprendre qu'il reviendrait la voir la semaine suivante, elle dit brusquement :

— Je ne les ai jamais laissés tomber.

— Qui ça, grand-mère ?

— Pendant tout ce temps, je n'ai jamais laissé tomber les nomades une seule fois.

— Les nomades ? Quels nomades ? Qui sont ces nomades ?

— Pas une seule fois, dit-elle.

Elle embrassa Alfie sur les lèvres, et s'accrocha à lui avec tant de force que lorsqu'il se dégagea de son étreinte il eut peur de lui fracturer les os.

Le train qui ramena Alfie au centre de Londres était plein de gosses, de poussettes et de parents chargés de valises souples et de sacs à dos gonflés par le bric-à-brac enfantin en quantités suffisantes pour monter une expédition polaire. Il se cala dans un coin au fond d'une voiture et sirota un milk-shake à la banane tiède. La modeste rame de trois wagons traversa lentement le pont sur la Tamise, gémit en prenant de la vitesse, cracha des étincelles et trembla en abordant une voie surélevée au-dessus des toits rouges et des cimes des arbres de Chiswick, puis traversa Acton, Kensal et Hampstead, longeant des murs couverts de signatures de tagueurs et ponctués par les exubérantes explosions des flops en trois et quatre couleurs. L'intérieur de la voiture était lui aussi couvert de tags et de naïves proclamations au feutre de mômes scolarisés. *Marcus est cinglé. Maxie = Lorraine*. Un certain Vengeur avait signé partout son nom en gros oreillers d'encre rouge et la fenêtre à côté d'Alfie était vandalisée elle aussi, ses marges rayées et dépolies par les noms gravés sur la glace en caractères anguleux. Des affirmations de propriété. Des pubs en code secret pour des identités secrètes.

Alfie était avachi dans son coin : un grand gaillard un peu informe, comme un ourson que sa mère aurait mal léché, avec ses cheveux blonds en halo désordonné, sa chemise rouge à carreaux et son ample pantalon noir en velours côtelé, sa sacoche serrée contre son ventre, ses grands pieds chaussés de sandales à lanières. Il avait des orteils préhensiles, longs, à double jointure, garnis de touffes de poils noirs sous la deuxième articulation. Il réfléchissait à ce que lui avait dit sa grand-mère. Il avait pris un demi-comprimé de phénobarbital et un comprimé entier de Valium pour se calmer, et ses pensées avançaient lentement et sûrement d'un point à l'autre, d'une station à l'autre.

Il était certain que sa grand-mère avait reconnu quelque chose de familier dans le motif qui encadrait les caricatures de Morph. Il était certain qu'elle avait déjà vu quelque chose dans ce genre, que cela avait libéré une poignée de souvenirs concernant son mari, sa collection d'artefacts et la thèse interminable sur laquelle il s'était acharné pendant tant d'années. Il était certain d'avoir eu raison depuis le début : le motif entourant les caricatures était assurément lié aux travaux de son grand-père, à la feuille de papier dissimulée dans le compartiment secret de son bureau. En plus, il était presque sûr que sa grand-mère avait conservé certains papiers de son grand-père, qu'elle les avait soustraits à la vue des deux hommes qui avaient vidé le cabinet de travail. Il se pouvait qu'elle n'ait conservé rien d'autre que les lettres qu'il avait emportées, mais c'était peu vraisemblable, car les quelques lignes qu'il avait lues au hasard quand il les avait découvertes, tel un cambrioleur amateur qui piétine des secrets de famille, ne contenaient rien de plus que les affectueuses banalités que s'écrivent habituellement un homme et une femme qui viennent de tomber amoureux : son grand-père avait apprécié la revue de Noel Coward et la promenade subséquente au bord du fleuve, il conservait un tendre souvenir de leur pique-nique à Hampstead Heath, disait à quel point il lui tardait de retourner à Londres et de revoir son « elfe polissonne » – la matière ordinaire de l'existence vue à travers le prisme rose de l'amour. Alfie était quand même conscient qu'il lui faudrait relire toutes ces lettres, et qu'il serait également obligé d'examiner le reste des affaires de sa grand-mère. Tout ce qui avait trait à la maison de Richmond était conservé dans le grenier de Joe Walker ; il serait probablement obligé d'éplucher tout cela aussi.

Les documents et les papiers qu'Alfie n'avait pas eu le courage de jeter après que sa grand-mère avait emménagé dans le foyer-résidence étaient entassés dans une caisse en plastique qu'il conservait dans sa caravane à usage de chambre noire. Des factures de téléphone, de gaz et d'électricité ; des carnets de chèques et des relevés de comptes depuis longtemps clôturés ; des factures pour les réparations de la maison de Cambridge ; un album bourré de recettes découpées dans des journaux et des revues ; une boîte de cartes postales ; des rédactions datant de l'école primaire et trois grands-livres Lett's ; l'acte notarié relatif au magasin de vêtements que les parents de sa grand-mère avaient tenu avant la Première Guerre mondiale ; un sac en plastique plein de photographies sépia ou noir et blanc de gens avec des accoutrements et des chapeaux bizarres. Alfie passa la plus grande partie de la soirée à lire les lettres et à examiner le reste. Il avait posé le tout sur le plancher de la caravane ; assis sur le coin du sofa, presque plié en deux, il triait les papiers étalés sur les tapis orientaux chevauchants que sa grand-mère lui avait donnés lorsqu'elle avait vendu la maison de Cambridge ; les papillons de nuit s'aplatissaient sur la fenêtre derrière lui, son ombre bougeait au plafond bas de la petite caravane, la radio marmonnait toute seule sur l'étagère surchargée. Une grande tasse de thé à la framboise reposait à ses pieds, oubliée et froide depuis longtemps.

Une délicate tristesse douce-amère s'insinua en lui tandis qu'il triait la litière de documents et de factures, les doigts tachés par la poussière étrangement tenace générée par les vieux papiers. Les photographies étaient particulièrement poignantes. Des hommes et des femmes se serraient allégrement les uns contre les autres pour tenir dans le champ de l'objectif, ou alors posaient seuls avec une raideur formelle ou des attitudes théâtrales ou comiques ; ils lui souriaient ou fronçaient les sourcils depuis un passé à jamais disparu, figés dans des instants particuliers qui avaient perdu toute signification. Certains réapparaissaient à plusieurs reprises, dans des costumes différents, à différentes époques de l'année – assis sur une plage de galets, debout avec leur bicyclette devant un grand champ de blé, sous une tonnelle de roses fripées. Alfie supposa qu'il s'agissait d'amis de sa grand-mère ou de membres de sa famille, mais il n'en reconnut aucun. Il y avait une carte d'anniversaire adressée à sa grand-mère par une certaine Essie, qui avait signé « ta véritable meilleure amie pour maintenant et pour toujours ». Il y avait le certificat de décès de son grand-père, plié dans une enveloppe avec la facture de l'entreprise de pompes funèbres, celle du fleuriste et celle du traiteur. Alfie se revit assis sous la table dans la salle à manger, caché derrière les plis rigides de la nappe blanche empesée, en train de s'empiffrer de friands tout en regardant aller et venir les jambes des gens qui étaient rentrés à la maison après l'enterrement. Il y avait aussi un programme de l'office mortuaire avec, glissé à l'intérieur, un morceau de papier – la facture d'une société de location de coffres-forts. Alfie la contempla pendant une bonne minute avant de comprendre qu'il venait de trouver ce qu'il cherchait.

5.

Les instructions reçues par Harriet la conduisirent jusqu'à Enfield, aux limites du *Londres de A à Z*, dans un petit café au milieu d'une brève rangée de magasins blottis sous le fracas et les vapeurs de gazole de la section à quatre voies très fréquentées de l'autoroute A10. Son contact, Jack Nicholl, avait organisé la rencontre avec un agent du MI5, Susan Blackmore, et un de ses indicateurs à l'intérieur de la communauté kurde. « Elle va protéger ce type un max, avait dit Jack Nicholl. Si quoi que ce soit lui paraît bizarre, elle saborde la rencontre et je ne pourrai pas vous en organiser une autre. Alors, restez cool et faites tout ce qu'elle demande. »

Harriet se laissa fouiller à corps par Susan Blackmore dans les toilettes du café. L'agent du MI5 inspecta le sac à main d'Harriet et lui confisqua son portable pour la durée de l'entretien.

— Si j'ai la moindre impression que mon protégé va être pris en filature, j'annule tout de suite, dit-elle.

— Je comprends.

— Et j'annule aussi si je crois que quelqu'un nous écoute, nous filme ou prend des photos.

— Ne vous tracassez pas pour...

— Et je serai présente quand vous lui parlerez. Ça, ce n'est pas négociable.

— Bien sûr.

Harriet commanda deux cafés et suivit Susan Blackmore jusqu'à une table à l'extérieur de l'établissement. L'agent du MI-5 allait sur la trentaine, elle avait un ou deux ans de plus qu'Harriet. Elle avait tiré ses cheveux bruns en une queue-de-cheval qui révélait son visage pâle et sans défauts, et portait sa tenue urbaine : veste en jean démarquée, pantalon de jogging et baskets. Il ne lui manquait plus qu'un bébé dans une poussette tout-terrain et deux ou trois sacs de supermarché estampillés Iceland ou Costco pour s'intégrer à n'importe quelle rue commerçante ou agence de Sécurité sociale. Brandissant sa cigarette comme un poignard, elle dit à Harriet :

— Il risque déjà sa vie pour moi. Il ne mérite pas d'avoir des ennuis avec les Amis du Legoland.

Les « Amis » était le surnom donné par le MI5 aux gens du MI6 ; le « Legoland » était l'immeuble de Vauxhall Cross. Harriet était parfaitement au courant de la rivalité entre les deux principales branches des services secrets britanniques : les agents du MI6 pensaient que ceux du MI5 n'étaient guère plus que des policiers parvenus ; les agents du MI5 pensaient que leurs homologues du MI6 étaient des amateurs éduqués dans les public schools qui jouaient les espions pour la gloire et le prestige. Elle prononça donc les paroles conciliantes qu'on devait attendre d'elle, dit qu'elle était bien consciente qu'on lui faisait là une faveur exceptionnelle et promit de ne pas compromettre l'informateur.

— J'ai juste besoin de lui poser quelques questions simples à propos d'un jeune homme dont je crois qu'il vit dans sa communauté.

— Ce graffiteur.

— Si votre ami ne sait rien sur lui, ça s'arrêtera là.

— Suis-je autorisée à savoir quoi que ce soit sur votre jeune homme à vous ? Par exemple, pourquoi vous voulez le trouver, ou ce que vous ferez si effectivement vous le trouvez.

— Je ne sais pas grand-chose moi-même.

Susan Blackmore lui adressa un regard sagace.

— En fait, vous n'êtes pas avec les Amis, hein ?

Harriet, se demandant ce que Jack Nicholl avait raconté à cette femme, dit prudemment :

— Il semble que cette affaire chevauche plusieurs domaines.

Susan Blackmore sourit pour la première fois depuis le début de leur rencontre.

— Qu'est-ce qu'on vous a dit exactement sur mon protégé ?

— Je sais que c'est un Kurde et qu'il est originaire d'Irak. Il figurait sur une des listes de personnes condamnées à mort par le Moukhabarat, il s'est enfui en Turquie, il a eu des ennuis là-bas et a il fait une demande d'asile chez nous. Depuis cinq ans, il vit ici en tant que réfugié politique reconnu.

C'était ce que Jack Nicholl lui avait dit au téléphone. Il avait ajouté que l'homme était actuellement très occupé, mais peut-être que dans un jour ou deux, ils pourraient se rencontrer...

— C'est aussi un poète, dit Susan Blackmore. Un poète nationaliste, qui jouit d'une grande audience dans son pays natal. Qu'est-ce que vous savez sur les Kurdes et la politique kurde ?

— Il y a quelques années, j'étais assise à une table de restaurant sur Upper Street, à Islington. C'était le 1er mai, j'ai vu passer un défilé. Il y avait apparemment une demi-douzaine de partis communistes et socialistes kurdes qui y participaient.

— Ils sont sacrément nombreux, c'est vrai, mais ils ont tous, à la base, le même but. Les Kurdes sont un groupe ethnique dont le territoire englobe des morceaux de la Turquie, de la Syrie, de l'Irak et de l'Iran. Ils font campagne pour un État kurde indépendant depuis la fin de la Seconde Guerre mondiale. Divers groupes en Irak ont organisé un soulèvement après la première guerre du Golfe, et il y a depuis une vingtaine d'années une guerre civile entre le gouvernement turc et le plus important des groupes séparatistes, le PKK, dit Susan Blackmore en le prononçant pékaka.

« Le Partia Karkaris Kurdistan, le Parti des travailleurs kurdes. Après son arrestation en 1999, le leader du PKK a lancé une initiative de paix, et, au même moment, on a accordé plus de droits aux Kurdes, en partie parce que la Turquie veut désespérément rejoindre l'Union européenne. Mais c'est une trêve très fragile, et la libération de l'Irak a compliqué la situation. Les Turcs veulent affirmer une vieille revendication sur les gisements de pétrole du nord de l'Irak ; les Kurdes croient qu'ils peuvent enfin avoir leur État indépendant. Et la branche armée du PKK, qui est devenue le KGK, le Kongra-Gel, le Congrès du peuple du Kurdistan, voit là une chance d'asseoir son influence. Elle vient de mettre fin unilatéralement à la trêve et a repris ses activités dans le sud-est de la Turquie. Nous nous intéressons à tout cela parce que le Kongra-Gel tire une grande partie de son argent du trafic de l'héroïne.

— Et votre homme, il se situe où, dans tout ça ? Il est dans quel camp ?

— Les Amis n'ont pas pris la peine de vous donner beaucoup d'informations, pas vrai ?

— Je suppose qu'ils comptaient sur vous pour le faire à leur place.

— Je le suppose aussi. Bon, en plus d'être poète, il est aussi le beau-frère du leader d'un mouvement politique basé dans le sud-est de la Turquie et qui fait campagne pour la création par des moyens pacifiques d'un État indépendant. Il a un boulot à mi-temps dans une librairie du côté de Green Lanes, et c'est là qu'il a entendu parler d'un petit groupe d'allumés qui voulaient assassiner son beau-frère et créer un martyr, une figure de proue pour la vilaine petite guerre du Kongra-Gel. Il s'est adressé à nous, nous avons aidé le gouvernement turc à s'occuper des assassins en puissance, et depuis un an il nous donne des tuyaux et nous rapporte des potins sur la micropolitique des divers groupuscules et associations kurdes de Londres. C'est une source excellente et je veux qu'il continue de coopérer, dit Susan Blackmore en faisant peser sur Harriet un regard dur et froid.

— Soit il a trouvé quelque chose sur le type que je cherche, dit Harriet, soit il n'a rien trouvé. Le reste, je m'en fiche.

— Je suis sûre qu'il a trouvé quelque chose. Évidemment, si ça peut vous servir ou pas, ça, c'est une autre histoire.

— *Caveat emptor*, dit Harriet. Ça ne me pose pas de problèmes, et si ça ne vous gêne pas que je lui pose quelques questions, pourquoi ne pas l'appeler ?

— En principe, je ne dois l'appeler que si je trouve quelque chose de louche dans cette entrevue, dit Susan Blackmore. Au fait, décontractez-vous. Je crois que vous êtes réglo. Votre contact, c'est une autre paire de manches, mais ça, c'est mon problème.

— Pourquoi le rencontrer ici ? C'était votre idée ou la sienne ?

— Je ne crois pas qu'Enfield soit un lieu de rencontre particulier pour qui que ce soit. C'est un de ces endroits dont l'existence est aussi arbitraire que, disons, l'état de ma cuisine. Si nous sommes ici, c'est parce que mon ami travaille dans cette librairie plus pour le plaisir que pour l'argent. Il travaille de jour comme conducteur de chariot élévateur dans une des zones industrielles locales, dit Susan Blackmore en jetant un coup d'œil à sa montre. Et il devrait être là dans cinq ou dix minutes, dès que sa pause de midi commencera. Entre-temps, nous pouvons tranquillement savourer l'ambiance locale.

Harriet alla chercher deux autres cafés. Quinze minutes plus tard, l'informateur de Susan Blackmore arriva dans une berline Nissan bleue cabossée, avec une griffe en laiton pour caler les boîtes de mouchoirs en papier sous la lunette arrière et deux boules de neutralisant à l'essence de pin accrochées au rétroviseur. Il était plus vieux que ce à quoi s'attendait Harriet, avec des mèches argentées dans ses cheveux noirs, un nez aquilin et ce genre de barbe tellement coriace qu'aucun rasoir ne peut en venir à bout. Son nom, qu'Harriet apprit lorsque Susan Blackmore fit les présentations, était Şivan Ergüner.

— Nous faisons ça rapidement, dit Şivan Ergüner. Pour que personne ne nous voie.

— Si vous ne vouliez pas qu'on vous voie avec nous, dit Susan Blackmore, vous auriez dû demander à ce qu'on se rencontre dans un lieu vraiment clandestin. La Tour de Londres, ou alors, je ne sais pas, le Zoo.

— Je suis allé au Zoo, dit Şivan Ergüner avec un sourire charmeur. À part le bassin aux pingouins, je n'ai pas été impressionné. Et le bassin aux pingouins, il n'a même pas de pingouins.

— Vous avez l'air fatigué, dit Susan Blackmore.

— Ne vous inquiétez pas, ce n'est pas le stress de travailler pour vous. Hier j'ai fait deux journées. Une autre raison pour faire ça vite : il faut que j'aille travailler.

Şivan Ergüner braqua son sourire sur Harriet et dit :

— Alors, vous voulez des informations sur ce graffiteur qui se fait appeler Morph. Je peux vous demander pourquoi ?

— Il embête tout le monde. Vous avez trouvé qui il est réellement ?

— J'ai fait bien mieux que ça, dit Şivan Ergüner.

Il demanda s'il pouvait emprunter une cigarette à Susan Blackmore et lui tint le poignet tout en se penchant vers la flamme du briquet qu'elle lui présentait, sans cesser de regarder Harriet de ses yeux sombres et tendres. Des paillettes noisette et or flottaient dedans et il avait des cils à crever de jalousie.

— Il se trouve que je connais ce garçon, dit-il. Il venait à la librairie.

Harriet, consciente que les indicateurs avaient coutume de répercuter ce que leurs contacts voulaient entendre plutôt que la vérité, demanda :

— Vous en êtes sûr ? Vous avez des preuves ?

— Vous avez dit que vous apporteriez des photographies de ses œuvres. Puis-je les voir ?

Harriet tira l'enveloppe de son sac à dos et montra à Şivan Ergüner la photo d'un des graffiti de Morph. L'homme l'examina brièvement et dit :

— Oui, oui, c'est bien de lui.

— Qui est-il ? demanda Harriet. Où habite-t-il ?

— Je ne le connais pas sous le nom de Morph, mais de Moussa. Moussa Qarssou, c'est son vrai nom.

Şivan Ergüner leur sourit, ravi de capter leur attention.

— Il a un peu travaillé sur une affiche pour l'Association communiste des travailleurs turcs, précisa-t-il. Susan les connaît, évidemment.

— Des gens inoffensifs, pour la plupart, dit Susan Blackmore.

Harriet demanda à Şivan Ergüner si Morph – Moussa Qarssou – travaillait encore pour l'Association communiste des travailleurs turcs. Elle demanda s'il savait où Moussa Qarssou habitait, et à quoi il ressemblait.

— Il a seize ans, dix-sept ans, il n'est plus vraiment un jeune homme, mais pas tout à fait un homme non plus. Je dirais qu'il a une apparence ordinaire, des cheveux noirs, des yeux marron. Pas de signes particuliers visibles. Il n'est pas très grand, il est peut-être un peu gros. Je dirais qu'il est à peu aussi grand que vous, Harriet. Sa famille est originaire du Kurdistan irakien, ce qu'on appelle la zone refuge dans le nord du pays. Quelque part dans les montagnes, je ne sais pas où exactement. Vous savez, lui et son père ont eu un parcours un peu comme le mien. Ils ont quitté l'Irak l'an dernier, et ils habitaient à Diyarbakir, qui est une ville dans le sud-est de la Turquie où vivent beaucoup de Kurdes, et beaucoup de réfugiés qui viennent d'Irak, aussi.

— C'était des pasteurs, des gardiens de troupeaux de moutons, dit Harriet. Dans le passé.

— Ah, vous savez cela ? En tout cas, peu après qu'ils se sont installés à Diyarbakir, le père de Moussa a été arrêté par la police turque, qui croyait qu'il avait quelque chose à voir avec le Kongra-Gel. Vous avez entendu parler du Kongra-Gel ?

— On a actualisé mes connaissances en la matière, dit Harriet.

— Ce sont des criminels qui ont peu de soutien parmi la population, dit Şivan Ergüner. Ils gagnent de l'argent avec le trafic des drogues et des armes, et la police a cru que le père de Moussa était impliqué. Elle se trompait, mais elle a été obligée de le torturer pour découvrir qu'elle se trompait. Et après qu'il a été relâché, je crois que c'était il y a environ six mois, il est venu ici comme réfugié politique et il a emmené Moussa avec lui.

— Comment puis-je le trouver ? demanda Harriet.

Şivan Ergüner haussa les épaules et dit :

— Comment peut-on retrouver un de ces pauvres enfants perdus ?

— Avec une adresse, pour commencer.

Şivan Ergüner haussa les épaules à nouveau. Ses mouvements étaient fluides et très éloquents.

— Qu'est-ce que je peux dire ? Il est venu ici illégalement, avec son père, et il a essayé de demander l'asile politique. Mais il y un problème, parce que son père est mort. Son cœur, il l'a attaqué. Et Moussa est encore mineur, il a peur de vos autorités. Il a peur qu'on le renvoie en Turquie, ou qu'on le mette dans un de vos charmants centres de transit pendant qu'on essaie de voir ce qu'on peut faire de lui. Alors, il disparaît.

— Est-ce que Morph... Moussa a d'autres membres de sa famille ?

— Ici ? Je ne sais pas. Je ne pense pas. Il est venu avec son père, et son père est mort. C'était il n'y a pas très longtemps, je pense. Un mois, deux mois, pas plus que ça. Il venait à la librairie, parfois. Je me souviens qu'il était toujours en train de dessiner. Il ne peut pas s'en empêcher. Il dessinait sur n'importe quoi, il dessinait tout le temps. Des visages, surtout, et des motifs comme celui-ci, dit Şivan Ergüner en tapotant la photo. Il griffonnait même sur les journaux que nous mettions en vente dans la librairie. On était obligé de lui enlever le crayon de la main pour qu'il s'arrête. Alors, pourquoi vous voulez le trouver ? Vous êtes en colère parce qu'il fait des dessins humoristiques contre les Américains ?

— Je veux le trouver avant que d'autres personnes le trouvent, dit Harriet. Des gens qui voudraient peut-être lui faire du mal.

— Quels gens ? Des Américains ?

— En fait, oui.

— Je trouve ça difficile à croire, dit Şivan Ergüner.

Il leva la main, croisa l'index et le médius.

— Vous les Anglais et les Américains, dit-il, vous êtes aussi proches que ça. Ça me gêne pas trop, parce que vous nous avez débarrassés de Saddam, et je vais bientôt rentrer chez moi. Si, c'est vrai, Susan. Il faut que je vous quitte. C'est vachement dommage, non ?

— Il aime taquiner les gens, dit Susan Blackmore à Harriet. Ne le prenez pas au sérieux. C'est juste pour frimer.

Şivan Ergüner fit le geste de tirer une flèche de sa poitrine et adressa un clin d'œil à Harriet.

— Si vous ne savez pas où Moussa habite maintenant, insista Harriet, vous pouvez peut-être me dire où se trouvent les bureaux de l'Association communiste des travailleurs turcs.

Şivan Ergüner éclata de rire.

— L'Association communiste des travailleurs turcs – quel nom grandiose ! –, c'est cinq ou six mômes qui se rencontrent dans des cafés ou au club de foot. Ils discutent presque toujours entre eux, et écrivent des lettres aux journaux, placardent des affiches ou arrachent les affiches de leurs rivaux.

Harriet se tourna vers Susan Blackmore et dit :

— Est-ce que je peux avoir leurs noms ?

— Je vous parlerai après.

En clair : il est absolument impossible que je vous les donne, parce que ça risquerait de révéler l'existence de mon opération de surveillance.

— Il y a encore une chose, dit Şivan Ergüner. J'entends dire que Moussa traîne avec un disc-jockey de radio pirate qui veut le rendre célèbre.

— Et vous avez le nom de ce disc-jockey ?

— Bien sûr. Il se fait appeler Shareef à la radio, mais il s'appelle en réalité Benjamin Barrett.

— Et où habite ce Benjamin Barrett ?

— La radio pirate pour laquelle il travaille, c'est Mister Fantastic FM. Et c'est tout ce que je sais.

Şivan Ergüner regarda sa montre, une fausse Rolex en acier inoxydable.

— C'était très agréable de parler avec vous, mesdames, dit-il avec un sourire enjôleur, mais il faut que je retourne travailler.

Après que l'homme eut grimpé dans sa Nissan rouillée et démarré, Harriet et Susan Blackmore se regardèrent et éclatèrent de rire.

— Il est pas vrai, ce type ! s'écria Harriet.

— Si on cherchait James Bond dans un catalogue de VPC, on trouverait probablement la photo de Şivan. La raison pour laquelle il a quitté la Turquie n'a rien à voir avec la politique : il avait une liaison avec la femme d'un de ses beaux-frères – l'homme que ces allumés voulaient assassiner. Je suis pratiquement sûre qu'il couche avec la fille du propriétaire de cette librairie, mais ses informations sont habituellement de première qualité. Il adore les potins, et il adore tout me raconter. Il va me manquer, si jamais il met à exécution sa menace de rentrer au pays. En réalité, j'espère qu'il le fera, parce que, tôt ou tard, il va se mettre à dos quelqu'un qui bosse pour l'un des gangs qui monopolisent le trafic de l'héroïne.

— Si cette rencontre se révèle utile, dit Harriet en tendant sa carte de visite à l'agent du MI5, je vais vous devoir une fière chandelle.

— Si vous avez besoin d'aide, dit Susan Blackmore ; appelez-moi. Le 6 se plaît à penser qu'il possède toutes les infos sur les communautés de réfugiés, mais si vous voulez mettre la main sur votre homme, nous sommes le meilleur choix.

— Vous essayez de me recruter ? demanda Harriet avec son plus beau sourire.

— La proposition est là, si ça vous intéresse. C'était bien de faire votre connaissance, Harriet. J'espère sincèrement que vous trouverez ce que vous cherchez.

6.

Le Centre de location de coffres de Holborn occupait la chambre forte d'une banque qui s'était dressée à l'extrémité sud de Hatton Garden jusqu'au jour où, en plein Blitz, elle avait été touchée par une bombe de deux cent cinquante kilos. La chambre forte, enterrée à cinquante pieds sous terre dans l'argile londonienne, avait survécu à l'explosion et fut adaptée en 1951 à sa fonction actuelle. Elle était utilisée par nombre de bijoutiers de Hatton Garden qui y rangeaient leurs stocks tous les soirs, ainsi que par plusieurs centaines de clients ordinaires qui déposaient dans ses coffres leurs objets de valeur, leurs documents importants et leurs souvenirs de famille, rassurés de savoir que tout était intégralement assuré par les syndicataires du Lloyd's et que la chambre forte elle-même était protégée par une cuirasse impénétrable de béton armé et de plaques d'acier, et par le matériel de sécurité et de surveillance le plus moderne.

Alfie apprit tout cela dans un dépliant qu'il trouva sur la table dans l'antichambre du centre de location de coffres. Il attendait que le gérant revienne après avoir téléphoné à la fois à Joe Walker et à son notaire pour qu'ils lui confirment qu'Alfie disposait de la procuration pour les affaires de sa grand-mère. Quinze minutes s'écoulèrent ; puis vingt. La petite antichambre – murs de parpaings peints en blanc, moquette verte usée, table cabossée, deux chaises en plastique – était aussi gaie qu'une cellule de prison, et Alfie, qui s'attendait à être mis à la porte ou pis encore, eut un petit sursaut coupable lorsque le gérant entra enfin dans la pièce. Mais ce personnage – grande carrure, costume rayé, cravate club et pas l'ombre d'un sourire – s'excusa pour le retard, dit que tout était en règle et conduisit Alfie à un guichet où une jeune femme contrôla son passeport, lui fit signer son nom dans un registre relié plein cuir et l'informa que M. Kelly attendait déjà dans la chambre forte.

Alfie n'avait pu retrouver la clé du coffre de dépôt de sa grand-mère, mais ce n'était pas un problème. Il n'avait qu'à payer une modique redevance, et la serrure serait ouverte à la perceuse. La jeune femme fit glisser la carte de crédit d'Alfie dans un lecteur relié à un téléphone et lui donna un reçu, puis le gérant lui fit franchir un portail ceinturé d'acier comme le sas d'un abri antinucléaire. Ils entrèrent dans un espace d'une exiguïté décevante, brillamment éclairé, tapissé sur trois côtés par les portes en acier des coffres, puzzle gris métallisé de carrés et de rectangles petits et grands. M. Kelly, vieil homme alerte aux cheveux brillantinés blanc jaunâtre, travailla la serrure avec sa perceuse sans fil, et s'écarta.

L'espace revêtu d'acier derrière la petite porte faisait à peu près deux fois la taille d'une boîte à chaussures. Deux chemises en papier kraft reposaient sous quatre piles de petits journaux intimes à la reliure toilée bleue ou rouge, avec au dos l'année manuscrite à l'encre de Chine ; les journaux de chaque décennie étaient attachés par des élastiques qui avaient péri depuis longtemps.

Alfie refusa la suggestion du gérant d'utiliser une cabine de lecture, dit qu'il voulait tout emporter. Le gérant lui trouva un sac Marks & Spencer pour son butin et dit, pendant qu'ils attendaient le petit ascenseur qui les ramènerait à la surface :

— Vous comprenez que, comme nous avons été obligés de faire sauter la serrure à la perceuse, le reliquat de la période de location a été annulé. Heureusement, il ne restait que quelques mois sur un contrat de vingt-cinq ans.

— Que se serait-il passé si je n'avais pas découvert l'existence de ce dépôt ?

— Nous essayons toujours de contacter le client lorsque le bail vient à expiration. Si nous n'y parvenons pas, nous ouvrons le coffre, vendons aux enchères tout ce qui peut avoir de la valeur et prélevons nos frais sur le produit de la vente.

— Alors, c'est une chance que j'ai découvert le contrat à temps. Dans quelques mois, vous auriez ouvert le coffre de toute façon...

Et trouvé un tas de paperasses sans valeur, que vous auriez vraisemblablement mis à la poubelle.

— Si nous sommes vraiment obligés d'ouvrir un coffre, monsieur, nous faisons notre possible pour contacter le client. Veuillez m'appeler si vous désirer renouveler la location. Bonne journée, monsieur.

La porte de l'ascenseur s'ouvrit.

Alfie prit un taxi pour rentrer chez lui à Islington. Il avait l'impression d'être un espion qui passait une frontière avec des documents secrets et il résista à la tentation de regarder les journaux intimes ou d'ouvrir les chemises avant d'avoir verrouillé la porte de la caravane et tiré les rideaux.

Les journaux étaient calligraphiés d'une écriture précise qu'Alfie reconnut immédiatement comme celle de son grand-père ; ils débutaient le jour où Chamberlain avait déclaré la guerre à l'Allemagne et s'arrêtaient quarante et un ans plus tard, le 23 décembre 1980, juste avant que Maurice Flowers meure d'une attaque. Les deux chemises étaient plus immédiatement prometteuses, car toutes deux contenaient des liasses de papiers photocopiés à partir de carnets de bord informels qu'il avait tenus pendant qu'il supervisait deux chantiers archéologiques distincts dans le nord de l'Irak à la fin des années 1930.

Alfie prit un demi-Valium pour juguler son excitation et feuilleta le contenu de la première chemise, qui décrivait des fouilles effectuées en août et en septembre 1936, à une centaine de kilomètres à l'ouest de Mossoul et du site de la cité antique de Ninive, et qui avaient mis au jour l'église et d'autres bâtiments d'une petite communauté chrétienne du Vᵉ siècle. Un journal de bord détaillait les progrès quotidiens des fouilles, annoté de commentaires lapidaires sur la chaleur abominable et les tornades de poussière. Une inscription signalait laconiquement qu'un groupe de bandits avait été repoussé par « un feu soutenu pendant une période d'un quart d'heure, ce qui a presque épuisé nos munitions ». Il y avait des précisions sur la rémunération des ouvriers et celle des marchands qui fournissaient la nourriture et l'eau. Il y avait un plan des fouilles, soigneusement exécuté, et des dessins à la plume de diverses trouvailles.

Et là, au milieu de croquis de fermoirs, de broches et d'épingles, de plusieurs petits couteaux et d'un crucifix sans ornements, il vit une reproduction méticuleuse de motifs à base de dièses et de points disséminés au milieu de courbes et de méandres : quelques-uns des éléments utilisés par Morph pour encadrer ses dessins.

Alfie sentit un poing s'enfoncer dans son estomac ; un picotement lui comprimait la nuque.

D'après une brève note au bas du dessin, il faisait partie d'un motif ou d'un glyphe plus étendu gravé sur la face d'une « pierre irrégulière dont je crois qu'elle est bien plus vieille que la structure à laquelle elle a été incorporée ». Il n'y avait aucune mention de cette pierre dans les inscriptions du journal de bord, mais quelques photographies qui avaient viré au brun étaient glissées entre les pages photocopiées. Un jeune homme monté sur un chameau – le grand-père d'Alfie quand il était jeune, portant bandes molletières, short ample et casque colonial. Une équipe d'hommes en burnous utilisant un palan rudimentaire pour remonter une pierre d'un puits. Une vue panoramique d'une excavation en gradins où des hommes travaillaient à différents niveaux avec des pioches et des pelles grossières. Un vieillard au visage ridé, avec une longue barbe non taillée et une expression pleine de dignité, qui tenait une tablette d'argile contre sa poitrine. Quatre Européens en casque colonial posant avec raideur près d'un gros morceau de pierre couché sur le côté dans une tranchée, irrégulièrement arrondi à un bout et fissuré en diagonale sur la moitié de sa longueur. Le grand-père d'Alfie avait une tête de plus que les trois autres hommes, qui avaient l'air d'adolescents.

Au dos de cette photographie, une légende calligraphiée dans un style anguleux qui n'était pas celui de son grand-père : *Maurice, Clarence, Julius et David ~ Quatre Nomades et une Pierre Irrégulière*.

Alfie se rappela ce que sa grand-mère lui avait dit la veille – qu'elle n'avait pas une seule fois laissé tomber les nomades. Il se rappela aussi que le prénom de M. Prentiss était David. Il contempla longtemps la photographie, mais sans pouvoir déterminer si l'un des trois jeunes gens qui avaient posé avec son grand-père était David Prentiss jeune. Il n'arriva pas non plus à distinguer la moindre marque sur la pierre. À en juger par l'absence d'ombre, la photographie avait été prise à midi, et elle était légèrement surexposée.

Les fouilles suivantes avaient été effectuées deux ans plus tard, dans une petite vallée du Zagros, une chaîne de montagnes du nord de l'Irak. Il y avait une carte détaillée montrant l'emplacement du chantier et un plan de la deuxième église, jumelle de celle découverte lors de la première expédition, et d'un âge similaire. Cette fois-ci, les inscriptions du journal mentionnaient une pluie et un brouillard hors de saison, et des attaques des loups contre les poneys qui portaient les bagages. Il y avait plusieurs croquis de fragments d'un glyphe trouvé sur un objet appelé la stèle d'Anselm, fortement érodé mais presque certainement identique au glyphe sculpté dans la pierre irrégulière trouvée sur le premier site, et l'expédition avait également découvert quelque chose de totalement inattendu sous l'église : un système de salles souterraines avec des peintures et des sculptures murales « d'une antiquité considérable ». Maurice Flowers en avait fait des reproductions minutieuses, et au milieu de ses croquis d'ibex et d'antilopes se trouvaient des « exemples des éléments de motifs abstraits de grande dimension » : des dièses, des grilles et des gerbes de points, des zigzags, des arcs-en-ciel dentelés et des courbes imbriquées comme une troupe de mouettes dessinée par un enfant.

Alfie ne put s'empêcher de se demander si la feuille de papier qu'il avait trouvée dans le bureau de son grand-père n'était pas la copie exacte d'un de ces « motifs abstraits de grande dimension ».

Il étudia la carte détaillée des trois salles souterraines, lut la relation d'une tentative manquée pour déblayer des pierres qui avaient, en tombant, obturé un passage qui aurait pu jadis conduire à d'autres salles, et découvrit que des pages manquaient dans le carnet de bord, des lacunes dans sa narration jour après jour. Il y avait d'autres photos dissimulées entre deux pages : une vue granuleuse de montagnes enneigées ; l'image d'une prairie accidentée sur fond de falaise escarpée ; la même prairie dépourvue de végétation et jonchée de trous soigneusement percés ; quatre morceaux de pierre usés par les intempéries et empilés en une sorte de colonne. Et, dans une grotte éclairée par un faisceau oblique de rayons solaires, le grand-père d'Alfie debout près d'une grande pierre au sommet arrondi. Il était tout juste possible de voir qu'il y avait des marques sur la face de la pierre ; bien qu'Alfie ne pût discerner aucun détail, même en examinant la photographie à la loupe sous un éclairage au tungstène sans ombres, il était prêt à parier son terrain contre un bac à sable que les marques étaient un motif complexe composé du même ensemble d'éléments que les peintures rupestres et les marques sur la pierre irrégulière et sur la stèle d'Anselm, les mêmes éléments trouvés dans les graffiti de Morph et sur le fragment de pierre que son père avait donné à Miriam Luttwak.

Les longs orteils nus d'Alfie fléchissaient en mesure, s'agrippant aux touffes entourant l'un des vénérables tapis orientaux, tandis qu'il réfléchissait à tout ce qu'il venait de découvrir. D'épais rideaux noirs étaient tirés derrière les fenêtres de la caravane. Une lampe rougeoyait à côté de lui sur la table, sa lumière tamisée par un foulard de soie jaune et cramoisi (oublié par sa dernière petite amie) drapé sur l'abat-jour.

Maurice Flowers avait découvert des motifs complexes, qu'il appelait glyphes, sur des pierres et dans des peintures rupestres en deux endroits en Irak. Alfie ne connaissait pas grand-chose à l'art rupestre, mais il supposa que ces peintures étaient très anciennes – bien plus anciennes que l'église qui avait été édifiée au-dessus d'elles, vieilles de dizaines de milliers d'années. Des années plus tard, l'exposition à un motif ou ensemble de glyphes similaire avait causé chez lui une lésion cérébrale, lui avait donné une forme d'épilepsie et l'avait rendu sensible à l'ensemble de glyphes que Morph utilisait pour encadrer ses caricatures. Ces caricatures étaient antiaméricaines, ce qui suggérait, mais sans le prouver, que Morph était originaire d'Irak. Mais la drogue que fumait le grand-père et que M. Prentiss avait prescrite dans le cadre du traitement suivi par Alfie après sa désastreuse incursion dans le bureau de son grand-père, provenait décidément d'Irak. D'une plante appelée haka, qui poussait quelque part au nord de Bagdad.

Il n'y avait aucune mention du haka dans les pages photocopiées du journal tenu par Maurice Flowers pendant les fouilles sur le deuxième site, ni rien qui laissât entendre que ces glyphes avaient, à son avis, autre chose qu'une signification historique. Cette découverte avait dû se produire plus tard, mais comment s'était-il rendu compte que le haka et les glyphes étaient d'une manière ou d'une autre associés ? Il se pouvait, songea Alfie, que quelqu'un d'autre ait découvert cette relation – l'un des « Quatre Nomades ». L'un d'eux était presque certainement David Prentiss, mais qui étaient les deux autres ? Étaient-ils encore en vie ? Ils devaient avoir plus de quatre-vingts ans, maintenant, mais il se pouvait que...

Alfie feuilletait le troisième volume des journaux intimes de son grand-père, cherchant en vain la moindre allusion aux Nomades, lorsque son portable sonna. C'était Toby Brown.

— J'espère que t'es chez toi, Flowers, parce que je suis devant ton portail.

— Nom de Dieu ! La fête !

Alfie avait complètement oublié la fête de fin de tournage de *L'Élémentaire*, et l'apparition promise de Morph.

— Je suis là avec un radio-taxi, alors mets pas trop de temps pour te saper.

— Donne-moi cinq minutes.

Après que les caravanes d'Alfie eurent été cambriolées pour la troisième fois, son locataire, George Johnson, l'avait aidé à construire un endroit où il pourrait planquer ses objets de valeur. Il y avait jadis eu une fosse d'inspection sur toute la longueur du garage. Alfie et George avaient installé un vieux coffre-fort de bureau renversé sur le dos au fond de la fosse, soudé une douzaine de tiges d'acier de chaque côté et comblé le vide avec trois tonnes de béton prémalaxé. Une plaque d'égout encastrée dans le sol du garage entre les deux caravanes donnait accès au coffre. Alfie la souleva avec une pince-monseigneur, déverrouilla la porte du coffre et entassa les chemises et les journaux intimes, enveloppés dans le sac Marks & Spencer, à l'intérieur. Ce n'était pas aussi sûr que le Centre de location de coffres de Holborn, ce n'était pas assuré par Lloyd's of London, mais, à défaut, c'était encore ce qu'il y avait de mieux.

Dans le radio-taxi, Toby Brown demanda à Alfie si Elliot avait réussi à tirer quoi que ce soit de la capture vidéo du visage de Morph. Alfie lui dit qu'il l'avait donnée à Elliot le matin seulement.

— Mais alors, comment on va faire pour reconnaître ce mec ? s'irrita Toby.

— Tu as dit qu'Adrian Welch paye une bande de graffiteurs pour faire une sorte de bombage en direct. Si Morph est là, on saura qui il est dès qu'il se mettra au travail.

Alfie avait décidé de ne pas parler à Toby des carnets de bord et des journaux intimes de son grand-père. C'était des affaires de famille, une sorte d'enquête parallèle qui n'avait rien à voir avec l'identification de Morph. Au lieu de quoi, il lui rapporta ce que son agent, Lucinda Edelman, avait trouvé sur Robbie Ruane.

— Je dois avouer qu'il est un peu filou, avait dit Lucinda quand elle avait téléphoné ce matin-là.

Sa voix rauque de contralto était celle d'une sirène de vingt ans sortie d'un film noir ; au physique, c'était une femme douloureusement maigre qui avait dépassé la soixantaine, avec des cheveux coupés au carré, teints jusqu'aux racines en châtain lustré, un visage que la poudre rendait blafard, un rouge à lèvres sanglant comme une blessure. Elle s'habillait aussi de façon voyante, avec des ensembles Chanel rose bonbon, des foulards Liberty, des chaussures en peau de léopard et des tas de bijoux en or. Elle habitait une ancienne écurie reconvertie dans une ruelle chic de Chelsea, à quelques minutes à pied de ses bureaux de King's Road, avec son associée, une femme de trente ans sa cadette, fumait des cigarettes russes parfumées au clou de girofle dans un fume-cigarette en ambre, et pouvait faire rouler sous la table la plupart des hommes – elle avait conclu quelques-unes de ses meilleures affaires en laissant boire des publicitaires et des directeurs artistiques imprudents. Dans les années 1960, elle avait représenté la moitié des photographes de mode de Londres ; aujourd'hui, bien que la plupart de ses clients soient décédés, elle s'affairait à la gestion de leur patrimoine et s'occupait aussi de membres de leur famille, comme elle s'occupait d'Alfie, sans donner l'impression qu'elle leur faisait une fleur.

Elle dit à Alfie que Robbie Ruane était un marchand qui avait découvert plusieurs artistes importants, mais qu'il avait aussi la réputation de plumer de jeunes clients naïfs avec des clauses de contrat abusives et des commissions scandaleuses.

— Il est actuellement assigné en justice par deux de ses clients. Et aussi par ses assureurs. Apparemment, il a vendu un tableau qui était censé avoir été détruit dans une inondation. Il a aussi l'habitude d'annoncer à ses clients qu'il a été forcé de vendre leurs œuvres pour un prix bien moindre que la somme qu'il a réellement reçue.

— Donc, en résumé, c'est un escroc.

— Le plus drôle, c'est qu'il n'a pas besoin de l'être. Il est plein de fric. Il a racheté puis revendu des tas de premières œuvres de la clique du British Art – il aurait encore une *vitrine* de Damien Hirst, une pièce unique, très belle. Si c'est un escroc, ce n'est pas par nécessité, c'est parce qu'il est né comme ça.

— On dirait que vous l'admirez, Lucinda.

— S'il n'y avait pas une ou deux crapules dans ce métier, coco, on s'ennuierait carrément à mourir. En plus, ça oblige la profession à rester en alerte. Mais toi, mon poussin, tu n'as rien à faire avec lui. Je ne le tolérerais pas.

Après qu'Alfie lui eut rapporté cette conversation, Toby dit :

— C'est intéressant, ça. Ça nous donne un prétexte.

— Tu crois ?

— Mais bien sûr. Nous trouvons Morph, et nous le mettons en garde contre Robbie Ruane. En prime, évidemment, nous lui demandons une interview en exclusivité, qui sera publiée dans un des grands formats du dimanche.

— Bien que nous n'ayons rien de tel de prévu.

Toby haussa les épaules. Plié en deux sur la banquette arrière du radio-taxi, il tirait sur une cigarette et soufflait la fumée par la vitre ouverte – un compromis pour satisfaire le chauffeur non fumeur.

— Nous pourrons dire qu'ils l'ont mise au panier pour publier autre chose. Ça arrive tout le temps. L'important, c'est de faire parler ce type. Et puis, s'il te plaît, va pas te bagarrer avec Adrian Welch.

— Pourquoi je voudrais me bagarrer avec Adrian Welch ?

— Parce qu'il te doit du fric. Parce que tu as cette idée à la con que le monde est un lieu de justice, et qu'il faut payer quand on a péché. Sois cool. C'est plus important que quelques centaines de livres.

La fête avait lieu dans les profondeurs de Hackney. Il y avait des portions de ce malheureux faubourg où des représentants de la classe moyenne s'étaient incrustés à perpète : ils restauraient assidûment des villas victoriennes, ramassaient patiemment chaque jour les vieux papiers égarés dans leur jardin, organisaient des rondes de voisinage et envoyaient des pétitions au conseil municipal. Mais ici, ce n'était pas le cas. C'était encore un morceau de l'East End londonien à l'état brut, une impasse bordée d'ateliers de misère et d'entrepôts abandonnés qui attendaient leur démolition ou leur conversion en lofts et appartements à usage mixte très tendance. Il était huit heures du soir, le ciel nuageux se frottait au crépuscule, juste assez sombre pour déclencher l'allumage des réverbères. Trois carcasses de voitures brûlées reposaient l'une derrière l'autre sur leurs jantes. Un chariot de supermarché trônait au sommet d'un monticule de gravats déposés à la sauvette. Deux individus miteux se tenaient dans l'ombre d'une entrée d'immeuble, le visage pâle comme la craie. L'un d'eux mastiquait mécaniquement en bavant une sorte de liquide sombre à chaque mouvement de sa bouche.

La musique tonnait dans l'air froid et irritant au bout de l'impasse, où des projecteurs brillaient comme une rangée de soleils miniatures au-dessus du mur en briques de la cour d'une usine, bâtiment de deux étages dont les fenêtres, contrairement à celles de ses voisins, n'étaient pas murées. Il avait été racheté par deux jeunes architectes de la race des pionniers urbains qui avaient transformé un local incroyablement bon marché, complètement démoli, sis dans une zone post-industrielle non embourgeoisée et sans avenir, en un espace résidentiel branché qui servait aussi de réclame à leur cabinet. En plus, ils louaient la cour et le rez-de-chaussée à des sociétés de production qui les utilisaient comme décors naturels pour des séries policières ou des téléfilms de gangsters pseudo-cockneys interprétés pour rigoler (et des clopinettes) par des lauréats du Conservatoire qui s'encanaillaient entre deux contrats. Ce soir, c'était le décor de la fête de fin de tournage de *L'Élémentaire*.

Lorsqu'il descendit du radio-taxi, Alfie se rendit compte que la musique diffusée à l'intérieur de la cour était une sorte de recoupage ou de remixage de la chanson du générique, un reggae rétro des Viceroys qui tentait une comparaison entre le sort des Rastafari opprimés et celui des trois prophètes qui avaient survécu à la fournaise de feu ardent de Nabuchodonosor. Le scénariste/réalisateur/producteur, Adrian Welch, la faisait écouter sur le plateau chaque jour avant le début du tournage « pour remettre les têtes en place ». L'« élémentaire » du titre était un esprit du feu qu'une bande d'ados avait invoqué en utilisant une tablette Ouija ou en lisant tout haut un vieux grimoire – Alfie ne savait pas au juste. C'était le genre de film bricolé à partir de bouts de films similaires. Alfie n'avait pas tenu jusqu'à la fin du tournage, mais il croyait que les adolescents commençaient à mourir un par un dans des circonstances horribles impliquant le feu, jusqu'à ce que les deux survivants trouvent la formule magique qui annule la première, ou se rendent compte qu'on peut faire exploser l'élémentaire avec du sodium métallique. Quelque chose dans ce goût-là, de toute façon.

Un disc-jockey travaillait la chanson en profondeur. Il isolait une brève section de guitare basse, la faisait passer à l'endroit et à l'envers tout en amenant le refrain, la laissait se perdre dans une chambre d'échos, étirait une ligne mélodique plaintive en une sorte de hurlement de loup-garou...

Pendant que Toby essayait de payer la course et d'allumer une cigarette en même temps, un taxi londonien noir s'arrêta dans un crissement de freins avec ce cliquetis familier du diesel qui évoque une horloge affolée. Une jeune femme qui ne portait guère plus qu'un T-shirt blanc ceinturé d'une chaîne en or en descendit, s'approcha nonchalamment de la grille et entra en roulant des hanches.

— Merci le show-biz ! dit Toby avec une œillade lascive tandis qu'Alfie et lui s'infiltraient dans la fête sur les pas de la créature.

À l'autre bout de la cour éclairée par les projecteurs, le D.J., un jeune Noir, penché sur ses platines comme une araignée, un gros casque stéréo sur les oreilles, torturait à mort le reggae des Viceroys. *Shadrak était un Rasta, Méshak était un Rasta, Abed Nego aussi...* Les voix aiguës des chanteurs résonnèrent haut et clair un instant avant de se noyer dans un bourbier de grattements et d'échos qui firent trembler l'air au-dessus du beau monde. Il y avait la clique habituelle des médias – des acteurs et des amis des acteurs, de jeunes romanciers et de jeunes réalisateurs, des branchés qui croyaient sincèrement qu'avoir des parents riches ou célèbres, ou riches et célèbres, était un handicap, et divers parasites et pique-assiette, dont la plupart portaient au moins deux pièces d'habillement noires – épicée d'un saupoudrage de belles et jeunes créatures en haillons ethniques néo-hippies panachés avec des lunettes haute couture. Un groupe de phasianidés boudeurs de la planète Goth étaient tapis dans un coin ; parmi eux, une fille stupéfiante en bas résille, aussi grande et mince qu'un mannequin de classe internationale, les cheveux violets, les paupières violettes, les lèvres violettes, une large ceinture cloutée en guise de jupe. Les techniciens arboraient des T-shirts frappés du slogan *J'ai survécu à l'Élémentaire* en lettres de feu sur leur poitrine. La vedette féminine – robe bouffante d'époque et lèvres rouge vif – conversait avec un couple d'un certain âge, un monsieur en blazer, aux cheveux argentés, et une dame grassouillette en robe à fleurs et chapeau-roue de charrette. C'étaient forcément les parents d'Adrian Welch, qui avaient avancé l'argent pour la démo de cinq minutes grâce à laquelle le film avait décroché un financement de la Fondation de la Loterie nationale.

Alfie, avec son blouson de cuir noir élimé sur la chemise blanche et le pantalon noir qu'il avait mis ce matin-là pour sa visite au Centre de location de coffres de Holborn, ne détonnait aucunement dans cette foule éclectique. Tout comme Toby, dans son uniforme noir habituel poudré de cendre de cigarette. Il rafla une canette de Corona dans un des barils de pétrole pleins de glace pilée, vit qu'Alfie avait repéré Adrian Welch et dit :

— Je te préviens, si tu as l'intention de lui parler, essaie d'être sympa.

— Je devrais lui demander comment Morph a réussi à se faire inviter à ce machin.

— Arrange-toi pour qu'on ne se fasse pas jeter avant qu'on ait trouvé le môme, c'est tout ce que je te demande.

Une partie de la cour était fermée par une série de barrières métalliques encliquetables où étaient accrochées des affiches de *L'Élémentaire* ; le mufle grimaçant du monstre était entièrement composé de flammes orange dessinées à l'ordinateur. Derrière cette clôture improvisée, Adrian Welch, un rastaringard vieillissant aux nattes blondes, chemise-tunique blanche en crépon sur un pantalon de treillis, harcelait un groupe de tagueurs qui toisaient les invités avec méfiance et mépris. Leur langage corporel était du pur De Niro dans *Taxi Driver* : *C'est à moi qu'tu causes, connard ?* La plupart portaient des capuches, des casquettes de base-ball ou des bonnets en laine tellement enfoncés qu'on eût dit qu'ils n'avaient pas de front, des jeans trop larges ou des pantalons des surplus de l'armée avec des poches sur la cuisse, assez grandes pour loger deux bombes de peinture. Certains avaient rabattu leur capuche sur leur casquette de base-ball pour parfaire leur anonymat. Ils écrivaient leurs tags sur toutes les surfaces publiques planes qu'ils pouvaient trouver et rêvaient de couvrir des rames entières, jusqu'aux fenêtres, de leurs flops et de leurs graffs en quadrichromie, mais en réalité le tag était un acte individuel, furtif et anonyme.

Les tagueurs ne signaient jamais de leur vrai nom. Leurs tags faisaient partie de leur armure urbaine. C'étaient des identités secrètes, des costumes de superhéros. Mais ce soir, avec des sacs en plastique pleins de bombes à peinture affaissés entre leurs baskets flambant neuves – lorsqu'il avait commencé à traquer Morph tout seul, Alfie avait appris que les graffiteurs ne transportaient pas leur matériel dans quoi que ce soit de coûteux, au cas où ils seraient obligés de s'enfuir en abandonnant le tout sur place – les artistes étaient mis à nu sous la clarté aveuglante des projecteurs, aussi nerveux que des bernard-l'ermite privés de leur coquille. Derrière eux étaient dressées deux tables d'encollage chargées de bombes de peinture et de gros marqueurs à feutre ; une rangée de toiles tendues sur des cadres grands comme des portes étaient appuyées contre le mur en brique de la cour. L'un des jeunes mâchait du chewing-gum la bouche ouverte. Un autre arborait des lunettes bleues. Une autre encore avait enveloppé sa bouche et son nez dans un foulard à carreaux rouges et blancs, tel un combattant de la rue palestinien. Le plus âgé de la bande attendait, les épaules voûtées et les mains dans les poches d'un blouson de cuir rouge tavelé de gouttelettes de peinture séchée. Tous feignaient d'ignorer Adrian Welch, qui avait finalement réussi à les obliger à s'aligner pour qu'il puisse les inclure dans son panoramique avec son caméscope numérique Sony. Il leur disait de se décontracter, de ne pas s'en faire, de prendre leur pied, de faire leur truc, le tout avec son accent jeuniste. Sa petite amie, une blonde coincée en minirobe noire moulante, trottina jusqu'au bout de la rangée pour distribuer des photos du monstre repiquées sur la vidéo, au cas où les mômes n'auraient pas remarqué les affiches.

Toby avala rapidement une gorgée au goulot de sa bouteille de Corona, se pencha vers Alfie et demanda, par-dessus le volume du larsen, qui sifflait comme un 747 sur le point de s'écraser :

— Lequel est notre homme, à ton avis ?

— Si c'est vraiment un Irakien, je suppose que ce doit être un des Blancs. Mais sûrement pas celui au bout de la rangée.

C'était un maigrichon rougissant qui venait manifestement d'une bonne famille bourgeoise de la banlieue verte ; avec son jean flottant qui lui tombait sur les chevilles, son T-shirt en filet et le foulard à tête de mort qui lui serrait le front, il essayait de rayonner une attitude de killer hip-hop sans compromis.

Alfie indiqua du doigt le trio de gosses des cités, la tête enfoncée dans les épaules jusqu'aux oreilles et la capuche du sweat-shirt rabattue très en avant sur le front, ne révélant que le bout de leur nez, et dit :

— Ceux-là aussi sont décidément bien de chez nous.

Il ne restait plus que le type en blouson de cuir rouge, et le candidat d'Alfie, le type masqué par le keffieh palestinien, qui s'aperçut qu'Alfie le fixait et lui décocha un regard boudeur, genre va t'faire foutre, pov' mec. Alfie détourna les yeux et, par une brèche dans la foule, aperçut Robbie Ruane ; il portait une veste en suédine fauve sur un T-shirt blanc et observait la scène derrière des Versace teintées enveloppantes tandis qu'Adrian Welch, le caméscope plaqué au visage, exécutait un panoramique à trois cent soixante degrés, sur la rangée de toiles vierges, la foule des spectateurs, le groupe morose de tagueurs.

Toby demandait à Alfie s'il allait bien.

— Tu vois le type avec les lunettes de soleil ? C'est Robbie Ruane.

— Oh-oh.

— Si un de ces mômes est Morph, il va falloir que l'un de nous deux l'intercepte avant qu'il lui mette le grappin dessus.

Adrian Welch s'adressa aux tagueurs :

— Du free-style, les mecs, tout ce vous voudrez, du moment que ça s'inspire de la salamandre.

— La salle à quoi ?

— Laisse-la ?

Deux des mômes des cités se poussèrent du coude en feignant de tomber dans les pommes.

— L'élémentaire du feu, dit Adrian Welch d'une voix qui trancha haut et clair dans un silence de la sono. Le monstre sur les photos qu'on vous a données. Celui qui est sur ces putains d'affiches.

— C'est pas un monstre, ça.

— T'occupe. On va te faire voir un *vrai* monstre.

Les mômes des cités tinrent un conciliabule ; le reste des tagueurs se jetèrent sur les feutres ou secouèrent des bombes de peinture avant de zébrer les toiles vierges de lignes vigoureuses. Foulard-à-carreaux travailla la pointe d'un feutre avec une lame de rasoir scotchée, l'évasa puis se tourna vers sa toile et traça un grand arc, et encore un autre, définissant une ellipse qu'il se mit à décorer d'une frange de points et de tirets évoquant des gouttes de sueur, à la Keith Haring, formations qu'il étala jusqu'au bord de la toile sans laisser de place pour l'encadrement signalétique de Morph.

Aucun des autres artistes ne produisait quoi que ce soit qui ressemblât aux pochoirs de Morph.

Toby, qui attaquait sa deuxième bouteille de bière, demanda à Alfie ce qu'il en pensait. Alfie haussa les épaules.

— Je suis d'accord, dit Toby.

Tous les graffiteurs étaient maintenant en plein travail : ils agitaient leurs bombes, traçaient des contours ou les remplissaient de violentes éclaboussures de couleur, empennaient les lignes de subtiles hachures. Leurs ombres projetées sur les toiles par les lampes à arc singeaient leurs mouvements. La plupart travaillaient en noir, rouge et jaune, sauf un, qui remplissait sa toile bord à bord avec un motif de cubes bleus et verts entrelacés – des glaçons, chacun doté une flamme rouge et vivace en son centre. Adrian Welch allait d'une toile à l'autre, l'œil vissé au viseur ; sa petite amie le guidait en le tenant par le coude. L'air était saturé de l'odeur âcre de la peinture et du gaz propulseur. Quelques invités regardaient la scène ou prenaient des photos avec des appareils numériques ou des téléphones portables, mais la plupart tournaient le dos au spectacle. Le D.J. continuait de torturer le reggae des Viceroys. *Rastaman invisible, invisible, yeah, une sorte de miracle, oh non, non...* Une toile demeurait intacte et son rectangle blanc lumineux flottait tout au bout de la rangée.

— Notre homme n'est aucun de ces mecs, dit Toby. Du moins, aucun d'eux n'opère dans son célèbre style.

— Peut-être qu'il est en retard.

— Peut-être qu'il n'existe pas, dit Toby. Ou peut-être qu'il est en prison, ou que sa maman n'a pas voulu le laisser sortir si tard. On dirait que le D.J. de choc de la radio pirate s'est lourdement gouré.

— On dirait que nous avons perdu notre temps dans cette si belle soirée, dit Robbie Ruane. Salut, Alfie. J'attendais votre appel.

— Il faut que je parle à quelqu'un, dit Alfie.

Toby réussit à barrer la route au galeriste tandis qu'Alfie contournait un couple de Goths qui pillaient un baril de pétrole plein de glace, se faufilait dans la foule et parvenait jusqu'aux barrières métalliques. Il en décrocha deux et franchit la brèche en disant hardiment :

— Adrian ! Je veux te parler !

Adrian Welch filmait le tagueur qui remplissait sa toile de minuscules cubes de glace. Sans décoller le visage de son caméscope, il informa Alfie qu'il lui parlerait plus tard.

— Ça ne peut pas attendre. Je veux savoir qui est Morph.

— Je *bosse*, Alfie. Comprendo ? Je filme ça pour ajouter un gentil petit bonus au DVD. Amuse-toi, profite de la soirée, non ?

Alfie le rattrapa lorsqu'il tenta de s'esquiver, le saisit par le bras juste au-dessus du coude (cédant presque à la tentation d'empoigner ses nattes rasta blondes) et lui dit dans le creux de l'oreille :

— Comment tu es entré en contact avec lui ?

Adrian Welch abaissa le caméscope et fusilla Alfie du regard. Il allait sur sa trentaine, c'était le genre de type qui vous amusait l'espace d'une soirée mais qui ficherait votre vie en l'air si vous le laissiez faire, et qui avait grandi en croyant que le monde était son jouet, que si on cassait un truc dedans, il en restait encore plein de pareils. N'empêche que, même si personne n'avait besoin d'un nouveau navet d'horreur mal ficelé comme *L'Élémentaire*, il avait réussi à boucler cette merde. Il avait trouvé dans le milieu du cinéma le terrain idéal pour son charme instantané et son copinage putassier ; toutes les soirées qu'il avait passées à se défoncer allégrement jusqu'à l'aube devant les écrans du Coronet et du Prince Charles n'avaient pas été inutiles, après tout.

— Si c'est au sujet du malentendu concernant tes honoraires, ce n'est ni le moment, ni le lieu, dit-il à Alfie.

Il fit signe à l'homme qui avait travaillé comme chef machiniste pendant le tournage.

— Tom ! Tom, j'ai besoin d'un peu d'aide, s'il te plaît !

Tom, un quadragénaire costaud au crâne rasé, regarda Adrian avec mépris, puis lui tourna le dos.

— Je suppose que tu ne l'as pas payé lui non plus, dit Alfie.

— Si tu veux me faire chanter...

— Ce que je veux, c'est savoir comment tu es entré en contact avec Morph. Tu me le dis, et après tu ne me reverras plus.

— Qui !

Ils criaient par-dessus le vacarme incroyable de la sono.

— Morph, dit Alfie en désignant la toile vierge. Le tagueur qui n'est pas venu.

— Qu'est-que tu veux savoir ?

— Comment tu es entré en contact avec lui.

— C'est lui qui m'a contacté. Ou plutôt, attends, c'était son manager.

— Son manager ? dit Alfie en songeant à Robbie Ruane.

— C'est comme ça qu'il s'est présenté. Un type qui s'appelle Shareef. Un pote à Frankie-Doigts-de-Fée là-bas, dit Adrian Welch en lui montrant le D.J. de l'autre côté de la cour. Ils bossent pour la même radio pirate, et c'est comme ça que Shareef a entendu parler de cette soirée. Il m'a dit que son protégé était le meilleur tagueur de Londres, et je lui ai dit de l'amener. Seulement, il ne l'a pas fait. Et c'est tout ce que je sais, alors si tu veux bien m'excuser, j'ai du travail à faire.

Et il s'arracha d'une secousse à l'étreinte d'Alfie.

Alfie commença à traverser la cour en direction du disc-jockey. Soudain, un tonitruant coup de klaxon à compresseur retentit, plus fort que la musique. Tout le monde se retourna vers les grilles lorsque le premier des moutons fonça dans l'embrasure et freina pile en apercevant les gens qui le regardaient, médusés. D'autres moutons se bousculaient pour entrer derrière lui. Des moutons au museau noir, récemment tondus, pâles, maigres, cagneux, les yeux jaunes, les cornes tordues.

Plusieurs invités se mirent à rire, croyant manifestement que cela faisait partie des festivités. Adrian Welch fit volte-face, l'œil toujours collé au viseur du caméscope ; un deuxième coup de klaxon pneumatique couvrit le reggae pendant un long moment et quelque chose explosa avec un éclair devant les grilles. Les gens tressaillirent, poussèrent des cris aigus et des hourras. Les moutons se dispersèrent dans tous les sens avec une stupéfiante agilité, poursuivis par un tourbillon de fumée verte à l'odeur douceâtre. Des lettres au pochoir étaient bombées en noir sur leurs flancs, une par mouton. Deux hommes prirent en chasse un mouton marqué U. Un mouton marqué O fila sous une des tables et la renversa, éparpillant bombes à peinture et feutres. Un mouton décoré d'un point d'exclamation saisit entre ses dents jaunes l'ourlet de la robe bouffante de la vedette féminine ; affolée, elle tira dans l'autre sens, une longue bande de tissu rouge se déchira et elle tomba sur le postérieur. Les trois jeunes encagoulés des cités reculèrent lorsqu'un mouton frappé d'un N trotta vers eux. L'un d'eux le visa avec une bombe. Robbie Ruane bouscula la foule pour arriver au premier rang et brandit son petit compact Ixus. Deux moutons – un S et un A – passèrent comme des boulets de canon sur les platines du D.J. et le reggae expira dans un dernier couinement. Adrian Welch, souriant de toutes ses dents, braquait son caméscope dans tous les azimuts tandis que les gens fuyaient devant les moutons, les poursuivaient ou observaient ce rodéo comique avec un détachement soigneusement étudié.

Alfie se précipita vers les grilles à travers la fumée verte qui commençait à se dissiper. Il était absolument certain que Morph s'était manifesté après tout. Dehors, une antique Land Rover effectua un demi-tour sur place et repartit. Les deux individus louches qu'il avait repérés tout à l'heure dans l'impasse s'élancèrent à sa poursuite avec une foulée bizarre de créatures de dessin animé. Le véhicule accéléra, prit le virage au bout de la rue dans un crissement de pneus, et les deux hommes le suivirent. Alfie sortit son carnet de son fourre-tout et nota le numéro de la Land Rover, tout comme un vrai détective, puis retourna dans la cour rejoindre Toby Brown.

7.

— George ne va pas être content, dit Toby. Ils sont en train de chier partout, là derrière.

— Les crottes de mouton, c'est assez propre pour de la merde, dit Alfie. C'est comme des boulettes. On passera un coup de balai quand on aura livré.

— Ça ressemble plutôt à une bouillie verdâtre, dit Toby en regardant dans le rétroviseur. Ces moutons sont drôlement nerveux, Alfie. Tu vas être obligé de passer toute la camionnette au jet après ça, et d'éliminer ce qui reste en frottant avec une dizaine de litres de désinfectant. Du désinfectant in-dus-tri-el. Autre chose : qu'est-ce qu'on fait si le proprio de la Land Rover n'est pas le proprio des moutons ?

— Pourquoi ce ne serait pas le même ?

— Ou alors, suppose qu'il ne veuille pas les récupérer.

— Pour quelle raison ? Ce sont des moutons tout ce qu'il y a de bien. Des moutons célèbres. Des moutons dotés d'une signification artistique. Ou plutôt, qui le seraient s'ils réussissaient à s'aligner dans le bon ordre...

— S'il ne les reprend pas, qu'est-ce que tu vas faire avec dix moutons ?

— Je creuse une fosse, je fais un méchoui et j'invite tous les gens que je connais. Je t'inviterai même toi. Mais ne t'inquiète pas, il va les reprendre.

Ils roulaient dans le Ford Transit cabossé de George Johnson, Toby au volant ; ils sortaient de Londres par l'est sur l'autoroute A13, passant devant ce qui restait des usines Ford à Dagenham, devant des récifs de pavillons HLM, des centres commerciaux, des zones industrielles, des terrains vagues entourés de palissades où s'entassaient des épaves de voitures en piles irrégulières. À l'arrière de la camionnette, les moutons se bousculaient, dérapaient sur le plancher en contreplaqué dans un claquement de sabots.

La veille, lors de la fête de fin de tournage, le D.J. avait refusé de révéler à Alfie et à Toby quoi que ce soit sur Shareef ou sur Morph : il les avait manifestement pris pour des policiers et avait répondu par un regard méprisant lorsque Alfie lui avait offert dix livres en échange du numéro de téléphone de Shareef. Les techniciens avaient enfermé les moutons dans un enclos bricolé avec les barrières métalliques, et Alfie avait promis aux architectes qui possédaient l'usine reconvertie de trouver un lieu d'accueil sympa pour les animaux. Par bonheur, ils avaient de l'humour et avaient pris la chose du bon côté. Surtout qu'ils allaient bénéficier d'une pub gratuite dans l'*Evening Standard* grâce au chroniqueur mondain qui couvrait la réception.

Il n'avait pas été aussi aisé de persuader George Johnson de découvrir à qui appartenait la Land Rover.

— C'est plus difficile qu'on le croit, dit-il à Alfie.

C'était un petit sexagénaire costaud, recroquevillé dans un cardigan trop grand pour lui, plein de taches de cambouis et d'une couleur indéfinissable, les poches déformées sous le poids d'écrous, de boulons et de vis de toutes tailles, de bouts de fil de fer et de rouleaux entamés de pastilles de menthe, des Polo avec le trou au milieu. Il avait contracté une dépendance envers les pastilles de menthe lorsqu'il avait cessé de fumer dix ans plus tôt, après une crise cardiaque.

— Tu téléphones à ton copain dans la police, et il téléphone aux Immatriculations, dit Alfie. Je ne vois pas où est le problème.

— Si c'était au bon vieux temps, Alfie, t'aurais raison. Mais maintenant, avec les relevés d'appels, la surveillance des communications et les formulaires à remplir...

— Il y a un McGarrett pour ton pote en prime, et un pour toi aussi, bien sûr, dit Alfie. Réfléchis.

Dans l'argot des revendeurs de billets qu'Alfie avait appris de George, un McGarrett valait cinquante livres – cash, évidemment.

George pinça entre deux doigts le bout de son nez tubériforme, le tordant dans tous les sens comme pour essayer de le régler sur une station radio qui lui donnerait la réponse. Il tripotait constamment cet organe d'une sensibilité fabuleuse, qui, prétendait-il, pouvait non seulement flairer des ennuis ou une mauvaise affaire à un kilomètre, mais aussi prédire le temps qu'il ferait. Il louait la petite parcelle sur laquelle se dressait son atelier depuis plus de trente ans. Il avait été le locataire du père d'Alfie, et, avant lui, de M. Chelab, le personnage qui avait perdu le terrain dans une partie de poker au profit du père d'Alfie ; avant cela, il le louait à Ira Glass, qui, d'après George, l'avait donné à M. Chelab pour s'épargner la peine de se faire casser les bras et les jambes après avoir tardé à rembourser l'argent qu'il avait emprunté à M. Chelab afin de monter une affaire de bonneterie. Ira Glass avait racheté le terrain à vil prix après la guerre, quand l'entreprise de cars qui le possédait avait fait faillite, mais il n'avait jamais pu construire des habitations dessus et faire fortune, parce qu'il s'était trompé de personne quand il avait essayé d'acheter un membre de la commission de l'urbanisme – précisément le seul conseiller municipal incorruptible. Ira Glass avait donc passé un an en prison, où il avait fait la connaissance de M. Chelab, un comptable marron qui travaillait de temps en temps pour les terribles jumeaux Kray, ce qui explique pourquoi Ira Glass avait si obligeamment abandonné sa propriété quand il avait été dans l'incapacité de rembourser son emprunt.

Bien que George ne louât qu'un coin de la cour, il exerçait une sorte de droit seigneurial sur le reste et installait les véhicules qu'il restaurait – son violon d'Ingres – dans le grand garage bien aéré, demandant de temps en temps à Alfie si ça ne le gênait pas qu'un membre ou un autre de sa famille étendue y laisse une voiture ou une camionnette pour quelques jours ou quelques mois. En échange, George lui rendait service à l'occasion. Il avait trouvé un électricien pour raccorder les caravanes d'Alfie au réseau, par exemple, et deux des neveux de George avaient aidé à creuser la tranchée pour l'adduction d'eau. Alfie, conscient qu'organiser une vérification illégale de numéro minéralogique était une faveur au moins aussi importante qu'amener l'eau ou le courant électrique, dit :

— Je ne te le demanderais pas si je n'étais pas obligé. Et ça, j'en ai vraiment besoin.

— Tu cherches toujours le môme qui fait les graffiti.

— Exact.

— Je croyais que t'avais ton copain journaliste pour t'aider.

— C'est plus un critique de bouquins qu'un journaliste. C'est pour ça que je me suis adressé à toi, George. Tu es mon dernier espoir.

George plaça une pastille de menthe dans sa bouche et soupira.

— Comme je vois que c'est pour toi, Alfie, peut-être que je peux arranger quelque chose. Et puis écoute, je voudrais pas te critiquer, mais tu crois pas que tu prends ce travail de détective un peu trop au sérieux ?

Quittant l'autoroute A13, Alfie et Toby s'engagèrent sur des chaussées défoncées, pleines de trous, dans un paysage sordide qui n'était ni la ville, ni la campagne. Des champs négligés envahis par les chardons et parsemés de cabanes en tôle ondulée, une casse de voitures, une société de location de containers protégée par des clôtures grillagées, des barbelés tranchants et des caméras de surveillance, des hangars qui auraient pu abriter des centres d'appel téléphoniques, des dépôts de colis, des usines d'électronique ou des prisons privées. Des semi-remorques et de grosses camionnettes sortaient de nulle part en rugissant, ébranlant le Transit dans leur sillage poussiéreux. Voitures calcinées rouillant au milieu des sureaux et des ronces, haies pavoisées de lambeaux de sacs en plastique, caniveaux obturés par des pyramides de gravats clandestins. Le bâtiment en brique aux fenêtres murées et l'auvent d'une station-service abandonnée, surchargés d'un tourbillon de graffiti, dont aucun, apparemment, n'était de Morph.

C'était un pays de bandits, un endroit paumé où les apaches organisaient des combats de chiens et des tournois de lutte à mains nues, et où des gangsters de série B réglaient leurs comptes à la carabine. Et toujours des pylônes électriques marchant au pas cadencé vers l'horizon plat et le soupir triste de la circulation qui fonçait au loin. La Land Rover était immatriculée à une adresse de ce triangle des Bermudes, mais bien peu de voies avaient des noms et bon nombre d'entre elles ne menaient nulle part et se terminaient devant les grilles d'un dépôt de ferraille ou dans un malheureux bosquet de sycomores où on avait balancé des douzaines de sacs-poubelle noirs qui laissaient suinter un effluent toxique quelconque.

Finalement, Alfie obligea Toby à s'arrêter devant une usine de poudre de lait et à demander son chemin au vigile posté à l'entrée. L'homme réussit à les renseigner après une consultation complexe avec un interlocuteur qu'il avait appelé sur son portable. Ils firent demi-tour, prirent à gauche après la station-service abandonnée et s'engagèrent dans un chemin non indiqué sur la carte, pourvu d'une crinière poussiéreuse d'herbe sèche en son milieu et d'étroites gares d'évitement découpées à gauche et à droite dans des buissons d'aubépine taillés à la machine. Les moutons protestaient à chaque cahot, piétinant sur place tandis que la camionnette passait devant une chaumière de carte postale partiellement couverte de chèvrefeuille et de roses blanches, puis devant un portail en grosses pierres irrégulières encadrant l'entrée d'un chemin de terre qui filait comme une flèche, entre des champs fraîchement labourés, vers une ferme découpée sur l'horizon rectiligne. Et il y avait une plaque en fonte à côté d'une boîte à lettres de style américain posée sur un piquet – West End Field, l'adresse que le contact de George avait dénichée aux Immatriculations.

C'était une modeste exploitation agricole, essentiellement un grand champ subdivisé en parcelles plus réduites par des clôtures en fil de fer tendu entre des piquets. Une Austin Maxi décrépite rouillait sur ses jantes au milieu des orties exubérantes, à côté d'une rangée de cabanes peintes chacune d'une couleur primaire différente. Quatre serres-tunnels parallèles en polyéthylène brillaient au soleil. Une chèvre était attachée par une chaîne à un pieu en fer enfoncé au marteau dans le sol. Des poulets picoraient çà et là. Dans la plus grande des parcelles, des moutons broutaient tristement une herbe rare. Il y avait une caravane avec un marchepied flanqué de pots de géraniums en plastique ; une Land Rover olivâtre était garée juste à côté.

— Reste au volant et laisse tourner le moteur, dit Alfie à Toby.

— Pas question, dit Toby en coupant le contact et en ouvrant la portière. Il fait tellement chaud là-dedans que je transpire comme un zonard au Virgin Megastore, et je pue le mouton. En fait, je pense qu'après ça je vais être obligé de m'exiler sur quelque rocher sauvage et de vivre en ermite à l'écart de la société. Alors, excuse-moi si je sors pour me purifier les bronches avec une cigarette.

Alfie descendit lui aussi de la camionnette. Ils s'immobilisèrent devant le véhicule et contemplèrent la petite exploitation qui mijotait au soleil.

— Peut-être que tu devrais rentrer dans le Transit au cas où, dit Alfie. Ou, au moins, le garer dans l'autre sens.

— Au cas où quelqu'un veuille faire du grabuge à propos de quelques malheureux moutons ?

— Au cas où ce soit le genre d'endroit où les cadavres sont enterrés, dit Alfie en se dirigeant vers le portail.

Ne trouvant pas de sonnette, il cria un « Bonjour ! » qui retentit comme une scandaleuse intrusion dans le silence méditatif.

Un homme sortit de derrière la caravane, un grand Noir squelettique d'une quarantaine d'années, aux cheveux grisonnants coupés ras. Il ne portait qu'un short kaki effrangé et des tongs et avait en main un objet qui accrocha le soleil quand il gesticula avec – une machette, ce que les Jamaïquains nomment coutelas.

— Que puis-je faire pour vous ? dit-il.

— Monsieur Barrett ?

— Qu'est-ce que vous lui voulez ?

— Donald Barrett ?

Alfie faisait de son mieux pour se concentrer sur le visage de l'homme et non sur le coutelas.

— Qu'est-ce que c'est que cette histoire ? Pourquoi vous venez me harceler encore ?

— J'ai vos moutons.

L'homme s'arrêta à deux mètres du portail et examina Alfie. Son épiderme ambré était roux comme le pelage d'un renard. Une pluie de taches de son criblait son nez épaté.

— Mes moutons sont là, dans le champ à côté, dit-il. Si vous les voyez pas, vous êtes plus bête que vous en avez l'air.

Il avait une voix grave et calme et un regard ferme, mais il avait aussi un coutelas.

Alfie sentit ses aisselles se mouiller sous l'armure imparfaite de son blouson en cuir noir.

— Vous avez vendu ou loué ces moutons-là à un individu qui s'appelle Morph, dit-il. Dix moutons, fraîchement tondus, chacun avec une lettre différente peinte sur le flanc. Si ça ne vous dit rien, je les ai amenés ici dans la camionnette. Vous pouvez y jeter un coup d'œil.

— Je connais personne qui s'appelle Morph.

— C'est drôle, parce qu'il a transformé vos moutons en un croisement entre une œuvre d'art et un message politique.

L'homme regarda attentivement Alfie puis dit :

— Vous avez vraiment des moutons dans votre camion, là ?

— J'en ai dix.

— Je parie que vous pouvez les sentir de là où vous êtes, intervint Toby.

Debout à côté du Transit, il allumait sa deuxième cigarette au mégot de la première.

L'homme brandit le coutelas dans un geste dédaigneux.

— Faut être cinglé pour rouler avec des moutons à l'arrière de ce machin avec la chaleur qu'il fait aujourd'hui. Ils vont mourir si vous les ramenez pas là d'où ils viennent.

— C'est bien pour ça que nous sommes ici, dit Alfie.

— Des moutons, j'en ai, je vous l'ai déjà dit. J'en veux pas d'autres, et je veux pas d'ennuis non plus. Vous partez maintenant. Vous avez rien à faire ici.

— Je peux vous aider à les ramener au bercail, monsieur Barrett, dit Alfie, ou alors je peux les lâcher sur le chemin et repartir, et vous laisser vous débrouiller avec.

— Comment vous savez mon nom ? Vous êtes de la police ? Ou alors, vous travaillez pour cette bonne femme ?

— Quelle bonne femme ?

— « Quelle bonne femme ? » répéta l'homme d'un ton méprisant. Comme si vous le saviez pas.

— Je ne travaille pour personne. Je ne suis qu'un citoyen concerné qui se préoccupe du bien-être de vos moutons. Tout ce que je veux, c'est vous les rendre et vous parler un peu de Morph. Sinon, mon ami ouvrira les portes de la camionnette et les lâchera dans la nature.

— Je vous l'ai déjà dit, je connais personne qui s'appelle Morph.

— Shareef, alors, dit Alfie.

Il vit que l'homme avait reconnu ce nom.

Toby cogna sur les flancs du Transit. Les moutons poussèrent des bêlements affolés.

— Ils commencent à s'agiter, dit Alfie.

— Ils se préparent à détaler, dit Toby.

Et il se remit à cogner sur la camionnette.

— Vous pouvez pas faire ça, dit l'homme. C'est de la cruauté envers les animaux.

— Comme leur peindre des lettres sur le flanc et les lâcher au milieu d'un tas de branleurs du show-biz, dit Toby. Vous avez de la chance que nous ne soyons pas de la section locale du Front de libération des animaux.

— J'ai rien à voir avec ça, dit l'homme.

— Si Shareef n'a pas d'ennuis, et vous non plus, dit Alfie, c'est uniquement parce que nous nous sommes occupés des moutons avant que la police ou la S.P.A. soient mises sur l'affaire. En échange de notre aide, tout ce que je veux, c'est que vous répondiez à quelques questions.

L'homme réfléchit en se battant la cuisse du plat de sa machette. Toby agita la poignée des portes arrière du Transit. Les moutons piétinèrent à l'intérieur et firent tanguer le véhicule sur ses amortisseurs.

— Très bien, dit l'homme. Tout ce qui pourra empêcher votre ami de tourmenter ces pauvres bêtes.

— Nous allons vous rendre les moutons et vous allez me parler de Shareef et de Morph, dit Alfie. D'accord ?

— Morph, je le connais pas. Shareef, je lui rends service, et voilà ce qui arrive. Avant que je dise un mot de plus, nous devrions nous occuper de ces moutons.

L'homme s'approcha et déverrouilla le portail.

— Reculez avec votre Transit jusqu'à l'entrée et laissez-les sortir avant qu'ils crèvent de chaleur.

Après que les moutons eurent rejoint le reste du troupeau en trottinant à la queue leu leu dans l'ordre OWSUAUTON ! – seul le point d'exclamation était à sa place dans le slogan anti-étatsunien –, l'homme, Angus Barrett, offrit du thé à Alfie et à Toby. Assis sur des chaises de jardin en plastique dans un carré de pelouse négligée derrière la caravane, ils parlèrent de Shareef tandis qu'Angus Barrett plongeait dans un seau d'eau bouillante le poulet qu'il avait décapité et vidé avec le coutelas (la tête, de taille bizarrement réduite, reposait sur la tranche d'une souche comme une offrande sacrificielle) et arrachait à la carcasse des poignées de plumes gris sale.

Il dit à Alfie et à Toby que Shareef était son neveu.

— Il est venu ici hier. Son père, c'est mon frère aîné, Donald, la ferme, c'est à lui. Je m'en occupe à sa place. Shareef a dit que Donald avait dit qu'il pourrait emprunter quelques moutons. Il a dit qu'il en avait besoin pour se faire un peu de publicité. Shareef, c'est comme ça qu'il se fait appeler depuis qu'il s'est converti, son nom de baptême, c'est Benjamin, il veut être célèbre à tout prix. Ce qu'il avait l'intention de faire, ça avait l'air d'une drôle d'idée, il prétendait que Donald lui avait donné la permission, alors O.K., je l'ai aidé.

— Vous l'avez aidé à rassembler les moutons, dit Toby. C'est tout ? C'est vous qui avez conduit la Land Rover ?

Angus Barrett secoua la tête.

— Je vais pas en ville sauf si je suis obligé. Shareef, il est venu ici avec ce malabar qui se fait appeler Watty. Ils sont partis tous les deux avec les moutons, et ils ont ramené la Land Rover tard hier soir.

— À quoi ressemblait ce malabar ? demanda Alfie.

— C'était un costaud, oui. Un culturiste, ou un videur. Les deux, peut-être.

— Il n'avait pas du tout l'air d'un Arabe ?

— C'était un mec de la Jamaïque, comme moi. Il avait une vieille Mercedes sympa. Il avait une dent cassée, ça, je m'en souviens, parce qu'il l'a montrée la seule fois qu'il a souri. Il a pas dit grand-chose non plus. Donc, je demande à Shareef quand est-ce qu'il va me ramener les moutons et il me dit de pas m'en faire, il me les ramènerait le lendemain à la première heure. Je lui ai dit qu'il avait intérêt, sinon il aurait de gros ennuis avec son père. Seulement, il est pas revenu, bien sûr. À la place, cette bonne femme s'amène pour poser des questions, et voilà que vous vous pointez, pour poser des questions vous aussi.

— Quel genre de femme c'était ? demanda Toby.

— J'ai sa carte, dit Angus Barrett.

Il l'extirpa de la poche de son short et la tendit à Toby, qui la regarda et la lut à haute voix.

— « Harriet Crowley, détective privée. » On connaît une Harriet Crowley, Alfie ?

— Je ne crois pas.

— Elle aussi voulait en savoir plus sur cet ami de Shareef, dit Angus Barrett.

Le poulet à moitié plumé se balançait entre ses genoux. Le tas de plumes s'agitait comme de la neige à ses pieds.

— Mais elle sentait le flic à plein nez, poursuivit-il, alors je lui ai rien dit. Elle m'a laissé sa carte, elle m'a dit de l'appeler si je changeais d'avis. Elle a dit qu'il y aurait de l'argent à gagner, comme si j'étais un indic, quoi. Elle a dit aussi que je devrais bien réfléchir avant de refuser de coopérer avec elle, sinon elle s'arrangerait pour que j'aie des ennuis pour avoir transporté des moutons sans feuille de route. Franchement, elle était chiante. Passons. Et voilà que vous débarquez, et vous cherchez le même type. Mais vous m'avez pas encore dit pourquoi vous voulez le retrouver.

Toby lui montra deux coupures de presse – la photo d'Alfie dans l'*Independent* et l'article d'une demi-page dans le *Camden Journal* – et expliqua ce qui s'était passé lors de la soirée en disant qu'ils voulaient exploiter l'événement avec une interview.

— Il cherche à se faire de la pub, dit Toby. Et nous sommes là pour l'aider à obtenir ce qu'il cherche.

Angus Barrett tira sur des plumes naissantes incrustées dans la peau blanche et hérissée d'un des pilons du volatile.

— Vous voulez l'interviewer, c'est ça ?

— Et son ami aussi, dit Toby.

— Qu'est-ce que vous en dites, monsieur Barrett ? demanda Alfie. Ce serait lui rendre service.

— Je lui ai déjà rendu un service de trop, dit Angus Barrett en arrachant encore quelques plumes. Vous avez un bout de papier pour écrire ?

Toby lui tendit son carnet. Angus Barrett y inscrivit un numéro de portable.

— Peut-être qu'il vous parlera, dit-il, peut-être que non, mais si ça marche pas, revenez pas me poser encore des questions.

— Alors, dit Toby, qu'est-ce que vous faites ici, Angus ? Vous vous planquez ?

Le sourire d'Angus Barrett exposa toutes ses dents.

— Tu me prends pour une sorte de gangster, hein, petit Blanc ? Kesta ? La caillera, tu kiffes pas ?

— Mais vous avez bien dit que vous n'aimiez pas aller en ville, vous avez dit que vous pensiez qu'on était de la police...

Angus Barrett éclata de rire.

— Tous les Blancs sont des flics ou des fonctionnaires de l'Immigration, et tous les Noirs sont des gangsters, n'est-ce pas ? En vérité, je m'occupe de cette ferme pour le compte de mon frère pendant que j'essaie de remettre ma tête en ordre. J'étais assistant en sociologie des mass media à l'université du Middlesex, et j'étais stressé de tous les côtés. La crise de la post-quarantaine classique, je ne vais pas vous barber avec ça. J'ai plaqué mon boulot, mon mariage était en pleine débâcle, mon frère m'a dit que je pourrais rester ici. Il a deux hommes qui s'occupent des moutons et des plantes qui poussent dans ces tunnels, là-bas – des fines herbes, pour le restaurant de Donald.

Les moutons aussi, parce qu'on a du mal à avoir de la bonne viande de mouton dans ce pays. Je donne un coup de main aux employés de Donald, je fais de grandes promenades, j'essaie d'écrire mes poèmes... Désolé de vous décevoir.

— Excuse-toi, dit Alfie à Toby, pour tes hypothèses irréfléchies.

— Va te faire foutre, Alfie, dit Toby Brown en exhibant le cimetière atomisé de ses dents jaunies par la nicotine.

— Messieurs, si vous devez à l'avenir travailler ensemble, dit Angus Barrett, vous allez avoir besoin d'affiner vos reparties. Maintenant veuillez m'excuser, il faut que je nourrisse le bétail.

Lorsqu'ils démarrèrent, Toby jeta son carnet et son portable sur les genoux d'Alfie, et Alfie appela le numéro que leur avait donné Angus Barrett. À l'autre bout de la ligne, le téléphone sonna et sonna avec une tonalité grinçante, puis une voix ensommeillée et congestionnée finit par dire :

— Qu'est-ce qu'y a ?

— C'est Shareef ?

— Qu'est-ce que vous voulez ?

Le Transit croisa une voiture garée sur l'un des refuges. Le conducteur étudiait une carte étalée sur le volant. Encore une victime du triangle des Bermudes.

— J'aimerais vous parler de Morph, poursuivit Alfie. Et de sa performance d'hier soir, avec les moutons, et de ses graffiti. Votre oncle, Angus Barrett, m'a donné votre numéro, et je me demandais...

L'autre avait raccroché.

— Il ne faut jamais laisser un gamin faire le boulot d'un homme, dit Toby.

Il cueillit son portable dans la main d'Alfie, pressa la touche rappel puis dit en conduisant d'une main :

— Ici Toby Brown de l'*Independent*. C'est bien à Shareef que je parle ? Non, c'était mon collègue. Il prend les photos et moi, j'écris les articles. Vous avez peut-être vu le papier sur les camionnettes de messagerie dans le *Camden Journal* ? Vraiment ? Eh bien, l'article était de moi, et c'est mon copain qui avait pris les photos. Il est aussi l'auteur de la très belle image d'une des œuvres de votre ami Morph qui est parue dans l'*Independent*. Ah bon ? Je peux vous faire livrer un exemplaire par un de nos cyclistes sur l'heure si vous me dites... Non, je comprends. Bon, peut-être que vous aimeriez le voir sur le site Internet. Oui, c'est ça. Oui, un article plus étoffé. Non, cette histoire-là a été balancée au *Camden Journal* parce qu'on l'a trouvée d'intérêt trop local, mais la performance très imaginative impliquant les moutons est d'une classe à part. À elle seule, malheureusement, elle ne suffit pas pour le genre d'article que nous voulons publier, et c'est pour ça que je vous appelle. Oui, une interview, absolument. Donc vous êtes son manager, ou son agent ? Je vois. En tout cas, vous pouvez arranger... Je vois. Non, je comprends, mais vous êtes sûr que... Si c'est ainsi que vous voyez la chose, alors nous essaierons de faire de notre mieux, mais il faut que vous compreniez que l'espace dans les pages d'informations générales est très limité, il faudra que ce soit quelque chose qui sorte vraiment de l'ordinaire... J'en suis sûr. Je suis impatient de voir ça. Vous allez avoir besoin de mon numéro de téléphone.

Toby récita le numéro, dit à Shareef qu'il espérait lui reparler très bientôt et éteignit le portable en disant à Alfie :

— C'est comme ça que travaille un vrai journaliste, mon petit.

— Bravo. Et on le voit quand ?

— Pas tout de suite. Il faut d'abord que nous allions au musée de la Guerre, demain matin à la première heure. Apparemment, Morph prépare un nouveau coup. Un message important. Nous rédigeons le papier, l'*Independent* le publie, et ensuite, une fois que nous avons prouvé notre sérieux, nous allons voir Shareef.

— À mon avis, il te fait marcher.

— C'est un jeune Black, dit Toby. C'est normal qu'il se méfie des médias. En plus, il prend son pied. Si nous faisons ce qu'il veut, nous aurons ce que nous voulons. Alors, à moins que tu n'aies une meilleure idée...

— Quel genre de message important ?

— Il n'a pas voulu me le dire. Je suppose qu'il veut nous faire une surprise.

Toby s'arrêta au croisement, fourra une cigarette dans sa bouche et l'alluma, puis il tourna à gauche, vers l'autoroute A13. Un air brûlant s'engouffra par les vitres ouvertes, mais ne fit pas grand-chose pour éliminer la puanteur laissée par les moutons.

— Tu crois que tu peux vendre un article sur cette surprise ? demanda Alfie.

— Ça dépend de la qualité de cette surprise. Et cette mystérieuse femme ? Cette détective privée ? Tu crois qu'on devrait l'appeler ?

— Je pense qu'elle travaille pour Robbie Ruane.

— Moi aussi.

— Il s'attendait à voir Morph hier soir, et quand ça n'a pas marché, il a demandé à cette détective privée de trouver d'où venaient les moutons. Elle a dû se débrouiller comme nous.

— Avec un peu de chance, nous avons encore une case d'avance. Nous avons le numéro du portable de Shareef, nous lui avons parlé, nous avons plus ou moins conclu un marché avec lui.

— Pendant ce temps, cette détective le recherche elle aussi.

— On peut lui souhaiter bonne chance.

— Elle doit avoir des ressources dont nous ne disposons pas, dit Alfie.

— Mais nous sommes plus intelligents.

— Shareef travaille pour cette radio pirate, Mister Fantastic FM. Peut-être qu'on devrait essayer de la trouver...

— On ne trouve pas une radio pirate aussi facilement que ça.

— Ils doivent avoir un studio...

— Tout ce qu'il leur faut, c'est deux platines, une console de mixage et un micro, et une liaison hertzienne avec un émetteur à faible puissance. On peut installer ça n'importe où. Dans une cuisine, dans une chambre, dans la cabane au fond du jardin. J'ai déjà réfléchi à cette piste, Flowers, et, crois-moi, ça sera bien plus facile de jouer le petit jeu de Shareef. Nous coopérons avec lui, nous évitons de harceler les gens qui le connaissent, et nous allons passer pour des braves types. Ce que nous sommes, évidemment.

— Et si ça ne nous mène nulle part ?

— Dans ce cas, nous serons obligés de trouver cette station de radio. Ou alors, nous allons voir le paternel de Shareef, ce Donald Barrett, et nous lui demandons où habite son fils.

— En attendant, dit Alfie, je crois que nous devrions ramener la camionnette, et la nettoyer à fond.

— Montés sur leurs chevaux, le Justicier solitaire et son fidèle Tonto cheminent au fond d'un canyon. Au sortir d'un tournant, ils tombent nez à nez avec une bande d'Apaches sur le sentier de la guerre avec leurs peintures et le reste. Le Justicier solitaire se tourne vers Tonto et demande : « Qu'est-ce nous faisons, maintenant ? » Et Tonto répond : « Pourquoi ce *nous*, visage pâle ? »

— J'espérais que tu allais me donner un coup de main, dit Alfie, parce que j'ai un rendez-vous à cinq heures.

— Et moi, j'ai rendez-vous avec mon jardin, une bière bien fraîche et huit cents pages de la biographie d'un insignifiant poète italien du XVIIe siècle. Et tu dois rencontrer qui, si ce n'est pas indiscret ?

— C'est une affaire de famille. Rien d'important.

8.

L'homme qui avait suivi Alfie Flowers à la fête avait communiqué à Harriet le numéro minéralogique de la Land Rover, et elle était remontée jusqu'au propriétaire, un certain Donald Barrett. Jusque-là, c'était facile. Mais lorsque Harriet s'était rendue dans l'exploitation agricole à la périphérie de Londres que Donald Barrett avait donnée comme adresse, il s'était révélé qu'il n'y habitait pas, et le gardien des lieux avait refusé de répondre à toutes les questions qu'elle avait posées.

Elle avait déjà essayé, sans succès, de trouver Benjamin Barrett, alias Shareef. S'il était parmi la vingtaine de « B. Barrett » abonnés au téléphone filaire à Londres, il était au nombre de ceux qui n'avaient pas répondu quand elle avait appelé, et aucun des cinq Benjamin Barrett qu'elle avait retrouvés grâce à son contact dans une agence de notation n'était le bon non plus. Apparemment, ce disc-jockey de radio pirate n'avait pas de compte bancaire, ne possédait pas de carte de crédit, n'avait jamais pris de crédit non plus, et il utilisait soit un portable à cartes anonyme, soit un portable loué par un des opérateurs chez qui Harriet n'avait personne disposé à interroger la base de données clients en échange d'une modeste compensation. Elle n'avait pas eu plus de chance avec Moussa Qarssou, alias Morph. Elle avait appris d'un contact au service de l'Immigration qu'un adolescent de dix-sept ans du nom de Moussa Qarssou et son père, Ahmed Qarssou, étaient entrés illégalement en Grande-Bretagne six mois plus tôt. Ahmed Qarssou, quarante et un ans, cordonnier, avait affirmé avoir été torturé par la police turque ; des dossiers médicaux et un rapport d'Amnesty International avaient corroboré ses dires. On avait octroyé aux Qarssou un appartement à Harringay et la Sécurité sociale en attendant qu'il soit statué sur leur sort, mais Ahmed Qarssou était mort d'une crise cardiaque massive cinq semaines seulement plus tôt ; son fils avait disparu et avait été placé sur la liste des personnes « à risque » par les services sociaux de la mairie d'Harringay. Il était recherché par la police, mais, comme disait Şivan Ergüner, comment peut-on retrouver un de ces pauvres enfants perdus ?

Harriet pensa qu'il devrait être beaucoup plus facile de remonter jusqu'à Donald Barrett. Il était propriétaire immobilier, et il avait presque certainement un compte bancaire, un dossier de crédit et toutes les autres choses utiles que pratiquement tous les adultes accumulent au cours de leur vie. Une rapide recherche dans sa base de données sur cédérom lui donna un peu plus d'une centaine de « D. Barrett » dans la région de Londres. Elle pouvait perdre deux heures à éplucher laborieusement la liste, ou alors, elle pouvait la réduire avec un peu d'imagination. Après avoir écouté sa tribune téléphonique sur Mister Fantastic FM, elle était convaincue que Benjamin Barrett était très jeune ; il se pouvait qu'il habite encore chez ses parents ou qu'il n'ait déménagé que récemment, ce qui expliquerait pourquoi il n'avait ni compte bancaire ni carte de crédit. Une recherche de parenté sur une base de données en ligne qui renvoyait aux listes électorales des cinq dernières années lui donna une seule adresse à Londres où étaient inscrits à la fois un Donald Barrett et un Benjamin Barrett. Harriet se rendit sur place. C'était un imposant pavillon jumelé à Stoke Newington. La Noire élégante qui lui ouvrit la porte se trouva être la belle-mère de Benjamin Barrett, et elle ne sembla pas surprise qu'une Blanche essaie de retrouver son beau-fils. Elle dit qu'il avait déménagé l'année précédente, mais elle resta dans le vague quant à son adresse.

— Donald doit la savoir. C'est lui qui paie le loyer du gamin.

Le numéro que la femme avait donné pour Donald Barrett était occupé, mais son lieu de travail était à cinq minutes à pied de chez lui : une entreprise de radio-taxis sur Stoke Newington High Street. Le standardiste installé derrière la grille du minuscule bureau libéra le loquet électrique et fit entrer Harriet dans une pièce où plusieurs chauffeurs attendaient entre deux courses. Affalés dans des fauteuils graisseux, ils lisaient des journaux ou jouaient aux dominos, et tous fumaient furieusement en ignorant la télé qui marmonnait toute seule dans son coin. Le bureau de Donald Barrett se trouvait en haut d'une volée de marches bancales dépourvues de moquette. C'était un homme imposant et sympathique, qui se balançait sur son fauteuil pivotant, les mains croisées sur le ventre, tout en écoutant Harriet lui expliquer que son fils n'était pas en cause, mais qu'il avait un ami, un immigrant clandestin qui était peut-être impliqué dans une affaire douteuse. Ce qui prit un bon moment, parce que environ une fois par minute l'un des six téléphones posés sur le bureau sonnait : Donald Barrett levait la main, la paume pâle et ridée tournée vers Harriet, et disait qu'il était obligé de prendre l'appel. Il pivotait de cent quatre-vingts degrés sur son fauteuil et regardait par la fenêtre en saillie poussiéreuse qui donnait sur la rue bruyante pendant qu'il parlait au téléphone, puis se retournait, reposait le combiné, souriait à Harriet et disait :

— Bon, où en étions-nous ?

Harriet lui tendit une photo d'un des graffiti de Morph.

— Le jeune que j'essaie de trouver a bombé des trucs comme celui-ci dans tout le secteur. Son pseudo est Morph, son vrai nom est Moussa Qarssou. J'ai besoin de le trouver, et je crois que c'est un ami ou une connaissance de votre fils, et c'est pourquoi j'aimerais beaucoup m'entretenir avec Benjamin. Juste quelques questions en vitesse.

— Vous dites que mon fils connaît la personne qui a fait ça ?

— C'est la seule raison pour laquelle je veux lui parler.

Un des téléphones sonna ; Harriet attendit tandis que Donald Barrett répondait. Quand il raccrocha, elle dit :

— Votre fils n'aura pas d'ennuis, je vous le promets. Ça concerne uniquement son ami.

Donald Barrett médita ces paroles. Il se pencha sur la photo d'un des graffiti de Morph, révélant à Harriet le fer à cheval de cuir chevelu, barré de trois plis, qui divisait sa chevelure en touffes laineuses au-dessus de chaque oreille, puis se radossa brusquement, regarda le plafond en se frottant les coins extérieurs des yeux avec les pouces et dit :

— Excusez-moi. J'ai eu le vertige.

— Prenez votre temps, monsieur Barrett.

— Des taches devant les yeux.

— Votre fils vous a-t-il jamais parlé de Morph, de Moussa Qarssou ?

Donald Barrett la considéra d'un œil méfiant.

— Vous travaillez pour le gouvernement. Les Douanes, l'Immigration, quelque chose comme ça.

— Je suis détective privée, dit Harriet en plaçant une de ses cartes de visite à côté de la photo.

— Je suppose que si je vous aide pas, ce sera plus officiel, que j'aurai affaire à la police.

— Si je suis ici, monsieur Barrett, c'est pour m'assurer que ça n'aille pas jusque-là.

L'un des téléphones sonna. Donald Barrett souleva le combiné puis le reposa sur son support. La sonnerie cessa.

— Un vrai fléau, ces graffiteurs, dit-il. Je possède un restaurant dans Church Street, juste au coin de la rue. En fait, je suis le secrétaire de l'Association des commerçants de Church Street. Je suis sûr que vous connaissez le quartier, un secteur très bien, très en pointe. Nous organisons des illuminations pour Noël, nous subventionnons des poubelles, nous ne voulons pas que l'endroit se dégrade. Ces vandales avec leurs bombes de peinture sont l'un des fléaux contre lesquels nous faisons campagne. Ils se sont attaqués à mon restaurant trois fois le mois dernier. Les deux premières fois, quelqu'un a signé son nom sur la porte à la peinture métallisée, et ensuite on a peint quelque chose de très semblable à ça – il tapota la photo de l'index – sur toute la largeur de la fenêtre. Une semaine plus tard, la même chose a été bombée sur les camionnettes d'une entreprise de messageries dont je détiens des actions.

— Pronto Delivery.

Donald Barrett sourit.

— Je vois que vous êtes « sur l'affaire ». Vous suivez toutes les pistes.

— J'ai vu l'information dans un journal local.

Alfie Flowers avait pris les photos, et son compère Toby Brown avait écrit le texte. Quand elle avait vu l'article, Harriet avait compris qu'ils n'avaient pas l'intention de renoncer à chercher Morph. Elle avait décidé de donner un peu de travail à un vieil ami et lui avait demandé de filer Alfie Flowers vingt-quatre heures sur vingt-quatre.

— Je l'ai signalé à la police, bien sûr, dit Donald Barrett, mais ils ont haussé les épaules, m'ont dit qu'ils étaient vraiment désolés, mais qu'ils ne peuvent pas passer leur temps à faire la chasse à des gosses. Vous dites que le garçon qui fait ces choses connaît mon fils ?

— C'est pour ça que je veux parler à Benjamin. Il se pourrait qu'il sache où je peux trouver ce garçon.

— Vous avez des enfants, mademoiselle Crowley ?

— Pas encore.

— Quand vous en aurez...

Un autre téléphone sonna. Donald Barrett souleva le combiné, le reposa.

— Quand vous en aurez, vous les aimerez de tout votre cœur. Vous ne pourrez pas vous empêcher. Quand ils sont petits, ils vous aiment aussi, de la même manière, mais plus tard...

Il se tut, comme s'il examinait quelque chose dans sa tête. Ce colosse plein de fierté était brusquement frappé par un douloureux souvenir.

— Quand ils grandissent, poursuivit-il, ils acquièrent une personnalité propre. Ils ont moins besoin de vous. Ils ne s'intéressent pas toujours à ce qui vous intéresse. Ils ont des secrets, brusquement, des choses qu'ils ne veulent pas partager avec vous. Ce que je suis en train de dire, c'est que Benjamin est mon fils, mais il est aussi lui-même. Après que sa mère est morte, et surtout après que je me suis remarié, il s'est détourné de moi. Il a refusé d'aller à l'université, il a couru derrière ses propres rêves. Je ne peux pas dire que j'aime ce qu'il a choisi de faire, mais ce n'est pas à moi d'essayer de l'en empêcher. J'avoue qu'il a eu des ennuis avec la police, mais uniquement pour des délits mineurs. Mais depuis sa conversion, l'an dernier, il semble s'être stabilisé.

— Sa conversion ?

— Je l'ai élevé dans la foi baptiste, et l'an dernier, il a décidé de devenir musulman. Je ne m'y suis pas opposé. Après tout, nous sommes tous des créatures de Dieu, en plus, ça semblait l'aider à grandir. Cela fait plus d'un an qu'il ne s'attire plus d'ennuis, il s'intéresse maintenant beaucoup à la politique, et il a son travail à la radio. Je suis fier de lui. Je croyais que nous commencions à nous comprendre. Ou, du moins, c'est que je croyais avant que vous me montriez ceci.

Donald Barrett tapota de l'index la photo d'un des graffiti de Morph.

— Savez-vous quelle mosquée il fréquente ? demanda Harriet.

Elle croyait maintenant comprendre comment Benjamin Barrett, un nouveau converti, et le réfugié Moussa Qarssou, natif d'une région dont la population était presque entièrement musulmane, auraient pu se rencontrer.

Donald Barrett regarda Harriet par-dessus son bureau.

— Vous dites qu'il n'a rien fait de mal.

— C'est Morph que j'essaie de trouver. Pour le moment, votre fils est ma seule piste.

— L'an dernier, quand il a eu dix-huit ans, après notre dispute au sujet de ses études universitaires, Benjamin a dit qu'il voulait partir de chez moi. Il voulait être chez lui. J'ai respecté sa décision. Je lui ai donné le montant de la caution pour louer un appartement, j'ai payé le premier mois de loyer, et je lui ai dit qu'ensuite il devrait se débrouiller tout seul. Mais évidemment, j'ai fini par payer le loyer quand même, parce que ce qu'il gagne à la radio est loin d'être suffisant, et ses combines pour devenir célèbre n'ont jusqu'ici donné aucun résultat. Il n'empêche que je suis heureux de l'aider. C'est mon fils, et j'ai cru qu'il commençait à mûrir et à agir d'une manière responsable. Mais si ce que vous me dites est exact, il semble qu'il soit toujours en colère contre moi. Il me manque de respect avec ces stupides graffiti, ces bombages. L'entreprise de messageries, mon restaurant...

Donald Barrett secoua la tête et produisit ce claquement de langue particulier qu'utilisent les Jamaïquains pour exprimer leur dégoût.

— Trouveriez-vous mesquin, mademoiselle Crowley, que je vous donne son adresse ? Est-ce que je me conduirais aussi mal que lui ?

— Ce qu'il y a entre vous et Benjamin, c'est votre affaire, monsieur Barrett. Je me garderais de porter un jugement.

Donald Barrett écrivit sur une feuille de papier arrachée à un bloc.

— Je vous donne ça si vous pouvez me certifier que je ne vais pas le regretter, dit-il.

Harriet soutint son regard.

— Je ne m'intéresse qu'à son copain.

— J'espère que vous ne changerez pas d'avis.

Et il lui remit le morceau de papier.

L'adresse était celle d'une maison accolée victorienne dans une rue miteuse derrière Green Lanes. Quatre boutons de sonnette ; trois poubelles prêtes à déborder, un scooter cadenassé et la pancarte d'une agence de location dans le jardin de devant submergé par la végétation. Il y avait un graffiti sur la colonne en brique de la porte d'entrée – un spécimen gros comme la main du motif à points et tortillons exécuté au marqueur gris métallisé. Harriet prit la bombe qu'elle portait désormais toujours sur elle, la secoua puis recouvrit le graffiti de plusieurs couches de peinture noire en décrivant de petits cercles avec le jet pour s'assurer que le glyphe était complètement oblitéré. Un geste futile, à vrai dire – impossible de savoir à combien d'exemplaires Morph en avait bombé les murs de Londres –, mais qui lui remonta un peu le moral.

B. Barrett louait l'appartement au dernier étage. Personne ne répondit quand Harriet sonna ; personne ne répondit aux autres sonnettes non plus. La serrure principale de la porte d'entrée était une Yale encastrée à trois leviers. Harriet la crocheta et l'ouvrit en moins d'une minute en utilisant un morceau d'aluminium grand comme une carte de crédit. Deux bicyclettes étaient appuyées contre le mur de l'étroite entrée sans lumière. Sur une petite table s'empilaient des menus de restaurants spécialisés dans la vente à emporter, des cartes d'entreprises de radio-taxis, des enveloppes jaunies adressées à d'anciens locataires et plusieurs articles de correspondance pour B. Barrett.

Harriet gravit l'escalier délabré, passa une paire de gants fins en vinyle, crocheta la serrure de l'appartement du haut, notant au passage des éraflures fraîches sur la tranche du trou de serrure, et ouvrit la porte en douceur. Le modeste séjour avait été mis sens dessus dessous. CD, livres – romans policiers, ouvrages sur le Black Power et le soufisme, commentaires du Coran, études comparatives des religions, un *Guide de la Turquie* pour routards endurcis – étaient éparpillés sur le plancher au milieu de traînées de granules de polystyrène et de plumes tombés des coussins éventrés. Le sofa avait été retourné et le tissu qui en recouvrait le dos arraché, exposant le cadre en bois. Une odeur aigre mena Harriet à la petite cuisine en alcôve, où des boîtes de riz, de farine et de haricots de plusieurs espèces avaient été vidées dans l'évier ; la porte du réfrigérateur était restée entrouverte. Dans la salle de bains, tout ce qui se trouvait dans l'armoire à pharmacie avait été répandu par terre ; dans la chambre, le matelas avait été extrait du lit et éventré, et le contenu des tiroirs d'une méchante commode en pin avait été renversé sur le plancher.

La fenêtre à guillotine vermoulue donnait sur une annexe de deux étages en brique et sur un jardinet où un vénérable pommier se dressait au milieu de graminées et d'orties hautes d'un mètre. L'attention d'Harriet fut d'abord attirée par un motif dense bombé en soir sur la palissade affaissée au fond du jardin. Même à cette distance, elle pouvait voir qu'il s'agissait d'un des graffiti de Morph. Puis elle aperçut quelqu'un debout dans la ruelle derrière la palissade, un homme filiforme avec une barbe en désordre et des cheveux gris qui lui tombaient sur les épaules, vêtu d'une veste orange d'ouvrier du bâtiment. Parfaitement immobile, il observait la maison en mastiquant comme un automate.

Un instant, Harriet rencontra son regard vide, puis elle comprit ce qu'il était et sortit en trombe de l'appartement, dévala bruyamment l'escalier, trébucha sur un pli de la moquette dans l'étroit couloir, tenta en vain de recouvrer son équilibre et fit tomber les deux bicyclettes. Elle déchira l'ourlet de sa jupe en lin et se mit de l'huile plein les mains en s'extrayant de dessous les vélos et laissa l'empreinte gluante de sa paume sur la porte lorsqu'elle l'ouvrit violemment. Devant le portail, elle regarda à droite et à gauche et vit avec un choc qui lui glaça le sang que l'homme en veste orange descendait la rue à toute allure, le buste penché en avant, les bras raides collés aux flancs, et fonçait droit sur elle.

Un *low man*. Elle n'en avait pas revu depuis l'affaire du Nigeria, trois ans plus tôt, mais elle n'avait aucun doute sur sa nature. Par chance, elle avait trouvé à se garer juste devant la maison. Elle ouvrit la portière en catastrophe, se jeta sur son siège, verrouilla les portes et mit le contact juste au moment où le *low man* secouait la poignée, son visage flasque à dix centimètres du sien, reculant brusquement lorsqu'elle appuya sur l'accélérateur. À l'intersection en T au bout de la rue, elle vira sur place au frein à main, manquant d'accrocher un monospace, puis elle fonça dans les petites rues en sautant sur les ralentisseurs jusqu'à ce qu'elle débouche sur l'axe principal, Seven Sisters Road. Lorsqu'elle fut certaine de ne pas être suivie, elle s'arrêta et se gara, tremblant encore sous l'afflux massif d'adrénaline. Elle composa un numéro présélectionné sur son portable avec des doigts qui lui semblèrent énormes et insensibles, mais ses pensées circulaient sans problème, elle savait exactement ce que signifiait la présence du *low man*, elle savait exactement ce qu'elle avait à faire.

Clarencc Ashburton mit une éternité à répondre. Harriet imagina la scène : le vieil homme se levait avec raideur de son fauteuil, puis progressait avec une douloureuse lenteur dans le couloir, où l'unique téléphone de la maison, une antiquité en Bakélite noire, trônait comme un crapaud sur la petite table au plateau en cuir. Lorsque enfin il décrocha, elle se força à être calme, lui rapporta succinctement ce qu'elle avait vu et lui dit de demander à Julius Ward d'utiliser les caméras de surveillance pour inspecter la rue et l'arrière de la maison.

— Êtes-vous certaine que c'était un *low man* ?

— Absolument. S'il vous plaît, Clarence, allez dire à Julius de regarder les écrans de contrôle.

Elle avait fait installer les caméras et un système d'alarme dernier cri quelques années plus tôt, à la suite d'un cambriolage dont elle pensait qu'il avait été commandité par une personne qui s'intéressait plus aux papiers et aux archives du Nomads' Club qu'aux antiquités, aux spécimens archéologiques et aux souvenirs de Clarence Ashburton.

— Ça va me prendre une minute, dit-il.

Mais il s'écoula bien plus qu'une minute avant qu'il décroche le téléphone et lui dise que Julius ne voyait rien d'anormal sur les images données par les caméras.

— Nous avons déjà évoqué la possibilité que Carver Soborin essaie de s'en prendre aux Nomades, dit Harriet.

— S'il croyait que nous avions quoi que ce soit qui puisse lui être utile, il y a longtemps qu'il serait venu nous rendre visite. En plus, cet individu est enfermé dans un asile d'aliénés.

— C'était incontestablement un *low man*, Clarence. Soit Soborin n'est plus enfermé, soit quelqu'un d'autre utilise son glyphe de signature.

Il y eut un bref silence.

— Qu'allez-vous faire ? demanda finalement Clarence Ashburton.

— Je vais passer un coup de fil et organiser immédiatement votre protection, ensuite, je viendrai ici pour débusquer d'éventuels visiteurs indésirables. Je devrais arriver dans une heure environ. En attendant, je pense que vous devriez maintenir portes et fenêtres fermées.

— Je suppose que je devrais chercher mon revolver.

— S'il se passe quoi que ce soit avant que j'arrive – c'est

peu vraisemblable, mais on ne sait jamais –, n'essayez pas de jouer les héros. Faites le 999 et demandez la police.

— Ça ne va pas plaire à Julius. Il n'aime pas qu'on perturbe ses habitudes. Moi non plus, d'ailleurs.

— Verrouillez portes et fenêtres. Et laissez ce revolver là où il est.

Harriet téléphona à un ami, Mark Mallettt, et organisa une protection vingt-quatre heures sur vingt-quatre de la maison de Clarence Ashburton. Puis elle navigua dans les différentes couches du système téléphonique interactif de Vauxhall Cross jusqu'à ce qu'elle atteigne la boîte vocale de Jack Nicholl.

— J'ai besoin d'un tête-à-tête dès que possible, dit-elle. J'ai de bonnes raisons de croire qu'on a laissé entrer Carver Soborin en Grande-Bretagne, et je veux savoir pourquoi.

9.

Alfie décida de faire un petit somme au lieu de nettoyer la camionnette de George. Il ne se réveilla pas à temps et eut quinze minutes de retard pour son rendez-vous avec l'un des archéologues qui travaillaient à Franks House, l'annexe de Hackney où le British Museum entreposait une vaste collection de trouvailles archéologiques et d'objets ethnographiques. Lorsqu'ils se rencontrèrent dans le hall sinistre de l'immeuble en forme d'usine, Alfie tenta de s'excuser, mais le Dr Robin Cole l'en dispensa d'un geste – quelques minutes ne devaient guère compter pour un homme dont le métier était la conservation et l'étude d'objets vieux de dizaines de milliers d'années – et le conduisit à l'étage, dans un bureau d'angle donnant d'un côté sur les toits des ateliers et des petites usines qui s'égrenaient le long du canal proche, de l'autre sur des immeubles de grande hauteur et un lointain clocher. Alfie expliqua qu'il songeait à écrire quelque chose sur les expéditions archéologiques de son grand-père tandis que Robin Cole examinait et le fragment de pierre et des photocopies de croquis pris dans le journal de bord de Maurice Flowers ; il attira l'attention d'Alfie sur un détail qui lui avait échappé : des traces de pigment blanc entre les lignes gravées. L'archéologue s'intéressa particulièrement aux peintures que Maurice Flowers avait trouvées sur les parois des grottes sous les ruines de la deuxième église et dit à Alfie que, si elles étaient authentiques, elles seraient les premières qui aient jamais été découvertes dans cette région.

— Vous êtes sûr que vous n'avez pas de cartes, ou d'indications sur l'emplacement exact de ces grottes ? demanda Robin Cole.

C'était un quinquagénaire mince, athlétique et bronzé – polo noir sur Levi's 501 délavé, loupe de bijoutier en sautoir, attachée par une chaînette en argent, yeux bleus perçants derrière des lunettes cerclées or.

Il y avait une carte parmi les pages photocopiées tirées du deuxième carnet de bord, mais Alfie avait décidé qu'il valait mieux pour le moment que personne ne sache toute la vérité, même des gens qui pourraient l'aider puissamment. Il dit à l'archéologue qu'il savait seulement que ces grottes se trouvaient quelque part dans les montagnes du nord de l'Irak.

— Malheureusement, les originaux des carnets de bord de mon grand-père sont perdus, dit-il. Ces photocopies sont les seuls éléments dont je dispose.

Mais il en fallait plus pour décourager Robin Cole, qui, pendant les quinze minutes suivantes, lui posa toutes sortes de questions embarrassantes sur Maurice Flowers, ses amis et les deux expéditions archéologiques. Alfie, qui avait pris une dose monumentale de phénobarbital et de Largactil avant de partir, pour être absolument sûr de ne pas piquer une crise à force d'excitation, avait du mal à gérer cet interrogatoire. Il transpirait sous son blouson de cuir, persuadé qu'une odeur de crotte de mouton, légère mais manifeste, s'accrochait encore à lui, bien qu'il ait pris une douche et se soit changé. Robin Cole insistait pour avoir des détails, et Alfie était tenté d'aller droit au fait, de tirer de son fourre-tout une photo des graffiti de Morph et d'expliquer ce que le tag représentait pour lui et pourquoi il pensait qu'il était lié aux motifs découverts par son grand-père en Irak. Mais l'archéologue le prendrait probablement pour une sorte de mythomane, et Alfie perdrait ainsi une occasion précieuse de découvrir pourquoi son grand-père s'intéressait tellement aux glyphes. Alors il tint bon, s'accrocha au prétexte qu'il avait imaginé, s'entêta, dit qu'il venait tout juste de tomber par hasard sur les papiers de son grand-père et réussit finalement à poser une question de son côté. Y avait-il d'autres exemples de motifs comme ceux figurant sur les croquis ?

— Je me souviens que mon grand-père s'intéressait beaucoup à ces motifs. Il a travaillé dessus jusqu'à sa mort, et je me demandais si on sait quoi que ce soit à leur sujet.

Robin Cole l'informa que ce type d'art abstrait était très commun dans les productions du paléolithique et du néolithique, que les peintures d'animaux étaient plus rares et plus importantes, surtout en tenant compte de leur répartition géographique. Mais Alfie n'en démordait pas ; il répéta que son grand-père accordait une telle importance à ces motifs qu'il avait consacré sa vie à leur étude. Finalement, l'archéologue le conduisit au rez-de-chaussée, dans une salle où des rayonnages de trois mètres de haut contenaient des milliers de tiroirs gros comme des boîtes à chaussures, chacun identifié par une fiche dactylographiée insérée derrière un écusson en Perspex incurvé dans sa partie supérieure pour former une poignée. Robin Cole expliqua que ces tiroirs hébergeaient des milliers de fragments de poteries de l'époque romaine, de l'âge du fer et du néolithique, ainsi que certains des premiers exemples de poteries du Moyen-Orient et de l'Europe du Nord.

— Je crois que nous allons trouver ici ce que nous cherchons, dit-il en ouvrant un tiroir.

À cause de son automédication plus que généreuse, Alfie avait l'impression qu'un lourd crapaud à la peau froide était perché sur son cerveau, mais son sang se mit brusquement à bouillir d'excitation lorsqu'il se baissa pour examiner les fragments de poterie incrustés dans la mousse de caoutchouc noire. Les plus grands, des tessons plats au bord incurvé, faisaient la moitié de la paume de sa main. Le temps avait donné à leur argile grossière la couleur de la suie, mais les marques gravées dessus étaient clairement visibles sous la froide lumière fluorescente.

Robin Cole demanda à revoir les croquis ; il trouva très vite des similitudes entre les marques sur les fragments de poterie et les motifs ciselés dans la pierre irrégulière que le grand-père d'Alfie avait découverte dans les vestiges de la première église, ceux de la stèle d'Anselm et ceux des peintures rupestres des grottes. Il expliqua que ces poteries, vieilles d'environ huit mille ans, avaient été données au British Museum par une expédition privée qui les avait exhumées à Tell Abu Hureyra, dans le nord de la Syrie. Le site avait d'abord été colonisé par des hommes de la culture natoufienne du paléolithique récent, laquelle, il y a entre douze mille cinq cents et dix mille ans, occupait une vaste zone du Moyen-Orient s'étendant du rivage de la Méditerranée au sud-est de la Turquie. Ils construisaient des huttes rondes avec des fondations en pierre, récoltaient le grain des céréales sauvages, domestiquaient les chiens et enterraient leurs morts sous des dalles de calcaire. Tell Abu Hureyra demeura un temps abandonné, ensuite s'y était installée une colonie néolithique beaucoup plus importante, dont les habitants construisaient des huttes en briques de boue séchée, cultivaient le blé et d'autres plantes, élevaient des troupeaux d'animaux, tissaient des étoffes et, juste avant que le site soit à nouveau abandonné, fabriquaient des poteries qu'ils décoraient de motifs abstraits.

— Il y a des motifs similaires dans l'art mobilier et l'art pariétal du néolithique comme du paléolithique supérieur, dit Robin Cole. Au Moyen-Orient, la culture natoufienne a laissé des peintures et des gravures d'animaux, d'humains et de motifs abstraits. Et il y a les exemples célèbres d'art pariétal bien plus ancien dans des grottes d'Europe du Nord, d'Altamira, de Lascaux, et cætera, et, bien sûr, dans les découvertes récentes et très importantes ici en Angleterre, à Church Hole dans le Nottinghamshire. Si votre grand-père a réellement découvert des exemples similaires d'art rupestre en Irak...

Alfie se lança :

— D'après les lointains souvenirs de mes cours de latin, « pariétal » a quelque chose à voir avec les murs.

— Des œuvres d'art sur les parois des cavernes, oui, telles que des peintures ou des sculptures. Ou sur des grosses pierres, comme celle que votre grand-père a trouvée lors de sa première expédition. Il existe un exemple particulièrement beau de grandes pierres levées sculptées de motifs géométriques dans le tombeau néolithique de Gavrinis en Bretagne.

— Ce genre de chose est donc très commun, dit Alfie.

Perplexe, il essayait de ne pas penser au crapaud qui lui enserrait la tête. Si des motifs comme ce glyphe étaient si communs, pourquoi les archéologues ne savaient-ils pas ce dont ils étaient capables ? Était-ce parce qu'ils ignoraient l'existence de la drogue, du haka ?

Robin Cole continuait, les yeux brillants derrière ses lunettes :

— Des motifs comme ceux-ci sont très largement répandus, et on les trouve dans certaines des plus anciennes œuvres d'art faites par des humains. Ce qui ne signifie pas que les spécimens que votre grand-père a trouvés ne soient pas intéressants. Loin de là. Il semble avoir découvert le premier exemple connu d'art rupestre paléolithique en Irak, et bien que je ne sois pas expert en la matière, je ne connais pas d'exemples aussi densément travaillés que les motifs qu'il a reproduits.

— Ils sont donc comme d'autres motifs d'âge similaire, mais seulement plus... intenses.

— À part le fragment de pierre, avez-vous d'autres spécimens ? Si c'est le cas, j'aimerais beaucoup les voir.

— Mon grand-père en avait une petite collection, dans le temps, mais je ne sais pas ce qu'elle est devenue. Comme je vous l'ai déjà dit, même les originaux de ses carnets de bord ont disparu.

La sueur picotait la paume des mains d'Alfie. Il pesa soigneusement ses mots et demanda :

— Pouvez-vous me dire à quoi servaient ces motifs ? Je veux dire, à part leur intérêt décoratif, dans quel but étaient-ils créés ?

— C'est une bonne question. Beaucoup de mes collègues croient qu'ils avaient une fonction chamanique. Personnellement, je ne suis pas d'accord. Ces images avaient certainement un sens pour leurs auteurs, mais nous ne pouvons pas savoir lequel parce que nous avons perdu le code pour les déchiffrer.

— Chamanique ? Comme des transes, des visions ?

Alfie eut l'impression qu'un lion ou un tigre à l'haleine brûlante, merveilleusement dangereux, s'était introduit dans l'allée entre les alignements de tiroirs rangés sur leurs rayons.

— À mon humble avis, dit soudain Robin Cole avec une chaste sévérité, ça relève de la catégorie de ce j'appelle les histoires pour enfants. Si vous essayez sérieusement de trouver tout ce que vous pouvez sur les découvertes de votre grand-père – et je crois que vous devriez le faire, car il se peut qu'elles soient *extrêmement* importantes –, j'espère bien que vous ne perdrez pas trop de temps en hypothèses inutiles sur le chamanisme et les rituels mystiques.

— Mais est-ce que cela vous gênerait de m'en parler un peu, s'il vous plaît ? dit Alfie.

Il vit que l'archéologue était déconcerté par sa soudaine intensité. Il en était surpris lui aussi, mais il ne pouvait pas laisser passer sa chance. Il avait l'impression d'être sur le point de tout comprendre.

Robin Cole l'observait.

— Vous avez dit que c'est un sujet qui passionnait votre grand-père.

— Oui. Oui, c'est exact.

— Était-il en contact avec d'autres chercheurs de la même discipline ? Discutait-il de ses idées avec qui que ce soit ?

La nuit précédente, Alfie avait épluché tous les journaux intimes de son grand-père, mais sans y trouver la moindre mention de glyphes, de drogues ni de ses aventures en Irak. À moins, comme il le soupçonnait, que la lettre *N* qui apparaissait à l'occasion à côté d'une date ne signifie *Nomades* et n'indique quand son grand-père avait rencontré les hommes qui l'avait aidé pendant ces deux saisons de fouilles.

— Je suis sûr que c'était le cas, mais, comme presque tout le reste, sa correspondance a intégralement disparu. Si vous pouviez me dire pourquoi certains spécialistes croient que ces motifs ont quelque chose à voir avec le chamanisme, ce serait vraiment une aide considérable pour m'aider à reconstituer ses travaux.

— Venez avec moi, dit Robin Cole au bout d'un moment.

Ses sandales grinçant sur le parquet ciré, Alfie traversa la grande pièce dans toute sa longueur, jusqu'à l'escalier, derrière l'archéologue, dont il buvait les paroles : il lui expliquait que certains scientifiques croyaient que les motifs abstraits rencontrés dans l'art rupestre étaient des représentations de phosphènes et de constantes de forme – phénomènes entoptiques générés par le système visuel humain indépendamment d'une source de lumière externe.

— Les phosphènes sont générés par une stimulation physique. Vous pouvez les voir si vous fermez les yeux et vous frottez les paupières. Les constantes de forme sont générées à l'intérieur du cortex visuel – la portion du cerveau directement stimulée par la rétine. Les gens voient des constantes de forme si leur état de conscience est modifié par des psychotropes, ou par la fatigue, la douleur ou le jeûne – par tout ce qui peut diriger leur état de conscience vers ce qu'on appelle la libération de l'imagerie générée intérieurement.

— Comme les rêves, dit Alfie en se rappelant le réalisme des cauchemars qui l'avaient assailli juste après son accident.

— Peut-être, mais je ne suis pas expert en la matière. L'essentiel est que ces motifs sont intégrés au système nerveux humain. Si je comprends bien la théorie, il existe une relation spatiale entre la rétine, ce revêtement sensible à la lumière de notre globe oculaire, et le cortex visuel. La lumière stimule des cellules réceptrices lorsqu'elle atteint la rétine, ce qui conduit à une décharge de neurones dans le cortex visuel. Les constantes de forme sont générées par le processus inverse – par une incitation à la décharge des neurones du cortex visuel, lequel, à son tour stimule la rétine. C'est le premier stade d'une expérience hallucinatoire. Le deuxième, c'est lorsque le sujet essaie de trouver un sens aux phénomènes entoptiques en les traduisant en images familières ; le troisième, c'est lorsque les images deviennent plus réalistes, souvent des illusions de chute dans un tunnel ou dans un tourbillon, et l'hallucination se substitue au monde réel. Jusque-là, rien à redire. Ces processus sont documentés par de solides études neurophysiologiques. Mais cela ne veut pas dire que nous devrions nous en servir pour interpréter la signification de l'art paléolithique, pour promouvoir l'idée que les motifs et les images de l'art rupestre sont les témoignages de quêtes visionnaires de nature chamanique.

Ils gravirent une volée de marches et entrèrent dans une vaste salle déserte qui rappela à Alfie les laboratoires de biologie de son lycée, avec de longues paillasses, des enceintes vitrées, des cuvettes, des tamis, des sacs remplis de terre. Robin Cole s'affaira avec un énorme trousseau de clés, trouva les deux qui ouvraient une porte à côté d'un dispositif d'alarme sophistiqué. À l'intérieur se trouvait le magasin organique, local sans fenêtre maintenu à température et humidité constantes où les délicats artefacts en os et en ivoire étaient conservés dans des tiroirs en bois qui maintiendraient leur contenu à la température correcte pendant plusieurs heures en cas de panne de la climatisation. Robin Cole retira un de ces compartiments d'une étagère, le posa sur une petite table et releva son couvercle articulé.

— Oh là là ! s'écria Alfie.

Le tiroir contenait trois pièces minutieusement travaillées. Sur la plus grande, un long objet incurvé – en ivoire de mammouth, lui dit Robin Cole –, étaient sculptées les images d'un couple de rennes.

— C'est beau, n'est-ce pas ? dit l'archéologue d'une voix adoucie par une émotion spontanée. Le mâle est en train de suivre la femelle, leurs museaux sont relevés et leurs bois sont inclinés en arrière dans une posture caractéristique de la nage. Voyez la densité des hachures sur le flanc de la femelle. Il est possible que cela représente l'épaisseur de la toison hivernale. Après la traversée d'une rivière, cette toison épaisse serait alourdie par l'eau, ralentissant les animaux et faisant d'eux des cibles plus faciles pour les chasseurs. Mais pourquoi le mâle, dont la toison devrait être tout aussi épaisse, ne porte-t-il pas de marques similaires ? La différence dans la représentation signifie-t-elle que seules les femelles étaient visées, ou alors seulement les mâles ? Nous ne le savons pas.

— Parce que l'homme qui a fait ça n'est plus là pour nous l'expliquer, dit Alfie en bon élève.

— Exactement. C'est pour cela que notre interprétation de l'art paléolithique dans son ensemble ne pourra jamais être que suppositions ou fictions bien documentées. Et ces fictions seront constamment influencées par de nouvelles découvertes, et par l'évolution de l'idée que nous nous faisons de la manière dont se développaient et s'organisaient les cultures primitives. Les premières analogies ethnographiques, qui invoquaient des rites magiques de chasse ou de fertilité, ont ainsi cédé la place au structuralisme français, puis l'ère spatiale a insisté sur l'archéoastronomie et l'ère informatique s'est concentrée sur l'art préhistorique comme moyen de sauvegarder et de transmettre des informations. La théorie dominante actuelle – selon laquelle de nombreux exemples d'art préhistorique abstrait décrivent des visions éprouvées par des sujets qui avaient subi des rites chamaniques à composante hallucinogène – est seulement la dernière en date des interprétations. Elle n'est ni plus vraie, ni plus fausse que les autres, bien qu'en ce moment beaucoup trop d'étudiants et de chercheurs naïfs aient pris le train en marche et voient des phénomènes entoptiques et des traces de rituels et de transformations chamaniques partout dans l'art rupestre, même quand il n'a aucune composante ethnographique. En résumé, tout ce qu'on sait avec certitude sur l'art paléolithique, c'est qu'il était important pour ses auteurs. Ces objets avaient une très grande valeur pour leurs propriétaires, dit Robin Cole en désignant l'un des autres artefacts dans le tiroir.

Il lui montra comment l'objet, une omoplate de renne façonnée en lance-harpon et portant gravé le profil d'un cheval au galop, avait été réparé après que sa hampe s'était brisée ; cette réparation n'avait pas tenu, et, dans un souci d'économie, des lamelles avaient été découpées au verso de l'image pour faire des aiguilles.

Alfie assura l'archéologue qu'il avait pris à cœur cette petite leçon et Robin Cole lui dit qu'il serait heureux de répondre à toutes les questions qu'il pourrait ultérieurement lui poser.

— Si vous trouvez encore autre chose sur les expéditions de votre grand-père, notamment si vous trouvez des indices quant à l'emplacement de ces grottes, faites-le-moi savoir, s'il vous plaît. En outre, j'ai plusieurs collègues qui seraient ravis d'en parler avec vous. Les choses étant ce qu'elles sont en Irak, il n'est pas possible d'envisager de monter une expédition actuellement, mais dans un an ou deux...

Alfie se hâta de dire qu'il avait un rendez-vous ailleurs, remercia l'archéologue de sa patience et de la peine qu'il avait prise, et descendit De Beauvoir Road sur une vague d'allégresse remplie de nébuleuses spéculations. Il jeta l'ancre dans un restaurant vietnamien (il était sept heures du soir et il avait une faim de loup) et se mit à coucher par écrit tout ce que lui avait dit Robin Cole sur les phénomènes entoptiques, les hallucinogènes et les chamans. Penché au bout d'une des longues tables de l'établissement, ses cheveux ras jaune paille en désordre, le visage rouge d'excitation, il alternait entre griffonner dans son carnet et parsemer de gouttes écarlates de sauce piquante les nouilles végétales qu'il enfournait dans sa bouche avec un appétit distrait. Il rédigeait des notes comme un vrai journaliste, ou un vrai détective. Il essayait de rassembler des fragments en un tout harmonieux.

Le petit morceau de pierre que Miriam Luttwak lui avait donné suggérait que les motifs – les glyphes – avaient quelque chose à voir avec la disparition de son père. Et Mick Flowers avait eu affaire aux glyphes parce que son propre père, Maurice Flowers, les avait découverts en Irak, et qu'ensuite quelqu'un, peut-être Maurice Flowers, peut-être une tierce personne, avait découvert l'effet qu'ils produisaient sur des sujets qui avaient fumé ou ingéré du haka. Alfie écrivit dans son carnet *Nomades* et les noms de son père et de son grand-père, et traça des lignes qui les reliaient en triangle. Robin Cole lui avait dit qu'il se pouvait que les motifs abstraits dans l'art rupestre soient des phénomènes entoptiques, des configurations générées par le système nerveux humain pendant le premier stade d'une expérience hallucinatoire. Il avait pris grand soin de préciser que c'était seulement une théorie et non un fait avéré, mais Alfie songeait maintenant à la blague de poudre grise que possédait son grand-père, poudre à laquelle il aurait bien pu goûter avant de regarder la feuille de papier cachée dans le bureau. Il pensa aux piqûres que M. Prentiss lui avait faites, aux joints trafiqués qu'il avait fumés avec son père, aux motifs qu'il avait vus ensuite dans les flammes. Des motifs censés l'accoutumer aux glyphes ou l'immuniser contre eux. Qu'étaient ces glyphes ? Des intensifications de ces motifs ? De puissantes combinaisons ?

Alfie écrivit le nom de David Prentiss, le relia à *Nomades*.

Les deux hommes qui étaient venus emporter les affaires de son grand-père devaient aussi être dans le coup. Peut-être étaient-ils les deux autres hommes sur la photo de la première expédition... Il écrivit *Julius*. Il écrivit *Clarence*. Il les relia à *Nomades*. Son grand-père était mort. Et Alfie savait que M. Prentiss était mort, lui aussi, parce qu'il était parti à sa recherche trois ans après son exposition accidentelle aux glyphes, après la disparition de son père. C'était pendant les vacances d'été, lorsque sa grand-mère était venue à Londres pour voir des amis ; elle lui avait dit qu'elle le croyait assez grand pour rester à la maison tout seul et éviter de faire des bêtises. Au lieu de quoi Alfie avait pris le train suivant, avec l'impression d'être un espion qui s'infiltrait en territoire ennemi. S'il trouva assez facilement Chiswick, il passa deux heures frustrantes à errer dans les rues, plein d'anxiété, sans repérer la villa blanche de M. Prentiss. En fait, il était passé deux fois devant avant de se rendre compte qu'elle avait été repeinte en rose et que le grand arbre du jardin donnant sur la rue n'était plus là. Prenant son courage à deux mains, il sonna à la porte. La femme d'un certain âge qui lui répondit l'informa que l'homme qu'il cherchait était mort depuis trois ans.

Il ajouta ensuite des points d'interrogation à *Julius* et *Clarence*. Il ne savait pas qui ils étaient et n'avait pas la moindre idée de la manière dont il pourrait les retrouver. Il supposa qu'il lui faudrait éplucher à nouveau les journaux intimes, mais il n'était guère vraisemblable que son grand-père leur ait confié la clé de ces secrets. Il pourrait bien sûr poser la question à sa grand-mère. Elle connaissait l'existence des Nomades, il était possible qu'elle sache qui étaient ces mystérieux personnages, et s'ils étaient encore en vie. Mais parler de son mari et de ses recherches la perturbait fortement, et Alfie avait encore des remords sur la manière dont s'était terminée sa dernière visite. Il décida qu'il lui poserait des questions sur les Nomades uniquement s'il était à court d'indices ; entre-temps, il y avait aussi l'autre moitié de l'enquête, la recherche de Morph, lequel, même s'il n'était pas irakien, savait certaines choses sur les glyphes. Bien sûr, il se pouvait que ses graffiti n'aient rien à voir avec des motifs tracés sur les murs des cavernes ou sur des blocs de pierre préhistoriques. Peut-être traduisait-il simplement ce qu'il avait vu après avoir tiré sur un joint particulièrement défonçant ou avalé des comprimés d'acide ou de Special K. Peut-être n'était-ce qu'une simple coïncidence, sauf que Morph avait comme par hasard trouvé un motif actif. Un motif qui attirait l'attention et la retenait. Un motif qui chatouillait la portion du cerveau d'Alfie lésée depuis son accident. Un motif plus dense et plus vital que tous ceux qu'on avait pu trouver dans l'art paléolithique et néolithique rassemblé dans la vaste réserve du British Museum.

Un motif, songea Alfie, qui fonctionnait à l'envers, de l'extérieur vers l'intérieur. Les constantes de forme, ces phénomènes entoptiques, étaient générées par le cerveau humain. Et si elles étaient des aperçus du câblage cérébral, ne se pouvait-il pas que ces motifs entoptiques denses – les glyphes – encodent d'une manière ou d'une autre des émotions et sentiments humains fondamentaux ? La fascination, la peur, le désir, la faim, n'importe quoi. Si on fumait du haka et qu'on regardait longtemps et fixement un glyphe, il s'imprimerait sur le cerveau ou déclencherait un processus qui y était déjà programmé.

L'espace d'un instant, Alfie eut l'impression d'être sur le point d'avoir reconstitué le puzzle et trouvé la solution. Il y était presque. Mais ça ne dura qu'un instant. Il resta assis encore un peu, et lorsqu'il eut la certitude que ça ne lui reviendrait pas, il paya l'addition et se dirigea d'un pas pesant vers Islington.

Il ne vit pas l'homme assis dans un Abribus de l'autre côté de la rue refermer son journal et le suivre.

10.

Peu après dix heures, le lendemain matin, Alfie arriva à l'entrée principale du musée impérial de la Guerre. Toby l'y l'attendait déjà. Le journaliste fourra le gros livre de poche qu'il lisait dans son sac, le genre de sacoche kaki des surplus de l'armée qu'affectionnaient les fans de heavy metal au lycée d'Alfie, et dit :

— Tu es en retard.

— Ça vient seulement d'ouvrir. Tu as déjà repéré quelque chose d'insolite ?

— J'ai pensé qu'il valait mieux t'attendre, toi et ta vision à rayons X, dit Toby en louchant vers Alfie. Tu vas bien, Flowers ? On dirait que tu as gagné à la Loterie nationale et que tu as perdu le billet.

Robin Cole avait téléphoné à Alfie juste avant qu'il parte pour lui dire qu'il avait examiné les archives des acquisitions et avait découvert que Maurice Flowers avait fait don au musée de nombreux objets exhumés lors des premières fouilles, mais qu'ils avaient été retirés des vitrines pendant la Seconde Guerre mondiale.

— Sauriez-vous par hasard, avait demandé l'archéologue, si votre grand-père avait jamais travaillé pour les services secrets ou avait eu des contacts avec eux ?

Alfie avait menti en disant qu'il n'en avait pas la moindre idée et interrompu Robin Cole lorsque celui-ci avait entamé ce qui était manifestement une longue liste de questions : il le rappellerait dès qu'il aurait du nouveau, mais, pour l'instant, il était déjà en retard à un rendez-vous... Il avait raccroché avec l'impression désagréable que les choses allaient trop vite et qu'il commençait à perdre le contrôle de la situation, mais aussi en se demandant s'il se pouvait que les glyphes et les mystérieux Nomades aient quelque chose à voir avec les activités de son grand-père pour le compte du SOE pendant la guerre.

— Je suppose que je suis un peu nerveux à cause de ce truc, dit-il à Toby. En plus, j'ai passé deux heures la nuit dernière à frotter la merde de mouton dans la camionnette de George.

— Bienvenue dans l'univers fascinant du journalisme d'investigation. Bon, c'est probablement une fausse piste, mais on va quand même se rencarder sur la boîte.

Tandis qu'ils faisaient le tour de l'édifice en sens inverse des aiguilles d'une montre, Toby informa Alfie que, s'il semblait plus grincheux que d'habitude, c'était parce des mauvaises nouvelles lui étaient restées sur l'estomac et que sa gueule de bois n'arrangeait rien. La veille au soir, tout en descendant plusieurs bouteilles de vin rouge, lui et son ex-épouse, Alison, avaient eu une discussion intense sur le sort de l'appartement dont ils étaient propriétaires à parts égales. Il fallait agir assez vite, parce qu'elle venait de quitter son emploi à Amnesty International et qu'elle allait dans trois semaines s'installer à Oxford, pour commencer à travailler dans l'organisation caritative Oxfam.

— Il en a émergé, dit Toby, qu'elle sort avec quelqu'un. Un connard de rimailleur qui enseigne la littérature anglaise moderne à l'université Brookes, à Oxford.

— Elle évolue, dit Alfie. C'est bien pour elle.

— Elle évolue en direction d'Oxford à cause de cet enculé, dit Toby.

— C'est ça, il faut mettre tous ses œufs dans le même panier.

— C'est toi qui dis ça ? Toi qui as une maîtrise avec mention sur l'art et la manière de ne pas évacuer le passé.

La main en coupe-vent devant son briquet, Toby alluma une nouvelle cigarette.

— Je voudrais avoir ton opinion là-dessus, dit Alfie.

Et il donna à Toby une sortie papier de l'image de Morph capturée sur la vidéo, retravaillée par Elliot avec sa batterie de logiciels nettoyeurs de pixels. Elliot l'avait remise à Alfie au pub la veille, s'excusant de ne pas avoir pu en tirer grand-chose, repoussant d'un geste sa proposition de rémunération, mais acceptant une pinte de bière blonde. Lorsque Alfie lui avait demandé si ça ne le gênerait pas de lui rendre un petit service du même genre, il avait dit : « Bien sûr, pourquoi pas ? »

Toby examina l'image numériquement retouchée et dit :

— Ça a l'air encore plus flou qu'avant. Je ne peux même pas voir si le type est un Blanc ou un Noir.

— Elliot pense qu'il a quelque chose sur la tête. Un collant, peut-être.

— Un collant-masque. C'est parfait, non ? dit Toby en lui rendant la sortie papier. Tu n'es pas le seul à travailler sur cette affaire. J'ai fait un peu de recherche sur le contexte.

— Tu as trouvé quelque chose. Quoi ?

— Voyons d'abord ce que notre petit obsédé nous a préparé. Tant que c'est au moins aussi bon que le coup des moutons et que ça reste une journée creuse pour l'info, le *Guardian* prendra l'article. Il se pourrait même qu'il reproduise une de tes ténébreuses photos. Ce qui signifie que, si Shareef tient parole, nous allons bientôt être face à face avec lui, et peut-être avec Morph aussi...

Toby se tut un instant, puis dit :

— Au fait, ne prends pas la peine de tomber à genoux pour me remercier. Des trucs comme ça, j'en fais tous les jours.

— C'est bien. Je veux dire, c'est fantastique.

Avec une soudaine et inquiétante impression de vertige, Alfie se demanda ce que Toby pouvait bien avoir découvert.

— D'abord, il nous faut trouver le putain de machin que Morph est censé avoir caché ici. Tu es sûr que tu n'as rien vu de nature à chatouiller ton bizarre petit cerveau ?

— Ça doit être quelque chose à l'intérieur.

Ils avaient fait tout le tour du musée et se tenaient à côté des deux canons de marine de quinze pouces, devant les marches et les colonnes à l'entrée de l'édifice.

— À l'intérieur ? dit Toby. Super. Tu sais ce que c'était, avant ?

Alfie haussa une épaule. La bandoulière de son fourre-tout pesait sur l'autre.

— C'était chez les fous, dit Toby. Bethlehem Hospital, l'endroit où on entassait tous les fadas de Londres. C'est pour ça que c'est sacrément grand, et nous ne savons même pas ce nous devons chercher !

Mais après qu'Alfie et lui eurent brièvement fait la queue à l'entrée derrière une modeste foule de touristes et un ancien combattant solitaire portant le blazer de son régiment, Toby repéra le dernier chef-d'œuvre de Morph presque immédiatement. Il était dans un coin d'une des grandes salles où une collection de véhicules blindés et de canons de campagne, un vénérable autobus pour la possession duquel George Johnson serait prêt à se couper le bras et une massive fusée V2 peinte en vert stationnaient sous une poignée d'avions de chasse, les originaux des maquettes qu'Alfie avait montées quand il était gosse. Là, fixé au mur en brique jaune d'une niche où étaient entreposés quatre fauteuils roulants impeccablement repliés, se trouvait une vitrine en Perspex divisée en deux par une étagère sur laquelle un rat empaillé, portant une minuscule veste camouflée aux couleurs du désert, posait sur un tas de sable orange à côté de la photo d'un puits de pétrole en feu. Un fusil modèle réduit était collé à ses pattes roses ; une paire de minuscules lunettes noires enveloppantes était perchée sur sa tête. Dans l'espace sous l'étagère, un grand carton affichait la légende *Rattus Militus Desertus Americanus : Irak 2004* en caractères gras noirs sur un tourbillon de paraphes et de dièses rouges. C'était signé *Morph* en écriture cursive, comme d'habitude.

Toby demanda à Alfie si l'œuvre était authentique. Si elle lui chatouillait les neurones.

Alfie secoua la tête.

— Les éléments sont là... les courbes, les paraphes et le reste. Mais l'ensemble ne donne rien.

— Peut-être que ce n'est pas l'effet voulu.

— Ou alors, ça pourrait être un faux.

— Bon, c'est manifestement ce que nous sommes venus chercher ici, dit Toby.

Et il fila discrètement chercher un des gardiens du musée et donner l'alerte.

Par bonheur, l'attachée de presse avait le sens de l'humour. Toby la persuada de faire une courte déclaration au nom du musée et Alfie put prendre plusieurs photos de la vitrine en Perspex avant que l'un des conservateurs l'enlève. Elle n'était que légèrement collée au mur de brique et se détacha sans bavure.

— N'oubliez pas de préciser qu'au cas où M. Morph voudrait récupérer son œuvre d'art, ajouta l'attachée de presse, nous serions heureux de la lui rendre s'il veut bien prendre contact avec nous.

Toby téléphona à son contact au *Guardian*, obtint la confirmation que l'info serait publiée puis conduisit Alfie dans le café à peu près correct qu'il avait découvert en allant au musée. Pendant que Toby buvait une grande tasse de thé noir, mangeait un sandwich avec œuf à cheval et rédigeait ses notes sur sa brève conversation avec l'attachée de presse, Alfie sirota un verre d'eau minérale gazeuse en se demandant nerveusement ce que son ami avait découvert.

Finalement, Toby referma son carnet d'un coup sec, alluma une cigarette, braqua sur Alfie ses yeux conjoints et dit :

— Tu es un cachottier, Flowers.

— Qu'est-ce que tu veux dire ?

— Je veux dire que tu m'as caché que tout ça, c'était une histoire de drogue.

— Mais non. Je veux dire que ce n'est pas de la drogue.

— Ce n'est pas ce que dit mon contact. Il dit que le motif utilisé par Morph pour décorer ses caricatures est composé d'images qu'on voit quand on se défonce. Dans le cas des chamans paléolithiques, ç'aurait été avec de l'opium, du haschisch de tourbière, et un truc mystérieux, perdu dans les brumes du temps, qui s'appelle hoama ou soma. Ça te dit quelque chose ?

— Quel contact ? Tu as parlé à qui ?

Toby leva un index menaçant. L'ongle était sérieusement rongé, et teint en orange par la nicotine.

— Après que tu m'as confié ton histoire, j'ai fait quelques recherches sur l'intermuche. Je suis sûr que tu en as entendu parler – c'est un truc qui marche avec des ordinateurs, et des fois ça peut être très utile pour dégotter des informations.

— C'est ce que me dit Elliot. Et tu as trouvé quoi ?

— J'ai googlouté des articles sur l'art préhistorique, et un bon pourcentage de ce que j'ai trouvé mentionnait des transes, des rites chamaniques et la récurrence de types fondamentaux d'images entoptiques. Tu vas trouver ça, euh... stupéfiant, mais...

— Je t'en prie.

— ... Ces artistes des cavernes s'envoyaient en l'air régulièrement, et les trucs qu'ils voyaient quand ils planaient étaient ce qu'on appelle des images entoptiques ou constantes de forme. Je vois à ton regard que tu as entendu parler des images entoptiques. C'est lamentable, c'est comme un chien qui sait qu'il vient de se faire prendre en faute et qui attend d'être puni.

— Je n'ai appris leur existence qu'hier, dit Alfie.

En réalité, il se sentait quand même coupable d'avoir trompé son ami, tout en croyant avoir eu de bonnes raisons de le faire.

Le carnet de bord de son grand-père n'avait rien à voir avec la recherche de Morph. C'était une affaire de famille.

— Je suis allé au British Museum... enfin, à l'annexe de Hackney, et j'ai demandé à un spécialiste ce qu'il pensait de mon petit morceau de pierre.

— Tu lui as aussi montré tes photos des graffiti de Morph ?

— J'ai pensé qu'il me prendrait pour un cinglé si j'essayais de tout lui expliquer.

— Même si tu es manifestement aussi dingue qu'une chaussette pleine de grenouilles dans un four à micro-ondes. Alors, laisse-moi faire une supposition délirante : ce spécialiste a jeté un coup d'œil à ton caillou, a dit que ces motifs étaient en réalité des images entoptiques, et t'a fait un petit topo très pédagogique sur les raisons pour lesquelles l'art préhistorique en est plein.

— En réalité, tout ce qu'il a dit, c'est qu'il était *possible* que ce soit des images entoptiques. Il a dit également qu'il était impossible de savoir ce que signifiaient les œuvres d'art paléolithiques ou néolithiques – pourquoi elles avaient été faites, et à quoi elles servaient.

— Tu te souviens de Jules ? Jules Martens ?

— Le type qui te rachète les services de presse que t'envoient les éditeurs ?

— J'ai aussi travaillé pour lui, dans le temps, dit Toby. C'est le type vers qui les bibliophiles se tournent quand ils ont abandonné tout espoir avec les autres libraires. Quand il ne te manque plus qu'un volume pour compléter ta collection, quand tu n'as rien trouvé sur eBay et que tu t'es déplacé pour des ventes aux enchères chez Bloomsbury Books, Phillips ou Biblion, quand tu as passé au peigne fin le stock de tous les soldeurs et bouquinistes et fait toutes les foires aux livres du Royaume-Uni, Jules est l'homme qui peut te redonner le sourire. Sa spécialité, c'est de trouver l'introuvable, et il y arrive en entretenant une petite armée de collaborateurs dans plusieurs pays, qui le tiennent au courant. C'était ce que je faisais, quand je venais de débarquer à Londres avec l'encre encore toute fraîche sur mon diplôme de littérature anglaise mention très bien et que j'essayais de creuser mon trou en qualité de journaliste indépendant.

Alfie avait une seule fois acheté quelque chose à Jules Martens : une photo de Mick Flowers, épuisé et mal rasé dans son gilet pare-balles multipoches, serrant son Nikon favori sur sa poitrine, allongé à même le sol d'argile près de Phnom Penh, au

Cambodge, en 1975. La photo avait été prise une heure avant qu'il soit touché à la jambe par la balle d'un tireur embusqué qui avait traversé la tôle de la Jeep dans laquelle il circulait ; le *Washington Post* l'avait publiée avec une légende expliquant comment il avait frôlé la mort. Jules Martens avait montré à Alfie un exemplaire jauni du quotidien et expliqué qu'un de ses contacts américains avait retrouvé la veuve du photographe, et qu'elle avait accepté qu'Alfie puisse tirer une épreuve à partir du négatif original. Alfie avait acheté l'exemplaire du journal et payé les frais engagés par Jules Martens et son collaborateur pour retrouver la veuve, parce que Jules Martens avait donné à Alfie l'impression de lui avoir rendu de bon cœur un service considérable ; il aurait été impoli et déplacé de ne pas le rembourser. Mais lorsqu'il lui avait proposé de chercher d'autres objets, Alfie avait dit non merci. Il savait comment ce personnage travaillait. Il suffisait de goûter à ses services, et hop ! on était accro. Il était terriblement efficace – aucun doute là-dessus –, mais c'était aussi un petit malin, aussi courtois et professionnellement sympathique qu'un chirurgien esthétique ou un trafiquant de drogue mondain ; comme eux, il excellait à repérer et à exploiter vanités et appétits. Alfie n'avait pas voulu contracter une dépendance envers lui ; il n'avait pas voulu devenir accro au passé de son père. À l'époque, cinq ou six ans plus tôt, il était encore dans ce que sa dernière petite amie aurait appelé sa phase de refus. Il s'efforçait de maintenir le discret ronron de son équilibre mental. Il avait donc réglé Jules Martens, avait renvoyé le négatif à la veuve avec un petit mot élogieux, rangé dans un dossier l'épreuve qu'il avait tirée et fait de son mieux pour l'oublier.

— Tu as parlé de ça à Jules Martens ? demanda-t-il à Toby. Tu lui as parlé de Morph et de tout le reste ?

— Il fallait bien que je lui donne un peu de contexte, mais je n'ai nommé personne.

— Tu lui as parlé de mon père, de mon grand-père ? De ma famille ?

Alfie avait un goût amer dans la bouche, comme si on lui avait mis un penny en cuivre sous la langue.

Toby se cala contre le dossier de sa chaise, le fixa de son regard sombre.

— On se connaît depuis neuf ans, toi et moi. Tu étais garçon d'honneur à mon mariage. Tu me demandes de t'aider, et, que ça te plaise ou non, c'est exactement ce que je suis en train de faire.

— Ce que je t'ai dit était strictement confidentiel.

— Tu trimballes tous ces secrets de famille planqués dans ta tête jusqu'au jour où tu vois ce graffiti, et tout remonte à la surface comme un gros pet de gaz des marais. Brusquement, tu es obligé de t'en occuper. Il faut que tu trouves le mec qui fait ces graffiti, et quand tu te rends compte que tu n'y arriveras pas tout seul, tu décides de me mettre sur l'affaire. Mais tu veux seulement que je t'aide dans les limites que tu fixerais toi-même. Tu me donnes des informations partielles et me traites plus en collaborateur qu'en ami qui se fait du souci pour toi. Alors, mon pote, arrête tes conneries. Si tu veux que je t'aide, il faut que tu me fasses confiance, et il faut que tu comprennes que ce qui est dans ton intérêt ne sera peut-être pas toujours ce que tu attends de moi. Et si ça ne te plaît pas, va payer quelqu'un pour faire le boulot conformément à tes exigences, parce qu'il est hors de question que je change ma méthode de travail.

Il n'était pas dans la nature d'Alfie de rester en colère trop longtemps ; en plus, il savait que Toby avait raison.

— Du moment que tu n'as nommé personne, dit-il, j'imagine qu'il n'y a pas eu de dégâts.

— Je n'ai pas donné d'informations sensibles. Accorde-moi un peu d'intelligence, Flowers. Suppose que je sais ce que je fais.

— D'accord.

— Et recommence pas à jouer les offensés parce que je serais une fois sorti du droit chemin, sinon tu te retrouveras tout seul.

— Peut-être que tu ferais mieux de me parler de l'expert que t'a indiqué Jules Martens, dit Alfie.

S'il lui fallait avouer la découverte du carnet de bord de son grand-père, c'était le moment ou jamais.

Toby alluma une nouvelle cigarette.

— Jules a une mémoire phénoménale. Il peut te dire ce qu'il a mangé au petit déjeuner un jour précis il y a dix ans. Il dit qu'il se rappelle le premier mot qu'il a prononcé. Et il se rappelle tout ce qu'il a jamais acheté ou vendu. Quand je lui ai montré les photos des graffiti de Morph et que je lui ai raconté l'histoire – une histoire très soigneusement revue et corrigée –, il m'a aiguillé sur un collectionneur à qui il avait vendu plusieurs ouvrages ésotériques. Un certain Roger Anslinger, une sorte de chercheur indépendant qui vit d'une rente en fidéicommis. C'est un expert en « états de conscience amplifiée », comme il dit : il a écrit un bouquin sur l'anthropologie de la drogue et travaille actuellement à une dissection érudite de la réalité virtuelle. Il m'a expliqué en long et en large qu'un état de conscience amplifiée commence avec la dilatation des pupilles, que les bâtonnets et les cônes de la rétine au fond de l'œil sont les avant-postes du cerveau. « Dressés à la frontière entre la conscience et la réalité. » Il possède une bibliothèque absolument impressionnante sur toutes les sortes de drogues, depuis des études médicales sérieuses jusqu'aux livres de poche à scandale des années 50 et 60 avec des titres racoleurs comme *Le Sexe psychédélique* ou *Droguée et prostituée*. Il y a une importante section sur le chamanisme, et il m'a tuyauté sur l'art rupestre paléolithique et les images entoptiques. En plus, évidemment, il possède une brochure que Jules lui a vendue. Une camelote complètement bidon, d'après lui, mais qui n'est pas sans intérêt pour nous.

« Le bouquin a été publié à compte d'auteur par un hurluberlu, le chef autoproclamé d'une secte qui avait démarré aux States au début des années 80 et qui s'est dissoute sept ou huit ans plus tard dans des circonstances scabreuses. Les horreurs habituelles : lavage de cerveau, drogue, amour libre, des adolescentes qui utilisaient le *flirty-fishing* – offrir leurs charmes à des inconnus – comme technique de recrutement. Sans parler des accusations habituelles de satanisme, de sacrifices de bébés et de pédophilie. Le chef de la secte s'est suicidé peu après que les Feds ont fait une descente dans sa communauté, mais, au sommet de sa brève notoriété, il a publié ceci.

Toby tira de sa sacoche une mince liasse de pages imprimées.

— C'est la brochure que Roger Anslinger a achetée à Jules. Il me l'a photocopiée.

Le titre sur la couverture, *La Quête de l'haoma : un récit personnel, par Antareus*, était écrit à la main au-dessus de la représentation naïve d'une pyramide surmontée de l'Œil d'Horus, le genre de dessin que pourrait exécuter un enfant raisonnablement doué, sauf qu'il était encerclé par des motifs incontestablement entoptiques. Des lignes ondulées parallèles, des points, des éclairs sinueux, des pointes de flèches entrelacées qui semblaient osciller de droite à gauche quand Alfie les fixait. Un effet du même type que celui qui rendait étrangement vivants les graffiti de Morph semblait détacher ces motifs du fond comme s'ils étaient en italique.

— La Terre appelle Alfie, finit par dire Toby au bout d'un moment.

Alfie leva les yeux ; le goût du métal brûlé lui saturait la bouche, un sombre picotement troublait sa vision.

— Ces motifs sont authentiques. Ceux de la vitrine du musée ne l'étaient pas.

— Roger Anslinger lui aussi m'a dit qu'ils étaient particuliers, mais je ne vois rien. Je crois je ne suis pas un mec à états de conscience amplifiée. En revanche, ce qui m'a intéressé, dit Toby en tournant les pages photocopiées, c'est une brève allusion à deux expéditions archéologiques en Irak qui ont découvert des motifs comme celui-ci, motifs qu'Antareus dénommait glyphes.

— Glyphes... c'est comme ça que mon grand-père les appelait.

— Antareus mentionne aussi une autre expédition en Irak, une qui a découvert une tribu de pasteurs semi-nomades éleveurs de moutons, les Kefidis. Leurs cérémonies religieuses impliquaient l'usage des glyphes et d'une plante qui était la source de l'hoama, ou du soma. Les dates cadrent avec ce qui tu m'as raconté sur les aventures de ton grand-père, alors je me demandais si ceci ne te rappelle rien, dit Toby en posant une page sous les yeux d'Alfie.

Il y avait une photo en haut de la page. C'était une mauvaise photocopie d'une reproduction floue, mais Alfie la reconnut immédiatement. Quatre hommes en tenue d'avant-guerre posant à côté d'une grosse pierre et des restes d'un mur : les Quatre Nomades.

Alfie eut brusquement la prémonition d'une crise. C'était comme si une entité avait bondi des ténèbres à l'intérieur de son cerveau et tentait de s'échapper en force, de gagner la lumière. Il tira de son fourre-tout la fiole de comprimés de Valium, en fit sauter un dans le creux de sa main, tendit le bras pour saisir son verre d'eau minérale, et...

... il contemplait des éclats de verre étincelant dans une flaque d'eau qui s'agrandissait entre ses pieds et Toby disait :

— Flowers ? Parle-moi. Dis-moi que ça va.

— Ça va.

La crise était passée, Alfie était à nouveau lucide, son esprit était libre. Il avala le Valium sans eau, s'excusa auprès de la serveuse qui arriva avec des serviettes en papier, une pelle et une balayette, et dit à Toby :

— J'ai besoin de prendre l'air. On fait un bout de chemin et on poursuit cette conversation.

Il se sentait un peu dans les vapes et décalé par rapport au reste du monde, mais c'était le Valium qui commençait d'agir. Sinon, il se sentait lucide, concerné et passionné tandis que Toby et lui remontaient Lambeth Road dans la poussière, les gaz d'échappement et les remous d'air et se dirigeaient vers le pont de Blackfriars.

— Cet Antareus, dit Alfie, l'homme qui a écrit cette brochure, le chef de la secte... Son vrai nom était Christopher Prentiss, n'est-ce pas ?

— Comment tu le sais ? Tu le savais depuis le début, alors. Ça fait encore partie de ton numéro de cachottier.

— Pour la secte, je n'étais pas au courant, je le jure. Pour Prentiss, c'est une conjecture suggérée par certaines informations.

— Quelles informations ?

— Dis-moi ce qu'Antareus a écrit sur cette mystérieuse drogue antique, ce haoma, et ensuite je t'expliquerai.

Une fois de plus, il songeait à la poudre grise que son grand-père fumait avec sa mixture de tabac personnelle. Du haka : l'extrait végétal que lui injectait M. Prentiss, la substance que son père ajoutait aux joints dans le cadre de leur rituel privé. Le dernier souvenir qu'il conservait de son père, c'était cette soirée sur la plage lorsqu'ils s'étaient partagé un joint, et qu'il avait alors fixé le feu tandis son père murmurait l'incantation de M. Prentiss...

— En fait, dit Toby, mes informations proviennent essentiellement de Roger Anslinger et de deux heures passées à googlouter sur l'intermuche. Il semble qu'il y a environ quatre mille ans, un peuple pastoral, les Indo-Iraniens ou Aryens, se soit scindé en deux groupes. Un groupe est allé vers le sud et s'est installé dans la vallée de l'Indus ; l'autre est resté dans son territoire d'origine en Asie centrale, au nord de l'Inde et à l'ouest de la Chine. Les tout premiers écrits des deux groupes mentionnent une drogue utilisée dans un rite important d'adoration. Dans le *Rig Veda* indien, elle s'appelle soma ; dans l'*Avesta* iranien, elle s'appelle haoma. La plupart des spécialistes estiment que soma et haoma sont deux appellations de la même substance, mais personne ne sait ce que c'était.

— Mais il y a des théories. Antareus avait une théorie là-dessus.

— Des théories, il y en a à revendre, dit Toby. On a dit que c'était une sorte de breuvage alcoolisé, qu'elle provenait d'une espèce de rhubarbe écrasée et mise à fermenter dans le miel, ou que c'était une forme de haschisch ou encore une sorte de liane. Il y a une liane en Amazonie... si on en boit un extrait, ça vous défonce vraiment jusqu'au trognon. Un certain R. Gordon Wasson a suggéré qu'il s'agissait de l'amanite tue-mouches. C'était un banquier de Wall Street, mycologue à ses heures, qui était copain avec Aldous Huxley. Il a fait des expéditions au Mexique et en Russie et a fini par collaborer à un programme de recherche de la CIA, MKULTRA, qui testait des drogues de toutes sortes pour évaluer leur potentiel dans les opérations clandestines et les interrogatoires – vraiment tout, de la caféine au LSD. La CIA était branchée sur le LSD bien avant que les hippies mettent la main dessus. Bref, Wasson était impliqué dans tout ça, et il a affirmé avec beaucoup de conviction que le soma/haoma était l'amanite tue-mouches, bien qu'on puisse tout aussi vigoureusement soutenir que cette substance provenait d'une plante plutôt que d'un champignon. Peut-être le ginseng, ou le harmel – la rue de Syrie. Roger Anslinger penche pour la rue de Syrie. Il m'a dit qu'elle pousse dans les territoires d'origine des deux groupes indo-iraniens et que sa graine contient, si j'ai bien compris, des « bêta-carbolines psychoactives ».

— Et Antareus ? Qu'est-ce qu'il a trouvé au terme de sa quête ?

— Il a prétendu avoir découvert la source du soma/haoma originel, cette tribu du nord de l'Irak, les Kefidis. Ça te dit quelque chose ?

Alfie secoua la tête.

— Est-ce qu'il a dit d'où ils venaient exactement, et ce qu'était leur drogue ?

— Bien sûr que non. Ceux de son espèce ne fournissent jamais de détails. Ils s'imaginent qu'ils travaillent dans la tradition de Paracelse – dans le style « savoir, c'est pouvoir », « le libre accès aux données est un crime contre nature », etc. Il y a un tas de conneries dans cet opuscule sur la clé qui ouvre la seule voie authentique de l'illumination, mais l'auteur ne donne aucun indice qui pourrait en préciser la nature. Parce que s'il le faisait, bien sûr, il ficherait l'illusion par terre. Il s'est certainement servi de ces motifs dans les rites de sa secte, mais à part le nom de cette tribu, qui peut exister ou ne pas exister, il a pris grand soin de ne pas laisser filtrer de précisions concrètes. On trouverait peut-être quelque chose d'intéressant en fouillant sous la montagne habituelle de foutaises à propos de l'Atlantide, de Stonehenge et des Pyramides, mais j'ai tellement eu mal au crâne à force de lire ces trucs que je n'ai vraiment plus envie d'y penser. Ce qui est intéressant, par contre, c'est un long passage où il parle de son père : il explique comment son père a essayé de l'empêcher d'accéder à l'illumination parce qu'il faisait partie d'une conspiration visant à dissimuler la vérité. Un truc qui s'appelle le Nomads' Club. Ça te dit quelque chose ?

Par bonheur, Alfie ne fut pas obligé de répondre immédiatement, car quatre voitures de police passèrent à toute allure dans un hurlement de sirènes et le scintillement bleu des gyrophares. Il fut obligé de fermer les yeux et de se boucher les oreilles jusqu'à ce qu'elles aient disparu.

— Encore une fausse alerte, dit Toby tandis qu'Alfie et lui continuaient leur promenade. Enfin, j'espère.

Les sirènes des véhicules de secours et d'intervention faisaient partie du paysage sonore urbain, à toute heure du jour et de la nuit, évidemment – l'un des oiseaux qui se perchaient dans les buissons et les arbres touffus bordant le terrain d'Alfie imitait les sirènes de la police, quand ce n'était pas les alarmes de voiture ou les sonneries de portables –, mais quatre voitures de flics fonçant l'une derrière l'autre en direction de la City, ça ne présageait assurément rien de bon. Une année après l'invasion de l'Irak, la capitale tout entière était tendue et anxieuse, sursautant au moindre bruit comme un propriétaire insomniaque, attendant qu'il se passe quelque chose...

— La photo que tu m'as montrée... dit Alfie, mon grand-père en avait un exemplaire.

Il se tut, croyant que Toby allait lui demander où il l'avait vue, mais il ne réagit pas.

— Il y avait quatre prénoms écrits au dos, continua Alfie. Il y avait Maurice, mon grand-père. Et puis David.

— David Prentiss.

— C'est ce que je crois. Et enfin, Clarence et Julius. Ceux-là, je ne les connais pas. Mais tous les quatre se faisaient appeler les Nomades.

— Donc ces mecs faisaient des fouilles en Irak avant la Seconde Guerre mondiale, et un des trucs qu'ils ont déterrés était le morceau de papier qui t'a bousillé le cerveau.

— Pas le morceau de papier. Ce qui avait été dessiné ou copié dessus.

— Mais tu ne te rappelles pas ce que c'était.

— Non. Mais deux jours après mon accident, mon père m'a emmené chez David Prentiss, pour voir s'il pouvait m'aider.

Toby regarda Alfie en plissant les yeux.

— Ce serait peut-être le moment de tout me raconter.

— C'est ce que je suis en train de faire.

Alfie se souvint. Il avait flotté dans une sorte de détachement lorsque son père l'avait conduit à Londres dans la spacieuse Rover de son grand-père – la voiture qui lui donnait le mal de mer –, comme si tout était un film qu'il regardait dans sa tête, un film dont il conserverait toute sa vie un souvenir clair et réaliste. Il se rappela que, lorsqu'ils s'étaient garés devant la villa dans cette tranquille rue résidentielle de Chiswick, son père s'était tourné vers lui et lui avait dit que tout ce que M. Prentiss allait faire, si bizarre que cela puisse lui sembler, c'était pour son bien. Ça l'aiderait à guérir des suites de son petit accident. Et, quoi qu'il en soit, Alfie ne devrait rien dire à sa grand-mère.

— On est d'accord, chef ?

Alfie avait hoché la tête.

— Croix de bois, croix de fer ?

Alfie se rappela la bonne humeur forcée de son père, se rappela la peur qui l'avait saisi lorsque M. Prentiss avait ouvert la porte d'entrée après que son père eut tiré sur un anneau en cuivre inséré dans le mur. M. Prentiss, très grand, très mince, sanglé dans un costume en tweed bosselé, serra la main à Mick Flowers en disant :

— Nous sommes si contents de voir que vous avez gardé cela entre amis, Michael. Un médecin poserait des questions gênantes et prescrirait des médicaments inappropriés.

Il examina Alfie de toute sa hauteur avec des yeux d'un bleu hivernal, dit qu'il devait être le garçon dont il avait si souvent entendu parler, et qu'ils feraient mieux de ne pas rester sur le pas de la porte.

Tandis que M. Prentiss les conduisait dans le couloir sombre, où une horloge de parquet faisait entendre un tic-tac sonore et régulier, comme si elle laissait tomber des billes une par une dans un puits, le père d'Alfie demanda où était une certaine Emily, s'informa de sa santé.

— Malheureusement, elle a une de ses migraines habituelles, et elle est montée se coucher.

— Et sa fille ? Je suppose que ce doit être dur pour elle.

— Nous ne parlerons pas de ça, si vous n'y voyez pas d'inconvénient, dit M. Prentiss. Allons dans la bibliothèque. J'ai fait tout préparer.

C'était une pièce carrée et sombre avec deux murs de livres entassés sur des rayons en acajou. Derrière un sofa revêtu de cuir rouge craquelé, des portes-fenêtres donnaient sur le jardin. Un feu brûlait sur la grille en fer de l'élégante cheminée en marbre. Au-dessus était accroché un gigantesque tableau à l'huile, assombri par le temps, représentant un homme armé d'une lance, monté sur un cheval au grand galop, qui poursuivait un lion dans un désert de pierraille.

— Je vois que tu as remarqué le tableau, dit M. Prentiss à Alfie. C'est un portrait de mon père, exécuté par Dante Gabriel Rossetti. Mon père a été soldat en Abyssinie, et il a vraiment tué un lion quand il était là-bas. La tête du fauve en question était jadis accrochée dans le couloir, mais hélas, elle a été attaquée par les mites, et j'ai été obligé de l'envoyer au bûcher. As-tu jamais été obligé de brûler une tête de lion, mon jeune ami ?

Alfie secoua la tête, ne sachant pas si on le taquinait ou non.

Le rire de M. Prentiss était comme le grincement d'une porte saisie par le vent.

— Je te le déconseillerais, dit-il. La tête empaillée d'un lion est très difficile à brûler, et les voisins se sont vigoureusement plaints de l'odeur.

Mick Flowers dit à Alfie qu'il devrait aller jouer dans le jardin un petit moment.

— M. Prentiss et moi-même avons besoin de parler.

— Je croyais que tout était arrangé, dit M. Prentiss.

— Je veux vous dire deux mots avant que nous commencions, dit Mick Flowers. Je veux mettre les choses au point.

Il attendit, les bras croisés, l'air décidé, et dit à Alfie que cela ne prendrait que quelques minutes.

On était au début du mois de janvier, le temps était froid, humide et sans joie. Une pelouse moussue descendait, entre des massifs de fleurs taillés au carré et troués par les tiges gelées des rosiers, jusqu'à une rangée d'arbres fruitiers arthritiques qui se dressaient devant un mur de brique. Dans un coin, une petite serre, brillamment illuminée à l'intérieur, éclairait violemment de chétifs buissons aux feuilles grises qui poussaient dans une tranchée remplie de sable et de gravier. Au-delà d'une grille en croisillons de fer insérée dans le mur, on apercevait un chemin qui longeait la berge d'un grand fleuve – Alfie supposa que c'était la Tamise.

Il vit passer un rameur sur un skiff ; l'homme se penchait et se redressait, se penchait et se redressait comme un automate. Alfie se sentait seul ; il avait peur et était en colère. Il avait fait une bêtise et ça lui avait fait mal. Son père lui avait dit que M. Prentiss savait comment le guérir, mais Alfie savait que sa grand-mère était d'un autre avis. Mamie et son père s'étaient disputés à ce sujet la veille. Alfie était sorti à pas de loup de sa chambre, s'était avancé jusqu'en haut de l'escalier et avait écouté les deux voix derrière la porte close du séjour. La voix de mamie était tranquille, posée et ferme, celle de son père avait des hauts et des bas – Alfie l'imaginait très bien en train de marcher de long en large dans la pièce, comme il le faisait souvent lorsqu'il se disputait avec sa mère. Alfie ne pouvait pas entendre de quoi ils parlaient, mais il savait dans une sorte de nausée gluante qu'ils parlaient de lui. De ce qui s'était passé. Assis en pyjama sur les marches en bois ciré dans le crépuscule froid, les bras repliés sur les épaules, il entendit mamie dire que c'était bien dommage que Maurice se soit occupé de ces choses horribles, que ça avait envahi son existence, et voilà que maintenant...

Sa voix se brisa ; la voix du père d'Alfie était douce et étouffée ; il lui murmura des paroles réconfortantes, puis la voix de mamie s'éleva à nouveau, portée sur les ailes de la colère.

— Ton fils est malade, il a des crises, Michael ! Des crises d'épilepsie ! Tu devrais appeler un médecin, je ne sais pas pourquoi je ne l'ai pas déjà fait moi-même. Et si ça lui avait fait quelque chose de permanent ?

Le père répondit quelque chose qu'Alfie ne put saisir. La conversation se poursuivit à mi-voix derrière la porte close jusqu'à ce que mamie dise clairement et fermement :

— Tu devrais brûler cette saloperie.

— Il faut d'abord que David Prentiss la voie, dit le père d'Alfie.

Et il n'entendit plus rien. Il avait dû s'évanouir ou perdre conscience, parce qu'il se retrouva dans son lit ; la silhouette de son père, découpée par la clarté de la lampe de chevet, se penchait sur lui ; il lui disait que tout se passerait bien, qu'ils allaient voir quelqu'un qui le remettrait d'aplomb.

Mais Alfie ne faisait pas confiance au vieillard chez qui son père l'avait emmené. Il le soupçonnait d'être de connivence avec les deux hommes qui étaient venus emporter les affaires de son grand-père. Il lança des cailloux par la grille en croisillons d'un pied rageur et contempla le fleuve froid avec le sentiment d'être malade, malheureux et absolument seul. Il avait l'impression que le monde entier s'était ligué contre lui, et il avait peur, aussi ; il avait peur du vieil homme, il avait peur qu'il ne lui fasse quelque chose qui serait tout aussi désagréable que regarder la maudite feuille de papier.

C'est alors que la petite fille s'approcha de lui par-derrière et dit d'une voix claire et haut perchée :

— Je sais qui tu es.

— Vraiment ?

Comme tous les garçons de son âge, Alfie était d'ordinaire indifférent aux petites filles, mais celle-ci semblait être intelligente et sûre d'elle à un point déconcertant. Cette petite blonde mince avec une robe en tissu imprimé, âgée de quatre ou cinq ans, pas plus, fixait Alfie effrontément, ses yeux brillants pleins de malice.

— Je m'appelle Harriet, dit-elle. J'habite ici avec ma maman et mon grand-papa. Et toi, tu es un espion.

— Mais non, dit Alfie.

Il tenta d'affecter une méprisante décontraction, mais sentit qu'il rougissait.

— Mon père est un ami de M. Prentiss. J'attends simplement...

— Un espion ! Un espion sournois ! dit la petite fille en trépignant de joie.

M. Prentiss parut sur le seuil de la porte-fenêtre et dit à la petite fille :

— Allez, cours, ma chérie. Va retrouver ta mère. M. Flowers et moi-même avons une petite affaire à régler ensemble. N'est-ce pas, jeune homme ?

— Mais je l'ai attrapé, non ? s'écria la petite fille, fière et contente d'elle.

— Bien sûr, chérie. Et je te promets de m'occuper de lui, dit M. Prentiss.

Et il fit signe d'approcher à Alfie, qui gravit péniblement la pelouse jusqu'à la maison avec l'impression d'avoir une main sinistre et brûlante appuyée sur la nuque – l'impression qu'il avait chaque fois qu'on l'appelait au tableau devant toute la classe pour répondre d'un écart de conduite véniel. Il se revit planté au milieu du tapis oriental usé jusqu'à la corde, mal à l'aise dans ses vêtements trop chauds, sans regarder ni son père ni M. Prentiss pendant que le vieil homme refermait et verrouillait les portes-fenêtres et tirait devant elles d'épais rideaux de velours. Un instant, l'unique éclairage de la pièce fut la lueur austère du feu au charbon ; puis M. Prentiss alluma une lampe de bureau posée sur une petite table à côté du sofa au milieu d'une accumulation de photographies sous des cadres argentés.

Mick Flowers, au bord du cercle lumineux projeté par la lampe, le visage à moitié dans l'ombre, sourit à son fils et lui dit :

— N'aie pas peur.

Mais Alfie avait déjà peur ; sa peau le picotait, elle était brûlante et son pouls lui cognait désagréablement aux tempes. M. Prentiss se pencha sur lui avec raideur, retroussa la manche de son pull-over et déboutonna sa manchette. Les mains du vieillard étaient froides et sèches. Il retroussa la manche de chemise d'Alfie et lui demanda si on lui avait déjà fait des piqûres.

Alfie le regarda, ahuri, la bouche sèche, l'esprit parfaitement vide.

— Tu as été vacciné contre le tétanos l'an dernier, lui souffla son père.

— Ça sera exactement la même chose, dit M. Prentiss. Assieds-toi là.

Une fois qu'il eut installé Alfie sur un tabouret bas, M. Prentiss traversa la pièce et revint avec un petit plateau circulaire qu'il posa sur la table en poussant plusieurs cadres pour faire de la place. Il prit sur le plateau un flacon de liquide limpide, en dévissa le bouchon, pressa un morceau d'ouate sur le goulot et tint le flacon un instant renversé, puis passa le morceau de coton sur le bras d'Alfie. Alfie sentit l'odeur de l'alcool, sentit la portion d'épiderme mouillée devenir froide et sèche. Il regarda

M. Prentiss prendre une petite fiole brune et une seringue hypodermique avec un corps de pompe en verre et une aiguille impressionnante qui accrochait une étoile de lumière à sa pointe. Le vieil homme secoua la fiole puis, la tenant renversée entre le pouce et l'index, il en perça le bouchon en caoutchouc avec l'aiguille de la seringue et aspira une mesure d'un liquide incolore dans le cylindre en verre. Il l'examina d'un œil critique et dit :

— Si vous voulez bien m'aider, Michael.

Mick Flowers passa derrière Alfie, replia ses bras autour des épaules d'Alfie et le plaqua fermement contre ses cuisses. Alfie se débattit tous l'étreinte de son père, scandalisé par cette trahison.

— Ne regarde pas, dit M. Prentiss.

Mais Alfie regarda du coin de l'œil l'aiguille appuyer contre la chair pâle de son bras. La peau se creusa, céda. Alfie sentit une douleur ponctuelle ténue puis une sorte de froideur qui se diffusa sous sa peau tandis que M. Prentiss vidait la seringue, vit monter une perle de sang rouge sombre lorsque l'aiguille se retira. M. Prentiss essuya le sang avec un coton, massa le bras d'Alfie avec ses doigts froids et osseux, et dit allégrement :

— Ce n'était pas si méchant que ça, hein ?

— C'est fini ? demanda Alfie. Est-ce qu'on peut partir ?

— Nous n'en avons pas tout à fait terminé, dit M. Prentiss.

Il tira à lui un fauteuil à oreilles, s'assit juste en face d'Alfie et lui agrippa le menton d'une main, l'obligeant à regarder le cristal qu'il laissait pendre devant lui au bout d'une fine chaînette en argent. Il était long, mince et triangulaire, se réduisant à une pointe acérée dans sa partie inférieure ; sa partie supérieure était ceinte de petites facettes carrées et recouverte d'argent. Des éclairs ponctuels de lumière arc-en-ciel jaillissaient à l'intérieur tandis qu'il oscillait à une trentaine de centimètres du visage d'Alfie ; pendant ce temps, M. Prentiss parlait doucement et à voix basse, disait à Alfie de regarder le cristal, de se concentrer sur lui aussi fort qu'il le pouvait, d'imaginer qu'il n'y avait rien d'autre que le cristal dans la pièce...

Il parlait et parlait, sans la moindre pause, le cristal oscillait légèrement de-ci de-là, des éclairs auréolaient ses arêtes, des couleurs défilaient dans un sens, puis dans l'autre à l'intérieur – ces couleurs et les paroles calmantes de M. Prentiss étaient mystérieusement synchronisées, aussi apaisantes que le murmure d'un ruisseau sous le soleil de l'été.

— Très bien, dit M. Prentiss au bout d'un moment. Vous pouvez le lâcher, maintenant.

C'était comme s'il parlait depuis une autre pièce. Ou plutôt, c'était comme si Alfie était dans son espace propre, comme s'il était en même temps à l'intérieur et à l'extérieur du cristal. M. Prentiss lui montra des feuilles de papier avec des motifs bizarres. Il lui demanda de dire s'il voyait bouger quelque chose dedans, s'il savait ce qu'étaient ces motifs, s'ils lui rappelaient quelque chose.

— Ça ressemble aux poteries. Aux poteries de grand-père.

Les mots se formèrent dans la bouche d'Alfie, mais c'était comme si quelqu'un d'autre parlait. Il n'avait plus peur. Il se sentait à l'aise, douillettement installé, comme s'il rentrait d'une longue et épuisante randonnée à la campagne et attendait au coin du feu que mamie lui apporte du thé et des biscuits à tartiner.

— Est-ce qu'ils te rappellent autre chose ? demanda M. Prentiss d'une voix douce.

— Des fois, quand je ferme les yeux. Et quand je me sens tout bizarre.

Mick Flowers commença à demander à Alfie s'il se rappelait ce qui s'était passé, mais M. Prentiss dit que ça ne servirait à rien d'en parler.

— Ce qui est fait est fait, dit-il. Ce que nous allons faire maintenant, c'est essayer de te guérir.

Il expliqua à Alfie que parfois, des motifs comme ceux-ci pouvaient entrer à l'intérieur de votre tête et y rester.

— Ils peuvent perturber la manière dont on pense, Alfie. Je crois que tu as quelque chose comme ça de coincé dans ta tête. Je vais essayer de l'enlever. Ça ne fait pas partie de toi, alors ça ne fera pas mal. Et ensuite, tu te sentiras beaucoup mieux.

M. Prentiss se mit à parler sans interruption ; il ne cessait de répéter la même chose sous des formes légèrement différentes, et sa voix coulait comme de l'eau sur des pierres, dans un murmure qui ne contenait plus de mots – ou, du moins, de mots qu'Alfie connaissait. Il se rappelait confusément avoir fixé le feu bien garni au fond de l'âtre et y avoir vu des entités vivantes, qui nageaient dans la chaleur jaune comme des poissons dans un aquarium ; ou alors, il était sur un pont et regardait les poissons dans la rivière en dessous, des truites brunes et lisses qui battaient des ailerons, en suspens dans le courant qui faisait lentement onduler les herbes aquatiques...

C'est alors qu'il se réveilla et se retrouva dans la voiture ; des réverbères et les fenêtres allumées des maisons défilaient dans l'obscurité au-dehors et son père fumait une cigarette en conduisant. Il se tourna vers Alfie et lui demanda comment il se sentait.

Alfie était perplexe. Il se sentait bien. Il s'était endormi, mais maintenant il était éveillé. Il était bien.

Son père avait l'air soulagé.

— Tu t'en es bien tiré, chef, dit-il.

— Je vais mieux ?

— J'espère. Je crois que tu es sur la bonne voie.

— Je me sens tout drôle.

— Ça fait partie du traitement, Alfie. Ça passera, et tu seras comme avant.

Ils rendirent visite à M. Prentiss deux fois encore. À chaque fois, Alfie reçut une injection du liquide incolore et dut regarder le jeu de la lumière qui étincelait à l'intérieur du cristal en oscillation. Il vit les motifs nager dans le feu et se réveilla ensuite dans la voiture, sur le chemin du retour. Ses cauchemars s'espaçaient et il n'avait plus de crises. Il n'arrivait pas à se rappeler quand il avait commencé les séances avec son père et ses joints pimentés de haka. Il supposait que ce devait être pendant les grandes vacances. Ensuite, son père avait disparu et Alfie avait recommencé à avoir des crises. Sa grand-mère l'emmena à l'Addenbrooke's Hospital de Cambridge : on diagnostiqua des crises d'épilepsie atypiques partielles et on lui prescrivit du phénobarbital. Ce médicament réduisait l'intensité et la fréquence des crises mais, contrairement au traitement de M. Prentiss, il ne les abolissait pas complètement.

— David Prentiss ou ton père n'ont jamais laissé échappé un indice sur l'origine de cette drogue ? demanda Toby.

— Mon grand-père disait qu'elle provenait d'une plante appelée haka, qui pousse quelque part au nord de Bagdad.

— Ton grand-père t'en a parlé ? Je croyais qu'il était mort avant ton accident.

— Il avait l'habitude de la fumer, dit Alfie.

— Il la fumait ?

— Dans une pipe. Il mélangeait cette poussière ou poudre grise au tabac de sa pipe.

— Tu es sûr qu'il n'a jamais mentionné le haoma ou le soma ? Il n'a jamais parlé de cette tribu, les Kefidis ?

— Je ne crois pas. Ou alors, s'il l'a fait, je ne m'en souviens pas. C'était il y a longtemps. Mais ça doit forcément être la même drogue, non ?

Alfie et Toby se tenaient côte à côte sur le pont de Blackfriars. En dessous d'eux, la marée montait, l'eau coulait comme de la soie brune vers le pont de Waterloo, l'immeuble Shell et la cathédrale ferroviaire de Charing Cross. De l'autre côte du fleuve, le soleil étincelait sur la courbe supérieure de l'Œil de Londres – la grande roue du Millénaire.

— Tu n'as pas expliqué comment tu savais qu'Antareus était le nom de plume du fils de David Prentiss.

— C'est la petite fille qui me l'a dit.

Alfie se rappela sa troisième et dernière visite chez M. Prentiss. Comme lors de la première et de la deuxième, on lui avait dit d'aller jouer dans le jardin tandis que son père et M. Prentiss se disaient ce qu'ils avaient à se dire. Les jonquilles hochaient la tête sous le vif soleil de mars, les tiges tordues des rosiers étaient adoucies par des feuilles rouges qui commençaient tout juste de se déployer. La petite fille s'était cachée derrière un des pommiers, elle lui faisait signe d'approcher, lui disait dans un chuchotement farouche qu'elle jouait aux espions.

— Maman dit que je ne dois pas te parler, mais elle ne peut pas m'en empêcher, parce qu'elle est couchée. Elle a des maux de tête terribles. Elle est malade et elle est obligée de rester couchée dans le noir. Alors, je me suis échappée.

Elle portait une salopette bleue et un pull jaune. Son regard était franc et audacieux.

— Et pourquoi elle ne veut pas que je te parle ?

— Parce qu'elle n'aime pas ton papa, dit la petite fille comme si c'était la chose la plus évidente du monde. Je lui ai demandé si c'était un espion, et elle m'a dit que oui.

Alfie éclata de rire, tant la confusion était grotesque.

— Ce n'est pas un espion, c'est un reporter photographe, et célèbre, en plus. Il prend des photos de guerres et elles sont publiées dans des journaux et des revues partout dans le monde.

— Ma maman, elle a dit qu'il ne fallait pas lui faire confiance, et j'ai dit pourquoi pas, c'est parce que c'est un espion ? Et elle a dit oui. Alors, quand tu es venu la dernière fois, je n'ai pas pu te voir, mais cette fois-ci, elle a mal à la tête et je me suis échappée. Mon père aussi, il est célèbre. Seulement, il n'est pas ici maintenant. Il est en Amérique.

C'est alors qu'Alfie avait appris que le père de la petite fille était Christopher Prentiss, qu'il était parti pour faire quelque chose de très important et qu'il risquait de ne pas revenir avant longtemps. « C'est pour ça que je suis obligée d'utiliser le nom de ma maman à l'école, avait-elle dit, parce qu'il ne faut pas qu'on sache qui je suis en réalité. »

— Je suppose que Christopher Prentiss a volé la drogue à son père, avec des copies des glyphes, et s'est enfui en Amérique, dit Alfie à Toby Brown.

— Son père... David Prentiss. Il est encore en vie ?

Alfie secoua la tête.

— En fait, je crois qu'il est mort plus ou moins au moment où mon père a disparu.

— Tu fais une drôle de tête, Flowers. Enfin, plus drôle que d'habitude.

— Après que mon père a disparu, l'appartement qu'il louait à Londres a été ravagé par un incendie. Peut-être que les gens qui ont liquidé mon père et brûlé son appartement ont aussi tué David Prentiss.

— Ou peut-être, comme il était vieux, qu'il est tombé raide mort, victime d'une crise cardiaque.

— Peut-être qu'ils ont tué les deux autres Nomades aussi. Clarence et Julius.

— Il faut vérifier dans les archives des journaux, dit Toby. Si David Prentiss avait été assassiné, quelqu'un aurait écrit un article dessus. Et si trois vieux birbes s'étaient fait dézinguer en même temps, ça aurait été à la une.

— À moins qu'on n'ait étouffé l'affaire.

— Pourquoi l'aurait-on étouffée ? Ou alors, tu sais encore autre chose que tu ne m'as pas dit ?

— Je suppose que je pourrais vérifier dans les journaux, dit Alfie.

— Et Julius et Clarence ? Tu sais qui ils sont ? S'ils n'ont pas été butés par le Smersh ou le THRUSH, ils pourraient encore être en vie ?

Alfie secoua la tête.

— La photo a été prise il y a longtemps. Ils sont probablement morts eux aussi.

Toby alluma une cigarette, protégeant la flamme de son briquet du vent chaud qui soufflait sur le fleuve.

— Donc, nous avons ces motifs, ces glyphes, qui viennent d'Irak. Et nous avons cette drogue, le haka, qui peut ou non être le mythique haoma ou soma, et qui vient aussi d'Irak. Ces glyphes sont composés d'images entoptiques ou constantes de forme. Les images entoptiques sont ce qu'on voit quand on commence à planer. Le cerveau se relâche et commence à générer des signaux, lesquels sont transmis sous forme de motifs à la rétine, ce qui est l'inverse de ce qui se passe normalement. Le traitement qu'on t'a donné comme le baratin de la brochure délirante d'Antareus suggèrent que, pour que les glyphes aient de l'effet, il faut être sous l'influence d'une drogue. D'une drogue spécifique, le haka. Ça ne marche avec rien d'autre.

— Tu vas encore être en colère contre moi, dit Alfie.

— Tu as encore autre chose à avouer.

— Lorsque j'ai pris la feuille de papier dans le tiroir, j'ai pris autre chose avec. Une blague en cuir qui contenait la poudre ajoutée par mon grand-père au mélange de tabacs qu'il fumait dans sa pipe.

— Il se peut donc que tu en aies pris avant de regarder ce qui était sur cette feuille de papier.

— Je ne m'en souviens pas, dit Alfie, mais je crois que j'ai dû en prendre. Parce que autrement le motif ne m'aurait pas affecté, hein ?

— Tu t'es défoncé, et ensuite une sorte de glyphe a branché ton cerveau en permanence.

— C'est ce que je crois.

— Mais à présent, ces glyphes agissent sur toi sans la drogue.

— Je suis manifestement sensibilisé.

— Parce que tu es branché en permanence. Chez les gens normaux, les motifs entoptiques sont des hallucinations causées par des drogues. Mais tu es branché à l'envers. Ce sont les motifs entoptiques qui te font halluciner.

— Pas n'importe lesquels. Uniquement ces glyphes. C'est pour ça que je me demande si ce que nous avons trouvé au musée est vraiment l'œuvre de Morph. Le motif était composé des éléments *ad hoc*, mais il ne m'a rien fait.

— Peut-être que Morph était en panne d'inspiration ce jour-là. Ou peut-être que tous ses motifs ne sont pas des glyphes.

N'empêche que le motif qu'il utilise dans ses graffiti agit sur toi. C'est certainement un de ces glyphes.

— Certainement.

— Donc Morph est au courant de leurs effets. La question est de savoir où il a appris leur existence.

— S'il vient d'Irak...

— Nous ne le savons pas. Il se pourrait qu'il vienne des States, il se pourrait que ce soit un ex-membre de la vilaine petite secte d'Antareus, ou un enfant de ces gens-là. De toute façon, si Shareef tient sa promesse, nous ne tarderons pas à le savoir. Pour l'heure, tu vas rentrer chez toi, tu vas tirer les photos que tu as prises au musée et tu vas les envoyer au *Guardian* par cycliste illico presto.

Toby écrivit dans son carnet, déchira la feuille et la tendit à Alfie.

— Tu appelles ce mec, il s'occupera du coursier. En attendant, je vais me diriger vers ce pub très sympa de l'autre côté du pont, où je vais me commander une pinte de London Pride, m'asseoir au soleil et rédiger le compte-rendu de notre petite aventure de ce jour. Ensuite, j'irai tranquillement aux bureaux du *Guardian* sur Farringdon Road livrer mon papier.

Un bateau de touristes glissa sous le pont, sa sono pulsant pour des rangées de banquettes presque vides. Le fleuve brun brillait, le soleil étincelait sur ses nodosités et ses remous, ses bosses et ses tourbillons. Deux péniches à l'ancre près de la tour Oxo oscillaient doucement. De chaque côté du fleuve, les immeubles se découpaient franchement sur le ciel bleu.

Toby sourit de toutes ses dents :

— Un jour comme celui-ci, dit-il, comment ne pas aimer cette vieille cité pourrie ?

11.

Harriet rencontra son contact du MI6, Jack Nicholl, dans le nouveau restaurant de St. James's Park, structure en bois en forme d'œuf qui émergeait d'un tertre gazonné de faible hauteur comme une baleine à la surface de l'océan. Lorsqu'elle arriva, pile à l'heure, elle le trouva assis à une petite table à un bout de la grande véranda qui donnait sur le lac, en train de manger un œuf à la coque avec de fines tranches de toast beurrées. Un exemplaire soigneusement plié du *Guardian* était posé sur la table, juste à côté de son coude. Jack Nicholl n'était pas le genre d'homme qui lit le *Guardian* ; s'il en avait apporté un exemplaire, c'était pour une raison bien précise.

Il se leva pour saluer Harriet et s'excusa d'avoir déjà commandé son petit déjeuner. Il portait un costume rayé et une cravate tissée de motifs « kalachnikovs entrecroisées » qui était, sans aucun doute, le cadeau d'une petite amie.

— Il faut que je fasse un saut à Whitehall dans une demi-heure... encore un briefing sur le sujet qui nous préoccupe actuellement. Permettez-moi de jouer les maîtresses de maison, dit-il en lui versant une tasse de thé. C'est de l'authentique. Avec les feuilles entières. Rien à voir avec ces ridicules sachets. Au fait, je suppose que vous avez vu le *Guardian* d'aujourd'hui.

Harriet éloigna d'un geste le garçon qui lui présentait un menu, et dit :

— Si j'ai lu l'article sur le musée de la Guerre ? Oui, mais ça ne veut rien dire. Et ce n'est pas pour ça que j'ai demandé cet entretien.

Jack Nicholl sourit.

— Mais je crois tout de même que nous devrions en parler. Il semble que M. Flowers se rapproche de plus en plus de Morph.

— Il y a un autre acteur, maintenant. Et il est bien plus dangereux qu'Alfie Flowers.

— Nous allons d'abord parler de M. Flowers.

Jack Nicholl plongea un morceau de toast dans la coque de son œuf puis en trancha l'extrémité chargée de jaune avec ses dents blanches impeccablement alignées.

— Je suis venue ici pour parler de Carver Soborin, protesta Harriet, la gorge serrée.

Jack Nicholl l'ignora.

— Le canular au musée de la Guerre. S'il y a des détails qui ne sont pas repris dans l'article, j'aimerais bien les connaître. Par exemple, comment M. Flowers et son ami journaliste ont-ils pu en être informés ? Sont-ils en contact avec Morph ?

Harriet mit un moment à surmonter son anxiété. Elle ne pouvait pas fixer l'ordre du jour, ici ; elle était en position de suppliante. Si elle acceptait de répondre aux questions dans l'ordre qu'il lui imposait, peut-être aurait-elle une chance d'inverser le cours des choses, de remettre l'entretien dans la bonne direction.

— Je crois qu'ils ont pris contact avec un de ses amis, dit-elle.

Elle lui donna des détails sur la soirée au cours de laquelle Morph était censé se produire, sur le coup de pub avec les moutons et la manière dont Alfie Flowers et Toby Brown les avaient ramenés au bercail.

— Je suppose qu'eux aussi ont remonté la piste de la Land Rover, tout comme moi. Ils ont eu une longue conversation avec l'homme qui s'occupe de l'exploitation agricole et ont passé un coup de fil dès qu'ils sont partis. Malheureusement, je ne sais pas à qui ils ont parlé ni ce qu'ils ont dit, parce qu'ils ont utilisé le portable de M. Brown, et quand l'homme qui les filait s'en est rendu compte et qu'il a essayé de localiser le signal, la communication était déjà presque terminée. Il a entendu quelqu'un parler de laisser un message important, ensuite il a entendu l'ami journaliste d'Alfie Flowers donner le numéro de son portable.

— À qui parlait-il ? À Morph ?

— C'est possible, mais il est plus vraisemblable que ça ait été à l'un de ses amis, un certain Benjamin Barrett. C'est le fils de l'homme à qui appartiennent la petite exploitation agricole d'où venaient les moutons et la Land Rover utilisée pour les transporter. Et d'après l'informateur kurde géré par votre contact au MI5, il est disc-jockey ou animateur sur une radio pirate,

Mister Fantastic FM, et opère sous le nom de Shareef. J'ai trouvé le site Internet de la station et découvert que ce Shareef anime une émission en direct avec les auditeurs au téléphone, et je l'ai écoutée hier. Il a passé dix minutes à parler de Morph, de ses graffiti, et du sens politique du happening impliquant les moutons dans cette soirée mondaine, et a conseillé à ses auditeurs d'aller voir un nouvel exemple de ce qu'il a appelé du « protest art » au musée de la Guerre.

— Et c'est comme ça que M. Flowers en a eu connaissance ?

— Ils se sont présentés à l'entrée du musée à dix heures du matin, à l'ouverture. L'émission de Shareef est passée dans l'après-midi.

Harriet l'avait écoutée en voiture pendant qu'elle se rendait chez Clarence Ashburton pour superviser le nouveau dispositif de sécurité.

— Vous avez un homme qui suit M. Flowers et son ami, dit Jack Nicholl. Puis-je savoir qui c'est ?

— Vous ne m'avez jamais recontactée pour me proposer votre aide.

— Qu'est-ce que je peux dire, Harriet ? J'ai transmis votre requête aux échelons supérieurs, on m'a dit qu'on l'examinerait et j'attends toujours une décision.

— Entre-temps, j'ai besoin d'avoir Alfie Flowers à l'œil, au cas où il tombe par hasard sur quelque chose d'intéressant, et j'ai besoin de poursuivre ma propre enquête aussi. J'ai donc engagé d'anciens collègues pour le filer. Ne vous inquiétez pas, je les paie de ma poche, ça ne coûtera pas un sou au gouvernement. Et je ne leur ai pas touché mot des glyphes. Pour eux, c'est un simple travail de surveillance.

— Vos « anciens collègues » ne travailleraient-ils pas pour l'agence de détectives privés Graham Taylor, par hasard ?

— Vous avez lu mon dossier. Je suis flattée.

— Je crois qu'ils passent le plus clair de leur temps à enquêter sur des cas de fraude à l'assurance. Sont-ils vraiment à la hauteur pour ce genre de travail ?

— Une grande partie de leur travail implique de la surveillance.

— Vous avez parlé de localiser un signal de téléphone portable. Ces gens ne se serviraient pas d'un scanneur de fréquences, par exemple ?

Harriet hocha la tête.

— Hmm. Je crois savoir que l'usage en est devenu illégal après ce ridicule scandale du Camillagate. C'est bigrement ennuyeux, bien sûr. Un bricoleur quelconque se sert d'un scanneur pour écouter le prince de Galles et sa maîtresse, et du jour au lendemain nous sommes obligés de remplir des tas de paperasses chaque fois que nous voulons nous brancher sur nos cibles à nous. Mais la loi est la loi.

— Si c'est ça qui vous inquiète, vous n'avez qu'à demander l'autorisation officielle de mettre le portable d'Alfie sur écoute. Et son téléphone fixe aussi.

— Oh, moi, je ne m'occuperais pas de ces peccadilles. Mais si j'étais vous, je veillerais à ce que vos amis ne se fassent pas prendre. Je crains de ne pas être en mesure de les aider s'ils ont des ennuis avec la police.

— Ils savent ce qu'ils font.

— M. Flowers semble savoir ce qu'il fait, lui aussi.

Jack Nicholl but une petite gorgée de thé et s'essuya les lèvres du coin de sa serviette.

— Il semble que vous ne soyez pas entièrement au courant de ce qui se passe, Harriet. Ou me trompé-je ?

— Si Alfie Flowers organise une rencontre avec Morph, je serai sur ses talons. Vous pouvez compter là-dessus.

— Ah, si seulement il y avait dans ce métier autant de certitude que chez vous, Harriet !

— Je le prends comme un compliment, dit-elle en souriant.

Jack Nicholl lui rendit son sourire d'un air intéressé.

— Comme vous voudrez. Alors, et cet ami de Morph, ce disc-jockey ? Lui avez-vous parlé ?

— Pas encore, dit Harriet.

Elle lui expliqua que l'adresse de Benjamin Barrett lui avait été donnée par son père, et que lorsqu'elle s'était introduite par effraction dans son appartement, elle avait découvert qu'il avait déjà été fouillé de fond en comble par quelqu'un d'autre. Elle parla à Jack Nicholl de l'homme qu'elle avait aperçu dans la ruelle au fond du jardin, et de l'homme qui avait couru derrière sa voiture dans la rue.

— Êtes-vous certaine que c'était un *low man* ? demanda Jack Nicholl. Que ce n'était pas un drogué au crack ou quelque chose de similaire ? Après tout, c'était bien dans le secteur de Green Lanes.

— Je connais la différence, dit Harriet.

À Lagos, une bande de *low men* les avait poursuivis – elle, les soldats et la police – lorsqu'ils étaient venus arrêter Carver Soborin. Surgis des ténèbres torrides de la nuit africaine, ces *low men* couraient éperdument avec cette bizarre foulée rigide qui donnait l'impression d'une perpétuelle chute en avant. Ils avaient couru sans s'arrêter, même lorsque les soldats avaient ouvert le feu.

— Cela signifie qu'au moins un citoyen britannique a été retourné, dit-elle. Peut-être plusieurs. L'homme qui a suivi Alfie Flowers à la réception a signalé qu'au moment où la Land Rover a quitté les lieux, deux individus se sont lancés à sa poursuite. Je n'y ai pas réfléchi sur le moment, mais à présent je suis sûre que c'étaient des *low men* eux aussi.

— Supposons que ce soit vrai...

— Venons-en au fait, dit Harriet. Je sais que Carver Soborin est ici à Londres, et je sais où il est descendu. De toute façon, il ne m'a pas fallu longtemps pour le trouver. Il a toujours eu des goûts de luxe, ce qui a considérablement restreint le champ des recherches. Il est au Dorchester avec Rölf Most, le psychiatre qui possède la clinique privée dans laquelle il a été interné après l'incident au Nigeria. Le Dr Most est un grand ami de l'épouse de Carver Soborin, laquelle, comme vous le savez sans doute, est une ressortissante helvétique qui a regagné à tire-d'aile son pays avec la plupart des fonds de l'opération MindsEye juste avant qu'elle soit terminée. Le Dr Most est né en Suisse lui aussi, il a émigré aux USA et a pris la nationalité américaine il y a trente ans ; il a siégé au conseil d'administration des mêmes sociétés caritatives que Mme Soborin, et, comme elle, il était membre d'une certaine Fondation de l'amitié helvético-américaine. Je crois que Carver Soborin et lui sont venus à Londres parce qu'ils recherchent Morph. Ils ont découvert que Morph est lié à Benjamin Barrett, mais, jusqu'ici, il semble qu'il leur ait échappé ; hier encore, il parlait en direct sur les ondes de sa radio pirate. Ils ont fouillé son appartement et laissé deux *low men* pour monter la garde au cas où il reviendrait, et je suis tombée en plein dans le piège. Mais le problème n'est pas là. Le problème, c'est que toute cette histoire vient de recommencer. Je crois que...

— Harriet, je vous en prie. Il y a des civils, ici.

Harriet se pencha par-dessus la petite table et dit, dans un chuchotement féroce :

— Je crois que Carver Soborin et Rölf Most veulent trouver Morph et lui soutirer toutes les informations qu'il détient sur les glyphes. Je crois qu'il faut le trouver avant eux, parce qu'il est tout à fait possible qu'il puisse les conduire à la source. L'informateur du MI5 m'a dit que Morph et son père ont déposé une demande d'asile après être arrivés de Turquie, mais qu'à l'origine ils venaient d'Irak. Manifestement, ils ont quelque chose à voir avec ces pasteurs éleveurs de moutons auxquels les gens du Nomads' Club ont rendu visite avant la Seconde Guerre mondiale. Si jamais Soborin et Most le trouvent...

— Le Dr Most est le psychiatre du Dr Soborin, et non son associé en affaires. Pourquoi serait-il entré dans cette folie à deux ? Si c'en est bien une.

— Soborin a développé une obsession pour les glyphes en traitant Christopher Prentiss, et je crois que Most a été pareillement affecté. C'est ainsi qu'agissent les glyphes. Ils s'insinuent dans votre cerveau. Ils modifient votre esprit. Comme dans une infection à virus, ils se servent de nous pour se reproduire.

— Comme dans ce poème sur la détresse qui se transmet d'un homme à l'autre. Et s'épaissit comme un cordon littoral.

— Si vous aviez vu ce que j'ai vu au Nigeria, dit Harriet, vous ne citeriez pas du Philip Larkin. Des hôpitaux pleins d'enfants qui avaient perdu la tête. Des enfants enchaînés à leurs lits pour les empêcher de s'arracher eux-mêmes les yeux. Des enfants qui avaient réussi à s'aveugler. Des rangées d'enfants catatoniques allongés sur des nattes, qui ne bougeaient même pas pour chasser les grappes de mouches qui s'accumulaient autour de leurs yeux et de leur bouche. En train de dépérir parce qu'ils ne voulaient pas s'alimenter, et qu'il n'y avait pas les ressources nécessaires pour les mettre sous perfusion. En train de mourir parce que leurs escarres s'infectaient. Leurs mères essayaient de les obliger à s'alimenter, à les regarder. Les pauvres femmes pleuraient, elles savaient qu'elles avaient déjà perdu leurs enfants, qu'ils étaient des morts en sursis. Voilà ce qui s'est passé la dernière fois que quelqu'un a essayé d'utiliser les glyphes, monsieur Nicholl.

Jack Nicholl absorba sans broncher la pleine force de cette colère.

— J'ai lu le rapport, dit-il, et je ne doute pas que la réalité était encore bien pire. Malheureusement...

— Je n'ai pas parlé des odeurs, ou des sons. Avez-vous jamais entendu les hurlements d'un enfant qui vient de s'arracher les yeux avec les doigts ?

— Malheureusement, l'affaire n'est plus entre mes mains, dit Jack Nicholl avec un geste montrant que ses mains étaient effectivement vides.

Harriet s'attendait un peu à ce genre de réaction, n'empêche qu'elle avait l'impression d'encaisser un direct à l'estomac.

— Quelqu'un veut que Soborin et Most trouvent Morph, hein ? C'est pour ça que le MI6 ne veut pas m'aider. C'est pour ça, qu'après m'avoir soutiré tout ce que j'ai découvert, vous allez me conseiller d'abandonner.

— Je suis désolé.

— C'est nous, ou c'est les Américains ?

— Disons que c'est dans le cadre de la grande alliance qui doit apporter la démocratie dans tous les coins de cette pauvre planète. Et c'est tout ce que je peux vous dire. Je me suis déjà fait taper sur les doigts, en fait, pour vous avoir mis en contact avec l'informateur kurde.

— C'est forcément les Américains. Et ce n'est pas officiel, parce que si ça l'était, ils auraient toute l'assistance que vous pourriez leur donner.

— Nous essayons de rester neutres, avoua Jack Nicholl. Et nous n'avons sûrement pas parlé de Morph à Carver Soborin ni à Rölf Most. Peut-être qu'un service de coupures de presse leur a retransmis l'article de journal originel, peut-être qu'ils ont leur propre service de renseignements. Quoi qu'il en soit, ils sont ici, et on m'a dit de vous demander de les laisser tranquilles. Mes supérieurs aimeraient aussi que vous cessiez de rechercher Morph. Nous ne voulons pas d'incidents.

— Diriez-vous que ce qui s'est passé à Lagos était un incident ?

— Si cela pouvait vous aider, Harriet, oui. Mais j'ai été dessaisi du dossier.

— C'est quoi, le rôle de la CIA, là-dedans ? Ils travaillent clandestinement ou en clair ? Est-ce qu'ils ont vraiment des agents qui filent Soborin et Most, ou est-ce que c'est quelqu'un d'un service à eux ? C'est probablement ça.

Harriet n'arrivait plus à retenir ses hypothèses.

— Après tout, MindsEye était une succursale de la CIA, une façade. Et la boisson au lait chocolaté qu'elle testait à Lagos, la boisson trafiquée avec la drogue de Carver Soborin, les pubs qui contenaient des glyphes, tout ça, c'était une opération louche de la CIA camouflée en aventure commerciale. Vous voulez qu'une catastrophe de ce genre se reproduise ici ?

— Je vous ai avertie de vous tenir à l'écart, dit Jack Nicholl en laissant tomber un billet de vingt livres sur la table avant de se lever. Et avec ça, mon travail ici est terminé. Le vôtre aussi, Harriet. Enfin, si vous êtes un tant soit peu raisonnable.

Harriet se rendit compte qu'il avait très soigneusement choisi son vocabulaire. Elle avait reçu un avertissement, mais pas un ordre. Elle se leva elle aussi, en disant :

— Qu'est-ce qui se passera si je ne me tiens pas à l'écart ?

Jack Nicholl la regarda. Son sourire était revenu.

— J'ai vraiment lu ces dossiers, dit-il. Et j'admire sincèrement ce que vous avez fait au Nigeria.

— Qui aide Soborin et Most ? Rien que le nom, monsieur Nicholl. Ce n'est pas trop demander, n'est-ce pas ?

Jack Nicholl l'observa un instant, puis dit tranquillement :

— Renseignez-vous sur un petit scandale entourant une opération privée à Peshawar en octobre dernier.

— Peshawar au Pakistan ?

— C'était bien de vous rencontrer, Harriet. Essayez quand même de vous éviter des ennuis, je vous en prie.

Lorsque Jack Nicholl arriva au bas de l'escalier de la véranda, il se retourna et ajouta :

– Bonne chance !

Et il disparut. Harriet se retrouva seule.

12.

Jeudi matin, à la première heure, Alfie alla acheter le *Guardian*, trouva l'article sur le musée de la Guerre et le parcourut en regagnant à pied son domicile, puis le relut pendant son petit déjeuner : quatre courtes colonnes sous l'une de ses photos du canular en page neuf de la section Informations nationales, sous le titre *Un Rat Envahit le Musée* ; le texte était attribué à l'ami de Toby Brown, l'illustration à Alfie. La photo était en couleurs, et, bien qu'elle ait été légèrement étirée pour remplir l'espace et que les rouges soient un tantinet trop ternes, la reproduction n'était pas mauvaise. Alfie baignait dans un agréable optimisme ; il bricola et s'acquitta de diverses tâches en suspens en attendant que Toby lui téléphone pour lui annoncer que Shareef l'avait contacté et avait arrangé une rencontre.

Il consacra deux heures à brûler au lance-flammes les herbes qui poussaient dans les fentes de la dalle en béton, but quatre bons litres de thé glacé à la pêche pour se réhydrater, improvisa un déjeuner à base d'olives et d'hummus sur du pain pita. Il était deux heures passées, et bien que Toby n'ait pas encore appelé, Alfie ne se faisait pas trop de soucis. Il avait calé sa radio sur Mister Fantastic FM et Shareef venait de commencer son émission en direct ; vraisemblablement, l'animateur n'appellerait pas Toby avant qu'elle soit terminée.

Alfie emporta la radio dans sa chambre noire et l'écouta tandis qu'il essayait de faire un tirage définitif d'une de ses photographies de lichens. Shareef n'était pas si mauvais que ça ; il jouait un homme de la rue convaincant pour aborder le problème des contrôles policiers avec fouille obligatoire : étaient-ils nécessaires dans le climat actuel de menaces terroristes, ou n'étaient-ils qu'un prétexte de plus pour harceler les minorités ?

« J'ai déjà mon opinion là-dessus, mais d'abord, je veux entendre la vôtre », dit-il à son public. Il s'exprimait comme n'importe quel jeune homme raisonnablement cultivé du nord de Londres ; d'une voix agréable, décontractée, il cajolait les interlocuteurs timides ou muets et affrontait les interlocuteurs hostiles jusqu'à ce qu'ils deviennent trop agressifs – il les informait qu'ils disaient des absurdités puis coupait la communication. Il riait quand des jeunes essayaient de détourner son émission avec des raps trop bien appris débités à toute vitesse et riait de lui-même en bafouillant une pub pour la station. Il annonça qu'il changeait de sujet et rappela à ses auditeurs la grande nouvelle de la veille : le graffiteur local Morph avait fait sensation après avoir introduit en fraude une œuvre contre la guerre dans le musée de la Guerre.

— Vous l'avez su avant tout le monde sur notre antenne, dit Shareef. Maintenant, vous allez pouvoir lire l'info dans le *Guardian*. Vous savez que, normalement, je ne fais pas de pub pour la presse soi-disant « libérale », mais, exceptionnellement, je vous demande d'acheter un exemplaire de ce journal et de voir comment a réagi l'establishment quand notre pote Morph a fait entendre la voix de la rue dans les galeries poussiéreuses d'une des institutions les plus célèbres de l'Angleterre blanche.

Alfie écouta avec une attention minutieuse, le corps hérissé de picotements, tout en agitant une épreuve dans la cuvette de révélateur tandis que Shareef décrivait l'objet et traduisait pour ses auditeurs le latin de cuisine de la légende.

— Le Rat de l'Armée du Désert Américaine, vous pigez ? Les rats sont des animaux malpropres qui répandent la peste et les maladies, et ce rat a répandu l'américanite sur les terres de nos frères. Imaginez-le planté devant un puits de pétrole en train de brûler. Nous savons de quoi il se nourrit, il suce le pétrole à même le sol avec ses deux dents de rat comme un vampire suce le sang d'une vierge. Nous savons que c'est à cause du pétrole qu'il y a eu la guerre.

D'une voix de plus en plus rythmée, il embraya sur une série familière de couplets contre Bush, contre Blair, contre la guerre, invita ses auditeurs à donner leurs commentaires au téléphone, à appeler le musée pour exiger qu'on réinstalle l'œuvre, à écrire au *Guardian*.

— Je sais que certains d'entre vous ne sont pas d'accord avec mon pote Morph. Je sais que certains d'entre vous ont manqué de respect à ses œuvres. Certains d'entre vous sont allés les recouvrir en douce, les effacer. Je veux que vous aussi vous vous exprimiez à l'antenne, que vous me dites pourquoi vous tentez de réduire au silence la voix de la vérité.

Alfie eut du mal à se concentrer sur son travail après cela. En plus, les crevasses et les fissures visibles sur la photo du lichen qu'il était en train de tirer commençaient à ressembler un peu à un glyphe : des éclats de lumière s'arrachaient de la surface craquelée du lichen et grouillaient de partout dans la faible clarté rouge de la lanterne de laboratoire. Il regagna la caravane, tira les rideaux, s'allongea sur son lit et s'endormit en écoutant le reste de l'émission de Shareef. La sonnerie mélodieuse de son portable le réveilla.

— Bon, il a appelé, dit Toby. C'est dans la poche.

— On va le rencontrer ?

— Demain à quatre heures, dans un gymnase sur Kingsland Road.

— Et Morph ?

— Shareef dit qu'il veut d'abord se faire une idée de qui nous sommes. Histoire de voir si nous sommes dignes de rencontrer Morph.

— Nous n'avançons pas, alors, dit Alfie.

Il était assis sur le bord de son lit, ensommeillé, la bouche pâteuse, avec une sorte de mal au crâne. Ses cheveux courts étaient agglutinés en lames de couteau par la sueur, et son T-shirt lui collait désagréablement au dos.

— Nous avons fait un pas de plus, dit Toby.

— Tu as écouté son émission ? À Shareef, je veux dire.

— Il a une grande gueule, pas vrai ?

— Je me suis endormi en l'écoutant, dit Alfie.

Toby éclata de rire.

— Je n'ai pas trouvé que c'était aussi mauvais que ça. Ça ne m'étonnerait pas qu'un de ces jours il bosse pour une station de radio officielle.

— Je me suis endormi pendant qu'il prenait les appels, après qu'il a fait du battage pour notre article sur l'affaire du musée. Un truc que j'aimerais bien savoir : est-ce que Morph a appelé ?

— Au téléphone, la parole est aux auditeurs. C'est une sorte de micro-trottoir, la voix de la rue, quoi.

— Mais pourquoi Shareef n'a-t-il pas laissé s'exprimer le mec qu'il tient tant à faire mousser ? Pourquoi ne pas l'avoir convoqué au studio pour une interview ou pour lire une déclaration ? Est-ce que Morph est déjà passé dans son émission ?

— C'est quoi, ton idée ?

L'idée était d'abord venue à Alfie quand il avait vu le faux motif sur l'étiquette de la vitrine. Maintenant, après avoir écouté l'émission de Shareef, il était persuadé d'avoir raison.

— Primo, dit-il, Angus Barrett nous a raconté que Shareef a emmené les moutons avec le concours d'une sorte de culturiste qui se faisait appeler Watty. Et ce Watty ne peut pas être Morph, parce que l'individu filmé par la caméra de surveillance dans le dépôt de l'entreprise de messageries est un gringalet. Ça pourrait être un Blanc comme un Noir – impossible à dire avec ce collant enfoncé sur la tête –, mais ce n'est certainement pas un culturiste. Secundo, le coup des moutons aurait pu être le fait de n'importe qui. Ça n'avait rien à voir avec les glyphes. Et, tertio, le motif figurant sur la légende qui accompagnait l'œuvre exposée au musée était une vulgaire imitation.

— Tu es en train de dire que Shareef a fait le coup des moutons sans Morph, et qu'il a fait le truc du musée aussi, c'est ça ?

— Les graffiti sont sans aucun doute authentiques, mais pas le motif sur la légende de la vitrine. C'est le mystérieux Morph qui a fait les graffiti, mais c'est Shareef qui a organisé le coup avec les moutons et le canular du musée. Je pense que Morph a peut-être été copain avec Shareef dans le passé, mais qu'ils se sont brouillés depuis et que Shareef essaie de faire comme si de rien n'était.

Toby attendit un moment, puis dit :

— C'est décidément le genre de truc que nous avons besoin de demander à Shareef quand nous le verrons. Mais il faudra que tu étudies une manière polie et non agressive d'aborder le sujet. À l'heure qu'il est, notre seule piste, c'est lui. Nous ne pouvons pas nous permettre de le faire chier.

— C'est promis. En attendant, j'ai du nouveau de mon côté aussi.

Il dit à Toby qu'il avait, la veille, consulté sur place les archives du *Guardian* et avait trouvé un article sur la mort de David Prentiss.

— Il a été grièvement blessé par un chauffard, et il est mort d'une crise cardiaque massive dans l'ambulance qui le transportait à l'hôpital.

Alfie se rappela le grand vieillard mince qui l'avait regardé de haut lors de leur première rencontre. Son costume en tweed, son rire grinçant.

— Tu crois que cet accident n'en était pas un ? demanda Toby. Qu'on l'a écrasé délibérément ?

— Il est mort le jour même où quelqu'un a mis le feu à l'appartement de mon père. Il se peut que les gens à qui mon père avait affaire au Liban aient été dans le coup.

— C'est possible, dit Toby. Mais tant que tu n'as pas des preuves en béton pour lier les deux événements, ça reste une simple coïncidence. Je crois que tu devrais te concentrer sur ta rencontre avec Shareef. Fais une liste de ce que tu veux lui demander quand nous le verrons, et nous l'examinerons demain.

Après que Toby eut raccroché, Alfie sortit de la caravane pour respirer un peu. De l'autre côté de la grande remise, George Johnson effectuait des réparations sur son Routemaster. L'autobus avait participé à un rallye quelque part dans la forêt d'Epping pendant le week-end, et, bien qu'il ait pour une fois réussi à rentrer au garage par ses propres moyens, un nuage de vapeur sortait de sa calandre lorsqu'il était péniblement arrivé dans la cour. Maintenant, les volets de son bref capot arrondi étaient relevés, les pièces détachées de sa pompe à eau étaient alignées sur une bâche pleine de cambouis étalée sur le sol en béton, et George, penché sur son établi, frottait une grosse bague métallique avec une brosse en fil de fer pour en éliminer l'huile. Lorsqu'il vit Alfie émerger de la caravane, il traversa la cour et dit :

— Est-ce que par hasard toi et ton pote le journaliste vous vous seriez pas mis à dos quelqu'un avec cette histoire de graffiteur que vous recherchez ?

— Qu'est-ce qui se passe, George ?

— Je me trompe peut-être, mais peut-être que j'ai raison quand même, alors je me suis dit qu'il valait mieux que je pose la question. Ce qui se passe, c'est qu'il y a deux gusses là-bas dans le parc, de l'autre côté de la voie, fringués comme des clochards. C'en est peut-être, mais ils étaient là hier, et ils sont revenus ce matin à la première heure.

On était en début de soirée, et le soleil frôlait les toits des maisons qui tournaient le dos au terrain. Alfie regarda par une brèche dans le taillis d'arbres et de buissons qui isolait la cour de la voie ferrée et, dans le petit parc, de l'autre côté de la tranchée, il vit scintiller une étoile brillante au milieu des balançoires et des cages à grimper de l'aire de jeux où bien peu d'enfants jouaient à présent. Deux hommes étaient assis sur le plan de sortie du toboggan, presque collés l'un à l'autre tandis qu'ils se partageaient la canette métallique qui avait télégraphié le soleil droit dans les yeux d'Alfie.

— Je crois que je devrais leur dire deux mots, annonça-t-il à George.

— Je devrais t'accompagner. Au cas où.

— Je sais pour qui ils travaillent. Ça n'a rien de maléfique.

Alfie franchit tranquillement le portail de sa cour, traversa la passerelle du chemin de fer et entra dans le parc.

Les deux hommes mal habillés, au faciès blafard, se levèrent à l'approche d'Alfie, puis tournèrent les talons et s'éloignèrent d'un pas identique, avec une raideur affectée de soldats mécaniques. Quand Alfie les héla, leur demandant d'attendre d'un instant, leur disant qu'il voulait seulement leur parler, ils prirent la fuite. Ils baissèrent la tête, se penchèrent en avant et s'élancèrent, les bras raides le long du corps. Ils sortirent du parc et coururent au milieu de la rue, bien trop vite pour qu'Alfie, chaussé de simples sandales, ait la moindre chance de les rattraper.

— Dites à M. Ruane que sa proposition ne m'intéresse pas ! leur cria Alfie.

L'écho de sa voix se répercuta sur les maisons entourant le parc tandis que les deux individus disparaissaient au coin d'une rue. Une femme assise sur le perron d'une des maisons leva les yeux du livre qu'elle lisait. Alfie retourna à l'aire de jeux et découvrit, au bas du toboggan sur lequel les deux hommes s'étaient assis, des douzaines de petits sachets de sucre comme on en donne dans les cafés, tous déchirés et vides. Des camés, se dit-il, qui marchent au glucose. Si Robbie Ruane n'avait pas les moyens de se payer autre chose que ces types pour le filer, pas étonnant qu'il cherche désespérément de nouveaux talents à exploiter.

George Johnson attendait Alfie à l'entrée de la cour, avec une clef à molette grande comme le bras. Alfie lui expliqua qui était Robbie Ruane et pourquoi il s'intéressait aux graffiti de Morph.

— Ces deux-là, ou deux types exactement comme eux, traînaient dans la rue pendant cette fête où je suis allé. Je crois que

Robbie Ruane espère que je vais le conduire jusqu'à ce jeune mec.

— Si je les vois encore traîner dans les parages, j'appelle deux de mes gars et on verra de quel bois je me chauffe, dit George en brandissant la clef à molette comme une batte de base-ball pour illustrer ses propos.

Alfie appela Toby et lui raconta l'incident.

— Ça ne devrait pas poser de problème, dit Toby. Ils étaient à pied, ces deux-là, hein ?

— Exact.

— Alors, nous allons encore emprunter la camionnette de ton copain. Nous roulerons un peu dans tous les sens jusqu'à ce que nous soyons sûrs que personne ne nous suit, ensuite nous nous dirigerons vers l'endroit où nous sommes censés rejoindre Shareef.

Alfie demanda à George s'il pouvait se servir du Transit.

— Pas de problème, dit George, tant que c'est pas pour trimbaler des moutons.

— Croix de bois, croix de fer ! Je me demandais aussi, dit Alfie en montrant le petit morceau de pierre, si tu as déjà vu quelque chose comme ça.

George essuya ses doubles-foyers sur le revers de son cardigan, les cala sur ses oreilles et scruta l'éclat de pierre noircie, sa cage en fil d'argent, le motif qui était gravé dessus.

Alfie expliqua que l'objet avait appartenu à son père.

— Est-ce qu'il t'a jamais parlé de quelque chose comme ça ? De vieilles pierres ou de poteries, ou de peintures préhistoriques, tu vois ce que je veux dire ?

— D'archéologie, c'est ça ? Tu fais fausse route, Alfie. On parlait surtout des chevaux ou des chiens. Il avait un faible pour les lévriers, ton père. On est montés ensemble à Walthamstow des tas de fois, quand ça avait encore tout son charme.

Les poings dans les poches déformées de son cardigan maculé de cambouis, George regardait au-delà d'Alfie, vers le passé.

— Bien sûr, dit-il, il aimait encore plus les chevaux. Il avait toujours des tuyaux pour moi. La moitié, c'était des bons tuyaux, en plus. L'ennui, comme il le disait lui-même, c'est qu'on savait jamais quelle moitié c'était.

Alfie agita le morceau de pierre au bout de sa chaînette.

— Tu n'as rien vu qui ressemble à ça dans la caravane ? Après sa... disparition.

George secoua la tête.

— C'est là que tu l'as trouvé ?

— C'est une de ses connaissances qui me l'a donné il y a quelque temps. Il y a pas mal d'années, en fait.

— Une femme, je parie. Il a fait monter la pierre en filigrane, et il la lui a donnée pour qu'elle la porte.

— Sans doute.

— Il attirait les femmes comme un aimant, ton père, dit George avec un sourire affectueux. Des fois, elles attendaient dans sa bagnole, ses petites amies, pendant qu'il causait avec moi et récupérait le loyer. Elles étaient très bien, en plus. Des mannequins, et cætera. De toute façon, la police a fouillé sa caravane, n'est-ce pas ? Après sa disparition.

— Vraiment ?

C'était la première fois qu'Alfie en entendait parler, mais il n'avait encore jamais vraiment discuté de Mick Flowers avec George. George et lui se côtoyaient dans une sorte de bizarre relation, parlaient de la pluie et du beau temps, du gouvernement, des derniers outrages perpétrés par les contractuels sur d'honnêtes ouvriers et des derniers scandales affectant la municipalité (George suivait les péripéties de l'administration locale comme les épisodes d'un feuilleton), mais ils n'avaient jamais parlé de ce qui s'était passé après la disparition du père d'Alfie.

— Y en a deux qui sont venus mettre leur nez dans ses affaires, dit George. En civil. Probablement de Scotland Yard, bien que je me rappelle pas s'ils m'ont dit d'où ils étaient.

— Ils ont fouillé la caravane ?

— Je suppose qu'ils ont jeté un coup d'œil à l'intérieur. Ils ont regardé tout le reste. Ensuite, ta grand-mère m'a fait poser un cadenas dessus, et puis c'est resté comme ça jusqu'à ce que tu t'installes quelques années plus tard.

— Est-ce qu'ils ont dit ce qu'ils cherchaient ?

George haussa les épaules.

— Je suppose qu'ils cherchaient des indices, pour savoir où ton père était allé et ce qu'il faisait là-bas. Une sale histoire, Alfie.

— Je sais.

— Si ton père conservait un truc comme ça dans sa caravane, dit George, je m'attendrais à ce que la police l'emporte, comme pièce à conviction, par exemple. Si t'as de la chance, il se peut qu'ils l'aient encore. Quand quelqu'un disparaît comme ton père a disparu, la police aime bien garder tout ce qui pourrait servir de pièce à conviction. Ça fait plus de vingt ans, mais t'auras peut-être de la chance.

Alfie dit à George que ça valait sûrement la peine d'essayer, mais il était certain que les deux hommes qui avaient fouillé la caravane n'étaient pas de la police. Des policiers auraient emporté les lettres d'amour qu'Alfie avait trouvées des années plus tard dans la boîte à sucre. Non, les deux hommes que George avait pris pour des policiers en civil étaient autre chose. Peut-être travaillaient-ils pour les Nomades. Ou peut-être était-ce des agents russes, ou des membres des services secrets britanniques. En tout cas, Alfie savait qu'une seule chose les aurait intéressés.

Les glyphes.

13.

Vendredi après-midi, peu après trois heures, Graham Taylor, propriétaire de l'agence de détectives privés qui aidait Harriet à surveiller à la fois Alfie Flowers et la petite équipe de cinglés au service de Rölf Most, frappa à la porte de sa chambre d'hôtel.

— J'arrive chargé de cadeaux, dit-il en brandissant un sac Starbucks. Du café et des beignets. Je parie que ça m'a coûté le dixième de ce qu'on me ferait payer ici.

— Je vais être obligée de m'abstenir, dit Harriet en mettant sa veste.

Elle portait un chemisier en soie crème et son ensemble pantalon des grandes occasions. Son téléphone portable était accroché à sa ceinture, le micro au col de son chemisier et l'écouteur était inséré dans son oreille gauche.

— Alfie Flowers et Toby Brown sont censés rencontrer Benjamin Barrett à quatre heures, dit-elle. Je suis coincée ici depuis que Macpherson est allé se promener, et si je ne pars pas maintenant, je vais être en retard. Merci de m'aider, au fait. Vous m'avez sauvé la vie.

Larry Macpherson était le garde du corps de Carver Soborin et de Rölf Most, et il était vraisemblable qu'il travaillait aussi pour la CIA. En suivant les indications données par Jack Nicholl, Harriet avait découvert que c'était un ex-soldat américain qui avait servi dans les Marines et les forces spéciales avant de démissionner deux ans après la première guerre du Golfe (cette partie de sa carrière suscitait pas mal de commérages, en général péjoratifs, sur les sites Internet fréquentés par d'ex-membres des forces spéciales américaines) et de devenir un consultant en sécurité indépendant spécialiste des mesures antiterroristes applicables aux entreprises. Il avait fait un bref séjour en prison pour utilisation frauduleuse de carte de crédit et s'était retrouvé en 2001 en Afghanistan, où il aurait combattu les taliban dans les rangs de l'Alliance du Nord et prétendu avoir localisé un dépôt d'armes d'Al-Qaeda. Il avait été arrêté en 2003 à Peshawar par le service de renseignements pakistanais et accusé d'avoir torturé des réfugiés afghans pour obtenir les coordonnées de hauts responsables d'Al-Qaeda, sans doute dans l'espoir de toucher les primes offertes pour leur capture par le gouvernement américain. D'après certaines rumeurs, il travaillait clandestinement pour la CIA quand il avait été arrêté ; en tout cas, il avait été expulsé du Pakistan après avoir passé trois semaines seulement en prison et était immédiatement allé travailler pour Universal Risk Management, une société privée fortement liée à la CIA, qui fournissait des mercenaires et du personnel de sécurité à l'Irak – ces « contractuels civils » qui gardaient les avant-postes provinciaux de l'autorité provisoire irakienne et contrôlaient les périmètres de sécurité autour des installations pétrolières et des centrales électriques. Et maintenant, il était à Londres, attaché à Carver Soborin et Rölf Most, et il n'était pas exclu qu'il les gère pour le compte de la CIA. La seule consolation dans tout ça, c'était que si la CIA se servait d'un voyou comme Larry Macpherson pour s'occuper des deux psychiatres, alors elle estimait probablement que la traque de Morph ne donnerait rien d'utile et son implication était minimale, ce qui signifiait qu'Harriet avait encore une chance de retrouver Morph avant eux.

— Je ne devrais pas vous dire ça, mais être payé pour planquer dans un palace, c'est vraiment s'en tirer à très bon compte.

Graham Taylor examinait la pièce, qui était décorée dans le style baroque hollywoodien : meubles faussement anciens et une tonne de dorures et de brocart.

— Au fait, poursuivit-il, vous devez rouler sur l'or pour avoir les moyens de vous payer cette chambre et, en plus, d'engager tout le personnel de l'agence sauf ma secrétaire.

— Je n'ai pas l'intention de vous arnaquer, Graham.

Mais la rémunération de Graham et de ses collaborateurs, sans parler de la chambre à cinq cents livres sterling par jour, épuisait les réserves financières d'Harriet à une cadence inquiétante ; encore deux semaines comme ça, et elle serait complètement à sec. Par bonheur, il y avait de grandes chances que sa recherche de Morph ne dure pas aussi longtemps. L'un des collaborateurs de Graham avait intercepté des communications entre les portables d'Alfie Flowers et de son ami journaliste, dans lesquelles ils envisageaient de rencontrer Benjamin Barrett, le complice de Morph, l'après-midi même. Harriet avait prévu de s'approcher au maximum du lieu de cette rencontre, mais, une heure plus tôt, au moment où elle s'apprêtait à partir, Larry Macpherson avait décidé d'aller se promener. Deux collaborateurs de Graham le filaient tandis qu'Harriet surveillait Rölf Most et Carver Soborin en attendant que Graham Taylor vienne la relayer.

Graham Taylor était un sympathique et imperturbable ancien flic, élégamment anonyme dans un complet en prêt-à-porter. Harriet avait travaillé pour lui trois ans – son tout premier emploi après qu'elle avait quitté l'université. L'agence Graham Taylor était spécialisée dans les litiges concernant les accidents du travail : on interrogeait les demandeurs et leurs collègues, on filmait les prétendues victimes de lésions lombaires en train de soulever des poubelles, de laver des fenêtres, de jouer au football ou au squash, on suivait jusqu'à leur nouveau lieu de travail les gens qui avaient juré qu'ils étaient trop grièvement atteints pour reprendre une activité professionnelle. Bien que ce fût un travail plutôt banal, Harriet y avait acquis suffisamment de pratique de rue et de techniques psychologiques pour pouvoir monter sa propre agence en solo ; Graham et elle étaient restés amis et se dépannaient mutuellement, à l'occasion. Et maintenant, c'était elle qui l'employait.

— Si vous avez vraiment des problèmes d'argent, je crois qu'on pourrait trouver moyen de s'arranger, dit Graham en mordant dans un beignet qui répandit du sucre en poudre sur sa cravate. Vous pourriez revenir travailler pour moi, par exemple.

— Je vais y réfléchir, dit Harriet en souriant.

Graham prit une autre bouchée de son beignet et demanda à Harriet de lui expliquer le dispositif de surveillance.

— Ça fait un certain temps que je ne suis plus en première ligne, dit-il.

Harriet lui montra l'ordinateur portable Sony qui trônait sur la desserte dorée. Graham chaussa une paire de lunettes à double foyer et regarda l'écran, qui donnait des vues alternées de deux couloirs d'hôtel différents, tandis qu'Harriet lui parlait de la caméra vidéo qui surveillait la porte de la suite où logeaient Carver Soborin et Rölf Most, et de celle qui surveillait la porte de la chambre de Larry Macpherson.

— Leurs chambres sont l'une en face de l'autre et à trois

étages au-dessus de nous, ce qui nous donne juste assez de temps pour arriver avant eux dans le hall de l'hôtel chaque fois que nous les voyons quitter leur chambre.

Il n'avait fallu que quelques instants pour installer les minuscules caméras autocollantes. Leur point de vue oblique et la profondeur de champ de leurs objectifs ultra-grand-angulaires donnait aux deux couloirs d'hôtel l'aspect d'images fixes tirées d'un film expressionniste allemand.

Graham regarda Harriet par-dessus ses doubles-foyers.

— C'est tout ? dit-il.

— C'est tout, à moins qu'on puisse trouver un moyen d'entrer dans les chambres pour planquer un micro, ou de pirater le central téléphonique de l'hôtel. On se relayait, Janice et moi, pour regarder les images des caméras, et Alan surveillait la façade de l'hôtel.

Janice fumait cigarette sur cigarette et se lançait de temps à autre dans d'amers monologues visant son ex-mari, mais sa compagnie était décidément préférable à celle d'un Alan aux yeux d'épagneul et aux lèvres humides.

— Des problèmes avec Alan ? s'enquit Graham.

— À part sa tendance à reluquer mes seins quand il me parle ?

— Il n'a aucune mauvaise intention. À trente-cinq ans, ce pauvre garçon habite encore chez ses parents... je ne nie pas qu'il puisse avoir ce qu'on appelle des problèmes personnels. Mais c'est un virtuose de la vidéo.

— Je n'en doute pas. En tout cas, Janice et lui sont en train de filer Macpherson, et il faut que je sois ailleurs, et c'est bien pour ça que j'apprécie tellement que vous vous soyez déplacé pour me donner un coup de main.

— J'espère qu'ils sont assez grands pour ne pas s'emmêler les pinceaux. Le dossier que vous m'avez donné suggère que ce M. Macpherson est un énergumène des plus savoureux.

— Je leur ai dit d'abandonner immédiatement la filature s'ils ont la moindre impression que Macpherson les a repérés.

— Et vos autres cibles ? Ces messieurs sont-ils chez eux ?

— Most et Soborin sont descendus à la salle à manger prendre leur petit déjeuner et sont rentrés une heure plus tard. Ils n'ont pas bougé de leur suite depuis. Ils se sont fait monter un repas.

— Est-ce qu'il leur arrive de quitter l'hôtel ?

— Most est allé faire du jogging à Hyde Park hier, juste après que nous nous sommes installés. À part ça, ils sont restés à l'intérieur.

— Pas de visiteurs.

— Pas un seul. Bien sûr, ils pourraient régler toutes sortes d'affaires par téléphone, et nous n'en saurions rien. Et ils étaient déjà à Londres depuis deux jours quand je l'ai appris, et je n'ai pas la moindre idée de ce qu'ils ont fait alors.

Harriet jeta un coup d'œil à sa montre. Il était trois heures vingt.

— Il faut vraiment que j'y aille, dit-elle.

— Vous allez être obligée d'attendre dans une bagnole et de respirer les gaz d'échappement devant un gymnase du côté de Hackney, en espérant suivre M. Barrett jusqu'à la marmite d'or au bout de l'arc-en-ciel, tandis que moi, confortablement installé dans un décor de luxe, je regarderai sur l'écran de votre ordinateur le film le plus nul du monde. Comme je l'ai déjà dit, je m'en tire à très bon compte dans cette affaire.

— S'il se passe quelque chose, n'importe quoi, vous m'appelez.

Graham s'assit sur le coin du grand lit carré, but une gorgée de café et considéra Harriet par-dessus le rebord du gobelet en carton.

— Vous êtes sûre que vous êtes d'attaque pour une opération sur le terrain qui risque de se prolonger ? Janice m'a dit que vous êtes ici depuis que vous avez installé les caméras. Si je puis ainsi m'exprimer, vous avez l'air un tantinet fripée sur les bords.

— Je m'en tirerai. Et puis j'ai votre meilleure collaboratrice comme renfort.

— Michelle est la meilleure, c'est vrai. Elle est presque aussi bonne que moi, dans le temps. Oh, on dirait qu'il y a du mouvement.

Rölf Most quittait sa chambre, vêtu du survêtement bleu électrique qu'il portait la veille quand il avait lentement tourné autour de la Serpentine en soufflant comme un phoque.

— On dirait qu'il va faire son jogging, dit Harriet en empoignant son petit sac à dos. Je vais le suivre pour m'en assurer, et vous continuerez de monter la garde ici.

— Et si l'autre type se met dans la tête de faire une petite promenade lui aussi ?

— Je doute sérieusement que Carver Soborin aille où que ce soit tout seul, dit Harriet.

Elle sortit en claquant la porte, soutenue par un sursaut prémonitoire d'adrénaline tandis qu'elle élaborait déjà une stratégie pour filer Benjamin Barrett. Mais pendant qu'elle descendait l'escalier menant au hall d'entrée, son portable commença à vibrer contre sa hanche, et lorsqu'elle répondit, Janice lui apprit qu'Alan et elle avaient perdu Larry Macpherson.

— Il est entré dans un pub. Alan l'a suivi à l'intérieur, mais il a dû se glisser au milieu des gens et ressortir par l'entrée latérale.

— C'était quand ?

— Il y a une dizaine de minutes. On a ratissé vite fait le secteur, mais en vain.

— Vous croyez qu'il vous a repérés ?

— Je n'en sais rien, dit Janice. C'est possible, mais on gardait bien nos distances. Et puis, je veux dire, nous savons comment filer quelqu'un.

— Macpherson est un pro. Il se peut qu'il ait fait le coup du pub par habitude, dit Harriet.

Mais elle avait l'impression que la situation commençait à lui échapper ; elle se demandait déjà si Larry Macpherson n'avait pas opéré là une diversion pour les obliger à relâcher la surveillance autour de Rölf Most.

— Qu'est-ce qu'on fait, maintenant ? demanda Janice.

— Rentrez directement à l'hôtel. Most va faire son jogging, et j'aimerais que vous ne le quittiez pas des yeux, au cas où il aurait l'intention de rencontrer quelqu'un.

Harriet téléphona à Michelle, qui était chargée de suivre Alfie Flowers, et lui dit qu'elle allait peut-être arriver en retard. Elle atteignit le hall de l'hôtel juste à temps pour voir le psychiatre sortir de l'ascenseur et se diriger vers les portes : un petit bonhomme corpulent avec des lunettes teintées et des cheveux blancs bouffants, une sorte de petit frère du Père Noël en survêtement de marque et baskets flambant neuves, qui passa devant la vitrine de la boutique où les clients du Dorchester pouvaient acheter de coûteux souvenirs de leur séjour. Harriet attendit trente secondes avant de le suivre, restant en arrière lorsque le psychiatre commença à descendre Park Lane en direction d'un passage pour piétons. Ils allaient vers le sud, dans le même sens que la circulation. Concentrée sur sa cible, elle ne vit pas le minibus Volkswagen qui arriva brusquement derrière elle et s'arrêta dans une embardée sur le trottoir. La porte latérale coulissa, révélant un Larry Macpherson goguenard, qui braquait un automatique sur Harriet en disant :

— Vous allez coopérer, mademoiselle Crowley, sinon je vais être obligé de vous foutre en l'air.

14.

— S'il est censé vous rencontrer à quatre heures pile, comment ça se fait qu'il cause toujours à la radio ? demanda Elliot Johnson.

— Parce qu'il tire sur la corde, dit Toby. Parce qu'il veut que nous arrivions bien avant lui et que nous transpirions un bon coup en présence de ses intimidants copains culturistes jusqu'à ce qu'il veuille bien daigner nous recevoir.

— C'est pour ça que ça ne vaut pas la peine d'entrer là-dedans avant qu'il ait terminé, dit Alfie.

— Écoute tes aînés, dit Toby à Elliot Johnson. Nous avons la sagesse de l'âge et savons que la patience est la première et la plus grande des vertus.

Il était quatre heures cinq de l'après-midi. Le trio, Alfie Flowers, Toby Brown et Elliot Johnson, attendait dans le Transit, qui était illégalement garé en face du gymnase Majestic, de l'autre côté de la rue. Elliot était au volant, Toby se penchait à la fenêtre, Alfie était pris en sandwich entre eux. La radio était calée sur Mister Fantastic FM, 94,7 MHz. La tribune téléphonique de Shareef venait de se terminer ; il y avait eu une série de publicités pour la bière Red Stripe et des soirées musicales dans divers pubs et centres culturels, et Shareef passait la main à l'animatrice de l'émission suivante, qui se faisait appeler Sugar Silk. Il parlait avec elle de sa propre émission et lui demandait ce qu'elle avait prévu pour la sienne.

— Peut-être qu'il est déjà à l'intérieur, dit Elliot. Peut-être qu'il émet à partir du gymnase. Les pirates peuvent faire ça n'importe où. Je veux dire, c'est ça, l'intérêt. C'est la radio à domicile, quoi.

Elliot était un grand gaillard filiforme au naturel aimable, avec de longs cheveux blonds comme les blés attachés en une vague queue-de-cheval, vêtu d'un pantalon de treillis et d'un T-shirt à l'effigie des Libertines. Le coccyx posé sur le siège, les genoux contre la poitrine, il avait calé ses Converse All Stars usées sur le tableau de bord, à côté du volant. C'était Alfie qui avait eu l'idée de l'embaucher. Dans sa cour, à Islington, Elliot avait reculé jusqu'à l'entrée du garage et Alfie était monté dans le Transit par les portes arrière, afin que d'éventuels guetteurs ne puissent pas le voir ; ils avaient ensuite cueilli Toby devant un café sur Upper Street et avaient gagné Kingsland Road par un itinéraire détourné. Cela faisait maintenant une demi-heure qu'ils stationnaient en face du Majestic. Elliot tenait de moins en moins en place tandis que Toby fumait avec une sorte de furie distraite tout en parcourant une volumineuse biographie de George Savile (1633-1695), premier marquis de Halifax, essayiste et membre farouchement anticatholique de la cour de Charles II ; Alfie surveillait le gymnase et songeait aux versions retravaillées par Elliot de deux des photos de son grand-père.

L'une était celle des quatre Nomades et de la pierre irrégulière ; l'autre montrait le grand-père d'Alfie posant près de la pierre arrondie dans la grotte. Le lissage numérique avait révélé que les motifs complexes incisés dans les deux pierres étaient apparemment identiques. Alfie avait fait jurer à Elliot de ne pas en parler à Toby et Elliot avait promis de ne rien dire, en lui demandant s'il avait raison de penser que les motifs sur les pierres ressemblaient au motif utilisé par Morph dans ses graffiti. « Ça n'a rien à voir avec Morph, avait menti Alfie. C'est une affaire strictement familiale, alors, pas un mot là-dessus, vu ? »

À ce moment, Elliot dit :

— Vous croyez pas qu'un de vous deux devrait au moins entrer, voir à quoi ça ressemble ?

— Shareef tient autant que nous à cette rencontre, dit Alfie.

Il avait pris un demi-comprimé de Valium avant de partir, juste assez pour arrondir les angles du monde et maintenir un équilibre à la Bouddha.

— Il veut que nous rendions son protégé célèbre, dit Toby en tournant une page de son livre.

Il portait sa veste noire en lin sur un T-shirt noir et des Levi's

501 noirs délavés. Le devant du T-shirt et les revers de la veste étaient libéralement saupoudrés de cendre de cigarette.

— S'il est obligé, dit-il, c'est lui qui nous attendra. D'ailleurs, tu ne l'as peut-être pas remarqué, mais il parle toujours à la radio. Arme-toi de patience, jeune sauterelle.

Le badinage de Shareef et de Sugar Silk s'arrêta net au milieu d'une phrase et on n'entendit plus que le sifflement du vide hertzien sur la radio du Transit.

Lorsque Toby tendit le bras pour ajuster la fréquence, Elliot lui saisit le poignet en disant :

— Ils vont encore changer d'émetteur. Ils changent tout le temps, c'est pour ça que le signal disparaît d'un moment à l'autre. Des vieux mecs comme vous devraient le savoir, non ?

Sugar Silk était à nouveau sur les ondes ; elle informa ses auditeurs qu'après que Shareef avait excité tous les potes, c'était le moment de souffler un peu avec deux heures de rock pour les amoureux. « Et n'oubliez pas : laissez vos flingues à la maison, ou c'est direct à la zonzon », dit-elle avant d'enchaîner sur une tranche de pubs.

— Ils passent d'un émetteur à l'autre, expliqua Elliot. Ils ont eux-mêmes un studio dans un lieu central, et puis un tas d'émetteurs à faible puissance installés sur des tours. Comme ça, les Feds peuvent seulement repérer et saisir les émetteurs, ils peuvent pas trouver l'endroit où les pirates ont leur matériel de studio, leurs platines, leurs consoles de mixage, toute cette saloperie qui coûte cher.

Toby le regarda.

— Les Feds ? Qui sont ces Feds ?

— Les autorités, dit Elliot. La loi.

— Il te fait marcher, dit Alfie.

— Ce môme a trop regardé de séries américaines à la télé, dit Toby en refermant son livre, qu'il fourra dans sa musette kaki. Il a quand même raison sur un point. Shareef a terminé son émission, et il pourrait être parti d'ici dans une minute. Rappelle-toi ce sur quoi on s'est mis d'accord, Alfie. Je fais l'interview. Tu prends les photos et tu la boucles.

— Tant que tu poses les bonnes questions, dit Alfie.

— J'ai regardé ta liste, non ?

— Je croyais qu'on allait en discuter.

— Qu'est-ce qu'il y a à discuter ? Elliot, tu sais ce que tu dois faire ?

Elliot s'étira sur son siège et sourit stupidement.

— Je monte la garde, je vois qui entre et qui sort. Et quand votre réunion est terminée, vous allez sortir avec le type et lui serrer la main pour que je sache que c'est lui, et après, je fais de mon mieux pour le suivre.

— Avec la camionnette, s'il est motorisé, sinon à pied, dit Toby. Une fois qu'il arrive là où il va, tu nous appelles, et on te rejoint.

— Et s'il sort par la porte de derrière ? demanda Elliot. Ou suppose qu'il décide de rester sur place quand vous aurez terminé.

— S'il sort par-derrière, nous piquons un sprint vers l'entrée, nous grimpons dans le bahut et c'est parti ! Et s'il ne va nulle part quand la rencontre est terminée, nous ne bougeons pas d'ici jusqu'à ce qu'il sorte.

— J'ai l'impression qu'on est en train d'improviser, là, dit Alfie.

— Ce n'est pas une impression, on est en train d'improviser, dit Toby.

— Vous devriez quand même faire gaffe en allant là-dedans, dit Elliot.

— Il veut nous parler, dit Alfie. Pourquoi se faire du mouron ?

N'empêche qu'il sentit un picotement d'appréhension lorsque Toby et lui traversèrent la grande artère. L'entrée du gymnase Majestic était coincée entre un salon de beauté et une gargote proposant du poulet *jerké* à la jamaïquaine ; la porte rouge s'ouvrait sur un bref couloir qui débouchait dans un vaste espace sans fenêtres, froidement illuminé par des rangées de néons bourdonnants suspendus à un plafond bas maculé de taches d'infiltration. La chaleur, l'odeur de renfermé, de vieille sueur, de tapis de sol et d'alcool à friction, tout cela rappela à Alfie le temps où il était au pensionnat. Ce n'était pas le genre de gymnase qui s'intitulait centre de remise en forme – l'endroit où de jeunes cadres dynamiques transpirent sur des tapis de jogging, des rameurs ou des vélos d'exercice coûteux devant des batteries d'écrans de télé, avec un sauna, une piscine de nage, du bois blond partout, des bouquets de fleurs et de jolies réceptionnistes en survêtement. Là, c'était une usine à muscles, un lieu où des hommes venaient travailler sérieusement au reconditionnement de leur corps. Couché sur le dos sur une planche capitonnée, les traits tendus, un homme soulevait de ses bras tremblants un manchon qui pliait sous le poids des disques métalliques attachés à ses extrémités. D'autres hommes actionnaient les leviers et les barres de machines qui semblaient, à d'infimes modifications près, avoir été arrachées à une chaîne de montage automobile. De puissants ressorts se tendaient et se détendaient, des barres oscillaient d'avant en arrière, des piles de disques métalliques s'élevaient et descendaient à l'intérieur de colonnes d'acier. Un homme allongeait de méchantes droites à un punching-bag en toile, zébré de ruban adhésif noir, qu'un autre homme tenait fermement serré sur son corps. Un homme dansait à l'intérieur du cocon tourbillonnant d'une corde à sauter devant une grande glace tachée par les ans. Les dalles de moquette verte étaient piquetées de cercles noircis, vestiges de chewing-gums écrasés. Un hip-hop tonitruant se déversait des enceintes placées près du plafond, en concurrence avec le fracas métallique des machines et les grognements laborieux des hommes œuvrant avec le zèle lugubre de participants à un concours de masturbation.

Il y avait une sorte de stand près de la porte, un comptoir avec une façade en Formica écaillé imitation bois, des présentoirs bourrés de fioles en plastique contenant des pilules vitaminées, des pilules aux amino-acides et des cocktails de protéines. Le colosse derrière le comptoir, occupé à trancher menu des bananes et des mangues sur une planche à découper, braqua son couteau sur Alfie et Toby et dit qu'ils devaient être les gens que Shareef attendait à quatre heures.

— Et vous devez être Watty, dit Toby.

Le sourire de l'homme descendit d'un cran. Il avait environ vingt-cinq ans, portait un pantalon de survêtement Adidas blanc et un T-shirt noir à larges mailles. Des chaînes en or s'emmêlaient sur le fût lisse de sa poitrine. L'huile luisait sur ses bras musclés. Sa tête rasée était enveloppée dans un foulard rouge attaché sur la nuque par un gros nœud.

— Alors, comme ça, vous m'connaissez, hein ?

— Vous avez une certaine réputation en matière de transhumance forcée des moutons, dit Toby.

— On m'a dit que vous les avez ramenés. Bravo. J'ai dit à Shareef qu'on devrait s'en occuper, mais avant qu'il ait pu ramasser tout son bordel, vous étiez déjà là, les mecs.

— Et Morph ? demanda Toby. Est-ce qu'il avait quelque chose à voir avec ce petit exploit ?

Watty regarda Alfie et dit :

— Vous faites combien à la presse ?

— La presse ?

— La presse, dit Watty. Le banc de musculation.

Il souleva la planche à découper, la racla avec la lame du couteau et versa les fruits coupés en dés dans un mixeur de taille professionnelle.

— Vous voulez dire, le truc avec les poids ?

— Vous voyez autre chose ? Les poids, évidemment.

Watty prit une poudre blanche dans un grand bocal en plastique, en ajouta plusieurs cuillerées aux fruits et compléta le mélange avec un demi-litre de lait. Sans cesser de regarder Alfie, il vissa le couvercle du mixeur et dit :

— Je vais jusqu'à cent soixante. Vous croyez que vous pouvez y arriver ?

— Je ne sais pas, je n'ai jamais essayé.

Le sourire de Watty s'élargit.

— Ça fait rien, dit-il en basculant l'interrupteur du mixeur.

Toby éleva la voix pour se faire entendre par-dessus le vrombissement tenace de la machine.

— Est-ce que votre ami Shareef va se montrer ?

Watty arrêta le mixeur, examina la bouillie jaune et mousseuse qu'il contenait, remit l'appareil en marche.

— Vous êtes grand, dit-il à Alfie, mais vous avez l'air mou. J'parie que vous pouvez même pas soulever votre propre poids. Vous pesez combien ? Quatre-vingt-cinq, quatre-vingt-quinze ? À votre avis ?

— À mon avis, dit Alfie en souriant, vous êtes en train de me baratiner.

Toby sortit son paquet de cigarettes.

— Nous ne pouvons pas attendre longtemps. Les journalistes sont des gens très occupés : l'information ne s'écrit pas toute seule. Si Shareef ne se pointe pas maintenant, nous allons être obligés de passer au reportage suivant.

— C'est interdit de fumer, ici, dit Watty.

Il dévissa le couvercle du mixeur, sépara le bol du socle et le présenta à Alfie.

— J'ai ce qu'il faut, dit Alfie en lui montrant sa bouteille de milk-shake à la banane.

Watty haussa les épaules et se tourna vers Toby.

— Vous en voulez ?

Toby le considéra à travers sa frange en bataille et dit :

— Si ça ne contient pas de nicotine, ça ne m'intéresse pas.

— C'est rien que des produits naturels, dit Watty.

Il porta le bol du mixeur à ses lèvres et but d'un trait un bon demi-litre du liquide visqueux jaune.

— Comme la nicotine, dit Toby. Un de ces petits miracles de la nature qui vous font penser qu'il y a peut-être un Dieu après tout. Pas comme ce truc.

Il souleva le bocal de poudre blanche et examina l'étiquette.

— De la créatine, lut-il. Ne me dites pas que ça vient d'un arbre au fin fond de l'Amazonie.

— C'est bon pour les muscles, dit tranquillement Watty. Je parie que je pourrais vous remplumer en un mois. Je vous fais faire de l'exercice, je vous fais boire mon mélange spécial, je vous fais manger une livre de blanc d'œuf par jour – c'est la protéine la plus facile à digérer –, et plein de poulet cuit à l'eau et de pommes de terre au four.

— Ça a l'air atroce, dit Toby. Je crois que je vais m'en tenir à mon régime personnel à base de café, de cigarettes et de nerfs en purée. Au fait, peut-être que vous pourriez arbitrer un petit différend entre moi et mon ami. Est-ce que Morph vous a aidé pour les moutons, ou alors, est-ce que c'était uniquement vous et Shareef ?

— Cette histoire, mec, je voudrais bien l'oublier. Ce qu'ils pouvaient puer, ces putains de moutons ! Et une de ces sales bêtes m'a mordu. Personne m'avait dit que ça pouvait mordre, un mouton.

Watty but une autre gorgée de son mélange spécial, s'essuya les lèvres sur l'avant-bras et dit à Alfie :

— Laissez-moi m'occuper de vous pendant un mois, et vous pourrez soulever votre propre poids au banc, ce que tout homme qui se respecte devrait pouvoir faire.

Ce Watty faisait manifestement de l'obstruction, songea Alfie. Chaque fois que Toby lui posait une question directe à propos de Morph, il prenait la tangente. Et s'il faisait de l'obstruction, c'est qu'il savait quelque chose et qu'il s'efforçait de le cacher. Brusquement inspiré, Alfie décida de jouer les psychologues amateurs et sortit son Nikon en demandant négligemment :

— Ça ne vous fait rien si je prends quelques photos en attendant Shareef ?

— Des photos de quoi ? De la salle, là ?

— De vous-même, en fait.

Alfie glissa le flash dans la griffe du boîtier, l'alluma et dit, pendant que son chuintement de moustique montait vers l'aigu :

— Je suis photographe. Je prends des photos de personnages de Londres dans leur cadre de vie quotidien. En train de faire ce qu'ils font, là où ils le font.

— Vous croyez que je suis un personnage, hein ?

— Un personnage haut en couleur, dit Alfie. Sans jeu de mots.

Watty ne fit aucun effort pour dissimuler son intérêt.

— Alors, qu'est-ce que vous faites avec ces photos ? Vous les vendez ?

— Quand je le peux.

Le flash était chargé. Alfie épaula tranquillement son Nikon, fit la mise au point et prit une photo du colosse.

Watty cilla et dit :

— Je devrais pas poser, ou un truc comme ça ?

— Je veux que vous ayez l'air naturel. Et si vous nous prépariez encore un peu de votre mélange spécial ? Toby, recule un peu, s'il te plaît. Je veux un plan bien dégagé de notre ami derrière son comptoir.

— Peut-être que vous devriez me prendre en train de soulever les poids, suggéra Watty.

— Tout le monde peut soulever des poids, dit Alfie. Même deux gringalets blancs comme nous. Non, ce qui m'a plu, c'est votre façon de couper les fruits avec ce grand couteau. Décontractée, mais sans hésitation, comme si vous aviez fait ça toute votre vie.

Watty s'empara du grand couteau, et posa en décochant à Alfie un sourire large comme une porte de garage.

— Alors, c'est un truc comme ça que vous voulez ?

— Ne regardez pas l'appareil, dit Alfie. Faites votre truc, c'est tout. Comme si je n'étais pas là. C'est ce que je voulais dire quand j'ai parlé d'une expression naturelle.

Tandis que le malabar coupait une mangue en deux et détachait des tranches de sa chair, Alfie prit plusieurs clichés en l'encourageant par quelques oh ! et hmm ! bien placés. Il avait éteint le flash – il ne s'en était servi que pour attirer l'attention de Watty – et travaillait à présent sous l'éclairage a giorno des tubes fluorescents. Les deux types autour du punching-bag s'étaient arrêtés pour regarder leur trio et l'homme qui dansait dans la boucle tourbillonnante de sa corde à sauter les observait dans la glace, mais les autres culturistes continuaient de travailler sur leurs appareils et de soulever leurs poids, seulement conscients de leurs propres efforts.

— Je crois que vous devez boire pas mal de ce truc, dit Alfie.

Watty coupait une banane en petits dés, clac-clac-clac, son couteau lançait des éclairs.

— Environ cinq litres par jour, dit-il.

Toby, qui avait tout de suite deviné ce qu'Alfie avait derrière la tête, se tenait en retrait dans une pose quelque peu négligée et observait tranquillement la scène. Alfie changea d'angle de prise de vue et demanda à Watty :

— Vous faites toujours le même mélange ?

— Ça dépend de ce que je peux trouver au marché. J'achète mes fruits en gros, au jour le jour, je regarde ce qui est le plus avantageux. Le secret, c'est de bien équilibrer le mélange. Certains fruits sont acides, hein, et d'autres sont alcalins. Faut faire gaffe à pas aller trop loin dans un sens ou dans l'autre, sinon l'estomac réagit et il prend pas les bons éléments.

Watty leva les yeux après qu'Alfie eut pris son cliché et demanda timidement :

— Est-ce que je pourrai les voir, ces photos, quand vous aurez terminé avec ?

Au début, Alfie s'était servi de l'appareil pour mettre Watty à l'aise, l'obliger à se détendre, lui donner une chance de laisser échapper une ou deux indiscrétions. Mais maintenant, il se concentrait sur la prise de vue ; il y avait comme une déclinaison de la lumière entre les contours luisants des bras musclés du colosse, l'éclat humide de la lame du couteau et les reflets graisseux du Formica imitation bois sur le panneau antérieur du comptoir. Il pourrait agrandir le cliché sur du papier à fort contraste, le solariser par une brève exposition à la lumière blanche avant le bain d'arrêt pour accentuer l'effet blafard des éclairages fluorescents...

— Je vous enverrai un paquet d'épreuves, dit Alfie. Si vous mettez une photo au mur, dites-le-moi, et je repasserai pour vous la signer. Je commence à faire de bons clichés, alors continuez, ne vous arrêtez pas. Vous confectionnez ce breuvage juste pour vous-même, ou pour tous les gens qui en veulent ?

— Si vous mettez trois livres dans la tirelire, vous pouvez en boire autant que vous voulez.

— Ça m'a l'air correct, dit Alfie.

Il prit un joli gros plan des mains de Watty et du couteau et demanda :

— Alors, vous êtes le propriétaire de la salle ?

— Moi ? dit Watty en grimaçant un sourire. Pas du tout. Je suis que le gérant.

— Pour le compte de qui ? De Shareef ?

— Pour le paternel de Shareef, ouais. Shareef se sert de la salle pour rencontrer les gens. L'endroit idéal pour traiter les affaires. Il est intelligent, non ?

— J'ai écouté son émission. Il est intelligent, c'est sûr. Je parie qu'il a des tas d'activités. Il a la radio pirate, il a Morph...

— C'est son grand truc, actuellement. Enfin, c'était.

— C'était ?

Mais Watty avait vu quelque chose derrière Alfie.

— Hé, Shareef, s'exclama-t-il. Qu'est-ce que t'en dis ?

Un jeune Noir élancé – survêtement futuriste coupé dans un tissu chatoyant violet, lunettes de soleil enveloppantes et calotte blanche – s'approchait d'eux ; il portait une serviette à documents et se pavanait dans une sorte de déhanchement contracté, comme si ses mocassins en daim lui pinçaient les pieds. Il allongea le bras par-dessus le comptoir et donna à Watty une poignée de main complexe avec claquement des paumes et frottement des jointures, en disant :

— Mon pote Watty, ces deux mecs t'embêtent ?

— Je me suis fait prendre en photo. C'est cool.

Shareef regarda Alfie et Toby derrière ses lunettes noires et dit qu'il espérait ne pas les avoir fait attendre trop longtemps, qu'il avait été obligé de s'occuper d'abord d'une autre affaire.

— Nous savons maintenant tout sur les bienfaits des fruits, dit Toby.

Shareef retira ses lunettes noires. Il avait des pommettes hautes et de grands yeux brillants, et fronçait les sourcils avec un air de respectable innocence. Il toisa Toby comme s'il était déçu par ce qu'il voyait et dit :

— Avant toute chose, je veux voir une carte de presse ou un truc dans ce genre.

Toby sortit son portefeuille, le déplia d'un coup sec et le brandit sous le nez de Shareef.

— C'est ma carte du Syndicat national des journalistes. Je peux aussi vous montrer ma carte de donneur de sang si vous voulez une preuve de ma sollicitude envers mes semblables.

Shareef le dévisagea, puis dit :

— Nous pouvons parler dans mon bureau.

C'était une petite pièce où des cartons entassés les uns sur les autres dominaient une petite table et quelques chaises empilables en plastique.

— On m'a dit que vous êtes un homme d'affaires, dit Toby en s'asseyant.

Shareef plaça sa serviette sur la table, tira de sa poche le plus petit téléphone portable qu'Alfie ait jamais vu et le posa sur la serviette. Il portait un anneau d'or qui joignait son index et son médius comme un coup-de-poing américain atrophié.

— J'ai des intérêts variés, dit-il. Qu'est-ce que c'est ?

— Mon carnet, dit Toby en l'ouvrant. Je ne voudrais pas vous citer de travers. Et si vous commenciez à expliquer comment Morph et vous-même vous êtes rencontrés ?

Shareef leva les mains, la paume ouverte, comme pour repousser un obstacle.

— Pas si vite.

— Je croyais que nous allions parler de Morph. Je croyais que nous allions avoir toute l'histoire. Comment vous l'avez rencontré, comment vous vous êtes associés...

— D'abord, avant que nous abordions ce sujet, il faut que je décide si je peux vous faire confiance.

— Je croyais que nous avions dépassé ce stade, dit Toby. Mon ami Alfie et moi-même, nous avons donné à Morph une solide couverture médiatique. Le premier article sur son travail, c'était le nôtre. Idem pour le reportage sur ce qu'il avait fait avec ces camionnettes, et le papier sur le musée. Nous avons réussi à faire publier ça dans un quotidien national, et tout ce que nous voulons en échange, c'est pouvoir parler à votre talentueux ami.

Shareef hocha gravement la tête, sans le moindre sourire.

— J'apprécie ce que vous avez fait, c'est pourquoi je vous ai permis de venir ici. Mais à présent j'ai besoin de savoir si vous pouvez m'aider à faire passer ce truc au stade suivant.

— Le stade suivant ?

— J'ai besoin d'établir Morph comme une présence. Il faut qu'il acquière une dimension. Il faut qu'il devienne une personnalité. Il faut qu'il devienne plus qu'une curiosité, qu'il fasse au moins quinze minutes aux infos. Vous comprenez ?

— Et si vous me l'expliquiez ? dit Toby.

— Il faut qu'il se branche sur les médias à tous les niveaux. Il faut qu'il devienne une marque. Par exemple, quand les gens parlent de reggae, ils parlent de Bob Marley, hein ? Ce type est mort depuis longtemps, avant que je sois né, mais c'est à lui que les gens pensent d'abord, quand ils pensent reggae. Surtout les Blancs, qui ne font pas la différence entre Black Twang, Vybz Kartel et Tipper Irie.

— Quand les gens parlent de tagueurs, dit Toby, notamment des tagueurs qui sont contre ce qui se passe actuellement en Irak, vous voulez qu'ils parlent de Morph.

— Exactement. C'est pour ça que j'ai besoin de savoir comment vous allez m'aider. C'est pour ça que j'ai besoin de savoir qui vous êtes, qui vous connaissez, où vous vous situez, ce que vous pouvez faire.

— Vous savez déjà ce que nous pouvons faire, dit Toby. Vous savez que ça nous intéresse, et vous savez que nous pouvons vous aider. Ce qui nous serait utile, si nous devons faire passer Morph au stade suivant, c'est que vous nous arrangiez une rencontre avec Morph. Nous avons besoin de faire une interview de lui. Nous avons besoin de découvrir qui il est, de mettre un visage humain sur le célèbre tagueur si controversé, de faire savoir aux gens qui il est, d'où il vient, pourquoi il fait ce qu'il fait...

Shareef sourit pour la première fois, sourit et secoua la tête.

— Je ne crois pas, dit-il. Morph n'accorde pas d'interviews en personne. Si vous voulez lui demander quelque chose, vous me le demandez. Mais avant que vous commenciez à poser vos questions, j'ai besoin de savoir où ce portrait va être publié.

Toby regarda Alfie, l'air de dire « incroyable, ce mec ! » et expliqua :

— Ça marche comme ça : la qualité de l'article dépend de la qualité de ce qu'on met dedans. Si vous voulez un bon article, il faut que vous nous donniez quelque chose d'intéressant ou de controversé. Quelque chose qui puisse servir d'accroche à l'article, attirer l'attention du grand public.

Shareef médita ces paroles, puis dit :

— Je vois. Et comme vous avez déjà publié ces articles très utiles, je vais vous laisser un peu de marge. Je suppose que vous pourrez placer cet article dans un périodique comme *GQ* ou *Vogue*.

Toby échangea encore un regard avec Alfie et dit :

— Pourquoi pas ?

Shareef se renversa sur sa chaise et considéra Toby et Alfie, les doigts joints en pagode. Ils étaient longs et fins, les ongles étaient coupés ras.

— Les tags, dit-il, c'est rien qu'un élément. C'est ce qu'on appelle un moyen d'expression. Comme le truc avec les moutons, et le truc dans le musée. Un moyen d'attirer l'attention. Mais Morph n'est pas qu'un tagueur. Il est plus que ça.

— Ce que vous êtes en train de dire, c'est qu'on ne doit pas prendre le médium pour le message, dit Toby.

Alfie remarqua qu'il n'avait encore rien écrit dans son carnet.

— Ce que je dis, c'est que c'est un artiste.

— Est-il sincèrement contre ce qui se passe en Irak, ou alors est-ce une attitude qu'il se donne ? demanda Toby.

Shareef le regarda.

— C'est le sujet de tous ses dessins, insista Toby. Et je ne parle pas des moutons et du truc au musée de la Guerre.

— Oh, il croit ce qu'il dit, à cent pour cent.

— Est-ce que c'est parce qu'il vient d'Irak ?

Shareef ne répondit pas tout de suite. Puis il sourit à nouveau et dit :

— Sûrement. Pourquoi pas ?

Alfie se pencha en avant ; il voulait demander à Shareef d'où venait Morph, exactement – si c'était du nord de l'Irak, des montagnes de cette région. Mais Toby disait déjà :

— Pourquoi vit-il à Londres ? Est-ce un réfugié ? Est-il venu ici légalement ou illégalement ?

Shareef haussa les épaules.

— Vous avez l'impression que vous devez protéger votre ami, dit Toby. Je le comprends. Mais je ne vais pas le livrer aux autorités. Si je vous pose tant de questions, c'est que je veux trouver l'accroche dont je vous ai parlé. S'il est venu ici parce qu'il ne se sentait pas en sécurité en Irak ou, encore mieux, s'il a fait quelque chose qui lui donne un statut de réfugié politique, qui rend son histoire plus intéressante, plus vendable.

— En fait, dit Shareef, c'est bien un réfugié politique. Ou son père, du moins.

— Qu'est-ce qui est arrivé à son père ?

— Il a été arrêté, il a été jeté en prison.

— Vous connaissez les détails ?

— Je sais que ce n'était pas en Irak, que c'était quelque part en Turquie. Bon, ils se sont enfuis d'Irak, sont arrivés en Turquie, et là, ils ont eu des ennuis, et puis ils sont venus ici.

— Le père de Morph a été arrêté en Turquie, dit Toby en écrivant dans son carnet.

— Morph dit que c'était une erreur, que la police l'avait pris pour quelqu'un d'autre. Mais peut-être que vous pouvez mettre que c'était pour une histoire d'agitation politique.

— Tenons-nous-en aux faits. Pourquoi ont-ils quitté l'Irak ?

Shareef haussa les épaules.

— À cause de la situation là-bas, pardi !

— Pas de raison particulière ?

Shareef haussa à nouveau les épaules.

— Ils se sont installés en Turquie, et ensuite son père a été arrêté.

— Parce que la police turque l'a pris pour quelqu'un d'autre. Vous savez avec qui ils l'ont confondu ?

— Je suppose que c'était quelqu'un qu'ils voulaient arrêter.

— Il est resté combien de temps en prison ?

— Environ un an, peut-être un peu moins. Ensuite les Turcs ont compris leur erreur et l'ont relâché.

— Et il est venu ici, avec son fils. Est-ce que je peux lui parler ?

— Non, et ce n'est pas parce que je ne veux pas. Il est mort. Il a eu une crise cardiaque il y a quelques semaines, et il en est mort. Maintenant, vous voyez pourquoi Morph fait ce qu'il fait, et j'estime que c'est tout ce que vous avez besoin de savoir.

Alfie ne pouvait plus se taire. Il en avait assez de ce jeune magouilleur, avec sa serviette de comptable et son survêtement de luxe, son attitude, ses réponses évasives.

— Nous ne sommes pas les seuls à chercher Morph, dit-il.

— Excusez mon ami, dit Toby avec un regard dur à l'adresse d'Alfie. Il est photographe. Il voit dans les œuvres de Morph des trucs que je ne vois pas. Et il a fini par se passionner pour ça.

— Un propriétaire de galerie qui s'appelle Robbie Ruane paye des gens pour me suivre, dit Alfie à Shareef. Je parie qu'il a aussi des gens qui vous suivent.

Shareef ne dit rien, mais à la manière dont il le regardait, Alfie comprit qu'il avait touché un point sensible.

— Il voulait que je retrouve Morph pour lui, continua Alfie, et quand j'ai refusé, il m'a mis ses gens sur le dos. Peut-être qu'il est venu vous parler aussi. Si c'est le cas, ne faites pas l'erreur de lui faire confiance. Il cherche Morph parce qu'il veut traiter avec lui dans votre dos.

— Je sais tout sur ce mec, et il a plus besoin de moi que moi de lui, dit Shareef.

Il essayait de fanfaronner, mais il y avait maintenant une certaine réticence dans son regard.

— Il sait que s'il veut traiter avec Morph, il est obligé de passer par moi. Exactement comme vous autres.

Alfie plongea la main dans son fourre-tout, en tira la photo lissée par ordinateur de la pierre irrégulière et des quatre Nomades et la présenta à Shareef.

— Hé, Alfie, dit Toby. Laisse tomber ça.

Alfie l'ignora et dit à Shareef de bien regarder la photo. Shareef y jeta un coup d'œil et haussa les épaules.

— Le motif sur la pierre... c'est comme le motif utilisé par Morph pour encadrer ses dessins, dit Alfie.

Shareef se pencha pour examiner la photo.

— De quoi s'agit-il ?

— C'est la photo d'un objet que mon grand-père a trouvé en Irak il y environ soixante-dix ans, dit Alfie. Alors, voyez-vous, nous avons un point commun, Morph et moi. Et je suis sûr qu'il aimerait vraiment en parler.

— Il ne parle à personne d'autre que moi. Il ne parle pas tant que ça, d'ailleurs. Si on lui demande pourquoi il fait ce qu'il fait, il sourit et il hausse les épaules. C'est pour ça que c'est un vrai génie. À cause de ce qu'il est. Il est ce qu'il est. Ça sort de sa vie, et *c'est* sa vie.

— Ma vie et sa vie semblent se croiser, dit Alfie. C'est pourquoi il faut que nous parlions.

Shareef secoua la tête.

— Vous pourrez me parler à moi, mais uniquement quand vous aurez pensé à la manière dont vous pouvez l'aider à obtenir ce qu'il mérite. Quand vous en serez là, passez-moi un coup de fil. Mais maintenant, si vous n'y voyez pas d'inconvénient, messieurs, j'ai encore du travail. Vous pouvez retrouver le chemin tout seuls, ou voulez-vous que j'appelle Watty, que je lui demande de vous aider ?

15.

Le Dr Rölf Most grimpa à l'arrière du minibus, heureux et à bout de souffle. Il sourit à Harriet en disant :

— C'est comme attraper un poisson dans un tonneau.

Harriet était assise, les mains sur les genoux, un fil de plastique blanc enroulé serré autour des poignets. Larry Macpherson l'avait poussée sur la banquette arrière et refermé les menottes en plastique en deux temps, trois mouvements, avait arraché son téléphone portable de sa ceinture et l'écouteur de son oreille, avait retiré la carte à puce et l'avait brisée entre le pouce et l'index. Il avait déjà fouillé le sac à dos d'Harriet et examiné soigneusement chaque article – ses sous-vêtements de rechange, sa brosse à dents, son tube de dentifrice et son rouge à lèvres, deux romans en format de poche, les clés de sa voiture et les clés de son appartement, son rossignol, son carnet, sa bombe de défense au poivre – lorsque Rölf Most avait ouvert la porte du minibus. Il se glissa de côté pour faire place à son employeur et tira son pistolet automatique de la ceinture de son pantalon cargo.

— Ça ne sera pas nécessaire, dit tranquillement Rölf Most en s'installant en face d'Harriet.

— Espérons-le, dit Larry Macpherson.

Il cala la crosse du pistolet sur sa cuisse et visa le ventre d'Harriet. Il n'était pas grand, mais avait une présence physique manifeste : torse proéminent et épaules larges dans une veste en jean portée sur un T-shirt noir, pantalon cargo noir, bottes noires miroitantes, cheveux noirs ramenés en arrière laissant une pointe sur le front, joues ravagées par un lointain acné, yeux masqués par des verres-miroirs très ajustés. Il arborait une Breitling Navitimer au poignet gauche, une grosse bague à tête de mort sur le médius de la main droite et un petit anneau d'or à l'oreille gauche.

Le chauffeur, un pâle rouquin nerveux avec un accent écossais à couper au couteau, voulait savoir où il était censé aller.

— Quand j'en aurai terminé avec Mlle Crowley, nous aurons besoin d'aller d'abord au fleuve et ensuite à l'endroit où la cible tente de se cacher de nous, dit Rölf Most. En attendant, nous allons tourner un peu dans Londres.

Lorsque le minibus rejoignit le flux de la circulation, le psychiatre commença à se présenter.

— Je sais qui vous êtes, coupa Harriet.

Sa bouche était très sèche et son cœur battait rapidement et légèrement, mais elle se trouvait incroyablement calme.

— Vous devriez peut-être vous occuper de votre malade, non ? ironisa-t-elle.

— Le Dr Soborin a le service à la chambre et ses puzzles, et, par-dessus tout, sa stimulation Ganzfeld. Il est aussi heureux qu'un petit chien. Voudriez-vous, s'il vous plaît, me dire, mademoiselle Crowley, ce que vous avez fait du jeune homme dont le pseudonyme est Morph ? Où le cachez-vous ?

Harriet haussa les épaules. Tant qu'elle ne leur révélerait rien, ils la garderaient vivante. Elle aurait toujours une chance, si réduite soit-elle, de s'échapper. Des rideaux avaient été tirés sur les vitres latérales du minibus. Ils étaient du modèle que les parents achètent pour protéger leurs enfants des coups de soleil : bleu pâle, décorés de visages sympathiques d'animaux de dessin animé. Elle avait des menottes aux poignets et était surveillée par un tueur armé d'un pistolet automatique, un individu qui était certainement détraqué, et un public de chats et de chiens anthropomorphes d'une délirante gaieté.

Rölf Most sourit. Il avait un bouc blanc, une bouche en cerise et des joues roses.

— Je sais que vous savez de qui je parle, dit-il.

Harriet haussa les épaules.

— Ou peut-être le cherchez-vous encore ? dit Rölf Most. C'est pour cela que vous êtes venue dans mon hôtel hier et avez commencé à me surveiller.

— Je ne sais pas de quoi vous parlez.

— Vous ne nierez pas avoir installé ces caméras indiscrètes. Macpherson les a trouvées presque tout de suite, évidemment.

— Tout ce que je sais, c'est que je descendais Park Lane à

pied quand votre homme m'a obligée à monter dans ce véhicule sous la menace d'une arme à feu, dit Harriet en levant ses poignets pour montrer les menottes en plastique à Rölf Most. Je trouve ça plutôt grossier. Et vous ? Je présume que vous voulez avoir une conversation amicale, alors pourquoi ne pas me les enlever ?

Elle essayait de dédramatiser l'atmosphère, de montrer qu'elle n'avait pas peur, qu'elle le prenait pour un homme raisonnable.

— Elles sont là pour votre protection, répondit Larry Macpherson d'une voix égale et posée, mais chargée d'une menace sinistre. Si vous n'étiez pas soumise à cette forme de contention, vous seriez peut-être tentée par un geste stupide, et je serais obligé de vous faire mal.

Harriet se tourna vers Rölf Most et dit :

— J'espérais que pourrions avoir une discussion amicale à propos de nos intérêts communs.

Le psychiatre l'observa en caressant son bouc entre le pouce et l'index. Ses yeux bleu pâle étaient perçants et lumineux, mais il regardait dans le vide, comme distrait par un dialogue interne.

— Au fait, où en est le Nomads' Club ? finit-il par dire. Avez-vous jamais été acceptée comme membre, ou alors le Club s'accroche-t-il encore à cette règle stupide excluant les femmes ?

— Vous savez très bien que le Nomads' Club s'est dissous il y a des années.

— Officiellement, oui, après que l'initiative malencontreuse et tout à fait aberrante qu'il a prise au Liban s'est retournée contre lui. Mais officieusement, ce me semble, il couche toujours avec les services secrets. Et même si vous n'en êtes pas membre, vous agissez conformément à ses intérêts. Alors même que votre contact au MI6, M. Jonathan Nicholl, vous a priée d'abandonner.

Rölf Most se tut, mais Harriet ne fit aucun commentaire.

— Peut-être est-ce parce que vous voulez réparer ce que votre père avait fait ? reprit-il.

— Je n'ai jamais vraiment connu mon père, dit Harriet.

— Non, bien sûr. Votre père a décampé et vous êtes restée à la garde de votre mère. Je crois qu'elle s'est suicidée alors que vous étiez encore adolescente, n'est-ce pas ? Quelques années plus tard, vous avez découvert que votre père avait commis des actes criminels pour lesquels il a été arrêté et interné, et, peu après, il s'est suicidé lui aussi.

Rölf Most et Harriet penchèrent sur le côté lorsque le minibus prit un virage. Larry Macpherson ne bougea pas du tout, son pistolet braqué sans trembler sur Harriet, son regard insondable derrière les verres-miroirs.

— Vous êtes en train d'échafauder une théorie qui ne tient pas debout, docteur Most. Les péchés des parents qui font grincer les dents des enfants, c'est même pas du Freud pour la maternelle. C'est pire que la phrénologie. C'est le genre d'intuition bas de gamme que vous donnera une cartomancienne avec une boule de cristal et un faux accent gitan quand vous lui aurez graissé la patte avec votre carte Visa.

— Je crois quand même que j'ai fait mouche quelque part, dit Rölf Most avec un sourire engageant.

Sa voix était douce et agréable, son accent entre l'anglais britannique et l'américain.

— Votre père exploite les glyphes abusivement, fait un terrible gâchis de sa vie et de celle de ses disciples, et vous êtes inquiète... non, vous avez *peur* d'avoir hérité de la même faiblesse. Vous vous demandez avec inquiétude si vous pourriez être aussi folle que lui. C'est ce qui vous force à essayer de prouver que vous valez mieux que les circonstances de votre naissance.

— Vous ne savez rien de moi.

— Je sais beaucoup de choses sur votre père, dit Rölf Most. Je vous regarde, Harriet, et je vois que vous êtes la fille de votre père. Vous projetez une image de calme et de résolution, mais, sous la surface, je vois la peur et le désespoir. Je vois une femme qui a peur d'avoir hérité des tendances de son pauvre fou de père et de sa mère suicidaire. Je vois une femme tellement désespérée de se racheter qu'elle désobéit à un ordre direct de son agent traitant du MI6.

— Mon père n'était pas fou à cause d'un gène aberrant, docteur Most. Il est devenu fou parce qu'il s'est exposé trop longtemps aux glyphes. Comme vous devriez le savoir, parce que votre patient, le Dr Soborin, a été lui aussi psychologiquement atteint par l'exposition aux glyphes, comme la plupart des gens qui travaillaient sous sa direction pour MindsEye. Et vous, au fait ? Vous avez travaillé dessus, n'est-ce pas ? C'est pour ça que vous êtes ici. Avant que vous tentiez de faire mon diagnostic, docteur, je vous suggère de bien vous examiner vous-même.

Rölf Most ignora ce sarcasme et affecta une compassion doucereuse :

— Je comprends tout à fait pourquoi vous avez désobéi à M. Nicholl. Vous avez un sens très fort du devoir, et un idéal moral très fort aussi. C'est pour cela que vous vous croyez obligée de redresser le monde, même si cela implique de désobéir à un ordre direct. C'est pour cela que vous n'avez pas dit à M. Nicholl tout ce que vous avez découvert sur le graffiteur qui se fait appeler Morph. Vous lui avez dit ce que vous étiez obligée de lui dire, juste assez pour prouver que vous faisiez convenablement votre travail, mais vous avez gardé pas mal de choses pour vous, n'est-ce pas ? Parce que vous croyez servir une cause plus noble que les intérêts de l'Empire britannique.

— Si vous me débarrassez de ces bracelets en plastique, je serai heureuse de débattre de la cause que je sers.

— Vous êtes mal placée pour proposer quelque marché que ce soit. Mais si vous me dites effectivement tout ce que vous savez, librement et honnêtement, cela vous épargnera une souffrance considérable, à vous et à votre entourage. Ce qui me fait penser à vous poser la question : comment vont Julius Ward et Clarence Ashburton ? Habitent-ils toujours cette maison dans le sud de Londres ? Peut-être devrais-je leur rendre visite, afin de voir s'ils hébergent ou non un jeune invité, et de déterminer ce qu'ils savent de cette affaire.

Harriet affronta son regard bleu pâle et dit :

— Ils n'ont rien à voir avec ça.

— Mais c'est bien là que vous détenez Morph, n'est-ce pas ? C'est forcément là, parce que nous avons visité votre appartement au Barbican et n'y avons pas trouvé trace de lui. Au fait, c'est triste de constater qu'une jeune et jolie femme comme vous est seule dans la vie.

— C'est une remarque mesquine, docteur.

— Peut-être vivez-vous seule pour vous conformer à votre idéal de pureté. Pour sauver le monde, il faut vous élever au-dessus de l'existence ordinaire.

Le minibus prit un autre virage. Un éclair de soleil illumina les silhouettes des chats et des chiens imprimées sur les rideaux. À travers le pare-brise, Harriet voyait des taxis, des voitures et un autobus rouge, des gens qui passaient devant des bureaux, un pub – la vie à deux centimètres d'elle et totalement hors de sa portée.

— Vous perdez votre temps, dit Larry Macpherson. Elle ne répondra à aucune de vos questions et, de toute façon, ça n'a pas d'importance, parce qu'elle ne sait rien que nous ne sachions pas. On devrait la buter et la balancer.

Il déplaça le pistolet posé sur sa cuisse de façon à ce que le canon vise entre les deux yeux d'Harriet.

Harriet sentit une étincelle électrique froide craquer dans sa tête. Elle regardait le visage de l'homme, pas son arme, mais elle n'y lisait rien.

— Non, non, non, dit Rölf Most. Nous devons procéder à ma manière. Il n'y aura pas de questions déplaisantes de la part des services secrets ou de la police, et, de plus, il se peut très bien que nous apprenions quelque chose.

Un instant, Larry Macpherson donna l'impression de vouloir discuter cette appréciation. Puis il rentra son pistolet dans la ceinture de son pantalon, passa la main sous son siège et en retira une mallette en aluminium. Il la cala sur ses genoux, l'ouvrit, en sortit un gros casque stéréo Sennheiser noir comme ceux qu'utilisent les D.J. dans les boîtes de nuit, allongea le bras dans l'espace restreint et posa fermement les écouteurs sur les oreilles d'Harriet. Il brancha le cordon sur un lecteur de CD bon marché, qu'il posa près d'elle, puis sortit un rouleau d'adhésif isolant gris, en arracha deux morceaux, appuya le pouce et l'index contre l'œil droit d'Harriet, releva la paupière et la colla avec le ruban adhésif. Il répéta l'opération sur l'œil gauche d'Harriet, puis se cala sur son siège et la regarda loucher en tentant désespérément de ciller. Le bruit du moteur du minibus et celui de la circulation étaient étouffés mais pas totalement supprimés par les écouteurs.

Rölf Most prit alors un objet dans la mallette, une sorte de petit cylindre noir avec une canule à une extrémité. Il prit un gant de chirurgien et l'enfila sur sa main droite.

— Empêchez-la de bouger, dit-il.

Larry Macpherson bloqua le menton d'Harriet d'une poigne de fer ; le psychiatre se pencha en avant et lui vaporisa un aérosol glacé dans les narines.

— Je suis sûr que vous savez ce que c'est, dit-il en reculant.

Il retira délicatement le gant, qu'il laissa tomber dans la mallette avec le cylindre noir.

Les narines d'Harriet étaient engourdies par l'aérosol, mais elle pouvait en sentir le goût au fond de sa bouche. Une amertume huileuse et écœurante, qui se répandait sur sa langue et descendait lentement dans sa gorge. Elle savait ce que c'était, bien sûr.

— Ça, c'était l'invention du Dr Soborin, dit Rölf Most en fouillant dans la mallette. Et ceci, c'est la mienne.

L'objet ressemblait à un pistolet à rayons sorti d'un vieux film de science-fiction, avec une crosse et un objectif évasé muni d'un pare-soleil.

— J'appelle ça un canon à glyphes, dit Rölf Most en le braquant sur Harriet et en souriant lorsqu'il la vit presque imperceptiblement tressaillir. C'est un moyen beaucoup plus rapide de livrer la marchandise. Plus puissant et plus intense.

La poigne de fer de Larry Macpherson fit pivoter sa tête pour la placer en face de Rölf Most. Le psychiatre approcha l'objectif du canon à glyphes à trente centimètres de ses yeux.

— Je ne peux pas vous promettre que ça ne fera pas mal, dit-il.

Et il pressa la détente.

16.

Ils sortirent du Majestic.

— À quoi ça rime, tout ça demanda Toby à Alfie.

— Je crois qu'il a une meilleure proposition. Probablement de la part de Robbie Ruane.

— C'est ce que je pense, moi aussi. Cette petite merde s'est manifestement servie de nous pour faire monter la cote de son copain. Mais je voulais dire, d'où tu la sors, cette photo ? Je croyais que les affaires de ton grand-père avaient été déménagées par ses collègues.

Alfie choisit soigneusement ses mots. Ce n'était ni le lieu ni le moment de parler à Toby des carnets de bord et des journaux intimes qu'il avait découverts dans le coffre de dépôt.

— Il se trouve que ma grand-mère a conservé quelques photos. Dont celle de la brochure d'Antareus – celle avec les quatre Nomades. Ils ont découvert une pierre avec un motif sculpté dessus, et j'ai pensé que ce motif ressemblait à celui que Morph utilise pour encadrer ses graffiti. Mais je n'en avais pas la certitude avant qu'Elliot ait traité le cliché par ordinateur.

— Et tu crois que ça contribue à prouver qu'il y a un lien entre les travaux de ton grand-père et Morph ?

— J'ai pensé que ça pourrait intéresser Shareef, dit Alfie.

Poussant la porte au bout du bref couloir, ils retrouvèrent le soleil et la circulation effrénée de Kingsland Road.

— Shareef est un jeune magouilleur qui veut devenir le Malcolm McLaren noir, dit Toby en s'arrêtant pour allumer une cigarette. Il ne s'intéresse pas aux glyphes eux-mêmes. Tout ce qui l'intéresse, c'est de les vendre au meilleur prix. Où est Elliot ?

La camionnette blanche n'était plus là. Alfie et Toby traversèrent Kingsland Road et se rendirent à l'endroit où le véhicule avait été garé. Ils regardèrent à droite et à gauche dans la rue. Pas trace du Transit.

— J'ai été obligé de partir, dit Elliot lorsque Alfie l'appela sur son portable. Une équipe de contractuels a commencé à ratisser la rue, alors je me suis dit que le mieux était que je fasse le tour du pâté de maisons et que j'attende que vous ressortiez.

— Justement, nous sommes sortis, maintenant, dit Alfie.

— Demande-lui pourquoi il ne nous a pas appelés, dit Toby.

— Pourquoi tu ne nous a pas appelés ?

— Vous étiez en réunion, dit Elliot. Dis à Toby de ne pas s'énerver. J'arrive tout de suite.

— Pas m'énerver, moi ? dit Toby après qu'Alfie lui eut transmis le message. Mon Dieu. Comment ne pas m'énerver quand je viens de me rendre compte que j'ai confié un travail d'homme à un hippie ?

De l'autre côté de la rue à grande circulation, Shareef sortit du gymnase Majestic, s'arrêta au bord du trottoir, cala sa serviette entre ses pieds et resta planté là, tourné vers le nord, son minuscule téléphone collé à l'oreille. Une Mercedes bleue cabossée quitta brusquement la voie centrale et s'arrêta à sa hauteur dans un crissement de freins. Elle était conduite par le gérant du gymnase, Watty. Shareef monta dans la Mercedes et dit quelque chose au colosse, qui fit un grand sourire à Alfie et à Toby avant de démarrer en trombe vers le sud, vers la City.

Deux minutes plus tard, le Transit blanc s'arrêta devant eux. Quand Alfie et Toby furent montés, Elliot recommença à expliquer sa fuite devant les contractuels, mais Toby l'interrompit, lui dit de faire faire demi-tour à son tas de ferraille, de foncer vers le sud et de faire gaffe à une Mercedes bleue. Elliot attendit que la voie soit libre avant d'opérer un demi-tour sur place, saluant d'un geste joyeux de la main le coup de klaxon et l'appel de phares d'un poids lourd qui freina sec dans un éternuement explosif.

— J'arrive pas à le croire ! dit Toby.

Il pétrissait sa tignasse à deux mains en contemplant la circulation à travers le pare-brise poussiéreux.

— Qu'est-ce que j'allais dire aux contractuels ? protesta Elliot. « Je sais que je suis garé sur une double ligne jaune, mais ne me donnez pas de contravention, s'il vous plaît, parce que je suis un détective privé sur une grosse affaire ? »

— Pourquoi pas ? dit Toby.

— Ils m'auraient donné une contredanse quand même.

— Et Flowers l'aurait payée.

— Ah bon ? dit Alfie.

— Tu es engagé dans une quête importante. Le montant d'une amende pour stationnement interdit est un prix modeste à payer pour le savoir que tu recherches, bla-bla-bla.

— Les mecs, vous auriez dû me dire ça quand vous m'avez fait stationner sur une double ligne jaune, dit Elliot.

— N'oublie pas que nous improvisons à mesure, lui rappela Alfie.

— Et cette Mercedes ? demanda Elliot.

— Elle est bleu foncé, dit Toby. Quatre portes, deux Jamaïquains, un petit, un gros.

— La voilà, dit Alfie en montrant la Mercedes quand ils passèrent devant elle.

Elle était garée devant la nouvelle mosquée, juste après le pont sur le Grand Union Canal. Watty était au volant ; la tête renversée en arrière, un bonnet de base-ball enfoncé sur les yeux, il écoutait une musique rythmée violente qui faisait trembler la grosse voiture sur ses amortisseurs. Il n'y avait aucun signe de Shareef.

Elliot trouva à se garer cent mètres plus loin.

— Si votre ami est entré dans la mosquée, dit-il, il va y rester combien de temps, à votre avis ?

— Et si tu allais le lui demander ? dit Toby en orientant le rétroviseur extérieur de façon à voir la Mercedes.

— J'espérais plus ou moins que ça prendrait pas trop de temps, dit Elliot. On est censés sortir ce soir, Cassie et moi. Rien de spécial, juste glander à Camden avec quelques copains, peut-être essayer de voir un groupe sur scène. Mais elle va faire la cuisine avant qu'on sorte, et j'ai promis que je serai chez elle à sept heures au plus tard.

— Si tu veux nous abandonner en cette heure grave où nous avons besoin de toi, tu seras obligé de nous laisser le Transit.

— Comme si je pouvais vous faire confiance, les mecs. Je veux dire, j'ai entendu parler des moutons.

— Les moutons, c'était l'idée d'Alfie, dit Toby.

— Je promets qu'il n'y aura pas de moutons dans cette opération, dit Alfie.

Elliot regarda sa montre.

— Je crois que je peux rester encore une heure environ... À votre avis, qu'est-ce qu'il fait, là-dedans ?

— Vu que c'est une mosquée, dit Toby, je doute fort qu'il soit en train de jouer au loto.

— Mais je croyais ce type était un Jamaïquain, dit Elliot.

— Et alors ? dit Toby. Il n'est pas obligé d'être un Rastafari pour autant. Honte à toi, jeune sauterelle.

Elliot haussa les épaules.

— Je m'attendais pas à ce qu'il soit musulman, c'est tout.

— Peut-être qu'il s'est converti, comme le type qui a essayé de faire sauter un avion avec sa chaussure, dit Toby en allumant une nouvelle cigarette. On pourrait se retrouver mêlés à un truc vraiment clandestin. Réfléchis, Flowers. Ce Shareef est un converti à l'islam qui zone avec un mystérieux Irakien qui bombe des caricatures antiaméricaines sur tous les murs de Londres. C'est probablement dans cette mosquée qu'ils se sont rencontrés. Il se pourrait qu'ils y soient tous les deux en ce moment.

— Ce n'est pas parce qu'il est musulman qu'il devrait obligatoirement être un terroriste, objecta Alfie.

— Les graffiti de Morph ne sont certainement pas des graffiti ordinaires, dit Toby. Ça pourrait être le sommet de l'iceberg, l'émanation de quelque insidieuse conspiration visant à saboter la Guerre Contre Le Terrorisme.

— Il plaisante, dit Alfie.

Toby tira avec délice sur sa cigarette et dit :

— Même si je n'ai qu'à moitié raison, c'est quand même une putain d'histoire. Je suis riche, les mecs. Je crois que je suis tombé sur le filon. Quand j'aurai mis ça en forme, je pourrai demander le prix que je voudrai.

Alfie se pencha vers Toby et dit doucement :

— Tu vas vraiment écrire un article là-dessus ?

— Mais j'ai déjà fait un papier là-dessus ! Et c'est pour ça que Shareef voulait nous parler. Et puis arrête de me regarder avec ces yeux d'épagneul, je te promets que je n'écrirai pas un seul mot sur toi.

— Tu as intérêt.

— Je te le jure noir sur blanc. Parole de vieux journaleux au cœur de pierre !

— De toute façon, je ne crois pas qu'il rencontre Morph là-dedans.

— Tu recommences avec ta théorie à la con : « Shareef et Morph ne font qu'un. »

— Plus j'y réfléchis, plus je suis certain que Morph était l'auteur des graffiti originaux, mais qu'il n'avait rien à voir avec le coup des moutons ni avec la fausse installation au musée de la Guerre. Watty a dit que Morph *était* le grand truc de Shareef. Il en a parlé au passé. Je ne crois pas que Morph ait voulu devenir célèbre, ni gagner de l'argent avec ses œuvres. Je crois que c'était entièrement l'idée de Shareef, et que Morph n'a pas marché dans la combine.

— Ce Shareef, dit Elliot, c'est pas un petit mec avec un survêt violet ? Si c'est lui, il vient de sortir de la mosquée et il est monté dans la Mercedes.

17.

La lumière crépita en une rafale si puissante qu'Harriet eut l'impression qu'on lui brûlait le cerveau ; puis ce fut terminé, Larry Macpherson lui libéra le menton, recula et se cala sur son siège. Elle avait beau être aveuglée par des couches d'images rémanentes d'un blanc étincelant, elle éprouvait une sensation insolite de calme musical. Elle savait exactement ce que lui avait fait l'étrange pistolet de Rölf Most. Son cortex visuel avait été placé en état d'excitabilité par la drogue qu'elle avait absorbée via les muqueuses de son nez ; il avait ensuite été bombardé par des glyphes conçus pour hyperstimuler une configuration neurale spécifique et forcer sa conscience à adopter un état particulier. Elle était certaine qu'il s'agissait d'une sorte de glyphe de fascination, probablement une variété de celui que Carver Soborin avait utilisé au Nigeria. À leur puissance maximale, les glyphes de fascination induisaient une sorte d'émerveillement respectueux, dénué de tout sens critique, comparable à une expérience mystique ; plus habituellement, ils n'étaient rien de plus que du Velcro visuel. Ils rendaient les contenus qu'ils encadraient ou soulignaient plus intéressants et plus attrayants qu'ils ne l'étaient en réalité. Le Nomads' Club s'en était servi pendant la Seconde Guerre mondiale pour pimenter la propagande parachutée derrière les lignes nazies ; Carver Soborin s'en était servi dans la campagne publicitaire expérimentale qui avait si mal tourné ; Morph en avait utilisé un pour attirer l'attention sur ses caricatures. Plusieurs années de formation au biofeedback avaient immunisé Harriet contre les motifs statiques des glyphes de fascination ordinaires ; à présent, elle espérait – sans en avoir la certitude – que sa formation l'avait également vaccinée contre les glyphes projetés dans son cerveau par l'appareil de Rölf Most.

Le psychiatre se pencha en avant et arracha les bandes d'adhésif qui maintenaient ouvertes les paupières d'Harriet, si vite qu'elle n'eut même pas le temps de tressaillir. Deux douloureuses crispations, et elle put à nouveau ciller. Les images rémanentes complexes se morcelaient en formes discrètes et animées. Les chats et les chiens des rideaux semblaient se pencher à l'intérieur et se tourner vers elle.

— Ne vous inquiétez pas, dit Rölf Most. La puissance n'était pas suffisante pour vous soumettre. Mais seulement pour vous rendre suggestible.

Des formes brillantes flottaient devant son sourire tandis qu'il expliquait que le canon à glyphes contenait une matrice de dix mille diodes électro-luminescentes, petites mais puissantes, contrôlées par un disque dur. Le pistolet déchargeait un glyphe qui fixait l'attention du sujet, et transmettait ensuite tout ce qui avait été programmé sur le disque, projetant ses images stroboscopiques à soixante-douze cycles par seconde, de sorte qu'elles étaient détectées par le cerveau sans qu'il y ait perception consciente.

— Je trouve les décharges subliminales très efficaces, disait Rölf Most. Sans doute parce qu'elles évitent la distorsion causée par une tentative de la conscience pour trouver un sens à ce qu'elle voit.

Le téléphone portable de Larry Macpherson sonna. Le mercenaire l'écouta un instant, puis dit :

— La réunion est terminée et mon homme est en train de filer la cible.

— Et M. Flowers ? s'enquit Rölf Most.

Larry Macpherson répéta la question au téléphone, puis dit :

— Mon homme l'a vu pour la dernière fois en train de parler à son ami journaliste, Toby Brown, devant le gymnase. Le type qui les a amenés au rendez-vous est parti avant la fin de la réunion. On dirait que la chance nous sourit, après tout. Nous avons la cible pour nous tout seuls une fois de plus.

Où qu'elle porte son regard, Harriet voyait des images rémanentes. Comme si elle observait le monde à travers un aquarium exotique peuplé de couronnes et de grilles épineuses, de points grouillant comme des mouches et de longues courbes sinueuses qui ondulaient dans d'impalpables courants...

Des images entoptiques. Des constantes de forme. Des phosphènes. Des percepts visuels.

Harriet connaissait bien tout ce bestiaire, savait qu'il était produit dans son cortex visuel par des grappes de neurones déchargeant au hasard, effet secondaire de l'exposition à la drogue et aux glyphes. Il n'empêche que ces créatures semblaient douées de vie, qu'elles s'agitaient, se tortillaient et rampaient dans le monde extérieur, commençaient à ébaucher des formes, des aperçus de visages et d'animaux tandis que le cerveau d'Harriet se démenait pour décoder les motifs et trouver un sens à ce flux d'informations aléatoires. Quand elle était toute petite, elle faisait un rêve à répétition... pas vraiment un rêve, peut-être, mais une vision hypnagogique qui précédait l'abandon au vrai sommeil : des images entoptiques s'étaient épanouies et avaient explosé dans l'obscurité grouillante sous ses paupières, avaient pris forme, étaient devenues des visages qui souriaient, ouvraient la bouche et s'effaçaient, comme si des gens défilaient devant une fenêtre pour regarder Harriet un instant chacun, puis s'écartaient pour laisser la place au suivant. Ces visages devenaient de plus en plus grotesques jusqu'à ce que l'un d'eux, encore plus horrible que les autres, s'envole et fonce droit sur elle et qu'elle se réveille en sursaut, comme si elle était tombée d'une grande hauteur dans son lit.

Son grand-père lui avait d'abord appris comment contrôler ce rêve ; bien plus tard, l'entraînement au biofeedback dispensé par Clarence Ashburton avait prolongé ces premières leçons. Droguée et assommée dans le minibus, Harriet utilisa cette discipline pour façonner sa créature totémique à partir d'essaims vagabonds de motifs entoptiques. Il ne lui fallut qu'un modeste effort de concentration pour la retrouver – une petite souris familière avec des oreilles hypertrophiées, de grands yeux humains et un sourire joyeux, qui la regardait en douce derrière la houppe neigeuse de Rölf Most tandis que le psychiatre se penchait pour allumer le lecteur de CD relié au casque stéréo qui lui enserrait la tête.

Une voix commença à lui chuchoter à l'oreille, lui serinant qu'elle était complètement nulle, que le monde était très méchant et que ça allait être encore bien pire...

— Ça ne va rien me faire, s'entendit-elle dire.

Mais Rölf Most sourit en agitant un index menaçant, l'avertit que, si elle ne se tenait pas tranquille, il serait obligé de laisser Larry Macpherson s'occuper d'elle à sa manière.

Harriet se tut. La voix chuchotait à l'intérieur de sa tête, sournoise, pleine d'insinuations, lui disait qu'elle ne valait rien, que toute sa vie était sans valeur, qu'il ne lui restait plus qu'une éternité de souffrance grise et grinçante, sans joie ni espoir... Elle trouvait ça d'un ridicule puant – un CD d'autosuggestion en direct de l'enfer –, et son amie la petite souris semblait l'approuver ; elle se matérialisait dans les divers endroits où s'arrêtait son regard, se perchait sur le canon du l'automatique de Larry Macpherson, ou se balançait au rétroviseur par sa queue élastique. Harriet avait beau se concentrer sur ces acrobaties, les chats et les chiens de dessin animé se penchaient au bord de son champ de vision et devenaient des gargouilles grotesques, et elle ne pouvait s'empêcher de constater avec effroi que la voix pateline se glissait par-dessous ses défenses comme un serpent sous une porte et s'infiltrait dans les plaies que le pistolet incandescent avait creusées dans son cerveau, triturant ses neurones sous le seuil de la pensée consciente.

Son état hallucinatoire entrait maintenant dans sa troisième phase. Le minibus sembla s'étirer et devenir un couloir sans fin ; le centre de son champ visuel s'éclaira, et tout ce qui était à la périphérie tourbillonna et devint flou – un maelström tapissé de grilles papillotant comme des rangées de téléviseurs où hurlaient des gargouilles au regard torve, un tunnel de lumière vivante comme celui dans lequel plongeait l'astronaute à la fin du film de Kubrick. La souris totémique se cachait quelque part dans les matrices scintillantes ; Harriet l'entrevoyait de temps en temps, mais elle savait qu'elle ne pouvait pas regarder ce spectacle de trop près à cause des autres entités qui vivaient là, des choses pires que des gargouilles de dessin animé, et elle essaya donc de se concentrer sur la parcelle de réalité au fond du tunnel, le monde des rues ordinaires au-delà du pare-brise du minibus, un rectangle net et lumineux pas plus grand que la paume de sa main...

Après la mort de son grand-père, Harriet et sa mère avaient quitté Londres pour emménager dans une grande ferme du Suffolk. Sa mère avait voulu échapper à tout ce qui lui rappelait son mari et croyait qu'Harriet serait plus heureuse en grandissant à la campagne qu'à Londres. Dans un recoin du jardin entouré de murs, cachés au milieu des herbes folles, des orties et des saxifrages, se trouvaient les restes d'un vieux puits, un cylindre de briques effritées haut d'un mètre, son embouchure ronde protégée par une dalle de béton carrée qu'Harriet poussait sur le côté chaque fois qu'elle voulait communier avec l'obscurité étrangement fascinante au fond du puits. Mousses et fougères poussaient dans les interstices des vieilles briques ; une fois, elle trouva un petit crapaud dans une crevasse, les yeux comme des pierres noires, la peau tavelée d'or et de brun. Il y avait toujours de l'eau au fond du puits ; même au plus fort de l'été le plus chaud, le plus sec, elle en sentait l'haleine humide et fraîche lorsqu'elle se penchait par-dessus le petit mur. Et quand le soleil était au zénith, elle pouvait voir, trois à quatre mètres plus bas, sa tête découpée à contre-jour au bord d'un petit cercle de lumière réfléchie où les nuages traversaient lentement le ciel comme de majestueux vaisseaux. Tout se réfléchissait avec précision dans l'eau sombre et immobile, mais sans être totalement identique, comme si le regard plongeait par un portail magique dans le ciel d'un autre monde.

C'était un peu comme cela maintenant, tandis que la voix dispensait son poison goutte à goutte dans sa tête et qu'elle fixait désespérément le petit rectangle de réalité ensoleillée, tout au bout d'un tunnel de treillages tourbillonnants qui menaçait à chaque instant de s'effondrer sur lui-même et de la comprimer comme un œil qu'on ferme. Elle ne savait pas combien de temps cela dura. Plus tard, elle calcula que cela n'aurait pas pu excéder quinze ou vingt minutes, mais, sur le moment, cela lui avait semblé durer des heures : l'effet combiné de la drogue et des glyphes étirait le temps comme l'espace.

Malgré ses efforts, Harriet aurait bien pu perdre toute conscience d'elle-même et du monde extérieur si le portable de Larry Macpherson n'avait pas sonné à nouveau, la tirant de sa transe avec sa version percutante des premières mesures de *Born in the USA*.

— Il semble que Flowers et ses deux amis soient en train de suivre la cible, finalement, dit le mercenaire à Rölf Most.

— Vous avez dit qu'ils s'étaient séparés après l'entrevue.

Harriet essaya d'accommoder sur le visage de Rölf Most. Pour la première fois, il y avait de l'inquiétude dans la voix du psychiatre.

— C'est ce qu'ils ont fait. Mon homme a suivi la cible jusqu'à une mosquée, et ensuite, Flowers et ses deux amis se sont pointés. Mon homme ne savait pas trop ce qui se passait, alors, il est resté en arrière. La cible est sortie de la mosquée, elle est repartie, et Flowers et ses amis ont continué de la filer. La cible s'est arrêtée un peu plus loin, et maintenant, mon homme se demande ce qu'il doit faire : est-ce qu'il devrait suivre le mouvement ou passer à l'action ?

Harriet observa Rölf Most pendant qu'il réfléchissait à la question. C'était comme si elle regardait quelqu'un sur un écran de télé installé tout au fond d'une voiture de métro. Le psychiatre caressait son bouc en disant :

— M. Flowers espère sans doute que la cible le conduira au gamin, tout comme nous. C'est très gênant.

— Est-ce qu'on devrait parler de ça devant elle ?

— Elle est déjà ailleurs, à présent. Et je crois qu'il faut immédiatement prendre une décision.

— Tant que nous ne savons pas si la cible va oui ou non rencontrer le gamin, nous ne pouvons pas tenter quoi que ce soit qui risque de compromettre la filature.

— Néanmoins, maintenant que la cible a parlé à M. Flowers, nous devons lui parler dès que possible. Il se peut qu'ils aient conclu un marché.

— Si c'est ce que vous voulez, nous allons attendre qu'il retourne à l'appartement où il se planquait. Si M. Flowers et ses petits potes sont toujours accrochés à ses basques, nous intervenons et nous assurons de leurs personnes, et vous pourrez aller rendre visite à la cible et faire votre truc.

— Et s'il rencontre le gamin dans un lieu public, et que M. Flowers décide d'intervenir ?

Larry Macpherson haussa les épaules.

— Alors, nous restons sur la touche, nous regardons comment ça se passe, nous attendons que le gamin aille quelque part où nous pourrons l'emballer discrètement. Si, à ce moment-là, il se trouve être en compagnie de Flowers, on n'en a rien à cirer, ce n'est pas lui ou ses amis qui vont nous poser des problèmes.

— Tout cela est-il... faisable, comme on dit ?

— Croyez-moi, nous avons affaire à des amateurs. Et elle ?

— Mlle Crowley elle aussi. En plus, je crois qu'elle est presque amorcée. Nous allons maintenant au pont le plus proche, et nous la larguons.

Le visage de Rölf Most se profila au-dessus d'Harriet comme

une lune en perdition. Il lui enleva les écouteurs et dit doucement :

— J'ai besoin de savoir deux choses seulement, et ensuite, nous en aurons terminé ici. Est-ce que vous allez m'aider ?

Harriet hocha la tête. Elle savait qui il était et ce qu'il lui avait fait, savait qu'elle n'était pas obligée de lui dire un seul mot, mais elle planait, délivrée de toute anxiété et de toute peur, et il semblait plus facile d'être d'accord avec lui...

Le psychiatre lui tapota la main pour la rassurer. Ses cheveux blancs étaient comme le tortillon d'une boule de glace sortie de la machine, son regard était celui d'un père soucieux. Ses lèvres en cerise remuaient dans le nid de sa barbiche.

— Nous savons tout sur l'ami de Morph, Harriet. Nous savons tout sur Benjamin Barrett. Il a essayé de se cacher de nous, mais nous l'avons retrouvé, et ça fait maintenant quelque temps que nous le suivons, en attendant qu'il nous conduise à Morph. C'est pourquoi nous savons que M. Flowers vient de le rencontrer. Dites-moi : pourquoi avez-vous délégué M. Flowers pour parler à Benjamin Barrett ? Et de quoi ont-ils parlé ?

Harriet n'y comprenait plus rien. Elle savait qu'Alfie Flowers et son ami journaliste étaient censés rencontrer Benjamin Barrett – elle était sur le point de les rattraper –, mais elle ne savait pas pourquoi.

— Quel genre de marché songiez-vous à proposer à M. Barrett ? demanda Rölf Most. Ou, plutôt, quel genre de marché le Nomads' Club songeait-il à lui proposer ?

Harriet s'entendit dire : « Il n'y a pas de marché. »

— Vraiment ? Alors, pourquoi M. Flowers a-t-il rencontré M. Barrett ?

Elle secoua la tête.

— Je crois que vous y êtes allé trop fort avec votre canon à glyphes, dit Larry Macpherson. Elle a le cerveau en compote. Même si elle sait réellement quelque chose, elle ne lâchera jamais le morceau.

Rölf Most gifla Harriet deux fois, de la paume et du dos de la main.

— Regardez-moi, Harriet, dit-il. Moi seulement.

Elle le regarda. Il semblait bien plus proche, maintenant, et les matrices qui scintillaient et tourbillonnaient autour d'elle se dilataient dans le vide, pâlissaient...

— Voulez-vous jurer sur la mémoire de votre cher père

défunt que M. Flowers n'a rien à voir avec vous ni avec le Nomads' Club ?

Harriet haussa les épaules. Elle ne savait pas par où commencer pour expliquer le lien entre Alfie Flowers et les Nomades.

— Oui ou non ?

— En un sens...

— Le cerveau en compote, ouais, dit Larry Macpherson sans élever la voix. Dans l'état où elle est, je pourrais la buter maintenant et elle mettrait dix minutes à se rendre compte qu'elle est morte.

Rölf Most l'ignora et dit à Harriet :

— Donc, M. Flowers ne travaille pas pour vous directement. Il poursuit une enquête parallèle.

Harriet hocha la tête.

— Vous cherchez Morph, lui aussi.

Nouveau hochement de tête.

— Où est Morph ? Savez-vous où il est ?

Elle secoua la tête.

— L'avez-vous rencontré ?

— Non.

— Lui avez-vous parlé ?

— Non.

— Avez-vous parlé à son ami, Benjamin Barrett ?

Harriet secoua la tête encore une fois.

— Réside-t-il chez Julius Ward et Clarence Ashburton ?

Elle fit signe que non.

— Elle sait foutre rien, doc, dit Larry Macpherson. Allez, on la bute et on la balance, et ensuite on saute sur la cible avant que ces autres gusses nous foutent le merdier.

— Nous allons la laisser partir, dit Rölf Most en se tournant vers le conducteur. Arrêtez-vous sur le pont lui-même. C'est là que nous la laisserons sortir.

— Vous croyez vraiment qu'elle va se buter toute seule ? demanda Larry Macpherson.

— Si ce n'est pas maintenant, ça ne tardera pas.

— C'est plus facile si je la bute maintenant.

— Mais de cette manière, c'est plus approprié. En outre, elle ne nous gêne pas vraiment, les autres non plus. Le Nomads' Club est à bout de ressources. Sa mort forcera les deux derniers membres du Club à s'en rendre compte.

Rölf Most se pencha vers Harriet et dit doucement :

— Nous vous conduisons en un lieu où vous pourrez mettre un terme à toutes vos souffrances. Tous ce que vous avez à faire, c'est un pas dans le vide, un seul. Un seul pas, et vous n'aurez plus jamais rien d'autre à faire. Un seul pas, et toute votre douleur s'en ira. Me comprenez-vous, Harriet ?

Elle hocha la tête. Elle était manifestement en phase de redescente. Les matrices tourbillonnantes reculaient jusqu'aux marges de son champ visuel. Les chats et les chiens des rideaux étaient plus ou moins redevenus des animaux de dessin animé. Elle entrevit une dernière fois sa mascotte du coin de l'œil, mais lorsqu'elle tenta de la regarder directement, la petite souris brune au sourire humain innocemment joyeux disparut comme une bulle de savon qui éclate. Harriet eut un pincement de regret en la voyant partir. Elle lui devait tant de choses. Elle l'avait aidée à se recentrer, l'avait définitivement empêchée de se laisser dominer par les monstres et les croque-mitaines qui hantaient le scintillement des motifs entoptiques.

Le minibus s'arrêta contre le trottoir. Larry Macpherson sortit un couteau à cran d'arrêt et trancha la boucle en plastique qui ligotait les poignets d'Harriet, puis, en un seul mouvement fluide, il la prit d'une main par le col de sa veste, ouvrit de l'autre la porte coulissante et la poussa dehors.

Elle se reçut sur les mains et les genoux, mais réussit par prudentes étapes successives à se remettre sur ses pieds. Les pavés ondulaient sous elle tandis qu'elle titubait à deux mètres seulement d'une circulation torrentielle et rutilante. C'était un peu comme lorsqu'on est ivre, songea-t-elle, lorsque le corps s'obstine dans une maladroite prétention et qu'on est obligé d'en reprendre le contrôle et de conserver sa dignité par la seule force de sa volonté. Elle savait que le tourbillonnement oblique du monde autour d'elle était une illusion causée par ses sens choqués, déséquilibrés, et que si seulement elle pouvait se ressaisir, elle pourrait se redresser et partir ; mais ça ne l'empêchait pas de tanguer comme un marin sur un bateau chahuté par la tempête. Lorsqu'elle s'arrêta contre un petit mur, elle empoigna ses pierres granuleuses et s'appuya avec reconnaissance contre lui.

Ce mur était au bord d'un endroit élevé ; le ciel pesait sur elle comme le plafond d'une cave, le fleuve coulait en contrebas, basculant dans un vaste golfe qui semblait culbuter jusqu'au centre étincelant du monde. Ce serait si facile de se pencher rien qu'un tout petit plus, de suivre la lente inclinaison du monde et de s'évanouir en douceur dans l'étreinte ferme et assurée du fleuve. Exactement comme si on s'enfonçait dans un lit de plumes. Mais l'idée n'était pas d'elle ; c'était la voix qui s'infiltrait dans ses pensées comme un serpent sous une porte.

Rien à foutre, songea Harriet. Mais elle l'avait peut-être dit tout haut, car un homme qui passait lui lança un regard surpris. Elle respira un bon coup, une fois, deux fois. Elle essaya de faire accommoder ses yeux. Elle se tenait sur le pont de Blackfriars et regardait vers l'aval, vers la travée élancée du pont du Millénaire, avec la cathédrale Saint-Paul d'un côté et le massif caisson industriel de la Tate Modern de l'autre. Le minibus blanc était garé à quelque distance derrière elle sur un couloir de bus, feux de détresse allumés. Larry Macpherson était debout près de la portière, le pistolet automatique plaqué contre la cuisse. Rien à foutre de lui non plus, songea Harriet. Elle se retourna et s'éloigna. Quelqu'un d'autre aurait pu croire que cette voix était la sienne. Quelqu'un d'autre aurait pu lui céder. Quelqu'un d'autre aurait pu sauter, ou rentrer chez lui pour avaler le contenu de l'armoire à pharmacie, ou se faire couler un bain chaud, s'y installer et s'ouvrir les veines. Mais elle savait ce qui était réel et ce qui ne l'était pas.

Elle poursuivit ce monologue intérieur tout en marchant sur le pont en direction de la rive sud. Elle se disait qu'elle s'en tirait très bien, qu'elle n'avait qu'à mettre un pied devant l'autre et continuer de marcher. Son dos était tendu comme un muscle unique attendant l'impact d'une balle ou l'étreinte implacable de Larry Macpherson, mais lorsqu'elle atteignit l'extrémité du pont et se retourna, le minibus blanc avait disparu.

Ils l'avaient laissée partir pour de bon. Soit ils croyaient que le glyphe, la drogue et le CD avaient marché, qu'elle était si faible et si démunie qu'elle avait laissé cette voix insidieuse s'infiltrer en elle et prendre le contrôle de sa personne, soit ils se fichaient carrément de son sort. Je vais obliger ces arrogants fils de pute à se soucier un peu de moi, se dit-elle. Et elle chercha son téléphone portable, fouillant les poches de sa veste deux fois avant de se rappeler que Larry Macpherson le lui avait pris. De se rappeler son regard dur quand il avait cassé la carte à puce entre le pouce et l'index. Il lui avait pris son sac à dos, aussi, mais ça n'avait pas d'importance, elle avait un billet de vingt livres plié à l'intérieur d'un des bonnets de son soutien-gorge.

Elle ferait de la monnaie au pub juste à coté du pont, appellerait Graham Taylor depuis une cabine, lui demanderait de venir la chercher. Entre-temps, Alfie Flowers avait dû conduire la collaboratrice de Graham jusqu'à Shareef, la rencontre avait eu lieu, et...

Harriet poussait la porte vitrée du pub lorsqu'elle comprit avec une netteté qui lui glaça le sang quel était le sujet de l'appel téléphonique adressé à Larry Macpherson et de sa bizarre conversation avec Rölf Most. Pendant que la collaboratrice de Graham Taylor filait Alfie Flowers, Larry Macpherson faisait filer Shareef de son côté – et c'était la collision assurée.

18.

Ils suivaient la Mercedes bleue ; les deux véhicules roulaient toujours sur Kingsland Road, en direction de la City.

— Laisse trois bagnoles entre eux et nous, conseilla Toby.

— C'est encore de la sagesse de vieux mec, commenta Elliot.

— Je crois que j'ai appris ça en regardant *Deux flics à Miami*, dit Toby. C'est peut-être la meilleure série policière des années 80, bien que je doute que tu en aies jamais entendu parler, jeune sauterelle.

— En fait, je crois que mon dabe en a quelques épisodes sur DVD.

— Ouille, dit Toby en retirant une flèche imaginaire de sa poitrine.

La Mercedes tourna à gauche dans Commercial Street, puis encore à gauche dans Fashion Street, et enfin à droite dans le sens unique de Brick Lane. Alfie scrutait la rue à travers le pare-brise, excité comme sous le coup d'une décharge électrique.

— On cherche une boutique qui s'appelle Urban Graphics, dit-il.

Elle se trouvait juste après la vieille brasserie, au milieu d'une courte rangée de magasins. Alfie et Toby sortirent de la camionnette dès qu'Elliot put se garer, juste à temps pour voir Watty entrer dans la galerie sur les talons de Shareef.

Toby regarda Alfie et dit :

— C'est encore un truc dont tu ne m'as pas parlé ?

— Robbie Ruane m'a donné sa carte de visite, la fois où il est passé chez moi.

— Et ça, c'est sa boutique. Classieux.

— Je dois avouer que tu sembles avoir vu juste pour Shareef.

Il s'est servi de nous pour rendre Morph célèbre, et maintenant, il va essayer de le vendre plus cher à Robbie Ruane.

— Tu devrais aussi avouer que tu te trompais en supposant que Shareef et Morph s'étaient brouillés. Shareef ne perdrait pas son temps à traiter avec Ruane s'il savait que Morph refuserait de coopérer.

Alfie secoua la tête.

— S'il arrive à convaincre Robbie Ruane que Morph est une sorte d'ermite qui n'aime pas parler de son art, Shareef peut continuer à fabriquer et à vendre des faux tant que le marché suivra.

— Si tu as raison, pourquoi perdre notre temps à le suivre ? Elliot a un rencart avec sa nana et moi, j'ai mon bouquin à finir. Ce brave George Savile Halifax est précisément sur le point de taper vraiment dur sur les catholiques.

— J'espère me tromper, dit Alfie. Peut-être que Morph est vraiment un ermite. Ou peut-être que Shareef espère traiter avec Robbie Ruane pour avoir une grosse liasse de billets à agiter sous le nez de Morph et le convaincre de faire ce qu'on attend de lui.

Toby observa Alfie ; ses yeux sombres et conjoints étaient devenus brusquement sérieux.

— Tu veux vraiment le retrouver, hein ? dit-il.

— Je veux savoir ce qu'il sait sur les glyphes.

Ils remontèrent dans la camionnette et surveillèrent la galerie dans le rétroviseur extérieur. Lorsque Elliot regarda sa montre et s'étira avec un somptueux sans-gêne, Toby leva les yeux de son livre et dit :

— J'espère qu'on ne va pas t'empêcher de te mettre au lit.

— J'ai pas tellement dormi cette nuit. Il y avait ces trois hélicoptères qui tournaient en rase-mottes. Pas des hélicoptères de la police, mais ces gros hélicos militaires, ceux qui ont deux rotors. Ils volaient beaucoup plus bas que ce qui est autorisé pour les hélicoptères civils ou ceux de la police.

— Des Chinook, dit Toby. Ils m'ont réveillé moi aussi, ces connards. Ça a probablement quelque chose à voir avec la vague d'attentats terroristes dont on nous menace sans cesse. J'ai entendu dire qu'on a remis en service le centre de télécommunications de secours sous Holborn et qu'on est en train de réaménager les bunkers enterrés sous Whitehall et Bethnal Green. En plus, il y a des plans pour mobiliser des troupes dans l'heure suivant tout incident majeur et les envoyer sur des points stratégiques où elles peuvent contrôler les flux de la circulation ou l'interdire carrément. Si vous avez une bombe sale qui explose au centre de Londres, vous ne voulez pas que des millions de citoyens radioactifs se répandent dans les comtés limitrophes. Mieux vaut les laisser crever irradiés chez eux sur place. Idem pour les armes biologiques. Quiconque tenterait de sortir de Londres après qu'un de ces machins a explosé se ferait descendre par un tireur embusqué ou un hélicoptère d'assaut.

— Il y a quelque chose qui ne tourne pas rond dans ma vie de merde, dit Alfie. Je n'ai que trente-deux ans, je devrais être en train de prendre mon pied dans le vaste monde. Au lieu de quoi, je suis obligé d'écouter tes théories de conspirations à la con.

— C'est pas des conneries, c'est vrai à cent pour cent, protesta Toby. J'ai un pote qui travaille au ministère de l'Intérieur. Il dit qu'ils ont tous une frousse monstre, là-bas. Qu'ils stockent des nécessaires de survie chez eux. Des bouteilles d'eau minérale, de la nourriture lyophilisée, une lampe électrique, une trousse de secours. Juste derrière la porte d'entrée, pour pouvoir partir avec en vitesse quand ça va barder pour de vrai.

— Et tu le crois ?

— Et pourquoi je ne le croirais pas ?

— Je remarque que tu n'as pas de nécessaire de survie sur toi.

— J'ai bien mieux que ça, dit Toby.

Il plongea deux doigts dans la poche poitrine de sa veste, en retira un tube en plastique et montra à Alfie et Elliot les deux comprimés blancs à l'intérieur.

— Du cyanure de sodium. Visez un peu.

— Tu nous fais marcher, dit Elliot.

Toby révéla sa denture en mauvais état.

— Un seul est plus que suffisant pour tuer un cheval. Si les choses tournent mal, je vais au pub me payer le plus long huis-clos de toute l'Histoire. Si les choses tournent *vraiment* mal, je fais dissoudre ces machins dans le whisky le plus cher que je puisse me permettre, et quiconque veut partir avec moi est cordialement invité à y goûter.

— Mon Dieu, dit Elliot.

— Il nous fait marcher, dit Alfie. C'est probablement de l'aspirine.

Toby secoua le tube et dit :

— C'est un copain qui travaille à l'Institut de médecine tropicale qui me les a donnés. Il m'a dit que si on laisse tomber un de ces bonbons dans un bocal de vinaigre, ça exterminera un nid de guêpes en dix minutes, pas plus.

— Quoi, de l'aspirine ? s'écria Elliot.

— Il veut dire du cyanure, dit Alfie. Et il nous fait toujours marcher.

Toby regardait quelque chose dans le rétroviseur extérieur.

— Shareef vient de sortir de la galerie, annonça-t-il.

Elliot démarra le Transit juste au moment où la Mercedes bleue passa devant eux.

— Tu devrais pas t'amuser avec des trucs comme ça, dit-il.

— Pourquoi pas ? dit Toby en allumant une nouvelle cigarette.

— Parce que ça va arriver un jour ou l'autre, dit Elliot avec une simplicité assassine.

La Mercedes remonta vers le nord et traversa Shoreditch ; ils la suivirent jusqu'à Hackney, dans un ensemble HLM d'immeubles à coursives et de tours longeant le Grand Union Canal, non loin de l'annexe du British Museum à Franks House. La Mercedes s'arrêta dans un parking pris en sandwich entre deux tours ; Elliot immobilisa le Transit deux cents mètres plus loin, à côté d'une courte rangée de garages individuels. Shareef et Watty se dirigèrent vers l'une des tours.

— Laissez-moi faire, dit Elliot.

Il commença à descendre de la camionnette.

— On te laisse faire quoi ? demanda Toby.

— Vous voulez savoir où vont ces deux mecs, hein ? Vous pouvez pas les suivre parce qu'ils vous connaissent, mais moi, ils me connaissent pas.

Toby regarda Elliot traverser le parking et dit à Alfie :

— Si le môme fait une connerie, il n'aura pas d'argent de poche.

— Ton truc, là, dit Alfie, c'est vraiment du cyanure ?

— Quand le ballon décollera, tu es cordialement invité à me rejoindre. Tu pourras dire adieu au régime sans alcool pour la première et la dernière fois de ta vie.

— Elliot a raison. Il n'y a pas de quoi rigoler. Qu'est-ce que tu fais ?

Toby avait ouvert la portière.

— Puisque tu ne sais pas conduire, je vais être obligé d'être celui qui est derrière le volant au cas où nous serions obligés de partir en vitesse.

Quand Toby eut fait le tour de la camionnette pour s'installer sur le siège du conducteur, Alfie demanda :

— Pourquoi on serait obligés de partir en vitesse ?

Toby alluma une autre cigarette.

— J'ai une impression bizarre, comme si on entrait dans la Quatrième Dimension.

— Tu es nerveux.

— C'est un peu plus risqué que la critique littéraire. Je veux dire, dans une soirée de lancement pour un bouquin, tu vas presque certainement tomber sur un auteur à qui tu auras déplu par tes éloges moins que généreux, mais, d'habitude, il se contentera de te lancer un regard mauvais ou de te tourner le dos. Un de mes amis s'est fait un jour jeter un verre de vin blanc à la figure, mais ça ne va pas plus loin. Qu'est-ce que tu fais ?

Alfie avala un demi-comprimé de Valium avec une gorgée de milk-shake à la banane.

— J'entretiens mon équilibre vital.

— Si l'affaire se corse, je vais te demander si je peux en avoir aussi.

Elliot revint dix minutes plus tard, tout excité et à bout de souffle. Il se pencha par la vitre ouverte du côté d'Alfie et dit :

— Eh bien, ça y est !

— J'espère que tu veux dire que tu as trouvé où ils sont allés, dit Toby.

— C'était bien plus facile que je l'aurais cru. J'ai pris l'ascenseur avec lui et son pote, et une vieille dame avec un sac à provisions sur roulettes, qui est descendue au dixième étage. Shareef, son copain et moi, on a continué jusqu'au dernier étage, le quinzième. C'est là qu'ils ont leur appart, le 1509, juste au coin qui donne sur le canal.

— Ils ne se sont doutés de rien ? demanda Alfie.

— Ils ont commencé à m'envoyer des mauvaises vibrations quand ils se sont rendu compte que je descendais pas avant eux. Mais quand on est sortis, ils sont partis d'un côté, et moi de l'autre ; ensuite, j'ai fait demi-tour quand ils ont passé la porte pare-feu. Elle a un carreau, et comme ça j'ai pu voir où ils sont allés. Je crois que c'est un squat. Tout le dernier étage est en réparation, ou en démolition, je sais pas exactement. Il y avait des traces de clous toutes fraîches dans l'encadrement de la porte de leur appart, comme si elle avait été condamnée, en plus, quelqu'un avait posé une nouvelle serrure. Alors, qu'est-ce qu'on fait, maintenant ? Est-ce qu'on en a terminé pour la journée ?

— Tu vas passer une soirée sympa avec Cassie, dit Alfie. Nous allons rester encore un moment ici.

— J'ai promis à George de lui ramener la camionnette.

— On en prendra soin, dit Alfie.

Il demanda à Elliot s'il avait besoin d'argent pour le taxi. Elliot dit que ça irait, qu'il avait juste le temps d'aller à pied prendre le métro à la station Angel.

— Et puis, j'ai failli oublier : quand j'étais dans l'ascenseur avec Shareef et son copain, j'ai remarqué un graffiti qui pourrait peut-être être de ton mec.

— T'en es sûr ? demanda Alfie.

— Je pouvais seulement le regarder du coin de l'œil, parce que je voulais pas qu'ils sachent que je l'avais repéré, si tu vois ce que je veux dire. Mais ouais, j'en suis assez sûr.

Après le départ d'Elliot, Toby dit :

— Alors, maintenant, je suppose qu'on va rester ici à manger des pistaches et à tailler une bavette, comme de vrais inspecteurs en planque.

— Je crois qu'on devrait faire un tour là-haut, dit Alfie.

— Nous avons déjà essayé de causer à Shareef, et ça s'est terminé quand il a menacé de nous faire reconduire par Watty.

— On peut lui dire que nous savons qu'il essaie de traiter avec Robbie Ruane même si Morph ne veut pas en entendre parler. On peut lui dire que nous savons que Morph et lui se sont brouillés et qu'il essaie de le cacher, que nous savons que le coup des moutons et le coup du musée étaient son œuvre, pas celle de Morph, et c'est pourquoi il nous a menés en bateau au lieu d'être sympa avec nous après qu'on a fait parler de Morph dans les journaux.

Alfie avait réfléchi à la question en attendant qu'Elliot revienne. Il avait essayé de trouver ce qui avait fait mauvaise impression la première fois qu'il avait parlé à Shareef et avait conclu qu'il n'arriverait à rien en expliquant pourquoi il avait besoin de parler à Morph. Ce qu'il devait faire, c'était interpréter ce qui se passait, échafauder une histoire sur la base de ce qu'il savait, ensuite la présenter à Shareef et lui proposer un choix.

— Nous lui dirons que soit il nous parle de Morph – comment il l'a rencontré, de quel pays il vient, comment il s'appelle en réalité –, soit nous allons voir Robbie Ruane et lui communiquons tout ce que nous savons. Nous lui dirons que soit il nous aide, soit nous aidons Robbie Ruane.

— Et là, Watty nous jette par la fenêtre, dit Toby.

— Peut-être que tu devrais rester ici. Je dirai à Shareef que tu m'attends, que tu appelleras Robbie Ruane si je ne rentre pas en un seul morceau.

— Tu ferais ça ? Aider Robbie Ruane, je veux dire.

Alfie secoua la tête.

— Bien sûr que non. Mon agent dit que Ruane est essentiellement un escroc, et puis nous l'avons rencontré, toi et moi, nous savons qu'on ne peut pas lui faire confiance. Mais si Shareef croit que nous irons voir Robbie Ruane, que nous lui dirons ce que nous savons et lui offririons de l'aider à trouver Morph...

— Il aura peur que l'affaire lui échappe, que Robbie Ruane intervienne et lui enlève Morph.

Toby sourit et dit :

— Ce n'est pas un mauvais plan, mais tu sais bien qu'il ne te mènera à rien.

— Le suivre partout n'a rien donné non plus, n'est-ce pas ? Peut-être que Shareef sait où est Morph, peut-être que non, mais, en tout cas, je ne crois pas qu'il soit disposé à nous conduire à lui.

— Elliot a vu ce graffiti. Peut-être que Morph est là-haut. Ils ont mis une pizza au four et ils s'installent pour regarder les infos de six heures.

— Pour moi, dit Alfie, c'est une raison de plus d'aller rendre visite à Shareef. Mais même si le graffiti qu'Elliot a vu dans l'ascenseur est authentique, ça prouve seulement que Morph est passé par là à un moment quelconque. Ça ne veut pas dire qu'il va revenir.

C'est alors que le Range Rover noir rugissant freina en queue de poisson devant le Transit. Le rétroviseur renvoya la lueur éblouissante des phares d'un second véhicule qui s'arrêtait derrière eux. Le conducteur du Range Rover descendit, atteignit le Transit en deux enjambées, ouvrit à la volée la portière du côté de Toby et le visa à bout portant avec un pistolet.

Pendant que Graham Taylor emmenait Harriet loin du pont de Blackfriars, il parlait dans le micro-casque de son portable en gardant le contact avec Michelle, la collaboratrice qui filait Alfie Flowers et Benjamin Barrett depuis le gymnase de Kingsland Road. Il dit à Harriet qu'Alfie Flowers et ses amis avaient suivi Benjamin Barrett depuis une adresse sur Brick Lane jusqu'à une cité HLM de Hackney, et que quelqu'un d'autre les avait manifestement filés, un individu de race blanche, blond, non identifié, au volant d'un Range Rover noir. Le conducteur du Transit d'Alfie Flowers avait suivi Benjamin Barrett et son ami dans l'une des tours HLM, en était ressorti dix minutes plus tard, s'était brièvement entretenu avec Flowers et le journaliste, Toby Brown, puis était parti à pied.

— Michelle pense qu'il a probablement découvert l'endroit où se cache Benjamin Barrett, dit Graham.

Harriet était avachie sur le siège passager de sa Peugeot 205 cabossée ; un air chaud et pollué lui soufflait sur le visage par la vitre que Graham avait brisée quand il avait fait démarrer la voiture en court-circuitant l'antivol – les clés étaient dans son sac à main, et son sac à main était dans le sac à dos que Larry Macpherson lui avait pris. Elle décrochait sans douceur de la drogue de Rölf Most, avec une alternance de frissons et de suées, une migraine qui pulsait sourdement derrière ses yeux et les scintillements persistants et fantomatiques des glyphes. Des mouches volantes tombaient lentement dans son champ de vision, des formes s'agitaient dans les angles et disparaissaient quand elle essayait de les regarder directement.

— Où est le Range Rover ? demanda-t-elle. Il est en vue d'Alfie Flowers et de son ami ?

— Il s'est arrêté juste devant la cité HLM. Michelle l'a dépassé lorsqu'elle a suivi M. Flowers et M. Barrett jusqu'à la tour.

— Il attend Macpherson et Most. Graham, nous ne pouvons pas laisser Alfie Flowers là-bas tout seul. Michelle va être obligée de se démasquer. Il va falloir qu'elle intervienne, qu'elle l'avertisse...

Graham écoutait son portable.

Harriet vit son expression changer et dit :

— Qu'est-ce qu'il y a ?

— Une mauvaise nouvelle, dit-il.

Il lui expliqua que le Range Rover et un minibus Volkswagen

blanc venaient de coincer le Transit d'Alfie Flowers, qu'Alfie Flowers et Toby Brown étaient montés dans le minibus sous la menace d'une arme, et que le minibus était allé se garer à l'entrée de la tour. Graham observa une pause, puis dit :

— Most et l'homme blond qui conduisait le Range Rover sont entrés dans la tour. Il y a un troisième homme au volant du minibus, sans doute chargé de surveiller les prisonniers.

— Est-ce que c'est Macpherson ? Veste en jean, cheveux noirs ?

Graham posa la question à Michelle.

— Elle dit que le conducteur a les cheveux roux et un T-shirt style camouflage.

— Il n'y a personne d'autre dans le minibus ? Rien que le conducteur, Alfie Flowers et Toby Brown ?

— C'est ce qu'elle croit. Elle ne peut pas en être sûre.

— Emmenez-nous là-bas le plus vite que vous pourrez.

Graham était un conducteur adroit, formé dans les rangs de la police, mais à l'heure de pointe, dans une circulation qui avançait au pas et engorgeait Clerkenwell et Shoreditch, il lui fallut vingt minutes pour arriver à la cité HLM. Michelle les attendait au bout d'une rangée de garages individuels qui s'alignaient à angle droit de la tour. La jeune Noire élancée sous son cuir de motarde expliqua à Harriet avec un calme et une compétence rassurants que la situation n'avait pas changé : M. Flowers et M. Brown étaient prisonniers dans le minibus, et, pour autant qu'elle puisse s'en rendre compte, le Dr Most et l'homme blond étaient encore dans la tour.

Harriet risqua un regard oblique vers le minibus, mais ne put discerner qui était à l'intérieur, car elle le voyait de l'arrière et les rideaux étaient tirés sur les vitres latérales.

— Aucun signe d'un quatrième homme ? demanda-t-elle à Michelle. Il est facile à repérer. Costaud, veste en jean bleue et pantalon cargo noir, lunettes à verres miroirs. Il aurait dû être dans le minibus lui aussi.

— Je n'ai vu que le Dr Most et le conducteur. Le conducteur est toujours assis au volant de son véhicule avec M. Flowers et M. Brown, dit Michelle en montrant le minibus garé devant l'entrée de la tour. Si un ou plusieurs autres individus sont impliqués, je ne les ai pas repérés.

— Il se peut que M. Macpherson soit en train de surveiller

l'arrière de la tour, dit Graham. Au cas où Benjamin Barrett essaierait de filer en douce.

Harriet admit que c'était possible, mais elle avait vaguement l'impression que quelque chose ne tournait pas rond. Elle transpirait sous le chaud soleil et essayait de forcer ses pensées à traverser la sourde pulsation de son mal de tête. Elle demanda à Michelle si elle était certaine que l'homme qui suivait Benjamin Barrett ne l'avait pas repérée.

— C'est pour ça que je suis en moto, dit Michelle. Quand on file quelqu'un qui est en voiture et qu'il se doute de quelque chose, il va chercher d'autres voitures. Moi, on ne me voit pas.

— Elle sait ce qu'elle fait, dit Graham.

— Maintenant que j'ai dit ça, observa Michelle, je suis étonnée que M. Flowers et son ami n'aient pas repéré le Range Rover qui les suivait.

— Ils sont totalement innocents, dit Harriet. Ils n'ont pas la moindre idée de ce dans quoi ils se sont embarqués, et ils ne s'attendaient pas à être pris en filature.

— Est-ce que ce Dr Most leur veut du mal ? demanda Graham.

— C'est presque certain.

— Et à Benjamin Barrett ?

— Absolument. Je sais à quoi vous pensez, Graham, mais appeler la police ne servira à rien. Ça pourrait dégénérer en un siège en règle. Il pourrait y avoir des victimes.

— Justement : il va y avoir des victimes si nous ne faisons pas intervenir la police.

Harriet considéra la façade de la tour, quadrillage de panneaux beiges et de fenêtres qui renvoyaient platement la lumière du soleil de fin d'après-midi. Avec quinze étages, ce n'était même pas la peine de songer à essayer de trouver la planque de Benjamin Barrett ; il faudrait au moins une heure pour fouiller l'immeuble étage par étage...

— Si la police réussit effectivement à arrêter Most, dit-elle, elle ne pourra pas le garder. Il jouit de l'immunité – on sait en haut lieu qu'il cherche Morph et on lui a donné carte blanche. La police sera obligée de le relâcher, et ensuite, s'il n'a pas déjà indiqué à Macpherson ou à quelqu'un d'autre où il faut chercher Morph, il ira se terrer quelque part. Il s'arrangera pour semer tous les gens que nous lui mettrons aux trousses, puis il ira cueillir Morph lui-même. Mais si nous attendons qu'il sorte, nous pourrons le suivre jusqu'à l'endroit où se cache Morph. Et c'est à ce moment, oui, que nous pourrons appeler la police.

Graham secoua la tête.

— Même si la police est obligée de relâcher Most, nous aurons sauvé Alfie Flowers et son ami, sans parler de Benjamin Barrett et de son ami à lui.

— Il est trop tard pour aider Benjamin Barrett, dit Harriet. À l'heure qu'il est, Most lui aura déjà grillé les neurones, lui aura fait cracher tout ce qu'il sait sur Morph. Si nous restons en arrière, nous pourrons le suivre...

— Appeler la police est la seule solution, dit Graham en prenant son portable. Ce n'est pas évident pour vous, parce que vous êtes trop impliquée dans cette histoire, vous n'avez plus aucun recul. Mais après...

Michelle poussa un cri.

Harriet se retourna, leva les yeux, vit une forme noire se détacher en culbutant du toit de la tour, une ombre à forme humaine qui plongeait la tête la première devant des fenêtres pleines de soleil. Quelque chose – un soulier – s'envola du corps lorsque l'homme tourna sur lui-même avant de s'écraser sur le toit du minibus. Le véhicule se coucha sur ses amortisseurs, son pare-brise et ses vitres latérales éclatèrent tandis que le bruit de l'impact, sorte de claquement de poubelle aplatie à coups de pied, se répercutait sur la façade vertigineuse de l'IGH. Des pigeons apeurés s'envolèrent de tous les toits alentour et Harriet s'élança dans le parking.

C'était comme un accident de voiture – un choc assourdissant, une explosion de verre pulvérisé qui retombe, puis un silence hébété. Alfie et Toby étaient allongés sur les banquettes à l'arrière du minibus, les mains liées dans le dos. Ils réussirent à se redresser sur leur séant dans une pluie de verre de sécurité qui leur tomba des hanches et des épaules, constatèrent que le toit avait plié et que le conducteur, la tête couverte du sang qui coulait d'une entaille profonde dans son cuir chevelu, essayait mollement de repousser un coussin d'air en cours de dégonflage.

Puis quelqu'un – une femme blonde – se mit à secouer la porte latérale du côté d'Alfie, et un homme ouvrit la portière du conducteur, qu'il assomma proprement avec une matraque en caoutchouc. L'impact sonna creux, le conducteur tomba sur le côté et ne bougea plus. L'homme se pencha, le fouilla rapidement, ouvrit sa veste en jean et en retira le pistolet avec lequel il avait menacé Toby quelques minutes plus tôt, lorsque Toby avait essayé de lui parler.

La porte latérale coulissa en grinçant ; Alfie et Toby sortirent en titubant. Le cadavre d'un homme gisait à plat ventre sur le toit du minibus, dans la profonde cuvette qu'il avait creusée. C'était Watty, le visage tourné vers Alfie, enflé et congestionné, un œil à moitié fermé dans un cillement macabre. L'un de ses bras était plié en une demi-douzaine d'endroits. Le pantalon blanc de son survêtement s'assombrissait rapidement en absorbant le sang.

Alfie regarda ailleurs. L'homme aux cheveux gris qui avait assommé le conducteur lui dit de se tourner, puis trancha le ruban en plastique qui lui attachait les poignets. La femme blonde s'empara d'un petit sac à dos noir posé sur un des sièges du minibus, en vérifia brièvement le contenu. Lorsque Alfie récupéra son fourre-tout de photographe, elle demanda :

— Où est Benjamin Barrett ?

— Vous êtes qui, les mecs ? répliqua Toby tandis que l'homme aux cheveux gris lui tranchait ses liens.

La femme s'approcha d'Alfie. Grande et mince dans un tailleur-pantalon sombre, elle faisait à peine cinq centimètres de moins que lui.

— Benjamin Barrett, répéta-t-elle. Où est-il ?

Il y avait une intensité irrésistible dans son regard. Un instant, Alfie fut tenté de lui céder, mais la prudence triompha de sa peur.

— Pourquoi voulez-vous le trouver ?

— Parce que je veux le sauver si je le peux. Où est-il ?

L'homme aux cheveux gris dit à la femme qu'ils devraient attendre la police, mais elle secoua la tête, dit que lorsque la police arriverait, ce serait trop tard.

— Ils ont obligé ce pauvre type à se tuer et ils ont probablement réglé son compte à Benjamin Barrett aussi, mais si nous intervenons tout de suite, nous avons une toute petite chance de l'empêcher d'aller jusqu'au bout.

Toby passa la main dans ses cheveux pour en chasser les dernières miettes de verre.

— Si vous n'êtes pas la police, dit-il, vous travaillez pour qui ? Vous pourriez peut-être nous montrer une carte ou un badge.

— Moi, c'est Harriet Crowley, lui, c'est Graham Taylor. Graham et ses gens travaillent pour moi, et moi, je travaille pour le Nomads' Club, dit la femme en regardant Alfie dans les yeux.

Le choc le traversa comme une rafale de vent arctique.

— Je pense que nous pouvons nous entraider, dit-il.

— Vous n'avez pas la moindre idée du pétrin dans lequel vous êtes tombé. Dites-moi seulement où se planque Benjamin Barrett, je me charge du reste.

Alfie reprit sa respiration.

— Je ne sais peut-être pas tout, mais je sais quand même que nous avons vous et moi un intérêt commun dans cette histoire. Nous allons monter là-haut ensemble.

Harriet le toisa un instant puis dit :

— Après ça, nous aurons une longue conversation, vous et moi.

— Absolument.

Dans le hall, Harriet martela les boutons d'appel des deux ascenseurs et recula lorsqu'une des portes s'ouvrit. L'homme aux cheveux gris, Graham Taylor, leva le pistolet qu'il avait pris au conducteur du minibus, puis l'abaissa tandis que toute une famille sortait de l'ascenseur – le père, la mère et trois filles de taille décroissante, les femmes en tchadors noirs qui ne laissaient que les yeux à découvert, l'homme dans une élégante veste pied-de-poule. Dans l'ascenseur, quand Alfie eut appuyé sur le bouton du quinzième étage, Harriet demanda si Rölf Most leur avait dit quoi que ce soit après qu'on les avait forcés à monter dans le minibus.

Toby fut obligé de tenir son briquet à deux mains pour allumer sa cigarette.

— Si vous voulez dire le type aux cheveux blancs, il nous a demandé où il pourrait trouver Benjamin Barrett. Et comme son nervi braquait un pistolet sur nous, nous le lui avons dit.

— A-t-il dit ce qu'il allait faire ?

— Il a dit qu'il lui tardait de me parler, l'informa Alfie.

Ce n'était pas exactement ça. C'était plutôt dans le style « Cela me ferait très plaisir d'avoir un entretien en tête à tête avec vous. » Alfie frissonna en se rappelant la manière dont l'homme l'avait regardé. Appuyé dans un angle de l'ascenseur, il fouillait dans son fourre-tout pour retrouver ses pilules. Une pression ténébreuse pesait derrière ses yeux et un goût de métal brûlé commençait à remonter dans sa gorge, indices l'avertissant que s'il ne faisait pas attention, s'il ne maintenait pas son équilibre, il allait avoir une crise. Il avala un comprimé entier de phénobarbital avec une gorgée de milk-shake pendant que Toby disait :

— Ils ont obligé Watty à sauter, c'est ça ? Bon, je n'ai jamais travaillé pour SOS Amitié, mais quand je lui ai parlé il y a deux heures, il ne m'a pas du tout donné l'impression d'un individu suicidaire. Ils l'ont obligé à sauter et ils ont dit à Shareef qu'il y passerait lui aussi s'il ne leur disait pas ce qu'ils voulaient savoir.

— Most a d'autres moyens de persuasion, dit Harriet. Il a probablement obligé ce pauvre homme à sauter parce qu'il en avait le pouvoir.

Elle regardait les graffiti sur les parois de l'ascenseur. *Rhoda a niké Kwame 31/5/04*. Des noms en écriture molle tracés au marqueur noir, rouge ou gris métallisé. Des tortillons et des paraphes d'une complexité indéchiffrable qui pouvaient tout aussi bien être les tags d'envahisseurs débarqués de la planète Mars. Au bout d'un moment, Alfie vit ce qu'Harriet avait repéré – l'un des graphismes de Morph. Le dessin seul, sans glyphes pour l'encadrer, une silhouette empruntée à la photo qui avait été à la une de tous les journaux en avril : un homme encagoulé, vêtu d'une simple chemise, en équilibre précaire sur une caisse, les bras en croix – la figure christique de la prison d'Abou Ghraïb.

Harriet vit qu'Alfie l'avait vue lui aussi. Un instant, leurs regards se rencontrèrent ; puis elle détourna les yeux.

— Vous voulez le trouver, vous aussi, dit Alfie.

— Avant Most, dit-elle en hochant brièvement la tête.

Le portable de Graham se mit à sonner dès qu'ils sortirent de l'ascenseur au quinzième étage. Il prit l'appel, écouta un moment, puis dit à Harriet que Michelle venait de voir Rölf Most et l'homme blond quitter l'immeuble.

— Ils ont dû descendre par l'escalier ou prendre l'autre ascenseur, dit Graham. Ils sont en train d'examiner le minibus.

Harriet se retourna vers Alfie.

— Où est-il ?

— L'appartement 1509, au coin à...

Elle était déjà partie au pas de course, elle ouvrait à coups de pied une porte pare-feu. Alfie suivit Graham et Toby qui s'élancèrent derrière elle dans un couloir éclairé par des tubes fluorescents non protégés. La plupart des portes étaient condamnées.

Il y avait des flaques d'eau sur le sol de béton nu. Harriet cognait sur la porte de l'appartement 1509 du talon de la main, en disant d'une voix forte :

— Benjamin ? Benjamin Barrett. N'ayez pas peur. Nous sommes ici pour vous aider.

Elle se tut, guettant une réponse qui ne vint pas, puis dit à Graham :

— Elle est fermée à clé, et j'entends quelqu'un pleurer de l'autre côté.

— Il se fait appeler Shareef, dit Alfie.

— Shareef ? dit Harriet. Je sais ce qu'ils vous ont fait. Ils vous ont drogué, ils vous ont aveuglé avec leur lumière. Je sais que vous êtes dans un sale état maintenant, mais je peux vous aider... Je peux vraiment vous aider, Shareef. Tout ce que vous avez à faire, c'est d'ouvrir la porte.

À l'intérieur de l'appartement, quelqu'un poussa un cri, un gémissement inarticulé qui fit se hérisser les poils sur la nuque d'Alfie.

— Shareef ? dit-il. C'est moi, Alfie Flowers. Il n'y a plus de danger, vous pouvez sortir. Nous pouvons parler de tout ce que vous voudrez.

Un violent bruit de chute se fit entendre quelque part derrière la porte.

— Shareef, dit Harriet, n'écoutez pas la voix. Est-ce que vous me comprenez ? Ne l'écoutez pas.

Il y eut un autre bruit de chute. Les tubes fluorescents s'éteignirent sur toute la longueur du couloir.

Graham écarta Harriet et commença à attaquer la porte à coups de pied à l'endroit où la serrure était montée. Quand elle se détacha, il dit « Attendez ici » et entra dans le couloir de l'appartement, l'arme brandie à la hauteur du visage.

Lorsqu'il ressortit, une minute plus tard, il avait un air lugubre.

— Merde, dit Harriet en le bousculant pour entrer dans l'appartement.

Graham regarda Alfie et Toby.

— Vous savez à quoi ce gosse – Benjamin Barrett, Shareef, aucune importance – vous savez à quoi ce gosse ressemble ? demanda-t-il.

— J'y vais, dit Alfie.

Flottant au-dessus de sa peur sur un coussin de Valium, il

suivit Graham dans le couloir sombre et chaud. Il y avait une odeur de viande brûlée, comme si quelqu'un avait laissé un rôti trop longtemps dans le four ; elle s'accentua lorsque Graham ouvrit une porte.

— Il est là-dedans, dit-il.

Alfie ne voulait pas regarder, mais il savait qu'il n'avait pas le choix. Shareef gisait sur le plancher de la petite chambre nue près d'une table basse encombrée de matériel électronique. Son corps moulé dans son survêtement de luxe était courbé comme un arc et reposait sur les talons et la nuque. Alfie vit un gros câble électrique orange serré entre des dents blanches, et des volutes de fumée grise. Il s'éloigna du seuil de la chambre.

— C'est lui, dit-il.

— Il a mangé le câble d'alimentation de ce qui m'a tout l'air d'être un émetteur radio, constata Graham.

Tandis que Toby expliquait que Shareef était animateur sur une station de radio pirate, Alfie remarqua quelque chose qui scintillait obscurément au bout du couloir. Intrigué par ce phénomène, il s'approcha, passa devant la porte de la cuisine et entra dans un séjour en forme de L éclairé par une ampoule nue qui pendait au plafond. Il y avait là un sofa avec un sac de couchage froissé comme un cocon abandonné, un téléviseur et une radiocassette posés côte à côte sur des casiers à bouteilles de lait, une méchante table en pin jonchée d'emballages de pizzas et de barquettes en polystyrène, de marqueurs à feutre et de bombes de peinture sans bouchon, de feuilles de plastique, de lames de rasoir et de scalpels. Une fenêtre sans rideau donnait sur le canal et, au-delà, sur des usines désaffectées et d'autres tours HLM. Mais c'est à peine si Alfie remarqua tout cela, parce que les murs étaient couverts de caricatures encadrées de glyphes tourbillonnants, aussi denses et agités que des essaims d'abeilles.

— Après toutes ces années, ça vous cause encore des ennuis, n'est-ce pas ? dit Harriet.

Alfie s'arracha à la contemplation des glyphes grouillants et se tourna pour la regarder.

— Manifestement, dit-elle avec un mince sourire fugitif, le traitement n'a pas été aussi efficace qu'il aurait dû l'être.

Alfie comprit l'allusion.

— Vous êtes la petite-fille de M. Prentiss.

Il se souvint de l'enfant espiègle qui s'était approchée de lui en douce dans le triste jardin hivernal, qui l'avait traité d'espion et avait dansé de joie.

Négligemment appuyé contre le cadre de la porte, Toby conclut :

— Ce qui voudrait dire que vous êtes la fille de Christopher Prentiss, alias Antareus.

— Nous nous sommes renseignés sur la brochure que votre père a publiée, ajouta Alfie.

L'expression d'Harriet ne changea pas, mais son regard se durcit.

— Mon père nous a abandonnées ma mère et moi juste après ma naissance. Et si vous savez tant soit peu de choses sur lui, vous comprendrez pourquoi j'utilise le nom de jeune fille de ma mère.

— C'est un peu comme une réunion de famille entre vous deux, hein ? dit Toby. Qu'est-ce que les méchants viennent faire là-dedans ? Ils ont quelque chose à voir avec le Nomads' Club ?

— Rölf Most est un psychiatre qui traite un certain Carver Soborin. Ce Carver Soborin était le psychiatre de mon père.

— Most a appris l'existence des glyphes de Soborin, et Soborin l'a apprise de votre père, dit Toby. Et votre père les a volés à votre grand-père.

Il ramassa une feuille de plastique sur la table et la brandit dans la lumière qui entrait par la fenêtre sans rideau. Alfie vit la forme qui y était découpée et se rendit compte que c'était le pochoir d'une des caricatures de Morph, un cow-boy de rodéo chevauchant un missile de croisière ; les bords étaient maculés de peinture acrylique noire.

— Nous pourrons parler de ça plus tard, dit Harriet. Pour l'heure, il nous faut rattraper Most avant qu'il rattrape Morph.

— Il a fait quelque chose à Shareef, dit Alfie. Quelque chose qui l'a obligé à se tuer.

Harriet hocha la tête et dit :

— Après l'avoir obligé à lui dire tout ce qu'il savait sur Morph.

— Et Watty, l'homme qui a sauté du toit. C'est encore Most.

— Il s'est servi des glyphes, dit Harriet. Il leur a injecté une drogue et les a neutralisés avec ce qu'on appelle un glyphe de fascination pour les placer dans un état de haute suggestibilité. Il les a interrogés, et quand ils n'ont plus rien eu à lui dire, il leur a dit de se suicider.

Toby sifflota deux mesures du générique de *La Quatrième Dimension* tout en cherchant dans les feuilles de plastique éparpillées sur la table.

Harriet l'ignora et s'adressa à Alfie :

— Voilà toute l'histoire. Most veut savoir tout ce que Morph sait sur les glyphes, et c'est pourquoi il nous faut trouver Morph avant lui.

— Pourquoi ce *nous*, visage pâle ? dit Toby.

Alfie lui jeta un regard mauvais.

— Il veut dire qu'il sera heureux de nous aider, décrypta Alfie pour Harriet.

Graham les attendait à l'extérieur de l'appartement.

— Ils sont dans le Range Rover noir, dit-il. Actuellement, ils se dirigent vers le sud via Shoreditch High Street. Michelle ne les lâche pas.

— Vous n'êtes pas obligé de m'accompagner, Graham, dit Harriet. Vous en avez déjà fait plus qu'assez. Si vous voulez rester ici, en attendant que la police arrive...

— Je ne vois pas trop comment je pourrais expliquer la situation, dit-il en souriant. En plus, je crois qu'il vaut mieux que ce soit moi qui conduise. Vous n'êtes pas en état.

19.

Le portable de Graham sonna à nouveau lorsqu'ils sortirent de la tour. Harriet ouvrant la marche, ils traversèrent la petite foule qui s'était rassemblée autour du minibus. Des gosses avaient grimpé sur les toits de voitures proches pour mieux voir le spectacle ; des gens se tenaient à leur fenêtre à divers étages de la tour de l'autre côté du parking. Des sirènes miaulaient au loin. Dans l'ascenseur, entourée des trois hommes qui ne disaient mot, Harriet ne cessait de penser à ce qu'ils avaient vu dans l'appartement tout en essayant d'envisager la suite des opérations. Elle était irritée et anxieuse, elle se croyait responsable de la mort de Benjamin Barrett et de son ami, elle était certaine que Benjamin Barrett avait dit à Rölf Most où il pourrait trouver Morph et savait qu'il lui fallait rattraper le psychiatre immédiatement, imaginer un moyen quelconque de l'empêcher d'agir...

Sa meilleure carte était que Michelle le suivait. Mais Graham parlait dans le micro-casque de son portable. Il dit « Ce n'est pas votre faute », puis s'adressa à Harriet :

— Ils ont abandonné le Range Rover sur des doubles lignes jaunes devant la gare de Liverpool Street. Michelle les a suivis à l'intérieur, et Macpherson l'a attendue, caché en bas de l'escalier. Il lui a tapé sur l'épaule, et quand elle s'est retournée, il a fait un pistolet avec sa main et le lui a braqué en plein visage.

Une aiguille de glace perça le cœur d'Harriet.

— Elle n'a rien ? demanda-t-elle.

— Elle est secouée, mais à part ça, ça va. Elle dit que ce salaud lui a fait un clin d'œil avant de disparaître dans la foule. Elle est remontée immédiatement à l'extérieur, elle a fait le tour de la gare au cas où ils seraient ressortis par l'autre entrée, mais ils ont probablement pris le métro pour s'enfuir.

— Merde. Ils devaient être en alerte depuis qu'ils s'étaient rendu compte que ces deux-là essayaient de filer Shareef.

Le journaliste, Toby Brown, braqua sur Harriet le rouleau de feuille plastique qu'il avait pris dans l'appartement et dit :

— Ne commencez pas à nous faire des reproches.

Harriet perdit un instant son sang-froid et lui tomba dessus.

— Bien sûr que vous n'avez rien à vous reprocher ! Vous êtes juste un imbécile qui n'a aucune idée de ce dans quoi il s'est fourré.

Après un bref silence, Graham dit :

— Le conducteur de ce minibus leur a probablement parlé de nous. Ce n'est la faute de personne. C'est des choses qui arrivent.

Essayer de retrouver la trace de Rölf Most à Liverpool Street serait du temps perdu, songea Harriet, mais il restait encore une possibilité. Elle s'adressa à Graham :

— Dites à Michelle de se diriger vers le Dorchester. S'ils ont décidé de se planquer quelque part, ils vont être obligés d'envoyer quelqu'un chercher Soborin. On pourra se servir de lui pour les retrouver.

— Et pendant ce temps, dit Graham, ils pourraient cueillir Morph. Ou d'autres personnes dont Benjamin Barrett leur aurait parlé.

— Robbie Ruane, dit Alfie. Quelqu'un devrait avertir Robbie Ruane.

— Qui est Robbie Ruane ? demanda Harriet.

— Après être sorti du gymnase Majestic et avant de venir ici, dit Alfie, Shareef – Benjamin Barrett – est passé chez un marchand de tableaux qui s'appelle Robbie Ruane.

— Celui qui a la boutique sur Brick Lane ? dit Graham.

Alfie hocha la tête.

— Urban Graphics. Il est venu me trouver après avoir vu la photo des graffiti de Morph dans l'*Independent*. Il voulait que je l'aide à trouver Morph.

— Ce marchand de tableaux est à la recherche de Morph lui aussi ? s'étonna Harriet.

— Il pense que Morph pourrait être le prochain Damien Hirst, dit Alfie.

Il repêchait quelque chose dans son fourre-tout : une carte de visite.

— Tenez, il a laissé ça dans ma boîte à lettres, dit-il en donnant la carte à Harriet.

Elle emprunta le portable de Graham, composa le numéro de la galerie. Le téléphone sonna, un répondeur prit l'appel. Lorsqu'elle essaya le numéro du portable de Robbie Ruane, elle obtint la messagerie vocale.

— Vous pensez la même chose que moi ? dit Graham.

— Après que Most m'a flingué les neurones, il a déposé Macpherson à Brick Lane. Macpherson a interrogé Robbie Ruane, Most est venu ici et a interrogé Barrett, ensuite ils se sont retrouvés à la gare...

Ils revinrent en courant à la voiture d'Harriet. Alfie Flowers et Toby Brown se serrèrent sur l'étroite banquette arrière ; Graham prit le volant, Harriet à ses côtés. Tandis qu'ils sortaient à bonne allure de la cité HLM, Toby déplia la feuille de plastique qu'il avait prise dans l'appartement de Shareef et la tendit à Alfie en disant :

— On dirait que quelqu'un essayait de fabriquer un pochoir pour le motif qui encadre ces caricatures.

Toby et Harriet regardèrent Alfie examiner le motif.

— Il est authentique ? demanda Toby.

Alfie secoua la tête.

— Il n'est pas terminé. Mais il n'a pas l'air correct non plus.

Harriet observa les deux hommes, le journaliste tout de noir vêtu, ses cheveux noirs retombant sur un visage blême et intelligent, et Alfie, qui se contorsionnait pour scruter la feuille de plastique appliquée contre la vitre – un grand gaillard aux épaules rondes, transpirant sous une chemise hawaïenne décorée de guitares, de palmiers et de danseuses à hula-hoop.

— Si vous croyez que ça signifie quelque chose, dit-elle, vous feriez mieux de m'en informer.

— Flowers pense que Shareef s'est mis à contrefaire les œuvres de Morph parce que Morph et lui se sont brouillés, et qu'il ne voulait pas laisser passer sa chance de conclure un marché juteux avec Robbie Ruane, dit Toby.

— Les glyphes sur les murs de l'appart étaient authentiques, dit Alfie.

Toby haussa les épaules.

— Morph a donc habité là avec Shareef à un moment donné, mais il a déménagé.

— Ce n'était pas l'appartement de Barrett, rectifia Harriet, c'était sa planque. J'ai trouvé son vrai domicile. Most le faisait surveiller.

— Tu te souviens de ce qu'Elliot disait à propos des radios pirates, Flowers ? dit Toby. Il y a un studio à un endroit, et des émetteurs à différents emplacements. Peut-être que Morph avait besoin d'un point de chute, et que Shareef lui a prêté le squat où Mister Fantastic FM avait installé un de ses émetteurs. Mais Morph et lui se sont disputés, et Morph a mis les bouts...

— Ensuite, Shareef a eu besoin de se planquer, et il a donc utilisé le même appartement, dit Harriet.

— Et il a emmené Watty avec lui comme garde du corps, dit Toby. Pour ce que ça lui a servi...

Graham ralentit et commença à rouler au pas devant la galerie Urban Graphics. Il regarda les passants, jeta un coup d'œil à droite et à gauche dans la rue puis s'arrêta en laissant tourner le moteur.

— Je vais aller voir, dit Harriet. Vous restez tous dans la voiture.

— Je devrais venir avec vous, dit Graham. Au moins un d'entre eux est armé.

— C'est pour ça que vous allez me donner le pistolet que vous avez pris au chauffeur du Dr Most.

C'était un Browning GP Mark III, calibre 9 mm, la version militaire avec la crosse en métal, exactement comme celui qu'Harriet avait appris à utiliser au stand de tir de l'armée dans la banlieue de Reading avant d'aller au Nigeria. Elle vérifia qu'il y avait une balle dans le canon et monta les marches de la galerie, l'arme plaquée contre la cuisse.

La façade de la boutique était une grande vitrine d'une seule pièce, avec un gros *urban graphics* rouge calligraphié en minuscules à la bombe sur toute sa longueur ; pas de lumière à l'intérieur. Le reflet d'Harriet flotta à sa rencontre dans la porte vitrée. Elle ressemblait à son propre fantôme. La porte n'était pas verrouillée. Ses talons claquèrent sur le sol en béton lorsqu'elle entra ; elle regarda à gauche et à droite, crut voir quelque chose glisser et se dérober. Elle leva le pistolet, mais ce qu'elle avait vu n'était que l'écho du glyphe avec lequel on l'avait soumise, un semis de points qui resta un instant net et précis dans l'espace, puis commença à dériver et à s'effacer. Une sculpture en ferraille rouillée, grande comme un homme, se dressait au milieu du sol blanc et nu ; des dalles décorées de points de couleur dispersés au hasard s'alignaient sur un des murs. Harriet s'aperçut que ces points étaient des chewing-gums qu'on avait méticuleusement peints en couleurs primaires acides. Au fond, un bureau – une dalle d'acier décapé posée sur des blocs de béton – avec une chaise qui semblait avoir été dérobée sur le pont du S.S. *Enterprise*, et un escalier en spirale qui menait au premier étage.

Un paire de gants de ménage jaunes traînaient en bas de l'escalier, émettant une odeur prononcée de produit chimique qui chatouilla la mémoire d'Harriet. Elle resta là sans bouger une bonne minute à écouter l'air immobile que ne troublait aucun bruit, avant de se décider à appeler Robbie Ruane. Sa voix se répercuta dans l'espace de la galerie. Personne ne répondit.

Lorsqu'elle commença à gravir les marches, le pistolet brandi devant elle, l'odeur se fit plus forte, plus âcre, lui saturant le nez et la bouche, ramenant dans ses yeux la sourde pulsation de sa migraine. Un fragment de passé remonta en elle, le souvenir de la dissection d'une souris blanche pendant le cours de biologie à l'école, et elle comprit que l'odeur était celle du formol.

Le premier étage, où les cloisons avaient été abattues, ne formait qu'une seule pièce. D'un côté, nichée sous une chambre à coucher en mezzanine, une cuisine compacte évoquait le cockpit d'un avion de ligne ; de l'autre côté commençait l'espace séjour : un sofa en cuir noir qui regardait un téléviseur à écran large par-dessus une table basse en verre posée sur un tapis en cuir de vache, un rayonnage bourré de livres d'art, des tableaux biscornus sur les murs, la plus grosse lampe en lave qu'elle ait jamais vue, en forme de fusée, et, au-delà, un grand aquarium sur socle, où un homme était agenouillé comme s'il priait.

Quelque chose saisit Harriet de la nuque au bas des reins. Elle se retrouva assise par terre, le pistolet oscillant sur ses genoux, son champ de vision encombré d'entités qui grouillaient comme des fourmis. Elle avait eu un trou d'une seconde. Le choc. Elle se releva avec précaution, essaya de ciller pour chasser les enchevêtrements de points et de lignes ondulées. Une sorte de froid lui serrait le crâne. Le silence de l'appartement avait acquis une certaine densité, comme s'il avait été comprimé sous trois kilomètres d'océan. Elle sursauta quand le moteur du grand réfrigérateur de la cuisine se mit en marche, mais ça l'aida à reprendre ses esprits.

— Monsieur Ruane ?

Elle s'avança en surveillant par-dessus le guidon du Browning l'homme agenouillé, vit qu'il était penché sous un angle douloureux, qu'il avait les bras liés dans le dos avec du fil électrique et que sa tête était immergée dans le liquide qui remplissait à moitié le réceptacle en verre. Un agneau noir, les yeux laiteux, la laine trempée et puant le formol, gisait, raidi, sur le plancher en bouleau devant l'aquarium et l'homme mort. Il y avait aussi une flaque rouge vif de sang frais où flottaient des espèces de gros vers. Des doigts humains. L'un d'eux portait encore une bague en or.

Robbie Ruane avait été torturé, et quand il avait fini de dire tout ce qu'il savait sur Morph, ou quand il était devenu évident qu'il ne savait rien d'utile, il avait été tué. Noyé dans le formol. Rapidement et brutalement. Harriet était certaine que c'était l'œuvre de Larry Macpherson ; d'après l'un des articles de journal sur son arrestation à Peshawar, deux de ses prisonniers afghans avaient perdu leurs petits doigts pendant qu'ils étaient sous sa garde.

En bas, elle ne trouva rien sur le bureau, à part un iMac mandarine et un grand agenda relié plein cuir où étaient collées les invitations aux fêtes, lancements de livres et vernissages auxquels Robbie Ruane n'irait pas. Elle songea brièvement à piller le disque dur de l'ordinateur, mais elle était pratiquement sûre que le galeriste ne savait rien qui puisse lui servir. Larry Macpherson avait simplement fait le vide derrière lui. Elle fourra le Browning dans la poche de sa veste, se servit d'un mouchoir pour décrocher le téléphone et appeler la police, puis quitta les lieux.

— Au Nomads' Club, dit-elle à Graham après avoir expliqué ce qu'elle avait trouvé.

— Il existe pour de bon ? demanda Alfie.

— À peine.

— Et vous en faites partie.

Harriet secoua la tête.

— C'est un club très vieux jeu. Strictement masculin.

— Pourquoi aller là-bas ? dit Toby.

— C'est pour votre protection. Si Most n'a pas obtenu de Barrett les coordonnées de Morph, il voudra sûrement vous rendre visite à tous les deux.

Alfie commença à poser des questions sur le Nomads' Club. Ce pauvre type sur la banquette arrière, recroquevillé sur sa sacoche de reporter, qui essaie de tout comprendre en même temps.

— Mon père travaillait pour le Club, n'est-ce pas ? dit-il. Enfin, quand il a disparu.

— Vous pourrez poser toutes vos questions, dit Harriet.

Elle avait mal à la tête et des motifs entoptiques scintillaient dans les angles de son champ de vision.

— Les amis de mon grand-père... ils sont encore en vie ?

— Deux d'entre eux.

— Qui d'autre ?

— Personne.

— Personne d'autre ? dit Toby. Ces deux types, ils doivent avoir plus de quatre-vingts ans. Ils peuvent nous protéger ?

— Les hommes que j'ai engagés pour les protéger vous protégeront, dit Harriet. Pas d'autres questions, d'accord ? J'ai besoin de réfléchir.

Elle avait besoin de se reposer, d'abandonner le combat et de glisser dans la calme tiédeur de l'oubli. Rölf Most avait gagné, à quoi bon continuer ? Elle secoua la tête, consciente que cette pensée était un écho de la voix, du serpent qui s'insinuait sous la porte, mais elle avait vraiment besoin de repos...

Ils étaient bloqués dans l'embouteillage habituel autour d'Elephant and Castle lorsque le portable de Graham sonna. Il le tendit à Harriet. C'était Janice. Elle dit à Harriet qu'il y avait eu une alerte à l'incendie au Dorchester et que l'hôtel avait été entièrement évacué.

— Où est Soborin ?

Harriet éprouvait une surprenante sensation de calme. Comme si le pire était déjà arrivé, et que tout le reste ne soit plus que détails.

— Nous sommes en train de le chercher, dit Janice.

— Ne vous cassez pas la tête. Il a filé.

Harriet éteignit le portable et raconta à Graham ce qui s'était passé. Elle se carra dans son siège, ferma les yeux à l'agitation criarde du monde et dit d'une voix désabusée :

— Ils ont une étape d'avance sur nous, et ce, depuis le début.

20.

Le Nomads' Club était une maison individuelle anonyme en brique rouge, près de Tooting Common, dont la masse imprécise se dressait derrière un mur bas et une haie de troènes négligée. Pas de lumières aux fenêtres. Un petit camion était garé devant la grille ; son plateau était chargé de sable pour accroître son efficacité en tant que barrière improvisée. Le camion avança lorsque la 205 s'approcha, puis recula laborieusement pour se remettre en position lorsque Graham Taylor arrêta la petite berline devant une paire de portes de garage à la peinture écaillée.

Ils sortirent du véhicule. Un homme en pantalon noir, avec un gilet pare-balles noir et un bonnet en laine noir se matérialisa dans l'ombre près du porche gothique. Harriet Crowley lui serra la main et ils se dirigèrent vers la grille en parlant à mi-voix.

— Qu'est-ce que tu en dis ? demanda Toby à Alfie.

Alfie contemplait la maison qui se découpait sur le ciel crépusculaire.

— Je verrais bien une ou deux tours, de la brume, des chauves-souris...

— Ou bien un pont-levis au-dessus d'un fossé où barbotent des requins, dit Toby.

Son visage s'illumina brièvement lorsqu'il alluma une cigarette.

— Et nos nouveaux amis ? dit-il. Tu crois que nous pouvons leur faire confiance ?

Le Valium amortissait les divers chocs qu'Alfie avait subis pendant les deux heures précédentes – se faire braquer, voir Watty s'écraser sur le minibus, découvrir le cadavre de Shareef. Il se sentait calme, ses pensées circulaient lentement et facilement dans un confortable brouillard, sans angles vifs nulle part.

Il n'avait pas trouvé Morph, mais il avait trouvé le Nomads' Club et croyait que c'était encore mieux.

— Je pense qu'ils veulent la même chose que nous, répondit-il. Je crois qu'au fond nous sommes tous du même côté.

Toby secoua la tête.

— Peut-être qu'ils veulent la même chose que nous, mais je ne suis pas vraiment sûr qu'ils soient de notre côté. Je veux dire, tu n'as pas entendu parler d'eux pendant toutes ces années, ils n'ont même pas daigné te mettre en garde contre ce sale type, Rölf Most...

— Bon, ils sont venus à notre secours, et ça excuse pas mal de choses.

— Uniquement après que Watty a décidé de prendre le minibus comme cible de son saut de l'ange. Et d'abord, qu'est-ce qu'ils faisaient là, au juste ?

— Je suppose qu'ils suivaient Shareef en espérant qu'il les conduirait à Morph, tout comme nous.

— Ou alors, c'est nous qu'ils suivaient.

— Pourquoi tu ne le leur demandes pas ?

— En vérité, dit Toby, je crois que c'est plutôt toi qui devrais faire la conversation avec eux. Je sais bien que ce n'est pas mon genre de la boucler, mais ton grand-père et ton père ont tous les deux fait partie de leur truc, et ça, ça doit compter pour quelque chose.

— Tu veux que je leur demande s'ils étaient en train de se servir de nous pour trouver Morph. Et quoi d'autre ?

— Je crois que tu devrais leur poser des questions sur tout, dit Toby.

— Moi aussi, dit Alfie en souriant.

L'homme en noir conduisit Graham Taylor derrière la maison ; Harriet fit entrer Alfie et Toby par la porte principale. Ils traversèrent un couloir lambrissé et débouchèrent dans une vaste pièce chichement éclairée où les attendaient les membres du Nomads' Club. Deux murs étaient garnis de bibliothèques vitrées, le parquet en chêne noir était partiellement couvert de tapis orientaux et d'épais rideaux en velours rouge étaient tirés devant une fenêtre en saillie. Une horloge comtoise au cadran complexe qui donnait non seulement l'heure, mais aussi les phases de la lune et les positions de plusieurs constellations importantes tic-taquait dans un coin. Un ordinateur portable posé sur un bureau massif faisait défiler un économiseur d'écran style ciel étoilé au-dessous d'un immense tableau enfumé représentant un Européen vêtu d'une sorte de costume indigène, une main sur le pommeau de son épée incurvée, l'autre tenant la bride d'un lugubre chameau.

Deux vieillards étaient assis dans des fauteuils à oreilles de chaque côté d'une imposante cheminée avec des carreaux en faïence verte et une tablette en acajou. Lorsque Harriet conduisit Alfie et Toby vers eux, l'un des hommes se leva lentement en utilisant ses deux mains pour se hisser hors de son fauteuil. Sanglé dans un costume rayé à l'ancienne, il se tenait aussi droit qu'un soldat à une cérémonie du souvenir ; sa tignasse blanche se dressait sur sa tête comme s'il avait été électrocuté et il portait de petites lunettes noires à monture métallique ronde.

Alfie ne l'avait pas vu depuis vingt ans, lorsqu'il avait participé au déménagement des papiers et des collections de Maurice Flowers.

Après qu'Harriet eut présenté Alfie et Toby, le vieillard tendit la main droite et dit :

— Je m'appelle Ashburton, monsieur Flowers. Clarence Ashburton. Je m'excuse de vous rencontrer en ces circonstances, mais je suis heureux de faire enfin votre connaissance.

— Vous connaissiez mon grand-père, dit Alfie.

— Absolument, dit Clarence Ashburton.

Il tendait encore la main, sans rien regarder de particulier. Alfie comprit que le vieillard était aveugle ; il s'avança et lui serra la main. Clarence Ashburton réagit avec une vigueur surprenante, puis se tourna vers son compagnon et dit en élevant la voix :

— Réveillez-vous donc, Julius, il est ici.

L'autre homme était un gnome chauve et ratatiné avec un bandeau sur l'œil gauche et un châle écossais drapé autour des épaules. Un sac à moitié plein d'un liquide transparent, accroché à une potence à perfusion, était relié par une longue tubulure en plastique à une dérivation sous un pansement collé sur son avant-bras squelettique. Le gnome bougea et, sans ouvrir son œil valide, énonça avec une certaine fermeté :

— Vous savez très bien que je ne dors jamais. C'est le gamin ?

— Et M. Brown, le journaliste.

Clarence Ashburton se retourna vers Alfie et Toby et dit :

— Permettez-moi de vous présenter au Dr Julius Ward. Lui et moi sommes, j'en ai grand-peur, les derniers des Nomades.

— Dites-leur de s'asseoir, dit Julius Ward, et offrez-leur à tous un verre de brandy. Je suis un médecin à l'ancienne, expliqua-t-il en toisant Alfie et Toby, et je crois encore aux pouvoirs reconstituants d'un bon remontant.

Quand ils furent tous assis et qu'Harriet Crowley eut posé un plateau en argent avec une carafe en cristal et des verres ballons sur un pouf en cuir et versé du brandy dans cinq verres (Alfie refusa le sien), Clarence Ashburton dit qu'il espérait qu'ils pourraient s'élever au-dessus des malencontreuses circonstances présentes, et demanda à Harriet de faire le point pour lui et Julius Ward.

Elle leur donna un compte-rendu concis et lucide de ce qui s'était passé dans la tour HLM, de la découverte du cadavre de Robbie Ruane, et de la manière dont Rölf Most et les autres les avaient semés et avaient extrait Carver Soborin de l'hôtel. Quand elle eut terminé, Julius Ward dit :

— Si je comprends bien, c'est le désastre de bout en bout. Ne le prenez pas mal, ma chère, mais vous semblez avoir fait là un beau gâchis.

— Vous pouvez me licencier quand vous voulez, dit calmement Harriet.

— Elle a fait de son mieux dans une situation de plus en plus difficile, tempéra Clarence Ashburton. Il est clair que, même si notre adversaire est fou, il contrôle mieux le cours des choses que nous l'avions cru.

— Il bénéficie de l'aide de Larry Macpherson, dit Harriet.

— Cela n'excuse pas ce qui s'est passé, mais ça l'explique dans une certaine mesure.

Julius Ward ouvrit son œil valide, regarda Alfie, referma son œil. Il agrippait son verre de brandy à deux mains, comme un enfant privé de sucre qui tient une sucette.

— Écoutons ce que M. Flowers a à nous dire de son côté. C'est pour cela que nous l'avons amené ici, n'est-ce pas ? Peut-être sait-il quelque chose que nous ne savons pas.

— J'en doute fort, dit Harriet. Si je les ai amenés ici, lui et son ami, c'est parce que j'avais peur qu'ils se fassent tuer.

Alfie pesa soigneusement ses mots. Le Valium étouffait l'excitation qu'il aurait dû ressentir en découvrant le Nomads'

Club, la rendait aussi discrète qu'une sonnerie de téléphone dans une pièce éloignée.

— J'avoue que Toby et moi-même ne savons pas la moitié de ce que vous semblez savoir. Alors, pourquoi ne pas nous raconter votre histoire ? S'il y a des lacunes, peut-être que nous pourrons vous aider.

Clarence Ashburton lui retourna immédiatement la question.

— Puisque vous admettez que vous avez sensiblement moins que nous à offrir, je serais plutôt d'avis qu'avant que nous étudiions votre proposition d'échange d'informations, vous devriez nous dire comment vous avez découvert la relation entre Morph et M. Barrett.

Alfie regarda Toby, qui haussa les épaules et but une grande rasade de brandy.

— C'est très simple, dit Alfie. J'ai vu une des caricatures de Morph, et j'ai compris que le glyphe qu'il avait utilisé pour l'encadrer était authentique. Toby et moi-même avons entendu parler d'une soirée où il était censé faire une apparition ; il n'est pas venu, mais Benjamin Barrett s'est fait un coup de pub avec des moutons. Nous avons remonté la piste des moutons, nous avons trouvé le numéro de portable de Barrett et avons réussi à le convaincre de nous rencontrer. Il ne nous a rien dit d'utile, alors nous l'avons suivi. Nous espérions qu'il nous conduirait à Morph. Ce que nous ne savions pas, c'est que vous le suiviez aussi – ou alors, c'est nous que vous suiviez, la chose n'est pas très claire.

— Vous ignoriez l'existence de Rölf Most, en plus, dit Harriet. C'est pourquoi j'ai été obligée de vous tirer d'affaire.

— L'autre chose que nous savons ou que nous croyons savoir, c'est que Shareef et Morph se sont brouillés. Nous pensons que le coup des moutons était l'œuvre de Shareef, de même que l'autre coup de pub qu'il a réussi au musée de la Guerre. Et nous venons de trouver des pochoirs dans l'appartement où il se cachait. Apparemment, il s'exerçait à contrefaire les œuvres de Morph. N'était le fait que je me suis lancé dans cette histoire parce que j'ai vu un exemple de graffiti contenant un glyphe authentique, je n'aurais pas de mal à croire que Shareef a monté cette affaire de toutes pièces. Et que Morph n'a jamais existé.

— Il existe, dit Harriet. J'ai parlé à quelqu'un qui le connaît, et j'ai vu son dossier à l'Immigration. Son vrai nom est Moussa

Qarssou. Il est venu en Angleterre avec son père, en demandant l'asile politique.

— Avez-vous parlé à son père ? demanda Alfie. Sait-il quoi que ce soit au sujet des glyphes ?

Harriet secoua la tête.

— Il est mort il y a six semaines. Crise cardiaque.

— Monsieur Flowers, comment saviez-vous que le glyphe utilisé par Morph dans ses graffiti était authentique ? demanda Julius Ward. Et, inversement, comme saviez-vous que ceux créés par Benjamin Barrett étaient des faux ?

— Je crois que vous savez pourquoi, dit Alfie.

— Vous souffrez encore de crises d'épilepsie ? demanda Julius Ward.

— Pas souvent.

— Quand cela vous arrive, sont-elles graves ?

— Ce sont des absences épileptiques simples qui ne durent que quelques secondes. Certaines fois, j'ai une aura prémonitoire avant la crise, d'autres fois, non.

— Que vous ont prescrit vos médecins pour les contenir ?

— Du phénobarbital.

— Et c'est efficace ?

— Plus ou moins. Je prends aussi du Valium, et parfois d'autres sédatifs.

— Me tromperais-je si je disais que la raison pour laquelle vous cherchez Morph est que vous avez l'espoir d'en apprendre plus sur votre état personnel ? Que si vous avez accepté de venir ici, c'est que vous espérez être traité ?

Le vieillard était plus perspicace qu'il n'en avait l'air.

— C'est l'une des raisons, avoua Alfie.

— Nous ne pouvons pas vous guérir, monsieur Flowers, dit sèchement Julius Ward. Je crois qu'il n'y a pas de traitement pour ce qui vous est arrivé. Le dommage est permanent.

Il observait Alfie de son œil valide. Tous les autres autour de la cheminée l'observaient aussi. Alfie reprit sa respiration et dit :

— Vous savez ce qui m'est arrivé ?

— Vous avez trouvé quelque chose que votre grand-père avait caché : la copie d'un glyphe très puissant et une petite provision d'extrait en poudre d'une certaine plante, dit Clarence Ashburton. Nous croyons que vous avez goûté à cette poudre et que vous étiez sous l'influence de la substance psychotrope qu'elle contient lorsque vous avez regardé le glyphe. Pis encore, l'association de la drogue et du glyphe a conduit à une modification permanente de votre cortex visuel.

— Il hoche la tête, dit Julius Ward. Il sait déjà tout cela.

— J'avais supposé que c'était quelque chose comme ça, dit Alfie. Mais jusqu'à maintenant, je n'en avais pas la certitude.

Sa déception s'enfonça profondément en lui, comme un crochet planté en plein cœur. Il avait espéré que Morph aurait non seulement pu l'aider à comprendre ce qui lui était arrivé, mais aurait peut-être aussi su comment inverser le processus, ou, du moins, aurait pu lui indiquer quelqu'un qui pourrait l'aider. Et, d'une certaine manière, c'est ce qui s'était passé : parti à la recherche de Morph, il avait découvert l'histoire de sa propre famille et trouvé le Nomads' Club. Mais à présent on lui disait que rien ne pourrait l'aider, qu'on ne pouvait défaire ce que les glyphes lui avaient fait...

— Nous ne pouvons vous guérir. Personne ne le peut. Mais nous pouvons peut-être vous aider, comme David Prentiss l'avait fait. Nous avons une petite provision de la drogue indispensable.

— Le haka.

— D'aucuns l'appellent ainsi. Si vous le désirez, nous pouvons vous sevrer de votre dépendance au phénobarbital et la remplacer par le traitement de David Prentiss.

— Votre grand-mère préférait faire confiance à la médecine. Après le décès de votre père, elle n'a plus voulu entendre parler de nous, et elle nous a fait promettre que vous n'entendriez pas parler de nous. Nous avons jusqu'à présent respecté ses vœux, mais si vous le vouliez, nous serions heureux de vous aider.

— Ce traitement... est-il meilleur que le phénobarbital ?

— Je crois qu'il y aurait moins d'effets secondaires, dit Julius Ward.

— Mais il ne me guérirait pas.

— Je suis désolé, monsieur Flowers. Je ne suis pas un faiseur de miracle, et le haka n'est pas une plante miraculeuse.

— Je me souviens que mon grand-père a dit une fois que le haka était censé avoir poussé sur les traces d'Adam et Ève, après leur expulsion du jardin d'Éden... qui se trouvait quelque part au nord de Bagdad.

— Votre grand-père était un brave homme et un érudit remarquable, mais il y avait un peu du romantique en lui, dit Clarence Ashburton avec un sourire sans chaleur.

La lumière de la lampe placée sur une table proche se reflétait deux fois dans les verres circulaires des lunettes noires de l'aveugle ; des photographies encadrées d'argent ou de cuir s'accumulaient autour du socle en cuivre martelé de la lampe. Quand il s'était assis, en arrivant, le regard d'Alfie avait immédiatement été attiré par celle de quatre hommes debout devant une pierre de grande dimension.

— Je sais que mon grand-père a trouvé les glyphes quand il travaillait en Irak dans les années 1930, dit-il d'une voix impatiente. Et je sais que le haka était utilisé dans les cérémonies religieuses d'une tribu semi-nomade, les Kefidis. Morph et son père sont-ils membres de cette tribu ? Sont-ils venus d'Irak ?

— Je ne crois pas que nous devrions aborder ce sujet maintenant, dit Harriet.

Elle était assise, rigide, sur sa chaise, une main en visière pour se protéger de l'éclat de la lampe. Elle n'avait pas touché à son brandy.

— Qu'est-ce que votre grand-père vous a raconté sur son travail ? demanda Clarence Ashburton.

— Très peu de choses, et j'en ai oublié, dit Alfie. Mais je reconnais tout de même l'une des photos sur la table, là-bas, celle des quatre hommes avec ce que mon grand-père appelait la pierre irrégulière. Elle a été prise pendant une expédition archéologique qu'il a dirigée dans les années 1930. Il est sur la photo, David Prentiss aussi, et je crois que vous êtes les deux autres. Vous étiez en train de faire des fouilles dans les vestiges d'une communauté religieuse du Ve siècle, et vous avez découvert une grande pierre, bien plus ancienne que l'église à laquelle elle avait été incorporée, marquée de motifs bizarres qui constituaient un glyphe. Mon grand-père a trouvé un autre site associé aux glyphes et, au cours des fouilles, il a découvert un réseau de cavernes. Il y a trouvé des peintures rupestres, et aussi une sœur jumelle de la pierre irrégulière.

Toby vida son verre de brandy et le reposa, prit celui auquel Alfie n'avait pas touché et dit :

— Je suppose que tu as trouvé tout ça à l'endroit mystérieux où tu as trouvé la photo que tu as montrée à Shareef.

— J'ai trouvé une photocopie du journal de bord de mon grand-père, faite par ma grand-mère, avoua Alfie.

— Tu as trouvé l'endroit où ton grand-père avait mis la main sur les glyphes qui t'ont détraqué le cortex, et tu ne t'es pas vraiment décidé à m'en parler.

— C'était une affaire de famille.

— Toute cette histoire est une affaire de famille, finalement, dit Toby sans cesser de fixer Alfie de ses yeux conjoints.

— C'est l'affaire du Nomads' Club, dit doucement Clarence Ashburton, et nous vous sommes reconnaissants de nous aider. Voulez-vous entendre notre version de cette histoire ?

— Je n'attends que ça, dit Toby, même si j'ai fortement l'impression que je ne pourrai jamais publier quoi que ce soit là-dessus.

— Pas le moindre mot, dit Harriet.

— Vous allez bien, ma chère ? s'enquit Julius Ward.

— Je suis un peu fatiguée, c'est tout. La journée a été longue, très longue.

— Si vous voulez vous reposer...

— Il faut que nous décidions de la marche à suivre. Continuez, Clarence. Maintenant qu'ils sont ici, autant qu'ils prennent connaissance de toute cette triste histoire.

— Votre grand-père, monsieur Flowers, dit Clarence Ashburton, aidait à mettre en valeur des champs pétrolifères dans le nord de l'Irak, autour de la ville de Mossoul. C'était un archéologue amateur passionné, et, dans les années 1930, l'Irak était un paradis pour les archéologues. Il a été le berceau d'une succession de civilisations anciennes. Les empires sumérien, babylonien et assyrien, une série de dynasties perses... C'est un lieu où l'Histoire est partout sous vos pieds. On y descend dans les profondeurs du temps. Pendant que les indigènes de la Grande-Bretagne batifolaient, vêtus de peaux de bêtes, et se barbouillaient de sucs végétaux, la Mésopotamie était contrôlée par une vaste bureaucratie qui nous a légué le calendrier et le fondement de nos mathématiques. L'écriture a été inventée là ; l'agriculture a été inventée dans les parages ; quelques-unes des toutes premières grandes villes du monde ont été construites là. En tout cas, votre grand-père a monté un certain nombre de petites expéditions archéologiques et, en 1936, il a invité plusieurs des plus jeunes membres du Nomads' Club à le rejoindre pour fouiller l'église d'une secte chrétienne du ve siècle.

— Vous n'êtes pas les Nomades fondateurs, alors, dit Alfie.

— En fait, dit Clarence Ashburton, le Nomads' Club a précédé de plus d'un siècle la découverte des glyphes. Il fut fondé en 1818 par quatre explorateurs, des gentlemen qui décidèrent de se réunir tous les deux ans pour débattre de leurs voyages.

Ce qu'ils firent, dans une salle à l'étage d'un café sur le Strand. Les réunions s'y poursuivirent jusqu'en 1842, lorsque l'un des membres fondateurs – mon arrière-arrière-grand-père, en fait – mourut de la malaria à Bornéo. Il légua une portion considérable de sa fortune aux Nomades, et ils s'achetèrent une petite maison à Soho, où ils pouvaient tenir leurs réunions et avoir une bibliothèque et une salle des cartes.

— Ce qui ne veut pas dire que l'arrière-arrière-petit-fils est à présent responsable du Club, dit Julius Ward.

— Pas plus que je ne l'étais à l'époque, dit Clarence Ashburton, quand nous étions jeunes, bêtes et insouciants.

— Quand nous étions jeunes, en tout cas, dit Julius Ward. Nous trois – David Prentiss, Clarence et moi-même – venions de quitter l'école et profitions de l'été pour connaître l'aventure avant d'entrer à l'université. Nous pensions que votre grand-père était un surhomme, et nous le trouvions très athlétique pour un « vieux » de trente-deux ans. Malgré la chaleur atroce, la nourriture abominable et une attaque de bandits armés, nous avons passé de merveilleuses vacances, et nous avons rempilé sans hésiter deux ans plus tard, lorsque votre grand-père nous a proposé une deuxième expédition, sur un site dans le Zagros. Mais si vous avez lu le journal de bord de votre grand-père, vous savez déjà de quoi il retourne.

— Toby ne le sait pas, dit Alfie, et il est embarqué dans cette histoire lui aussi.

De plus, entendre l'exposé des faits dans l'ordre chronologique l'aiderait à le mémoriser correctement, lui donnerait du temps pour trouver ce qu'il avait besoin de demander aux deux vieillards, les derniers membres du Nomads' Club. Par-dessus tout, bien sûr, il voulait leur poser des questions sur ce qui était arrivé à son père, savoir dans quelle mesure sa disparition s'intégrait à tout le reste.

— Après que votre grand-père a découvert la pierre irrégulière et l'a expédiée en Angleterre pour en faire don au British Museum...

— J'ai parlé des glyphes à quelqu'un du B.M. Il m'a dit que les objets donnés par mon père avaient été retirés du musée à une certaine époque.

— Une fois que nous avons pris conscience de sa signification, la pierre et les autres dons de Maurice ont été retirés du musée par les services secrets. Je présume que le MI6 les détient encore quelque part, probablement dans l'ardoisière du pays de Galles où il entasse ses souvenirs de campagnes passées.

— Mais n'anticipons pas, dit Clarence Ashburton. Pour revenir à votre grand-père, monsieur Flowers, si je peux me...

— Bien sûr que vous le pouvez, dit Julius Ward. Je répondais simplement à la question du jeune homme.

— Après que votre grand-père a trouvé la pierre irrégulière, reprit Clarence Ashburton, il a consulté les archives géologiques relatives aux environs immédiats et découvert une brève description de la stèle – une pierre levée décorée – qu'un missionnaire catholique, le Père Tomas Anselm, avait trouvée dans le Zagros. Le motif figurant sur la stèle d'Anselm, bien que fortement usé par les intempéries, était clairement identique au motif de la pierre irrégulière, et votre grand-père a organisé illico une deuxième expédition, avec l'intention d'effectuer des fouilles autour de la stèle.

— Celle-ci, dit Julius Ward, se trouvait dans un couloir masqué surplombant une vallée fluviale dans les montagnes : il y faisait très chaud le jour, il y gelait la nuit. On ne voyait pas grand-chose du site, rien que quelques monticules bas sur une dalle de rocher plate, vestiges d'une simple église entourée d'une petite enceinte. Bon, nous avions l'enthousiasme de la jeunesse et nous avons travaillé d'arrache-pied. Au bout de deux semaines, nous avons découvert le secret de la vénérable église – un puits conduisant à un réseau de cavernes qui s'enfonçait dans le flanc de la colline. Au fond de ce puits se trouvait une pierre où était sculpté un motif identique à celui figurant et sur la pierre irrégulière et sur la stèle d'Anselm. Cette pierre était plus grande, avait manifestement été dégrossie et sculptée *in situ*, et, à en croire votre grand-père, aurait pu être l'original. Mais, plus important encore, au-delà de cette pierre, dans les profondeurs du système de cavernes, se trouvaient des peintures et sculptures rupestres qui étaient manifestement bien plus anciennes que l'église.

— Elles étaient de plusieurs milliers d'années plus anciennes, dit Clarence Ashburton. C'étaient des peintures et gravures prodigieusement réalistes de chevaux et de gazelles. Et il y avait de nombreux exemples d'art abstrait, et parmi eux plusieurs glyphes actifs.

— Évidemment, dit Julius Ward, nous n'avons vraiment compris que bien plus tard le sens de ce que nous avions trouvé.

Pendant quelques instants, les deux vieillards méditèrent sur leurs souvenirs. L'horloge de parquet sema une poignée de tic-tac dans le silence, reprise en écho par des gouttes de liquide tombant de la base du sac en plastique inversé de Julius Ward dans son régulateur transparent.

Toby se pencha en avant, plié en deux sur son siège, le verre de brandy tenu à deux mains, son visage blafard éclairé sur un côté par la chaude clarté de la lampe.

— Donc la secte qui a construit les deux églises a emprunté les glyphes aux cavernes ? Pourquoi ? Je veux dire, si c'étaient des chrétiens, à quoi leur aurait servi ce qui était manifestement des symboles païens ?

— Mes propres recherches, dit Clarence Ashburton, ont établi que la secte croyait que parler en langues – la glossolalie – faisait partie intégrante du culte chrétien. Ce n'était pas une croyance inhabituelle aux premiers temps de la chrétienté. La descente du Saint-Esprit sur les Apôtres après la Résurrection en est évidemment le plus célèbre exemple. Et des membres de l'église que saint Paul fonda à Corinthe parlaient très certainement en langues ; de plus, certains versets des Actes des Apôtres suggèrent que d'autres églises en avaient fait l'expérience. Il se peut que ces pratiques aient été préfigurées par certaines expériences prophétiques des anciens Israélites – Samuel nous en donne un exemple dans son premier livre, chapitre 19, versets 20 à 24. Et il y a bien sûr de nombreux exemples de rituels chamaniques dans lesquels les participants atteignent des états d'extase similaires à ceux accompagnant la glossolalie, tandis que la glossolalie demeure une part de l'expérience du culte chez les groupes protestants modernes tels que les pentecôtistes et les adventistes. Nous pensons que les membres de la secte chrétienne qui a construit les églises découvertes par votre grand-père ont utilisé les glyphes et la drogue, le haka, pour parvenir à ce qu'ils croyaient être une union spirituelle avec Dieu. Ils ont prospéré pendant moins d'un siècle, jusqu'à ce que l'empire byzantin conquière la région ; après quoi, ils ont été persécutés comme idolâtres, leurs communautés ont été détruites ou dispersées.

— Donc ils s'envoyaient en l'air avec des drogues et se défonçaient avec ces glyphes, dit Toby.

Il était captivé par le récit et avait oublié qu'il avait demandé à Alfie d'assurer la conversation à lui seul.

— Mais d'où venaient les glyphes, à l'origine ? Qui a sculpté les pierres et peint les tableaux dans les grottes ? C'était cette tribu, les Kefidis ?

— Les Kefidis utilisaient certainement des glyphes dans leurs cérémonies religieuses, dit Julius Ward, et ils ont prétendu les utiliser depuis longtemps, bien avant l'arrivée de cette secte chrétienne. Mais ils ont dit aussi qu'ils n'avaient rien à voir avec l'art rupestre que nous avons découvert, et je crois qu'ils disaient la vérité. Les glyphes que nous avons trouvés dans les grottes dataient presque certainement du paléolithique récent. Ils sont vieux d'au moins dix mille ans et sont l'œuvre de gens qui ont disparu bien avant que les Kefidis colonisent la région.

— Des motifs abstraits similaires à ceux qui constituent les glyphes se rencontrent presque partout où l'on a trouvé de l'art paléolithique, dit Clarence Ashburton. Mais les motifs complexes que nous avons découverts sont, pour autant que je sache, uniques. Bien sûr, il me faut ici invoquer la loi de la taphonomie, ou loi des tombeaux. Et cette loi des tombeaux est l'un des problèmes les plus importants et les plus difficiles auxquels les archéologues doivent faire face. Tous les spécimens archéologiques ne sont que les survivants chanceux d'un échantillonnage beaucoup plus vaste. Plus on remonte dans le temps, plus grande est la distorsion taphonomique des archives archéologiques. Il en est ainsi des formes d'art préhistorique. Certaines n'ont pas survécu parce qu'elles étaient temporaires, sous forme d'argile non cuite ou de dessins au fusain. Ou parce que c'étaient des sculptures du paysage – des géoglyphes, comme le Cheval Blanc d'Uffington, par exemple, un spécimen rare qui a survécu par pur hasard. Et puis il y a les dendroglyphes – les gravures sur les arbres – et les dessins sur du bois ou sur des feuilles, et les dessins et tatouages sur le corps humain. Tous étaient éphémères, et on en a trouvé très peu. L'art produit sur les parois des grottes est plus permanent ; il n'empêche qu'on ne peut s'attendre à ce que tout l'art rupestre ait survécu, ou bien, s'il a survécu, à ce qu'on puisse le trouver.

— Bref, dit Julius Ward, après toutes ces années, nous ne savons toujours pas pourquoi on n'a pas trouvé de glyphes dans aucun autre site paléolithique.

— Lorsque nous avons découvert les glyphes, dit Clarence Ashburton, nous n'avions aucune idée de leur destination, ni de ce qu'ils pouvaient faire. À l'époque, nous croyions que les peintures d'animaux figuratives étaient bien plus importantes que de simples motifs abstraits. Par bonheur, nous avons eu l'intelligence de ne pas gaspiller nos munitions. Nous ne nous sommes pas empressés de publier, et nous n'avons parlé de nos découvertes à personne en dehors du Nomads' Club. Je dis « par bonheur », parce que l'année suivante, David Prentiss, le grand-père d'Harriet, a découvert que les semi-nomades habitant la même région du Zagros, les Kefidis, utilisaient toujours les glyphes.

« David était le plus brillant d'entre nous. Chercheur en anthropologie, il maîtrisait déjà l'arabe et le kurde à l'âge tendre de vingt et un ans. Il a entendu parler des Kefidis lorsqu'il s'est rendu dans un marché local pour renouveler les provisions de bouche ; il est entré en conversation avec les anciens du village, ils lui ont dit que les Kefidis adoraient le Diable et exécutaient ce qu'ils ont appelé des « danses obscènes » devant des idoles. Intrigué, David a résolu d'en savoir plus. Après notre retour en Angleterre, il a trouvé une description de ces « danses obscènes » rédigée par le missionnaire catholique, le Père Anselm – il avait découvert la stèle qui nous avait conduits au site de l'église et aux grottes en dessous d'elle. Au début du printemps suivant, il est retourné en Irak...

— Et je l'ai accompagné, dit Julius Ward.

— C'est tout à fait exact, dit Clarence Ashburton. Peut-être devriez-vous nous raconter cette partie de l'histoire.

Julius Ward regarda Alfie et Toby, les observant de son œil unique depuis l'abri de son fauteuil comme une tortue ridée et pleine de sagesse.

— Peut-être ces jeunes gens sont-ils lassés d'écouter nos histoires, dit-il.

Alfie l'assura qu'ils ne l'étaient pas. Toby versa un doigt de brandy dans son verre et dit d'une voix funèbre :

— Je suppose que tout cela est strictement confidentiel, encore une fois.

— Strictement et intégralement, j'en ai peur, dit Clarence Ashburton.

— Vous leur en avez déjà bien trop dit, intervint Harriet d'une voix pincée et maussade.

— C'est de l'histoire ancienne, maintenant, dit Clarence Ashburton. De vieilles histoires à dormir debout.

— À mon avis, dit Julius Ward, M. Flowers a le droit d'être éclairé sur l'histoire de sa famille.

— Il n'est pas de la famille, lui, dit Harriet en regardant Toby.

— Je promets de ne rien révéler, dit l'intéressé. Croix de bois, croix de fer, si je mens, je vais en enfer. Continuez votre récit, docteur Ward. Ne faites pas attention à moi.

— David Prentiss et moi-même sommes retournés en Irak au début du printemps 1939. Je savais un peu d'arabe et j'avais des notions sommaires de kurde, mais David parlait ces deux langues comme un autochtone. Il s'habillait aussi comme un autochtone, et il a poliment refusé l'escorte de trois policiers que nous proposait le représentant local des autorités. David pensait que nous en apprendrions plus si nous n'avions pas de gardes armés, et nous sommes donc partis seuls sur nos montures dans le Zagros, vers le village où les Kefidis passaient les hivers, non loin du site où nous avions découvert les grottes.

« Ces Kefidis étaient un peuple fier, mais pacifique, gai, amical et hospitalier. Les hommes portaient de longues chemises blanches et des vestes en coton blanc sur d'amples pantalons, mais, contrairement à leurs voisins, circulaient habituellement sans armes. Bien qu'ils ne fussent pas en bons termes avec ces voisins, qui, ainsi que David l'avait appris l'année précédente, les méprisaient et les craignaient, ils se servaient de leurs fusils au long canon uniquement contre les loups qui attaquaient leurs moutons dans les pâturages de montagne. Nous avons séjourné trois semaines avec eux et avons rapidement appris ce qu'ils savaient de la vieille église. Ils manifestaient une curiosité intense à l'endroit de ce que nous y avions découvert. Ils avaient exploré les grottes après notre départ l'année précédente, mais prétendaient que leurs propres images étaient plus sacrées, et nous ont promis de nous les montrer à l'occasion. David passait le plus clair de son temps à s'entretenir avec les anciens de la tribu, tandis que moi, je passais mon temps dans un dispensaire improvisé. Les Kefidis n'avaient jamais vu un médecin et avaient une peur bleue des hôpitaux. La plupart de mes malades n'avaient que des troubles mineurs – rhumes, fièvres bénignes, coupures infectées, piqûres d'insectes, et cætera – qui se traitaient facilement avec de l'aspirine, de la poudre de sulfamide et des bandages. Mais même ceux pour qui je ne pouvais rien – une fillette tuberculeuse et un vieil homme atteint d'un cancer du foie – me remerciaient de mes attentions.

« Lorsque nous étions arrivés à leur village, les Kefidis se préparaient à gagner les pâturages d'été en haute montagne, où ils vivaient sous la tente jusqu'à l'automne, lorsque la transhumance s'inversait. Tous les membres de la tribu se déplaçaient, depuis le plus jeune bébé jusqu'à la plus vieille femme, leurs biens chargés sur des poneys, tandis que les hommes menaient leurs troupeaux de moutons à l'aide de chiens féroces. Nous parcourions ainsi avec eux dix à douze kilomètres par jour. Je me souviens de la chaleur et de la poussière des jours, du froid et du ciel limpide des nuits – les étoiles étaient brillantes et semblaient si proches qu'on eût dit qu'on aurait pu les toucher du doigt en tendant le bras.

Julius Ward s'interrompit comme pour regarder quelque chose très loin au-delà de la pièce sombre et surchauffée. Puis il dit :

— Le soir où les Kefidis sont arrivés à l'endroit où ils installaient leur camp d'été, tandis que femmes et enfants montaient les tentes et déballaient les bagages, les hommes se sont éclipsés, sans bruit, en file indienne, emportant des instruments de musique et d'autres objets dans des sacs en cuir, et des fagots sur le dos. Ils nous ont permis de les accompagner. Nous avons grimpé au-dessus de la limite des neiges éternelles jusqu'à un bassin ou cirque naturel enchâssé au milieu de rochers nus et escarpés. À une extrémité, un petit bosquet de chênes verts noueux poussait autour d'une plate-forme rocheuse grande comme ce salon. C'est là que les hommes ont fait du feu après avoir raclé la neige et la glace. Une fois qu'ils ont eu allumé le feu, ils ont quitté leurs manteaux en peau de mouton et leurs chemises, ensuite ils se sont mutuellement peint sur leurs torses et leurs dos nus, à l'ocre et au fusain, les diverses sortes de motifs géométriques qui constituaient les glyphes. Plusieurs ont tiré de leur sac de longues bandes d'écorce de bouleau sur lesquelles des motifs complexes avaient été pyrogravés, et les ont suspendues aux branches dénudées des yeuses. Lorsqu'ils eurent terminé, le patriarche de la tribu s'est avancé, a déroulé une peau de mouton, puis, aidé de deux jeunes gens, l'a accrochée à une branche du plus gros des chênes et l'a tendue avec des cordons ancrés dans le sol, révélant le motif complexe peint dessus en rouge et en noir. Ils accomplissaient tous ces gestes avec autant de solennité qu'un prêtre posant sur l'autel un calice de vin consacré. Un brasero a été installé devant la peau de mouton, et ils y ont allumé du feu. Puis les hommes se sont assis en face du brasero, et David et moi les avons imités, le torse nu mais non peint, frissonnant sous le froid sec de l'air montagneux – et frissonnant d'excitation aussi. Ils ont allumé des pipes et les ont fait circuler, et c'est là que j'ai pour la première fois goûté à la drogue extraite de la plante appelée haka par les Kefidis.

« Le patriarche a récité une longue histoire dans la langue de sa tribu, et, à un moment donné, j'ai vu que le motif peint sur la peau de mouton tendue au-dessus de nous et éclairée par le feu vacillant du brasero avait pris vie. Je ne peux pas décrire la chose autrement. J'ai détourné les yeux, et je le voyais encore. Il était à l'intérieur de ma tête. David souriait béatement tandis que des larmes coulaient sur ses joues, et il en était de même des hommes autour de nous. Et c'est alors que la musique et les danses ont commencé.

« Si vous avez jamais vu les danses des derviches mevlevî ou les flagellations rituelles des musulmans chiites le jour où ils célèbrent le martyre de leur saint, vous aurez quelque idée de ces danses. Ces montagnards ne se flagellaient pas, mais lorsqu'ils dansaient autour du feu qui brûlait sur la plate-forme rocheuse, lançant des flammes plus hautes que les cimes des chênes, il y avait chez eux le même abandon, la même sauvagerie, comme si chacun d'eux s'était entièrement donné à la danse. Jusqu'à ce qu'il semble, comme T. S. Eliot l'a dit quelque part, qu'ils soient ni plus ni moins que le point-repos du monde tournoyant. Ou, comme dans le poème de Yeats sur les feuilles du noisetier s'agitant sous la brise d'été et les rayons du soleil, jusqu'à ce qu'on ne puisse plus distinguer le danseur de la danse. Ce rituel était apparemment aussi ancien que l'espèce humaine. Il nous projetait hors du temps. Nous n'étions ni dans le passé, ni dans le présent, ni dans l'avenir...

Au bout d'un moment, Alfie dit :

— Ces gens-là, les Kefidis... vous pensez que Morph en est un ?

Julius Ward concentra son regard sur lui.

— Les Kefidis n'existent plus. Je suis retourné en Irak après la Seconde Guerre mondiale, mais plutôt en tant que saboteur qu'archéologue. À l'époque, il y avait une agitation considérable dans le nord-est du pays. Les Kurdes menaçaient d'entamer une guerre d'indépendance, et ils avaient le soutien de l'Union soviétique. La Grande-Bretagne a envoyé des troupes pour assurer la sécurité des gisements de pétrole. David Prentiss et moi-même sommes allés aussi là-bas, afin de détruire la source des glyphes au cas où ils tomberaient aux mains des Soviétiques. Nous avons dynamité une section de la falaise et bouché la sortie d'un ruisseau qui traversait une partie du système de cavernes. Tout le site a été enseveli et inondé. Nous avons aussi remonté la stèle du Père Anselm, et l'avons ramenée au Nomads' Club.

Alfie demanda s'ils l'avaient encore, s'il pourrait la voir.

— Hélas ! elle a été détruite quand le Nomads' Club a brûlé, dit Clarence Ashburton. La pierre est tombée dans le sous-sol lorsque le parquet a cédé, et le choc ajouté à la chaleur de l'incendie l'a pulvérisée. L'original du journal de bord de votre grand-père a été perdu, et bien d'autres choses encore...

— Après avoir inondé les grottes et obturé l'entrée, reprit Julius Ward, nous sommes partis à la recherche des Kefidis. Mais il y avait eu des flambées de combats de guérilla d'un bout à l'autre de la région, et il semble que les voisins des Kefidis en aient profité pour les massacrer. Je n'exclus pas la possibilité que votre virtuose des graffiti soit le descendant d'un Kefidi qui aurait échappé au massacre et assuré la survie des traditions ancestrales, mais tant que je ne l'ai pas rencontré, je ne peux dire avec certitude que c'est le cas.

— Nous avons cru jusqu'à ce jour que seul le Nomads' Club connaissait toute l'histoire, dit Clarence Ashburton. En 1939, Julius et David sont rentrés d'Irak avec le récit de leurs aventures chez les Kefidis, et ils ont aussi rapporté des graines et des feuilles séchées de haka. Nous n'avons pas tardé à apprendre la vraie nature des glyphes, et ç'a été le début de notre ruine.

— Nous avons fait des expériences avec le haka, et nous avons fait des expériences avec les glyphes, dit Julius Ward. Heureusement, la plupart des glyphes que nous avions découverts n'étaient pas particulièrement puissants, mais nous étions jeunes, oui, et stupides, et pleins de curiosité. Nous en avons trop vu.

— Un temps, nous avons travaillé pour l'effort de guerre, dit Clarence Ashburton. Il y avait du sérieux dans notre entreprise. Elle était alors d'une certaine utilité.

— Mais d'une efficacité limitée, dit Julius Ward.

— Nous acceptons notre divergence d'opinion en la matière, dit Clarence Ashburton.

Alfie se rappela que sa grand-mère avait rencontré son grand-père quand il travaillait pour le SOE pendant la guerre.

— Vous étiez des espions, dit-il.

— Officiellement, nous n'avons jamais travaillé pour aucun service gouvernemental, sauf en qualité de conseillers techniques, expliqua Clarence Ashburton.

Il tapotait doucement le vide à côté de sa chaise, et lorsqu'il trouva le bord du plateau posé sur le pouf, il se pencha et posa avec précaution son verre à brandy vide.

— Officieusement, dit Julius Ward, les glyphes ont apporté une contribution significative à l'effort de guerre. C'est pour cela, voyez-vous, que la pierre irrégulière a été retirée du British Museum. Les glyphes étaient particulièrement efficaces dans les interrogatoires d'espions ennemis – l'utilisation du haka et du glyphe de fascination a contribué à anéantir le réseau d'espions nazis en Grande-Bretagne et à transformer bon nombre de ces espions en agents doubles qui fournissaient à leurs supérieurs des renseignements erronés ou trompeurs.

— Il y avait un glyphe qui projetait sur les documents auxquels il était intégré ce que votre grand-père, monsieur Flowers, appelait un sortilège. Tout comme les sortilèges des contes de fées pouvaient faire passer la verroterie pour des bijoux et des cailloux pour des pépites d'or, ce glyphe donnait aux documents une apparence d'authenticité parfaite. Un autre produisait de la distraction et empêchait les sujets qu'il affectait de se concentrer sur le fil de leurs pensées ; un troisième affectait la région profonde du cerveau qui engendre la peur, à la manière dont les dessins sur la peau d'un serpent venimeux nous font faire un pas de côté pour l'éviter, quand bien même nous ne savons pas pourquoi. Mais bien que leurs effets soient statistiquement significatifs sur l'ensemble, les glyphes ne produisaient qu'un très faible effet sur tout individu qui leur était exposé sans avoir pris du haka. Après la Seconde Guerre mondiale, l'usage en a été abandonné. Le Nomads' Club a continué d'avoir des liens avec les services secrets, mais on nous trouvait trop vieux jeu, on nous considérait comme des gentlemen espions, des reliques excentriques d'une époque révolue.

— « Excentriques » est une manière aimable de décrire les choses, dit Julius Ward. À vrai dire, nous avons passé bien trop de temps à étudier les glyphes et, au fil des années, nos travaux nous ont marqués. Je ne peux plus manger d'aliments solides et dois subsister avec du bouillon et cette maudite perfusion. Clarence est aveugle, bien que ce soit une variété insolite de cécité que les psychiatres appellent vision aveugle. Si vous amorcez le geste de lui donner une gifle, Clarence aura un mouvement de recul, mais il ne le fera pas consciemment. Ses yeux fonctionnent parfaitement, mais son esprit n'enregistre pas ce qu'ils voient. Votre grand-père, monsieur Flowers, et le grand-père d'Harriet n'étaient pas aussi grièvement touchés. Ils étaient peut-être obsédés par les glyphes, mais ça s'arrêtait là. Et votre père évitait en général d'avoir affaire aux glyphes. À l'époque où il a eu l'âge de rejoindre les Nomades, nous savions ce que les glyphes pouvaient faire à un humain.

— Ça a continué après la Seconde Guerre mondiale, n'est-ce pas ? dit Alfie. Lorsque mon père a disparu, il négociait une affaire ou accomplissait une mission en rapport avec les glyphes.

— Il connaît déjà la moitié de l'histoire, dit Toby en se versant encore du brandy. Vous feriez mieux de lui dire le reste.

— C'était une sale affaire, dit Julius Ward. Presque aussi répugnante que celle-ci.

— Nous ne devrions vraiment pas en parler, dit Clarence Ashburton.

— Oh, à mon avis, il doit y avoir prescription, maintenant, dit Julius Ward.

— Il n'y a pas prescription pour des affaires comme celle-là, répliqua Clarence Ashburton.

Julius Ward plongea la tête – ou presque – dans son verre de brandy, tel un colibri aspirant le nectar d'une fleur, en but une petite gorgée et dit :

— Ce garçon a le droit de savoir.

— Il n'empêche que c'est une question de sécurité nationale.

— C'était peut-être une question de sécurité nationale pendant la guerre froide, mais la guerre froide est terminée, dit Julius Ward. En fait, comme nous le savons maintenant, elle s'est terminée avant d'avoir commencé. La Russie était une menace uniquement parce que nous en avions fait une menace. L'essentiel de sa prétendue dissuasion n'était que bluff et roublardise. Il nous a fallu quarante ans pour nous en apercevoir, et de nombreux amis et collègues y ont laissé leur vie. Mon fils aussi. Monsieur Flowers, voulez-vous bien promettre de ne rien mentionner de ce que vous apprenez ici à l'extérieur de cette pièce ? Et vous aussi, monsieur Brown.

— Bien sûr, dit Alfie.

— Imaginez que je suis pas là, dit gaiement Toby Brown.

Julius Ward dit de cette voix ferme qui semblait aux antipodes de son corps rétréci :

— À moins que vous n'ayez sous la main un exemplaire de la loi sur les secrets d'État, Clarence, je crois que cela suffira. Quand votre père a disparu, monsieur Flowers, il était en fait engagé dans une mission d'importance vitale. Il travaillait avec mon fils, qui était lui aussi membre du Nomads' Club. Un revendeur d'antiquités au marché noir lui proposait ce qu'il appelait une pierre sculptée unique, et nous avons découvert que le motif qui y était sculpté était identique à celui figurant sur la pierre irrégulière de votre grand-père, sur la stèle d'Anselm et sur l'original qui était déjà enseveli dans les cavernes du Zagros. Nous avons d'abord pensé que quelqu'un avait trouvé ces cavernes. Mais d'après le trafiquant, la pierre avait été découverte sur le site d'un ancien monastère dans l'est de la Syrie, près de la frontière turque.

— Il semble que la secte n'ait pas eu deux lieux de culte, comme nous l'avions supposé, mais au moins trois, dit Clarence Ashburton.

— En tout cas, reprit Julius Ward, la pierre était parvenue au Liban. Mon fils et votre père se sont présentés comme des acheteurs potentiels et ont fait une offre, mais ils ont été doublés par un individu qui travaillait apparemment pour les Soviétiques. Après avoir tenté en vain d'intéresser les services secrets britanniques, mon fils et votre père ont décidé de prendre l'affaire en main et ont fait sauter la pierre et le local où elle était entreposée. Mais les Soviétiques se sont vengés. Ils ont attiré mon fils et votre père en Syrie, de l'autre côté de la frontière, en leur faisant croire qu'on les conduirait à l'endroit où la pierre avait été trouvée. Ensuite, mon fils et votre père ont disparu. Après la *perestroïka*, j'ai appris d'un colonel du KGB qu'ils étaient tombés dans une embuscade et avaient été abattus ; leurs corps ont été brûlés dans le désert. Je suis navré, monsieur Flowers, mais c'est comme ça.

— C'était il y a plus de vingt ans, dit Alfie.

Mais il sentit le couteau tourner encore dans la plaie.

— Dès qu'ils ont appris notre existence, dit Julius Ward, les Soviétiques se sont attaqués au Nomads' Club lui-même. Ils ont saccagé et incendié la maison de mon fils et l'appartement de votre père, et ont procédé de même avec nos locaux à Soho. C'était une très mauvaise période...

Il se tut pour regarder quelque chose dans sa tête.

Alfie songea au morceau de pierre noirci que son père avait donné à Miriam Luttwak et qu'elle lui avait donné à son tour, et se demanda si c'était un fragment de la pierre, beaucoup plus volumineuse, que son père avait détruite. « Des gens te diront que lorsqu'on est en plein dans la merde, on n'a pas le temps d'avoir peur, avait dit un jour Mick Flowers à Alfie dans une de leurs rares conversations en tête à tête à propos de sa profession de reporter photographe. Ce n'est pas vrai. Mais si tu te concentres sur ce que tu as à faire, tu peux gérer ta peur. Tu peux la mettre de côté et continuer ce que tu as à faire. » Alfie songea maintenant à son père, qui fonçait dans le désert vers la frontière syrienne avec son ami au volant d'une voiture découverte, pas la Morgan, mais certainement une sorte de voiture de sport, un foulard blanc autour du cou, ses cheveux blonds rabattus par un vent brûlant, faisant ce qu'il avait à faire sans hésitation.

— Une très mauvaise période, répéta Clarence Ashburton. C'était la fin du dernier vestige de toute l'influence que le Nomads' Club avait pu avoir sur le le gouvernement et les services secrets. C'est alors que nous avons décidé de nous retirer de la sphère où nous avions été jadis actifs et de nous laisser, pour ainsi dire, sécher sur pied.

— Mais nous sommes ici, dit Alfie. Et ça continue. Vous avez découvert les glyphes, mon père est mort parce que vous vouliez les garder secrets, mais maintenant quelqu'un autre en connaît l'existence.

— Ce mec, là, dit Toby, celui qui a essayé de nous kidnapper... qui nous a bel et bien kidnappés, sous la menace de son arme. C'est le psychiatre qui traite le psychiatre du père d'Harriet. Et le père d'Harriet utilisait les glyphes dans une secte qu'il avait fondée après avoir quitté l'Angleterre pour l'Amérique et commencé à se faire appeler Antareus.

Toby en était à son quatrième ou cinquième verre de brandy ; il parlait avec précaution tout en restant lucide. Il regarda les deux vieillards et dit :

— Tout ça fait partie de votre histoire aussi, pas vrai ? Ce mec, qu'est-ce qu'il veut ? J'aimerais bien le savoir. Qu'est-ce qu'il veut faire avec Morph, avec les glyphes ? Qu'est-ce qu'il nous veut ? Alors, venons-en au fait et parlons de lui. Parlons de ce qu'on va faire de lui. Je veux dire, vous nous avez amenés ici pour nous protéger, mais nous ne pouvons pas rester ici éternellement.

— Harriet ? dit Julius Ward.

Il tourna la tête pour la regarder et l'appela par son nom, avec plus d'insistance.

À première vue, elle semblait s'être endormie. Elle était effondrée avec raideur dans le fauteuil à oreilles, ses cheveux blonds épars entourant son visage flasque. Mais ses yeux grands ouverts fixaient le vide, un tremblement puissant et régulier lui traversait le corps, et ses mains – lorsque Alfie vit cela, il bondit sur ses pieds en comprenant qu'elle ne dormait pas du tout – s'agitaient sur ses genoux comme des oiseaux affolés.

21.

Plus tard, lorsque la crise d'Harriet eut passé du stade des tremblements rigides à celui de la confusion ensommeillée et détendue et qu'on l'eut mise au lit (Julius Ward s'était déconnecté de son goutte-à-goutte et était monté s'occuper d'elle, les épaules toujours enveloppées de son châle écossais tandis qu'il gravissait laborieusement les marches une par une), Alfie était assis avec Graham Taylor à un bout d'une longue table de réfectoire dans la grande cuisine à l'ancienne, Toby était assis à l'autre bout avec l'un des hommes qui gardaient la maison, et partageait avec lui une pizza tout en sirotant un brandy coupé de Coca-Cola. Il était manifestement ivre, maintenant, mais il assurait sa part de la conversation tandis qu'il parlait avec ce costaud de son récent séjour en Irak, où il avait travaillé comme garde du corps pour les cadres d'une compagnie pétrolière. Un pistolet automatique, une grosse torche Mag-Lite et un talkie-walkie reposaient sur le pin balafré de la table à côté d'une pile de cartons à pizza et d'un ordinateur portable dont l'écran faisait défiler différentes vues en gris et blanc plus ou moins floues de l'extérieur de la maison. De temps à autre, le talkie-walkie émettait de petits crachotements à chaque fois que les hommes de garde postés dehors communiquaient entre eux.

Alfie dit à Graham qu'Harriet allait s'en tirer.

— Après une crise majeure, je ne pensais qu'à une chose : dormir. Et après quelques heures de sommeil, j'étais à nouveau dans mon état normal.

— Elle a présumé de ses forces, dit Graham.

Il dit à Alfie que lorsqu'il avait pris Harriet sur le pont de Blackfriars après que Rölf Most l'avait laissée partir, elle titubait et marmonnait toute seule, groggy comme un boxeur.

— Je sais que ce Dr Most lui a fait un sale coup, même si elle a refusé de s'exprimer là-dessus. Je crois qu'il lui a injecté une drogue, un truc pour la faire parler. Elle est parvenue à se ressaisir, mais l'effort l'a presque achevée – vous avez vu comment elle était lorsqu'elle est sortie de la galerie, après avoir découvert que Macpherson avait tué le propriétaire. Je n'aurais pas dû la laisser y entrer. J'aurais dû aller me rendre compte par moi-même, seulement elle est sacrément entêtée, même quand ça risque de lui causer des ennuis, dit le détective privé.

Il souffla sur sa grande tasse de café avant d'en boire une petite gorgée. La veste de son costume était accrochée au dossier de sa chaise et ses manches, relevées au-dessus du coude, montraient le tatouage bleu et imprécis d'une hirondelle sur son avant-bras.

L'homme plaisait à Alfie. Son visage aimable et chiffonné lui rappelait le comique anglais qui avait joué à peu près dans tous les films de la série *Carry On*, et il semblait fiable, direct et d'une résistance à toute épreuve. Graham observa Alfie pardessus le bord de sa tasse ; il avait des poches sous des yeux fatigués, mais alertes, et des sourcils comme des coups de pinceau noirs.

— Vous devriez vous reposer un peu, dit-il. Vous êtes en sécurité, ici. Ces jeunes gens sont tous d'anciens membres des forces spéciales. Je suis sûr qu'ils coûtent la peau des fesses, mais, apparemment, ils savent ce qu'ils font.

— Je suis un peu trop agité pour pouvoir dormir maintenant, dit Alfie.

Il se sentait fragile et transparent comme un fantôme dans la cuisine brillamment éclairée. Les choses avaient mal tourné, la situation était désespérée ; il avait fait une fausse manœuvre et se retrouvait coincé dans une impasse. Il avait appris tout ce qu'il voulait sur les glyphes, mais rien de ce qu'il avait appris ne lui était utile en aucune manière, et on lui avait dit que ce que les glyphes lui avaient fait était irréversible. Et tandis qu'il méditait ici sur sa chaise, tandis qu'Harriet Crowley gisait dans un état de stupeur post-épileptique, Rölf Most pourchassait Morph...

Alfie demanda à Graham ce qu'il savait sur les glyphes, mais le détective privé secoua la tête et dit que tout ce qu'il savait, c'était qu'Harriet l'avait engagé pour mener une opération de surveillance contre quelques vilains messieurs.

— Des individus de la pire espèce, dit-il.

Et il décrivit à Alfie les antécédents hauts en couleur de Larry Macpherson. Alfie lui demanda ce qu'il savait de Rölf Most et de l'autre psychiatre, Carver Soborin.

— Je n'ai jamais vu le Dr Soborin, dit Graham, et Harriet ne m'a pas dit grand-chose sur lui. J'ai cru comprendre qu'il était en quelque sorte dépendant, qu'il était plus ou moins à la merci du Dr Most. Quant au Dr Most, vous l'avez rencontré, et vous en savez probablement autant que moi à son sujet.

Alfie se rappela l'homme aux cheveux blancs qui l'avait examiné de près après qu'il avait été ligoté puis forcé, sous la menace d'un pistolet, à s'allonger sur une des banquettes du minibus. Il se rappela la manière dont il avait incliné la tête en l'observant, son regard brillant de rapace et son petit sourire en coin lorsqu'il avait dit : « Cela me ferait très plaisir d'avoir un entretien en tête à tête avec vous. » C'était sans doute, songea Alfie, le même genre d'entretien qu'il avait eu avec Shareef et avec Watty, et qui se serait terminé par l'ordre de se suicider.

— L'un des amis d'Harriet a avancé que c'est un fou, dit-il à Graham Taylor. Je veux bien le croire.

Ils se mirent à parler d'Harriet Crowley. Graham Taylor dit à Alfie qu'elle avait travaillé pour lui avant de monter sa propre affaire, et qu'elle avait été la meilleure collaboratrice qu'il ait jamais eue.

— Elle apprenait vite, et elle n'avait peur de rien. Elle était capable de tenir tête à n'importe qui. Mon agence traite d'affaires assez banales, il s'agit la plupart du temps de surveiller des personnes qui essaient de se faire attribuer une pension d'invalidité permanente à la suite d'un accident du travail – vous seriez surpris du nombre de gens qui tentent le coup avec des compagnies d'assurances ou leurs employeurs – mais elle y mettait toute son énergie. Après avoir appris de moi tout ce qu'elle pouvait, elle s'est installée à son compte. Sa spécialité est la chasse aux PSLA – Partis Sans Laisser d'Adresse – les gens qui ne veulent pas qu'on les retrouve. Des gens qui déménagent à la cloche de bois, sans payer le loyer, qui sont à découvert sur leur carte de crédit, qui ne paient plus les factures d'électricité ou de téléphone... Des gens qui se servent de fausses adresses pour ouvrir des comptes en banque ou dans les grands magasins – ceux-là, il y en a de plus en plus, assez pour faire travailler quelqu'un à plein temps. Et elle s'occupe aussi des peines de cœur, le genre d'affaires auxquelles la plupart des gens de la profession refusent de toucher. Les maris qui ont disparu après avoir fait un saut au tabac du coin. Les gens qui ne peuvent pas supporter leur vie pour une raison ou une autre, qui partent au boulot un jour et ne reviennent pas. Et le pire dans le genre : les gosses qui disparaissent. Les fugueurs. Elle passe pas mal de temps autour de King's Cross, un secteur où je n'aimerais pas traîner après la tombée de la nuit. Vous êtes au courant, pour son père ?

— Un peu.

— Vous saviez qu'il l'a abandonnée quand elle était très jeune ? Et qu'ensuite il s'est suicidé ?

Alfie hocha la tête.

— Le premier psychiatre venu vous dira probablement qu'elle n'a pas cessé de le rechercher depuis. Que tous ces maris en cavale et tous ces gosses disparus sont des substituts. Qu'en recollant les morceaux d'autres familles désunies elle tente de réparer ce qu'elle ne pourra jamais réparer pour elle-même, et ainsi de suite. Quiconque passe cinq minutes avec elle sait que c'est des conneries. La vérité, Alfie, c'est qu'elle possède un sens absolu du bien et du mal. Ce qui veut dire que parfois elle peut être vraiment chiante, parce qu'il arrive à tout le monde de s'écarter un peu du droit chemin, surtout quand rester sur le droit chemin est la chose la plus difficile qui soit. Et là, elle a un de ces regards, peut-être que vous l'avez vu.

— À pleine puissance, comme qui dirait.

— Exactement. Une fois qu'elle s'est décidée, c'est cuit, n'essayez pas de la faire changer d'avis, vous perdriez votre temps. Mais le revers de la médaille, c'est qu'elle vous accordera totalement son attention, qu'elle écoutera tout ce que vous avez à lui dire. En plus, quand elle s'engage, elle s'engage. Elle vous a amenés ici, elle vous a peut-être dit des choses que vous ne vouliez pas vraiment entendre, mais elle l'a fait parce qu'elle estimait que c'était nécessaire.

Graham racontait à Alfie l'histoire d'une enquête marathon visant des individus très peu motivés pour le travail, employés à la salle du courrier de la British Telecom, et qui se servaient des installations de leur employeur pour gérer un club de fans pour le compte des jumeaux Kray, lorsque le portable d'Alfie sonna.

C'était George Johnson. Il téléphonait du garage. Les caravanes d'Alfie avaient été cambriolées.

Alfie insista pour se rendre sur place immédiatement. Bien que George lui ait dit qu'il n'avait pas l'impression qu'on avait touché à son coffre-fort, il craignait qu'on n'ait emporté la photocopie du journal de bord de son grand-père ; d'après le peu qu'il savait de Larry Macpherson, il lui semblait tout à fait possible qu'il ait pu ouvrir le coffre, le vider intégralement et le refermer. Toby Brown était trop beurré, Harriet Crowley avait été mise K.-O. par le puissant sédatif que lui avait donné Julius Ward, et aucun des hommes qui gardaient la maison ne pouvait être libéré. Graham Taylor se porta donc volontaire pour le conduire à Islington.

Graham estimait que Larry Macpherson, Rölf Most ou quiconque avait cambriolé Alfie serait parti depuis longtemps, mais il fit quand même le tour du pâté de maisons, le pistolet sur les genoux – celui qu'il avait pris au conducteur du minibus. Lorsque Graham fut convaincu qu'il n'y avait pas de danger, Alfie sortit de la 205, déverrouilla la chaîne qui fermait le portail, suivit la voiture jusque dans la cour, referma le portail et remit le cadenas sur la chaîne. Minuit était passé depuis longtemps. La lumière brûlait çà et là chez quelques insomniaques dans les maisons dont les arrière-cours donnaient sur le terrain, une sirène s'étranglait quelque part au loin ; à part cela, la ville était plus sombre et plus calme que jamais. Lorsque Graham Taylor descendit de la Peugeot et ferma la portière, elle claqua comme un coup de feu.

Le bruit réveilla George Johnson, qui s'était endormi sur une des chaises en plastique devant le grand garage. Après qu'Alfie l'eut présenté à Graham Taylor, George dit que le ou les individus qui avaient cambriolé la caravane avaient essayé également d'entrer par effraction dans son atelier, et avaient déclenché l'alarme antivol.

— Les flics sont passés, dit-il.

Ses poings étaient enfoncés dans les poches déformées de son cardigan. Il avait l'air belliqueux et mal réveillé.

— Deux jeunes connards qui m'ont fait le cinéma habituel. Il leur a fallu cinq bonnes minutes pour jeter un coup d'œil, ensuite, ils m'ont donné un numéro de main courante, m'ont dit de te dire de faire une liste de ce qu'on t'a volé et de contacter le commissariat. Je leur ai dit, et l'ADN, alors ? ou les bonnes vieilles empreintes digitales ? et ils m'ont dit que c'était pas vraiment le crime du siècle, que c'était probablement un toxico qui cherchait un truc qu'il pourrait fourguer vite fait pour se payer sa prochaine dose.

Alfie prit une pince à levier et une baladeuse dans le placard à outils, souleva la plaque d'égout puis composa la combinaison à la lueur de la lampe. George l'aida à hisser la lourde porte du coffre à la verticale. Son cœur bondit dans une déferlante de soulagement dès qu'il aperçut le sac Marks & Spencer qui contenait les journaux intimes et le carnet de bord de son grand-père. Il sortit le sac, referma le coffre d'un coup de pied – le claquement massif se répercuta sur les poutres du toit incliné – et remit en place la plaque d'égout.

La serrure de la caravane abritant sa chambre noire avait été forcée. Le sol était jonché de papiers, de négatifs et de planches contacts arrachés aux tiroirs de ses armoires de classement, mais on n'avait pas touché au matériel photographique, ce qu'Alfie trouva hautement significatif. Un drogué aurait au moins pris un des appareils, ou la petite chaîne stéréo d'Alfie et sa collection de CD. La boîte dans laquelle il conservait les tirages des photos des graffiti de Morph traînait par terre au milieu des papiers, mais une brève recherche le convainquit qu'on avait emporté à la fois ces épreuves et leurs négatifs. La caravane dans laquelle il habitait était dans le même état : tous les placards et toutes les caisses avaient été ouverts, et tout leur contenu avait été jeté par terre, y compris un carton plein d'affaires que sa dernière petite amie n'avait pas encore récupérées.

Il fourra le carnet de bord et les journaux intimes de son grand-père dans un sac de voyage, y ajouta deux chemises et un assortiment de sous-vêtements choisis au hasard, son rasoir et sa brosse à dents, et dit à George qu'il allait peut être partir pour quelques jours.

— T'as des ennuis ?

— Ça n'a rien à voir avec la police.

— C'est pas ce que j'ai demandé, dit George sans s'impatienter.

— Des vieilles histoires de famille, en partie.

— Qu'est-ce que je peux faire pour t'aider ?

— Est-ce que tu pourrais surveiller mon terrain ? Je ne crois pas qu'il y aura encore du grabuge – ils ont trouvé ce qu'ils cherchaient. Mais si tu repères des gens louches, des gens qui te donnent l'impression d'observer les lieux, tu vois ce que je veux dire, appelle la police. N'essaie pas de t'occuper d'eux toi-même.

— Si je comprends bien, tu crois pas que c'était un cambriolage ordinaire.

— Je t'expliquerai tout quand je reviendrai, dit Alfie.

Graham Taylor appela discrètement. Il se tenait dans l'ombre profonde de la rangée irrégulière d'arbres et de buissons qui bordaient le terrain ; lorsque Alfie arriva à sa hauteur, il montra du doigt le parc de l'autre côté de la tranchée du chemin de fer. Alfie vit deux, trois, quatre ombres se glisser par-dessus la palissade en lisière du parc et commencer à descendre la pente abrupte de la tranchée. L'une perdit l'équilibre et roula jusqu'en bas, se releva puis traversa carrément les voies. Un moment plus tard, quelqu'un commença à secouer le grillage du portail à l'entrée de la cour.

— Je sais pas qui ils sont, dit George avec un calme remarquable, mais on dirait qu'ils sont venus en foule.

— Je suggère que nous partions, messieurs, dit Graham. Le problème, c'est comment ouvrir ce portail sans laisser entrer les indésirables.

— Vous ne pouvez pas passer au travers avec la bagnole ? demanda Alfie.

— Si j'avais une plus grosse bagnole, et si vous n'aviez pas mis une chaîne d'ancre autour du portail.

— Je m'en occupe, dit Alfie.

Il lança son fourre-tout de photographe et le sac de voyage sur la banquette arrière de la 205, retourna au garage en vitesse, décrocha le lance-flammes à désherber, le jeta sur son épaule et ressortit en courant, derrière la voiture qui avançait sur la dalle de béton. Deux silhouettes tiraient sur les battants du portail, les mains accrochées au grillage tendu sur l'armature métallique, les faisaient osciller d'avant en arrière sur l'arc limité par la chaîne. Graham alluma les phares de la 205 ; éblouis, les hommes plissèrent les yeux et redoublèrent d'effort.

Alfie vit des vêtements en lambeaux, enfilés les uns sur les autres, des cheveux plats enchevêtrés autour de visages noircis de saleté incrustée. Des mains qui s'agrippaient au grillage comme des étoiles de mer. Des bouches qui s'ouvraient et se fermaient sans émettre le moindre son. D'autres ombres secouaient maintenant la haute clôture qui fermait le sommet de la tranchée du chemin de fer. Les arbres et les buissons qui la bordaient tremblaient et s'agitaient comme sous un vent violent. Alfie attrapa au vol le briquet qui se balançait au bout de la ficelle attachée à la courroie du lance-flammes et débloqua brusquement la soupape du gaz. Le propane s'alluma dans une explosion sourde et franche, Alfie ouvrit la soupape au maximum et promena la lance de flamme bleue, longue d'un mètre, sur les mains qui agrippaient le portail. Les deux hommes hurlèrent comme des chiens et reculèrent en vacillant, agitant les bras pour essayer de chasser les flammes qui s'accrochaient à leurs manches. Alfie réussit à enfoncer la clé dans le cadenas qui fermait la boucle de lourds maillons d'acier, mais dut lâcher prise lorsqu'un des assaillants s'avança en titubant et essaya de l'attraper. George s'avança et brandit la grosse clef à molette qu'il avait prise dans le garage, pivotant au niveau des hanches pour assener un coup impitoyable. Le portail trembla de haut en bas et l'homme tomba à la renverse en hurlant.

Alfie saisit le cadenas, tourna la clé et ouvrit le portail à coups de pied, puis fit volte-face et courut vers la 205. Un Range Rover noir descendit la rue en rugissant, pila devant le portail et bloqua le passage ; un homme jaillit des buissons en bordure du terrain et s'élança droit sur Alfie, les bras raides collés le long du corps, la tête baissée, courant si vite qu'il ne put s'arrêter quand Graham lui fonça dessus en marche arrière. Il heurta de plein fouet le flanc de la 205 et tomba à la renverse, mais d'autres hommes sortaient des buissons et convergeaient sur George qui se dirigeait au petit trot vers la voiture de pompiers. Il brandit sa clé à molette au-dessus du plus proche, mais le manqua. L'élan le déséquilibra, l'homme le saisit et l'emprisonna dans ses bras. George se libéra d'un coup de tête, abattit la clé sur la nuque de son assaillant. L'homme s'effondra comme une masse. George brandit la clé à droite et à gauche, avançant tandis que les autres intrus battaient en retraite, et leur demandant s'ils voulaient en tâter ; puis il lança l'outil sur eux, courut vers la voiture de pompiers, se hissa dans la cabine, claqua la portière et démarra.

Deux hommes descendirent du Range Rover qui bloquait l'accès du terrain. L'un était l'homme blond qui avait braqué Alfie et Toby dans le parking de la cité HLM ; son compagnon sourit à Alfie et agita l'index comme un professeur admonestant un élève récalcitrant puis leva le bras pour se protéger les yeux lorsqu'il fut ébloui par les phares de la voiture de pompiers, qui avançait en prenant de la vitesse. Elle évita la 205 dans une embardée et les deux hommes se jetèrent de côté, l'un à droite, l'autre à gauche, lorsqu'elle pulvérisa le portail et percuta de plein fouet le flanc du Range Rover dans un fracas retentissant. Elle recula de quelques mètres, puis avança à nouveau et repoussa le Range Rover dans la rue.

Alfie arracha presque la portière de la 205 et retomba sur le siège à l'intérieur. Graham écrasa l'accélérateur, la petite voiture bondit dans l'étroite brèche entre le montant du portail et l'arrière de la voiture de pompiers, virant sur place à angle droit quand Graham tira sur le frein à main, puis sauta si violemment sur un ralentisseur qu'Alfie décolla de son siège, se cogna la tête au pavillon, se mordit la langue et vit un éclair blanc. Il saisit la poignée de maintien au-dessus de la portière, vit qu'une troupe d'hommes désordonnée se lançait à la poursuite de la 205. Graham prit un virage en troisième et dit calmement :

— Vous feriez mieux de vous attacher.

La voiture ferrailla encore sur deux ralentisseurs, survola un mini-rond-point.

Tout en essayant de marier le crochet et l'attache de sa ceinture de sécurité, Alfie dit, le souffle coupé :

— Ils nettoient, ils font le vide derrière eux.

— S'ils sont venus ici pour vous... dit Graham.

— Ils sont probablement allés au Nomads' Club aussi, dit Alfie.

Une lumière éblouissante inonda brusquement le rétroviseur. Graham jura, la 205 bondit, décolla un instant des quatre roues au-dessus d'un autre ralentisseur, puis le moteur hurla lorsque Graham rétrograda de cinquième en troisième pour prendre Caledonian Road en dérapage.

Caledonian Road à minuit et demi : des voitures et des utilitaires garés de chaque côté sous la clarté orange des réverbères, des rangées de vitrines obscures, un groupe d'hommes devant un centre social turc, qui se retournèrent pour voir filer la 205, moteur poussé à plein régime, prise en chasse par le ténébreux Range Rover cabossé. Graham roulait à cent à l'heure en direction de King's Cross, déboîtant sans cesse sur le mauvais côté de la chaussée pour dépasser des véhicules plus lents. Alfie aperçut une file de voitures, droit devant, qui attendaient au feu rouge. Graham lui dit de se cramponner, fit une embardée et grilla carrément le feu, sous le nez d'un autobus qui remplit la vitre du côté d'Alfie avec la lumière de ses feux de route et le hurlement rageur de son klaxon. Ils étaient passés, et fonçaient sur le pont du canal. Alfie vit dans le rétroviseur extérieur que l'autobus avait calé, bloquant le carrefour, et dit à Graham qu'il pouvait ralentir.

— Vous plaisantez, ou quoi ?

Lancée comme une fusée, la 205 traversa au vert l'intersection avec Pentonville Road, déclenchant l'éclair d'un radar, et Graham ralentit à peine en abordant le virage à droite serré qui menait à la partie nord du sens unique de Gray's Inn Road ; il passa encore une fois en troisième, se servant du frein à main pour exécuter un long dérapage contrôlé. C'est alors que le pneu avant droit de la 205 éclata dans une explosion qu'Alfie prit un instant pour un coup de feu. La petite voiture plongea sur l'avant, traversa quatre voies en dérapant latéralement, escalada d'une secousse la bordure du trottoir, retomba puis percuta un coffret de raccordement des télécoms dans une détonation sèche exactement semblable au bruit que Watty avait produit en heurtant le toit du minibus. Le montant de porte du côté d'Alfie plia ; la vitre explosa dans une averse de granules acérés qui lui piquèrent le visage et les mains. Graham s'accrocha de toutes ses forces au volant, rétrograda en seconde. Le moteur hurla et l'habitacle fut saturé par l'odeur de l'huile brûlée. Le pneu éclaté claquait en perdant des lambeaux de caoutchouc fumant ; la jante à nu grinçait comme une meule à aiguiser dans un sillage d'étincelles.

Graham se battait avec le volant, mais lorsqu'il tourna dans Euston Road, la roue sans pneu se bloqua complètement. L'arrière de la 205 décrocha, la voiture partit en tête-à-queue et percuta la glissière de sécurité médiane ; le moteur cala et refusa de redémarrer ; Graham cria à Alfie de se sauver.

Alfie dut peser de tout son poids contre la portière faussée pour l'ouvrir. Il s'extirpa maladroitement du véhicule, les genoux douloureusement meurtris. Au moment où il allongeait le bras pour récupérer son fourre-tout et son sac de voyage sur la banquette arrière, le Range Rover noir freina sec à une douzaine de mètres, pleins phares éblouissants sous la dure clarté orange des réverbères. Les portes s'ouvrirent de chaque côté et les deux hommes sortirent sans se presser. Graham, cramponné au toit de la 205, cria un avertissement, puis tira un coup en l'air. Alfie se baissa et essaya de se faire tout petit. Graham cria à nouveau, informant les deux hommes qu'il tirerait pour de bon s'ils faisaient un pas de plus.

L'homme aux cheveux noirs et à la veste en jean sourit, tendit la main derrière lui et produisit un pistolet automatique chromé. Il prit son temps, laissant Graham tirer une nouvelle fois avant de tendre le bras et de tirer à son tour. Alfie vit la tête de Graham basculer en arrière, le vit s'effondrer derrière la 205. De l'autre côté de la chaussée, sous la marquise devant la gare de King's Cross, les gens virent l'homme à la veste en jean s'approcher de la 205 et contourner son bref capot. Refusant d'en croire ses yeux, Alfie poussa un cri inarticulé lorsque l'éclair du coup de grâce illumina le visage du tueur.

22.

Harriet s'éveilla dans la chambre d'amis de Clarence Ashburton. La pièce sentait le moisi, elle avait un mal de tête dément, une langue endolorie qu'elle avait mordue pendant la crise dont elle ne se souvenait pas et une impression de terreur indéracinable. Pendant qu'elle s'habillait à la lumière qui filtrait par les rideaux poussiéreux, tâtonnant de ses doigts malhabiles pour assujettir boutons et pressions, elle essaya de se rappeler le moment où elle était allée se coucher. Les deux vieillards racontaient à Alfie Flowers et Toby Brown l'histoire de la découverte des glyphes, et puis... Il y avait un blanc, un trou. Elle descendit au rez-de-chaussée et trouva Toby Brown, Julius Ward et Clarence Ashburton dans le bureau. À genoux entre les fauteuils dans lesquels étaient assis les deux vieillards, Toby Brown se penchait sur une carte à grande échelle du nord de l'Irak étalée sur le plancher. Julius Ward montrait quelque chose sur la carte du bout de sa canne.

— Pas question, dit Harriet.

— La Belle au bois dormant se réveille, dit Toby en lui souriant.

— Comment allez-vous, ma chère ? demanda Julius Ward.

— Il est hors de question que vous alliez en Irak ou ailleurs pour chercher la source des glyphes, dit-elle à Toby. N'y songez même pas. Et où est Alfie Flowers ?

— Je crois que vous avez besoin d'être mise au courant, dit Toby.

Il lui apprit que, la veille au soir, Graham Taylor avait conduit Alfie à son terrain après que son locataire avait téléphoné pour lui dire que ses caravanes avaient été cambriolées, que Graham et Alfie étaient tombés dans une embuscade tendue par les hommes de Rölf Most, et qu'Alfie avait été kidnappé.

Il se tut un instant, puis dit :

— Je crains que les choses ne s'arrangent pas. Il n'y a pas moyen de le dire facilement, alors je le dis carrément, sans fioritures : ils ont tué votre ami Graham Taylor.

Pendant quelques instants, le silence régna dans la pièce ; les trois hommes attendaient qu'Harriet parle. Seul le regard aveugle et bienveillant de Clarence Ashburton était plus ou moins dirigé vers elle.

Elle se força à parler, la gorge sèche.

— Graham a une femme – une ex-femme. Il a aussi deux grandes filles. Elles savent ?

Toby dit que la police avait dû les contacter. Harriet finit par s'asseoir et, encore engourdie, l'écouta expliquer que Graham et Alfie avaient emprunté sa 205 pour se rendre à Islington. La police avait trouvé l'identité du propriétaire, et quand ils avaient constaté qu'Harriet n'était pas chez elle, ils avaient appelé son portable – le numéro était mémorisé sur le portable de Graham – et Julius Ward avait décroché.

— Ils avaient toutes sortes de questions à vous poser, dit Toby, mais Julius a affirmé que vous n'étiez pas en état de parler à qui que ce soit.

— Ce qui était la stricte vérité, dit Julius Ward.

— Ils ont quand même fait un tour ici, dit Toby, mais le responsable de la sécurité les a convaincus de remettre ça à plus tard.

— Vous auriez dû me réveiller, dit Harriet.

— Vous étiez K.-O., dit Toby. Vous avez dormi tout le temps.

Julius Ward lui demanda à nouveau comment elle se sentait. Avait-elle mal à la tête, se sentait-elle bizarre d'une manière ou d'une autre, voyait-elle des scintillements ?

C'est alors qu'elle apprit qu'elle avait eu une crise d'épilepsie en bonne et due forme.

Clarence Ashburton s'éclaircit la voix et commença à dire que, malheureusement, ce n'était pas encore la fin des réjouissances de cette nuit, mais Harriet ne pouvait plus tolérer de mauvaises nouvelles, ne pouvait pas rester assise sans bouger un instant de plus. Elle avait l'impression que les murs se refermaient sur elle, elle avait besoin de s'éclaircir les idées, et elle fit une longue promenade sur les pelouses de Tooting Common, discrètement suivie par Mark Mallett, propriétaire de l'agence de sécurité privée qui surveillait la maison de Clarence Ashburton. Elle marchait très rapidement, tandis que le vide creusé dans sa poitrine par la nouvelle de la mort de Graham se remplissait lentement de remords et de dégoût de soi, à la manière dont un trou creusé dans le sol humide se remplit d'eau boueuse.

C'était un samedi parfaitement ordinaire : l'air était doux, des nuages ventrus flottaient dans le ciel, des gens promenaient leurs chiens, des enfants couraient de tous les côtés, des hommes improvisaient une partie de football. Une douleur sèche monta à la gorge d'Harriet et elle pleura un peu – de chaudes larmes de colère qu'elle essuya sur sa manche sans interrompre sa promenade. La petite portion de son esprit qui ne s'employait pas à essayer d'appréhender l'énormité de ce qui s'était passé savait que les larmes n'étaient qu'un symptôme de son chagrin et non le chagrin lui-même. Il viendrait en son temps...

Elle rentra à la maison, attendit que Mark Mallett la rejoigne à la grille. C'était un ex-officier du SAS, athlétique, la quarantaine passée, les mains au fond des poches de son blouson de cuir, le visage d'une neutralité exemplaire. Elle lui demanda ce qu'il avait dit à la police, et il répondit qu'elle n'avait pas à s'inquiéter, qu'il n'avait pas lâché le morceau.

— Je leur ai dit que mes gars assuraient la sécurité de M. Ward et de M. Ashburton à la suite de menaces de mort contre leurs personnes. Ils voulaient savoir d'où provenaient ces menaces et pourquoi elles n'avaient pas été signalées ; je leur ai dit que la nature de ces menaces n'était pas très claire, ce qui était sans doute la raison pour laquelle elles n'avaient pas été signalées. Ça ne leur a pas tellement plu, surtout quand ils ont été obligés de repasser une heure plus tard. Le commissaire m'a un peu gonflé en soulignant bien qu'il voulait vous parler le plus tôt possible.

— Pourquoi sont-ils revenus ?

— Personne ne vous a raconté ce qui s'est passé ici ?

— Ce qui s'est passé ici ? Je croyais que c'était à King's Cross.

— Ils ont fait leur coup chez M. Flowers, et deux heures plus tard, ici aussi. Enfin, ils ont essayé.

Mark montra à Harriet un endroit noir de suie sur le béton de l'allée, un carré d'herbe flétrie. Ils étaient deux, dit-il. Deux hommes qui s'étaient volontairement mis le feu en contournant à toutes jambes le camion qui bloquait l'allée ; ils avaient foncé droit sur la porte d'entrée.

— Mon gars dans le camion leur a tiré dessus et les a blessés tous les deux, et lorsque mes autres gars sont arrivés sur les lieux, il avait déjà éteints les deux bonshommes avec un extincteur. Une prestation exceptionnelle, à mon avis – si vous voulez lui donner une prime, je serai heureux de la lui remettre. Vous savez pourquoi ils ont essayé d'incendier cette maison en s'immolant par le feu ? Je n'en ai pas la moindre idée.

Harriet comprit tout de suite qu'il s'agissait forcément de *low men*, sans doute activés par le canon à glyphes de Rölf Most, mais elle ne pouvait pas le dire à Mark Mallett. Elle ne dit rien non plus à la police. Elle passa la plus grande partie de l'après-midi du dimanche dans une salle d'interrogatoire au commissariat de Paddington Green ; elle passa en revue les événements de la nuit du vendredi en compagnie de deux fonctionnaires des Renseignements généraux, et ne dit pas un mot sur Rölf Most et Larry Macpherson, les glyphes et les *low men*. Les RG lui montrèrent des photographies des cadavres des deux hommes qui avaient joué les bombes incendiaires, essayant de la choquer ou de lui faire honte avec des gros plans de visages boursouflés, de chairs crevassées et calcinées. Ils lui dirent que l'un était un manœuvre irlandais sans domicile fixe, et l'autre un vagabond sans papiers d'identité.

Avant que l'interrogatoire commence, Harriet avait dissimulé entre l'index et l'annulaire de sa main gauche une épingle dont la pointe reposait sur le talon de sa main. Lorsqu'elle sentit qu'elle commençait à être submergée par les horreurs que les deux fonctionnaires des RG lui étalaient sous les yeux, elle ferma la main et se piqua avec l'aiguille. Les petits sursauts de douleur localisée l'aidèrent à garder l'esprit clair et concentré. Elle imagina Larry Macpherson attirant des hommes dans le Range Rover avec des promesses d'alcool ou de drogue, à moins qu'il ne les kidnappe en pleine rue sous la menace de son arme. Il leur pulvérisait la drogue dans les narines, leur retroussait et leur collait les paupières. Rölf Most se penchait sur eux, canon à glyphes en main...

Elle se piqua avec l'épingle, dit aux RG qu'elle n'avait jamais vu ces individus, qu'elle n'avait aucune idée de la raison pour laquelle ils s'étaient immolés par le feu. Les RG lui apprirent qu'un autre homme, un toxicomane condamné à maintes reprises pour de menus larcins, avait été grièvement blessé dans la propriété de M. Flowers et était actuellement dans le coma au Royal Free Hospital. Ils lui montrèrent sa photo, lui demandèrent si elle l'avait déjà vu. Ils lui montrèrent une vidéo de l'assassinat de Graham Taylor prise par les caméras de surveillance autour de King's Cross : trois petits films granuleux tournés sous trois angles différents, tous avec la même fin horrible. Ils lui montrèrent des photos du corps de Graham Taylor, recroquevillé entre le flanc de la 205 et une grille, la tête de côté, le visage reposant dans une mare de sang luisante. Ils alignèrent devant elle des photos de Larry Macpherson et de son complice blond et lui demandèrent si elle savait quoi que ce soit au sujet de ces individus, lui demandèrent pourquoi ils avaient tué Graham Taylor, pourquoi ils avaient enlevé Alfie Flowers.

Harriet se servit de l'épingle, refoula le choc qu'elle venait de subir, son chagrin et sa colère, et donna des réponses qui n'engageaient à rien. Manifestement, les fonctionnaires des Renseignements généraux ne croyaient pas qu'elle coopérait pleinement et, à la fin de l'interrogatoire, ils lui dirent que, même s'ils n'avaient pour l'instant aucune raison de la placer en garde à vue, ils aimeraient lui reparler très bientôt. Ils attendirent une bonne minute qu'elle dise quelque chose en la fixant d'un œil sévère, puis la laissèrent partir.

Ce soir-là, son contact au MI6, Jack Nicholl, l'appela.

— Il faut que nous parlions. Même endroit que la dernière fois, demain matin à huit heures pile.

Harriet allait lui demander s'il savait où était Rölf Most, mais il avait déjà raccroché.

Ils se rencontrèrent dans le restaurant de St James's Park et se promenèrent nonchalamment autour du lac. Jack Nicholl écouta attentivement l'histoire rapportée en seconde main par Harriet : le siège du terrain d'Alfie Flowers, la poursuite en voiture, l'exécution de Graham Taylor. Quand elle eut terminé, il dit :

— Les RG m'ont montré la vidéo de l'assassinat de votre ami. Ignoble.

Larry Macpherson avait attendu avant de tirer la balle qui avait tué Graham Taylor. Il s'était retourné, avait trouvé une caméra braquée sur lui et lui avait souri – un sourire froid et cruel de fauve qui montrait les dents. Il tenait, Harriet en était sûre, à ce qu'elle sache qu'il avait exécuté son ami. Qu'il la provoquait, la mettait au défi de le suivre. Elle était également certaine que c'était pour cela que les deux *low men* avaient été envoyés chez Clarence Ashburton.

— Most et Macpherson sont-ils encore en Grande-Bretagne ? demanda-t-elle.

— Ils sont partis deux heures après que votre ami a été tué, dans un jet privé qui a décollé de Biggin Hill. Il a fait escale à Athènes pour se ravitailler. C'est le pilote lui-même qui a signé la facture du carburant sur la piste, personne d'autre n'est monté ni descendu. Ensuite, l'avion a mis cap au sud-est, vers la Turquie.

— Vers Diyarbakir.

Jack Nicholl la regarda. C'était un matin ensoleillé et ses yeux étaient masqués par des lunettes teintées. Un exemplaire du *Daily Telegraph* était plié sous son bras.

— C'est là que vivaient Moussa Qarssou et son père avant qu'ils viennent chez nous, expliqua Harriet. Ils se sont enfuis d'Irak et sont arrivés en Turquie, le père de Qarssou a été arrêté et emprisonné, et quand il a été libéré, ils sont venus à Londres.

— L'avion a atterri à l'aéroport de Kaplaner, à Diyarbakir, vers huit heures trente du matin, heure locale, est reparti une heure plus tard, en direction du sud-est, dit Jack Nicholl. Et c'est tout ce que nous savons. Nous n'avions personne qui aurait pu arriver à temps à l'aéroport pour voir qui est monté ou descendu après l'atterrissage de l'avion, et nous avons estimé que ce ne serait pas une bonne idée d'impliquer la police locale. Et bien que nous soyons assez sûrs que l'avion s'est dirigé vers l'Irak après avoir quitté Diyarbakir, je crains que nous ne sachions pas exactement où il a finalement atterri. Les vols en direction et en provenance d'Irak sont encore sous le contrôle militaire des USA, et nous avons jugé plus prudent de ne pas leur poser la question, vu les liens de M. Macpherson avec la CIA.

— Ils sont probablement allés à Mossoul, dit Harriet. De là, il n'y a plus qu'un court trajet en voiture pour aller jusqu'à l'endroit où le Nomads' Club a découvert les glyphes.

Jack Nicholl se tut une seconde puis dit :

— Je crois que c'est plus que vraisemblable. Si on s'asseyait ?

Ils s'installèrent sur un banc en face du lac où un jet d'eau blanche pulsait à faible hauteur. Des oies se disputaient des miettes de pain que quelqu'un avait répandues sur la berge herbeuse. Des hommes et des femmes tirés à quatre épingles se dirigeaient vers leurs bureaux, portant serviettes, mallettes et ordinateurs. Un homme arborait un chapeau melon, cliché devenu rare aujourd'hui, même dans le quartier des ministères.

— Alfie Flowers avait raison, dit Harriet. Benjamin Barrett et Moussa Qarssou se sont brouillés, ou alors, Qarssou a eu peur. Peut-être qu'il a repéré les *low men* qui surveillaient l'appartement de Barrett, et qu'il savait ce qu'ils étaient, ce qu'ils impliquaient. Alors, il s'est enfui. Il est retourné là d'où il venait.

Jack Nicholl hocha la tête.

— L'ennui, c'est qu'il a pu quitter le pays d'une douzaine de manières différentes. Je suis en train de procéder à des vérifications aux endroits évidents – les aéroports, l'Eurostar, et ainsi de suite –, mais, jusqu'ici, sans résultats. Il aurait pu acheter un billet de passager sans véhicule sur un ferry transmanche, ou prendre un de ces cars qui mettent environ cinq jours pour aller à Istamboul si vous avez assez de chance pour en attraper un qui ne tombe pas en panne en route. Ou alors, il aurait pu embarquer sur un de ces bateaux de pêche qui font l'essentiel de leur bénéfice en transportant des clandestins dans l'autre sens. S'il est effectivement rentré au pays, évidemment. Ce dont nous n'avons toujours pas la certitude.

— Nous n'en avons pas la certitude, mais Most l'avait, lui, dit Harriet. S'il est allé à Diyarbakir, c'est parce que Benjamin Barrett a dû lui dire que Moussa Qarssou y était allé.

— J'ai réussi à soutirer une grande faveur à notre amie du MI5. Elle a dit à son indicateur de se renseigner pour votre compte. S'il trouve quoi que ce soit, elle pourra vous le dire cet après-midi.

Jack Nicholl tapota l'exemplaire du *Daily Telegraph* qu'il avait posé sur le banc entre eux deux.

— Vous trouverez là-dedans quelque chose qui vous intéressera. Et si vous décidez d'agir en conséquence, pour l'amour du ciel, ne me le dites pas.

— Je comprends.

— Pour mes supérieurs, l'affaire est classée. Rölf Most et Larry Macpherson ont quitté le pays, ils ne nous concernent plus. Il se trouve que je ne partage pas ce point de vue, mais...

— Vous avez les mains liées.

— C'est une sale affaire, dit Jack Nicholl en contemplant le lac. Trois meurtres caractérisés, sans parler des hommes qui ont été retournés. Les deux pauvres couillons qui se sont immolés par le feu, l'homme dans le coma, et les autres aussi. Ils vont tous mourir, n'est-ce pas.

— Les *low men* ne durent pas longtemps. Les modifications métaboliques sont irréversibles.

Jack Nicholl secoua la tête.

— Une sale histoire. Je ne veux vraiment pas savoir ce que vous avez l'intention de faire, Harriet. Mais quand tout sera terminé, peut-être que vous me laisserez vous payer un verre, et que nous pourrons en parler en confiance.

— Ça me plairait, dit Harriet en découvrant qu'elle était sincère.

— Quoi que vous fassiez, Harriet, soyez prudente, dit Jack Nicholl.

Après qu'il fut parti, Harriet ramassa l'exemplaire du *Daily Telegraph* et commença une longue et sinueuse promenade dans le West End. Quand elle fut absolument certaine qu'elle n'était pas suivie, elle s'installa dans un Starbucks et examina les deux morceaux de papier qui avaient été pliés à l'intérieur du journal. L'un lui donnait le lieu et l'heure d'un rendez-vous avec Susan Blackmore, l'agent du MI5 qui contrôlait l'indicateur kurde, Şivan Ergüner. L'autre était la photo satellitaire infrarouge d'une zone montagneuse. Une étroite vallée était entourée d'un cercle au feutre rouge. Une flèche désignait une grappe de minuscules losanges blancs étiquetés *« Véhicules »*.

Au verso de la photographie, quelques lignes d'une écriture ferme et lisible :

Photo prise par le satellite Quick Bird, 0620 GMT, lundi 7 juin. Je crois que vous savez où ça se trouve, Harriet. Je crains que ces salauds ne soient en train de frapper à la porte de l'ancien terrain de jeux de votre grand-père.

Susan Blackmore avait quelques nouvelles positives. Harriet la rencontra dans un des bureaux semi-clandestins du MI5, une garenne de pièces sinistres dans ce qui avait été autrefois un commerce qui fournissait des fromages aux restaurants, près du viaduc de Holborn. Elle dit à Harriet que Şivan Ergüner avait trouvé quelqu'un qui veillait sur les maigres possessions de Moussa Qarssou.

— Moussa Qarssou les a confiées à son ami mardi dernier. Il a dit qu'il était obligé de rentrer au pays.

— Est-ce qu'il a dit où, exactement ? demanda Harriet.

— Il pense que c'est quelque part en Turquie.

— Est-ce qu'il a parlé de Diyarbakir ? C'est une ville dans le sud-est de la Turquie.

— Il n'a pas mentionné de lieu particulier.

— Est-ce que cet ami sait comment Moussa Qarssou avait l'intention de s'y rendre ?

Susan Blackmore secoua la tête.

— Apparemment, Moussa Qarssou était dans tous ses états. Il a déposé ses affaires, il a dit son copain de veiller dessus jusqu'à ce qu'il revienne, et il a filé.

— Qu'est-ce qu'il a laissé ?

Susan Blackmore consulta son carnet.

— Des vêtements, une télé portable, une boîte pleine de marqueurs et de bombes de peinture, des bandes dessinées. Rien de significatif, d'après Şivan.

Harriet passa encore quelque temps dans une agence de voyages et découvrit qu'il y avait une demi-douzaine de façons de se rendre en Turquie. Par la route ou en train, par bateau au départ de Venise, de Brindisi ou de Trieste, par bateau ou hydroptère à partir de la Grèce. Si quelqu'un n'avait pas les moyens – ou ne voulait pas prendre le risque – d'utiliser un vol direct au départ de Londres, il lui faudrait plusieurs jours pour atteindre la Turquie, et au moins un jour de plus pour traverser le pays et parvenir à Diyarbakir, voire encore bien plus longtemps s'il faisait du stop. Ce qui signifiait qu'il y avait une petite chance que Moussa Qarssou soit encore en transit, et qu'elle puisse arriver à Diyarbakir avant lui...

Lorsque Harriet rentra chez Clarence Ashburton, Toby l'attendait, impatient de lui communiquer les dernières nouvelles. Il avait fait gentiment pression sur son ex-femme, qui travaillait pour Amnesty International, et elle avait découvert que non seulement cette organisation caritative avait organisé une campagne de pétitions par courrier pour soutenir le père de Moussa Qarssou et une douzaine d'autres hommes arrêtés par la police turque pour le même motif fabriqué de toutes pièces, mais qu'un représentant de premier plan de leur communauté à Diyarbakir avait également essayé de les aider.

— Moussa Qarssou doit connaître ce type, dit Toby après qu'Harriet lui eut rapporté ce qu'elle avait appris de Susan Blackmore. S'il est vraiment retourné à Diyarbakir, il se pourrait qu'il se soit adressé à lui pour demander de l'aide. Et même si cc n'cst pas lc cas, je parie que ce type connaît ses amis, et qu'il aura une petite idée de l'endroit où il pourrait se trouver.

Harriet admit que c'était une piste valable, et que ça lui donnait une chance de retrouver le jeune homme avant Rölf Most et Larry Macpherson.

— Tu veux dire que ça nous donne une bonne chance de le retrouver, dit Toby en brandissant dans un geste théâtral deux billets d'avion pour Diyarbakir.

Il lui dit que Clarence Ashburton avait contacté un vieil ami à lui qui pourrait les aider, un archéologue qui vivait et travaillait en Turquie depuis trente ans.

— Nous allons retrouver Moussa Qarssou, et imaginer un moyen de nous occuper des méchants qui sont à sa recherche, dit-il. Nous nous servirons du gosse comme appât pour les débusquer, si nécessaire, nous irons chez les flics de là-bas, bref, nous ferons n'importe quoi pour trouver où ils ont bouclé notre pauvre Alfie.

Pour Toby, l'affaire était dans le sac. Harriet décida de coopérer avec lui, mais elle ne lui dit pas que son ami était presque certainement déjà mort, assassiné après que Rölf Most lui avait soutiré tout ce qu'il savait. Elle ne lui parla pas non plus de la photo satellitaire, ne lui dit pas qu'il y avait de grandes chances que Rölf Most soit en train de fouiller le réseau de cavernes sous les ruines de l'église où les glyphes avaient été découverts. Elle aiderait le journaliste à chercher Moussa Qarssou à Diyarbakir – deux jours devraient suffire pour vérifier que le jeune homme était bien revenu – et ensuite elle le plaquerait pour aller en Irak, dans le Zagros, à la source des glyphes. Elle ne savait pas exactement ce qu'elle ferait une fois arrivée là-bas, mais elle était sûre qu'elle ne reviendrait pas. Elle retira tout l'argent de son compte d'épargne et en changea la plus grande partie en dollars. D'après l'un des collaborateurs de Mark Mallett, un ancien du SAS qui avait travaillé plusieurs mois comme garde du corps dans l'Irak d'après l'invasion, il serait facile de se procurer des armes et des explosifs sur place. Le pays en était jonché.

Harriet savait qu'elle faisait cela parce que Larry Macpherson l'avait provoquée.

Elle savait qu'elle le faisait pour venger le meurtre de Graham Taylor.

Elle savait qu'elle le faisait pour racheter un peu la trahison de son père vis-à-vis du Nomads' Club.

Elle ne se faisait pas de souci.

Deuxième partie

LA SOURCE

23.

Harriet et Toby passèrent plus de sept heures dans les airs, avec une escale de deux heures à Istamboul parce qu'il n'y avait pas de vols directs entre Londres et Diyarbakir. Toby employa une grande partie de ce temps à lire en fronçant les sourcils une volumineuse biographie de sir Henry Wotton (1568-1639), poète et diplomate qui se définissait comme un gentilhomme envoyé à l'étranger pour mentir dans l'intérêt de son pays, tout en écrivant des annotations sibyllines dans un petit carnet à reliure spirale et en ajoutant à son jus d'orange gratuit de la vodka achetée dans la boutique hors taxe de Heathrow. Assise à côté de lui, Harriet repassait dans sa tête l'histoire qui allait leur servir de prétexte, et ses propres plans ; elle cherchait des failles, essayait de prévoir toutes les éventualités, de se convaincre elle-même qu'ils ne tomberaient pas dans une embuscade dès leur arrivée, et, si c'était effectivement le cas, d'envisager comment réagir. Lorsqu'ils atterrirent à Diyarbakir, son estomac était déjà un nœud d'acidité, le mal de tête qui ne l'avait jamais complètement quittée depuis que Rölf Most lui avait grillé les neurones avec son canon à glyphes lui cognait aux tempes sans relâche, et elle voyait de petits éclairs internes dans les angles de son champ de vision. Elle craignait qu'ils ne soient les signes précurseurs d'une nouvelle crise de grande envergure et que les glyphes ne lui aient causé une lésion cérébrale irréversible, comme ils l'avaient fait chez Clarence Ashburton, Julius Ward et Alfie Flowers. Comme ils l'avaient fait chez son propre père.

Leur contact, Richard Elfingham, les attendait devant la porte des Arrivées. Il avait un quart de siècle de plus que sur la photo du cher ami et ancien collègue de Clarence Ashburton qu'Harriet gardait dans la poche de sa veste. C'était un homme grand, voûté, habillé d'une saharienne, avec une auréole rebelle de cheveux blancs et un visage ridé, profondément hâlé. Il brandissait sous son menton un morceau de papier avec le nom d'Harriet écrit en majuscules tremblées pour que tout le monde le voie.

Le sang-froid d'Harriet s'évapora dans une brève flambée de colère. Elle arracha la feuille de papier des mains de l'archéologue, la déchira en deux, chiffonna les deux moitiés en une boule la plus petite possible qu'elle lança le plus loin qu'elle put, comme si elle tentait de se débarrasser de tous les contretemps mesquins qui l'avaient distraite de son but depuis qu'elle s'était réveillée pour apprendre que Graham Taylor avait été tué et Alfie Flowers kidnappé.

Toby ne put s'empêcher de placer une remarque spirituelle :

— Bien joué. On ne veut pas attirer l'attention sur soi, n'est-ce pas ?

Puis il se présenta à l'archéologue, lui serra la main et le remercia d'avoir interrompu ses travaux et s'être déplacé jusqu'ici pour aider deux inconnus.

Richard Elfingham leur assura que rendre service à deux collègues de Clarence Ashburton allait de soi.

— Tout ami de Clarence est mon ami aussi, et, de plus, je le paye ainsi de retour pour un très grand service qu'il m'a rendu il y a quelques années. Il vous passe la rhubarbe, je vous passe le séné, et ainsi va le monde, hmm ?

Harriet lui serra la main aussi et s'excusa de son impolitesse. Sa colère s'était rapidement consumée, ne laissant qu'un résidu d'embarras.

— Ce n'est pas votre faute, c'est la mienne, dit-elle. J'aurais dû vous préciser qu'il pouvait y avoir d'autres gens qui cherchent le jeune homme, des gens qui lui veulent du mal.

Elle dit à Toby qu'elle avait besoin de parler en privé avec le Dr Elfingham puis entraîna l'archéologue à l'écart.

— Quant à l'autre service que je vous ai demandé, dit-elle, il faudra que nous en parlions plus tard. En attendant, pas un mot là-dessus à M. Brown.

Richard Elfingham posa l'index contre son nez. C'était un nez noble, deux fois cassé, dévié à gauche, qui lui donnait un profil d'empereur romain.

— Ne vous inquiétez pas, je n'ai pas oublié comment nous procédions au bon vieux temps – compartimenter les informations, ne révéler à chacun que le strict nécessaire et ainsi de suite. Tout est en ordre, dit-il dans un chuchotement rauque, et je n'en soufflerai mot avant que nous puissions parler sans témoins.

L'archéologue conduisit Harriet et Toby à l'extérieur de la petite aérogare et se dirigea vers un parking qui cuisait dans la chaleur de fin d'après-midi. Il leur dit qu'il avait trouvé l'homme à qui ils voulaient parler.

— Ce n'était pas trop difficile. Mehmet Celik est un notable de la communauté, bien connu et apprécié. Si quelqu'un peut vous aider à retrouver ce garçon, c'est bien lui. J'ai vous ai arrangé une rencontre avec lui ce soir, après la prière. J'ai pensé que vous ne voudriez pas remettre cette rencontre à plus tard.

Toby décocha à Harriet un grand sourire qu'il écorna d'une nouvelle cigarette.

— Qu'est-ce que je vous disais ? Tout va bien se passer.

— Avez-vous expliqué à Mehmet Celik pourquoi nous voulons lui parler ? demanda Harriet à Richard Elfingham.

— J'ai pensé qu'il valait mieux ne rien en dire. S'il sait vraiment où se trouve ce garçon, il se pourrait qu'il l'avertisse que deux personnes sont venues de Londres pour le chercher.

— Mais nous sommes les braves types, dit Toby. Nous sommes là pour sauver la vie de ce gosse.

— Ça, il ne peut pas le savoir, dit Harriet. Vous avez agi comme il faut, Dr Elfingham.

— Il voudra nous aider une fois que nous lui aurons parlé, dit Toby. La première partie de notre mission est dans la poche.

— Ne vendons pas la peau de l'ours avant de l'avoir tué, dit Harriet.

Mais, pour la première fois depuis quatre jours, elle sentit quelque chose se détendre en elle, un nerf en pelote qui reprenait sa forme, un muscle crispé qui se relâchait. Toby Brown avait peut-être raison. Peut-être que tout allait marcher, finalement. Peut-être que Mehmet Celik allait se prosterner et les présenter à Moussa Qarssou, et que Moussa Qarssou accepterait de retourner à Londres ; ou peut-être qu'il n'aurait pas besoin d'y retourner parce que en réalité il ne connaissait rien aux glyphes, qu'il avait simplement reproduit le glyphe de fascination après l'avoir vu quelque part et trouvé beau...

Richard Elfingham déverrouilla les portes d'une Jeep Cherokee sale et cabossée et les emmena à leur hôtel. L'archéologue était un conducteur épouvantable ; il collait effrontément à l'arrière de la voiture devant lui, changeait de file pour un oui ou pour un non, prêtait plus attention à ses passagers qu'à la route. Harriet s'en aperçut à peine. Elle passa le plus clair de son temps à scruter le rétroviseur extérieur fendillé pour s'assurer qu'ils n'étaient pas suivis.

— Bien sûr, si ce Mehmet Celik ne peut pas vous aider, dit Richard Elfingham en élevant la voix pour se faire entendre par-dessus les rafales d'air oppressant qui entraient par les vitres ouvertes, vous allez faire une expérience très intéressante en cherchant un jeune réfugié à Diyarbakir. Vous saviez que c'est la ville turque qui a la plus forte croissance ?

— Je sais que c'est là qu'ont abouti un grand nombre de réfugiés kurdes venant d'Irak, lança Toby depuis la banquette arrière.

— Ce ne sont pas seulement les réfugiés venant d'Irak qui ont fait augmenter la population de la ville. Il y aussi des tas de réfugiés intérieurs, venant de villages intégralement rasés par l'armée turque pendant l'insurrection kurde des années quatre-vingt et quatre-vingt-dix.

— La guerre de guérilla avec le PKK, dit Toby.

Ils se faisaient mutuellement étalage de leur connaissance du monde – rien de plus normal entre hommes.

— Le PKK s'appelle maintenant Kongra-Gel, et on dirait que toute cette triste histoire va recommencer, dit Richard Elfingham. En tout cas, Diyarbakir se trouve au bord du bassin du Tigre, et le bassin du Tigre est le centre du mouvement séparatiste kurde. Après que l'armée turque a détruit des villages afin de couper les lignes de ravitaillement du PKK dans les montagnes, la plupart de leurs habitants se sont réfugiés ici, dans les *geceköndü*, les bidonvilles. Et il y aussi des réfugiés palestiniens et iraniens, sans parler de ceux venant d'Irak. Pendant la première guerre du Golfe, un million de Kurdes comme le garçon que vous recherchez ont franchi les montagnes pour quitter l'Irak. Je ne peux pas croire qu'il ait choisi de partir de Londres pour revenir ici, d'ailleurs. Pour la plupart des gens qui vivent ici, Londres semble être le paradis – c'est vous dire à quel point ils sont pauvres, les malheureux.

— Comme vous le savez, dit Toby, des gens voulaient le tuer, à Londres. C'est pour ça qu'il est revenu ici. C'est pour ça que nous sommes venus ici, pour l'aider.

Quand Harriet avait parlé à Richard Elfingham au téléphone, elle lui avait dit que Toby Brown et elle se rendaient à Diyarbakir pour chercher un jeune réfugié kurde qui avait atteint une certaine célébrité avec ses graffiti. Ce garçon avait quitté Londres pour une raison ou une autre, avait-elle expliqué, et ils avaient été engagés par le propriétaire d'une galerie pour retrouver le jeune artiste et le persuader de revenir. Cette histoire avait beau flirter fortement avec la réalité, Harriet l'avait déjà trouvée peu vraisemblable quand Toby et elle l'avaient concoctée, tellement pleine de trous que n'importe quel enfant modérément intelligent aurait eu du mal à décider auquel s'attaquer en premier ; par bonheur, Richard Elfingham avait choisi de ne pas la mettre en doute.

— Si ce garçon a des ennuis, cette ville est un bon endroit pour se cacher, dit l'archéologue. Il y a deux millions d'habitants ici, et la plupart ont moins de vingt-cinq ans.

La Cherokee avançait maintenant par à-coups, engluée dans une circulation dense qui progressait lentement sur une large avenue avec force appels de phares et coups de klaxon. La foule encombrait les trottoirs devant des magasins couverts d'affiches vantant des jus de fruits, des shampooings et de la nourriture pour bébé. Des enseignes au néon clignotaient dans l'air épais. Des graffiti se répandaient en boucles sur les murs. Richard Elfingham traduisit quelques-uns des slogans. Ils souhaitaient longue vie à Apo. Ils prétendaient qu'Apo serait bientôt libre. Apo était Abdullah Öcalan, l'ex-leader du PKK, détenu dans la prison de haute sécurité de l'île Imrah et condamné à mort (« Mais le gouvernement n'osera jamais l'exécuter, dit Richard Elfingham, maintenant que la Turquie est si près d'entrer dans l'Union européenne ») tandis que son nom continuait de se répandre dans le monde.

Les anciennes murailles de la ville, partiellement voilées par des échafaudages, se profilaient vaguement au loin sur un soleil couchant lugubre qui mijotait derrière les couches d'air pollué. Richard Elfingham dit que ce mur avait été construit en basalte noir par les Byzantins sur les vestiges du mur romain originel, et qu'il avait inspiré le beau et sinistre surnom de la ville, la Ténébreuse.

— Alors, dites-moi, qu'est-ce que vous pensez de cette fabuleuse vieille cité, hmm ? demanda l'archéologue.

Harriet connaissait déjà Toby depuis assez longtemps pour savoir que c'était là le prétexte idéal à une de ses reparties d'un goût douteux. Elle se tourna pour lui lancer un regard d'avertissement, mais il lui sourit, tira sur le devant de sa chemise noire en lin, révélant sa poitrine saillante et dit :

— Ce que j'en pense ? Je crois qu'il y fait fichtrement trop chaud ; je transpire comme un tripoteur de mômes déguisé en Père Noël. Au fait, y a la clim' dans l'hôtel où on va ?

Après avoir rempli leur fiche à l'hôtel, ils dînèrent tôt dans un minuscule restaurant sur une place en bordure du bazar des vêtements, tuant le temps avec des pâtisseries outrageusement sucrées et de minuscules tasses de café boueux, en attendant leur rencontre avec Mehmet Celik. Richard Elfingham faisait les frais de la conversation, évoquant ses souvenirs des travaux archéologiques qu'il avait effectués avec Clarence Ashburton dans les années 1960, et ses propres travaux à Çatal Höyuk. Il faisait partie d'une équipe internationale qui séjournait sur ce site chaque été et travaillait sur les complexes de demeures néolithiques remontant jusqu'à 9 000 ans, entassées les unes sur les autres comme les alvéoles d'une ruche parce qu'elles avaient été construites avant l'invention des rues, et dans lesquelles on entrait par un trou dans le toit. Il y avait des chambres funéraires, des trophées à tête d'animaux, des peintures rupestres d'hommes en train de se faire dévorer par des vautours, et la plus ancienne peinture de paysage connue, qui, anticipant le cliché des films de série B sur les hommes des cavernes, représentait l'éruption d'un volcan du voisinage. Des centaines d'autres trouvailles plus modestes mais d'une importance non moins cruciale avaient contribué à composer l'image d'une des plus vieilles civilisations du monde.

Harriet se demanda si les habitants de cette colonie d'une ancienneté fabuleuse avaient su quoi que ce soit sur les glyphes.

Toby annonça enfin qu'il allait se servir des commodités, du trou dans le sol ou de l'équivalent local, et Harriet put s'entretenir avec Richard Elfingham de l'autre sujet dont ils avaient débattu au téléphone : de son voyage sans retour en Irak.

Il lui dit qu'en fait tout avait été arrangé par les soins de l'intermédiaire qui l'avait aidé à organiser un chantier de fouilles à Diyarbakir deux ans plus tôt, lorsque les travaux de restauration des murailles de la ville avaient mis au jour les fondations d'un poste de garde romain.

— C'est un homme très fiable, tout à fait digne de confiance. Il est cher, bien sûr, mais tout cela est relatif. En ce qui le concerne, cent dollars américains suffiront, et il vous en faudra deux cents de plus pour payer son oncle, qui peut vous emmener en Irak jusqu'à une ville appelée Zakho. C'est à quelques kilomètres seulement après la frontière, mais, apparemment, cet oncle connaît des gens à Zakho, des chauffeurs de taxi, des chauffeurs de camion et autres véhicules, qui devraient pouvoir vous emmener plus loin. Mon ami dit que vous n'aurez aucun problème pour passer la frontière, mais qu'ensuite son oncle ne peut plus garantir votre sécurité.

— Je peux me débrouiller toute seule, dit Harriet.

Richard Elfingham l'observa un instant, puis dit :

— Le garçon que vous cherchez doit être vraiment désespéré s'il a choisi de retourner en Irak. Espérons que vous allez le trouver ici, hmm ?

— Même si nous le trouvons, j'ai d'autres affaires à régler en Irak. Quoi qu'il arrive, l'homme qui peut me faire passer la frontière devra me prendre après-demain.

— À six heures du matin, comme convenu.

— Et pas un mot de tout cela à M. Brown, s'il vous plaît. Il a insisté pour venir ici m'aider à retrouver ce garçon, mais, dans son propre intérêt, je ne veux pas qu'il aille plus loin. Quand je serai partie, je vous serais vraiment reconnaissante si vous pouviez faire de votre mieux pour assurer qu'il rentre en Angleterre intact, mais ne tentez rien qui puisse vous mettre vous-même dans une situation dangereuse.

Toby revint à la table, s'assit en se reniflant les doigts et dit qu'il venait de poser un rondin de première classe, mais qu'il n'y avait pas de papier cul dans ces chiottes et qu'il avait dû suivre la coutume locale et se servir de sa main. Il était plus ou moins dégrisé, maintenant. Il avait pris une longue douche froide à l'hôtel et portait des bottes Caterpillar toutes neuves, un jean Paul Smith et un T-shirt noir propre sous sa veste en lin noire chiffonnée. Il avait renoncé à goûter à la bière locale pendant le repas et s'était contenté de Pepsi-Cola. Harriet savait que s'il n'avait cessé de plaisanter depuis qu'ils avaient quitté Heathrow, c'était pour noyer sa nervosité sous un flot de baratin. Mais elle savait aussi que, derrière sa volubilité, il était intelligent et plein de ressources, et aussi déterminé qu'elle à trouver Moussa Qarssou, à traquer les nervis de Rölf Most et à trouver ce qui était arrivé à son ami, Alfie Flowers.

Peut-être que la chance lui sourirait, songea Harriet, mais seulement ici, à Diyarbakir. Il était hors de question qu'il l'accompagne en Irak. Elle avait déjà assez de morts sur la conscience.

24.

Richard Elfingham soutint que Mehmet Celik était un homme respectable, un personnage public célèbre pour son action envers les pauvres, mais Harriet sentit son estomac commencer à se nouer lorsqu'ils traversèrent l'un des bidonvilles de Diyarbakir pour se rendre au bureau du notable. La pauvreté était un vrai choc : c'était le tiers-monde, brutalement sordide. La puanteur de la fumée de bois mêlée aux relents des égouts s'infiltrait dans la climatisation de la Cherokee qui progressait lentement dans des rues étroites bordées de boutiques ouvertes à même le trottoir et de cabanes construites en tôle ondulée et en parpaings. Il était presque neuf heures du soir, mais tout le monde semblait être dehors. Des bandes de petits gamins couraient à côté de la Jeep, tapaient aux vitres en criant pour demander du *para* – de l'argent – et des *stilo*. Des garçons en vêtements usagés vendaient des fruits, des bonbons et des cigarettes à l'unité au coin des rues. Des garçons préparaient des repas rapides sur des grils improvisés montés sur des barils de pétrole. Des garçons avec des bouilloires en aluminium servaient le thé aux passants. Jusque-là, Harriet n'avait pas encore vu la moindre petite fille, et la plupart des femmes avaient un foulard sur la tête – quand elles n'étaient pas enveloppées de la tête aux pieds dans un tchador noir. Avec sa tête nue, une longue et ample chemise d'homme et une jupe qui lui descendait jusqu'aux chevilles, elle commençait à se sentir aussi exposée que si elle sortait de la plage dans un bikini moulant.

Richard Elfingham klaxonna sèchement, et un garçon en robe noire déchirée tira son âne de côté, libérant le passage. L'animal disparaissait presque complètement sous un chargement de sacs ventrus en nylon blanc – seuls son museau et ses pattes maigres étaient visibles. La Cherokee le doubla et s'arrêta devant une rangée de boutiques minables en pas-de-porte. Un petit garçon vêtu – ô, surprise ! – d'un maillot rouge de l'Arsenal qui pendait de ses étroites épaules et lui descendait jusqu'aux genoux, s'approcha en trottinant et parla à Richard Elfingham, qui confirma à Harriet et à Toby que c'était la bonne adresse. Le gamin leur fit traverser une échoppe qui avait été transformée en café Internet. Ils passèrent entre des adolescents et des hommes – la plupart portant des écouteurs et s'adonnant à des jeux vidéo guerriers –, penchés devant de vieux ordinateurs installés sur des tables branlantes, et arrivèrent dans l'arrière-boutique.

Mehmet Celik était un homme d'apparence studieuse, d'une trentaine d'années, qui portait un jean et une chemise blanche propre dont les manches étaient impeccablement retroussées au-dessus des coudes. Il se leva derrière son austère bureau en métal, tendit le bras par-dessus pour serrer la main à Richard Elfingham et à Toby, inclina la tête à l'attention d'Harriet puis indiqua les chaises empilables en plastique devant le bureau en disant quelque chose dans une langue qu'Harriet supposa être du kurde.

— Je crois qu'il nous dit qu'il est heureux de nous voir, dit Richard Elfingham.

L'individu qui était resté assis à côté du bureau, un homme plus âgé, trapu, avec une carrure de lutteur et une broussaille de cheveux grisonnants, dit :

— Mehmet Celik dit qu'il est heureux de vous accueillir. Il vous demande de vous asseoir. Alors, asseyez-vous, s'il vous plaît.

Un troisième personnage, un jeune homme mince dans un survêtement Adidas tout neuf, bleu avec une rayure rouge, était appuyé contre un mur, les bras croisés sur la poitrine. La pièce était petite, carrée et très chaude, construite en blocs de béton approximativement cimentés, et éclairée par une grosse ampoule nue. Cette dernière, cible des attaques en piqué des papillons de nuit et des coléoptères, se balançait au bout d'un câble agrafé à l'une des poutres en bois non dégrossi qui soutenaient le toit en tôle ondulée. Des cartons estampillés d'inscriptions en arabe étaient entassés le long d'un mur. Il y avait une armoire à dossiers avec des piles de paperasses sur le dessus, lestées par des pierres. Une fenêtre sans vitre surplombait une petite cour où, sous la lumière crue d'un chapelet d'ampoules électriques, des petits garçons étaient assis par terre, les bras croisés sur la poitrine, tandis qu'un vieillard à la barbe blanche non taillée leur parlait.

Mehmet Celik vit qu'Harriet regardait les enfants et fit un petit speech. L'homme assis traduisit :

— Il dit qu'il y a beaucoup d'enfants dans les *gecekĂśndĂź*. Des familles avec huit ou dix enfants ne sont pas inhabituelles. Sans école, les enfants n'ont pas d'avenir. Ils deviennent des mendiants, ils deviennent des voleurs. Avec l'école, ils ont une chance de devenir quelque chose. Ils savent cela. Ils sont impatients d'apprendre. Nous leur faisons la classe par roulement. Nous commençons le matin, et nous finissons tard le soir.

Mehmet Celik dit quelque chose et se rassit.

— Il vous dit que les gens de notre peuple sont très pauvres en toutes choses sauf en ce qui concerne leur foi et leurs enfants.

Le jeune garçon en maillot de l'Arsenal trop grand pour lui apporta un plateau chargé de petits verres incurvés posés sur des soucoupes rouges ou blanches, une théière en aluminium et une coupe en métal cannelé où s'empilaient des morceaux de sucre. Le garçon resta planté à dévisager Harriet jusqu'à ce que l'interprète lui parle sèchement et fasse mine de le gifler, puis il gloussa et sortit en trottinant de la pièce. Mehmet Celik remplit les verres de thé noir, les posa devant ses invités et leur présenta le sucrier chacun à leur tour.

— Nous avons seulement un peu de temps pour vous, dit l'interprète, mais nous écouterons attentivement ce que vous avez à dire.

Mehmet Celik opina.

Toby regarda Harriet, dit « Je peux ? » et présenta à Mehmet Celik l'histoire convenue : Moussa Qarssou le graffiteur et ses œuvres ; le propriétaire de galerie fictif qui voulait qu'il retourne à Londres. Il s'en tira bien, parlant lentement dans un style simple, s'arrêtant à la fin de chaque phrase pour laisser l'interprète la répéter en kurde. Il expliqua comment ils avaient découvert que Mehmet Celik avait aidé le père de Moussa Qarssou et dit :

— Nous espérons que vous allez nous aider. Et, bien sûr, nous permettre d'aider Moussa Qarssou.

Mehmet Celik dit quelque chose. L'interprète traduisit :

— Vous dites que vous venez de si loin pour aider le garçon. Qu'est-ce qui nous le prouve ?

Toby tira une enveloppe de la poche intérieure de sa veste noire, en sortit les photocopies qui étaient pliées dedans et les étala sur le bureau. La photographie de la première caricature qui avait mis Harriet sur la piste de Moussa Qarssou. L'article sur les graffiti bombés sur les flancs des camionnettes d'une entreprise de messageries. L'article sur le canular au musée de la Guerre.

Mehmet Celik examina les photographies l'une après l'autre, les soulevant pour les regarder, puis les remettant à l'interprète. Le jeune homme en survêtement se décolla du mur et vint se placer derrière Mehmet Celik ; il braqua un index menaçant sur la photo de la caricature de Bush en cow-boy à cheval sur une bombe, fixant intensément Harriet et Toby tout en parlant, pour qu'ils voient bien le mépris contenu qui tendait tous les muscles de son visage.

L'interprète sourit, montrant une dent en or.

— Il dit que cet artiste n'est pas un Kurde. Il dit que les Kurdes aiment l'Amérique.

— *Amrika, Kurdi dost !* dit le jeune homme en survêtement en fixant Harriet et Toby d'un regard féroce.

— Il dit qu'il y a une grande amitié entre les Américains et les Kurdes.

L'interprète prit son verre de thé et le vida avec un claquement de lèvres sonore.

Le jeune homme recommença à parler. Mehmet Celik l'interrompit, mais l'autre secoua la tête d'un air courroucé et parla énergiquement. L'interprète dit :

— Il veut que vous sachiez que, à cause des Américains, Saddam est parti et que depuis plus de dix ans les Kurdes ont un gouvernement démocratique dans le nord de l'Irak. Bientôt, nous aurons une vraie patrie. Bientôt, nous aurons l'argent du pétrole. Il y a beaucoup de pétrole dans le Nord. Les Kurdes seront riches, ils seront forts. C'est pourquoi ils aiment les Américains, voilà ce qu'il dit. Et il dit : pourquoi devrions-nous vous aider à trouver ce garçon, ce fauteur de troubles qui n'aime pas les Américains ?

Ignorant le jeune homme, Harriet s'adressa à Mehmet Celik :

— Vous avez aidé le père de Moussa Qarssou. Il a été arrêté et mis en prison injustement, et vous avez travaillé dur pour le faire libérer. Vous avez aidé le père. Pourquoi ne pas aider le fils ?

L'interprète traduisit, et Mehmet Celik dit en anglais :

— Peut-être j'aide le garçon, mais pourquoi je vous aide vous ?

– Il veut dire qu'il aide les gens de son peuple, mais vous n'êtes pas de son peuple, expliqua l'interprète.

— Votre ami en survêtement a raison, dit Harriet. Moussa Qarssou et son père ne sont pas des Kurdes. Mais vous les avez aidés quand même.

Mehmet Celik et l'interprète furent apparemment déconcertés par cette remarque. L'interprète parla longuement en kurde. Mehmet Celik répondit, et le jeune homme commença à dire quelque chose lui aussi. Il semblait être en désaccord avec les deux autres ; lorsque Mehmet Celik leva la main, il cracha un seul mot et retourna se poster contre le mur, les bras croisés sur son survêtement bleu, fusillant Harriet et Toby du regard tandis que Mehmet Celik ouvrait un tiroir et en tirait deux photographies qu'il posa à côté des photocopies de Toby avec l'air d'un flambeur au poker révélant un jeu imbattable.

— Il veut savoir si vous avez déjà vu ces hommes, dit l'interprète. Il veut savoir si, peut-être, ils sont vos amis.

L'un était l'homme qui conduisait le minibus lorsque Harriet avait été enlevée ; l'autre était l'homme blond qui avait braqué Alfie Flowers et Toby, qui était avec Larry Macpherson lorsque Graham Taylor avait été exécuté. Tous les deux fixaient l'objectif avec une morose insolence. Le conducteur du minibus avait un œil au beurre noir et un bandage fixé avec du ruban adhésif sur son crâne fraîchement tondu, au-dessus de l'oreille. Harriet se rappela qu'il avait été blessé lorsque le garde du corps de Benjamin Barrett s'était écrasé sur le toit du minibus, et qu'ensuite Graham Taylor l'avait assommé, lui avait pris son arme... L'autre homme avait un œil au beurre noir lui aussi, plus récent que celui de son ami et qui n'avait pas fini d'enfler ; il avait du sang sous une narine et une estafilade à vif sur une pommette.

Consternée, Harriet sentit sa peau se refroidir et un picotement lui remonter le long des bras tandis que les poils très fins qui les garnissaient s'agitaient et se dressaient. Ce qui aurait dû être une simple demande d'aide et de renseignements s'était soudain transformé en impasse. C'était comme si elle pataugeait dans l'ombre ensoleillée et qu'une vague l'avait soulevée pour la projeter dans l'océan, avec en dessous d'elle un abîme béant d'un kilomètre de profondeur où patrouillaient des monstres inconnus.

Elle affronta le regard calme de Mehmet Celik et dit :

— Ce ne sont certainement pas mes amis. Je les connais, oui, mais uniquement de vue... je ne connais pas leurs noms. Ils travaillent pour un homme qui veut faire du mal à Moussa Qarssou.

— Vous êtes rivaux, dit l'interprète. Vous voulez ce garçon tous les deux.

Harriet avait l'impression que Mehmet Celik essayait de la passer aux rayons X.

— Nous voulons l'aider, dit-elle. Eux non.

— Où avez-vous eu ces photos ? demanda Toby.

L'interprète sourit et dit :

— Nous avons pris les photos après que nous les avons arrêtés.

Harriet et Toby le regardèrent. Richard Elfingham se redressa un peu sur sa chaise. L'interprète poursuivit :

— Ils sont venus ici à Diyarbakir, ils ont commencé à poser des questions. Ils cherchaient Moussa Qarssou, tout comme vous maintenant. Ils ont troublé l'ordre... ils ont menacé des gens. Quand nous avons entendu parler de ça, nous les avons fait arrêter.

— La police les a arrêtés ? s'étonna Harriet. Où sont-ils maintenant ?

— Est-ce qu'il y avait un autre homme avec eux ? demanda Toby. Grand, blond, un peu gros ?

L'interprète secoua la tête et dit :

— Pas la police. Nous les avons arrêtés nous-mêmes.

— Il s'appelle Alfie Flowers, dit Toby. L'un de ces hommes a aidé à le kidnapper il y a quelques jours, à Londres.

L'interprète indiqua l'homme en survêtement.

— Ses gens maintiennent la paix ici, dit-il. Alors, les *jandarma* – la police ? – alors, la police ne vient pas dans les *gecekondü* créer des incidents. Il s'est passé ceci : ses gens ont arrêté ces deux hommes et les ont amenés ici. Mehmet Celik leur a demandé pourquoi ils menacent les gens. Ils ont dit que ce garçon est un terroriste. Ils ont dit à Mehmet Celik que s'il sait où est le garçon, il doit le leur dire, autrement, c'est un terroriste aussi. Ils ont dit que s'il ne le leur dit pas ce serait très mauvais pour lui. Ils ont dit que ce serait très mauvais pour tous ceux qui cachent le garçon.

— Ce sont des Britanniques, comme vous, oui ? demanda Mehmet Celik.

Harriet commençait à avoir un sinistre pressentiment ; ils s'étaient fourrés dans un drôle de guêpier avec leur histoire à la con et l'idée naïve que le notable allait comme ça se prosterner à leurs pieds et les aider.

— Me laisseriez-vous parler avec ces hommes ? demanda-t-elle prudemment. Il se pourrait que je puisse vous aider à en savoir plus sur eux, et sur ce qu'ils veulent.

Mehmet Celik prononça un bref discours sans cesser de fixer Harriet. L'interprète traduisit :

— Nous ne sommes pas des fanatiques et des criminels comme le Kongra-Gel. Nous n'enlevons pas des étrangers pour les tuer, nous n'assassinons pas des policiers et des hommes politiques. Nous sommes des hommes ordinaires, des hommes pacifiques, nous essayons de faire de notre mieux pour notre peuple par des moyens pacifiques et démocratiques. Alors, nous ne demandons pas de rançon pour ces hommes, nous ne leur coupons pas la tête devant une caméra vidéo et ne jetons pas leur corps au bord d'une route. Mais ils nous posent un problème. Nous pourrions les remettre à la police, mais peut-être que la police les laissera en liberté. Peut-être que la police prendra parti pour eux et nous accusera de les avoir enlevés. Alors, nous les avons remis à des amis qui les ont emmenés dans les montagnes près de la frontière avec l'Irak. Elles sont très belles, ces montagnes, très sauvages. Nos amis les ont emmenés là et les ont libérés, leur ont dit que si Allah veut qu'ils vivent, ils vivront.

— Mes amis ne sont pas venus ici pour causer des ennuis, dit Richard Elfingham. Ils sont venus à vous en toute bonne foi, pour demander votre aide.

— Pour vous, docteur Elfingham, ce n'est pas un problème, dit Mehmet Celik en ajoutant quelques mots en kurde.

L'homme en survêtement haussa les épaules d'une manière suggérant que, bien qu'il ne soit pas d'accord avec Mehmet Celik, il ne discuterait pas.

— Il dit que nous savons qui vous êtes, dit l'interprète à Richard Elfingham. Nous savons que vous êtes un homme de parole. Mais vos amis, nous ne les connaissons pas.

— Ils ne sont pas venus ici pour causer des ennuis, répéta Richard Elfingham. Je peux absolument vous le garantir.

Mehmet Celik posa le doigt sur l'une des photocopies de Toby et dit :

— Pourquoi êtes-vous venus ici ? Ça n'a rien à voir avec l'art.

— Il veut que maintenant vous disiez la vérité, expliqua l'interprète.

Le silence se fit dans la pièce chaude suréclairée par la grosse ampoule. Dehors, les douces voix aiguës des garçonnets s'élevaient et retombaient à l'unisson, psalmodiant les lignes du texte que leur instituteur leur montrait sur un tableau noir. Harriet suait sous sa chemise ample. Son pouls battait douloureusement sous ses tempes. Toby était en nage lui aussi ; des auréoles de transpiration s'agrandissaient sous les manches de sa veste en lin. Il regarda l'homme en survêtement, regarda Mehmet Celik et dit :

— Est-ce que je peux demander quelque chose ? Sommes-nous en état d'arrestation ?

— Je ne sais pas qui sont ces deux hommes, dit Richard Elfingham avec une certaine irritation, mais ils n'ont absolument rien à voir avec mes amis.

Harriet dit :

— Les gens de la tribu de Moussa Qarssou sont des nomades, tout comme les Kurdes ont été jadis des nomades, mais ils habitaient les montagnes bien avant que les Kurdes viennent s'y installer. Ils élevaient des moutons – comme de nombreux Kurdes, c'étaient des bergers qui menaient leurs troupeaux dans des pâturages d'été en haute altitude et les faisaient redescendre avant que la neige commence à tomber.

Elle attendit que l'interprète ait tout traduit, puis continua :

— Mon grand-père leur a rendu visite avant la Première Guerre mondiale. Après la guerre, il est retourné au même endroit, mais ils avaient disparu. Nous avons pensé qu'ils avaient été tués, ou qu'ils avaient émigré. Et puis nous avons vu ceci, dit-elle en montrant les photos des caricatures de Morph prises par Alfie Flowers. Et nous avons compris que les gens avec qui mon grand-père s'était lié d'amitié il y a plus de cinquante ans – plus exactement, leurs descendants – vivaient encore. Pas à cause des caricatures, mais à cause du motif qui les entoure.

Harriet ne dit pas tout à Mehmet Celik. Elle ne lui parla pas de la source des glyphes, ne lui expliqua pas comment Carver Soborin et Rölf Most les avaient pervertis. Au lieu de quoi, elle lui décrivit la visite de son grand-père et de Julius Ward chez les Kefidis plus de soixante ans auparavant et la cérémonie dont ils avaient été témoins – la drogue, la peau de mouton où était peint un motif semblable à celui utilisé par Moussa Qarssou pour encadrer ses caricatures, la danse extatique et effrénée – et lui raconta ses recherches pour trouver Moussa Qarssou à Londres après avoir repéré ses graffiti.

Quand elle eut terminé, Mehmet Celik sourit et dit :

— Enfin, nous entendons la vérité. Enfin, nous entendons la même histoire que celle que m'a racontée Moussa.

— Si Moussa Qarssou est ici, dit Harriet, s'il est retourné à Diyarbakir, si nous pouvions lui parler...

Mehmet Celik secoua la tête.

— Ce ne sera pas possible, dit l'interprète.

— Je crois que vous dites la vérité, dit Mehmet Celik, alors je vais vous dire que je regrette, mais ce garçon que vous cherchez, il n'est pas ici.

Harriet décida de le croire, du moins pour le moment.

— Mais vous le connaissez, dit-elle. Il habitait ici, avec son père, avant que son père ait des ennuis avec la police.

— Après que son père a été arrêté, Moussa a travaillé pour moi, dit Mehmet Celik. Il faisait tout le temps des dessins.

Et il se mit à parler en kurde.

— Il vous dit que le garçon faisait beaucoup de dessins, dit l'interprète. S'il n'avait pas de papier, il dessinait sur le mur. S'il n'avait pas de plume, ou de fusain, il dessinait avec un bâton sur le sol. Il dit qu'il croit que le garçon aurait dessiné sur son propre corps avec son propre sang s'il n'avait rien d'autre. Il était comme ça depuis qu'il est arrivé à Diyarbakir. Il ne cessait pas de faire des dessins, bien que son père se soit mis en colère et l'ait puni quand il l'a trouvé en train de dessiner. J'ai vu ses dessins moi-même. Pas les images, mais les motifs. Les motifs autour des images.

Mehmet Celik toucha l'une des photocopies et suivit du bout de l'index les contours du glyphe entourant l'une des caricatures.

— Ils sont dans ma tête, dit-il en anglais. Parfois, je rêve d'eux.

Avec l'aide de l'interprète, il rapporta à Harriet et à Toby l'histoire que Moussa Qarssou lui avait racontée – le récit d'une persécution, d'un massacre et d'un exil qui, dit Mehmet Celik, étaient le lot des Kurdes partout. D'après Moussa Qarssou, le village des Kefidis avait été attaqué par ses voisins une soixantaine d'années auparavant, et la plupart des habitants avaient été tués. Le grand-père de Moussa et plusieurs autres avaient pu s'échapper, et s'étaient installés dans un petit village près de la ville de Dohuk, où ils avaient vécu paisiblement, retournant à l'occasion clandestinement dans les montagnes où ils vivaient jadis. Puis, pendant la campagne d'Anfal, en 1988, culmination des projets de Saddam Hussein visant à éliminer les Kurdes d'Irak par tous les moyens possibles, de nombreux membres de la famille de Moussa avaient été assassinés, et les survivants s'étaient enfuis en Turquie, où Moussa était né. Ils étaient retournés au pays après la première guerre du Golfe, lorsque l'Amérique et ses alliés avaient créé une enclave de protection pour les Kurdes dans le nord-est de l'Irak. Ils n'étaient pas retournés au village près de Dohuk, mais sur leur terre ancestrale dans le Zagros ; les villages voisins, dont les habitants avaient massacré les Kefidis bien des années auparavant, avaient, comme bien d'autres, été bombardés et gazés pendant la campagne d'Anfal ; les survivants avaient été exécutés ou déportés. La famille de Moussa Qarssou vivait là paisiblement depuis environ un an, juste après l'invasion de l'Irak, lorsque des soldats américains étaient venus dans le petit village. Ils avaient emmené la famille de Moussa, mais Moussa et son père leur avaient échappé parce qu'ils étaient en train de chasser dans les montagnes, et ils s'étaient enfuis en Turquie.

Apparemment, le père de Morph était très porté sur la boisson, vice que Mehmet Celik condamnait, mais qu'il lui pardonnait car il avait pitié de lui :

— Les Américains ont pris sa famille, dit-il par le truchement de l'interprète. Il a perdu sa femme et ses trois filles. Il était très triste, très amer. Il travaillait pour un cordonnier, ici, et son fils l'aidait. Ils ont bien gagné leur vie ici pendant quelque temps, mais un jour, le père de Moussa a été arrêté parce qu'il achetait son eau-de-vie à un contrebandier, et ce contrebandier revendait aussi des armes achetées en Irak. Beaucoup de gens ont été arrêtés à cette époque parce que le gouvernement voulait prouver aux Américains qu'il était contre le terrorisme. J'ai réussi à en faire libérer quelques-uns et, entre-temps, je me suis occupé de

Moussa, qui était trop jeune pour pouvoir pratiquer tout seul le métier de son père. Quand le père de Moussa a été libéré, ils sont allés tous les deux à Londres. Quant au reste de l'histoire, je crois que vous le connaissez.

Harriet commença à poser des questions sur le village où vivait la famille de Moussa Qarssou, mais Mehmet Celik leva la main et dit :

— Je vous ai aidés. Maintenant vous m'aidez.

Il parla en kurde à l'interprète, puis à l'homme en survêtement, qui haussa encore une fois les épaules d'un air boudeur. L'interprète montra du doigt Toby et Harriet et dit :

— Vous allez venir avec moi. Il y a une question... un mystère. Peut-être que vous pouvez nous aider à le comprendre. Docteur Elfingham, vous avez ma parole qu'ils ne risqueront rien avec nous. Vous avez la parole de Mehmet Celik. Quand nous aurons fini, nous les ramènerons à leur hôtel.

Richard Elfingham protesta, disant qu'il était responsable de la sécurité d'Harriet et de Toby :

— Si vous voulez les emmener quelque part, je crois que je devrais venir moi aussi.

L'interprète regarda Toby et demanda :

— Cet homme sait-il tout ce que vous savez ?

— Eh bien, pas exactement...

— Alors je suis désolé, docteur Elfingham, dit l'interprète. Vous ne pouvez pas venir.

— Il ne nous arrivera rien, dit Harriet.

— On va avec ces mecs ? dit Toby.

— Pourquoi pas ? dit-elle. Ils nous ont aidés, nous leur rendons la pareille, c'est tout.

Une fois qu'elle se serait acquittée de cette corvée, elle serait libre de prendre la route de l'Irak. Moussa Qarssou avait dit à son ami qu'il rentrait au pays, et Harriet était à présent certaine qu'il n'avait pas voulu dire à Diyarbakir.

— Je vous attendrai ici, dit Richard Elfingham en fixant l'interprète d'un regard furieux. Je serai devant la porte, dans ma Jeep. Et si vous n'êtes pas revenus dans une heure, j'appelle la police.

— Vous feriez mieux de compter deux heures, dit l'interprète. Là où nous devons aller, c'est un peu loin d'ici.

L'homme en survêtement et l'interprète, qui s'appelait Emre Karin, conduisirent Toby et Harriet à une berline Toyota cabossée garée un peu plus loin dans la rue. Emre Karin se serra sur la banquette arrière avec Toby et Harriet, l'homme au survêtement s'installa sur le siège à côté du conducteur et la Toyota démarra, se frayant un chemin à coups de klaxon rythmés au milieu de la foule des piétons.

Toby alluma une cigarette, présenta le paquet à Emre Karin et demanda négligemment où ils allaient.

— C'est une surprise, dit l'interprète.

Il prit trois cigarettes et en passa deux aux hommes assis à l'avant.

Après avoir avoir roulé lentement pendant quinze minutes dans les rues encombrées, la Toyota traversa une ceinture de terrains vagues et accéléra pour gravir une piste en pente abrupte. Des buissons et des arbustes surpris dans le faisceau des phares défilaient à toute allure ; droit devant, une falaise – non, se dit Harriet, c'était le mur de la ville, mais il avait l'air aussi haut et aussi massif qu'une falaise – se découpait sur un ciel limpide et étoilé. La voiture stoppa à côté d'un mur en pierre plus modeste qui longeait un affleurement rocheux. Emre Karin alluma une petite torche électrique et guida Toby et Harriet sur un étroit raidillon qui grimpait entre des maisons à un et deux étages tandis que l'homme en survêtement fermait la marche. Aucune des maisons n'avait de fenêtre donnant sur le sentier et l'obscurité était profonde ; la lumière venait seulement du faisceau dansant de la torche d'Emre Karin et des étoiles froides éparpillées sur la voûte céleste.

— L'endroit idéal pour une exécution, dit tranquillement Toby.

Harriet lui prit le bras pour garder l'équilibre et dit :

— Pensons à des choses gaies.

— Je pense à ce qu'ils ont dit avoir fait à ces deux mecs qui travaillent pour Most.

— Eux, c'est les méchants. Nous sommes les bons.

— Exact. Et ces mecs avec nous, ils sont quoi, alors ?

— Ce sont des citoyens concernés.

— Ils sont peut-être de notre côté, n'empêche que j'ai la frousse avec eux.

— Ils nous ont dit ce qu'ils savaient sur Moussa Qarssou. Ça peut nous servir, non ?

— Si nous pouvons leur faire confiance.

Emre Karin frappa à une porte basse en bois percée dans le mur d'un bâtiment carré en brique. Elle fut ouverte par un vieil homme portant une casquette de base-ball et une longue robe noire fermée sur le devant par de petites attaches en bois. Il serrait sous son bras droit une antique carabine Lee-Enfield qui avait dû tirer pour la dernière fois lors de la Seconde Guerre mondiale. Il s'entretint brièvement avec Emre Karin, puis s'écarta ; Harriet et Toby suivirent l'interprète dans ce qui avait jadis été un atelier d'industrie légère. Emre Karin prit une lampe à pétrole, les conduisit sur un sol en terre battue puis devant un amas de barils en plastique bleus et deux longues tables pour aboutir au coin opposé, où une cage en grillage métallique était installée contre un mur en brique nue. L'interprète brandit alors la lampe à pétrole au-dessus de sa tête et l'homme accroupi sur un tas de paille à l'intérieur de la cage leva la tête pour la regarder.

Son visage était flasque et sans expression, et ses yeux avaient quelque chose d'anormal : les pupilles étaient si complètement dilatées qu'elles ne laissaient pas voir l'iris, même sous la forme d'une mince lunule. Sa chemise et son pantalon étaient sales et déchirés, sa jambe de pantalon droite était raidie par de la boue ou du sang séchés de la cuisse à la cheville. Un bracelet de fer enserrait sa cheville droite, et l'extrémité de sa courte chaîne était attachée à un boulon scellé dans le mur de brique derrière lui. Il puait l'urine et la vieille sueur, et autre chose encore, à l'odeur piquante et douceâtre de vernis à ongles ou de poires pourries. Sa tête pivota comme celle d'un hibou pour suivre le mouvement de la lanterne lorsque Emre Karin se tourna vers Harriet et Toby.

— Vous me dites, demanda-t-il d'une voix étouffée par la colère, vous me dites ce qu'ils lui ont fait.

Harriet demanda à Emre Karin si les deux hommes qui avaient été arrêtés étaient porteurs d'un objet intermédiaire entre un pistolet et une torche électrique. L'interprète dit que oui, certainement, ils avaient des pistolets sur eux, des automatiques.

— Des pistolets ordinaires ? demanda Harriet.

— Des bons. Des Sig-Sauer.

— Ils n'avaient pas d'autres armes sur eux ?

Emre Karin parla en kurde à l'homme au survêtement, puis dit à Harriet :

— Mon ami dit qu'il a fouillé la voiture qu'ils ont louée à l'aéroport. Il n'a rien trouvé. Tout ce qu'ils avaient, c'était les Sig-Sauer, des poignards et des bâtons flexibles. Des bâtons avec des petites billes de plomb à l'intérieur, pour assommer les gens.

— Des matraques, dit Harriet.

— Oui, et aussi des grenades qui font la même chose. Des flash-bang, comme les Américains les appellent. Et des menottes aussi.

Toute la panoplie du parfait kidnappeur, songea Harriet. Elle supposa que Rölf Most n'aurait pas confié son précieux canon à glyphes à ses nervis. Il avait dû retourner le *low man* lui-même, puis était remonté dans son avion et était allé en Irak. À la source des glyphes.

Emre Karin dit à Harriet qu'on avait trouvé l'homme dans la rue où Moussa Qarssou et son père avaient habité et travaillé.

— Une rue de cordonniers. Les enfants se moquaient de lui et de son ami...

— Est-ce qu'ils étaient deux ? demanda Harriet. Les *low men* travaillent habituellement par deux, ou en meutes.

Ils faisaient cercle autour de la lampe à pétrole, qu'Emre Karin avait posée sur le sol en terre battue, un peu à l'écart de la cage où était accroupi le *low man*. Sa chaîne glissait en cliquetant à chaque fois qu'il bougeait. Sa respiration était laborieuse et contrariée, comme s'il avait une éponge mouillée dans la bouche.

— Vous avez un nom pour ce qu'il est devenu, dit Emre Karin. Alors, je crois que vous savez ce qui lui est arrivé.

— Les fonctions supérieures de son cerveau ont été détruites, dit Harriet. Ses souvenirs et sa personnalité, tout ce qui est humain en nous. Tout ce qui distingue une personne d'une autre.

Toby eut un rire sec et aigu. Avec son visage à moitié dans l'ombre et ses cheveux noirs en bataille, il ressemblait à un savant fou échappé d'un film d'horreur à petit budget.

— Vous êtes en train de nous dire que c'est un zombie ? Un putain de zombie ?

— Ce n'est certainement pas un cadavre ressuscité par un sorcier vaudou. Mais pour l'essentiel, oui, je suppose que c'est ce qu'il est. Les *low men* n'ont pas de volonté propre. Ils font ce qu'on leur a dit de faire pendant la courte période de latence après qu'ils ont été... traités. C'est tout ce qu'ils savent.

— Un zombie, dit Toby. C'est extra. Vraiment. C'est sensationnel. Je suis autant engagé dans cette affaire que vous. J'y suis fourré jusqu'au cou, bordel, comme ce pauvre Alfie Flowers. Et vous attendez qu'on soit paumés au milieu d'un bidonville dans le trou du cul de la Turquie pour daigner m'avertir que les types que nous avons en face de nous sont capables de transformer des êtres humains normaux en *zombies* ! Je crois que je dois avoir « bonne poire » marqué sur le front. Je ne l'avais pas vu la dernière fois que je me suis regardé dans la glace, mais ça doit y être, parce que c'est exactement ce que je suis.

Il fixait Harriet en haletant, les muscles de son visage agités de spasmes. Il donnait l'impression d'être sur le point de fondre en larmes ou d'éclater d'un rire hystérique, ou les deux en même temps.

— Y a-t-il encore autre chose dont vous ne m'avez pas parlé ? dit-il. Des loups-garous ? Des vampires ? Le kraken à vingt mille brasses sous les mers ?

— Je présume que si un *low man* recevait l'ordre d'être un loup ou un vampire, il essaierait de se comporter en loup ou en vampire, dit Harriet. Mais il n'en serait pas un pour autant.

Toby la regarda et, l'espace d'un instant, elle crut qu'il allait essayer de la frapper. Son cœur battit plus vite, elle sentit monter une pointe d'adrénaline. S'il tentait le coup, elle serait obligée de le neutraliser, elle serait obligée de lui briser une rotule ou de lui écraser le cou-de-pied d'un coup de talon. Et ensuite, tout serait changé. C'était un de ces instants où le monde est en équilibre sur le fil d'un rasoir, et où un souffle ou un regard de trop peuvent le faire tomber du mauvais côté.

Un silence. Puis Toby secoua la tête et dit :

— Ça alors ! J'entends ça, mais je peux pas y croire. Vous y croyez, vous ? dit-il en se tournant vers Emre Karin.

— Je vous dis la vérité, dit Harriet. Si vous ne pouvez pas l'accepter, c'est votre problème.

— Vraiment ? Des zombies, des loups-garous et des vampires ? Et moi qui suis là comme un idiot sans mon pieu, sans mon eau bénite et sans mes balles en argent !

— Vous avez votre humour corrosif. Peut-être que ça suffira.

Toby sourit.

— Un zombie entre dans un bar et dit : « Je sais pas pourquoi, mais c'est mort, ici. »

Harriet sourit, elle aussi ; puis ils éclatèrent de rire tous les deux.

Toby se passa la main dans les cheveux.

— C'est pas des conneries, dit-il. Ils peuvent vraiment faire ces trucs.

— Vous vous rappelez les deux hommes qui se sont mis le feu et ont attaqué la maison de Clarence ? C'étaient des *low men* eux aussi. Comme certains des hommes qui ont attaqué le terrain d'Alfie.

— Alfie dit qu'il a vu deux types en train de surveiller son terrain. Ils ont pris la fuite quand il les a interpellés. Il a dit qu'ils couraient très vite, avec une démarche à la Groucho Marx.

— C'était probablement des *low men* eux aussi, dit Harriet. Most avait au moins un *low man* pour surveiller l'appartement de Benjamin Barrett, alors pourquoi pas le domicile d'Alfie Flowers aussi ? Ils sont efficaces pour la surveillance, si c'est ce qu'ils ont reçu l'ordre de faire. Leur volonté personnelle a disparu, mais pas leur intelligence.

— Et vous n'avez pas pensé à me toucher deux mots de tout ça. Ça vous est comme qui dirait sorti de l'esprit.

— Je vous ai dit ce que vous aviez besoin de savoir. Je ne croyais pas que nous allions en trouver encore sur notre chemin.

— Mais c'est ce qui s'est passé. Y a-t-il encore autre chose que je devrais savoir ?

— Je ne crois pas. Les *low men* sont plus ou moins la pire chose que les glyphes peuvent faire. Et ils sont infiniment moins dangereux qu'un individu comme Larry Macpherson.

— Bien sûr. N'oublions pas le cinglé à la gâchette facile.

Une fois le moment critique passé, Harriet eut pitié de Toby. Après la mort de sa mère, elle avait découvert une petite cache de lettres de son grand-père, était remontée jusqu'à Clarence Ashburton et Julius Ward et avait découvert la vérité sur la secte de son père, sa folie et son suicide. Avant d'être précipitée dans le cauchemar de l'expérience ratée MindsEye à Lagos, elle avait eu plusieurs années pour se mettre à jour en matière de glyphes, mais Toby Brown avait été obligé d'apprendre sur le tas, dans la foulée, entre un meurtre, un enlèvement, et maintenant ceci, sa première rencontre avec un *low man* en chair et en os. le pauvre type était comme un boxeur groggy en train de chanceler, avec la foule qui hurle et les lampes flash qui l'aveuglent en attendant le K.-O. final.

Le jeune homme en survêtement posa une question. Emre Karin y répondit puis s'adressa à Harriet et à Toby :

— Je lui ai dit que vous parlez de ce pauvre homme. Ce *low man*.

Toby regarda Harriet et dit :

— C'est absolument exact. C'est une discussion sur la marche à suivre.

Harriet demanda à Emre Karin où était l'autre *low man.*

— Qu'est-ce qui lui est arrivé ?

— Ce qui lui est arrivé ? Il est mort. C'était ce matin. L'autre va mourir bientôt, je crois. Il ne veut pas manger.

— Il ne peut plus digérer d'aliments solides, confirma Harriet.

Lorsqu'un *low man* était retourné, ses fonctions cérébrales supérieures étaient anéanties et son système limbique, la partie du cerveau qui contrôle les émotions, était modifié. Comme un rat de laboratoire dont le centre du plaisir a été connecté à un levier qu'il est capable de presser continuellement jusqu'à ce qu'il meure de soif ou d'épuisement, tout ce qu'un *low man* voulait faire, c'était ce qu'on lui avait dit de faire pendant la période de latence après lui avoir grillé les neurones.

— La plupart de ses fonctions physiologiques ont été perturbées. Son rythme cardiaque, sa circulation sanguine, sa digestion... C'est pour ça qu'il a une odeur de poires pourries. C'est de l'acétone, en fait. Son sang est saturé d'acétone et d'acides organiques, qui se dégagent quand il respire. Il n'y a guère qu'une chose qu'il puisse assimiler, c'est le sucre. Donnez-lui du sucre et il se jettera dessus. C'est de l'énergie instantanée.

— Le sucre le maintiendra en vie ? demanda Emre Karin.

— Pendant quelque temps. Où les avez-vous trouvés, lui et son ami ?

— Ils surveillaient l'endroit où Moussa Qarssou avait habité. Des enfants les ont taquinés, leur ont jeté des choses, des pierres, des ordures. C'est ce que font les enfants aux fous, quelquefois. D'abord, les deux hommes se sont enfuis, mais ils sont revenus et les enfants ont recommencé à les taquiner, alors, quelqu'un a demandé de l'aide aux gens de mon ami, dit Emre Karin en indiquant du menton l'homme en survêtement. Ils ont poursuivi les deux hommes, qui couraient très vite, mais un petit moment seulement. Très vite, ils ont été rattrapés. Et mon ami a vu que ce n'était pas des fous ordinaires. Il a trouvé une photo de Moussa Qarssou dans une de leurs poches, et c'est à ce moment qu'il s'est rappelé les deux autres hommes, les Britanniques qu'il a arrêtés.

Harriet comprit que Rölf Most avait dû voir le dossier d'immigrant de Moussa Qarssou. C'était un vrai coup de chance qu'il n'ait pas eu accès aux dossiers d'Amnesty International, qu'il n'ait rien trouvé sur Mehmet Celik.

— Mon ami a trouvé aussi le nom de cet homme, dit Emre Karin. Il s'appelle Mohamed Jalan. Il travaille à l'aéroport, il nettoie les avions. Il avait encore sur lui sa carte d'identité et son badge de l'aéroport. Mohamed Jalan a une femme et six enfants. Si nous avions su, quand nous les avons arrêtés, ce que ces hommes lui ont fait, je ne crois pas que nous leur aurions donné une chance de vivre.

L'homme en survêtement posa une question.

— Il veut savoir si nous pouvons guérir ce pauvre homme, dit Emre Karin.

— Je suis désolée, dit Harriet, mais c'est impossible.

— Vous en êtes sûre ?

— Les dommages causés au cerveau sont irréversibles, comme ceux causés à son corps. Vous pourrez le maintenir en vie avec de l'eau et du sucre quelque temps encore, mais dans quelques jours, une semaine au maximum, il mourra.

Après qu'Emre Karin eut traduit cela, l'homme au survêtement hocha la tête une seule fois et s'éloigna en traversant l'atelier.

— Maintenant que nous sommes honnêtes les uns avec les autres, dit Emre Karin, j'ai une question à vous poser. Moussa Qarssou a dit à Mehmet Celik que les gens de son peuple dansaient comme des derviches après avoir fumé les feuilles d'une certaine plante et regardé fixement un certain motif, qui ressemble aux motifs que Moussa Qarssou dessine. Pas la même chose, mais quelque chose de similaire. Moussa Qarssou a dit que ce motif affecte l'esprit des danseurs. Ils sentiraient l'esprit d'Allah descendre sur eux, plus près que leur peau, aussi près que leurs pensées. Vous nous avez raconté une histoire similaire. Je dois vous demander maintenant : quand un homme ordinaire est changé en ce que vous appelez un *low man*, est-ce que les autres utilisent sur lui un motif qui est aussi comme les motifs que Moussa Qarssou dessine ?

Emre Karin : un homme à la robuste carrure, aux cheveux gris, habillé d'une veste en tweed avec des renforts en cuir aux coudes et d'un pantalon informe, le regard sérieux et ferme pendant qu'il attendait la réponse.

— Oui, dit Harriet.

Ça ne valait manifestement plus la peine de dissimuler quoi que soit.

— C'est pourquoi ces deux hommes veulent trouver Moussa Qarssou. Parce qu'ils croient qu'il connaît d'autres motifs, peut-être plus puissants.

— Ils veulent se servir de lui, dit Harriet. Nous voulons l'aider.

L'homme en survêtement revint. Avec la Lee Enfield du vieux gardien.

Harriet sentit un picotement d'inquiétude et Toby recula d'un pas, la main levée au niveau de la poitrine comme pour repousser quelque chose, mais l'homme passa devant eux sans s'arrêter. Peut-être qu'il avait l'intention de les coller contre un mur, peut-être que non, mais en cet instant son esprit était fixé sur une autre tâche, nécessaire mais désagréable. L'air farouche et décidé, il s'approcha de la cage improvisée, leva son visage vers l'obscurité au-dessus de lui et dit quelque chose à voix basse, une prière, une bénédiction ou peut-être une supplique pour être pardonné, puis il fit jouer la culasse de la carabine, cala la crosse contre son épaule, et loucha pour viser le *low man* au bout du canon.

Le *low man* le regarda sans expression, les yeux brillants et vides dans la clarté jaune de la lampe.

Harriet se détourna. Le claquement sec du coup de grâce se répercuta sur le toit plat.

— Nom de *Dieu !* dit Toby.

— Votre ami, le Dr Elfingham, a-t-il un téléphone portable ? demanda Emre Karin.

— Un téléphone satellite, dit Harriet.

Emre Karin tira un portable de la poche de sa veste en tweed et le lui tendit :

— Vous devez l'appeler maintenant. Vous devez le remercier

pour son aide. Vous devez lui dire que vous êtes heureux d'aller avec nous.

— Une minute, dit Toby. Où allons-nous ?

Emre Karin sourit.

— N'ayez pas peur. Nous avons à parler de beaucoup de choses, alors, nous n'allons pas vous tuer tout de suite.

25.

Rölf Most cacha Alfie Flowers dans une sorte de dépendance ou de débarras dans une zone tranquille et éloignée tout au bout d'un chemin de terre, après un long trajet en voiture à partir de la destination finale du jet privé. Quatre jours durant, Alfie resta assis sur un matelas, une cagoule sur la tête, les mains attachées dans le dos par des menottes en acier, lesquelles étaient fixées avec du fil plastique à un anneau en fer scellé dans le mur. L'anneau était à environ un mètre du sol et le fil plastique n'avait guère de mou, si bien qu'Alfie était forcé de s'asseoir sur son séant, le dos contre le mur, les coudes pliés comme les ailes d'un poulet plumé.

La cagoule, assez ample, était une double épaisseur de tissu noir grossièrement cousu dont Larry Macpherson avait coiffé la tête d'Alfie juste avant l'atterrissage du jet privé. Alfie l'avait portée quand il était descendu de l'avion sous bonne escorte, l'avait portée pendant le long trajet en voiture, écrasé entre deux hommes qui avaient à peine échangé une douzaine de mots tout au long du voyage. Alfie n'osa pas risquer un œil pour reconnaître les lieux avant d'avoir été jeté sur le matelas et d'être certain qu'on l'avait laissé seul ; la tête frottant contre le mur grossier dans son dos, il avait relevé l'ourlet de la cagoule jusqu'à ce qu'il puisse apercevoir un morceau du sol en terre nue autour du coutil souillé du matelas, et trois murs de parpaings grossièrement cimentés. Dans le mur de droite était percée une petite fenêtre, recouverte d'un morceau de tôle aplatie percé de douzaines de trous minuscules. Il y avait une porte basse faite de planches non peintes au milieu du mur droit devant lui, à deux mètres de ses pieds nus, et à gauche, fermé par un couvercle, le seau d'un W.-C. chimique. Il faisait très chaud pendant la journée dans la petite pièce nue, plus chaud qu'il n'avait encore jamais fait à Londres, et désagréablement froid la nuit. Il ne savait pas vraiment dans quel pays il se trouvait, mais croyait que ce devait être en Irak. C'était de là qu'étaient venus les glyphes ; c'était sur l'Irak que Rölf Most l'avait questionné après avoir survolé les pages photocopiées du journal de bord de son grand-père.

Quand Alfie avait été emmené à bord du petit jet privé de Rölf Most, il était déjà cagoulé et menotté comme maintenant et plus que mort de peur, convaincu qu'il allait être torturé, interrogé et tué. Après que Larry Macpherson avait abattu Graham Taylor, il avait empoigné Alfie, l'avait obligé à faire le tour de la 205 pour s'assurer qu'il avait bien vu le cadavre de Graham avant de le pousser sous la menace de son arme vers le Range Rover cabossé. Tandis que l'homme blond au volant les emmenait à toute vitesse loin de la scène du crime, en direction de Bloomsbury, Larry Macpherson fouilla le sac de voyage et le fourre-tout d'Alfie, trouva la liasse de photocopies, les feuilleta rapidement et demanda à Alfie si c'était bien ce qu'il croyait.

— Je n'en sais rien ? Qu'est-ce que vous croyez que c'est ?

Larry Macpherson gifla Alfie avec la liasse de papier enroulée, assez fort pour le faire saigner du nez, et répéta sa question. Son expression froide et vigilante aurait pu être gravée dans la pierre. Alfie renifla et ravala un grumeau de mucus sanglant, dit au mercenaire que c'était la copie d'un journal de bord que son grand-père avait tenu.

— Il était caché où ?

— Dans un coffre-fort.

— T'as fait une erreur quand t'es revenu pour récupérer ça. Mauvais pour toi, bon pour moi.

Larry Macpherson dit à l'homme blond de s'arrêter, qu'ils avaient besoin de changer de véhicule.

Après que l'homme blond eut forcé la portière d'une voiture et court-circuité l'antivol, Alfie fut cagoulé et menotté puis jeté sur la banquette arrière. Larry Macpherson passa un bref coup de fil pour informer quelqu'un qu'il avait acquis M. Flowers et un tas de documents très utiles, puis il caressa du canon de son pistolet le visage cagoulé d'Alfie en appuyant sur son nez meurtri, et lui dit que puisqu'il était déjà un homme mort, il devrait se préparer mentalement à coopérer avec le Dr Most, afin que, le moment venu, ça soit rapide et sans douleur.

— Sinon, ça sera long et douloureux, je te le garantis personnellement.

Finalement, coopérer n'était même pas une option. Après qu'ils furent sortis de Londres à bonne allure, Alfie fut poussé vers un petit avion et, toujours cagoulé, attaché à un siège. Quand le jet eut décollé, Larry Macpherson arracha la cagoule d'Alfie, l'attrapa par les cheveux et lui tira la tête en arrière. Alfie eut le temps de remarquer le cuir blanc omniprésent qui matelassait les parois incurvées de la cabine et tapissait l'unique rangée de gros fauteuils orientables dans toutes les directions. C'est alors que Rölf Most s'assit juste en face de lui, aussi heureux qu'un renard dans un poulailler, se pencha en avant, lui mit un petit cylindre noir sous le nez et lui vaporisa quelque chose de froid dans les deux narines. Larry Macpherson se servit de ses pouces pour maintenir retroussées les paupières d'Alfie, Rölf Most le visa avec le pistolet le plus bizarre qu'il ait jamais vu, et lui déchargea un flot de lumière en pleine tête.

Alfie n'avait pas eu de crise majeure depuis des années, mais il n'avait pas oublié ce que c'était. Ça commençait par l'impression que le monde n'était pas tout à fait normal, comme si Alfie avait été transplanté dans un univers parallèle où tout avait l'air pareil, mais était manifestement et bizarrement falsifié, et ensuite, quand il n'était plus possible de revenir en arrière, une démangeaison incurable commençait à envahir l'intérieur de son crâne. C'était le prodrome focal de la crise, brusquement déployée comme une de ces fleurs en papier japonaises qui s'épanouissent en une rose ou un chrysanthème à partir d'une boulette immergée dans un verre d'eau, déferlant sur les deux hémisphères de son cerveau dans une progression jacksonienne, un raz-de-marée que rien ne pouvait arrêter et qui dispersait ses pensées comme autant d'épaves. Mais lorsque Rölf Most lui déchargea son bizarre pistolet en plein visage, il n'y eut pas d'avertissement, pas d'aura focale. Il vit le psychiatre lever son arme, il fut aveuglé par un éclair de lumière blanche, complexe et ignoblement vivant, et se réveilla en sursaut quelque temps plus tard sans savoir ni où il était ni qui il était, aussi désespérément vide que s'il venait de naître. Tout ce qu'il savait, c'était que cela s'était déjà produit, et que ça lui passerait. Un flot de souvenirs remonta brusquement à la surface, il ouvrit les yeux et vit Rölf Most qui l'observait, plus heureux que jamais.

Le psychiatre posa toutes sortes de questions sur le grand-père d'Alfie, les fouilles en Irak et la source des glyphes, sur les Kefidis et leurs cérémonies, et Alfie lui dit tout ce qu'il savait. Ce n'était pas comme s'il avait le choix et, de plus, Rölf Most avait sur les genoux la photocopie du journal de bord, qu'il consultait de temps en temps avant de poser de nouvelles questions. Il demanda à Alfie d'évoquer son épilepsie, et après qu'il lui eut parlé de son exposition accidentelle au glyphe que son grand-père conservait dans un tiroir secret de son bureau, le psychiatre sembla se retirer un moment dans ses propres pensées, marmonnant tout seul, hochant et secouant alternativement la tête comme s'il menait une sorte de discussion interne. Il dit enfin à Larry Macpherson de bien vouloir immobiliser M. Flowers, car il voulait essayer autre chose, puis il appuya encore une fois le cylindre sous le nez d'Alfie et lui injecta une rafale glacée de l'aérosol chargé de drogue.

— Il vaudrait mieux lui coller les paupières, dit Rölf Most à Larry Macpherson.

Il appela l'homme blond, qui était assis à l'avant de la cabine, lui dit qu'il voulait un enregistrement vidéo de cette petite expérience. Le psychiatre alluma un ordinateur portable, se pencha sur le côté de sorte que l'homme blond puisse filmer l'écran, puis tourna l'ordinateur de cent quatre-vingts degrés pour montrer à Alfie le glyphe qui pulsait sur l'écran – un cercle noir, épineux et touffu, qui pulsait dans le vide et pénétrait dans sa tête. Une onde noire se propagea sur son champ de vision, occultant le sourire impatient de Rölf Most. La dernière chose que vit Alfie fut l'homme blond en train de braquer son caméscope numérique miniature par-dessus l'épaule du psychiatre. Puis la deuxième crise le percuta comme un train express.

Après avoir été maintenues plus ou moins dans la même position pendant quatre jours, les épaules d'Alfie avaient fusionné en une barre de fer et sa colonne vertébrale était une chaîne de nodosités raides et enflées qui frottaient les unes contre les autres chaque fois qu'il faisait le moindre mouvement. Il avait l'impression d'avoir été tabassé, puis d'avoir été forcé de courir le marathon de Londres, et puis d'avoir été tabassé encore une fois. Il était sale, en plus, son pantalon raidi par l'urine séchée, sa plus belle chemise hawaïenne complètement trempée de sueur, mais il ne pouvait heureusement plus sentir sa propre odeur sauf quand il changeait de position, lentement et douloureusement ;

il avait alors l'impression d'avoir soulevé le couvercle d'une de ses poubelles après qu'elle avait mijoté toute la journée sous le soleil de l'été.

Les jours étaient légèrement moins pénibles que les nuits. Le tissu de la cagoule n'était pas complètement opaque, et suffisamment de lumière filtrait par les planches de la porte et les trous d'épingle de la tôle qui couvrait la fenêtre pour décolorer les formes qui nageaient dans l'obscurité sous la cagoule, derrière ses yeux. Lorsque la nuit tombait, elles prenaient une apparence plus réaliste, et Alfie était obligé de faire de son mieux pour les ignorer, craignant qu'elles ne se résolvent en un motif ou une figure qui déclencherait une nouvelle crise. Après les deux crises de grande envergure qu'il avait subies aux mains de Rölf Most, il se sentait amorcé en permanence, prêt à éclater à tout moment. Il croyait que l'ignoble et féroce lumière de l'insolite pistolet du psychiatre lui avait causé une lésion irréversible, et qu'un résidu des glyphes imprimés de force dans son esprit générait des pensées bizarres. Le genre de pensées qui aurait pu pousser Watty à plonger du haut de l'immeuble, à exécuter un saut de l'ange parfait jusqu'au toit du minibus ; le genre de pensées qui avait poussé Shareef à avaler le câble sous tension. Chaque matin et chaque soir, Alfie recevait la visite des deux hommes qui s'occupaient de ses besoins physiques avec une efficacité chargée de ressentiment. La procédure était toujours la même. On retroussait la cagoule au-dessus de sa bouche, on lui appuyait un gobelet en plastique contre les lèvres. On le remplissait autant de fois qu'il le désirait, et l'un des hommes alimentait ensuite Alfie à la main, lui fourrant dans la bouche des haricots et du riz froids avec une cuillère en métal qui ne cessait de tinter contre ses dents et qui, plusieurs fois, lui coupa la langue et le fit saigner. Après un nombre arbitraire de cuillerées, on rabaissait la cagoule, on détachait les menottes d'Alfie de l'anneau scellé au mur et on le guidait jusqu'au W.-C. chimique. Lorsqu'il avait terminé et qu'il remontait son pantalon graisseux, on l'attrapait par les bras, on le jetait sur le matelas avec plus ou moins de force et on l'obligeait à s'asseoir le dos au mur tandis qu'on raccrochait les menottes à l'anneau.

Tout cela s'accomplissait dans un silence monacal. La première fois que ses gardiens avaient alimenté Alfie, il avait demandé ses comprimés de phénobarbital, essayé d'expliquer pourquoi il en avait besoin, et l'un des hommes lui avait dit de fermer sa putain de gueule et l'avait giflé si violemment qu'il avait vu trente-six chandelles dans la semi-obscurité de la cagoule. Son nez avait recommencé à saigner, et ses oreilles avaient bourdonné pendant des heures. Il n'avait plus jamais dit un mot.

Lorsqu'on l'avait laissé seul cette première nuit, il avait passé un certain temps à fantasmer sur une évasion. Il s'arracherait à l'étreinte de son ravisseur lorsqu'il le conduirait au W.-C. chimique, lui ferait un croc-en-jambe, se laisserait tomber sur lui et l'assommerait en le heurtant du front. Ou alors, quand il en aurait fini avec le W.-C., il se cabrerait, donnerait à l'homme un coup de tête dans le plexus solaire et lui couperait le souffle avant de l'assommer... Mais même s'il réussissait à neutraliser l'homme qui le conduisait au W.-C., un coup d'œil lancé à la dérobée sous le bord de la cagoule avait montré à Alfie que son autre gardien se tenait sur le seuil, prêt à tirer, sans doute, s'il manifestait la moindre tendance à regimber. Un autre fantasme commença à remplacer les fantasmes d'évasion. Il ne savait pas où ce lieu se trouvait, mais il était d'un calme surnaturel ; Alfie aurait pu être le dernier survivant d'une catastrophe qui avait éliminé l'humanité de la face de la Terre. Lui qui avait passé presque toute sa vie d'adulte à Londres trouvait ce silence horriblement déconcertant et commença à se demander si ses gardes étaient partis et l'avaient condamné à se dessécher et à mourir de soif dans cette petite pièce sordide. Il dormit par à-coups, et quand enfin il entendit grincer la porte et que de minuscules rayons de soleil percèrent le tissu qui lui recouvrait le visage, il fut traversé d'un frisson de gratitude désespérée. Tous ses projets d'évasion oubliés, il se laissa docilement alimenter, désaltérer et conduire sur le W.-C., se laissa jeter sur le matelas et attacher à l'anneau de fer fixé au mur. Sage comme une image, aurait dit sa grand-mère.

Après cette première nuit de captivité, Alfie ne songea plus à s'échapper. Ses ravisseurs n'allaient pas le tuer, ou, du moins ils n'allaient pas le tuer tout de suite. Tout ce qu'il avait à faire, c'était de tenir bon et de tout supporter. Mais le temps passait très lentement, comme pendant ses diverses maladies enfantines. Il se rappela être resté couché toute une journée d'été, faible et fébrile, à regarder le soleil danser sur les feuilles devant la fenêtre ouverte et les nuages traverser le ciel. Des nuages qui s'amusaient à changer de forme sur leur lancée, lointains et totalement indifférents à son sort.

La mémoire d'Alfie était sa seule ressource. Quand il ne sommeillait pas dans la chaleur soporifique de la journée ou essayait de s'endormir en frissonnant la nuit, il ne cessait de retourner à ses souvenirs les plus réconfortants. Des souvenirs de son enfance. Ou de son père. Il se rappela la dernière fois où il l'avait vu : la plage, le cerf-volant, le feu de bois, la séance d'hypnose avec le joint trafiqué. Il se rappela les bons moments de son anniversaire de l'année précédente – avant la mort de son grand-père, avant son accident. Son père l'avait emmené en voiture à Londres et ils avaient vu *La Coccinelle à Mexico* dans une salle de projection de Soho. Alfie, qui, à neuf ans, était déjà trop vieux pour des autos parlantes, avait trouvé le film correct, sans plus, mais avait adoré le privilège d'avoir les dix rangées de fauteuils confortables pour lui tout seul, comme un prince ou un milliardaire. Et il avait décidé que, le jour où il serait riche et célèbre et aurait fait construire sa résidence avec plate-forme pour hélicoptères, piscine alimentée par une chute d'eau et parc d'attractions, il aurait un cinéma privé comme celui-là. Il se souvint qu'après la projection son père l'avait emmené chez Hamley's, le paradis du jouet, où Alfie avait choisi son cadeau, la maquette Airfix du HMS *Ark Royal* (mais, à vrai dire, toute cette journée magique avait été un cadeau d'anniversaire) ; ensuite, ils avaient dîné de bonne heure dans un restaurant du quartier chinois, où son père avait parlé chinois avec la vieille femme qui les avait servis, et avait montré à Alfie qu'on relevait le couvercle de la théière en aluminium pour informer la serveuse qu'on voulait encore du thé.

Mick Flowers, avec son blouson de cuir et sa coiffure de rocker, sa connaissance précise du monde, rentrait de ses aventures dans des guerres lointaines sans prévenir, ou presque, épuisé et échevelé ; il dormait douze heures par jour, bercé par les pulsations du rock qui faisaient vibrer la vieille demeure ; il emmenait Alfie à Aldeburgh manger des *fish and chips* sur la plage caillouteuse – les meilleures *fish and chips* du monde –, l'emmenait à Londres déjeuner avec son agent au Chelsea Arts Club ; ils passaient la nuit dans le petit appartement puis rentraient à Cambridge, en fonçant sur les routes secondaires dans la petite Morgan rouge... Une autre fois, ils s'étaient arrêtés dans un pub de village où Alfie avait mangé un paquet de chips et bu une limonade dans un massif verre à facettes tandis que son père descendait deux pintes de bière et fumait des cigarettes qu'il roulait d'une main, son appareil favori, le Nikon, pendu autour du cou. Alfie se rappela que son père avait déplié un exemplaire du *Racing Times*, lui avait dit qu'il pourrait choisir le cheval qu'il voulait.

— Je vais mettre cinq sacs dessus, chef, et si on gagne, tu peux garder le fric. Ça te va ?

Mick Flowers avait appelé son bookmaker de la cabine près des toilettes : cinq livres gagnant ou placé sur le cheval d'Alfie, et cinquante sur une valeur sûre dans la course de trois heures à Wincanton. Le lendemain, il avait remis ses gains à Alfie en lui disant de ne pas s'en vanter, parce que sa grand-mère n'apprécierait pas.

C'était Mick Flowers, avec son charme héroïque, ses caprices et ses coups de tête, son attitude décontractée vis-à-vis de son travail (toujours fidèle à l'éthique des reporters photographes, il appelait ses photos des instantanés et ne manifestait aucun orgueil à l'égard de ses images les plus mémorables), son mode de vie imprévisible qui l'empêchait d'assumer ses responsabilités envers son propre fils. Après que son père avait disparu au Liban, Alfie avait refusé de croire qu'il était mort, conviction obstinée qui avait persisté après la remise à l'ambassade britannique à Beyrouth du passeport taché de sang de Mick Flowers et avait été soutenue par toutes sortes de scénarios dignes d'une BD. Il avait été blessé dans une explosion ou par une balle qui lui avait frôlé la tête, avait perdu la mémoire et ses possessions personnelles et était soigné par une tribu de sympathiques Bédouins. Ou alors, il avait été enlevé (mais seulement après une terrible empoignade dont chacun des nombreux individus qui l'avaient finalement maîtrisé était sorti avec des plaies et des bosses) et était incarcéré dans un cul-de-basse-fosse, sur la paille, les fers aux pieds, le visage tourné vers la lumière du soleil qui tombait par une haute et étroite fenêtre tandis qu'il élaborait un plan d'évasion.

Si les pensées d'Alfie se tournaient vers son père, c'était peut-être parce qu'il était lui-même emprisonné dans une version d'un de ses propres fantasmes enfantins. Parce que les glyphes avaient causé la mort de son père, et qu'ils allaient causer la sienne aussi.

Mieux valait ne pas y penser.

Mieux valait ne pas penser qu'à Londres, quelque part au Foreign Office, dans une pièce sombre, haute de plafond, avec des murs lambrissés où étaient accrochés des portraits aux lourds cadres dorés, Toby Brown parlait avec des personnages en costume rayé avec cravate aux couleurs de leur club, leur disait tout ce qu'il savait sur l'enlèvement de son ami. Mieux valait ne pas penser que des hélicoptères chargés de durs du SAS se dirigeaient en ce moment vers lui à grands coups de rotors. Mieux valait ne pas penser à Harriet Crowley, à ce qu'elle pourrait être en train de faire pour lui...

Larry Macpherson vint chercher Alfie tôt le matin de son cinquième jour de captivité.

Alfie se réveilla en sursaut lorsque la porte s'ouvrit, détecta une vague clarté à travers les mailles serrées de la cagoule, entendit la porte trembler dans son encadrement lorsqu'on la referma d'un coup de pied, entendit quelqu'un traverser la pièce en une demi-douzaine de rapides enjambées. Un petit objet dur – la bouche d'un pistolet –, fut vissé contre son front, et la voix de Larry Macpherson dit avec un calme déconcertant :

— Penche-toi en avant, comme ça, doucement. Et fais pas le mariol, sinon, c'est ta cervelle qui va décorer ce mur.

Alfie obéit, frissonnant dans le petit matin froid, le cœur serré. Le mercenaire trancha le fil qui attachait ses menottes à l'anneau de fer, lui arracha sa cagoule.

Larry Macpherson était accroupi à côté du matelas. Ses cheveux noirs, lisses comme le pelage d'un rat de cimetière, étaient tirés en arrière, dégageant la pointe sur son front, son visage immobile et vigilant était dépourvu de toute émotion humaine, ses yeux étaient masqués par des verres miroirs, ses joues grêlées assombries par une barbe de plusieurs jours. Il portait des bottes de combat cirées, un pantalon camouflé marron et vert et un gilet pare-balles vert. Ses mains pendaient entre ses cuisses autour d'un pistolet automatique.

Il observa Alfie quelques instants, puis dit :

— Ce que tu pues, mec ! Tu sais quoi ? Je vais être obligé de te mettre sous la douche et te donner des fringues propres pour que tu sois présentable chez les gens civilisés. Mais avant que je te sorte d'ici, il va falloir qu'on cause un peu, toi et moi. T'es d'attaque pour ça ?

Alfie hocha la tête, paralysé par la prudence.

Larry Macpherson retira ses lunettes à verres miroirs, les accrocha dans l'encolure du T-shirt qu'il portait sous son gilet pare-balles et regarda Alfie bien en face. C'était la première fois qu'Alfie voyait ses yeux. Ils étaient enfoncés et très sombres, presque noirs ; deux étincelles de lumière liquide luisaient en leur centre.

— Je veux que ça soit clair pour toi que ce qu'on va dire doit rester entre nous. Il faut que je sache que tu vas pas tout déballer à mon cinglé de patron ou à son pote encore plus cinglé que lui. Tu promets de pas répéter ce qu'on va se dire maintenant ?

Alfie opina encore une fois.

Larry Macpherson pencha légèrement la tête sur le côté et dit :

— Je veux l'entendre.

Alfie fut obligé de trouver un peu de salive et de l'avaler avant de pouvoir parler. Sa gorge était râpeuse comme du bois et les tout premiers mots qu'il prononçait depuis que son gardien lui avait dit de fermer sa putain de gueule en sortirent sous forme d'un croassement.

— Je le promets.

— Quand mon patron t'a tiré dessus avec son canon à glyphes, t'as eu une sorte de crise, apparemment. Tu simulais ou quoi ? C'est ça que je veux savoir.

— Ce n'est pas le genre de chose qu'on peut simuler.

— C'est ce que pense mon patron, et c'est pour ça que t'es encore en vie. Il croit que l'accident dont tu lui as parlé a causé une sorte de lésion au cerveau qui te rend sensible aux glyphes. Et quand il s'est servi du canon à glyphes, c'est pour ça que t'as eu une crise au lieu de répondre à ses questions. Et c'est pour ça que t'as eu encore une crise quand il t'a montré un glyphe différent, sur son ordinateur. Il dit que lorsque t'es drogué et qu'on te montre ce qu'il appelle un glyphe actif, avant que le glyphe puisse faire ce qu'il est censé te faire, ton cerveau a une sorte d'orage électrique et te débranche. Est-ce que c'est plus ou moins ça ?

Alfie hocha la tête en attendant de voir où l'autre voulait en venir.

— Il croit aussi que, même si t'es pas drogué quand on te montre un glyphe, tu peux quand même dire s'il est actif ou non.

— C'est comme ça que tout a commencé, dit Alfie. La première fois que j'ai vu un des graffiti de Morph, j'ai su que le motif qu'il avait utilisé pour l'encadrer était actif.

— Je me rappelle l'histoire que t'as racontée à mon patron.

— C'est une histoire vraie.

Larry Macpherson consacra quinze minutes à parcourir avec Alfie ce terrain familier. Son accident, sa recherche de Morph, la découverte des journaux de bord de son grand-père.

— Heureusement pour toi, dit-il finalement, le patron croit tout ça. Ça l'intrigue, et il pense que ça te rend utile, et c'est pour ça qu'il vient de se faire livrer un instrument spécial qui devrait pouvoir lui montrer exactement ce qui se passe dans ton petit cerveau quand t'es exposé à un glyphe. C'est pour ça qu'il m'a envoyé te chercher. Tu sais, à Londres, on espérait trouver ce môme, Morph, Moussa Qarssou. On allait l'obliger à nous dire où il a trouvé ce fameux glyphe qu'il mettait dans ses graffiti. Mais c'est toi qu'on a trouvé, et mon boss pense que t'es encore plus intéressant. Il pense que les carnets de ton papy l'ont conduit dans un endroit, une sorte de caverne, où il pourra trouver des tas d'autres glyphes, il pense que certains sont peut-être très puissants, très efficaces. Il croit aussi qu'il pourra se servir de toi pour voir lesquels sont actifs et lesquels sont inactifs. Il va te mettre des électrodes, t'exposer à tous les glyphes qu'il trouvera et voir s'ils changent la manière dont tu penses. Et t'as intérêt que ça marche, parce que c'est uniquement pour ça que t'es encore en vie.

— Qu'est-ce qu'il fera, ensuite ? Après qu'il se sera servi de moi pour tester ces glyphes ?

— Il a l'intention de te tuer.

Bien qu'Alfie se soit plus ou moins attendu à cette réponse, elle le fit frissonner dans tout le corps, du sommet de son crâne aux plantes de ses pieds nus.

Larry Macpherson montra les dents dans une grimace sans joie, comme un animal prêt à mordre. Il était impossible de la confondre avec un sourire.

— C'est son plan à lui, pas le mien, dit-il.

Il se tut, le temps qu'Alfie médite ces paroles.

— Vous avez des projets personnels en ce qui concerne les glyphes, conclut Alfie.

— J'ai vu ce qu'il peut faire avec son canon à glyphes. Je sais qu'avec ça on peut faire chanter quelqu'un comme un canari ou l'obliger à se tuer, je sais qu'avec ça on peut transformer les gens en zombies. C'est déjà pas mal, mais maintenant ce type pense qu'il va mettre la main sur tout un tas de glyphes vraiment puissants. Entre nous, il est aussi cinglé qu'une punaise de pénitencier, et je crois qu'on devrait pas laisser un cinglé toucher à ce genre de trucs, hein ?

— Pas du tout.

Alfie pensait qu'on ne devrait laisser personne toucher aux glyphes.

— Alors, on est au moins d'accord là-dessus, dit Larry Macpherson. C'est une bonne chose, parce que maintenant je suis ton seul espoir. Tu veux savoir pourquoi ?

— J'ai comme l'impression que vous allez me le dire.

— Je crois que tu dois en avoir ras le bol d'être enchaîné comme ça après que mon boss t'as traité comme un rat de laboratoire. Mais maintenant, si j'étais toi, j'écouterais attentivement ce que j'ai à te dire, parce que c'est ta seule chance de t'en tirer.

— Pourquoi vous voulez m'aider ?

— On va s'aider mutuellement. Voilà comment ça va se passer : je vais t'emmener là-haut sur la colline et tu feras ton truc avec lui, tu te laisseras mettre les électrodes, tu lui diras la vérité sur tous les trucs qu'il aura trouvés. Et ensuite, quand je saurai les résultats, je passerai à l'action. Je prendrai les choses en main. Tu piges ?

— Vous le tuerez.

Larry Macpherson haussa les épaules, le visage vigilant mais par ailleurs dépourvu d'expression.

— Comment je suis sûr que vous n'allez pas me tuer ? demanda Alfie.

— Parce que j'ai besoin de toi pour montrer à certaines personnes ce que les glyphes peuvent faire. J'ai besoin de toi pour vérifier qu'ils sont actifs. Alors, qu'est-ce que t'en penses ? C'est d'accord ?

— Comment je sais que je peux vous faire confiance ?

— Tu peux pas. Mais, d'un autre côté, t'as pas le choix. Soit tu coopères avec moi, soit tu meurs.

— Alors, je suppose que je vais être obligé de coopérer avec vous.

— Bien. Tu crois que tu peux te lever ?

Les bras d'Alfie étaient encore menottés dans son dos et ses jambes étaient raides comme des piquets, mais il réussit à se relever tout seul. Larry Macpherson lui dit de se retourner et de tendre les mains au maximum. Alfie obéit, croyant que l'autre allait lui ouvrir ses menottes. Au lieu de quoi, le mercenaire s'empara du petit doigt de sa main droite et le tordit violemment. Une incroyable décharge de douleur traversa le bras 'Alfie et explosa dans sa tête. Une fois, il s'était trouvé tellement près de l'endroit où était tombée la foudre qu'il avait vu l'éclair et entendu le coup de tonnerre au même instant. Une douleur fulgurante, exactement. Des lueurs blanches jaillirent derrière ses yeux, il poussa un cri et tomba à genoux.

Larry Macpherson s'accroupit à côté de lui, le tira par les cheveux, lui pencha la tête de force et lui dit :

— T'inquiète pas, il est pas cassé, juste déboîté. Si on le remet en place – crac ! – il va être raide et ça va te faire mal pendant un jour ou deux, mais il guérira.

Il repoussa la tête d'Alfie, promena le canon de son arme sur sa cuisse et le lui enfonça dans les couilles.

— Puis-je avoir ton attention pleine et entière ? demanda-il d'une voix plus calme que jamais.

Alfie hocha la tête une seule fois en cillant pour chasser ses larmes.

— Surtout, te mets pas dans la tête de parler à mon boss de notre petit arrangement. Ça te servira pas à grand-chose parce que je nierai en bloc et qu'il te croira pas, et en plus ça me fera chier, et c'est pas ce que tu veux. Et si j'ai la moindre impression que t'essaies de me doubler, si je pense que tu mens au sujet des glyphes quand l'autre te les montrera, je te ferai quelque chose de bien pire que te déboîter le petit doigt. Quand j'étais en Afghanistan, deux types que j'avais payés pour me servir de guides dans les montagnes ont eu l'idée de me vendre à un des seigneurs de guerre locaux. Ils ont essayé de me surprendre une nuit quand on était dans un de ces villages de merde, mais j'ai attrapé le flingue qu'un des deux types m'avait mis sous le nez, je l'ai blessé, et j'ai tué son copain. Le lendemain, pour enlever aux autres l'envie de me faire des misères, j'ai pendu cette ordure, mais j'ai pris mon temps. Je l'ai hissé comme un drapeau, je l'ai laissé étouffer et danser un peu au bout de la corde, et je l'ai redescendu. Et j'ai recommencé : on monte, on descend, on monte, on descend... il a mis une bonne heure à mourir. Il aurait mis encore plus longtemps si j'avais pas eu autre chose à faire ailleurs.

Il promena le pistolet sur le ventre d'Alfie, appuya à nouveau et tourna le canon de façon à pincer un nœud de chair et de tissu avec le guidon.

— Tu piges ?

Alfie comprit qu'il aurait beau faire, il n'avait pas tellement de chances de sortir vivant de cette histoire. Il hocha la tête quand même. Si Larry Macpherson voulait tuer Rölf Most, ça ne le gênait pas.

Larry Macpherson se leva.

— Maintenant que les choses sont claires entre nous, dépêchons-nous. L'autre est impatient de te voir faire ton numéro. Il est tellement excité qu'il va en chier dans son froc. Et je te mens pas.

26.

Harriet eut une puissante impression de déjà-vu lorsqu'elle entra dans le séjour exigu de l'appartement où Toby Brown et elle avaient passé la nuit : le journaliste et Emre Karin, perchés sur le bord d'un sofa en cuir, se penchaient sur la carte étalée à leurs pieds. Elle revoyait Toby en train de consulter une carte similaire dans le bureau de Clarence Ashburton tandis que Julius Ward montrait quelque chose de la pointe de sa canne et espéra que Toby n'avait pas révélé ce qu'elle avait réussi à cacher à Mehmet Celik et à Emre Karin. La veille, elle avait pu prendre Toby à part un instant, lui avait fait promettre de ne pas dire le moindre mot sur la source des glyphes. Mais à présent, elle se demandait encore une fois si on pouvait faire confiance à sa discrétion, s'il comprenait vraiment qu'il y avait là en jeu bien plus que les vies de Moussa Qarssou et d'Alfie Flowers.

Toby l'accueillit jovialement, la cigarette plantée au coin d'un grand sourire, lui dit que si elle voulait prendre son petit déjeuner elle ferait mieux de s'y mettre – il y avait du thé et des petits pains, du fromage et des tranches de melon.

— Emre me dit qu'ils ont les meilleurs melons du monde, ici.

L'interprète fumait lui aussi. Le ventilateur au plafond brassait des tourbillons de fumée grise.

Harriet fixa Toby durement et dit :

— Regardez-vous, vous deux ! On dirait deux copains. Vous allez me dire ce que vous avez manigancé dans mon dos ?

Toby avait presque piqué une crise lorsque le *low man* avait été tué, convaincu qu'Harriet et lui seraient les prochaines victimes. Maintenant, quelques heures plus tard, il appelait leurs ravisseurs par leur prénom et croyait qu'ils étaient plus ou moins du même côté. Harriet n'en était pas si sûre que ça. La nuit précédente, on avait parlé à tort et à travers de sauver Moussa Qarssou et Alfie Flowers, ou de reprendre les glyphes aux infidèles – comme si ces motifs n'étaient rien de plus que des reliques archéologiques, ou une tradition folklorique aussi innocente que les cornemuses ou la vannerie. Mais Harriet ne voulait pas simplement empêcher Rölf Most de mettre la main sur les glyphes : elle voulait les détruire. Elle estimait que les laisser tomber aux mains de gens qui n'avaient aucune idée de leur pouvoir serait aussi dangereusement irresponsable que donner un kilo de plutonium tout chaud à un nourrisson.

Elle avait mal dormi, seule dans l'unique chambre de l'appartement, au septième étage d'un des immeubles modernes à l'extérieur des vénérables murs de la ville. Elle avait essayé sans y parvenir d'imaginer comment elle pourrait échapper à la surveillance des Kurdes et retrouver Richard Elfingham et son intermédiaire, s'était assoupie puis s'était réveillée, la bouche sèche et en nage après des rêves claustrophobes dont, par bonheur, elle ne se souvenait pas. Abandonnant finalement tout espoir de s'endormir, elle avait regardé le ciel s'éclaircir au-delà des immeubles voisins avec une lassitude grande comme l'océan et une anxiété discordante, à mi-chemin entre le trac et le décalage horaire. Lorsque Toby avait frappé à la porte et lui avait demandé si elle était réveillée, il lui avait fallu un gros effort de volonté pour sortir de la chambre et affronter la situation.

Emre Karin avait échangé sa veste en tweed contre un coupe-vent en toile vert. Il se cala contre le dossier du sofa et leva les yeux vers Harriet.

— Il y a un problème dont il faut que je vous parle, dit-il.

— Un léger changement dans nos plans, dit Toby assis à côté de lui. Rien de sérieux.

— Il semble que votre cher ami le Dr Richard Elfingham n'ait pas été convaincu par votre conversation téléphonique d'hier soir. Il a malheureusement impliqué la police. En ce moment, ils interrogent Mehmet Celik, mais il est OK, il ne leur dira rien de notre projet, et ils seront bientôt obligés de le relâcher, évidemment, parce que c'est un homme important.

Toby écrasa le mégot de sa cigarette dans le gros cendrier en marbre qui retenait un des coins de la carte.

— La police n'est pas un gros problème, dit-il. Absolument. Emre a trouvé un moyen d'éviter l'obstacle.

Harriet s'assit sur un pouf en cuir. Le séjour était encombré de meubles qui semblaient trop gros pour lui. De la grande baie qui s'ouvrait sur un étroit balcon, on avait une vue sur l'immeuble voisin et une bande de ciel blanc à donner la migraine.

— Ne serait-il pas plus facile d'aller à la police et de régler ça ? dit Harriet ? Je pourrais dire que Richard se faisait du souci pour nous et qu'il s'est trompé.

Elle pourrait dire à la police qu'elle avait été enlevée, et quand cette affaire aurait été réglée, s'arranger pour que l'homme de Richard Elfingham la fasse sortir clandestinement de Diyarbakir et passer la frontière irakienne.

— Peut-être que vos policiers ont le sens de l'humour, dit Emre Karin, mais je peux vous assurer que les nôtres n'en ont pas du tout. Ils ne diront pas : « Oh, c'est une erreur, très bien, vous pouvez partir. » Ils voudront vous questionner à propos de cette erreur, un jour, deux jours, ou plus, jusqu'à ce qu'ils soient satisfaits de vos réponses. Ensuite, vous serez presque certainement expulsée. Et, bien sûr, ils vont nous faire beaucoup plus d'ennuis.

— Ce qui signifie que nous ne pourrons pas entrer en Irak par le poste frontière de Harbur comme prévu, dit Toby. Mais Emre dit qu'il y a un autre itinéraire possible.

— Légèrement moins confortable, légèrement plus cher, dit Emre Karin. Mais ne vous inquiétez pas. C'est OK. Tout est arrangé. Nous allons quand même réussir notre rendez-vous avec nos amis en Irak.

La nuit précédente, Mehmet Celik et Emre Karin avaient dit à Harriet et à Toby qu'ils feraient route vers le sud en direction du poste frontière de Harbur, principal point de passage entre la Turquie et l'Irak, et qu'une fois la frontière franchie ils seraient rejoints par un groupe de peshmerga armés qui les conduiraient au village ancestral des Kefidis, où ils espéraient trouver Moussa Qarssou. À part le rendez-vous avec ces soldats, ce n'était pas très différent de l'itinéraire qu'Harriet avait prévu d'emprunter à l'aide de l'intermédiaire proposé par Richard Elfingham. Mais voilà qu'Emre Karin et Toby Brown semblaient parler de quelque chose de plus compliqué et, probablement, de bien plus dangereux. Harriet savait que l'affaire était conclue, mais elle répugnait à laisser passer une chance de retrouver le cap initial, de s'éloigner d'une manière ou d'une autre de ces amateurs bien intentionnés.

— Si je pouvais rencontrer le Dr Elfingham, dit-elle, si je pouvais lui parler face à face, je suis sûre que je pourrais le convaincre de dire à la police qu'il y a eu erreur.

Elle suggérerait de rejoindre Richard Elfingham dans un lieu public, et elle fausserait compagnie à ses gardiens quand l'archéologue arriverait – elle leur dirait qu'elle avait besoin d'aller aux toilettes, elle sauterait dans un bus, elle commanderait un thé dans un café et le leur jetterait à la figure, elle ferait une scène...

Emre Karin secouait la tête en disant :

— Nous n'avons pas le temps de faire ça, et pas besoin non plus... parce que nous partons maintenant.

Il éleva la voix et dit quelques mots en kurde.

Les deux adolescents qui gardaient Harriet et Toby entrèrent dans la pièce. L'un d'eux avait un pistolet automatique passé dans la ceinture de son jean.

— Au moins, laissez-moi me changer et prendre des vêtements propres, dit Harriet.

— En fait, ça, c'est un autre problème, l'informa Toby. Ces mecs n'ont pas pu récupérer nos affaires. L'hôtel est surveillé par la police.

— Vous avez de l'argent ? demanda Emre Karin à Harriet. Des dollars américains.

— Un peu, dit prudemment Harriet.

Elle avait dix mille dollars dans une ceinture porte-billets sous sa jupe, et une liasse de lires turques enveloppée dans des sous-vêtements de rechange à l'intérieur de son petit sac à dos en cuir.

— Alors, vous pourrez acheter des vêtements neufs en Irak, dit gaiement Emre Karin. Pas de problème.

Tandis qu'ils descendaient l'escalier, les jeunes gardes en tête et en serre-file, Toby et Emre Karin tentèrent de faire de leur mieux pour persuader Harriet que, même si le voyage avait été organisé dans la précipitation, tout allait bien se passer, qu'ils seraient aux mains de professionnels de l'immigration clandestine. Ce qui ne fit rien pour atténuer l'inquiétude d'Harriet et l'impression qu'elle avait de voir son plan partir en morceaux. Quand ils sortirent de l'entrée de service pour déboucher dans la large allée qui séparait leur immeuble de son voisin, et qu'elle aperçut le camion à ridelles garé à côté d'une rangée de hautes poubelles métalliques, puis les sacs d'oignons entassés sur son plateau de chargement, elle dit :

— Vous plaisantez, ou quoi ?

Et elle le redit lorsque le chauffeur et son aide, deux jeunes hommes en jean et en blouson de cuir, grimpèrent sur le plateau et écartèrent les sacs d'oignons pour révéler une grande caisse en bois appuyée contre la paroi de la cabine.

— Vous croyez sérieusement que je vais passer la frontière là-dedans ? dit-elle à Emre Karin.

L'interprète éclata de rire. Toby Brown aussi, qui connaissait le fin mot de l'histoire.

— Ce ne serait évidemment pas une manière sûre de passer la frontière au poste de Harbur, dit Emre Karin. Il y a de longues files d'attente et, là-bas, les gens de la sécurité se servent de chiens, ils se servent de machines qui peuvent détecter la chaleur d'un homme, c'est pourquoi nous traversons à un autre endroit. Non, ça, c'est nécessaire pour vous *amener* à la frontière, parce que depuis que le Kongra-Gel a mis fin au cessez-le-feu, il y a des contrôles de police sur la route et, en plus, la police va rechercher des touristes britanniques enlevés par des criminels kurdes.

— Ça va être une aventure, dit Toby.

— C'est bien ce que je crains, dit Harriet.

La grande caisse était matelassée avec des couvertures ; il y avait juste assez d'espace pour qu'Harriet et Toby puissent s'asseoir l'un en face de l'autre ; le chauffeur leur donna un sac de supermarché en plastique contenant des oranges et des bouteilles d'eau avant de refermer le panneau supérieur et de le recouvrir avec les sacs d'oignons.

— Je ne vais sans doute pas pouvoir en griller une de temps en temps, dit Toby lorsque le camion démarra.

— Sans doute que non, dit Harriet.

Elle lui demanda pourquoi Emre Karin et lui étudiaient la carte.

— Je sais exactement ce que vous pensez, mais ne vous inquiétez pas. Il me montrait l'itinéraire que nous allons suivre, c'est tout. Il a dit que, comme nous étions sur le point de nous lancer dans notre grandiose aventure, nous étions obligés de nous faire mutuellement confiance et de partager tout ce que nous savions. Ou quelque chose d'approchant, en tout cas.

Harriet se cramponna lorsque le camion vira brusquement à droite et dit :

— Vous n'avez rien dit au sujet des grottes à votre nouvel ami ?

— Pas un mot. Croix de bois, croix de fer, si je mens, je vais en enfer.

— Lorsqu'il a montré le village sur la carte, il n'a pas fait de sous-entendus, ou posé des questions tendancieuses ?

— Il était très concret. C'est ici que nous allons, c'est l'itinéraire que nous allons emprunter, ce genre de choses. Pas de questions pièges, rien de tout ça.

— Il croit donc que nous allons au village pour chercher Moussa Qarssou et le sauver des griffes de Rölf Most ?

— N'est-ce pas ce que nous sommes en train de faire ?

— Pas exactement.

Il filtrait juste assez de lumière par les fentes du couvercle de la caisse et entre les sacs d'oignons entassés par-dessus pour qu'Harriet voie changer l'expression de Toby. Il était devenu méfiant.

— Qu'est-ce que vous voulez dire ? Le but de cette expédition est bien de retrouver ce pauvre gosse avant Most, non ?

— Je croyais vraiment que Moussa Qarssou était retourné à Diyarbakir. Sinon, je n'aurais pas perdu de temps à le chercher ici. Mais j'avais l'intention de faire encore autre chose, que nous le trouvions ou pas.

Elle lui parla de la photo satellitaire que Jack Nicholl lui avait remise, lui dit que quelqu'un, presque certainement Rölf Most, était apparemment en train de dégager l'accès aux grottes, l'informa des arrangements qu'elle avait conclus avec Richard Elfingham. Dans l'ensemble, Toby le prit assez bien.

— Cette histoire tourne donc autour des glyphes depuis le début.

— Vous êtes venu ici en espérant trouver Alfie Flowers, dit Harriet. Je suis venue ici parce que je veux trouver Moussa Qarssou, mais surtout parce que je veux protéger la source des glyphes. Je n'ai pas trouvé Moussa Qarssou à Diyarbakir, mais si j'ai de la chance, je pourrai peut-être encore faire quelque chose pour les glyphes.

— Vous pensez qu'Alfie est mort, n'est-ce pas ?

— Je ne peux pas en être certaine, mais je dirais que Most a probablement utilisé son canon à glyphes pour le faire parler, et qu'ensuite il l'a fait assassiner. Je suis désolée.

Après un bref silence, Toby continua :

— Quand Alfie m'a demandé de l'aider à trouver Morph – Moussa Qarssou –, il était allumé comme un arbre de Noël, et si vous connaissiez un peu Alfie Flowers, vous sauriez que ce n'est pas normal. C'est le genre de type qui traverse la vie en diagonale, toujours en marge, ou dans une sorte d'univers parallèle qui n'intersecte le nôtre qu'occasionnellement. Je veux dire, il n'habite pas dans une maison ou un appartement comme un être humain normal, il a ce terrain, sa caravane... Il est probablement le seul à Islington à habiter dans une putain de *roulotte*. Et il aime préserver ce qu'il appelle son équilibre interne. Il a ses habitudes, il aime les choses comme il les aime parce qu'il estime que ça l'aide à contrôler son épilepsie. Le pauvre type, dit Toby, calme et l'œil sec pour faire l'éloge de son ami, je ne crois pas qu'il soit conscient du nombre de fois où il décroche. Qui ne le connaît pas le prendrait, au mieux, pour un Grand Excentrique Britannique, au pire, pour la cible toute désignée d'une populace armée de torches et de faux ou de cette sorte de gens qui veulent brûler les maisons des pédiatres pour se venger des pédofs. Bon, il ondule peut-être un tantinet de la toiture, mais il a toujours été là pour moi. Il était là quand je me suis marié, en smoking et gants blancs, si vous pouvez le croire, et il était là quand on s'est séparés ma femme et moi. Nous sommes bons amis. Je suppose que je suis son meilleur ami, s'il faut être précis en la matière. Et voilà qu'une des caricatures de Morph lui tape dans l'œil, et il me demande de l'aider, il me sort ces histoires extravagantes sur son enfance, sa famille. C'était complètement inattendu. Moi, je ne savais foutre rien de tout ça. Il est tellement coincé dans ses habitudes qu'il faudrait une caisse de dynamite pour le faire bouger, et, du jour au lendemain, il délire sur des graffiti qui peuvent sérieusement vous chambouler le cerveau. Et le plus drôle, dans tout ça, c'est qu'il croyait dur comme du fer que Morph pouvait l'aider. C'est en regardant le glyphe qu'il ne fallait pas qu'il est devenu épileptique, alors il a cru qu'il y avait peut-être un autre glyphe qui pourrait le guérir. Le pauvre. Quand Julius Ward lui a dit qu'il n'y avait pas moyen de réparer ce qui lui était arrivé, il était tellement pâle qu'on aurait pu le couper en tranches et le vendre comme du papier.

Un silence. Le camion ralentit, prit un virage serré qui pressa Harriet contre la paroi de la caisse, accéléra à nouveau.

— Le plus bizarre, là-dedans, dit Toby, c'est que son histoire délirante s'est révélée être vraie. Au début, j'ai marché parce que c'était mon copain, et aussi, ça ne me gêne pas de l'avouer, parce que c'était une histoire fantastique. Je me suis dit, mon Dieu, aidez-moi, je pourrais peut-être en tirer un bon paquet de fric. Et maintenant... Bon, on en est là. Qui l'eût cru ? Si je ne l'ai pas déjà dit, je vous suis reconnaissant de me laisser vous accompagner. Je veux dire, je sais que vous n'avez pas une trop bonne opinion de moi, hein, et vous auriez pu facilement refuser, mais vous ne l'avez pas fait.

— Vous seriez venu ici quand même.

— Il y a une semaine, si vous m'aviez dit que je serais en train de poursuivre un savant fou qui a kidnappé mon meilleur ami, je vous aurais dit que vous étiez aussi cinglée qu'un sac de grenouilles dans un micro-ondes. Maintenant, on dirait que je n'avais pas le choix.

— Vous n'aviez pas le choix, dit Harriet.

Ils se sourirent, genou contre genou dans la pénombre de cet espace exigu et bruyant.

— Vous ne voulez pas qu'Emre ou que Mehmet Celik connaissent l'existence des grottes. Vous ne voulez pas que ces peshmerga la connaissent non plus. Mais à moins que vous n'ayez une sorte de plan astucieux pour vous occuper de Rölf Most et de ses tueurs à gages, nous pourrions probablement avoir besoin de leur aide.

Harriet secoua la tête.

— Ils ne savent pas tout sur les glyphes. Ils ne savent pas à quel point ils sont dangereux, pour commencer.

Tandis que le camion sortait en bringuebalant de la ville, elle raconta à Toby son aventure africaine en n'épargnant aucun détail. À présent qu'il était possible que Toby fasse tout le trajet, jusqu'à la source des glyphes, elle voulait lui faire peur, s'assurer qu'il apprécie exactement l'importance des enjeux et qu'il comprenne pourquoi elle ne pouvait permettre aux gens de Mehmet Celik de mettre la main sur les glyphes.

Elle lui parla du projet de tester sur le terrain les effets du glyphe de fascination en l'incorporant à des affiches publicitaires placardées partout dans Lagos. Elles vantaient les mérites d'une boisson au lait chocolaté qui, additionnée d'un mélange de psychotropes élaboré par Carver Soborin, était distribuée gratuitement dans les écoles. L'idée de base était que le lait chocolaté drogué activerait le glyphe de fascination dans l'esprit des enfants qui le boiraient, et en prouverait l'efficacité en obligeant les enfants à redemander sans cesse cette même boisson ; de les intoxiquer au lait chocolaté, en somme. Au lieu de quoi, l'association de la drogue et du glyphe avait rendu fous nombre d'entre eux. Harriet parla à Toby des cliniques pleines d'enfants délirants, d'enfants mourants, d'enfants gisant dans le coma sur des nattes tandis que les mouches grouillaient sur leurs yeux ouverts. Elle lui parla de la tentative d'arrestation de Carver Soborin dans sa résidence au milieu du quartier chic de Lagos où habitaient les cadres étrangers des compagnies pétrolières et les hauts fonctionnaires du gouvernement. L'opération avait très mal tourné : des douzaines de *low men* avaient surgi de l'obscurité pour attaquer policiers et soldats à coups de matraque et de machette, avec leurs poings, leurs dents et leurs ongles. À l'issue de cette bataille rangée, les *low men* avaient été massacrés jusqu'au dernier, et des douzaines de policiers, de soldats et de spectateurs civils avaient été tués ou blessés. Carver Soborin s'était enfui aux USA, où l'on avait sur les chapeaux de roue diagnostiqué chez lui une schizophrénie paranoïaque, prétexte à son internement dans une clinique privée où il était soigné par un très bon ami de son épouse, le Dr Rölf Most. Pas de procès, pas d'enquête – une affaire étouffée en haut lieu et qui n'avait pas attiré l'attention d'une presse guère intéressée, juste après le 11 septembre fatidique, par un scandale survenu au fin fond de l'Afrique et qui ne concernait que des enfants africains.

Toby écouta attentivement jusqu'au bout puis posa plusieurs questions subtiles. Mais il ne tira pas la leçon de l'histoire.

— Most est aussi cinglé que Soborin, dit-il. C'est pourquoi il faut l'arrêter avant qu'un truc comme ça se reproduise.

Harriet secoua la tête.

— C'est pourquoi nous devons nous assurer que les glyphes ne tombent pas dans les mains de vos nouveaux amis.

— Ce ne sont pas des terroristes, Harriet.

— Peut-être que non. Mais est-ce qu'ils savent garder un secret ?

— C'est ça le problème, garder le secret de vos précieux glyphes ?

— Soborin n'avait pas accès au haka, il a donc utilisé un mélange de drogues psychotropes qu'il a composé lui-même, essentiellement un extrait des graines de la rue syrienne, *Peganum harmala*. Ce n'était pas un mauvais choix, en fait, parce que les graines de la rue syrienne contiennent des harma-alcaloïdes – des bêta-carbolines similaires à celles du haka. Mais elles ne leur sont que similaires, et non identiques, ce qui est l'une des raisons pour lesquelles ce petit test a échoué.

— Ces pauvres gosses ont bu la boisson, ont vu les glyphes et ont fait, en gros, un mauvais trip.

— Le bruit court que le travail que MindsEye a fait à Lagos était pour le compte de la CIA...

— Je le savais, dit Toby.

— C'est une simple rumeur, dit Harriet. S'il y a jamais eu un lien entre MindsEye et l'Agence, il a été occulté par les miroirs et les écrans de fumée habituels. Mais je crois que, même sans le patronage de l'Agence ou d'un autre service, Soborin aurait de toute façon fini par réaliser quelque chose de comparable au projet de Lagos. Parce qu'il le pouvait. Parce qu'il est cinglé, psychologiquement atteint par l'exposition aux glyphes. La plupart des collaborateurs de MindsEye ont été affectés de manière similaire. Ils ont souffert de toute une gamme de troubles mentaux. Monomanie, hypermanie, paranoïa, psychonévrose obsessionnelle, phobies virulentes... Plus de la moitié ou bien se sont suicidés, ou bien ont fait plus d'une tentative de suicide.

— Je me souviens que Julius Ward disait que les glyphes l'avaient rendu malade, et avaient rendu Clarence Ashburton aveugle d'une manière assez inhabituelle...

Le camion ralentit, s'arrêta. Harriet entendit des voix dehors – la voix d'Emre Karin, la voix d'autres hommes.

— Un contrôle de police, chuchota Toby.

Harriet hocha la tête. Il serait facile de donner des coups de pied dans les parois de la caisse, de crier, d'attirer l'attention des policiers. Mais elle avait déjà décidé qu'Emre Karin avait dit la vérité à leur sujet, qu'échapper aux Kurdes pour demander la protection de la police équivaudrait à tomber de Charybde en Scylla, et maintenant qu'elle savait qu'on allait la conduire à moins de dix kilomètres de la source des glyphes, il lui était plus facile de s'accommoder de la situation. Elle irait s'il le fallait jusqu'au bout du voyage avec Emre Karin et ses amis peshmerga, et ensuite elle imaginerait bien un moyen de leur fausser compagnie et de trouver la source des glyphes.

Le camion finit par redémarrer.

— Les glyphes contaminent l'esprit de tous ceux qui s'en servent, dit Harriet. Ils sont l'équivalent psychologique du plutonium. Ils n'ont pas d'usage bénéfique, c'est pourquoi je suis prête à faire n'importe quoi pour m'en débarrasser.

— Qu'est-ce que vous auriez fait si nous avions trouvé Qarssou à Diyarbakir ?

— J'aurais essayé de le persuader de rentrer avec moi en Angleterre.

— Et ensuite, vous l'auriez remis aux autorités.

— Dans son propre intérêt. Le Nomads' Club ne peut manifestement pas le protéger de gens comme Rölf Most.

— Le pauvre, dit Toby. Il est comme un savant atomiste : tout le monde lui court après parce qu'il a la tête pleine de funestes secrets, il ne peut se cacher nulle part...

Une demi-heure après avoir passé le contrôle de police, le camion quitta la route principale, cahota sur un chemin de terre en pente raide, et s'arrêta. Les sacs d'oignons furent retirés et Harriet et Toby escaladèrent le rebord de la caisse, clignant des yeux sous le soleil. Toby alluma immédiatement une cigarette. Emre Karin leur dit qu'ils avaient encore un peu de chemin à faire. Ils pourraient se dégourdir les jambes avant de repartir.

Le camion était garé à côté d'une petite maison aux murs en pierre et au toit plat en bordure des vestiges d'un minuscule hameau. Des champs ensauvagés descendaient en désordre vers une rivière qui serpentait dans une étroite vallée en direction de lointaines montagnes flottant comme des fumées sur le ciel d'un bleu impitoyable. Le chauffeur et son compagnon bavardaient avec une vieille femme aux joues rouges, en robe noire et foulard noir, la cigarette au bec tandis qu'elle transvasait un gazole orange d'un jerrycan dans le réservoir du camion.

Emre Karin expliqua que le carburant était moins cher au marché noir que dans les stations-service. En plus, aucun Kurde n'aimait payer des taxes au gouvernement qui opprimait son peuple depuis si longtemps.

— La Turquie prend du pétrole brut en Irak et l'échange contre de l'essence raffinée et du gaz liquéfié. Avant, c'était illégal, à cause des sanctions contre Saddam, mais le gouvernement l'a autorisé parce qu'il y avait de l'argent à gagner. Ça s'est arrêté pendant l'invasion, mais maintenant ça continue à nouveau et c'est légal. Les camions-citernes passent par Harbur parce que c'est l'endroit le plus sûr pour entrer en Irak et en sortir. Et un peu de leur carburant se retrouve sur le marché noir. Un camion qui se renverse par-ci, un bouchon mal fermé par-là...

Harriet utilisa les toilettes extérieures nauséabondes, puis rattrapa Toby Brown et Emre Karin qui se promenaient dans les ruines du hameau. La plupart des maisons avaient été rasées au bulldozer ou incendiées ; il n'en restait guère plus que les murs et des tas de gravats. Des meubles fracassés pourrissaient au milieu des mauvaises herbes. La brise chaude faisait grincer une porte sur sa charnière restante. Une poupée en plastique rose traînait là où un enfant l'avait laissée tomber. Un puits était rempli de détritus à ras bord.

Emre Karin expliqua que c'était l'un des villages dont l'armée turque avait chassé les habitants au plus fort de la campagne de guérilla du PKK. Il se mit à fouetter les hautes tiges des herbes folles avec un bâton qu'il avait ramassé, en disant que les Kurdes avaient un mot, *hawar*, qui était difficile à traduire.

— Ça veut dire quelque chose comme le désespoir, comme la tristesse. L'impression qu'il n'y a plus de chez-soi, plus d'endroit où on est à l'abri. C'est l'impression qu'on a dans des endroits comme celui-ci.

— À cause de ce qui s'est passé ? demanda Toby.

Emre secoua la tête.

— Parce que ce pourrait être notre avenir. En certains endroits, les gens reviennent. Mais beaucoup ont vendu leurs troupeaux quand l'armée a interdit l'accès aux pâturages d'été, et ils n'ont pas les moyens d'acheter d'autres animaux. Et les jeunes qui grandissent dans les *gecekondü* oublient leur passé, oublient leurs racines, leurs liens avec la terre. C'est ce que voudraient les Turcs, bien sûr. Nous faire oublier nos racines, oublier que nous sommes kurdes.

Le camion klaxonna de l'autre côté du hameau abandonné. C'était le moment de repartir.

Il y eut deux autres contrôles de police ; le premier les retarda quelques minutes seulement, l'autre était précédé d'une longue file de véhicules qui avançaient par à-coups. Huit heures après avoir quitté Diyarbakir, ils atteignirent enfin une maison isolée qui se dressait au-dessus d'une prairie sauvage tapissée d'une galaxie de fleurs alpestres et s'étendant vers un splendide horizon de contreforts bruns abrupts et de montagnes enneigées. Emre Karin présenta Harriet et Toby aux hommes qui les escorteraient lors du passage de la frontière. Deux cousins, Dilovan et Azat Tokmat. Azat était jeune et maigre, avec un mouchoir rouge noué sous sa pomme d'Adam proéminente. Dilovan, un homme compétent d'une quarantaine d'années, à la solide carrure, avec le visage impassible d'un animateur de boîte de nuit, affirma que ce serait un voyage très facile, qu'il n'y avait aucune raison de s'inquiéter.

— Nous traversons la rivière, nous marchons une heure, deux heures, jusqu'à l'endroit où un véhicule vous attend. Le véhicule vous amène à Zakho.

— Comme ça ? s'étonna Harriet.

Dilovan haussa les épaules.

— Pourquoi pas ? dit-il. Je l'ai déjà fait de nombreuses fois. Il n'y a pas de problème.

— Zakho est la ville irakienne la plus proche de la frontière, expliqua Emre Karin. C'est là que nous rejoignons les peshmerga. Des soldats kurdes. Ils nous conduiront à leurs amis, et ensuite nous ferons ce que nous avons à faire.

Il s'avéra qu'Harriet était censée payer cinq cents dollars pour les services des deux cousins. Emre Karin lui dit d'en donner maintenant la moitié à Dilovan ; elle lui donnerait le reste quand ils auraient franchi la frontière et seraient hors de danger.

— Je vous trouve un moyen d'aller au village de Moussa Qarssou, et vous payez les frais. C'est une bonne affaire.

Harriet et Toby reçurent des vestes et des pantalons camouflés des surplus de l'armée. Dilovan secoua la tête en voyant les tennis à talons plats d'Harriet, puis il lui présenta des Nike qui, rembourrées avec deux paires de chaussettes, ne lui allaient pas trop mal. On leur donna des assiettes de riz aux tomates et aux concombres, avec du pain plat et épais comme accompagnement. Harriet réussit à tout finir, mais Toby se contenta de picorer dans son assiette, les traits tirés, le teint blafard. Il fumait sans discontinuer depuis qu'ils étaient sortis de la caisse, allumant chaque nouvelle cigarette au mégot de la précédente. Il avait fumé ou donné les cigarettes qu'il avait achetées hors taxes à Heathrow, et avait acheté une douzaine de paquets d'une marque turque bon marché, Samsun, à un des hommes qui traînaient autour de la maison.

À présent, ils étaient assis avec Emre Karin et deux hommes en blouson de cuir dans une pièce enfumée, sans aération, où une sorte de jeu-concours interminable passait à la télé. Harriet s'endormit, et Toby la secoua pour la réveiller lorsque enfin, vers minuit, Dilovan annonça qu'ils étaient prêts à partir. Son cousin et lui avaient des vestes camouflées et des bonnets de laine, et portaient de lourds sac à dos et des fusils d'assaut Kalachnikov. Emre Karin, Harriet et Toby reçurent des paquetages plus réduits (lorsque Harriet mit son petit sac à dos dans son paquetage, elle découvrit que son contenu était protégé par plusieurs sacs en plastique), et tout le monde s'entassa dans une camionnette qui roula à bonne allure sur une piste défoncée, les phares éteints, naviguant à la froide et chiche clarté des étoiles et d'un croissant de lune. Elle s'arrêta au croisement avec une route goudronnée toute neuve serpentant au-dessus d'une rivière qui coulait bruyamment dans l'obscurité.

Emre Karin dit que c'était la rivière Hecil, la frontière officielle avec l'Irak. Il y avait de la nervosité dans sa voix. Harriet lui demanda s'il avait déjà passé cette frontière.

— Ça sera la première fois que je quitte la Turquie.

— Oh, mais c'est carrément prodigieux, dit Toby.

Il fumait sa cinquantième ou soixantième cigarette de la soirée. Quand il parlait, l'extrémité rougeoyante oscillait verticalement dans l'obscurité.

— Je croyais que vous étiez censé être notre guide, dit-il. Comment pouvez-vous être notre guide si vous n'êtes jamais allé là où on va ?

— Ces hommes sont nos guides, dit Emre Karin. Je suis enseignant, mais quand on me demande d'aider notre cause, je suis fier de le faire.

— Prodigieux, répéta Toby.

La camionnette opéra un bruyant demi-tour sur place et s'éloigna en accélérant dans l'obscurité. Les deux cousins firent franchir la route à Harriet, Toby et Emre Karin puis les conduisirent dans un bois broussailleux qui descendait en pente vers la rivière. Une petite constellation de lumières clignotait à plusieurs kilomètres en aval : un camp de l'armée sur une falaise au-dessus de la rivière.

— Ils ont construit un nouveau pont là-bas, rien que pour

l'armée, expliqua Dilovan. Juste avant que l'Amérique envahisse l'Irak, nous avons vu les troupes américaines traverser dans leurs Hummer. Beaucoup de camions aussi. Nous avons su alors ce qui allait se passer.

Dans la quasi-obscurité, Azat s'agenouilla au bord de la rivière et tira vigoureusement sur quelque chose – une corde qui s'éleva de l'eau en un arc long et dégoulinant. Dilovan alluma une torche masquée de façon à n'émettre qu'un faisceau large comme l'ongle du pouce puis tira de son paquetage une chambre à air et une pompe à pied qu'il utilisa pour la gonfler. Il lui fallut un certain temps, car la chambre avait un mètre de diamètre. Azat passa le premier, couché sur le dos en travers du pneumatique, son paquetage sur l'estomac, accroché à la corde tendue. Lorsque son cousin eut atteint la berge opposée, Dilovan tira sur la corde pour récupérer la chambre à air. Elle revint rapidement, luisant au clair de lune et dansant sur l'eau noire, attachée à la corde par une boucle de fil d'acier dans un manchon de toile pour que le courant ne l'emporte pas. Puis ce fut le tour d'Harriet.

— Ne tombez pas, l'avertit Dilovan juste avant de la pousser pour lui donner de l'élan. Si vous tombez, vous allez probablement vous noyer, mais si vous flottez, le courant vous emportera. Si les gardes sur le pont vous voient, ils vous prendront pour cible.

La rivière n'avait que vingt mètres de largeur, mais le courant était rapide et l'eau était glacée. Harriet était complètement trempée, elle claquait des dents et ses mains raidies par le froid étaient engourdies lorsque enfin Azat la saisit et la remonta sur la berge en disant doucement :

— Bienvenue au Kurdistan irakien.

Ils continuèrent à travers champs. Ils escaladèrent une crête abrupte, dégringolèrent une pente jusqu'au fond d'une vallée et remontèrent sur l'autre versant. Dilovan avait pris la tête et Azat fermait la marche. Les deux cousins imposaient une cadence furieuse et ne cessèrent pratiquement pas de fumer en suivant d'étroits sentiers qui semblaient avoir été frayés par des animaux ; ils s'arrêtèrent à trois heures du matin sur une plate-forme rocheuse sèche à côté d'un ruisseau qui glougloutait bruyamment sur de grosses pierres. Le paquetage de Toby contenait en fait un réchaud portatif et une théière, des morceaux de sucre dans un sac en plastique et des verres à thé soigneusement enveloppés dans plusieurs couches de papier journal. Il y avait de quoi manger, aussi : du pain plat, des concombres et une sauce épicée. Harriet croyait qu'ils venaient de parcourir une bonne vingtaine de kilomètres ; une dizaine, l'assura Dilovan, et ils avaient encore un peu de chemin à faire : il leur fallait éviter la zone tampon gardée par les troupes turques. Lorsque Harriet demanda ce que signifiait « un peu de chemin », il haussa les épaules et dit un kilomètre, ou peut-être deux.

— Je croyais que nous n'avions qu'un ou deux kilomètres à faire en tout avant de trouver le véhicule, dit Harriet.

Dilovan haussa les épaules à nouveau et l'informa avec le plus grand sérieux que s'il disait la vérité, bien des gens refuseraient de passer en Irak dans ces conditions.

Ils étaient assis tous les cinq autour de la petite lueur bleue du réchaud. La nuit était froide, immense et très sombre. La lune s'était couchée, et le ciel était presque complètement couvert par les nuages. Azat posait des questions à Toby sur le football anglais ; Emre Karin traduisait. Azat était un supporter d'Arsenal et fut surpris d'apprendre que Toby avait beau habiter dans le nord de Londres, à moins de deux kilomètres du stade de l'équipe, à Highbury, il ne l'avait jamais vue jouer une seule fois. Dilovan laissa Harriet examiner sa kalachnikov, lui montra comment la démonter, lui dit qu'avant l'invasion il conduisait des camions qui allaient en Irak livrer des pommes de terre et des oignons, et qui « faisaient la fibre » – revenaient avec du gazole dans des citernes en fibre de verre. Après la chute de Saddam, il avait travaillé quelques mois pour un homme d'affaires irakien de Bagdad qui importait des climatiseurs depuis la partie occidentale de la Turquie. Il gagnait beaucoup d'argent, mais chaque aller-retour prenait trois semaines, et maintenant, c'était trop dangereux.

— Même à Mossoul, les Irakiens lancent des pierres sur les camions, ils leur tirent dessus, et il y a beaucoup de bandits sur la route. Des fois, les Turcs bombardent aussi la route au mortier. Ils touchent beaucoup d'argent à la douane pour chaque camion qui passe à Harbur, mais ils voient que les Kurdes font des bénéfices, alors, quelquefois, leur vraie nature se révèle.

Ils sommeillèrent pendant deux heures. Ensuite, lorsque le ciel commença à s'éclaircir à l'est, ils levèrent le camp, traversèrent le ruisseau à gué et gravirent le flanc abrupt de la vallée.

Le point brillant du soleil monta dans une brèche entre les collines imbriquées. Harriet avait mal aux genoux et aux chevilles ; Toby haletait comme une locomotive et avait finalement cessé d'essayer de fumer et de marcher en même temps. Emre Karin peinait avec acharnement derrière lui, la tête basse. Ils suivaient une étroite piste pleine d'ornières qui longeait des champs envahis par les broussailles et les carcasses de fermes incendiées. Dilovan leur dit enfin de s'arrêter, sortit un émetteur-récepteur trapu et parla dedans quelques instants. Harriet vit clignoter rapidement une lumière à l'intérieur d'un groupe d'arbres en bas de la piste. Elle crut un instant que la lumière du soleil levant avait été renvoyée par la fenêtre d'une maison isolée. Mais la lumière clignota encore et Harriet se rendit compte qu'il s'agissait des phares d'un véhicule et comprit qu'ils avaient réussi leur rendez-vous avec les peshmerga qui étaient censés les accompagner pendant le reste du trajet.

27.

Alfie fut soulagé de découvrir que l'« instrument spécial » de Rölf Most n'était rien de plus qu'un électroencéphalographe portable. Il savait comment fonctionnaient ces appareils et qu'ils étaient inoffensifs ; à plusieurs reprises après son accident initial, il avait passé une nuit ou deux branché dessus à Addenbrooke's Hospital, afin que les médecins puissent enregistrer l'activité de son cerveau pendant une crise d'épilepsie. Et après avoir appris que Rölf Most voulait uniquement utiliser un appareil à EEG pour mesurer les changements de son activité cérébrale lorsqu'il était confronté à des glyphes actifs, il sentit poindre une minuscule étincelle d'espoir et eut l'impression, pour la première fois depuis son enlèvement en pleine rue devant la gare de King's Cross, qu'il pourrait peut-être survivre à ces épreuves.

— Vous êtes sensibilisé aux glyphes, monsieur Flowers, dit le psychiatre. Lorsque nous aurons franchi le dernier obstacle et pourrons accéder au reste des grottes, votre réaction à ce que nous allons y trouver sera des plus instructives. Vous êtes pour moi le cobaye idéal. Ou, plus précisément, vu la nature de ce que nous cherchons, un canari comme les mineurs en emmenaient jadis avec eux, pour les avertir à temps de concentrations mortelles de gaz toxiques ou irrespirables.

Rölf Most était aussi heureux qu'un enfant qui fêterait tous ses anniversaires à la fois. Il parlait sans interruption tout en collant des douzaines d'électrodes minuscules sur le cuir chevelu d'Alfie. Il lui disait qu'il faisait cela pour l'Amérique, que les glyphes apporteraient une contribution significative à la lutte contre le terrorisme ; que si l'Amérique ne prenait pas le contrôle des glyphes, ses ennemis le feraient. Il demanda à Alfie d'imaginer l'usage qu'en feraient un dictateur ou un terroriste.

— Je suppose qu'ils s'en serviraient pour changer l'esprit des gens. Exactement comme vous.

Larry Macpherson lança à Alfie un regard féroce ; Alfie fit de son mieux pour l'ignorer. Il était assis sur une chaise en plastique blanche tandis que Rölf Most se penchait sur lui, dans une des caravanes Airstream garées dans le camp installé sur le site de l'ancienne église. Comme la cabine du petit avion d'affaires, l'intérieur de la caravane était entièrement blanc. Moquette blanche, parois et plafond blancs, banquettes couvertes de tissu blanc, mobilier en plastique blanc, stores blancs recouvrant des fenêtres peintes au lait de chaux. Alfie portait un peignoir blanc, Rölf Most et Larry Macpherson portaient des blouses blanches de chirurgien et le quatrième homme dans la caravane, Carver Soborin, le psychologue qui avait traité Christopher Prentiss, portait un pantalon blanc et une chemise blanche dont les manches, retroussées jusqu'aux coudes, exhibaient sur ses avant-bras les cicatrices argentées d'une vieille tentative de suicide. Carver Soborin était un sexagénaire au visage livide, dur comme un poing fermé, aux cheveux blancs coupés en brosse ; ses yeux incolores flottaient derrière d'épaisses lentilles bleu glacier, ce genre d'yeux qui vous regardent depuis le bac réfrigéré du poissonnier. Lorsque Alfie avait été conduit dans la caravane, le vieillard l'avait dévisagé pendant environ cinq secondes avant de se désintéresser de lui et de retourner à son puzzle à moitié achevé : une masse amorphe de blanc, comme une flaque de lait, posée sur une table pliante blanche. Il y travaillait encore une heure plus tard, lorsque Rölf Most fixa les dernières électrodes au cuir chevelu d'Alfie.

Tous ses muscles lui faisaient mal et il n'était pas sûr de pouvoir un jour recouvrer la station debout normale, mais, à part ça, Alfie se sentait en assez bonne forme. On lui avait donné une pile de crêpes aux myrtilles avec tellement de sirop d'érable qu'il planait encore sur un pic de glucose, et il avait eu droit à deux minutes de douche chaude. Il avait réussi à se laver plus ou moins complètement pendant la durée imposée. Ensuite, Rölf Most avait traité le doigt que Larry Macpherson avait déboîté : il l'avait insensibilisé avec un anesthésique local et l'avait correctement éclissé. Il palpitait maintenant à une distance confortable, comme l'alvéole d'une dent qu'on vient d'extraire. Rölf Most écarta les cheveux d'Alfie, appliqua une touche de colle chirurgicale à son cuir chevelu et lui posa une nouvelle électrode en disant gaiement :

— Quand on est confronté à des extrémistes, on est parfois obligé de recourir à des méthodes extrêmes pour se défendre. Pour défendre la démocratie. En définitive, c'est ce pour quoi on lutte qui fait la différence.

— C'est vrai, dit Alfie. J'ai du mal à imaginer des terroristes en train d'essayer d'utiliser les glyphes pour faire des bénéfices.

Larry Macpherson lui décocha un nouveau regard d'avertissement.

— Il n'y a rien de mal à tirer un profit matériel du savoir, dit Rölf Most. J'ai investi considérablement dans cette recherche. J'ai pris de gros risques dans l'espoir d'être largement récompensé. À cet égard, je suis un entrepreneur comme les autres. Mais je suis aussi loyal envers mon pays d'adoption, c'est donc à son gouvernement d'abord que je me proposerai de vendre ce que je vais trouver ici.

Le psychiatre croyait qu'il était le seul à comprendre la vraie signification des glyphes. Ni le Nomads' Club ni la tribu de Morph ne comptaient dans ses calculs. Leurs traditions étaient des ressources à exploiter, raffiner et revendre, comme du pétrole. Tout en fixant soigneusement les électrodes, il expliqua à Alfie qu'il avait dépensé plus de dix mille dollars pour acheter l'électroencéphalographe et le faire expédier par messagerie express à Mossoul. Mais ce n'était rien, c'était une simple bagatelle par rapport au coût de toute cette aventure : rechercher Morph à Londres, expédier des véhicules et du matériel en Irak en prévision de la découverte de la source des glyphes, payer les salaires des mercenaires... Sa glyphomanie lui donnait des ailes, il était intarissable, il était capable de réduire au silence un garçon coiffeur. En fait, songea Alfie, être assis sur une chaise tandis qu'on vous fixe des électrodes sur le cuir chevelu ressemblait beaucoup à une séance chez le coiffeur, avec ce Larry Macpherson qui lui lançait des regards assassins comme un client impatient de voir venir son tour.

Rölf Most avouait maintenant que, deux semaines plus tôt, ses recherches sur les glyphes se trouvaient encore dans une sorte d'impasse. Des générations de chamans avaient élaboré par tâtonnements un petit nombre de glyphes actifs tout au long de milliers d'années ; lui avait tenté d'en élaborer un bien plus grand nombre en louant du temps de calcul sur une grappe de superordinateurs, produisant en quelques semaines seulement des millions de combinaisons complexes des éléments entoptiques qui constituaient les glyphes. Mais sans expérimentation étendue sur des sujets humains, il n'y avait aucun moyen de découvrir lesquels de ces motifs étaient actifs – à supposer qu'il y en ait –, et il y avait des trillions de combinaisons possibles d'éléments entoptiques à explorer, chiffre d'une magnitude incompréhensible à l'esprit humain. Ce dont il avait besoin, confia Rölf Most à Alfie, c'était d'un ensemble de règles qui puissent servir à extraire les rares combinaisons actives du vaste nombre de celles qui avaient peu ou aucun effet sur l'esprit des observateurs humains. L'analyse de la poignée de glyphes dérobés par Christopher Prentiss au Nomads' Club ne lui avait pas fourni assez d'éléments pour construire un ensemble de règles fonctionnel, mais il allait bientôt pouvoir en ajouter un bien plus grand nombre à sa collection. Non seulement ils seraient utiles dans la guerre contre le terrorisme, mais ils lui permettraient aussi de se servir de la grappe de superordinateurs pour découvrir des classes de glyphes entièrement nouvelles.

— Je savais depuis le début que la source des glyphes se trouvait quelque part en Irak. Bien sûr, j'avais lu la brochure de Christopher Prentiss ; avant de se suicider, il s'était amusé, pendant ses séances avec le Dr Soborin, à laisser échapper des indications sur les Kefidis et la source des glyphes. Mais ces indications manquaient de précisions concrètes, et les exemplaires uniques du carnet de bord tenu par votre grand-père pendant ses fouilles, des cartes et des croquis qu'il avait dessinés sur place ont été perdus lorsque les locaux du Nomads' Club à Soho ont brûlé. Il y a quelques années, des malfaiteurs professionnels engagés par le Dr Soborin ont cambriolé la maison où habitaient les deux derniers membres du Nomads' Club, mais ils n'ont rien trouvé d'utile. Et bien que j'aie pu, à partir des archives des missionnaires, retrouver l'emplacement du village où les Kefidis avaient vécu autrefois, je n'ai pas tardé à apprendre qu'ils avaient été massacrés par des tribus voisines il y a une soixantaine d'années, et une recherche de survivants éventuels n'a rien donné.

« J'avais envisagé la solution extrême consistant à enlever Clarence Ashburton et Julius Ward pour les forcer à révéler tout ce qu'ils savaient, bien qu'ils soient sous la protection des services secrets britanniques pour lesquels ils avaient jadis travaillé.

Ensuite, j'ai appris que non seulement certain graffiteur bombait une version du glyphe de fascination sur tous les murs de Londres, mais aussi que vous-même, monsieur Flowers, petit-fils de l'homme qui avait découvert la source des glyphes, aviez publié dans un journal une photo de ces mêmes graffiti. J'employais alors un passionné d'informatique pour entretenir un ensemble de logiciels espions qui fouillaient inlassablement l'Internet à la recherche de glyphes et de motifs assimilés, et votre photo a immédiatement attiré leur attention.

Rölf Most était tellement convaincu que le graffiteur, Moussa Qarssou, pourrait le conduire à la source des glyphes – les grottes mentionnées dans la brochure de Christopher Prentiss –, que, tout en se rendant à Londres avec Larry Macpherson et son équipe, il avait également envoyé en éclaireurs dans le nord de l'Irak une petite équipe de mercenaires, dont plusieurs avaient une expérience de mineur de fond dans les bassins houillers du Kentucky et de Virginie. Mais, contre toute attente, Moussa Qarssou s'était révélé insaisissable, et Rölf Most s'était alors tourné vers Alfie.

— Imaginez ma surprise lorsque j'ai appris que vous déteniez une copie du journal de bord de votre grand-père. Et imaginez à quel point ma surprise s'est amplifiée lorsque j'ai découvert que l'exposition à un glyphe dans votre enfance vous avait rendu hypersensible aux glyphes, avait fait de vous le sujet d'expérience idéal. Ce n'est pas une coïncidence, à mon avis. Ce ne peut être que l'œuvre de la destinée manifeste.

— Je préférerais parler de malchance, dit Alfie.

— Ce que vous qualifiez de malchance est en réalité la gloire qu'il y a à se sacrifier pour un bien qui vous est supérieur, dit Rölf Most.

Il fixa la dernière des électrodes, en relia le fil à la tresse fournie qui descendait dans le dos d'Alfie et qu'il brancha sur un enregistreur numérique de la taille d'un paquet de cigarettes. Il alluma l'enregistreur, vérifia son programme d'autodiagnostic en fredonnant allégrement, puis dit :

— Maintenant, nous sommes parés.

— Vous devriez pas faire un essai, d'abord ? demanda Larry Macpherson.

Le sourire de Rölf Most était chargé d'un plaisir sournois.

— C'est exactement ce que j'ai l'intention de faire. Trouvez à M. Flowers des vêtements appropriés. Je veux lui présenter le destin auquel il ne croit pas.

Dès qu'il était arrivé, menotté sur le siège passager d'un Range Rover noir tout neuf conduit par Larry Macpherson, à l'endroit où Rölf Most et ses mercenaires avaient installé leur camp, Alfie l'avait reconnu à partir des vieilles photos glissées dans le journal de bord de son grand-père. C'était une avancée triangulaire de sol accidenté grande comme deux terrains de football, encastrée dans des collines qui surplombaient les gorges d'une rivière, et inchangée après soixante ans à part l'éventail d'éboulis tombés de la falaise qui se dressait au-dessus du site – l'œuvre de David Prentiss et de Julius Ward lorsqu'ils étaient repassés après la Seconde Guerre mondiale. Les ruines de l'église et d'autres bâtiments n'étaient plus qu'un motif régulier de bosses dans le sol pierreux, piqueté de buissons épineux, balafré par les tranchées exploratoires creusées par une petite pelleteuse jaune pendant la recherche de l'entrée des grottes. Celle-ci avait été découverte sous les éboulis : un puits menant à une antichambre reliée par un court boyau au système de cavernes qui se ramifiait sous les falaises. Ce passage avait été obstrué par des plaques de rocher détachées du plafond par le dynamitage, empêchant la résurgence d'une rivière souterraine et inondant une grande partie du réseau de grottes. Mais l'obstruction avait été déblayée, deux galeries avaient été asséchées avec des pompes, et les hommes de Rölf Most étaient en train de dégager un autre passage qui conduirait peut-être à d'autres grottes au-delà de la deuxième galerie.

Alfie, portant une salopette noire, de lourdes bottes qui lui pinçaient les orteils et un casque de chantier, fut treuillé dans l'étroit puits avec le bourriquet qui avait servi à remonter les gravats pendant le percement du passage. L'antichambre au fond du puits était plus petite que ce à quoi il s'attendait – un espace grossièrement circulaire avec des parois de roc nu éclairées a giorno par des projecteurs montés sur des échafaudages.

— Je veux que vous voyez ceci, dit Rölf Most en poussant Alfie vers un renfoncement où un projecteur éclairait un tronçon de pierre.

C'étaient les restes de la jumelle de la pierre irrégulière exposée un temps au British Museum. Soixante-six ans plus tôt, le grand-père d'Alfie avait posé à côté d'elle ; dix ans plus tard,

David Prentiss et Julius Ward l'avaient dynamitée. Les marques gravées dans ce qui restait de sa face antérieure ressemblaient un peu aux lignes sur la pulpe du pouce, considérablement grossies. Des rangées de brèves lignes droites. Des rangées de lignes crochues s'incurvant vers les coins supérieurs. Des arcs enchâssés. Trois enchâssements de spirales décentrées, avec des lignes sinueuses courant parallèlement vers la base. Rölf Most agita le projecteur et les lignes semblèrent tourbillonner et couler tandis que les ombres dansaient d'un bout à l'autre de la surface sculptée.

— Si vous espérez faire tinter ma sonnette, je suis désolé de vous décevoir.

Il avait quand même une impression bizarre, de se tenir à l'endroit où s'était tenu son grand-père. Comme si la salle brillamment illuminée était pleine de fantômes, et qu'il n'avait qu'à faire un pas de plus pour devenir un fantôme lui aussi.

Rölf Most découvrit ses incisives supérieures et dit d'une voix nasillarde :

— Nous verrons avec l'EEG si ça a fait « tinter votre sonnette ». Il y a des motifs plus intéressants un peu plus loin. Vous êtes peut-être familier avec les croquis que votre grand-père en a faits. Réfléchissez, monsieur Flowers ! Il y a dix ou vingt mille ans, pendant la dernière glaciation, ce complexe devait être un lieu tout ce qu'il y a de plus sacré. Les initiés faisaient sans doute le voyage exprès pour y parvenir, et avant d'aller plus loin, ils devaient entrer dans un état de transe induit par les drogues, la danse et les tambours, ou, peut-être, par la méditation en solitaire – peut-être devant cette pierre même. C'est alors seulement qu'ils pouvaient commencer leur initiation. Guidés par des chamans dans des passages étroits et tortueux, d'accès délibérément difficile, ils auraient rencontré des motifs de plus en plus complexes, et de plus en plus actifs. Comme vous allez en rencontrer. Comme nous allons tous en rencontrer.

— Vous voulez que je voie le reste des grottes ?

— Maintenant que vous êtes ici, vous pouvez bien avoir droit au circuit complet, dit Rölf Most.

Alfie savait qu'il était manipulé, mais il savait aussi qu'il n'avait pas d'autre choix. S'il résistait, Larry Macpherson le tirerait par les cheveux ou par les pieds. Avec des picotements froids sur toute la peau, conscient des électrodes collées sur son cuir chevelu, il suivit le psychiatre dans l'ouverture de faible hauteur du passage qui descendait dans les profondeurs. Ce passage était très étroit et décrivait d'amples lacets ; il y avait par endroits trente centimètres d'eau, voire plus, sur le sol. Il fallut ramper dans un trou de moins d'un mètre de hauteur et large au maximum de cinquante centimètres (« J'espère que le symbolisme de cette entrée ne vous a pas échappé, monsieur Flowers », dit Rölf Most avec désinvolture), ensuite le passage déboucha sur une longue galerie, haute de plafond, où un amoncellement de pavés s'incurvait en une brève pente jusqu'à une avancée d'eau noire.

Ici, les projecteurs, alimentés par des accumulateurs, étaient moins lumineux. On avait l'impression d'une chambre froide qui retenait le temps comme un vase retient l'eau. Le lent suintement d'une stalactite luisante qui s'épanchait goutte à goutte dans le bassin obscur évoquait le tic-tac d'une horloge égrenant sans cesse la même seconde. Le pouls d'Alfie battait comme un marteau-piqueur dans ses oreilles ; lorsque Larry Macpherson délogea un galet en se glissant dans la crevasse, il résonna dans sa chute comme une rafale de mitraillette.

À l'aide d'une puissante torche électrique, Rölf Most indiqua plusieurs endroits très haut sur le ventre de roc qui surplombait l'étroite entrée. Des dessins au fusain de deux chevaux, l'un au-dessus de l'autre. Une peinture, plus grande, d'un cheval sur un panneau de pierre plat, exécuté en nuances délicates de rouges et de noirs, avec une queue arquée, des oreilles dressées et un œil qui roulait. Une croix penchée de points d'ocre rouge et jaune. Plusieurs gazelles, exécutées en ocre jaune, semblaient émerger des ombres d'une crevasse près du plafond.

— Peut-être y avait-il plus de peintures autrefois, mais nous sommes ici dans la partie la plus basse du système, et elle a été partiellement inondée, comme vous pouvez le constater. S'il y avait de l'art rupestre au niveau où nous sommes actuellement, il a été depuis longtemps effacé par les eaux, et ce qui a survécu n'est pas en bon état. Les meilleures pièces se trouvent là-haut, dit Rölf Most en braquant le faisceau de sa torche sur une crevasse encastrée sous le plafond rocheux. On entrait là en rampant, avec un tison allumé, ou, peut-être, avec une lampe à base d'herbe et de graisse animale, on s'allongeait sur le dos et on contemplait un motif à environ trente centimètres de son visage. Ne vous inquiétez pas, je ne vais pas vous forcer à le regarder – c'est un glyphe de fascination, une variété que je connais déjà.

Par bonheur, la deuxième galerie est en bien meilleur état et contient quelques pièces très intéressantes. J'insiste pour que vous la voyiez.

Rölf Most se tourna vers Larry Macpherson et lui remit un petit cylindre noir.

— Donnez-lui sa dose, dit-il.

Après que Larry Macpherson eut vaporisé dans les narines d'Alfie ce qui lui sembla être deux bons litres d'aérosol chargé de drogue, Rölf Most les conduisit sur une échelle en faible déclivité posée sur une pente d'éboulis non tassés. Tremblant de peur par anticipation, avec des picotements sur tout le corps et Larry Macpherson juste derrière lui, Alfie franchit à la suite du psychiatre une ouverture irrégulière débouchant dans un espace restreint, comme une chapelle latérale dans une église. Une lumière s'alluma derrière lui, celle d'un des projecteurs alimentés par batterie. Elle projeta son ombre sur une plaque de rocher à deux mètres seulement de lui. Un immense bison s'y étirait au grand galop, les contours dessinés au fusain, le corps peint en ocre rouge – vibrant, vivant. Sa tête hirsute était auréolée d'une foule dense de courbes et de zigzags, de points et de tourbillons tracés au pigment noir sur la pierre pâle, si frais qu'ils semblaient dater de quelques heures seulement. Alfie ferma les yeux immédiatement, mais le glyphe s'était déjà gravé dans ses yeux, se dilatant et se contractant avec les battements de son cœur.

Il sentit dans sa bouche le goût du métal brûlant, se sentit tomber à travers un nuage de lucioles. Il entendit quelqu'un pousser un cri, un horrible cri de désespoir qui se répercuta sur la pierre, et puis la crise s'empara de lui.

28.

La demi-douzaine de peshmerga qui attendaient dans le petit bosquet poussiéreux était commandée par un homme de haute stature, au visage grave et osseux et aux cheveux noirs coupés en brosse, qui se faisait appeler Terminator. Il serra la main à Toby puis prit la main d'Harriet et son regard s'attarda sur elle avec sincérité pendant qu'il la remerciait de son courage et de l'importante contribution qu'elle apportait à la cause. Il se détourna avant qu'elle puisse répondre, cria à l'adresse de ses soldats et donna un coup de pied à un homme qui tardait à se relever. Harriet remit à Dilovan et à Azat le reste de la somme convenue et suivit Toby Brown et Emre Karin jusqu'à la Toyota 4 × 4 de Terminator. Les autres soldats grimpèrent dans un pick-up cabossé et les deux véhicules démarrèrent immédiatement. Ils contournèrent Zakho, franchirent une rivière sur un pont de pierre à dos d'âne puis longèrent une petite agglomération de tentes marron. Terminator dit que c'était le camp Redeye, installé par l'armée américaine pour héberger les réfugiés après la première guerre du Golfe.

Ils roulaient vers le sud. Emre Karin et le commandant peshmerga parlaient politique. Les deux Kurdes utilisaient l'anglais par politesse envers Harriet et Toby, mais ce dernier affichait un calme inhabituel et tirait sur sa cigarette en regardant le paysage ; Harriet n'avait pas envie de participer à la conversation non plus. La marche forcée par monts et par vaux l'avait plus épuisée qu'elle ne voulait l'admettre ; elle avait du mal à rester concentrée pour chercher un moyen d'échapper aux soldats ; elle échafaudait et rejetait des scénarios dans sa tête tandis qu'Emre Karin et Terminator continuaient de bavarder et que le heavy metal pulsait et hurlait sur la stéréo – un groupe irakien, Acrassicauda. Toby s'endormit à côté d'elle. Elle tendit le bras, cueillit la cigarette qui pendait entre les doigts du journaliste et l'écrasa sur le talon d'une de ses baskets.

D'après la conversation entre Terminator et Emre Karin, Harriet comprit que ces peshmerga étaient membres du Parti démocratique du Kurdistan, organisation modérée et pro-occidentale qui contrôlait cette partie de l'Irak septentrional et tirait bénéfice du commerce transfrontalier avec la Turquie. La conception qu'avait Terminator de la politique irakienne semblait être purement pragmatique. Quiconque aidait les Kurdes était dans le camp des bons ; tous les autres, qu'ils soient neutres ou activement hostiles, étaient dans le camp des méchants. George Bush père était OK. John Major était OK. George Bush fils et Tony Blair étaient OK eux aussi. Comme Condoleeza Rice, Donald Rumsfeld et Colin Powell. Les Japonais, les Italiens et les Polonais étaient OK. Les Français et les Allemands n'étaient certainement pas OK. Les Espagnols étaient OK avant, mais à présent qu'ils avaient retiré leurs troupes d'Irak, ils étaient moins sympathiques. La Turquie était parfois OK, et parfois non, dit Terminator en agitant la main de gauche à droite. Bref, comme le jeune milicien en survêtement qui avait exécuté le *low man*, Terminator était un partisan enthousiaste de l'invasion. Maintenant que Saddam était éliminé et qu'ils avaient le soutien des Américains, disait-il, les Kurdes allaient avoir beaucoup d'influence dans la reconstruction de l'Irak. Ils avaient déjà des ministres dans le gouvernement intérimaire ; pour la première fois, ils jouissaient d'une légitimité politique.

— Nous avons enfin reconquis notre pays, dit-il en regardant Harriet dans le rétroviseur. Et c'est grâce à votre courage que nous retrouvons aussi une partie importante de notre patrimoine.

Terminator portait des lunettes d'aviateur aux verres réfléchissants teintés or ; il roulait à une allure soutenue, battant la mesure sur le volant au rythme matraqueur du heavy metal. Le petit doigt et l'annulaire de sa main gauche manquaient, les moignons étaient recouverts de tissu cicatriciel blanc. Ils ralentirent en abordant un barrage peshmerga : des pierres et des barils de pétrole alignés sur la route pour délimiter des couloirs, une cabane sommaire pas plus grande qu'un W.-C. extérieur à l'ancienne. Les soldats en faction leur firent signe de passer. Ils doublèrent des camions-citernes et des poids lourds. Ils doublèrent une longue file de camions militaires qui attaquaient péniblement la pente en seconde. Plusieurs véhicules remorquaient des canons de campagne qui n'auraient pas été déplacés pendant la Seconde Guerre mondiale. Terminator klaxonna et fit des appels de phares au passage. Un convoi de camions à plate-forme surbaissée les croisa, transportant des tanks irakiens dépouillés de leurs chenilles et de leurs tourelles. Destinés à une fonderie turque, dit Emre Karin. Les véhicules civils étaient rares, essentiellement des utilitaires et des minibus, et des taxis blancs au capot et à la malle arrière peints en orange. La campagne semblait plus vide de ce côté de la frontière, plus sèche, plus désolée, usée par des milliers d'années d'habitation. Des arbres dispersés au milieu des broussailles. Des collines ravinées. Des montagnes au loin, flottant au bord du ciel délavé. Quelques villages de maisons carrées avec des perches de soutènement dépassant de leurs murs blanchis à la chaux. Un paysage sorti du Far West mythique des films de cow-boys. Harriet, épuisée et à moitié endormie, n'aurait pas été surprise de voir un convoi de chariots serpenter au flanc d'une colline rocheuse, ou les silhouettes d'un groupe de Peaux-Rouges défiler sur une crête sur fond de ciel blanc.

Juste avant midi, Terminator quitta brusquement la route. Le pick-up plein de soldats suivit le 4 × 4 et les deux véhicules progressèrent en sautant sur les bosses d'une piste abrupte qui conduisait à un ancien campement peshmerga au sommet d'une colline. Quelques tentes en appentis camouflées sous des broussailles, des tranchées peu profondes creusées tant bien que mal dans le sol caillouteux, les cercles noircis de vieux feux de camp, une vue à trois cent soixante degrés sur des crêtes nues et des pentes couvertes d'éboulis. Tandis qu'Harriet et Toby s'adossaient à un affleurement rocheux chauffé par le soleil, Emre Karin et les soldats se lavèrent le visage et les mains à tour de rôle avec l'eau d'un jerrycan avant de s'aligner pour les prières de midi. Ils récitaient de brefs passages du Coran avec, dans leurs mouvements, la grâce que donne l'habitude ; ils levaient les mains comme pour se couvrir les oreilles, croisaient les mains – la droite sur la gauche – sur leur poitrine, s'inclinaient profondément, les mains sur les genoux, se redressaient, se prosternaient sur le sol poussiéreux.

Pendant que les soldats proclamaient la grandeur de Dieu et se soumettaient obligeamment à Sa volonté, Toby dit à Harriet :

— J'ai réfléchi. Emre et ses amis semblent assez sincères.

Alors, pourquoi ne pas envisager de leur raconter toute l'histoire ? Je veux dire, ils pourraient probablement nous aider à affronter Most, et, en un sens, les glyphes leur appartiennent aussi.

Harriet n'était pas d'humeur à débattre de cette idée, était trop fatiguée pour cacher son exaspération.

— Vous n'avez pas encore compris, ou quoi ? Si les glyphes appartiennent à quelqu'un, c'est aux Kefidis, mais, à l'exception de Moussa Qarssou, qui pourrait très bien être mort à l'heure qu'il est, les Kefidis n'existent plus. Ils ont été massacrés par leurs voisins il y a soixante ans – par des Kurdes, comme Terminator et sa petite bande. Et, de toute façon, les glyphes sont horriblement dangereux. Les *low men* et tous les autres petits trucs avec lesquels Most amuse la galerie ne sont qu'un début, si nous ne l'empêchons pas d'aller plus loin. Et c'est pour ça que nous sommes ici. Pour l'arrêter. Pour l'empêcher, lui et d'autres, si sincères soient-ils, d'utiliser les glyphes.

Elle était à bout de souffle, et la migraine dont elle souffrait plus ou moins en permanence depuis sa crise pulsait vigoureusement derrière ses yeux. Mais son petit discours coléreux ne sembla pas avoir impressionné Toby, qui dit avec une logique affolante :

— Le principal est d'empêcher Most de se servir des glyphes. Absolument. Mais je ne crois pas que vous devriez traiter ces mecs comme des enfants. C'est leur pays, après tout, et ils ont déjà fait beaucoup pour nous...

— Je n'ai pas sollicité leur aide, si c'en est bien, et, franchement, je n'en ai pas besoin non plus. Qu'ils se débrouillent pour chercher Moussa Qarssou – en ce qui me concerne, ce n'est plus une priorité. Ce que nous devons faire, c'est aller à la source des glyphes et voir ce que fabrique Most. Si nous pouvons arriver là-haut à temps, il faudra essayer de l'empêcher d'agir. Sinon, bon, je suppose que je serai obligée de me lancer à sa poursuite. Et si vous ne voulez pas me suivre, faites ce que vous voulez après, mais pour l'amour du ciel de parlez pas à ces gens de la source des glyphes. Ce ne sera pas si grave que ça, parce que j'ai l'intention de faire en sorte que personne ne puisse plus jamais accéder à ces grottes. Mais moins il y aura de gens qui connaissent leur existence, mieux cela vaudra.

Harriet regarda fixement Toby. Elle avait l'impression, en ce moment précis, parce qu'elle était irritée et frustrée, taraudée par la migraine et vraiment très fatiguée, que ce ne serait pas une grande perte s'il ne revenait pas de cette aventure.

Toby lui retourna son regard. Une barbe drue avait assombri son visage blême. Ses yeux souffraient visiblement du manque de sommeil.

— Alors, tout ce que nous avons à faire, c'est fausser compagnie à Emre et à ses copains, continuer cette randonnée par nos propres moyens, régler leur compte à Most et à ses copains à lui, et faire sauter les grottes. Je ne m'étais pas rendu compte que c'était si simple.

— J'ai beaucoup d'argent liquide. Une fois que nous aurons quitté les peshmerga, nous pourrons acheter ce dont nous aurons besoin.

— Oh, très bien ! Parce que je commençais à croire que vous n'aviez pas de plan du tout.

— Vous n'êtes pas obligé de m'accompagner.

— Même si nous réussissons effectivement à empêcher Most de mettre la main sur les glyphes, ça ne s'arrêtera pas là, n'est-ce pas ? La CIA connaît l'existence des glyphes, nos propres espions aussi...

— C'est une manière de tirer un trait, dit Harriet.

— Pour le Nomads' Club ou pour vous ?

— C'est mesquin de votre part.

Toby haussa les épaules.

— Je suis venu ici pour trouver ce qui est arrivé à Alfie, et maintenant j'ai l'impression d'être mêlé à une sorte de vendetta personnelle. Bon... votre père a volé les glyphes, Soborin a appris leur existence de lui, Most a appris leur existence de Soborin...

— Est-ce que je dois me sentir plus ou moins responsable de ce qu'a fait mon père ? Non. C'est à peine si je me souviens de lui. Mais, au départ, c'est le Nomads' Club qui a exhumé les glyphes, et mon grand-père était dans le coup : c'est une affaire de famille et c'est l'affaire du Nomads' Club, les deux sont liées. Il est tout à fait justifié que le Nomads' Club contribue à enterrer les glyphes avant qu'ils puissent faire encore plus de mal, et comme nos services secrets ont reçu l'ordre de rester sur la touche, il n'y a personne d'autre pour faire le boulot.

Les hommes se redressèrent et, accroupis, récitèrent la prière finale. *As-salaamou alaïkoum oua rahmatoullah.* La paix soit sur vous et la miséricorde d'Allah.

Toby se releva en même temps qu'eux, laissa tomber sa cigarette et l'écrasa sous la semelle de sa botte.

— Le Nomads' Club, c'est rien que deux vieux bonshommes et leurs souvenirs, dit-il à Harriet. Vous vous êtes improvisée leur championne, mais vous croyez vraiment que vous pouvez y arriver toute seule ?

Harriet se leva elle aussi et dit :

— Ne faites pas de geste inconsidéré.

— Sinon quoi ? Vous allez me dessouder avec une piqûre au ricin ou une prise de karaté mortelle ?

— Si vous conduisiez les peshmerga à la source des glyphes, je n'aurais pas besoin de vous « dessouder ». Vous croyez vraiment qu'ils vont vous dire merci et vous laisser partir ?

— Si j'avais l'intention de leur parler de ces grottes, je ne serais pas en train d'en discuter avec vous. Je l'aurais déjà fait. Je suis de votre côté, Harriet, mais vous n'êtes pas le Justicier solitaire, et je ne suis certainement pas Tonto. Réfléchissez.

Il se trouva que les peshmerga avaient leurs propres plans. Tandis que ses soldats se faisaient du thé et ouvraient des rations américaines prêtes à consommer, Terminator se servit d'un vieux téléphone satellite gros comme une mallette pour parler à quelqu'un, puis s'approcha d'Harriet et de Toby, suivi d'Emre Karin, et s'accroupit en face d'eux. Il les observa derrière les verres teintés de ses lunettes avant d'annoncer :

— Mon commandant a envoyé une patrouille à la recherche des gens qui, d'après vous, cherchent ce garçon. Elle vient de faire son rapport.

L'inquiétude d'Harriet perça comme une sirène d'alarme l'écran pulsant de sa migraine.

— Vous avez des soldats sur place ? demanda-t-elle.

Terminator sourit.

— Bien sûr. Vous croyez que mon commandant reste assis à vous attendre ? Il a envoyé un petit groupe d'hommes très expérimentés. Ils se sont approchés du village à pied, ils l'ont observé longtemps. Ils n'ont vu personne. Ce n'est pas une surprise. Il n'y a pratiquement que des ruines, et les Américains ont emmené la famille du garçon que nous recherchons, les seules personnes qui habitaient là.

— Vos hommes sont-ils encore dans le village ? demanda Harriet.

Elle se disait que si les peshmerga tombaient sur les mercenaires de Rölf Most, sa tâche allait être beaucoup plus difficile.

— Ne vous inquiétez pas, dit Terminator. Ils savent ce qu'ils font. Ce sont des professionnels. Ils observent l'endroit de loin, et quand ils ne voient pas de mouvement, ils entrent et ils regardent. Ensuite, ils se retirent, ils installent un poste d'observation, ils surveillent l'entrée et la sortie du village. Si des gens viennent, ils les verront.

— Ces gens qui cherchent Moussa Qarssou, dit Toby, ce ne sont pas des créatures de notre imagination. Pas vrai, Emre ?

— Mon ami Emre m'a raconté tout ce qui s'est passé à Diyarbakir, les deux Américains et le reste. Je sais aussi que les autres sont allés en avion à Mossoul et qu'ils ont continué en voiture vers l'est, vers les montagnes. C'était il y a quatre jours. Mon commandant a vérifié avec les gens de l'aéroport. La question est, s'ils ne sont pas dans ce village, où sont-ils ?

Harriet décocha à Toby un regard féroce, tentant de le convaincre par la seule force de sa volonté de garder le silence, de ne rien dire sur la source des glyphes.

— Peut-être qu'ils ont déjà trouvé Moussa Qarssou, dit-elle.

— C'est possible, dit Emre Karin.

— C'est possible, dit Terminator en observant Harriet. Mais leur avion est toujours à l'aéroport. Donc, il est également possible qu'ils cherchent ce garçon ailleurs. Qu'est-ce que vous en pensez ?

— Je pense que nous devons faire le maximum pour empêcher ces types de mettre la main sur le garçon, dit Harriet.

— C'est bien, parce que mon commandant me demande de vous dire qu'il est impatient de parler avec vous de tout ce que vous savez.

Terminator se leva et s'éloigna.

— C'était une sorte de menace, ou quoi ? demanda Toby.

— Son commandant est impatient de trouver Moussa Qarssou, et lui aussi est impatient, parce qu'il veut faire son devoir, dit Emre Karin. Nous voulons tous la même chose, nous sommes du même côté, alors tout sera OK.

— Bien entendu, dit Harriet.

Mais elle avait l'impression que la situation était en train de lui échapper complètement. Si Toby et elle ne faussaient pas compagnie à Terminator et à ses soldats avant d'arriver à Mossoul, ils seraient forcés de déballer tout ce qu'ils savaient sur

Moussa Qarssou, les glyphes, leur source. Entre-temps, Rölf Most et ses hommes étaient probablement toujours en train de fouiller le site des grottes, à huit kilomètres seulement du village où Moussa Qarssou avait grandi. S'ils ne tombaient pas sur les peshmerga là-haut, ils se feraient prendre quand ils retourneraient à Mossoul...

Une heure plus tard, peu après avoir traversé la ville de Summel, ils se heurtèrent à un embouteillage sur une route qui serpentait entre des collines abruptes, couvertes de broussailles. La voie en direction du sud était pleine de camions et de citernes qui avançaient au pas quelques douzaines de mètres et s'arrêtaient à nouveau dans un sifflement de freins pneumatiques ; plus loin, les véhicules étaient pare-chocs contre pare-chocs, et des camions étaient arrêtés sur le bord de la route ; leurs occupants étaient en train d'installer des chaises en plastique, d'allumer de petits réchauds et de faire du thé, et se préparaient manifestement à passer la journée sur place. Terminator emprunta le milieu de la chaussée à coups de klaxon et d'appels de phares, suivi de près par le pick-up. La route contourna une falaise de roc nu qui saillait comme un front et révéla un fleuve et un pont métallique à quelques centaines de mètres seulement. Des camions, des citernes, des autocars et des voitures faisaient la queue sur trois files ; le pont était barré par des rouleaux de barbelés, deux Hummer couleur sable et un véhicule blindé à huit roues du type Stryker, surmonté d'une mitrailleuse M2 de calibre 12,5 mm. Des soldats américains passaient et repassaient entre les véhicules, examinaient des papiers, ordonnaient aux gens de regagner leur voiture ou leur camion. Apparemment, ils ne laissaient passer personne. Il y avait un barrage similaire de l'autre côté du pont, et la queue remontait jusqu'à mi-pente de la route en lacets. Une fumée noire et abondante s'élevait dans le ciel bleu au-delà du sommet rectiligne d'une crête.

Terminator se tourna, cala son pistolet automatique sur l'appuie-tête de son siège et dit :

— Vous n'allez pas nous créer d'ennuis.

— Qu'est-ce que vous voulez dire ? demanda Harriet.

— Vous ne direz pas à ces soldats pourquoi nous sommes ici ensemble, ni où nous allons.

Emre Karin s'éclaircit la voix et dit :

— Tout sera OK.

— Ces mecs-là ont l'air tout ce qu'il y a de plus sérieux, dit Toby.

Un trio de soldats américains – tenue camouflée aux couleurs du désert, ceinturon chargé de gadgets, fusil d'assaut serré contre la poitrine, la tête cachée par le casque et les lunettes de soleil – se dirigeait vers la Toyota et le pick-up.

— Vous allez leur dire que vous êtes des journalistes, dit Terminator. Vous voyagez avec nous, vous écrivez un article sur nous. OK ?

— Bien sûr, dit Harriet, en ajoutant, parce que Terminator la fixait toujours par-dessus le canon de son automatique : réfléchissez un peu. Nous sommes entrés dans ce pays illégalement. Nous poursuivons des Américains qui poursuivent Moussa Qarssou. La dernière chose que je veux, c'est d'avoir des ennuis avec l'armée américaine.

Terminator sourit et dit :

— Peut-être que nous n'avons pas besoin de vous pour trouver ce garçon, ou peut-être que les Américains le recherchent. Réfléchissez. C'est dans votre intérêt de venir avec nous.

— Bien sûr, répéta Harriet en soutenant son regard.

C'est à ce moment-là que Toby ouvrit la portière d'un coup d'épaule et descendit si précipitamment qu'il trébucha et faillit tomber sur les genoux. Emre Karin essaya de l'attraper, et le manqua. Toby trottait déjà vers les trois soldats américains, les mains en l'air dans un geste de supplication et de reddition.

29.

Rölf Most dit à Alfie :

— Ceci est votre tracé normal en état d'éveil, et, comme vous pouvez le voir, il consiste en ondes d'activité rapide et de faible voltage.

Sur l'écran de l'ordinateur portable, la ligne jaune irrégulière oscillait sur une grille vert foncé sur fond vert clair.

Le psychiatre pressa la barre d'espacement ; l'image sauta.

— Et voici l'état de sommeil dans lequel vous êtes tombé après votre crise, et là, vous voyez que le tracé est très différent, qu'il consiste en ondes lentes de voltage relativement élevé.

La ligne jaune remplissait maintenant la moitié de l'écran avec la silhouette d'une chaîne de montagnes hautes et escarpées, de formes et d'altitudes diverses.

— Alternance salve-pause, dit Carver Soborin depuis son coin dans l'espace blanc de la caravane, où il travaillait sur un nouveau puzzle.

— Vous êtes revenu parmi nous, dit Rölf Most. Très bien. *Très* bien. Faites vos puzzles, restez concentré, de grandes merveilles nous attendent. Il a tout à fait raison, monsieur Flowers. Ce tracé montre une activité de type salve-pause caractéristique du sommeil non paradoxal. La décharge lente et oscillante de grappes de neurones répartis sur tout le cerveau, la signature d'une vraie perte de conscience. Pendant l'état de veille, ou pendant le sommeil paradoxal, quand on rêve, les groupes de neurones déchargent selon des configurations en perpétuel changement qui représentent l'immense variété des processus exigés pour maintenir ces deux types de conscience. Dans le sommeil non paradoxal, toutefois, leurs décharges sont synchronisées. Et un phénomène similaire s'est produit lorsque vous avez été confronté au glyphe.

Il fit défiler le tracé EEG en marche arrière. Encore des montagnes, mais celles-ci étaient serrées les unes contre les autres, et aussi régulières que des dents sur la lame d'une scie.

— Chez un individu normal, dit Rölf Most, le traitement avec mon mélange de drogues suivi de l'exposition à un glyphe actif force le cerveau à adopter un état particulier. Ce n'est pas très différent du processus qui se déclenche lorsqu'on présente au sujet un objet unique, une balle rouge, par exemple. Dans ce cas, cela suscite la décharge des groupes spécifiques de neurones dans le système visuel du cerveau – ceux associés avec la forme sphérique et la couleur rouge –, lesquels, à leur tour, excitent d'autres neurones dans d'autres régions du cerveau, comme, par exemple, ceux associés au souvenir précis d'une balle rouge. De même, si un sujet plongé dans l'état hypnagogique induit par mon petit cocktail est mis en présence d'un glyphe actif, ce glyphe va obliger des ensembles spécifiques de neurones à décharger à de nombreuses reprises selon une séquence particulière, induisant ainsi un état cérébral répétitif unique. La fascination, par exemple, ou la peur. Cet état unique domine tous les autres. Il devient la seule chose à laquelle le sujet peut penser, et si l'exposition dure assez longtemps, elle induit un changement permanent dans sa conscience.

« Mais quand vous, monsieur Flowers, êtes exposé à un glyphe actif, il se produit quelque chose de très différent. Votre cerveau n'adopte pas l'état particulier que le glyphe devrait susciter. Au lieu de quoi, l'activité électrique de votre cerveau retombe dans le complexe pointe-onde répétitif à trois hertz sur l'EEG, caractéristique d'une crise du type petit mal. C'est comme le tracé du sommeil non paradoxal, mais en plus synchronisé. Hypersynchronisé, en fait. Les neurones corticaux soit déchargent tous ensemble, soit sont tous silencieux. Bref, monsieur Flowers, vous avez été victime d'une crise d'épilepsie qui vous a rendu insensible. Ensuite, vous êtes tombé dans l'inconscience proprement dite du sommeil non paradoxal, comme nous l'avons déjà vu, dit le savant aux cheveux blancs en tapotant la barre d'espacement pour faire défiler l'image, et nous revoyons enfin le tracé normal, lorsque vous reprenez conscience.

— On ne s'en relève jamais, dit Carver Soborin dans son coin. Pas vraiment.

— Vous ne vous en êtes certainement jamais relevé, dit gaiement Rölf Most, mais c'est là tout votre charme, évidemment. Il a été exposé à trop de glyphes, monsieur Flowers. Sans ses puzzles, il risque de tomber dans un état d'absence, de se lancer dans un monologue incohérent ou dans une forme quelconque de comportement mécaniquement répétitif. Mais tant qu'il a ses puzzles et sa stimulation Ganzfeld, il jouit de toutes ses facultés, comme on dit. Savez-vous ce qu'est une stimulation Ganzfeld ? Bien sûr que non. C'est une forme de cécité des neiges signalée par les explorateurs de l'Arctique. Si un sujet regarde assez longtemps un champ visuel sans détails marquants, tel que le paysage plat et enneigé du pôle Nord, toute la couleur disparaît de ce champ, et ensuite toute expérience visuelle est abolie. Cela vous intéresserait-il de savoir pourquoi ?

— Pas assez d'états cérébraux, dit Carver Soborin sans lever les yeux.

Rölf Most battit des mains. Il entrait dans un de ses épisodes d'exaltation maniaque, les yeux brillants, le sourire démesuré.

— Une pomme pour le bon élève dans le coin ! Il a raison, monsieur Flowers. Pour que son expérience consciente soit maintenue, un sujet a besoin d'un nombre critique d'états cérébraux différenciés. Dans le cas du Dr Soborin, nous essayons d'obtenir un état cérébral homogène comparable au sommeil non paradoxal. Un nirvana Ganzfeld qui le libère des malencontreux effets secondaires causés par ses travaux innovateurs sur les glyphes.

— Parfois, je crois que vous me comprenez, dit Carver Soborin sans lever les yeux de son puzzle. Mais ensuite, vous dites quelque chose qui prouve qu'en réalité vous ne me comprenez pas.

— Oh, je ne vous comprends que trop bien, ne vous inquiétez pas pour ça. Le Dr Soborin est ma source d'inspiration, monsieur Flowers ; je teste mes idées sur lui. J'ai envers lui une dette incalculable, parce que j'ai appris de lui tant de choses sur les glyphes. Et maintenant, avec votre aide, je vais surpasser le pionnier qu'il a été. Vous êtes un spécimen rare. Chez un sujet ordinaire, un glyphe particulièrement actif force le cerveau à adopter l'état particulier qu'il encode. Mais pas chez vous. Votre cerveau réagit violemment lorsque vous êtes exposé à un glyphe actif. Vous avez une crise d'épilepsie, et le tour est joué ! On efface tout. C'est un mécanisme de défense très efficace.

— Mais pas idéal, observa Alfie. Pas de mon point de vue.

— Oh, mais ça fait de vous un sujet de test idéal. Si vous êtes exposé à des glyphes actifs, vous avez une crise d'épilepsie. Ensuite, vous récupérez, et vous êtes prêt à recommencer. Comme un canari de mineur qui peut resservir indéfiniment, dit Rölf Most en se tournant vers un deuxième ordinateur portable. Mais je crois que vais maintenant vous tester sans le cocktail de drogues, et essayer de trouver les différences qu'il y a dans vos réactions aux glyphes actifs et aux motifs purement décoratifs. Il n'y a pas de raison d'être consterné : d'après ce que vous m'avez dit, je crois que sans la drogue vous réagirez positivement aux glyphes actifs, mais je ne crois pas que vous ferez la moindre crise. Je ne veux pas vous faire du mal, monsieur Flowers. Je veux que vous fassiez partie de notre petite famille. Nous allons drôlement nous amuser ensemble !

30.

Harriet et Toby furent embarqués dans une Jeep qui prit la route de la colline, au-dessus du pont et de la rivière profondément encaissée dans sa gorge rocheuse. Emre Karin insista pour les accompagner ; il dit aux soldats américains qu'il était leur interprète, remonta deux fois dans la Jeep après en avoir été éjecté par les militaires et eut finalement le droit de rester, malgré les objections d'Harriet. Terminator et ses soldats, abandonnés sur la route, palabraient avec les soldats américains qui gardaient le pont.

Ils étaient tous les trois serrés sur la banquette arrière de la Jeep, leurs têtes se touchaient presque.

— Je pense à une expression bien connue, chuchota Harriet à l'attention de Toby. « Tomber de Charybde en Scylla. »

Toby était excité. L'émotion de la fuite lui était montée à la tête.

— Vous n'écoutiez pas quand notre ami peshmerga nous a dit à quel point son commandant était impatient de parler avec nous de tout ce que nous savons ? dit-il. Oui, tout, Harriet. Pas seulement les trucs que vous étiez disposée à lui dire, mais tout le reste, que vous le vouliez ou non. Dès qu'il a dit ça, j'ai compris que vous aviez raison et que j'avais tort, et j'ai décidé de faire de mon mieux pour trouver un moyen d'échapper à sa sollicitude. Et je l'ai trouvé, en plus... mais, bon, ça va, vous n'êtes pas obligée de me remercier.

— Vous êtes nos hôtes, dit Emre Karin, qui avait surpris cet échange. Vous dites à ces gens que tout ça, c'est une erreur, nous retournons avec les peshmerga, et tout ira bien.

— Je ne voudrais pas vous offenser, Emre, mais vos potes les peshmerga nous traitaient comme des prisonniers, dit Toby.

Peut-être que vous n'avez pas remarqué le putain de gros flingue que Terminator nous braquait dessus tout à l'heure, mais moi, je l'ai bien vu.

— C'était une erreur, oui. Mais ne vous inquiétez pas, il vous présentera ses excuses.

— Oh, ce n'est pas ça qui m'inquiète en ce moment.

Harriet désigna du menton les deux soldats à l'avant de la Jeep.

— Vous croyez vraiment que ces mecs vont nous aider ?

— Je sais bien que vous ne faites confiance à personne, dit Toby, mais j'aimerais mieux tenter ma chance avec eux qu'avec les peshmerga. Si nous avons de la chance, ils vont nous emmener à Mossoul, et nous aurons alors le temps de souffler pour envisager la suite des opérations.

Si les Américains les emmenaient effectivement à Mossoul, songea Harriet, elle trouverait certainement un moyen de semer Emre Karin et Toby. Elle était peut-être soulagée d'avoir échappé aux soldats peshmerga, mais l'imprudence et l'affolement du journaliste auraient pu les faire tuer, et elle n'était pas sûre qu'ils soient mieux traités par l'armée américaine. Il faudrait qu'elle trouve un moyen de s'en sortir au baratin, de laisser Toby et Emre en plan, et de continuer en solo, comme elle en avait toujours eu l'intention.

La Justicière solitaire – pourquoi pas ?

La Jeep franchit le sommet de la crête en rugissant puis fonça sur une piste poussiéreuse, creusée de profondes ornières, jusqu'à un endroit plat, au bord d'un escarpement, où était garé un Hummer. Une demi-douzaine de soldats américains et un unique civil se tenaient là comme des touristes admirant le panorama et regardaient, de l'autre côté de la large vallée, le flanc d'une lointaine colline et deux hélicoptères qui planaient au-dessus au milieu de nappes de fumée. C'étaient des hélicoptères d'assaut Apache, qui avançaient et reculaient comme des guêpes à l'entrée de leur nid, changeant continuellement de hauteur et de position, le battement de leurs rotors fusionnant en un bourdonnement sourd et monotone. Au moment où Harriet descendit de la Jeep, l'un des Apache s'inclina et fonça en avant, émettant une bouffée de vapeur blanche de chaque côté de son fuselage. Le bruit de l'explosion des deux missiles se fit entendre quelques secondes après le double éclair ; deux colonnes de fumée noire jaillirent tandis que l'hélicoptère se repliait et que son compagnon s'avançait pour asperger le sol de flots de projectiles traçants avec le canon de 30 mm implanté dans son nez.

Le caporal qui avait pris en charge Harriet, Toby et Emre Karin salua un officier, lui remit les passeports d'Harriet et de Toby et expliqua qu'il avait trouvé ces deux ressortissants britanniques avec toute une bande de peshmerga, et que l'un d'eux, le mec, prétendait être reporter. Il avait une sorte de carte syndicale, mais pas d'accréditation officielle sous aucune forme.

L'officier, un capitaine, était maigre, profondément hâlé et à peu près du même âge qu'Harriet ; on lisait DAVIS en majuscules noires sur le ruban nominatif cousu à son gilet pare-balles. Il jeta un coup d'œil aux passeports, les remit au civil et demanda au caporal qui était l'autre mec, l'autochtone.

— Il prétend être leur interprète, mon capitaine, dit le caporal.

Il tenait à la main le petit sac à dos d'Harriet.

— Pour qui travaillez-vous ? demanda le civil tout en feuilletant méthodiquement leurs passeports.

C'était un homme corpulent en tenue de randonnée haut de gamme, portant un pistolet automatique dans un étui à la hanche ; son visage aux traits adoucis s'abritait sous le bec d'une casquette de base-ball noire. Harriet détecta un collègue espion et le prit immédiatement en grippe.

— Nous sommes des journalistes indépendants, intégrés aux peshmerga, dit-elle. Nous les suivons dans leurs déplacements, c'est un reportage du style « Un jour dans la vie de... », plus ou moins.

— En fait, précisa Toby, nous avions avec les soldats – les Kurdes ? – un petit désaccord. Rien de grave, mais nous sommes comme qui dirait soulagés que vous nous ayez libérés.

— Si vous cherchez un sujet de reportage, les mecs, dit gaiement le capitaine Davis, je vous en ai trouvé un bon.

— Nous sommes censés être à Mossoul, dit Toby, et nous nous demandions si vous pourriez peut-être nous emmener là-bas.

Le capitaine Davis l'ignora et s'adressa à Harriet :

— Je suppose que c'est le genre de sujet qui plaît à tout le monde. Nous sommes les bons. Et là-bas, c'est les méchants, qui se font taper dessus en long, en large et en travers.

Sur la lointaine colline, des bouquets de pins fracassés et des bandes de terrain broussailleux brûlaient autour des ruines d'un petit bâtiment. Les hélicoptères planaient côte à côte juste au-dessus ; le souffle de leurs rotors creusait des arabesques complexes dans les voiles, les colonnes et les récifs de fumée ascendante.

Harriet joua le jeu.

— Et qui sont ces méchants ? Des terroristes ? Des combattants de la liberté ?

— C'est du pareil au même, dit le capitaine Davis en l'observant.

Il avait une façon pince-sans-rire, laconique de s'exprimer, un sorte de charme décontracté.

— Mais ces méchants-là, dit-il, sont des voleurs de camions. Des pirates de la route.

— Vous utilisez des hélicoptères d'assaut contre des voleurs de camions ? s'étonna Harriet.

— Nous sommes des militaires, madame. Nous ne sommes pas formés pour traiter les détails au plan juridique. Nous sommes formés pour tuer les gens et faire sauter leurs baraques. Et là, nous sommes très efficaces, comme ces mecs sont en train de le constater. Et si je vous racontais ce qui s'est passé ? Vous allez adorer – l'histoire possède ce que vous appelleriez sans doute une simplicité classique satisfaisante.

— Ce par quoi vous voulez dire que vous êtes les bons, que vous avez poursuivi, attrapé et tué les méchants et rendu le monde plus sûr pour la démocratie.

— Exactement.

— Comme au cinéma.

Harriet essayait de ne pas regarder pendant que le civil faisait l'inventaire du contenu de son sac à dos ; il examina son téléphone satellite, feuilleta au hasard son carnet en moleskine, qui contenait les détails de l'emplacement des grottes, transcrits avec un simple code à substitution. Par bonheur, elle s'était bien gardée d'emporter une carte, ou la photo satellitaire de la source des glyphes que Jack Nicholl lui avait donnée.

Toby, qui avait sans aucun doute l'impression qu'il ne risquait plus rien, alluma une cigarette. Emre Karin s'abritait derrière lui et prenait soin de ne pas attirer les regards. Le Kurde invisible.

— C'est encore mieux qu'au cinéma, dit le capitaine Davis. Ça a commencé comme ça : la nuit dernière, une bande de brigands ont volé deux camions pleins de paraboles de télé, entre ici et Mossoul. Ils ont descendu les chauffeurs, un de leurs hommes à eux a été blessé dans l'échange de coups de feu et ils l'ont abandonné sur place. Ce qui l'a tellement fait chier que, lorsque nous sommes arrivés sur les lieux, il avait déjà prévenu la police locale et balancé ses copains. Nous les avons pris en chasse, et nous les avons coincés avec le barrage que nous avons installé sur le pont. Il y a eu une fusillade, et quand nous leur avons prouvé que nous avions l'avantage en puissance de feu, les bandits ont battu en retraite et se sont terrés dans une ferme. Et maintenant, ces Apache sont en train de leur régler leur compte. Je sais ce que vous pensez : c'est le genre de conneries dont nous nous occupons tous les jours, rien de sensationnel. Mais il me vient à l'esprit que c'est l'une des opérations les plus réussies que nous ayons menées ces derniers temps. Normalement, les méchants nous tirent dessus, ou nous balancent une roquette ou un obus de mortier et décampent ; ou alors, ils posent des mines ou des engins explosifs improvisés, comme on dit, sur l'un de nos itinéraires habituels. Cette fois-ci, nous avons vraiment pu les attaquer face à face. Pendant une minute environ, c'était presque comme une vraie guerre. Si vous voulez étoffer ça pour écrire un article, je serai ravi de vous donner tous les détails, dit le capitaine Davis en montrant les deux hélicoptères qui harcelaient la crête opposée. Vous devriez peut-être prendre une photo : on dirait que ces mecs ont presque terminé.

— Le problème, dit Harriet, c'est que nous avons eu des petits ennuis et que nous avons perdu notre matériel. Mais si vous pouvez nous conduire jusqu'à Mossoul, vous pouvez être sûr que nous écrirons un papier là-dessus.

— Absolument, dit Toby. Peut-être qu'un de vos soldats a des photos que nous pourrions utiliser.

Le civil s'approcha et dit :

— Ça vous gênerait de me dire comment vous êtes entrés en Irak ?

— Où est le problème ? demanda le capitaine Davis.

— Ces gens n'ont pas d'accréditation, et ils n'ont pas de cachets nulle part sur leurs passeports, en plus.

— Excusez-moi, dit Harriet, mais je ne crois pas avoir entendu votre nom.

L'expression du civil se durcit.

— Je suis le type à qui vous devez donner des explications. Où était votre point d'entrée ? En Turquie ? En Syrie ? Au Koweït ?

Harriet sentit son estomac se contracter.

— Nous sommes venus de Turquie, dit-elle.

— Et comment avez-vous franchi la frontière turque, exactement ?

Harriet lança un regard d'avertissement à Toby et dit :

— Nous sommes entrés par le poste frontière de Harbur. Je ne sais pas pourquoi ils n'ont pas tamponné nos passeports. Peut-être que vous devriez leur poser la question.

Elle savait qu'elle était prise au piège, mais une des règles du jeu était de s'accrocher à l'histoire convenue tant qu'il lui restait encore un peu de vraisemblance.

— Comment avez-vous fait pour rejoindre les gens du PDK ? demanda le civil. Vous avez une sorte d'arrangement avec eux ?

— Évidemment, dit Toby. Bien que ce ne soit pas vraiment officiel, si vous voyez ce que je veux dire.

— Est-ce que vous avez un contact, quelqu'un à qui nous puissions nous adresser pour vérifier vos dires ? Et l'homme responsable des soldats avec qui vous faisiez la route ? Si nous l'amenions ici, est-ce qu'il pourrait confirmer votre histoire ?

— Comme je l'ai déjà signalé, dit Toby, nous avions un petit problème avec nos amis peshmerga. Ce qu'on pourrait appeler une divergence d'opinion.

— Votre interprète, il est avec les peshmerga ? Ou est-ce qu'il est venu avec vous ?

Au bout d'un moment de silence, le capitaine Davis dit :

— Vous êtes sûr que ces gens ont de mauvaises intentions, Bob ?

— Je ne sais pas ce qu'ils ont comme intentions, mais je suis certain qu'ils sont entrés en Irak illégalement, probablement avec l'aide des peshmerga, qui s'adjugent un gentil petit racket en faisant passer la frontière aux clandestins et aux articles de luxe. Ce que j'aimerais faire, c'est les emmener pour continuer leur interrogatoire.

Le capitaine Davis haussa les épaules.

— Je serais enchanté que vous me débarrassiez d'eux, Bob. Quand ces Apache en auront terminé, nous allons monter sur cette colline et ratisser les alentours, et je n'ai pas tellement envie de m'occuper de deux journalistes qui cherchent l'aventure. Excusez-moi, madame, dit le capitaine en souriant à Harriet. Mais c'est autant pour votre sécurité que pour faire plaisir à mon ami.

Le civil intervint :

— Croyez-moi, c'est d'abord moi que ça arrange. Le plus facile serait que vous demandiez à un de ces Apache de venir nous prendre.

Le capitaine Davis secoua la tête.

— Quand ils en auront fini là-haut, ces hélicos vont repartir à Dohuk faire le plein de carburant et de munitions.

— Il ne lui faudrait qu'une trentaine de minutes pour nous amener à Mossoul, dit le civil.

— Ce ne sont pas mes hélicos, Bob. Vous pouvez essayer de parler à leur officier commandant, mais vous savez qu'il vous dira plus ou moins la même chose. Ce que je peux faire, en revanche, c'est vous prêter une Jeep et deux de mes hommes. Qu'est-ce que vous en pensez ?

— Franchement, je pense que vous ne me soutenez pas vraiment.

— Si vous n'êtes pas sûr de pouvoir vous débrouiller tout seul, vous allez être obligé d'attendre ici pendant que nous ferons le boulot pour lequel nous sommes payés, et vous rentrerez avec nous à Mossoul une fois que nous en aurons terminé.

Le civil le regarda un instant, puis demanda :

— Vous avez bien dit que vous me donneriez deux hommes ?

— C'est votre prise, Twetten, dit le capitaine Davis au caporal. Prenez un volontaire de votre escouade et accompagnez notre ami.

Le civil regarda Harriet.

— Si vous travaillez pour un service ou un autre, c'est le moment de me le dire. Nous pourrons régler tout ça, et vous pourrez continuer votre chemin.

Harriet songea brièvement à lui donner le nom de Jack Nicholl. Ou de lui dire qu'en effet elle travaillait pour le gouvernement de Sa Majesté, que M. Nicholl confirmerait qu'elle avait une mission urgente et hautement confidentielle à assurer, et qu'il lui serait d'un secours considérable s'il pouvait lui fournir un moyen de se rendre à Mossoul... Mais elle savait que tout ce qu'elle pourrait lui dire serait obligatoirement vérifié, et que si le MI6 découvrait que Jack l'avait aidée, il serait vraiment dans la merde et elle serait renvoyée en Angleterre par le prochain avion.

Elle lui retourna donc sa question :

— Et pour quel service travaillez-vous, Bob ? La CIA ?

Il la regarda fixement un instant de plus, le visage impassible, puis il prit le capitaine Davis à part et lui parla pendant quelques minutes ; les deux hommes jetaient de temps à autre des coups d'œil en direction d'Harriet et de Toby. Harriet fit la sourde oreille lorsque Toby lui demanda ce qui se passerait lorsqu'ils atteindraient Mossoul. Elle lui tourna le dos et regarda les deux hélicoptères recommencer à mitrailler le coteau. Finalement, on leur ordonna de remonter dans la Jeep. Le civil était à l'avant, serré entre le caporal Twetten et le conducteur ; Harriet était sur la banquette arrière avec Toby et Emre Karin. Ils redescendirent la colline et passèrent devant les peshmerga assis au bord de la route sous la garde de deux GI, leurs armes empilées devant eux. Terminator les regarda passer avec une expression pleine d'amertume ; Toby ne put se retenir de lui faire un petit signe d'adieu. Bye-bye.

Ils franchirent le contrôle, puis le pont. Ils passèrent devant un cratère noirci qui avait englouti un gros morceau de route, à côté de deux camions calcinés posés sur leurs jantes, devant la file de camions, de citernes et d'autres véhicules qui faisaient la queue, pare-chocs contre pare-chocs, sur ce tronçon abrupt et rectiligne, en attendant de traverser le pont. Des hommes assis dans leur cabine fumaient et écoutaient leur radio, d'autres, rassemblés par petits groupes autour de feux ou de réchauds, fumaient et buvaient du thé. Harriet vit deux hommes peiner pour soulever un gros carton, manifestement lourd, afin de le poser à l'arrière d'un camion, ensuite la Jeep croisa des couples d'hommes qui transportaient d'autres gros cartons jusqu'en bas de la pente, et des hommes qui traînaient des cartons tout seuls. Trois hommes hissaient un carton sur le plateau d'un pick-up. Un autre attachait un carton sur le toit d'un taxi.

La Jeep atteignit le sommet de la côte et s'arrêta dans une embardée à côté d'un accident qui bloquait la moitié de la chaussée : une camionnette avait percuté l'arrière d'un semi-remorque à plateau transportant deux grosses citernes en fibre de verre. L'une d'elles perdait un flot continu de pétrole noir, qui se répandait sous le camion et s'écoulait dans le fossé au bord de la route. Un corps recouvert d'une bâche jaune gisait à côté de la roue avant de la camionnette, et une petite foule d'hommes se pressait autour de l'arrière du véhicule, essayant de grimper à l'intérieur, criant et se bousculant. Une caisse était renversée sur le côté, fracturée pour révéler le climatiseur à l'intérieur.

Le civil dit au conducteur de la Jeep de continuer.

— Demandez de l'aide par radio si vous voulez, dit-il au caporal Twetten, mais ne vous arrêtez pas.

— Impossible, monsieur, dit le caporal Twetten. Si quelqu'un laisse tomber une cigarette dans ce pétrole, ça pourrait faire flamber toute la route. Nous allons être obligés de mettre de l'ordre là-dedans jusqu'à que l'aide arrive, et ça ne devrait pas durer plus de cinq ou dix minutes. En attendant, je suggère que vous gardiez vos prisonniers.

Harriet regarda le caporal Twetten et son chauffeur traverser la route, serrant leurs fusils contre eux. Le caporal s'agenouilla pour inspecter le corps sous la bâche et se servit brièvement de sa radio, le chauffeur se dirigea vers la foule des pillards et commença à les invectiver en anglais. Dans la Jeep, Emre Karin surprit Harriet en se levant et en disant qu'il voulait aider les soldats. Le civil lui dit de rester où il était.

— Je parle turc et kurde, protesta Emre Karin. Je vais aider les soldats, dire à ces hommes de rester calmes, oui ?

— Asseyez-vous, dit le civil en tournant le dos à Harriet pour prendre le pistolet automatique rangé dans l'étui sur sa hanche.

Harriet saisit sa chance au vol : elle se leva d'un bond, referma son bras droit autour du cou de l'homme et allongea le bras gauche pour lui prendre son pistolet. Le civil tenta de se dégager et elle l'accompagna dans son mouvement, sans cesser d'essayer de lui arracher son arme : elle bascula la tête la première sur la banquette avant, le poids de l'homme sur la partie supérieure de son corps, et ses épaules s'écrasèrent sur le volant. Il se dégagea d'une torsion du buste et, lorsqu'elle revint à la charge, le pistolet partit tout seul. Une forte détonation et une douleur cuisante à l'épaule la renversèrent. Le civil commença à se relever, Toby fit tournoyer l'extincteur de la Jeep en un large arc de cercle qui se referma sur le crâne de l'homme. Celui-ci perdit l'équilibre et essaya de se rattraper à l'armature du pare-brise. Toby le frappa à nouveau et il s'effondra.

Tandis que Toby et Emre traînaient l'homme inconscient hors de la Jeep, Harriet chercha à récupérer le pistolet sous le tableau de bord. Elle sentit un fragment d'os frotter à l'intérieur de son épaule et crut un instant qu'elle allait s'évanouir. Mais ses doigts se refermèrent sur la crosse de l'automatique, elle se redressa sur son séant et braqua l'arme sur Emre Karin qui remontait sur la banquette arrière.

— C'est pas le moment de déconner ! dit Toby.

Il se glissa à côté d'elle et fit démarrer la Jeep.

Une vague de ténèbres déferla lentement dans la tête d'Harriet. Emre Karin l'observait, les mains à moitié levées.

— Pas question qu'il vienne avec nous, dit-elle.

— Pas le temps de discuter, dit Toby.

Et il écrasa l'accélérateur.

Lorsque la Jeep en pleine vitesse passa devant le camion, Harriet vit que le caporal Twetten et l'autre soldat étaient grimpés à l'intérieur et tentaient de maîtriser un des hommes. Ils étaient sur le point de l'expulser dans la petite foule des pillards lorsque le caporal aperçut la Jeep, se figea dans un arrêt sur image parfait et saisit le bras de son compagnon. Les deux soldats sautèrent à bas du camion, la foule repartit à l'assaut. Harriet entendit un crépitement d'arme automatique puis la Jeep prit un virage sur les chapeaux de roue.

31.

— Mec, regarde-toi un peu, dit Larry Macpherson. Tu trembles encore.

— Quand il a dit qu'il me tuerait, dit Alfie, vous croyez qu'il le pensait ?

— Bien sûr qu'il le pensait. Il est cinglé, mais c'est pas pour ça qu'il pense pas ce qu'il dit. Il va se calmer, peut-être même qu'il va recommencer à dire que tu pourrais faire partie de la famille, mais faudra pas le croire. Quand il a dit qu'il allait se servir de toi et puis t'éliminer, c'était la vérité. Tu vois, tu l'as déçu. T'as pris toutes ses ambitions et t'as pissé dessus, ton cerveau a pas voulu faire ce qu'il voulait qu'il fasse, et ça l'a tellement mis en rogne que son masque est tombé et qu'il s'est montré sous son vrai jour.

L'expérience de Rölf Most avait mal tourné. Alfie était resté plus d'une heure devant l'ordinateur portable à regarder défiler, comme dans une projection de diapositives, des douzaines d'arrangements différents d'éléments entoptiques. Dissimulé çà et là à intervalles aléatoires au milieu des motifs inoffensifs se trouvait un glyphe actif qui semblait se détacher de l'écran quand il apparaissait, pulsant d'une vie immonde. Par bonheur, comme Alfie n'avait pas reçu sa dose du cocktail de drogues, l'exposition répétée à ce glyphe n'avait pas déclenché de nouvelle crise d'épilepsie, mais son mal de tête et sa nausée n'avaient cessé d'empirer et, à la fin de l'expérience, il avait du mal à distinguer les motifs sur l'écran de ceux qui tapissaient l'intérieur de ses globes oculaires.

Pendant qu'Alfie regardait défiler les motifs, Rölf Most mesurait son activité cérébrale via la batterie d'électrodes collées à son cuir chevelu et étudiait le tracé EEG sur un deuxième ordinateur. Apparemment, Alfie perdit conscience plusieurs fois, bien qu'il n'ait aucun souvenir de ces menues absences et, d'après Rölf Most, une seule d'entre elles correspondait à l'occurrence du glyphe actif. Le psychiatre décida enfin d'arrêter l'expérience, disant que quelque chose ne tournait pas rond – qu'il n'avait pas réussi à détecter de motif signalétique dans l'activité cérébrale d'Alfie à chaque fois qu'il avait été exposé au glyphe.

— Il y a trop de bruit dans le circuit, dit Rölf Most.

Il marchait de long en large dans l'espace confiné intégralement blanc, faisant claquer son poing sur sa paume ouverte à chaque fois qu'il repartait dans l'autre sens. Trois pas en avant, demi-tour, clac !

— C'est peut-être parce que vous relevez d'une crise d'épilepsie majeure, que vous êtes épuisé et qu'il y a encore une trace du cocktail de drogues psychotropes dans votre organisme...

Demi-tour, clac !

— C'est peut-être parce que vous êtes en manque de votre dose habituelle de barbiturique...

Demi-tour, clac !

— Peut-être, quand vous serez totalement reposé et que je pourrai vous tester comme en laboratoire avec du matériel plus sensible qu'un simple électroencéphalographe, en me servant, par exemple, de la magnétoencéphalographie pour résoudre les détails fins de l'activité de votre système visuel – peut-être qu'alors je serai en mesure de différencier votre réponse aux motifs aléatoires de votre réponse aux glyphes actifs. Qu'en pensez-vous ?

Il s'arrêta juste devant la chaise d'Alfie, le regardant de haut, faisant claquer son poing sur sa paume.

Alfie dit sincèrement qu'il ne savait pas quoi en penser. Ce qui, pour une raison ou une autre, n'eut pas l'heur de plaire au psychiatre. Agacé, il rapprocha brusquement son visage de celui d'Alfie et dit :

— Peut-être que vous me cachez des choses. Peut-être que sans la drogue vous pouvez truquer, hein ? Que vous êtes capable de masquer ou de brouiller vos véritables réactions. C'est ce que vous avez fait ? Dites-moi la vérité !

Sans prévenir, il gifla Alfie violemment, puis le retint par les revers de son peignoir lorsqu'il essaya de se dérober, se mit à lui crier et à lui postillonner au visage.

— Vous avez fait quelque chose ! Je sais que vous avez fait quelque chose, que vous m'avez roulé, que vous m'avez bassement arnaqué. Peut-être que je devrais vous droguer encore, vous faire piquer une autre crise, hein, et encore une autre. Oh, mais je peux vous faire sauter comme une grenouille amyélée jusqu'à ce que vous promettiez de coopérer !

Rölf Most se laissa emporter par sa colère, accusant Alfie d'essayer de le tromper, de tricher, disant que ça n'avait pas d'importance, qu'il n'était qu'un élément mineur d'un projet beaucoup plus grandiose. Le psychiatre s'était remis à arpenter la caravane, observé calmement par Larry Macpherson et plus ou moins ignoré par Carver Soborin. Il parla quinze minutes sans interruption, expliquant comment il allait étonner tout le monde avec ses découvertes et ouvrir la porte à une ère nouvelle de la conscience humaine, puis il finit par se fatiguer, s'effondra sur l'une des chaises en plastique et annonça que ses hommes allaient percer le mur d'éboulis et pénétrer dans les grottes au-delà. Il était certain qu'il y avait encore beaucoup de choses à découvrir, plus qu'il n'en fallait pour satisfaire ses commanditaires.

— Il y aura encore d'autres glyphes actifs, ça ne fait aucun doute, et vous m'aiderez à démontrer leur efficacité. Il faudra vous droguer, bien sûr, et vous serez obligé de subir une autre crise, mais tout cela pour la bonne cause. Je vais filmer en vidéo votre réaction aux glyphes, et ensuite, bon... ensuite, je crains beaucoup, monsieur Flowers, parce que vous refusez obstinément de coopérer, parce que vous ne voulez pas de votre plein gré vous ouvrir à moi, parce que vous essayez de dissimuler votre vraie nature, eh bien, que je ne sois obligé de faire de vous ce que je ferais de tout animal de laboratoire qui n'a plus aucune utilité pour moi. Je n'ai rien contre vous, personnellement, vous comprenez...

C'est alors que Larry Macpherson était intervenu, en disant qu'ils étaient tous fatigués, que c'était le moment de faire une pause. Alfie et lui étaient maintenant assis l'un à côté de l'autre sur une section peu élevée d'un vieux mur qui longeait la gorge, Alfie en peignoir blanc et sandales de bain, Larry Macpherson en gilet pare-balles et lunettes de soleil à verres miroirs. La nuit tombait. La brume montait peu à peu de la gorge, épaississant l'air, effaçant lentement la vue de la rivière, de ses hauts fonds rocheux et de ses petites îles où poussaient des herbes folles et quelques arbres penchés. Derrière eux, des projecteurs illuminaient l'entrée du puits d'accès, le groupe électrogène diesel et les pompes à eau émettaient un bourdonnement grave et constant.

— J'étais capable de distinguer le glyphe actif au milieu de tous les autres, dit Alfie. Vous l'avez constaté. Ce n'est pas parce que lui ne voyait pas de différences sur les tracés EEG chaque fois que ça se passait que ce n'était pas vrai.

— Ce glyphe qu'il a utilisé, dit Larry Macpherson, brusquement songeur, c'était pas celui avec lequel il t'a flingué dans l'avion ?

— Ça, je ne pourrais pas le dire. Il m'a mis K.-O., ne l'oubliez pas !

— Je te crois, dit Larry Macpherson. En ce qui me concerne, ça change rien.

Mais il observait Alfie froidement en se posant des questions, et Alfie comprit qu'il songeait à l'expérience de Rölf Most et se demandait si Alfie allait réellement lui servir à quelque chose.

— Vous croyez vraiment que vous allez réussir votre coup tout seul ? demanda Alfie.

Larry Macpherson avait laissé échapper que les deux hommes qui l'avaient aidé à chercher Moussa Qarssou à Londres auraient déjà dû arriver au camp après avoir réglé une petite affaire de l'autre côté de la frontière, en Turquie. Il avait dû se passer quelque chose, et il était maintenant obligé de faire tout seul ce qu'il avait prévu de faire avec leur aide.

Le mercenaire montra les dents et dit :

— Les autres sont pas plus d'une douzaine. Plus quelques *low men* qui se baladent dans la nature, mais ils comptent pour du beurre. Notre homme a pas pu s'empêcher de traiter la famille qui habitait la baraque où t'étais enfermé. Il a dit que ces gens feraient de bons chiens de garde, mais à l'heure qu'il est, ils ont probablement déjà crevé de faim, ou alors ils sont tombés dans des ravins ou se sont fait bouffer par les loups... Franchement, je pense qu'il les a traités rien que pour tester ses pouvoirs. Parce qu'il aime jouer des tours, comme le coup du glyphe au fond de la grotte. Il t'avait sous la main depuis le début, il aurait pu faire ses expériences sur toi à n'importe quel moment, mais non, il a attendu qu'il puisse te faire descendre dans le trou, il a fait ce speech ridicule et il t'as mis K.-O. avec cette peinture. De toute façon, t'as pas à te faire du mouron pour ma pomme.

Le moment venu, dit-il en baissant la voix et en se penchant près d'Alfie, je les buterai tous si je suis obligé de le faire. Bien qu'à mon avis, une fois que je me serai débarrassé de lui, j'aurai pas besoin d'en buter plus d'un ou deux avant qu'ils pigent et foutent le camp. Tu vas laisser se perdre cette bonne bouffe ?

Alfie avait mis de côté son plateau-repas. Du poulet, des pommes de terre, du maïs et du jus glutineux, une sorte de gâteau au chocolat ; le tout avait été réchauffé dans le micro-ondes de la cuisine de campagne, tente carrée ouverte sur trois côtés où deux des hommes de Rölf Most, assis dans leurs combinaisons noires maculées de boue devant une table en plastique pliante, avalaient bouchée sur bouchée de leur repas.

— Je n'ai pas vraiment faim, dit Alfie en passant le plateau en plastique à Larry Macpherson.

Il avait l'impression que deux longues et minces aiguilles avaient été enfoncées dans ses globes oculaires, et il voyait encore un essaim de mouches volantes luminescentes partout où il portait son regard. Il avait craint que, s'il était exposé à un nouveau glyphe actif en étant drogué avec le cocktail de Rölf Most, son cerveau ne subisse une lésion irréversible tout aussi funeste que celle causée bien des années auparavant lorsqu'il avait regardé en cachette le glyphe dissimulé par son grand-père. Mais il savait à présent qu'il avait plus à craindre de Rölf Most et de Larry Macpherson. Il savait qu'après avoir été drogué et exposé à tous les glyphes qui pourraient se trouver de l'autre côté du passage obturé, après avoir démontré leur efficacité en faisant une crise d'épilepsie, il serait assassiné.

Alfie buvait à petites gorgées du jus de pomme en brique tandis que Larry Macpherson engloutissait la nourriture dont il n'avait pas voulu. Il se sentait immensément las, les yeux et le cerveau grillés, et son doigt déboîté palpitait toujours à l'intérieur de son attelle. Il comprit que s'il voulait avoir la moindre chance de survivre, il lui faudrait faire de son mieux pour éviter d'être encore une fois drogué. S'il était drogué, il ferait presque certainement une crise, et s'il faisait une crise, il serait sans défense...

— Les « commanditaires » dont le Dr Most a parlé, demanda Alfie, c'est la CIA.

— Pourquoi tu demandes ?

— J'ai entendu dire que la CIA était impliquée dans un truc que Carver Soborin a fait en Afrique, hasarda Alfie en espérant pouvoir rendre Larry Macpherson loquace et orienter la conversation vers ce qu'il avait besoin de lui demander.

— Ce type est un peu trop excentrique pour l'Agence, dit Larry Macpherson entre deux bouchées de poulet et de pommes de terre. Et en plus, après les dégâts que son mentor a faits en Afrique, ils se méfient des glyphes. Ça a été un putain de gâchis, tout le monde le dit... Non, son fric, il le tient d'une société du Delaware financée par un groupe d'hommes d'affaires extrêmement riches, qui ont des relations extrêmement bien placées et qui sont des patriotes extrêmement sincères. Au moins un de ces types a des contacts de haut niveau avec l'Agence, ce qui explique que nous avons bénéficié d'une certaine tolérance quand nous avons opéré à Londres. Peut-être que l'Agence envisage de s'intéresser sérieusement à ce truc si ça marche, mais, à l'heure qu'il est, toutes les rumeurs sont entièrement réfutables.

— Et vous, là-dedans ? demanda Alfie.

Il caressait le maigre espoir que, si Larry Macpherson travaillait pour un service de renseignements gouvernemental, ce dernier exercerait peut-être un minimum de contrôle sur ses activités personnelles, leur imposerait des limites. Mais le mercenaire secouait la tête.

— J'ai travaillé pour l'Agence indirectement quand j'étais en Afghanistan, mais maintenant...

Larry Macpherson enfourna une bouchée de nourriture et poursuivit :

— Si t'espérais être sauvé comme à la télé par des petits hélicoptères noirs et le tandem Mulder-Scully, alors je suis désolé, mon pote. À moins que mes deux copains rappliquent, c'est uniquement moi que ça regarde. Les gens de mon côté sont des hommes d'affaires eux aussi : ils s'intéressent beaucoup, ouais, au potentiel de ces glyphes appliqués à la pub sur Internet, et je t'en dis pas plus. Mais t'inquiète pas, ils vont pas te laisser sans un. Tant que tu veux bien coopérer, évidemment.

— Tant que je suis un bon petit rat de laboratoire.

Alfie avait bu son jus de pomme et réduisait distraitement le carton en morceaux.

— Tant que t'es capable de faire ce que tu prétends savoir faire, dit Larry Macpherson.

— Ces tests ne veulent rien dire, protesta Alfie.

— Je t'ai déjà que ça change rien.

Larry Macpherson ramassa le dernier morceau de gâteau au chocolat. Il enfonça la fourchette profondément dans sa bouche, produisit un fort bruit de succion puis lança plateau et couvert par-dessus le bord du précipice. La fourchette plongea verticalement, mais un courant ascendant s'empara du plateau qui s'éleva un instant très haut au-dessus de leurs têtes avant de basculer et de piquer vers la brume...

Alfie se rappela une plage lointaine dans le temps comme dans l'espace, le cerf-volant qui dégringolait dans la mer, son père qui ôtait ses chaussures et se précipitait dans les vagues pour le sauver. Quand faut y aller, faut y aller.

— Le Dr Most prétend que ses hommes vont réussir la percée bientôt, dit-il. Aujourd'hui ? Demain ? À votre avis ?

Larry Macpherson haussa les épaules.

— Une fois qu'ils seront de l'autre côté, dit Alfie, le Dr Most va me droguer, m'obliger à regarder ce qu'il trouvera là-dedans et me filmer pendant que je regarde, parce que si je fais une crise, ça authentifiera sa découverte.

— Euh, ouais.

— Et ensuite, il voudra me tuer, parce que je ne lui servirai plus à rien. Il voudra me tuer et laisser mon corps là-bas. Ce qui signifie que vous serez obligé de le tuer lui. En fait, vous serez probablement obligé de tuer tout le monde dans la grotte.

— Je t'ai déjà dit que t'as pas à te faire du mouron pour ça.

— Mais si tout ça se passe là-bas dans la grotte...

— Stop. Tout ce que t'as besoin de savoir, c'est que je m'occuperai de tout le moment venu, et d'abord c'est bien pour ça que je t'en ai parlé. Je veux pas que tu me gênes. Je veux que tu te laisses tomber par terre et que tu restes comme ça, bordel, jusqu'à ce que je dise de te lever.

— Je serai déjà par terre si j'ai fait une crise. Et ensuite ?

Larry Macpherson le regarda.

Alfie parla rapidement, conscient que c'était là sa dernière chance :

— Si vous êtes obligé de le tuer, si vous êtes obligé de tuer tout le monde dans la grotte, comment vous allez me sortir de là ? La dernière fois, il m'a fallu trois heures pour me remettre après ma crise, et je crois que quatre hommes ont eu pas mal de difficultés à me ramener à la surface.

— Peut-être que je serai pas obligé de tuer tout le monde. J'en épargne quelques-uns, et ils te remonteront.

— Et si vous êtes vraiment obligé de tuer tout le monde ?

— Si t'essaies de faire passer un message, tourne pas autour du pot, dit Larry Macpherson.

— Je crois qu'il y a un moyen de s'assurer que je ne fasse pas de crise, même s'il y a des glyphes actifs là-bas. Nous pourrons donner l'impression au Dr Most qu'il n'a rien trouvé, et, plus important encore, je pourrai ressortir par mes propres moyens. Mais avant tout, j'ai besoin du médicament que j'avais sur moi quand vous m'avez kidnappé. Ça va m'aider à conserver mon équilibre mental.

— Quoi d'autre ?

— Quand Most voudra me droguer avec son cocktail maison, je ferai des manières, si bien qu'il aura besoin de vous pour me le pomper de force dans les narines.

Larry Macpherson comprit immédiatement.

— Mais j'aurai déjà vidé le petit gadget. Alors, quand je te le mettrai sous le nez, c'est de l'air que je vaporiserai. Et sans la drogue, tu feras pas de crise, même s'il y a cent glyphes actifs là-bas.

— Exactement, dit Alfie.

Une sueur glaciale lui picotait le dos tandis que le mercenaire réfléchissait.

— Je crois pas, dit-il. D'abord, j'ai besoin de savoir si les saloperies qu'on va trouver là-bas sont authentiques ou non. Ensuite, j'ai l'impression que t'envisages de faire un geste stupide.

— Absolument pas. Je sais que si je veux m'en sortir en un seul morceau, il faut que je vous fasse confiance. Il faut que je sois votre rat de laboratoire. Mais si je fais une crise...

— C'est pas obligé que ça arrive. Mais si ça arrive, t'occupe, c'est moi qui me débrouillerai pour te sortir de là. D'accord ?

— D'accord, dit Alfie.

Bon, maintenant, il savait. Il savait que Larry Macpherson avait l'intention de l'abandonner dans la grotte avec Rölf Most. Maintenant, il savait qu'il ferait mieux de songer le plus vite possible à un autre moyen de prendre l'avantage.

32.

À moins d'un kilomètre, droit devant, une minute à peine après qu'ils avaient volé la Jeep, Harriet aperçut un minibus blanc qui gravissait péniblement la longue pente et se rapprochait d'eux. Elle ordonna à Toby Brown de se ranger sur le bas-côté.

— On ne peut pas s'arrêter maintenant, dit-il, recroquevillé sur le volant comme pour l'étrangler. Mais dès que nous serons sortis de ce machin, nous ouvrirons la trousse de premier secours et...

Il la fixa sans rien dire quand elle lui braqua l'automatique en plein visage.

— Arrêtez-vous, dit-elle. Nous avons besoin d'un autre véhicule. Celui-ci est bien trop repérable.

Toby hocha la tête et laissa la Jeep mordre sur le bas-côté avant de s'arrêter un peu plus loin que les derniers véhicules de la longue file qui attendait de franchir le pont. La clavicule fracturée d'Harriet commençait à lui faire furieusement mal et la manche de sa veste camouflée avait absorbé une quantité de sang impressionnante, mais, pour autant qu'elle puisse s'en rendre compte, elle avait eu de la chance : la balle était ressortie proprement, laissant un trou guère plus grand que la blessure d'entrée. Une fois que le saignement serait étanché et que son bras serait pansé, tout rentrerait dans l'ordre, se dit-elle. Mais il y eut un moment difficile lorsqu'elle descendit de la Jeep : une vague de ténèbres déferla dans sa tête et elle transpira brusquement de tout son corps. Elle reprit son souffle et dit à un Emre Karin récalcitrant de l'accompagner, braquant sur lui le Heckler & Koch P7 qu'elle avait pris au civil américain, puis l'obligea à passer devant elle lorsqu'ils s'avancèrent fermement jusqu'au milieu de la route.

Quand le minibus donna l'impression de vouloir la contourner, Harriet brandit le Heckler & Koch et tira un coup en l'air puis braqua le pistolet sur le conducteur, sans cesser de le viser lorsque le petit véhicule poussiéreux s'arrêta et qu'elle s'en approcha. Après que l'homme eut baissé sa vitre, Harriet dit à Emre Karin de lui expliquer qu'il allait devoir les prendre à son bord. Le conducteur, un homme impassible, aux cheveux gris, en chemise blanche sans col, haussa les épaules quand Emre Karin lui eut transmis le message, comme si ça lui arrivait tous les jours, comme si se faire braquer par des pirates de la route n'était pas plus grave que récolter une contravention.

Harriet, consciente que le capitaine Davis devait déjà être au courant du vol de la Jeep et craignant qu'à tout moment les deux hélicoptères Apache ne viennent à tire-d'aile les transformer en confettis, cria à Toby Brown d'apporter son petit sac à dos et la trousse de premier secours de la Jeep. Elle voulait laisser Emre Karin sur place, mais Toby la persuada qu'ils auraient besoin des services de l'interprète : ils ne connaissaient pas le pays, et ne parlaient ni l'arabe ni le kurde.

— Je vous soignerai votre bras, aussi, dit Emre Karin. Vous avez de la chance que j'aie des notions de secourisme.

Tandis que le minibus opérait un demi-tour et repartait vers Mossoul, croisant à toute allure des véhicules qui se dirigeaient tous vers le barrage sur le pont sans se douter de rien, l'interprète découpa la manche de la veste de combat d'Harriet, pressa sur ses plaies des cotons stériles trempés dans l'antiseptique, attacha par-dessus des tampons de coton avec des bandages adhésifs et se servit d'un rouleau de compresses pour façonner une écharpe. Harriet avala deux comprimés d'analgésiques qualité armée et commença à se sentir un peu mieux. Juste avant qu'ils atteignent la petite ville de Girepan, elle dit au conducteur de s'arrêter et lui ordonna de descendre. Lorsque Toby prit le volant, elle sortit mille dollars de sa ceinture porte-billets, demanda à Emre Karin d'informer le conducteur qu'elle était désolée qu'ils soient obligés de prendre son véhicule, et qu'elle espérait ainsi le dédommager un peu. L'homme aux cheveux gris la regarda fixement quand Emre Karin eut fini de traduire. Il ignora l'argent qu'elle lui tendait par la vitre ouverte, puis lentement, délibérément, il cracha entre ses pieds. Harriet lui jeta les billets et dit à Toby de démarrer. Elle avait honte, comme salie par cette transaction.

Ils traversèrent Girepan et tournèrent vers l'est, vers les montagnes. Harriet, assise à l'avant à côté de Toby, jouait les navigateurs avec la fonction GPS de son téléphone satellite Iridium et une carte plastifiée que Toby avait prise dans la Jeep. Elle commençait à ressentir un optimisme prudent – ils s'étaient débarrassés des peshmerga, ils étaient dans la bonne direction, et maintenant qu'ils avaient quitté la route principale, il y avait moins de chances que les Américains les retrouvent. La route serpentait en grimpant au-dessus d'une rivière qui écumait sur des hauts fonds rocheux. Ils franchirent un col, prirent la direction du sud, puis repartirent sur une longue ligne droite vers l'est.

Vers la fin de l'après-midi, ils atteignirent une sorte de village sans nom implanté à un carrefour : quelques maisons d'un étage, une station-service avec un café attenant – une cabane en parpaings, quelques tables basses et des tabourets dispersés sous un appentis sommaire fait de plaques de tôle ondulée soutenues par des perches d'échafaudage. Assis dans le minibus, ils burent du thé, mangèrent des bols de ragoût de mouton gras accompagné de riz et se concertèrent sur la marche à suivre. Harriet montra à Toby l'itinéraire qu'elle avait élaboré pour aller à la source des glyphes. Elle lui avoua qu'elle ne savait pas ce qu'ils trouveraient en face d'eux quand ils arriveraient là-haut, qu'elle ne savait pas si Rölf Most et ses mercenaires seraient encore là ou s'ils avaient trouvé ce qu'ils cherchaient, avaient plié bagages et étaient partis. Et s'ils étaient encore là, elle ne savait pas combien ils étaient, ni de quel armement ils disposaient. Ils étaient probablement très bien armés ; après tout, on était en Irak. Contre ce nombre inconnu de mercenaires chevronnés, elle avait un unique pistolet avec onze balles de 9 millimètres dans son chargeur, et le petit avantage conféré par la surprise.

Elle avait renoncé à faire croire à Emre Karin que son entreprise avait quelque chose à voir avec le jeune Moussa Qarssou. Elle était maintenant trop fatiguée, trop affaiblie par le choc et la perte de sang pour se soucier de tout ça. L'interprète écouta Toby l'éclairer brièvement sur la source des glyphes, haussa les épaules et dit :

— Si vous nous aviez dit ça dès le début, nous aurions pu nous éviter des tas d'ennuis.

— Si nous vous avions parlé de ça quand nous étions vos prisonniers, dit Harriet, vos amis peshmerga seraient allés là-haut directement, tout comme ils l'ont fait quand ils ont retrouvé le village de Moussa Qarssou.

Emre Karin sourit. Plus Harriet faiblissait, plus il prenait de l'assurance.

— Vous ne croyez toujours pas que nous sommes du même côté, dit-il.

— On n'était peut-être pas du même côté quand on était à Diyarbakir, dit Toby. Mais on aurait foutrement intérêt à être du même côté maintenant.

— En ce qui me concerne, dit Emre Karin, rien n'a changé. Je suis là pour vous aider.

— Vous ne sauriez pas par hasard où nous pourrions nous arrêter pour acheter des armes et des explosifs ? demanda Toby.

Emre Karin secoua la tête.

— C'était ça, votre plan ? C'est une bonne chose que vous n'ayez pas tenté de le mettre à exécution. Vous auriez été trompés, ou volés, ou tués, ou encore livrés à un groupe loyaliste qui aurait tiré un avantage politique de votre capture.

— Vous êtes en train de nous dire que vous ne pouvez pas nous aider, conclut Toby.

— Je vous aide déjà, dit Emre Karin.

Il tenta de persuader Harriet de le laisser utiliser son téléphone satellite pour appeler le commandant des peshmerga, lui disant qu'elle devait bien voir qu'elle avait plus que jamais besoin de leur aide.

Toby, encore secoué par le détournement de la Jeep, le soutint, alléguant que, vu la situation, ils n'avaient aucune chance contre Rölf Most et ses joyeux mercenaires :

— Que ça vous plaise ou non, nous sommes tous solidaires dans cette aventure. Soit nous parvenons à nous mettre d'accord sur la marche à suivre, soit je descends ici et je vous laisse tomber. Et je ne crois pas que vous pourrez aller très loin par vos propres moyens, vu que ce minibus a un levier de vitesses et que vous n'avez qu'un bras valide.

— Dans ce cas, je crois que je vais peut-être rester ici, moi aussi, dit Emre Karin. Je n'ai aucune envie de me suicider.

— Toby peut rester ici, mais vous allez venir avec moi, dit Harriet. Vous pouvez conduire.

— Hélas, je ne sais pas conduire.

Il opposa au regard ahuri d'Harriet une expression impassible. Pas moyen de savoir s'il mentait.

— Vous venez avec moi, dit-elle. Sinon, vous allez vous précipiter sur le téléphone le plus proche et tout raconter à vos amis.

— Vous pourriez toujours m'abattre, dit Emre Karin avec suffisance.

— C'est encore une possibilité, dit Harriet.

Elle avait l'impression que les deux hommes se liguaient contre elle et l'acculaient dans une impasse. Les analgésiques commençaient à perdre de leur effet, sa blessure l'élançait douloureusement et elle eut soudain l'impression que l'air dans le minibus devenait très chaud et irrespirable. Elle sortit et fit quelques pas sur la route pour tenter de s'éclaircir les idées. Un petit groupe d'enfants et de femmes en foulards suivait un tracteur et sa remorque dans un champ fraîchement labouré ; ils ramassaient des pierres et les jetaient dans la remorque. Un vent chaud soulevait des nappes de poussière derrière le tracteur et vannait les hautes herbes qui tapissaient le bas-côté de la route goudronnée. Des montagnes enneigées se dressaient au loin.

Harriet se sentait transparente comme un fantôme, vidée par le choc et l'épuisement. Sa douleur à l'épaule était la seule chose qui soit réelle, la seule qui puisse l'ancrer à la réalité présente. Elle savait qu'elle n'avait cessé de faire des conneries et ce, depuis le début, quand elle avait décidé d'emmener Toby avec elle, quand elle avait décidé qu'il valait la peine de s'arrêter à Diyarbakir pour essayer de trouver Moussa Qarssou. Elle savait aussi qu'elle n'était pas disposée à abandonner, et qu'elle ne pourrait pas arriver à ses fins sans l'aide des deux hommes, et celle – eh oui ! –, des peshmerga aussi.

Tu parles d'une Justicière solitaire ! se dit-elle. Je savais probablement depuis le début que j'aurais besoin d'aide, seulement je ne voulais pas le reconnaître moi-même. C'est pourquoi j'ai autorisé Toby Brown à m'accompagner, c'est pourquoi j'ai accepté de rencontrer Mehmet Celik...

Elle s'assit au bord de la route et réfléchit jusqu'à ce qu'elle ait trouvé comment se servir précisément des quelques atouts qui lui restaient, puis elle se leva et regagna le minibus pour dicter aux deux hommes ses conditions.

La route allait vers l'est en traversant une large vallée. Des récifs nuageux accouraient du nord et frôlaient les collines devant eux. Lorsqu'ils atteignirent une piste qui semblait aller dans la bonne direction, ils roulaient déjà dans des nappes de brume et le soleil n'était plus qu'une vague tache rouge, bas sur l'horizon. Toby Brown alluma les phares du minibus ; Harriet lui dit de les éteindre.

— Nous sommes en territoire ennemi, à présent.

Le minibus avançait lentement dans une brume de plus en plus dense et un crépuscule de plus en plus sombre, se vautrant dans une piste pleine de trous et d'ornières qui montait, descendait et remontait encore ; le vent poussait des averses de vapeur blanche en travers de leur chemin, les essuie-glaces allaient et venaient en grinçant. Lorsque Harriet aperçut une petite maison basse à côté de la piste, son cœur bondit et elle empoigna le pistolet posé sur ses genoux. Elle crut un instant que soit elle avait lu de travers la carte ou les indications GPS de son téléphone satellite et les avait conduits au village de Moussa Qarssou, soit que Toby Brown et Emre Karin s'étaient on ne sait comment ligués contre elle et avaient réussi à la livrer aux mains des peshmerga. C'est alors que la brume s'écarta brièvement et qu'elle vit que la maison au toit plat, aux murs de pisé, et son unique et misérable dépendance se dressaient seules dans un bosquet de pommiers rabougris par le vent, entre des pâturages rudes et caillouteux qui s'étiraient en monticules de part et d'autre.

Lorsque le minibus passa en cahotant, quelque chose brilla dans le champ de vision d'Harriet, agaçant comme un tesson de verre qui renvoie la lumière du soleil. Puis elle se rendit compte de ce qu'elle avait vu et ordonna à Toby de freiner sec. Quand le véhicule s'immobilisa, elle arracha les clés au tableau de bord et remonta la piste à pied, le cœur battant allégrement, sa blessure fouillée à chaque enjambée par une aiguille brûlante.

Le glyphe de fascination, peint en rouge vif, se détachait sur les blocs de béton mal cimentés de la dépendance et formait un halo autour d'une caricature au pochoir – une tête de mort grimaçante avec un casque de soldat décoré d'une représentation grossière de la bannière étoilée –, l'ensemble atteignant un mètre de diamètre. Harriet avait l'impression que le glyphe flottait à deux centimètres du mur, perçant la brume de son incandescence, et il accaparait si complètement son attention qu'elle faillit sauter en l'air lorsque Toby demanda derrière elle :

— C'est un vrai ? Je veux dire, c'est un de ceux de Morph ?

— Je le pense.

— Je le pense aussi, dit Emre Karin. Moussa Qarssou dessinait des choses de ce genre quand il travaillait pour nous.

Toby prit une profonde inspiration puis vida ses poumons.

— Nous avions raison. Il est retourné chez lui. Il a fait toute cette distance pour protéger les glyphes.

— Oui, mais où est-il maintenant ? demanda Emre Karin.

Debout dans la brume chassée par le vent, ils regardaient tous les trois la caricature et le glyphe de fascination

Harriet fut la première à se détourner, non sans peine, et tenta de ciller pour chasser l'image rémanente gravée sur ses rétines. La découverte du glyphe aurait dû la remplir de joie, au lieu de quoi elle éprouvait une terreur sournoise. Elle arrivait trop tard. Moussa Qarssou était déjà passé par là. Il se pouvait qu'il soit déjà aux mains de Rölf Most, qu'il soit déjà mort...

Toby alluma une cigarette et dit :

— La peinture a l'air toute fraîche. Peut-être qu'il campe ici, ou quelque part non loin d'ici.

— Mes amis ne sont pas très loin d'ici, dit Emre Karin. Peut-être qu'il s'est arrêté ici en allant au village. Peut-être qu'ils l'ont déjà trouvé. Je crois que nous devrions les appeler.

Les deux hommes fixaient toujours le graffiti rouge vif.

— La route du village est de l'autre de côté de cette colline ou de cette montagne, dit Harriet. Je ne crois pas qu'il allait au village quand il a fait ça ; il se dirigeait vers l'endroit où nous allons nous aussi, vers la source des glyphes. C'est bien plus près d'ici que le village, et c'est là que nous allons le trouver, si on peut le trouver quelque part, évidemment.

— On devrait faire un tour dans la maison, dit Toby. Il se pourrait qu'il l'utilise pour se planquer.

Toby se chargea de la torche qu'Harriet tira de son sac à dos ; elle braqua le pistolet sur des ombres et des coins noirs suspects. La maison contenait deux petites chambres à coucher et une pièce bien plus vaste avec en son centre un âtre portant des traces de feu. À en juger par les bottes de paille qui pendaient à une poutre, les bouses de vache et les crottes de chèvre séchées sur le sol de terre battue, les gens qui vivaient là partageaient apparemment leur maison avec leur bétail. Quelqu'un d'autre avait campé là – des barquettes en aluminium et une demi-douzaine de cannettes de jus de fruits étaient dispersées sur le sol, avec des mégots de cigarette et un exemplaire chiffonné d'une revue pornographique – mais Harriet ne croyait pas qu'il s'agissait de Moussa Qarssou. Il y avait un matelas taché et un W.-C. chimique dans la masure attenante, et Emre Karin trouva une tombe toute récente à côté de la maison, monticule de terre fraîche de guère plus d'un mètre de longueur.

— Les hommes de Rölf Most sont venus ici, dit Harriet. Ils cherchaient Moussa Qarssou, ils ont posé des questions, ils ont tué quelqu'un pour forcer les autres à dire la vérité...

Emre Karin hocha la tête. Il avait un air grave.

— Et le reste des gens qui habitaient ici ? demanda Toby.

— Ils sont probablement morts, dit Harriet. Du moins, je l'espère...

Ils reprirent la piste et se dirigèrent vers le minibus, entourés de chaque côté par des herbes folles dont les cimes disparaissaient dans la brume. Brusquement, Toby s'arrêta, mit les mains en porte-voix et appela Moussa Qarssou par son nom.

— Ne refaites *jamais* un truc pareil ! dit Harriet.

En cet instant, elle aurait gaiement descendu Toby. Bien que le cri ait été immédiatement absorbé par la brume crépusculaire, elle sentit brusquement un fourmillement nerveux, comme si son corps détectait une présence à l'intérieur de la brume, une entité qui les observait.

— Je vous ai bien dit que nous étions en territoire ennemi, non ? Il pourrait y avoir des patrouilles, la route pourrait être surveillée.

Toby réfléchit un moment, puis dit :

— S'il y a des gens qui surveillent la route, ils nous verront arriver, parce que je ne vois pas comment je pourrais continuer sans allumer les phares. En fait, il est probable qu'ils nous entendront avant de nous voir. Notre bus semble avoir un échappement perforé, et son moteur n'est pas des plus discrets non plus.

— C'est peut-être le moment d'appeler mes amis, suggéra Emre Karin.

Harriet était impatiente de continuer.

— Nous nous sommes mis d'accord. Nous allons d'abord à la source des glyphes, pour reconnaître les lieux. S'il n'y a personne, nous irons à l'intérieur et nous y regarderons de plus près. C'est seulement au cas où Most et ses nervis seraient encore sur place que nous demanderions de l'aide à vos amis. C'est ce sur quoi nous nous sommes mis d'accord, et c'est ce que nous allons faire.

Si Rölf Most était encore là, s'il n'avait pas encore trouvé ce qu'il cherchait, le plan d'Harriet était d'appeler les peshmerga et de les utiliser comme diversion. Tandis qu'ils se battraient avec les mercenaires de Most, elle trouverait bien un moyen de pénétrer en cachette dans les grottes et de faire le nécessaire pour en interdire définitivement l'accès.

— S'ils nous surprennent avant que nous puissions y regarder de plus près... dit Emre Karin.

Quelque chose hurla au loin dans la brume.

— Nom de Dieu, dit Toby, c'était un loup, ça ? Il y a des loups, ici ?

— C'était peut-être un chien, suggéra Emre Karin sans y croire vraiment.

— Je pense que c'était un homme, dit Harriet.

Ils se hâtèrent vers le minibus, regardant dans toutes les directions, essayant de voir à travers la brume. Lorsque Toby mit le moteur en marche et alluma les phares, il y eut un autre hurlement, une sorte de sanglot râpeux comme le cri d'un être rendu fou par le chagrin, et quelqu'un se précipita vers eux. Émergeant brusquement d'une épaisse nappe de brume, l'homme courait très vite au milieu de la piste, saisi par la lumière diffuse des phares : un vieillard en pantalon noir et gros pull, tranchant l'air de son grand couteau comme un automate à ressort remonté à bloc. Toby enclencha la première et essaya de l'éviter. Il y eut un choc sur la portière avant gauche, ensuite l'homme se mit à les poursuivre, perdant sans cesse du terrain, puis disparut dans la brume enténébrée tandis que le minibus, moteur lancé à plein régime, rebondissait sur la piste abrupte.

— C'était un fou, dit Emre Karin.

— C'était un *low man*, dit Harriet. Maintenant, nous savons ce qui est arrivé à la famille qui possédait cette ferme.

— Mon Dieu, dit Toby. Vous croyez qu'ils ont eu les femmes et les enfants aussi ?

— J'espère que non, dit Harriet.

Elle imagina des enfants redevenus sauvages errant dans la nature, en train de courir comme une meute de loups dans la campagne désolée, le visage sans expression, sans autres pensées dans leur tête que celles qu'on y avait mises lorsqu'ils avaient été retournés.

— J'espère qu'ils ont été tués. Ç'aurait été plus humain.

— Est-ce que ce *low man* serait capable de se servir d'une radio ? demanda Toby.

— Je ne sais pas.

— Parce que s'il sait vraiment se servir d'une radio, nous sommes probablement baisés, dit Toby avec dans la voix une âpreté inhabituelle.

— Nous sommes probablement baisés de toute façon, dit Harriet.

La piste gravissait une pente de broussailles caillouteuses dans un enchaînement de lacets abrupts. La nuit tombait très vite, maintenant. Les volutes de brume s'épaississaient ou s'effilochaient sans jamais toutefois disparaître complètement. La visibilité était au maximum de dix mètres, et souvent bien au-dessous. Harriet avait beau surveiller de près le GPS de son téléphone satellite, elle passa un mauvais moment lorsque la piste bascula dans une étroite vallée et franchit une rivière véloce et peu profonde. Elle dit à Toby de s'arrêter, puis commença à vérifier et comparer les indications de la carte et du GPS en essayant de réfléchir malgré l'épuisement qui noyait ses pensées dans une brume tenace. Il lui fallut dix bonnes minutes pour se convaincre qu'elle n'était pas repartie en sens inverse et qu'il ne s'agissait pas de la rivière qui coulait dans la gorge à côté des ruines de l'église, mais d'un affluent qui la rejoignait à environ deux kilomètres en aval.

Emre Karin descendit, pataugea dans l'eau rapide qui tourbillonnait autour de ses genoux et guida le minibus sur une étroite série de pierres plates posées sur le lit de la rivière pour former un gué. Le sol était en pente raide sur l'autre berge, et le minibus peina pour gravir en première la piste caillouteuse, perdant de la vapeur par le bouchon de son radiateur. Toute clarté avait disparu du ciel lorsque Harriet dit à Toby de s'arrêter. Il sortit de la piste et gara le minibus à l'abri d'un maigre bouquet de genévriers. D'après le GPS, ils se trouvaient au nord-est de la gorge, à environ trois kilomètres de la source des glyphes. Harriet dit qu'ils pourraient faire le reste du chemin à pied : on devait pouvoir aller directement au sommet des rochers surplombant le site. Ils pourraient alors reconnaître le terrain et décider si oui ou non ils avaient besoin d'appeler les peshmerga.

Toby se frotta les yeux du talon de la main.

— On devrait rester ici, dit-il. On se repose et on part en reconnaissance demain à l'aube.

Emre Karin surprit Harriet en prenant l'initiative.

— Si nous restons ici, dit-il, des *low men* ou les soldats de nos ennemis pourraient nous trouver. Il vaudrait mieux pour nous que nous les trouvions d'abord.

L'interprète jeta le sac à dos d'Harriet sur son épaule et prit la tête, n'allumant que sporadiquement la petite torche électrique. Harriet et Toby furent bientôt essoufflés à force de le suivre dans l'obscurité brumeuse, escaladant difficilement une pente ravinée entre des affleurements rocheux et des groupes de robustes chênes verts. Avant de partir, Harriet avait pris encore deux analgésiques, mais son épaule la faisait souffrir comme si un cheval lui avait donné un coup de sabot ; ses genoux et ses chevilles, qui ne s'étaient pas encore remis de la marche forcée dans les collines la veille, n'avaient pas tardé à lui faire mal eux aussi. La brume s'infiltrait dans ses vêtements, la trempait jusqu'aux os. Elle commença à marcher plus ou moins comme un automate. Elle faillit dépasser Emre Karin lorsque celui-ci s'arrêta brusquement.

Accroupi sur les talons, une main en visière au-dessus de la torche, il la braquait sur le sol juste devant lui. Harriet aperçut un objet oblong, jaune vif, de la taille d'un livre de poche, calé contre une touffe d'herbes rêches, et chuchota :

— C'est bien ce que je crois ?

— Si vous croyez que c'est une mine ou une bombe à fragmentation, alors, oui, je pense que c'est peut-être ça.

Harriet entendit Toby grimper derrière eux et lui dit de s'arrêter, de rester exactement où il était – il y avait un petit problème. Emre Karin se pencha plus près du petit paquet jaune ; Harriet lutta contre l'envie très justifiée de s'enfuir puis tressaillit lorsque l'interprète éclata de rire et ramassa l'objet.

Il le montra à Harriet et à Toby, qui se mirent à rire eux aussi. C'était un REM – *Ready-to-Eat Meal* – un repas prêt à manger comme l'armée de l'air américaine en avait largué des milliers, probablement dans le cadre d'une opération censée gagner les cœurs et les esprits des Irakiens moyens.

— Des tranches de fromage.

Toby avait pris la boîte de rations des mains d'Emre Karin et lisait tout haut la description du contenu.

— Des crackers. Et de la gelée de fraises. Mon Dieu !

Il y avait encore beaucoup de REM éparpillés sur le sol. Comme un enfant dans une chasse au trésor, Toby en bourra les poches de son gilet pare-balles, en ramassa d'autres et les lança dans les buissons jusqu'à ce qu'Harriet lui dise d'arrêter. Ils atteignirent le sommet d'une crête, dégringolèrent une pente rocailleuse et pénétrèrent dans une ceinture de chênes verts qui se détachaient de la brume, ancrés par leurs racines à des poches de terre au milieu d'affleurements de roc nu. Harriet repéra une lueur sur la droite, une tache floue plus petite que l'ongle. Ils s'en rapprochèrent en rampant sous les arbres et finirent par atteindre une aire de gazon filiforme au bord d'une falaise qui tombait à pic dans une nappe de brume éclairée en contre-plongée par une demi-douzaine de points lumineux. On entendait par moments ronfler un groupe électrogène. Harriet sortit son téléphone satellite, interrogea le GPS et constata qu'ils étaient exactement sur les coordonnées du site de l'église ancienne et de la source des glyphes.

Il était presque minuit. La brume n'avait pas l'air de vouloir se lever, ils étaient trempés et avaient froid. Ils convinrent de se reposer et d'attendre jusqu'aux premières lueurs du jour, de reconnaître précisément le terrain, d'essayer de déterminer combien d'hommes Rölf Most avait déployés, puis d'appeler les peshmerga à la rescousse. Cette fois-ci, Harriet ne discuta pas. Elle était vraiment soulagée de ne pas avoir à prendre elle-même la décision. Ils trouvèrent un surplomb rocheux et se blottirent en dessous, appuyés les uns contre les autres pour se réchauffer ; ils se partagèrent les crackers rassis et le fromage en tranches extraits des REM que Toby avait ramassés.

Harriet avait dû s'assoupir, parce que lorsque Toby la secoua pour la réveiller, la brume laissait filtrer une lumière grise au-delà des arbres. La bouche contre son oreille, Toby lui dit de rester absolument immobile.

— Emre est parti, expliqua-t-il. Et je crois que j'entends des coups de feu.

33.

Alfie fut réveillé par Larry Macpherson juste avant l'aube. Il le secoua durement, lui dit de se lever et de se préparer. Alfie se hissa péniblement hors de sa couchette.

— Tout le monde t'attend, ajouta le mercenaire, alors grouille-toi.

Larry Macpherson était excité et impatient, mais Alfie se garda bien de lui demander ce qui se passait. Il enfila péniblement une combinaison noire et demanda la permission d'utiliser le W.-C. chimique de la caravane, où il enveloppa une mince tranche de savon dans le carré de feuille d'aluminium qu'il avait arraché la veille au papier paraffiné de sa brique de jus de pomme. Il n'était pas sûr que ce qui était essentiellement un truc stupide de potache lui servirait à quelque chose, mais il n'avait rien trouvé d'autre – c'était sa seule chance de tromper Rölf Most et Larry Macpherson.

Le miroir en acier au-dessus du minuscule lavabo lui renvoya un visage blême aux yeux morts.

— C'est maintenant ou jamais, lui dit-il.

Larry Macpherson conduisit Alfie sur le sol accidenté jusqu'à un Range Rover noir. La brume avait pris de la densité, estompant la lumière grise qui s'éclaircissait dans le ciel. Chacun des six projecteurs dispersés autour de l'entrée du puits était nimbé d'une sorte de perle. Des conditions idéales pour Carver Soborin, songea Alfie : le monde entier affligé de cécité des neiges. Le groupe électrogène diesel qui alimentait les projecteurs et les pompes ronronnait assidûment, on entendait au loin un faible crépitement, comme si quelqu'un faisait partir des feux d'artifice.

Rölf Most et l'un des mercenaires attendaient près d'un corps qui gisait sous une couverture grise dans la lumière floue des phares du Range Rover. De sa botte, le mercenaire releva un coin de la couverture pour montrer la visage du mort ; Rölf Most demanda à Alfie s'il savait qui c'était.

Le mort avait entre quarante et quarante-cinq ans, des cheveux grisonnants taillés en brosse et un teint olivâtre. Ses lèvres se retroussaient sur de grandes dents jaunies ; un œil à demi ouvert clignait dans un horrible regard figé qui exposait un croissant de globe oculaire blanc.

Alfie secoua la tête, dit qu'il n'avait jamais vu cet homme.

Rölf Most avait les traits tirés par l'impatience. Il fixa Alfie en disant :

— En êtes-vous certain ? Regardez-le bien. Examinez-le attentivement avant de répondre.

L'homme était tout ce qu'il y avait de plus mort. Il n'avait pas l'air paisible, mais sournoisement intouchable, comme si la mort avait été son idée à lui, un geste qui l'avait mis hors d'atteinte de tout le mal du monde.

— Tout ce que je sais, dit Alfie, c'est qu'il ressemble à un Irakien. Qu'est-ce qu'il lui est arrivé ?

— Nous, dit le mercenaire.

— Ces mecs ont eu de la chance, expliqua Larry Macpherson. Leur patrouille – la seule patrouille extérieure – a pris contact avec lui quand ils rentraient à la fin de leur tour de garde. Ils se trouve qu'il a des copains, lui aussi. Je crois comprendre qu'il y a une bonne petite fusillade en cours un peu plus bas sur la colline.

Alfie comprit alors que les feux d'artifice n'en étaient pas.

— Mes hommes les ont attaqués et ils ont contre-attaqué, dit le mercenaire en regardant Larry Macpherson dans les yeux.

C'était un homme franc, trapu, le visage rougeaud, les cheveux blonds comme les blés coupés en brosse. Il portait une combinaison noire et une longue écharpe à carreaux négligemment nouée autour du cou.

— C'était vraiment courageux ou vraiment stupide de leur part, parce qu'on avait une puissance de feu supérieure dès le début. Nous sommes maîtres de la situation.

— Espérons qu'ils vont pas demander des renforts, dit l'imperturbable Larry Macpherson.

Sa veste et son pantalon de treillis avaient l'air repassés de frais. La boucle d'oreille en or nichée dans la courbe noire de ses cheveux tirés en arrière étincelait sous les pleins phares du Range Rover. Des étincelles de lumière réfléchie tournoyaient dans ses yeux sombres.

— Ils sont pas plus d'une demi-douzaine, dit le mercenaire. Et on les a coincés. Ils le savent pas, mais ils l'ont déjà dans le cul.

— Cessez de vous chamailler, dit Rölf Most d'une voix irritée, et montrez-lui le sac à dos.

Il était petit, fait en cuir noir souple surpiqué de marron. Alfie le reconnut immédiatement et sentit son estomac se contracter lorsque le mercenaire produisit un passeport, l'ouvrit à la double page plastifiée et le brandit à trente centimètres du visage d'Alfie.

— Je crois que vous connaissez Harriet Crowley, dit Rölf Most en dévoilant ses incisives supérieures.

— Nous nous connaissons comme ça, de loin, dit Alfie en tentant de cacher le brusque sursaut d'espoir qui pétilla dans ses veines.

— Un peu plus que ça, il me semble, dit Rölf Most.

— Pas vraiment. Si elle a fait tout ce chemin pour venir jusqu'ici, c'est certainement pas parce qu'elle veut me sauver.

— De toute façon, elle arrive trop tard, dit Rölf Most. Nous sommes sur le point de dégager le passage obstrué par les rochers et de pénétrer dans la grotte suivante. Je vous suggère de vous préparer, monsieur Flowers, parce que vous allez commencer à travailler pour moi très bientôt.

— En piste ! dit Larry Macpherson en fixant Alfie d'un regard froid et sans expression.

34.

Harriet et Toby firent le tour du surplomb où ils avaient passé la nuit ; ils entendirent des coups de feu sporadiques au loin, mais ne trouvèrent aucune trace d'Emre Karin. L'interprète s'était éclipsé à la faveur de la nuit, emportant le sac à dos d'Harriet et son téléphone satellite. Elle n'avait plus que le pistolet automatique, qui était sous elle pendant qu'elle dormait, passé dans la ceinture de son pantalon de combat ; elle était certaine qu'Emre Karin l'aurait pris aussi s'il avait pu y parvenir sans la réveiller.

— Il a dû aller retrouver ses amis peshmerga, dit Harriet. Il a filé en douce, il s'est servi de mon téléphone pour leur fixer un rendez-vous...

Elle n'était pas irritée par cette trahison : elle s'y attendait un peu, et maintenant que le mal était fait, elle se sentait étrangement soulagée. Soulagée, parce que Emre Karin s'était éclipsé discrètement au lieu de lui casser la tête avec une grosse pierre ou de la faire prisonnière sous la menace de son arme ; parce qu'à présent qu'il était parti, elle avait les mains libres pour agir comme bon lui semblait.

— Et ensuite, on dirait qu'ils sont tombés sur les mercenaires du Dr Most, dit Toby.

Il frissonnait dans l'air froid et humide, les bras croisés sur la poitrine, les mains sous les aisselles.

Ils se tenaient au bord de la falaise directement au-dessus de la petite arène saturée de brume et remplie par la clarté diffuse des projecteurs, où Rölf Most et ses hommes avaient installé leur camp. Tout autour d'eux, les arbres disparaissaient dans la grisaille brumeuse qui précédait l'aube. Les coups de feu semblaient provenir de quelque part au nord du site – du côté de la ferme, mais bien plus près, à un kilomètre et demi, peut-être moins.

— Ça ne sert à rien de rester là, dit Harriet. Pendant que les hommes de Most sont occupés ailleurs, nous avons une chance de nous rapprocher de la source.

— Vous êtes folle.

— Les peshmerga fournissent la diversion idéale. Ce serait de l'ingratitude de ne pas en profiter.

— Est-ce qu'on ne devrait pas attendre ici ? Au cas où Emre revienne.

— À l'heure qu'il est, il est probablement au milieu de la bagarre. Si les peshmerga ont l'avantage, il se pourrait qu'il revienne nous chercher. Mais, encore une fois, rien ne dit qu'il le ferait.

Elle commença d'expliquer qu'en suivant le bord de la falaise ils trouveraient sûrement le moyen de descendre jusqu'au site de l'ancienne église, mais Toby leva la main.

— Écoutez, dit-il d'une voix presque inaudible.

Harriet entendit craquer une brindille, rouler une pierre déplacée. Quelqu'un marchait sur la pente au-dessus d'eux.

Ils s'abritèrent derrière un rebord rocheux de faible hauteur.

— C'est stupide, chuchota Toby. C'est probablement Emre.

Harriet secoua la tête. Elle tenait le pistolet près de son visage et scrutait la brume. Son bras blessé, plié en écharpe contre sa poitrine, palpitait cruellement de l'épaule au poignet. Ses vêtements mouillés lui collaient désagréablement à la peau. Si l'individu qui descendait si malencontreusement vers eux était Emre Karin, songea-t-elle, elle lui mettrait le pistolet sous le nez et lui demanderait à quel jeu de con il jouait. Et si c'était un *low man*, ou l'un des mercenaires de Most, elle ne bougerait pas, en espérant qu'il passe à côté d'eux sans les voir. Elle ne tirerait que si elle n'avait absolument pas le choix, mais elle savait que, si les choses en arrivaient là, elle devrait tirer sans hésiter. Viser la poitrine, exactement comme on le lui avait appris au stand de tir. Viser et tirer deux fois – un coup double pour s'assurer d'abattre la cible. Sans se poser de questions.

Son cœur bondit dans sa poitrine lorsque Toby lui mit la main sur l'épaule et lui montra quelqu'un qui descendait la pente abrupte au milieu des lambeaux et banderoles de brume, à une douzaine de mètres d'eux, pas plus. L'individu s'avança lentement jusqu'au bord de la falaise avec une prudence comiquement exagérée, s'agenouilla près d'un arbre déjeté qui penchait dans le vide et regarda vers le bas. Harriet retenait son souffle, pressant l'inconnu de se lever et de partir, tentant de le faire s'éloigner par la seule force de sa volonté, comme lorsqu'elle essayait de faire passer les feux du rouge au vert quand elle était petite.

Et voilà qu'il s'écartait de l'arbre, se retournait et – merde ! – regardait sans équivoque dans sa direction. Debout, absolument immobile, il regardait précisément l'endroit où Toby et elle étaient accroupis. *Vas-y, tire.* Elle se leva et avança vers lui, le bras raidi en position de tir, et le visa avec le pistolet automatique, l'index derrière le pontet, niché contre la détente. C'était un petit jeune homme grassouillet qui, lorsqu'elle s'approcha de lui, baissa la tête et leva les mains au-dessus des épaules dans un geste d'abjecte reddition. Elle comprit immédiatement qui il était, abaissa le pistolet et dit :

— Ça va. N'aie pas peur. Nous sommes ici pour t'aider.

Tandis que leur trio sortait de la ceinture de chênes verts en escaladant la pente rocheuse dans la brume qui s'effilochait, Toby demanda, tout essoufflé :

— Faut-il t'appeler Morph, ou faut-il t'appeler Moussa ?

— J'ai laissé Morph à Londres, dit l'adolescent. Il a fait quelque chose de stupide là-bas. Je suis ici pour arranger ça. Vous allez voir comment, car il faut que vous m'aidiez. Je vous ai trouvés juste au moment où j'avais besoin d'aide. C'est sûrement un miracle. C'est sûrement le destin qui l'a voulu.

Moussa Qarssou – veste molletonnée sur une chemise en jean, pantalon ample du même tissu, déchiré à un genou et baskets sales – était aussi essoufflé que Toby et très excité ; il faisait de grands gestes et parlait très fort jusqu'à ce qu'Harriet lui dise qu'il devrait peut-être baisser un peu la voix, au cas où, on ne sait jamais, les hommes de Rölf Most se trouveraient dans les parages.

Il était sorti, dit-il, pour voir ce qui se passait. Le forage avait cessé, et il espérait que les autres avaient abandonné et étaient partis. C'est alors qu'il était sorti et avait entendu des coups de feu ; il avait cru que, peut-être, l'armée les avait trouvés, et que les soldats étaient en train de les tuer, de les capturer. « Les autres », c'étaient les hommes de Rölf Most, bien qu'il ne sache rien de Rölf Most, de Carver Soborin ni de MindsEye. Tout ce qu'il savait, c'était qu'il avait attiré l'attention de gens peu recommandables après avoir commencé à bomber des glyphes sur les murs des quartiers nord de Londres. Il avait fait un usage abusif de ce qu'il appelait les « images » et savait qu'il lui fallait réparer cette faute ; c'était donc pour cela qu'il était retourné au village de son enfance.

— J'aurais dû finir le travail. Seulement, il y a un petit problème, vous le verrez quand nous serons sur place, mais vous pouvez m'aider. Nous pouvons finir ça ensemble.

— Finir quoi ? demanda Toby. Tu n'es pas très clair, môme.

— Vous ne comprenez donc pas ? dit Harriet d'une voix impatiente. Il a trouvé un autre chemin pour descendre dans les grottes. Il veut que nous l'aidions à détruire les glyphes – les images.

L'adolescent – Morph, Moussa Qarssou – dit :

— Ils ont essayé de m'attraper à Londres, mais j'ai été trop malin pour eux, je leur ai échappé. Seulement, ils ont dû trouver l'endroit d'où j'étais originaire, d'où mon peuple était originaire, parce que lorsque je suis arrivé ici, ils étaient déjà au travail. Ils ont creusé ce trou, ils percent le rocher jour et nuit, ils vont bientôt arriver de l'autre côté...

— Mais tu connais un autre chemin pour accéder à la source des glyphes – des images –, n'est-ce pas ? dit Harriet. Une porte dérobée.

Le garçon la regarda et dit :

— Il n'y a qu'un seul moyen d'entrer. Enfin, il n'y en avait qu'un, avant que ces connards commencent à creuser.

— Ils sont presque arrivés au but, mais pas tout à fait, dit Harriet.

Moussa Qarssou hocha la tête. Harriet sourit.

— Alors, il nous reste une chance, dit-elle.

Les quelques heures de sommeil qu'elle avait arrachées à la nuit lui avaient fait énormément de bien. Elle avait faim et soif, elle avait mal partout et savait que sa blessure à l'épaule allait lui attirer de graves ennuis si elle ne la faisait pas soigner bientôt. Mais elle était mentalement en forme, alerte et – oui – excitée. Excitée, heureuse et résolue. Elle avait trouvé Moussa Qarssou, et elle commençait à croire qu'avec son aide elle allait pouvoir empêcher Rölf Most de mettre la main sur les glyphes.

Ils grimpèrent encore, sortirent de la brume, atteignirent le sommet de la pente et s'arrêtèrent pour reprendre leur souffle.

Devant eux, des crêtes parallèles caracolaient jusqu'à une chaîne de montagnes déchiquetées, avec entre elles des vallées remplies de brume. Dans la direction opposée, une fusillade crépitait quelque part à l'intérieur de la mer de brume et de nuages qui battait contre les flancs des montagnes, s'étendant au nord et à l'est sous un ciel du bleu le plus sombre où quelques pâles étoiles étaient encore visibles. Quelque chose brûlait là-bas : une étincelle rouge sombre vacillait sous un brouillard agité qui commençait à être rongé par le soleil levant.

Toby alluma une cigarette et présenta le paquet chiffonné à Moussa Qarssou, qui le refusa en secouant vivement la tête. Harriet lui avait déjà dit qu'ils étaient du même côté, qu'elle connaissait l'histoire de son peuple, et que, comme lui, elle voulait s'assurer que Rölf Most ne mette pas la main sur les glyphes – ou les images, comme tu veux. Elle lui expliquait maintenant que son grand-père était l'un des hommes qui avaient découvert les grottes ici même plus de soixante ans auparavant, précisément les grottes que Rölf Most était en train de fouiller. Elle découvrit que l'adolescent ne savait rien du Nomads' Club, de ses travaux sur le site de l'ancienne église ni du séjour que le grand-père d'Harriet et Julius Ward avaient fait chez ses ancêtres. D'après lui, les gens de son peuple visitaient un lieu sacré depuis des centaines d'années, une grotte pleine d'images puissantes, dont la plupart étaient trop puissantes pour être utilisées. Il avait été initié à ce mystère par son grand-père à l'âge de treize ans ; trois ans plus tard, les Américains étaient venus et avaient emmené sa famille.

Il regarda Harriet et Toby d'un œil sec, avec une expression de défi. Sa masse de cheveux noirs bouclés était retenue par un mouchoir rouge roulé serré et noué en bandeau.

— Si ma mère et mes sœurs sont mortes, dit-il, je suis probablement le dernier de ma tribu.

Harriet sentit un tiraillement de sympathie. Moussa Qarssou avait été obligé de s'enfuir de son pays d'origine, mais il n'avait pu échapper à ce qu'il était ni à ce qu'il savait. Le passé l'avait ramené ici, tout comme Harriet avait été attirée par le Nomads' Club et s'était retrouvée prisonnière de l'histoire de sa famille et de l'affaire des glyphes.

— Lorsque tu as décidé de retourner ici et de détruire les images, dit-elle, tu as fait ce qu'il fallait. Je veux faire ce qu'il faut, moi aussi. Je me sens aussi responsable que toi, parce que mon grand-père et ses amis en ont découvert quelques-unes dans les grottes dont je t'ai parlé, et les ont mises en circulation dans le monde. C'est pour cela que je suis venue ici. C'est pour cela que je veux m'assurer que ce qu'ils ont mis en branle s'arrête ici.

Moussa Qarssou l'observa, donnant un moment l'impression qu'il allait exprimer son désaccord. Mais il haussa les épaules et dit :

— On ferait mieux d'avancer. Il ne reste pas beaucoup de temps.

Harriet et Toby le suivirent sur le sol inégal. De la pierraille, une mince couche de terre superficielle, des touffes d'herbe, des bouquets de buissons épineux accrochés au sol. Chaque feuille, chaque brin d'herbe portait à sa pointe une goutte d'eau.

— Mon père a essayé de trouver où les Américains avaient emmené notre famille, et quand il a appris que les Américains nous recherchaient encore, il m'a emmené en Turquie. Ce n'était pas comme chez nous, ce n'était pas comme les montagnes, mais on se sentait à l'abri, là-bas. Nous ne sommes pas kurdes, nous autres, mais nous pouvons passer pour kurdes si besoin est, et c'est ce que nous avons fait, mon père et moi. Nous étions cordonniers... En tout cas, je fantasmais, je rêvais de pouvoir trouver des gens comme nous, des gens qui pourraient nous aider, alors j'ai laissé des signes que seuls ceux de ma tribu pourraient reconnaître. Ça mettait mon père dans une telle colère que s'il me surprenait en train de faire ça...

Après un bref silence, Toby dit :

— Ensuite, vous avez été obligés de quitter la Turquie. Vous êtes venus à Londres.

— Parce que nous avons eu des ennuis à Diyarbakir. Mon père a été arrêté lorsque les Turcs l'ont pris pour quelqu'un d'autre. Des gens ont aidé à le faire libérer, mais il avait passé un mauvais moment, et après être sorti de prison, mon père a décidé que nous ne pourrions pas rester en Turquie. Alors, oui, nous sommes allés à Londres, parce que j'avais appris l'anglais à l'école à Diyarbakir, et parce que c'est là que tout le monde veut aller, et nous avons fait une demande d'asile. Mais mon père avait des problèmes cardiaques. Il a eu une sorte de maladie de poitrine quand il était en prison, et ne s'en est jamais vraiment remis. Il est mort, dit Moussa Qarssou en lançant un regard provocant à Harriet et à Toby, comme pour les mettre au défi d'exprimer leurs condoléances. Et cette assistante sociale est venue me voir et a commencé à dire qu'on allait me mettre dans un foyer ou trouver une famille qui pourrait s'occuper de moi, parce que j'étais encore trop jeune pour me débrouiller tout seul. Je me suis dit, rien à foutre, je suis pas un gosse, vous savez. Alors j'ai fugué.

— C'est à ce moment-là que vous avez rencontré Benjamin Barrett... Shareef ? demanda Harriet.

— Vous connaissez Shareef ? Il vous a parlé de moi ?

— Je l'ai rencontré quand je cherchais à faire un papier sur tes graffiti, dit Toby, quand j'essayais de concocter un truc que je puisse vendre à un des grands titres nationaux. Nous avons parlé de toi. Il tenait beaucoup à te rendre célèbre.

Moussa Qarssou éclata de rire.

— Ouais, et à gagner du fric aussi.

— C'était un bon ami à toi, et il t'a tiré d'affaire, dit Harriet en jetant un regard d'avertissement à Toby.

Ce n'était pas le moment de dire au gamin que son ami avait été assassiné.

— J'ai fait un truc pour quelqu'un, pour rendre service, hein ? Cette stupide petite affiche... Shareef l'a vue parce qu'il traînait dans cette librairie où j'aidais un peu, on s'est mis à en parler. Il a remarqué l'image que j'avais mise dedans, il a vu qu'elle se détachait du fond. C'est comme ça que les images affectent certaines personnes, même si elles n'ont pas fumé l'herbe. Vous avez entendu parler de l'herbe ?

— Je crois qu'on l'appelle haka, dit Harriet.

Moussa Qarssou hocha la tête.

— Shareef et moi, on a pensé qu'on pourrait développer ça. Gagner un peu de fric avec, devenir plus ou moins célèbres, quoi. Comme tout le monde à Londres.

— Tu n'avais pas peur de te faire prendre ? demanda Toby.

— Je croyais avoir laissé tout ça derrière moi. Je ne savais pas qu'ils iraient me chercher à Londres. Ça ne m'est même pas venu à l'esprit. C'est con, en effet, mais c'est la vérité. Je croyais que c'était du tout cuit : un peu de fric, un peu de pub, avoir mon nom partout dans la rue. Et je me suis dit, pourquoi pas ? C'est une occasion à saisir. Ce n'était pas tellement différent de ce que je faisais à Diyarbakir, et j'avais encore l'impression que les gens de ma tribu n'étaient pas tous morts... En plus, je me sentais super bien. Comme quand on est piqué par un insecte et qu'on se gratte là où ça démange, si vous voyez ce que je veux dire. C'est super.

— Les images, ça vous change, dit Harriet. On est conscient de certains changements, mais pas de tous.

Moussa Qarssou la regarda, et quelque chose passa entre eux – une acceptation prudente, une compréhension mutuelle.

— C'est vrai, dit-il. Si on prend trop de haka, ou qu'on regarde certaines images trop longtemps, elles peuvent s'incruster et ne jamais plus partir. Mais je me rappelle les nuits où nous avons dansé sur notre site très spécial, moi et mon grand-père, et mon père aussi, des fois. Je me rappelle quand la bénédiction d'Allah descendait sur nous...

Il sourit en pensant à quelque souvenir secret puis retrouva brusquement son sérieux et dit :

— Il faut aller en bas. Ce n'est plus tellement loin.

Ils avaient atteint le bord d'un à-pic au-dessus d'une étroite vallée. Les cimes des arbres apparaissaient çà et là au-dessus du lac de brume qui la remplissait presque complètement. Harriet et Toby commencèrent à descendre, guidés par Moussa Qarssou. Le chemin zigzaguait entre des plaques de sol ocre, des éventails d'éboulis et des banquettes de calcaire usées par les intempéries, des groupes de buissons et des arbres solitaires, puis plongeait encore une fois dans la brume blanche, froide et humide. L'adolescent expliqua que l'idée des caricatures antiaméricaines revenait à Shareef.

— Il détestait les Américains, pas vrai ? Je veux dire, il les détestait pour de bon. Ils ne lui ont jamais rien fait, n'empêche qu'il les détestait. Il est très branché sur la politique – vous avez dit que vous lui avez parlé, alors vous savez comment il est. En plus, il s'est converti à l'islam, il se croit obligé de prouver qu'il est un vrai croyant, encore plus vertueux que les autres. Il a son émission à la radio où il invective les infidèles, il a participé aux manifs contre la guerre, il est même allé deux ou trois fois à Tottenham écouter ce gusse qui a des crochets à la place des mains et excite les fidèles contre les infidèles. Moi, j'en ai rien à branler. Je veux dire, les Américains ont commencé à foutre le bordel dès qu'ils ont débarqué, mais avec eux, il fallait s'y attendre. Ils nous ont quand même débarrassés de Saddam. Bref, Shareef et moi, on a bricolé quelques caricatures, et j'ai mis une des images autour, celle qui attire l'attention, et on a commencé à les bomber avec des pochoirs que j'avais fabriqués. Les caricatures, c'était du nougat, mais les pochoirs pour l'image, il m'a fallu une semaine pour les réussir. Il y en avait cinq, et il fallait que je les aligne bien comme il faut, sinon ça ne marcherait pas...

« Et voilà qu'une des caricatures s'est retrouvée dans les journaux. Shareef a essayé de se la jouer cool quand il l'a appris, mais je sais qu'il était aussi excité que moi. Il a dit qu'il fallait remettre ça. Comme quoi ça allait nous rendre riches et célèbres. Mais alors je me suis aperçu que des gens nous cherchaient. Pas des gens des journaux, mais les gens louches dont je vous ai déjà parlé. Ils surveillaient l'appart de Shareef et il a été obligé de se planquer là où j'habitais. Et c'est à ce moment-là que j'ai décider de me barrer.

— Des *low men*, dit Harriet. Je les ai vus, moi aussi.

— Des *low men*... Ouais, c'est pas mal trouvé, comme nom. Une fois, j'ai vu des hommes comme ça. C'est quand quatre hommes ont débarqué au village après qu'on était revenus là-bas, ma famille et moi. C'étaient des bandits qui avaient entendu de vieilles histoires sur notre tribu et qui croyaient qu'on cachait un trésor dans une grotte. Ils ont menacé de tuer tout le monde si mon père ne leur montrait pas ce trésor imaginaire, alors mon grand-père et lui en ont conduit trois à la grotte, et là, mon grand-père leur a fait quelque chose qui a détruit leur esprit. Je les ai vus quand mon père et mon grand-père les ont ramenés. L'homme qui était resté, et qui était censé nous tuer, moi, ma mère et mes sœurs si ça tournait mal, il les a vus lui aussi, et il a eu tellement peur qu'il s'est enfui. Ses amis n'ont pas survécu très longtemps, mais je me rappelle comment ils étaient. Mon grand-père a dit qu'il leur avait parlé, qu'il avait parlé à cette partie d'eux-mêmes qui ne pouvait pas mentir. Il a raconté qu'ils lui avaient dit que les Américains les avaient payés pour nous retrouver.

— Ils travaillaient probablement pour Carver Soborin, ou Rölf Most, dit Harriet.

— Et moins d'un an plus tard, dit Moussa Qarssou, il y a eu l'invasion ; ensuite, des soldats américains sont venus au village pour chercher les images. Mon grand-père était déjà mort ; s'il avait été encore en vie, il les aurait peut-être retournés, comme il avait retourné les bandits. Peut-être alors que tout cela ne serait pas arrivé. Mais c'est arrivé, alors maintenant je dois faire ce que je dois faire.

— Nous sommes ici pour t'aider, dit Harriet.

L'adolescent se tourna vers elle et lui jeta un bizarre regard méfiant.

Ils suivaient à présent une piste étroite, sorte de pli dans la pente de terre nue parsemée de pierres et de buissons épineux. De l'eau coulait non loin de là, bruyante et intime sous la blancheur oppressante de la brume. Harriet, qui suivait Toby et Moussa Qarssou, entendit rouler des pierres sur la pente au-dessus d'elle. Elle fit volte-face, la main sur la crosse du pistolet passé dans la ceinture de son pantalon de combat. Mais elle ne vit que les buissons, la terre ravinée et la pierraille en train de disparaître dans la brume incolore.

— Il y a des chèvres, ici, dit Moussa Qarssou quand Harriet lui demanda s'il n'avait rien entendu. Et aussi des moutons, et des animaux sauvages... je ne connais pas le nom en anglais.

— Les moutons dans cette soirée mondaine, à Londres, c'était ton idée ? demanda Toby.

— Quels moutons ? J'ai jamais entendu parler de moutons.

Toby raconta la fête de fin de tournage, le film d'épouvante, l'apparition des moutons, anagramme vivante dont chaque élément portait une lettre bombée au pochoir. Moussa Qarssou secoua la tête puis se mit à rire lorsque Toby lui décrivit la fausse vitrine introduite en fraude dans le musée de la Guerre. Ils calculèrent les dates : à ce moment-là, Moussa Qarssou avait déjà quitté Londres, était arrivé en Turquie par train et bateau, puis en Irak via la Syrie.

— Vous vous êtes fait avoir par Shareef, dit l'adolescent. Je crois qu'il essayait de continuer le truc tout seul, en plus il se foutait de vous. Il faudrait qu'il fasse gaffe, quand même. Il pourrait s'attirer des ennuis.

— Absolument, dit Toby.

Il lança à Harriet un regard grave et fit mine de se trancher la gorge.

La piste montait et descendait, contournait des affleurements stratifiés et de gros blocs de rochers isolés, disparaissait, réapparaissait, courait le long du bord d'un précipice au-dessus d'une petite rivière, presque certainement celle qu'ils avaient franchie à gué la veille au soir. L'eau noire coulait sur des rochers et des lambeaux de brume flottaient juste au-dessus. Moussa Qarssou marchait vite, la foulée légère, touchant à peine le sol ; mais Harriet ne cessait de faire des pas imprécis, dérapait sur des pierres instables, se rattrapait à des rochers ou à des buissons tandis qu'elle suivait Toby et Moussa Qarssou le long d'une courbe de la rivière puis gravissait un sentier abrupt et glissant à côté d'une petite cascade.

La brume commençait à se dissiper. Le soleil levant blanc et or étincelait au sommet de la pente ; un arc-en-ciel chatoyait au-dessus du sommet de la cascade ; de gros rochers étaient tombés en masse dans la rivière, la fractionnant en une douzaine de petits ruisseaux véloces. Harriet s'agenouilla au bord de l'eau et but. L'eau était froide, limoneuse et absolument délicieuse. Elle n'avait jamais rien goûté de meilleur. Toby but lui aussi, s'aspergea la figure d'eau. Moussa Qarssou les regarda impatiemment et repartit dès qu'ils se levèrent.

Une paroi de rocher abrupte les dominait, rideau de pierre plissé par des dizaines d'étroits défilés. Harriet et Toby s'engagèrent dans l'un d'eux à la suite de Moussa Qarssou, grimpant entre des massifs de petits buissons aux minuscules feuilles grises et à l'écorce friable. Le parfum suggestif montant par bouffées de l'air qui se réchauffait transporta Harriet dans la maison de son grand-père, dans son bureau enfumé, dans la petite serre avec sa batterie de radiateurs électriques et de lampes puissantes. Elle se baissa, passa la main dans un des buissons et flaira ses doigts. Du haka.

Moussa Qarssou monta sur un entassement de rochers qui formait une sorte d'escalier pour géants, attendit qu'Harriet et Toby le rattrapent, puis se baissa pour franchir la fissure à son sommet. Au-delà s'étendait une grotte longue et étroite, éclairée par des faisceaux de lumière solaire qui perçaient le plafond bas par des crevasses ou des avens. Des amas de pierres s'inclinaient jusque dans l'ombre. Un air frais à la forte odeur d'ammoniaque leur soufflait au visage. Moussa Qarssou leur dit que ce n'était plus très loin, prit un sac à dos posé sur une saillie de rocher et descendit la pente menant au sol de la grotte – un ruban étranglé entre des tas d'éboulis en éventail et des rochers tombés çà et là. Harriet et Toby le suivirent, grimpant sur les blocs ou les contournant ; l'odeur âcre d'ammoniaque était de plus en plus prononcée, la lumière diminuait. L'adolescent tira une torche de son sac à dos, l'alluma et, fuyant la lumière, une marée de coléoptères et de criquets blafards se dispersa sur un tapis de fiente noire. Très haut au-dessus d'eux, le plafond ondulait et bruissait comme des algues que la houle soulève. Des chauves-souris endormies étaient suspendues par milliers à la surface rocheuse alvéolée telles des grappes de raisin noir.

Toby adressa à Harriet un grand sourire faussement naïf et demanda tranquillement :

— Y a-t-il des vampires en Irak ?

— Je crois que c'est le moindre de nos soucis.

Moussa Qarssou poussa son sac à dos dans une étroite anfractuosité et rampa derrière. Harriet et Toby le suivirent dans un passage exigu, de faible hauteur. De la pierre de tous les côtés – un univers de pierre. Çà et là, des traces de coups de pioche et de ciseau étaient clairement visibles aux endroits où ce boyau avait été élargi par un travail minutieux, mais la progression était difficile, et il fallait souvent ramper sur les mains et les genoux. Bien que l'air obscur fût assez froid pour que l'haleine se condense, Harriet fut bientôt couverte de sueur ; son pouls lui cognait aux tempes et pulsait dans son épaule blessée. Peu à peu, elle prit conscience d'un autre bruit, étouffé et lointain, mais qui résonnait dans la roche tout autour d'eux. Un martèlement en saccades rapides. Le bruit d'une foreuse pneumatique.

Le passage s'élargit enfin et le plafond s'éloigna du sol. Ils se trouvaient au pied d'une fissure ou d'une cheminée si profonde qu'on eût dit une brèche entre les charnières du monde ; une pente de pierraille escarpée s'élevait devant eux jusqu'à un rideau de cannelures calcaires translucides et humides qui étincelaient sous la lumière de la torche de Moussa Qarssou. Le bruit de la foreuse cessa, puis reprit.

— Ils sont près, dit l'adolescent.

Son visage était à demi éclairé par la lumière réfléchie par le rideau de calcaire. Ses yeux sombres luisaient au fond d'orbites profondes. Il transpirait abondamment, ses cheveux touffus étaient collés par la sueur à leurs racines, son bandeau improvisé était complètement trempé.

— Ils travaillent nuit et jour depuis que je suis arrivé ici, et avant ça, sans doute. Attendez ici, il faut que je vérifie que tout va bien.

— Nous devrions rester ensemble, dit Harriet.

— Faites-moi confiance, dit Moussa Qarssou. Ça va durer une minute, pas plus.

Ils échangèrent un regard.

— Pas d'entourloupes, dit Harriet.

— J'ai besoin de votre aide, dit le jeune homme. Pourquoi je vous jouerais un mauvais tour ?

Il escalada la pente à toutes jambes et se contorsionna pour pénétrer dans un petit trou près de la base du rideau de calcaire. La minuscule étincelle de sa torche disparut ; la profonde fissure fut plongée dans une obscurité plus totale que tout ce qu'Harriet avait jamais pu connaître auparavant. Au bout d'un moment, Toby alluma son briquet. À la lueur vacillante de la flamme, Harriet vit qu'il était accroupi, l'air totalement anéanti. Il se tamponna le visage en sueur avec sa manche, tira son paquet de cigarettes de la poche poitrine de sa veste camouflée et dit doucement :

— Et voilà, nous sommes sur le seuil. Le seuil de quoi, je me le demande.

— Je ne crois pas qu'il mente. C'est bien l'endroit.

— Je ne crois pas qu'il mente, moi non plus.

Toby coinça une cigarette entre ses lèvres et se pencha vers la flamme de son briquet. Son visage blême, aux traits tirés, fut englouti par l'obscurité quand la flamme s'éteignit.

— Ma dernière cigarette. Parfaitement symbolique, non ?

— Je vous achèterai une grosse cartouche de cigarettes hors taxes quand nous sortirons d'ici.

Toby tira sur sa cigarette, allumant un point rouge vif à son extrémité.

— À partir de maintenant, je ne fume plus que des cigarettes turques. Elles ont peut-être un goût de merde de chameau au feu de bois, mais elles n'ont pas ces mises en garde macabres sur le paquet. Et vous, ça va ?

— Je suis prête à faire ce que nous avons à faire.

Harriet s'agenouilla prudemment dans l'obscurité et plaqua la paume de sa main droite contre le sol. La roche froide et sèche palpitait légèrement sous la vibration de la lointaine foreuse.

— Je crois que nous aurons le temps de détruire les glyphes et et de sortir d'ici avant que Most réussisse sa percée, dit-elle.

— Nous sommes entrés par-derrière, et les amis peshmerga d'Emre sont en train de frapper à la porte principale, dit Toby. Rölf Most ne le sait pas, mais il n'a aucune chance.

— Imaginez un peu la tête qu'il va faire quand il comprendra ce qui lui arrive.

— Il écume de rage, commence à sauter sur place comme

Sam le Pirate, et, au-dessus de sa tête, une stalactite éprise de liberté commence à trembler...

— Je suis désolée de vous avoir entraîné dans cette histoire, dit Harriet.

— Je m'y suis fourré tout seul. Quand Alfie m'a demandé de l'aider à Londres, quand il cherchait Morph, j'ai insisté pour venir avec lui. Pauvre Alfie, c'est la dernière fois que je lui rends service... Écoutez, si vraiment les autres déboulent pendant que nous sommes encore ici, tuez-en autant que vous pourrez.

— Absolument. Mais ça n'ira pas jusque-là.

— Je serai probablement à plat ventre par terre, les mains sur les oreilles, en train de hurler comme un bébé. Faudra pas que ça vous distraie.

Harriet entendit quelque chose au loin dans l'obscurité, sentit une main glacée lui serrer le crâne.

— Vous avez entendu ? demanda-t-elle tout bas.

— Entendu quoi ?

Il y eut un éclair de lumière au-dessus d'eux ; Moussa Qarssou les appela, leur dit que tout allait bien, qu'ils pouvaient monter maintenant.

— Faites attention à ce que vous regardez, dit-il. Il y a des images partout sur les murs. J'ai neutralisé les plus sacrées, mais il se pourrait que les images mineures entrent dans votre tête.

— Nous n'avons pas pris de haka, objecta Harriet.

— Mais vous êtes blessée, vous êtes fatiguée. C'est un des moyens d'ouvrir une porte dans votre tête et de les laisser entrer.

— Fantastique, dit Toby.

Harriet se faufila dans l'ouverture après lui et émergea en haut d'une pente de pavés cimentés par des dépôts calcaires. Des murailles de pierre pâle s'incurvaient de chaque côté et formaient une voûte au-dessus d'eux. La lumière était fournie par un tapis d'étoiles scintillantes. Des veilleuses, comme Harriet put le constater. Des douzaines de veilleuses, constellations aléatoires qui définissaient un espace grossièrement circulaire d'une cinquantaine de mètres de diamètre, dont le plafond se perdait dans l'obscurité. Harriet songea à l'espace sous le dôme de la cathédrale Saint-Paul, où se rencontrent les quatre bras de la nef, du transept et des déambulatoires du chœur. L'air était froid et parfaitement immobile, et le bruit de la foreuse était beaucoup plus fort ici, un martèlement sonore et besogneux qui semblait provenir de toutes les directions à la fois.

Moussa Qarssou balaya les parois du faisceau de sa torche et Harriet se mit à rire en voyant ce que le pauvre garçon avait fait, en se rendant compte que leur tâche était probablement irréalisable.

L'ovale lumineux de la torche se promenait sur la pierre gluante couverte de peintures d'animaux. Pleines de vie, détaillées, immédiatement compréhensibles, manifestement exécutées – en ocre rouge et jaune, à l'argile blanche et au fusain – par des artistes qui connaissaient intimement leurs sujets. Un lion à crinière de près de deux mètres de haut. Un léopard saisi dans sa course en pleine extension. Des peintures chevauchantes de bisons aux épaules massives, la tête hirsute et barbue, esquissés au fusain d'un trait épais. La tête d'un cerf couronnée d'immenses bois incurvés. Un grand ours, de deux à trois mètres de haut, dressé sur ses pattes postérieures. Tout cela était assez stupéfiant : un ensemble de trésors qu'il faudrait toute une vie pour cataloguer et analyser, une galerie de chefs-d'œuvre de l'art paléolithique aussi grandiose que la salle des Taureaux à Lascaux, le Sanctuaire aux Trois-Frères ou le Salon noir à Nieaux, aussi remarquable que tout ce qui avait pu être découvert en Europe. Or, tissée entre les tableaux, se trouvait une merveille encore plus remarquable : une bande continue de motifs entoptiques, ensembles parallèles de lignes sinueuses, de motifs rectangulaires, de croix et de cercles à base de dièses, de points rouges grouillant sur de larges touches blanches de kaolin, formant une frise irrégulière à hauteur de la tête, s'épaississant une ou deux fois en taches circulaires qui étaient certainement des glyphes, songea Harriet. Et, plaqués en travers de chacune de ces taches circulaires, se trouvaient les ajouts qui l'avaient fait rire : des copies de la caricature – la tête de mort grimaçante, le casque de soldat, la grossière représentation du drapeau américain – qu'elle avait vue sur le mur de la ferme, exécutées avec la même peinture rouge. Elles étincelaient sous le faisceau de la torche, aussi scandaleuses que si elles avaient été bombées sur des toiles de la National Gallery ou du Louvre.

Moussa Qarssou expliqua qu'il avait emprunté l'idée à un fou qui avait oblitéré ses caricatures à Londres.

— Il se servait de peinture noire, mais je pense que ça, c'est aussi bien.

Il s'approcha de la paroi ; l'ovale lumineux de la torche

rétrécit et se concentra sur l'une des caricatures bombées en rouge.

Harriet rit à nouveau ; c'était si parfaitement, si stupidement ironique. Elle avait commencé à bomber à la peinture noire tous les graffiti de Morph qu'elle trouvait sur son chemin, et Morph – Moussa Qarssou – avait décrété que c'était le meilleur moyen de détruire les glyphes authentiques, avait copié son modus operandi...

L'adolescent se retourna, l'éblouissant un instant avec sa torche, et porta l'index à ses lèvres. C'est alors qu'elle se rendit compte que le bruit de la foreuse avait cessé. Elle entendait maintenant un bruit de frottement, discret mais distinct, métal contre pierre. Quelqu'un déblayait les décombres à la pelle.

— Il ne faut plus faire de bruit, chuchota Moussa Qarssou. Ils sont très près, j'ai peur qu'ils puissent nous entendre quand ils arrêtent de percer.

Harriet descendit en crabe la pente pavée, traversa le sol inégal de l'immense salle, slaloma entre les constellations vacillantes des veilleuses et s'approcha d'un renflement de la paroi où deux lions dessinés au fusain et à l'ocre rouge se poursuivaient sur une pierre humide et luisante, couleur du vieux thé – une belle fresque, exécutée par un artiste compétent, plus ancienne que toute civilisation terrestre, plus ancienne que les villes ou les religions, plus ancienne que l'agriculture, plus ancienne que le langage, peut-être. Harriet retira l'automatique de sa ceinture et traça avec son guidon un long sillon irrégulier sur un chef-d'œuvre dont l'auteur était mort depuis dix ou vingt mille ans. Mais merde, elle avait besoin de faire sa démonstration et le plus vite possible.

Elle retourna à l'endroit où l'attendaient Moussa Qarssou et Toby Brown et dit dans un chuchotement féroce :

— C'est *ça* que tu dois faire.

Moussa Qarssou la regarda, ahuri, le visage éclairé en contre-plongée par sa torche.

— La peinture des bombes est à base d'acétone. Les glyphes sont faits avec de l'ocre, du fusain et de l'argile. Tes caricatures peuvent être effacées avec n'importe quel solvant organique, et les glyphes sous-jacents demeureront intacts. Ça ne sert à rien de les recouvrir. Il faut que tu les *détruises*.

Moussa Qarssou secoua la tête.

— Je peux pas, chuchota-t-il.

— Tu vas être obligé de le faire. Et vous aussi, Toby. Je ne peux pas y arriver toute seule.

L'adolescent secoua la tête à nouveau.

— Je peux pas. J'ai essayé. Je suis venu ici parce que c'est ce que je voulais faire, parce que je croyais que je pourrais le faire. Et j'ai essayé, j'ai vraiment essayé... et j'y arrive pas.

Il inspira profondément puis poursuivit :

— Une des premières choses que mon grand-père m'a enseignées, c'était de respecter les images. Quand j'ai été initié, je suis resté avec lui pendant trois jours. J'ai bu de l'eau, mais je n'ai rien mangé. Il a fait brûler du haka, et c'était rempli de fumée, ici. J'ai dormi les yeux ouverts. Il a chuchoté des mots qui se sont gravés dans ma tête. Il m'a montré comment faire descendre les animaux des murs. Je les ai sentis marcher dans ma tête. Et ils m'ont parlé...

Il pencha la tête lorsque la foreuse recommença à percer.

— Ils marchaient dans ma tête, et ils y sont encore. Je crois que c'est pour ça que je les attire toujours. Je crois que c'est pour ça que j'ai été forcé de revenir, vous savez ce que je veux dire ?

Harriet savait. Sa colère avait disparu et elle ne ressentait plus que de la pitié pour le jeune homme. Les glyphes l'avaient ramené ici, il était venu les détruire et s'était rendu compte qu'il n'y arrivait pas – parce qu'il avait été conditionné pour les protéger, parce qu'ils faisaient autant partie de lui que ses pensées et ses souvenirs.

— J'aurais dû apporter des explosifs, dit Moussa Qarssou.

Il essayait de prendre un air provocant, mais il n'arrivait pas vraiment à contrôler son expression et des larmes perlaient aux coins de ses yeux.

— De la dynamite ou des trucs de ce genre. On allume la mèche et on s'en va, ça devrait pas être trop difficile. Mais j'y connais rien à ces saloperies. Bon, j'ai cru que je pourrais y arriver, et j'ai pas pu. Peindre par-dessus, c'était pas un problème. Je savais qu'ils étaient encore là. Mais quand j'ai essayé de faire ce que vous avez fait, quand j'ai essayé de les effacer, j'ai eu un de ces putains de mal de tête. J'ai cru que j'allais devenir aveugle. J'ai dégueulé. Je crois que je suis tombé dans les pommes un petit moment. J'ai essayé encore une fois, et ça a recommencé. Mais maintenant, vous êtes là. Vous allez pouvoir m'aider.

— Tu ne vas pas essayer de nous empêcher de détruire les images ? demanda Harriet. Tu ne vas pas faire une crise ?

— Je ne crois pas. Je ne crois pas...

Le bruit de la foreuse cessa à nouveau et Moussa Qarssou baissa la voix.

— Je ne crois pas que ça marche comme ça.

— Ces peintures doivent dater de plusieurs milliers d'années, dit Toby.

— Je sais, dit Moussa Qarssou.

Harriet n'avait jamais vu quelqu'un de si malheureux.

— Nous ne sommes pas obligés de tout détruire, dit-elle. Juste les images sous ces stupides caricatures.

— Mon Dieu, dit Toby.

Il tira une dernière fois sur sa cigarette, éteignit le mégot entre ses doigts et le fourra dans la poche de sa veste.

— Il faut que je vous montre autre chose. Il faut que je vous montre où se trouve l'image la plus puissante et la plus sacrée.

Le sol descendait en pente vers un coin, une sorte d'entonnoir semi-circulaire qui s'inclinait vers l'entrée d'un puits étroit partiellement caché sous le surplomb de la paroi, avec, sur un côté, une fissure au ras du sol, où l'on ne pouvait pénétrer qu'en rampant, une sorte de bouche tordue qui ricanait sous une bosse rocheuse. Le rebord du puits était marqué par des triangles profondément sculptés, régulièrement espacés, ourlés de traces blanches de kaolin, qui ressemblaient à un collier de dents de requin. Des débris d'os et des fragments scintillants de quartz avaient été incrustés dans les fissures de la roche. Les extrémités de certains os étaient fendues et aplaties ; ils avaient été enfoncés au marteau dans les fentes et les fissures comme offrandes ou pour marquer un rituel quelconque. Moussa Qarssou éclaira l'intérieur du puits, révélant des parois cannelées, légèrement humides, qui descendaient verticalement jusqu'à une étroite plate-forme triangulaire deux à trois mètres plus bas.

— Mon grand-père m'a expliqué, dit-il tranquillement, qu'au fond de ce grand espace un homme à tête de lion garde la plus sacrée des images.

— Tu ne l'as pas vue, dit Harriet.

Moussa Qarssou secoua la tête.

— Tu sais ce qu'elle fait ?

— Mon grand-père a dit que si elle pénétrait la personne qu'il faut, une personne parfaitement préparée et vierge de tout péché, cette personne serait transportée au paradis. Mais si elle pénétrait la personne qu'il ne faut pas, elle détruirait son esprit. Il a dit que c'était l'épreuve finale. Seuls les hommes les plus pieux et les plus sages, ou les plus fous, oseraient la passer. Il a dit qu'il y a mille ans un homme appelé Nimu, un homme qui a conduit notre peuple à la guerre et a chassé les envahisseurs de ces montagnes, a laissé l'image entrer dans son esprit. Mais bien qu'il fût un grand guerrier et un grand chef, il était aussi vaniteux et imprudent, et l'image l'a complètement détruit.

— Comment faire pour descendre ? demanda Harriet.

— J'ai une corde, dit Moussa Qarssou. Maintenant que vous êtes ici, je crois que je peux descendre et regarder l'image en face. Je n'ai pas pris de haka, alors, je ne risque rien.

— Peut-être que tu pourrais la regarder en face, peut-être que tu pourrais même la recouvrir à la bombe de peinture, mais tu ne pourrais pas la détruire, dit Harriet.

Moussa Qarssou haussa les épaules.

— J'y vais, dit Toby.

Harriet et Moussa Qarssou le regardèrent.

— Harriet ne peut sûrement pas descendre avec une corde et, en plus, vous avez l'un et l'autre passé trop de temps avec ces images. Comme tu l'as dit, elles sont à l'intérieur de votre tête. Vous êtes sensibilisés, comme ce pauvre Alfie. Il a été sonné par les graffiti de Morph, mais moi, je n'ai rien senti.

— C'est une image très sacrée, dit Moussa Qarssou.

Toby sourit et dit :

— Je suis un homme très profane. Peut-être que les deux choses vont s'annuler mutuellement.

Ils entendirent à nouveau la foreuse. Le bruit provenait de la crevasse sous le renflement de la paroi. Recouverte d'ocre rouge, avec des yeux peints au fusain de chaque côté, c'était comme un masque ou un visage qui sortait de la roche et les regardait.

Harriet dit qu'avant qu'ils s'engagent à faire quoi que ce soit elle voulait se rendre compte de la progression des hommes de Rölf Most. Moussa Qarssou lui prêta sa torche de secours, elle contourna le puits, se baissa sous le rocher et découvrit l'entrée d'un court passage en pente qui débouchait sur un sol jonché d'éboulis et une paroi lisse – une plaque rocheuse qui était tombée verticalement et avait obturé le passage aussi hermétiquement qu'une cloison étanche dans un sous-marin. Elle crut voir une lueur briller par une fissure qui traversait la roche en son milieu ; elle descendit en crabe la pente abrupte, le coude gauche reposant sur la main droite, progressant lentement vers le martèlement de plus de plus en prononcé de la foreuse. Elle éteignit la torche un instant, constata qu'effectivement de la lumière scintillait par la fissure ; quand elle pressa son visage dessus, elle sentit un courant d'air froid venu de l'autre côté. La foreuse eut des ratés et crépita en faisant trembler la pierre – les hommes de Rölf Most étaient drôlement près ! –, mais lorsque Harriet risqua un œil par la fissure, elle n'aperçut qu'une vague confusion d'ombres immobiles et une masse de débris entassés contre l'autre côté de la paroi rocheuse, qui était une dalle de calcaire d'un seul tenant, entre soixante centimètres et un mètre d'épaisseur.

La foreuse se remit à gronder, s'arrêta. Harriet retint son souffle, entendit le *tchink tchink tchink* régulier d'une pioche ou d'une pelle s'attaquant à l'autre côté et le bruit de pierres qui dégringolent. Et elle crut bien entendre une voix d'homme.

Il leur restait peut-être une heure avant que les hommes de Rölf Most réussissent la percée, songea-t-elle pendant qu'elle remontait la pente en rampant sur les genoux et une seule main. Peut-être un peu moins, peut-être un peu plus – mais pas beaucoup plus.

Elle se baissa pour franchir l'étroite crevasse, puis se redressa. De l'autre côté du puits, Moussa Qarssou et Toby lui tournaient le dos, face à l'immense espace de la caverne-cathédrale, et regardaient vers la pente de pavés qui montait jusqu'à la minuscule entrée.

Un homme se tenait là, pétrifié par le faisceau tremblant de la torche de Moussa Qarssou. Un jeune homme guère plus vieux que lui, vêtu d'une dichdacha déchirée, les pieds nus et ensanglantés. Il les regardait fixement, sans ciller ; sa tête oscillait de droite à gauche en une boucle sinueuse, comme un serpent cherchant à quel endroit exact frapper sa proie. Son ombre gigantesque, projetée sur le rideau de calcaire cannelé derrière lui, singeait ses mouvements. Laissant tomber sa lampe de poche, Harriet tira de sa ceinture le pistolet automatique et s'avança entre les constellations de veilleuses.

Toby chuchota son nom, lui dit de faire attention, mais l'attention d'Harriet était fixée sur l'homme – le *low man*, c'en était manifestement un – devant elle.

— Je ne veux pas te faire de mal, dit-elle avec un tremblement inattendu dans la voix. Et si tu t'asseyais, hein ? Tu t'assois, tu mets les mains sur la tête.

Derrière elle, Moussa Qarssou dit quelque chose en kurde.

L'homme fixa Harriet de ses yeux exorbités qui ne cillaient pas, rejeta la tête en arrière, hurla – un cri déchirant qui réveilla des échos dans les ténèbres au-dessus d'eux –, puis s'élança droit sur elle.

Elle tira et le tua.

35.

Pendant qu'on le treuillait dans le puits, debout dans le seau oscillant du bourriquet dont il agrippait d'une main le crochet graisseux, Alfie tira de sa poche le morceau de savon enveloppé dans son papier d'aluminium, l'enfonça dans sa bouche, le coinça entre la gencive et la joue et sentit son anxiété retomber quelque peu. Il n'aurait peut-être jamais l'occasion de tester son petit stratagème, mais, au moins, il était prêt. La tache de ciel indigo au-dessus de lui rapetissa et s'assombrit ; une étoile unique brillait en son centre. Puis le bourriquet heurta le fond du puits dans un fracas métallique qu'il ressentit dans tout le corps et versa sur le côté, le projetant sur l'impitoyable sol rocheux.

Larry Macpherson le remit sur ses pieds.

— Ça va, mon pote ? Rien de cassé ?

Alfie hocha la tête, incapable de parler sur le moment. Le petit paquet s'était décoincé lorsqu'il avait fait la culbute et il s'efforçait de le remettre en place avec la langue en songeant qu'il avait de la chance de ne pas l'avoir avalé ni recraché. Puis Rölf Most s'avança et lui dit de s'agenouiller. Alfie s'exécuta. Le psychiatre souleva son casque de chantier, arrangea les fils des électrodes collées à son cuir chevelu puis brancha la tresse dans le petit enregistreur numérique qu'il accrocha à la ceinture de la combinaison d'Alfie.

Une fois qu'il fut certain que tout fonctionnait correctement, Rölf Most dit :

— C'est votre dernière chance, monsieur Flowers. Nous allons d'abord tester vos réactions sans la drogue. Vous allez identifier pour moi le glyphe qui vous semblera le plus puissant, ensuite nous vous donnerons la drogue et estimerons la puissance exacte du glyphe à partir de l'effet produit sur vous.

Le psychiatre était plein d'une joie délirante, le visage empourpré, les yeux brillants. Il leva bien haut son canon à glyphes, comme un sceptre royal ou la torche de la Liberté, en gesticulant devant son petit public – Alfie, Larry Macpherson, le mercenaire aux cheveux ras et Carver Soborin.

— C'est la renaissance de MindsEye ! dit-il pompeusement. Nous sommes en suspens, à l'aube d'une forme nouvelle de conscience humaine ! Nous éveillerons des pensées qui dorment dans notre esprit depuis dix mille ans ! Après ce jour, rien ne sera plus comme avant !

Rölf Moss avait une veine de cocu. Les mercenaires qui étaient en train de percer la paroi avaient presque terminé leur travail, et juste avant de descendre dans l'antichambre, le mercenaire aux cheveux en brosse avait retransmis un message radio annonçant que ses hommes avaient tué la plupart des intrus et chassé les survivants sans subir la moindre perte. Au train où allaient les choses, il survivrait également à la tentative d'assassinat de Larry Macpherson... Cela ne changerait rien pour Alfie, qui était certain que ni Rölf Most ni Larry Macpherson ne prendraient la peine de remonter son cadavre à la surface lorsqu'il aurait été terrassé par ce ce qui l'attendait au-delà des éboulis ; son unique espoir résidait dans un stratagème stupide qui ne marcherait probablement pas.

Larry Macpherson sur ses talons, Alfie suivit docilement le psychiatre et Carver Soborin dans le passage conduisant à la première galerie. Tandis qu'il marchait sur l'échelle posée sur la pente d'éboulis, montant vers la cavité en forme de chapelle et le glyphe qui l'avait terrassé la veille, il serra le petit paquet entre ses dents et se prépara à le mordre, avec un goût de savon dans la bouche. *En piste !*

Son plan était désespérément simple. Se laisser choir en face du glyphe, faire semblant d'avoir une crise, se démener dans tous les sens, sucer le savon et avoir l'écume aux lèvres. Si ça marchait, s'il réussissait à faire croire à Rölf Most que le glyphe l'avait flingué alors même qu'il n'était pas sensibilisé par le cocktail de drogues (et si Rölf Most ne contrôlait pas le tracé révélateur de l'EEG ni ne décidait de le faire abattre sur place pour avoir été un mauvais rat de laboratoire), la crise simulée devrait lui faire gagner un peu de temps. Peut-être même, pendant que tout le monde le croirait inconscient, pendant que Rölf Most serait occupé par ce qui se trouvait de l'autre côté, qu'il pourrait d'une manière ou d'une autre s'enfuir en douce...

Malade de trac, les paumes des mains en sueur, la bouche gluante pleine du goût amer du savon, Alfie se baissa pour franchir l'étroite ouverture et découvrit – oh, merde ! – que le glyphe avait été détaché au ciseau de la paroi de pierre pâle. Il ne restait plus que le contour au fusain et à l'ocre rouge du corps du bison. Un instant, Alfie songea à tenter le coup quand même. Mais sans un stimulus manifeste, Rölf Most, qui savourait sa réaction avec un grand sourire, ne se laisserait pas duper une seule seconde.

— Je possède un relevé complet de la chose, dit le psychiatre, alors je ne vois pas l'intérêt de laisser en place l'original pour que d'autres le trouvent. Si seulement votre grand-père avait songé à faire cela, hein ? Il vous aurait épargné des tas d'ennuis, monsieur Flowers !

Alfie repoussa avec sa langue le paquet entre ses dents et sa lèvre supérieure, puis répondit :

— Mon grand-père était archéologue. Il avait un profond respect du passé, et des objets qu'il avait découverts.

— Comme moi, monsieur Flowers, comme moi. Le passé réside en vous, il attend qu'on le réveille. Ce qui va se produire très bientôt.

— En supposant que vous trouviez quelque chose derrière cet éboulement.

— Bien sûr que je trouverai quelque chose, dit Rölf Most. Il faut que vous compreniez qu'il y a une logique interne dans ces complexes de grottes. Lorsque l'initié entre dans le monde souterrain, ce monde des esprits, il lui faut traverser une membrane ou une porte qui le sépare de la vie quotidienne. Il le fait à l'aide de rituels communiels dans lesquels il consomme des substances psychotropes qui l'aident à pénétrer plus profondément dans son esprit, voyage spirituel reflété dans son passage physique au travers du tourbillon où nous nous tenons à présent, voie habitée par des animaux sacrés et des glyphes mineurs, vers le lieu où s'achève sa quête visionnaire. Voilà ce qui se trouve au-delà de l'éboulement, monsieur Flowers, cela ne fait aucun doute. Des glyphes plus puissants que tous ceux que votre grand-père a pu découvrir ici. Des glyphes qui libéreront nos archétypes les plus fondamentaux, ces modes de comportement réflexifs qui ont été gravés dans notre cerveau par des accidents de l'évolution et qui sont sous-jacents à tout ce qui fait de nous des humains.

— À l'égal de Dieu, dit Carver Soborin.

Le vieil homme examinait l'image saccagée du bison, la scrutait derrière les verres dépolis de ses lunettes, parcourait de ses doigts le ventre de l'animal.

— Vous ne ferez plus qu'un avec Dieu, dit-il.

Rölf Most lui tapa dans le dos en riant. Son affection pour le vieillard était sincère ; il croyait vraiment que ses déclarations occasionnelles étaient de précieux grains de sagesse zen plutôt que les exclamations poussées au hasard par un esprit détraqué.

— Qui sait où nous mènera ce voyage dans l'espace intérieur ? dit-il. Et vous, monsieur Flowers, vous ouvrirez la voie, le premier astronaute dans les dix mille dernières années à explorer le cœur sacré de ce vénérable temple. Nous ouvrirons l'œil de votre esprit et vous enverrons dans une quête visionnaire jusqu'aux profondeurs des structures neurales de votre propre cerveau. Et, bien évidemment, nous enregistrerons l'intégralité de ce voyage avec la vidéo et l'EEG.

— Je n'ai pas l'impression d'être un astronaute, dit Alfie. Plutôt un de ces chimpanzés qu'on envoyait dans l'espace avant d'y envoyer des humains. Comment s'appelait la chienne que les Russes ont envoyée en orbite au début de l'ère spatiale ?

La chienne qui est morte en orbite, songea-t-il, parce qu'il n'y avait aucun moyen de la faire revenir sur Terre.

Une fissure verticale de l'autre côté de cette chapelle souterraine conduisait à une deuxième galerie, plus petite et plus étroite que la première, avec des traces d'inondation jusqu'à un bon mètre sur les parois et des tas de pierres tout récents dispersés partout sur un sol inondé par cinq à dix centimètres d'eau ; des tuyaux en toile dégonflés traînaient par terre et l'ensemble était éclairé par deux projecteurs alimentés par des accumulateurs. S'il y avait eu des glyphes ici, ou bien ils avaient été effacés par l'inondation, ou bien ils étaient dissimulés dans les anfractuosités obscures sous le plafond en pente et son chargement de stalactites.

Les deux mercenaires qui avaient dégagé le passage au-delà de cette galerie attendaient là, leurs casques de chantier et leurs combinaisons noires pleins de poussière de rocher, le visage noir de crasse, le pourtour des yeux marqué d'ovales clairs laissés par les lunettes protectrices. Ils avaient entendu quelque chose de l'autre côté de l'éboulement. Quelqu'un avait crié, et ensuite il y avait eu deux coups de feu.

Rölf Most dit que c'était impossible, mais les mercenaires ne se laissèrent pas démonter et tinrent bon lorsque le psychiatre perdit toute retenue et les invectiva copieusement. Alfie se tenait en silence près de Carver Soborin, la bouche pleine du goût du savon – le goût de l'échec –, et essayait de comprendre en quoi cela changeait la situation. Il commençait à sentir un infime picotement d'espoir maintenant que, pour la première fois, les choses ne semblaient pas se passer comme Rölf Most le voulait.

— En réalité, c'est très simple, dit calmement Larry Macpherson lorsque Rölf Most s'arrêta enfin pour reprendre son souffle. Il doit y avoir un autre moyen d'entrer dans ces grottes. Les individus hostiles que vos gens ont repoussés étaient une diversion. Pendant qu'on se battait pour tenir l'entrée principale, quelqu'un est entré en douce par la porte de derrière.

Le mercenaire aux cheveux ras qui les avait accompagnés sous terre dit que M. Macpherson avait peut-être raison : ses hommes avaient systématiquement exploré le secteur, et il y avait des tas de grottes de chaque côté de cette gorge.

— Nous n'avons pas eu le temps de les explorer correctement : n'importe laquelle pourrait être reliée à ce complexe. Ou alors, il y a peut-être un trou ou un aven qui permet d'accéder par le haut.

— C'est un coup monté ! dit Rölf Most.

Il fusilla du regard Larry Macpherson et les mercenaires, étranglant des deux mains le tube de son canon à glyphes. Ses émotions, bousculées à hue et à dia par les impulsions aléatoires de sa folie maniaque, étaient aussi imprévisibles que le temps en Angleterre. En une fraction de seconde, il était passé de l'euphorie à la colère.

— Juste au moment où je suis sur le point de triompher, vous me jouez ce sale tour et essayez de me rouler. Vous voulez me rouler. Vous voulez me voler ma gloire.

— Il y a un moyen facile d'en avoir le cœur net, dit Larry Macpherson. On est juste à cinquante centimètres de la percée, et je suis sûr, les mecs, que vous avez apporté des explosifs, hein, au cas où vous tombiez sur une caillasse que vous pouvez pas casser avec vos foreuses.

L'un des mercenaires empoussiérés, un grand blond maigre,

dit que, bien sûr, ils avaient quelques bâtons de C4, mais qu'il était impossible d'utiliser des explosifs.

— Nous n'avons pas eu le temps d'étayer correctement le dernier tronçon du tunnel quand nous l'avons déblayé. Si nous utilisons des charges pour faire sauter ce qui reste, tout risque de s'écrouler.

— Si vous vous servez pas d'explosifs, dit Larry Macpherson, le ou les individus qui sont derrière l'éboulement auront tout le temps de piller la grotte avant que vous arriviez de l'autre côté.

— S'ils sont entrés par un aven, peut-être qu'on pourrait faire de la fumée et envoyer des gens en haut voir où elle ressort, suggéra le mercenaire à la coupe en brosse.

— Combien de temps ça va prendre ? dit Larry Macpherson. Une heure, deux heures ? Et pendant ce temps, les individus hostiles vont photographier ces glyphes et ensuite les bousiller. Vous avez dit qu'il devait y avoir des trucs vachement puissants là-dedans, Dr Most. Je parie que ces deux mecs ont entendu un cri et des coups de feu parce qu'un des individus hostiles a regardé les glyphes sans faire gaffe et en a pris plein la gueule. Il est devenu fou et ses copains ont été obligés de mettre fin à ses souffrances.

— C'est possible, concéda Rölf Most.

Il observait Larry Macpherson et les trois mercenaires d'un air lugubre et irrité, comme un Napoléon au petit pied obligé de se ranger à l'avis désagréable de généraux qu'il n'aimait pas et en qui il n'avait pas confiance non plus.

— Si nous utilisons des explosifs, dit le mercenaire blond, il y a plus de cinquante pour cent de chances que le plafond parte avec le reste.

— Si vous faites ça comme il faut, dit Larry Macpherson, non seulement vous allez dégager le passage, mais vous allez donner de quoi réfléchir à ceux qui sont de l'autre côté. Vous les tuerez peut-être pas, mais vous allez certainement les assommer un peu. C'est à vous de choisir, docteur Most, mais pendant qu'on est là à discuter, les autres sont en train de voler les glyphes sous votre nez.

— Nous utiliserons donc des explosifs, dit Rölf Most. Il n'y a pas d'autre moyen.

— Vous le regretterez pas, dit Larry Macpherson.

Il était excité comme un flambeur qui a misé tout son argent sur un coup à la roulette et vit complètement dans l'instant. Il regarda Alfie et lui fit même un clin d'œil en tirant deux sphères noires d'une des poches de sa veste de combat.

— Ça, c'est des grenades flash, dit-il. Je les gardais pour une occasion spéciale, comme celle-ci. Balancez ces mignonnes dans le trou quand vous aurez dégagé le passage à l'explosif et je vous promets que vous aurez plus d'ennuis avec les mecs qui sont de l'autre côté.

Pendant que Toby entaillait l'une des caricatures et le glyphe sous-jacent avec un fragment de pierre, Harriet aida Moussa Qarssou à attacher sa corde à un piton rocheux près du bord du puits. Harriet lui avait dit que l'homme qu'elle avait abattu était un *low man*, et que le tuer était en fait un acte charitable ; elle lui avait expliqué qu'il ne restait rien de la personnalité originelle du *low man*, qu'elle avait été obligée de se défendre quand il l'avait attaquée parce qu'il serait revenu sans cesse à la charge si elle s'était contentée de le blesser. Mais l'adolescent ne voulait rien entendre. Il était choqué et furieux, et bien qu'il suive méticuleusement les instructions d'Harriet, il travaillait dans un silence chargé d'amertume. Il assura une extrémité de la corde – un bout de filin en nylon bleu décoloré par les intempéries et sérieusement effrangé aux extrémités – avec un nœud double-clé. Il noua la corde à plusieurs endroits pour que Toby trouve des prises quand il serait obligé de remonter. Il attacha un nœud coulant à l'extrémité libre afin qu'en cas de coup dur, si pour une raison ou une autre Toby ne pouvait pas remonter tout seul, Harriet et Moussa Qarssou puissent le hisser à la surface.

Il n'y avait toujours pas de manifestation sonore des gens de l'autre côté de l'éboulement.

— Peut-être qu'ils sont encore en train de déplacer des pierres à la main, dit Harriet.

Moussa Qarssou haussa les épaules.

— Je ne le pense pas moi non plus, dit Harriet. Je crois qu'ils sont sur le point de faire la percée, alors nous allons être obligés de travailler le plus vite possible.

Nouveau haussement d'épaules.

Ils laissèrent tomber l'extrémité libre de la corde dans le puits. Harriet la tint de sa main valide et se pencha tandis que Moussa Qarssou braquait la torche par-dessus son épaule. Constatant que le nœud coulant et deux enroulements de corde reposaient sur le fond du puits, elle se retourna pour appeler Toby... et c'est à ce moment-là que la paroi éclata dans une explosion gigantesque de bruit, d'air chaud et de poussière qui la renversa et la fit tomber sur son postérieur. Étourdie par l'écho sonore de la déflagration, Harriet commença à glisser dans l'entonnoir abrupt, vers le bord du puits. Un éclat d'os préhistorique déchira son pantalon de combat, lui érafla la peau de la cuisse. Arraché à sa ceinture, le pistolet automatique tomba par-dessus le bord du puits ; elle réussit à rouler de côté et à saisir la corde. Lorsque son bras droit soutint le poids de tout son corps, la secousse lui envoya au cerveau un éclair de pure douleur. La corde en nylon lui brûla les paumes en filant dans ses mains desserrées ; l'un des nœuds confectionnés par Moussa Qarssou lui percuta les doigts, les forçant à lâcher prise ; elle tomba à la renverse, s'écrasa dans l'argile meuble et perdit un instant conscience. Quand elle se réveilla, elle gisait sur le dos et regardait l'embouchure du puits.

Au bout d'un moment, Toby se pencha, la regarda et lui demanda si ça allait. Le bras gauche d'Harriet était sorti de l'écharpe (quelque chose frotta douloureusement dans son épaule lorsqu'elle se releva), l'éraflure à la jambe l'élançait furieusement, elle s'était mordu la langue et avait la bouche pleine de sang. Elle le recracha, s'essuya le menton sur sa manche, informa Toby qu'elle allait bien, mais qu'elle n'était absolument pas en état de remonter par ses propres moyens.

— Ne vous inquiétez pas, dit Toby. Nous allons vous remonter.

Il y avait une cavité hémisphérique d'environ deux mètres de diamètre dans un coin du puits, pleine de ténèbres d'un noir d'encre, avec des douzaines de mains imprimées au pochoir sur la pierre fauve et lisse autour de ses bords, chacune auréolée d'une tache irrégulière de la couleur du sang séché. Harriet se rappela que les artistes du paléolithique signaient ou marquaient souvent leurs œuvres de cette manière ; ils plaquaient une main sur la pierre mouillée puis crachaient du pigment dessus ou utilisaient un roseau ou une paille pour souffler du pigment en poudre tenu dans le creux de leur autre main, laissant ainsi une marque pour montrer qu'ils avaient été là – un individu précis en un lieu précis à un moment précis. Pour dire *j'existe. J'étais ici.* Se rendant compte que ces empreintes étaient les marques laissées par les hommes qui avaient osé affronter ce qui devait se trouver à l'intérieur de la cavité, elle leva les yeux vers Toby et dit :

— J'ai trouvé le glyphe. Lancez-moi la torche pour que je puisse voir à quoi il ressemble.

— N'essayez même pas de le chercher, dit Toby. Nous en avons déjà discuté. Si vous faites une crise, vous allez rester coincée en bas.

— Il ne m'arrivera rien.

— Ça, vous ne le savez pas. Et ce n'est pas le moment de le vérifier.

— Je n'ai pas fait de crise quand j'ai regardé le glyphe de fascination de Moussa, sur le mur de la ferme, hein ? Il ne m'arrivera rien, et c'est vrai.

— Accrochez-vous à la corde, Harriet. Nous allons vous tirer d'ici, et ensuite, je descendrai et ferai le nécessaire, comme convenu entre nous.

Harriet brûlait d'impatience.

— Le temps presse. Donnez-moi la lampe, je vais terminer ça immédiatement.

— Nous n'avons pas le temps de nous disputer là-dessus, s'obstina Toby.

Harriet appela Moussa Qarssou, lui demanda de l'aider, de lui prêter sa torche, mais il ne répondit pas.

— Les hommes de Most pourraient entrer en force d'un moment à l'autre, dit-elle d'une voix irritée. Vous n'avez pas le temps de me remonter et ensuite de descendre ici.

— Il y aura juste assez de temps si vous sortez maintenant, dit Toby. Mettez votre pied dans cette boucle, Harriet, nous allons vous remonter directement.

— Je vais allumer et éteindre la lampe rapidement une seule fois pour repérer l'emplacement du glyphe. Ensuite je le gratterai dans le noir. Ne vous inquiétez pas...

Un double coup de tonnerre retentit au-dessus d'elle, saturant le puits de lumière blanche aveuglante et de bruit percutant.

Harriet avait dû perdre conscience un instant, encore une fois, parce que lorsqu'elle rouvrit les yeux elle était couchée sur le dos et regardait des lumières danser sur un segment du plafond rocheux ; elle entendait un homme à l'accent américain aboyer des ordres péremptoires, dire à quelqu'un de mettre les mains derrière la tête, et tout de suite, enculé. Elle comprit que les gens de Rölf Most avaient réussi leur percée et se réfugia dans la cavité quelques instants avant qu'un éblouissant faisceau lumineux éclaire le puits, se promène sur le sol de kaolin blanc et fasse étinceler le pistolet automatique qu'Harriet, dans son affolement, avait oublié de ramasser. Elle recula dans l'ombre d'une niche ouverte au flanc de la cavité, essayant de se faire la plus petite possible tandis que la lumière inondait l'espace autour d'elle, révélant la figure peinte sur la paroi du fond. Noir et rouge, pourvu d'une tête de lion, l'homme se tenait de profil, brandissant à deux mains son énorme érection, encadré par un grand cercle de formes vivantes. Harriet ferma hermétiquement les yeux, mais c'était trop tard. Il était déjà à l'intérieur de sa tête.

Pour Alfie, l'explosion qui déblaya définitivement l'obstruction fut quelque peu décevante. Un choc amorti, un tremblement dans la pierre sous ses pieds, une vague d'air poussiéreux qui envahit le sanctuaire exigu dans un nuage suffocant. Lorsque la poussière fut retombée, Larry Macpherson le fit avancer d'une bourrade dans la fissure débouchant sur la galerie, à la suite des trois mercenaires qui disparaissaient l'un après l'autre dans l'entrée du passage de l'autre côté.

— On va se marrer un peu, dit Larry Macpherson à l'oreille d'Alfie tout en le guidant sur le sol inégal où leurs bottes pataugeaient dans une eau boueuse. Compte là-dessus. Et compte sur moi, aussi. T'as entendu ça ?

Alfie avait entendu : deux détonations sèches.

— Ces petits gars se sont mis au travail. Et quand ils auront terminé, c'est moi qui vais me mettre au travail.

— Parce qu'il y a une autre sortie.

— T'as pigé, dit Larry Macpherson.

— Prenez un des projecteurs, dit Rölf Most derrière eux. Nous en aurons besoin pour la vidéo.

Larry Macpherson éteignit le projecteur le plus proche, en replia le trépied et dit à Alfie d'en prendre un bout. Ils hissèrent leur encombrant fardeau sur la pente de cailloux, le tirèrent dans l'étroit passage. Des ampoules électriques nues, toutes pulvérisées sans exception, étaient suspendues à des étançons hydrauliques, juste en dessous d'un plafond bas fait de planches irrégulières. L'air puait le sucre brûlé et était embrumé par la poussière et la fumée qui flottait en spirales paresseuses dans le faisceau de la torche que Larry Macpherson tenait entre ses dents. Il y eut un passage difficile sur des débris de pierre aux angles tranchants noircis par l'explosion, tandis que des dalles gémissaient et grinçaient au-dessus d'eux, perdant des poignées de poussière et des galets, puis une courte montée dans une sorte de toboggan en pierre qui déboucha sur un immense espace où les trois mercenaires braquaient leurs torches et leurs pistolets sur deux personnes à genoux sur le sol, les mains jointes derrière la tête.

L'un des prisonniers était un adolescent en jean et veste molletonnée ; l'autre, qui portait une veste et un pantalon camouflés trop grands pour lui, était Toby Brown. Couverts de poussière, les traits tirés, ils louchaient sous la lumière aveuglante des torches des mercenaires. Lorsque Toby aperçut Alfie, il y eut comme une étincelle entre eux. Alfie laissa choir son extrémité du projecteur et s'avança vers lui, mais Larry Macpherson l'empoigna par l'épaule et lui de rester où il était.

Rölf Most sortit péniblement de la crevasse, se redressa, s'épousseta avec des petites tapes tatillonnes et demanda aux mercenaires d'aider le Dr Soborin. Le mercenaire blond guida le vieil homme en le tirant par les bras et l'aida à se relever. Il ajusta ses lunettes dépolies, regardant autour de lui d'un air ahuri tandis que Rölf Most s'approchait des deux prisonniers.

— Je crois vous avoir déjà rencontré à Londres, dit-il à Toby. Vous étiez avec M. Flowers, vous cherchiez Benjamin Barrett.

Toby leva les yeux vers le psychiatre, mais ne dit rien. Ses cheveux et son visage étaient blanchis par la poussière de calcaire. « Pâle comme la mort », songea Alfie.

— Quant à vous, dit Rölf Most en se tournant vers l'adolescent, je vous connais aussi. Moussa Qarssou, qui se fait aussi appeler Morph. Vous êtes rentré au pays, Moussa. C'est très aimable de votre part, et j'y suis très sensible. Était-ce avec l'aide de M. Brown, ou bien est-ce lui qui vous a conduit ici ? Le Nomads' Club sait-il que vous êtes ici, monsieur Brown ? Et Harriet Crowley ? Le sait-elle ?

— Je fais un reportage, dit Toby. Un scoop, une exclusivité.

Rölf Most approcha brusquement la large lentille frontale du canon à glyphes du visage de Toby et rit lorsque ce dernier tressaillit.

— Je crois que vous savez qu'il ne sert à rien de me mentir, dit-il.

— Parce que vous avez le moyen de me faire parler ?

— Un très bon moyen, dit Rölf Most. Un moyen *fascinant*.

Tandis que Larry Macpherson installait le projecteur, Rölf Most emprunta une torche électrique à l'un des mercenaires et s'éloigna dans l'espace obscur, promenant le faisceau çà et là sur les parois, révélant fugitivement des peintures d'animaux et des motifs abstraits, puis éclaira un objet recroquevillé au pied d'une pente rocailleuse : le corps d'un homme. Le psychiatre s'agenouilla à côté de lui, lui souleva la tête par les cheveux et lui éclaira le visage.

— Je crois que je connais ce monsieur aussi, dit-il d'une voix qui se répercuta sur le haut plafond. Il vous a suivi jusqu'ici, n'est-ce pas ? Et vous l'avez tué pour sa peine. Le pauvre. Il a rempli son contrat. Mais si. Ce coup de feu m'a averti que je devais m'attendre à trouver ici des gens hostiles, et c'est pour cela que j'ai dû faire une entrée aussi spectaculaire.

Larry Macpherson alluma le projecteur, le tournant vers Carver Soborin, qui caressait une volumineuse protubérance de pierre lisse. Rölf Most traversa la salle et les rejoignit en demandant d'une voix joviale :

— Avons-nous trouvé ce que nous cherchons ?

Puis sa voix changea, soudain étouffée par la colère.

— C'est quoi, ça ?

Il écarta le vieillard afin de pouvoir examiner la caricature rouge vif d'une tête de mort casquée, la toucha du bout des doigts et éclata brusquement de rire. Il se dirigea d'une démarche hautaine vers l'endroit où Toby Brown et Moussa Qarssou étaient agenouillés, prit Moussa Qarssou par le menton, lui releva la tête et lui sourit en disant :

— Encore un de vos chefs-d'œuvre à la bombe de peinture, je présume.

L'adolescent fixa dans un silence morose le psychiatre qui lui donna une petite gifle espiègle et se tourna vers les trois mercenaires.

— Ils n'ont pas détruit les glyphes, dit-il. Ils les ont recouverts avec de la peinture acrylique, mais ils ne les ont pas détruits. Je vais avoir besoin d'un solvant – de l'essence à la rigueur, si vous n'avez rien d'autre –, et de chiffons propres et doux. Nous enlèverons l'acrylique des glyphes et ce jeune homme nous expliquera le sens de chacun d'eux.

Larry Macpherson s'avança vers lui, éclairé à contre-jour par la lumière aveuglante du projecteur, et demanda :

— Vous êtes absolument sûr que ce môme est bien celui que vous croyez ?

— Même si je n'avais pas vu la photo jointe au dossier détenu par les services de l'Immigration britanniques, je le reconnaîtrais à ses œuvres. Pas vous ?

— Il sait manifestement tout sur ces glyphes, dit Larry Macpherson.

Alfie était certain que Larry Macpherson était sur le point de passer à l'action. Une exultation nerveuse le picotait entre les omoplates et hérissait son cuir chevelu couvert d'électrodes.

Rölf Most regarda Larry Macpherson par-dessous le bord de son casque de chantier.

— Je crois que ce jeune homme sait plus de choses sur les glyphes que personne au monde. Il me tarde de m'entretenir avec...

Larry Macpherson lui logea une balle dans la poitrine. Rölf Most chancela, partit en arrière et s'assit tandis que le claquement sec du coup de feu se répercutait sur les parois de pierre de la salle, puis Larry Macpherson lui tira une balle dans la tête ; son casque tomba et il s'écroula mollement à la renverse, les mains refermées sur le canon à glyphes.

Carver Soborin poussa un cri aigu et inarticulé puis détala vers le cadavre de Rölf Most. Larry Macpherson l'ignora et se tourna vers les trois mercenaires, leur disant aussi négligemment que s'il leur demandait une cigarette de poser leurs torches et leurs pistolets par terre, de reculer de deux pas et de se mettre à genoux – s'il vous plaît, les gars –, les mains jointes derrière la tête.

Les trois hommes obéirent, s'agenouillèrent dans les faisceaux rasants et entrecroisés de leurs torches abandonnées. Larry Macpherson les tua l'un après l'autre. Le mercenaire aux cheveux en brosse commença à se lever, demandant grâce – nom de Dieu, tire pas, fils de pute, je t'en supplie –, et Larry Macpherson le tua. Puis il s'approcha des corps et leur donna à chacun le coup de grâce, une balle dans la nuque. Il s'arrêta un instant comme pour savourer tranquillement ce qu'il venait de faire. Puis il ramassa une torche et la braqua sur Alfie en disant calmement :

— À ton tour, mon pote. Et oublie pas de me remercier.

La terreur d'Alfie avait atteint un niveau transcendantal ; elle le possédait complètement, vibrant en lui comme un *do* suraigu vibre dans un verre à vin juste avant qu'il éclate. Il était convaincu que Larry Macpherson allait le tuer lui aussi, tuer tout le monde dans la grotte – pourquoi pas ? – et se vautrer dans le sang. Mais l'autre se détourna, ramassa les armes de poing des trois mercenaires, les plaça dans le sac en toile que portait l'un d'entre eux, palpa tranquillement les cadavres, trouva plusieurs couteaux et les laissa tomber dans le sac eux aussi.

Toby se leva, pâle et tremblant. Agenouillé à côté de lui, Moussa Qarssou, la tête dans les mains, répétait sans cesse une phrase d'une voix rauque et douce – une prière ou une supplication. Larry Macpherson souleva le sac à dos de Moussa Qarssou, le mit à l'envers et en fit tomber tout le contenu sur le sol, fouilla dedans avec sa botte, ramassa un couteau et le jeta dans le sac en toile avec le reste de son butin avant d'aller tranquillement rejoindre les deux hommes, décontracté et sûr de lui. Contournant Carver Soborin, qui tenait dans ses bras le corps de Rölf Most en chantant une mélopée sans paroles, il s'approcha de Toby, le regarda et demanda :

— Lequel d'entre vous a tué ce *low man* ?

Toby hocha vivement la tête.

— Pas besoin d'avoir peur, dit Larry Macpherson. Je vais pas te tuer. Pourquoi ? Parce que j'ai besoin de ton aide. Pour commencer, tu vas me dire où est le flingue. Le flingue que t'avais quand tu as descendu le *low man*. J'ai les armes qui appartenaient à ces pauvres gars, mais c'est tout ce que j'ai. Alors, je crois qu'ils t'ont pas pris ton flingue, ce qui veut dire que t'as dû le planquer quelque part. Tu le donnes maintenant, dit-il en visant Toby à la tête, et t'auras pas de désagréments.

Toby secoua la tête, s'humecta les lèvres et dit :

— Il est dans le puits.

— Déconne pas. Comment c'est arrivé ? Tu l'as jeté ?

Toby inspira profondément et secoua la tête à nouveau.

— Je l'ai laissé tomber, dit-il. J'étais sur le point de descendre dans le puits avec la corde, là, quand votre feu d'artifice est parti et m'a mis K.-O. J'ai lâché le pistolet et il est tombé dans le trou. Regardez vous-même si vous ne me croyez pas.

Alfie fut traversé d'un sursaut de pure admiration pour le sang-froid de son ami.

— Cause toujours, dit Larry Macpherson. Tu m'intéresses énormément. Et pourquoi tu voulais descendre dans ce trou ?

Toby le regarda dans les yeux et dit :

— Parce que c'est là que se trouve le glyphe le plus sacré.

— Ça veut dire quoi ?

— Je pense que ça veut dire le glyphe le plus actif. Le plus puissant.

— Et comment ça se fait que tu sais ça ?

— C'est lui qui me l'a dit.

Toby inclina la tête vers l'adolescent. Larry Macpherson donna un léger coup de botte à Moussa Qarssou.

— C'est vrai, ça ? Regarde-moi, vu ? Et arrête de prier, ça t'avancera à rien. Regarde-moi, merde, et réponds à ma question.

Moussa Qarssou leva les yeux, morose, insolent et désespéré. Il haussa les épaules et dit :

— Pourquoi pas ?

— Pourquoi pas ? Ça veut dire quoi ?

— Mon grand-père m'a dit qu'une image très sacrée vit dans le puits. Seuls les plus purs des hommes peuvent la regarder.

Larry Macpherson se pencha, appuya le canon de son arme contre le front de Moussa Qarssou et dit :

— C'est la vérité, hein ? Réfléchis bien avant de répondre. Prends ton temps.

— Je le jure sur l'âme de mon père et de mon grand-père, dit l'adolescent d'une voix étouffée, pleine de ressentiment.

— Très bien, dit Larry Macpherson.

Il s'approcha des cadavres des mercenaires. Toby fixait Alfie d'un regard suppliant et désespéré, comme s'il voulait qu'il fasse ou qu'il comprenne quelque chose.

Larry Macpherson tira un caméscope numérique de la poche du mercenaire à la coupe en brosse et revint vers Toby et Moussa Qarssou.

— Voilà ce qu'on va faire. Toi, mon pote, dit-il en appuyant la caméra miniaturisée sur la poitrine de Toby, le forçant à la prendre, tu vas descendre dans le trou. Tu vas filmer ce glyphe supersacré, ensuite tu attacheras la caméra et le flingue au bout de la corde et je les remonterai. Si tu essaies de faire autre chose, je te descends. Tu me crois ?

Toby s'humecta les lèvres et dit :

— Absolument.

— Je vérifierai que t'as correctement filmé ce glyphe en vidéo, et si je suis satisfait, je te laisserai remonter. Ensuite, j'utiliserai le reste du plastic de ces pauvres mecs pour faire sauter le plafond de ce passage, là-haut, et on partira par-derrière. Ça te va ?

Toby hocha la tête.

— Très bien, dit Larry Macpherson. Oh, encore une chose avant qu'on commence : où est passée cette Harriet Crowley de mes deux ? Et me dites pas qu'elle est pas venue ici avec vous, s'il vous plaît ! J'ai vu son passeport. On l'a trouvé sur le corps d'un autochtone qui vous a conduits tous les deux ici, à mon avis.

— Nous avons été attaqués par un *low man*, dans une ferme, à quelques kilomètres d'ici, dit Toby. Il nous a sauté dessus. Il avait un couteau.

— Et ?

— Et il l'a poignardée. Il l'a poignardée en plein cœur, dit Toby en se frappant la poitrine et en lançant à Larry Macpherson un regard appuyé qu'Alfie connaissait bien, le regard que son ami utilisait chaque fois qu'il essayait d'entuber quelqu'un. Et il l'a tuée.

— Comme ça, en plein cœur, hein ? Et qu'est-ce que vous avez fait du corps ?

— Nous l'avons laissé dans notre minibus, un peu plus bas sur la colline. Nous ne savions pas quoi faire d'autre.

Larry Macpherson donna un coup de botte à Moussa Qarssou et dit :

— C'est la vérité ?

— Elle est morte, dit Moussa Qarssou.

Le regard de Larry Macpherson s'attarda sur Toby, puis le mercenaire tourna lentement sur place en braquant sa torche dans tous les coins de la vaste salle obscure.

— Elle a pas intérêt à se cacher quelque part, en attendant l'occasion de me tirer dessus. Parce que s'il y a la moindre fusillade, la première chose que je ferai, c'est de te tuer, dit-il.

Il acheva son tour d'horizon et braqua la torche en plein sur le visage de Toby. Ébloui, ce dernier plissa les yeux et dit :

— Je vais aller dans le puits pour vous, mais vous feriez mieux de tenir la corde pendant que je descends. Je ne suis pas sûr de mes nœuds – je n'ai jamais pu avoir mon brevet de scout.

Larry Macpherson braqua sa torche sur Alfie. Alfie perçut une secousse, une pulsation, un instant où tout s'abolit. Il chancela, sentit le goût du métal brûlé derrière celui du savon, entendit Larry Macpherson lui dire de se magner le cul et d'aller là-bas assurer la corde tandis que son copain jouait les spéléos. Il comprit qu'il venait d'avoir une absence épileptique. Il comprit aussi que c'était le moment ou jamais de produire une distraction, de fournir à Toby quelques secondes vitales pour récupérer l'arme où il l'avait cachée – ou de donner à Harriet, si elle n'était pas morte, une chance de sortir de sa cachette et de neutraliser Larry Macpherson.

Alfie suivit le bord du puits jusqu'à l'endroit où la corde était attachée à un éperon rocheux. Il tourna le dos à Larry Macpherson, s'accroupit et feignit de tester le nœud ; il déplaça le petit paquet dans sa bouche, le mordit franchement et se laissa tomber. Sa hanche et son coude heurtèrent la pierre dure du sol lorsqu'il bascula ; la douleur l'aida à se mettre en condition. Il n'avait aucun souvenir de ses crises majeures, ne savait pas à quoi il devait ressembler ni ce qu'il était censé faire alors, mais il tressauta et frissonna du mieux qu'il put, suçant et mâchant l'ignoble morceau de savon gluant, bavant des gouttes d'écume, les yeux hermétiquement fermés, et attendit que Larry Macpherson lui dise d'arrêter de déconner – ou, pis, lui tire une balle dans la tête.

Il entendit l'autre jurer, l'entendit s'approcher de lui, sentit ses mains le prendre par les épaules et le relever. Alfie gémit, bava des bulles de savon et se démena comme un poisson qu'on assomme.

— Nom de Dieu ! dit Larry Macpherson.

Puis il poussa un cri de surprise et lâcha Alfie.

Le crâne d'Alfie rebondit sur le sol rocheux, assez violemment pour lui ébranler les dents – il faillit avaler l'emballage en papier d'aluminium – et faire exploser un éclair de lumière blanche dans son cortex visuel. Il se risqua à ouvrir les yeux et vit que Larry Macpherson était aux prises avec Carver Soborin. Le vieil homme lui avait grimpé sur le dos, lui griffait le cuir chevelu et le visage, assez profondément pour le faire saigner. Les deux hommes valsèrent au bord de la courte pente en entonnoir qui conduisait au puits ; le faisceau de la torche de Larry Macpherson tourbillonna, visa le plafond, puis plongea en zigzag sur le sol, éclairant crûment le cadavre de Rölf Most, et quelque chose qui étincelait juste à côté.

Alfie se releva d'un bond, cracha l'immonde paquet savonneux, se précipita vers le cadavre de Rölf Most et récupéra le canon à glyphes au vol juste au moment où Larry Macpherson, avec un grognement d'exaspération, réussissait à faire tomber Carver Soborin sur le dos. Soborin essaya de se relever, Larry Macpherson brandit son pistolet et tira. Le vieillard s'effondra sur le dos, les bras en croix, sa veste blanche éclaboussée de sang. Il avait perdu ses lunettes dépolies. Pendant qu'il les cherchait à tâtons, Larry Macpherson lui tira encore une balle dans la poitrine et une dans la tête. Alfie s'approcha, braqua la bouche évasée du canon à glyphes sur le visage du mercenaire et pressa la détente.

L'espace d'un instant, le faciès grêlé de Larry Macpherson brilla d'une lumière si pure et si puissante que son crâne en était presque visible sous la peau. Puis la lumière se mit à pulser en un scintillement complexe réfléchi avec précision par les miroirs noirs de ses pupilles.

Alfie ferma les yeux lorsque Larry Macpherson recula involontairement d'un pas et perdit l'équilibre. Il essaya de frapper Alfie, le manqua et tomba à la renverse. Il fit la culbute dans l'entonnoir de pierre et glissa par-dessus le bord du puits. Toby se précipita en criant le nom d'Harriet.

Harriet adorait jouer à cache-cache quand elle était petite, adorait le mélange horriblement excitant de peur et d'impatience qu'elle ressentait lorsqu'elle s'accroupissait au milieu des tiges des framboisiers ou se cachait derrière un sofa pourri dans la grange ; elle guettait les pas du garçon ou de la fille désignés pour chercher les autres, se mettait elle-même au défi de risquer un œil, s'armait de courage pour se lancer dans une fuite désespérée vers le but et la sécurité. Quand sa mère et elle-même s'installèrent à la campagne, jouer à cache-cache le jour de son anniversaire devint un élément absolument essentiel de cette journée. Cela se passait entre le déballage des cadeaux et la collation d'anniversaire à base de gâteaux, de minuscules sandwiches triangulaires, de confiture et de glace, et d'au moins trois variétés de boissons gazeuses. Le jour de son dixième anniversaire, quand elle était presque trop grande pour ce jeu – mais pas tout à fait quand même –, il plut toute la journée et Harriet et ses invités furent obligés de jouer à l'intérieur de la maison. Elle se cacha dans le séchoir à linge, accroupie sous des étagères chargées de draps et de serviettes à côté de l'enveloppe isolante poussiéreuse du ballon d'eau chaude. Elle s'était entortillée dans un drap blanc ; quand le garçon préposé à la recherche ouvrirait la porte du séchoir, elle se lèverait d'un bond et lui ferait une peur bleue en prétendant être un fantôme de BD.

Depuis sa cachette, Harriet écoutait des pas résonner dans le couloir à côté de la porte du séchoir, entendait les cris et les hurlements de rire étouffés dans diverses parties de la vaste demeure. Elle se persuada progressivement que quelque chose attendait avec elle dans l'obscurité chaude et poussiéreuse : en faisant semblant d'être un fantôme, elle avait en quelque sorte invoqué un monstre. Le seul moyen de lui faire croire qu'elle n'était pas là était de garder les yeux hermétiquement fermés et d'observer une immobilité absolue sous le drap. Elle resta accroupie dans ce réduit très, très longtemps ; son cœur battait, son estomac protestait, sa vessie lui faisait de plus en plus mal parce qu'elle avait bu trop de limonade. Son imagination se mit à vagabonder. Et si le monstre avait des amis ? Et s'ils avaient attrapé tous les invités et les avaient transformés en monstres qui attendaient maintenant devant la porte, silencieux et quelque peu *exsangues* ? Et si elle avait été transportée ailleurs (elle avait récemment lu *Le Lion, la Sorcière blanche et l'Armoire magique*), et qu'en ouvrant enfin la porte elle découvre une forêt enneigée, entende les clochettes du traîneau de la sorcière qui glissait vers elle... ?

Quand finalement elle entendit le pas de quelqu'un qui s'approchait du séchoir, Harriet retint son souffle et essaya de se faire aussi petite et aussi insignifiante que possible. Elle entendit grincer la lame de parquet branlante devant la porte. La poignée s'agita, la porte s'ouvrit, Harriet ne put plus tenir plus longtemps. Elle bondit en hurlant et, toujours empêtrée dans les plis du drap, aveuglée par la terreur, se précipita tout droit dans les bras de sa mère.

Maintenant, accroupie les reins pressés contre la pierre froide et les bras autour des genoux, les yeux hermétiquement fermés tandis qu'une ménagerie de formes lumineuses se tortillait dans la chaude obscurité derrière ses paupières, elle sentit à nouveau déferler sur elle sa peur enfantine. Il y avait un monstre dans sa cachette (il y avait un monstre dans sa tête), et il y avait des monstres dehors, aussi...

Harriet entendit un bruit de voix confus et lointain, entendit Rölf Most se vanter d'avoir capturé Moussa Qarssou et comprit qu'elle allait avoir de gros ennuis. Puis elle entendit un coup de feu – une forte détonation qui se répercuta sur le plafond de pierre. Son cœur s'emballa sous le choc. Il y eut un autre coup de feu, ensuite elle entendit quelqu'un ordonner à des gens de se mettre à genoux, entendit trois autres coups de feu en succession rapide, et encore trois, tirés sans précipitation. Elle ne savait pas ce qui se passait en haut et ne pouvait qu'imaginer le pire. Toby Brown et Moussa Qarssou avaient été exécutés, et des mercenaires armés jusqu'aux dents allaient d'un moment à l'autre descendre dans le puits par la corde, la découvrir blottie dans sa misérable cachette et la cribler d'une grêle de balles. Elle voulait s'incruster dans la paroi, se fondre dans la pierre, trouver un endroit si profond et si obscur qu'ils ne la trouveraient jamais, mais elle était paralysée, convaincue qu'au moindre bruit ou au moindre mouvement de sa part ses ennemis la repéreraient instantanément, alors elle resta accroupie en silence et sans bouger, avec son épaule blessée qui palpitait violemment. Elle s'efforça de comprendre ce que disaient les voix qui résonnaient au-dessus d'elle.

Un homme à l'accent américain ordonna à quelqu'un de descendre dans le puits. Elle entendit son propre nom, entendit Toby mentir effrontément et dire qu'elle était morte et fut brusquement soulagée de le savoir en vie ; elle entendit l'Américain le menacer, puis des bruits de lutte. Ensuite, le claquement sec d'un coup de feu – un de plus –, rapidement suivi de deux autres, apparemment si proches qu'elle se releva d'un bond, prête à s'enfuir alors qu'elle ne pouvait s'enfuir nulle part, ouvrant les yeux parce qu'elle craignait brusquement plus d'être tuée d'une balle que d'être dévorée par le monstre. Toby cria son nom et un homme s'écrasa sur le sol obscur du puits, à deux mètres seulement de sa cachette.

La lumière électrique – le faisceau tremblant d'une torche – l'éclaira lorsqu'il se hissa sur les mains et les genoux. Toby cria encore une fois le nom d'Harriet et elle s'avança vers le pistolet automatique qui reposait sur l'argile blanche. Mais l'homme fut plus rapide, il brandit sa propre arme, visa Harriet et dit calmement :

— Pas de panique, miss Crowley. D'accord ?

C'était Larry Macpherson. Harriet le regarda, regarda le pistolet.

Il leva les yeux vers le bord du puits puis s'élança, franchit d'un bond l'étroit espace, empoigna Harriet et lui tordit le bras droit derrière le dos, la fit pivoter et la tira à reculons dans l'abri de la cavité. Il lui enfonça le canon de son arme dans la chair tendre derrière l'oreille et dit d'une voix sonore :

— Les gars ! Écoutez un peu ! Si vous voulez qu'Harriet Crowley vive, vous allez être obligés de faire ce que je dis. Vous m'entendez ?

Il y eut une consultation à voix basse, puis la voix d'Alfie dit :

— Laissez-la partir, et nous pourrons arranger quelque chose.

— C'est pas comme ça que ça va marcher.

— Nous avons des armes, ici, dit la voix de Toby.

— À votre place, j'essaierais pas de m'en servir. Vous allez probablement toucher votre copine, et vous me ferez chier, ça c'est sûr. Alors, faites attention, dit Larry Macpherson d'une voix énergique mais calme, totalement maître de la situation. Voilà ce qui va se passer. Vous allez laisser ces flingues dans le sac, vous allez aussi laisser le C4 dedans, vous allez mettre la caméra vidéo avec, et vous allez laisser tomber le sac dans le trou. Harriet fera l'inventaire, elle me dira exactement ce qu'il y a dedans. S'il manque des flingues, des couteaux ou autre chose, elle se fait descendre. Sa vie est entre vos mains. C'est dur, mais c'est comme ça.

Il y eut un autre conciliabule derrière le rebord du puits. Larry Macpherson dit à l'oreille d'Harriet :

— Je suppose que ce prétendu glyphe sacré doit être quelque part à l'intérieur de ce trou dans le mur, parce que je le vois pas ailleurs.

— Pourquoi ne pas vous retourner et y jeter un coup d'œil ?

La main droite d'Harriet était coincée entre ses omoplates et son bras gauche était inutile, mais elle n'avait besoin que d'un moment de distraction du mercenaire pour lui placer un coup d'occiput en plein visage, lui écraser le tibia...

— C'est exactement ce que j'ai l'intention de faire, dit calmement Larry Macpherson. Ça, et un petit film avec vous comme vedette. Les gars, dit-il en élevant la voix, faut me lancer le sac maintenant. Y a pas à discuter, c'est maintenant ou sinon je vous jure devant Dieu que je vais tellement amocher votre copine qu'elle s'en remettra jamais.

Il appuya avec un mouvement tournant le canon de son arme sur le bandage qui entourait la blessure d'Harriet et elle ne put s'empêcher de hurler.

— Vous avez trente secondes, dit Larry Macpherson. Sinon je lui tire une balle dans une rotule ou je lui crève un œil.

— Barrez-vous ! cria Harriet. Laissez-moi tomber...

Larry Macpherson lui donna un coup sur l'occiput avec tant de force qu'elle se mordit la langue. Un instant plus tard, un petit sac en toile glissa par-dessus l'embouchure et atterrit au fond du puits.

— Braves petits gars, dit Larry Macpherson. J'espère que vous avez pas gardé un flingue pour ma pomme, parce que, si c'est le cas, je descends votre copine pour de bon.

Il colla sa bouche à l'oreille d'Harriet, lui dit qu'il voulait qu'elle vérifie le contenu du sac.

— Vous écoutez attentivement, vous faites ce que je dis, et il se passera rien de fâcheux. Vous allez prendre ce sac. Vous l'ouvrez, vous vérifiez qu'il y a bien un paquet d'explosif dedans, du C4, vous vérifiez qu'ils ont bien mis la caméra vidéo aussi. Dites-moi que vous avez compris.

— Du C4. Une caméra vidéo.

— Une petite, mais ça suffira. Il devrait aussi y avoir des pistolets et des couteaux. Vous allez les compter, et vous me direz combien il y en a. Et écoutez bien : si vous essayez d'en prendre un, si vous essayez de ramasser le flingue qui traîne là-bas, ou si vous tentez autre chose, n'importe quoi, je vous tire dessus tout de suite. Je vais pas vous tuer, mais ça va vous faire mal pour l'éternité. Vous comprenez ?

Harriet hocha la tête.

— Très bien, dit Larry Macpherson.

Il lui lâcha le poignet et la poussa en avant.

Lorsqu'elle s'approcha du sac, le faisceau oscillant d'une torche s'arrêta sur son visage et l'éblouit. Larry Macpherson cria qu'il voulait qu'on éteigne cette lumière immédiatement, et elle disparut un instant plus tard. Harriet s'agenouilla dans la demi-obscurité, cillant pour chasser des images rémanentes et des mouches volantes lumineuses. Elle tâtonna pour ouvrir d'une seule main la fermeture à glissière en nylon du sac, finit par y parvenir. Elle fouilla à l'intérieur, trouva trois pistolets et quatre, non cinq couteaux, un petit paquet enveloppé dans du papier graisseux, qu'elle supposa être l'explosif C4, divers outils, un tournevis, un petit marteau, un rouleau d'adhésif ou d'isolant. Ses doigts rencontrèrent un objet métallique mince et froid qui devait être la caméra vidéo, et puis ça, c'était l'objectif, et il y avait autre chose, accroché à la dragonne, un cylindre de métal guère plus épais que son pouce...

— Parlez-moi, dit Larry Macpherson de l'autre côté du puits. Vous avez combien de flingues là-dedans ?

— Trois.

— Combien de couteaux ?

— Cinq.

Elle essayait de dégager le cylindre de la courroie, se rendant compte qu'Alfie et Toby lui avaient donné une dernière chance de retourner la situation.

— Pas la peine de vous énerver, vous faites ça bien, dit Larry Macpherson. Et l'explosif ?

— Il y a un paquet.

— La caméra est là ?

— Je crois.

— Elle y est, oui ou non ?

Harriet réussit finalement à extraire le cylindre de la boucle de la dragonne. Elle le glissa dans la ceinture de son pantalon.

— Oui, confirma-t-elle. Oui, elle est bien là.

— Ne lui faites pas de mal, dit la voix d'Alfie au-dessus d'eux. On vous a donné tout ce que vous vouliez.

— Soyez sympa, dit Larry Macpherson. Remontez la fermeture Éclair du sac, Harriet. Fermez-le et amenez-le ici. Et pensez même pas à regarder le flingue par terre.

Harriet lui tendit le sac en se détournant parce qu'elle avait peur de voir le glyphe sur la paroi derrière lui. Elle ne l'avait vu que fugitivement, et il était alors partiellement caché par des ombres, mais cela avait suffi pour lui chambouler la tête.

Larry Macpherson lui dit de poser le sac et de l'ouvrir, et ensuite de s'asseoir et de se tenir la nuque avec sa main valide. Elle obéit, le regarda à la dérobée fouiller dans le sac, en tirer un objet oblong et argenté – la caméra – qu'il se mit à examiner.

— Très bien, dit-il finalement.

Il ramassa le sac, passa devant Harriet, récupéra le pistolet qui traînait par terre et le glissa dans la ceinture de son pantalon de combat.

— Bravo, les gars ! cria-t-il en levant les yeux. On y est presque. Ce que je veux que vous fassiez maintenant, c'est retourner ce projecteur pour qu'il éclaire le trou derrière moi. Je veux filmer en vidéo ce qu'il y a dedans, alors éclairez-le comme il faut. Et vous mettez pas en tête des idées farfelues comme couper la corde ou autre chose, parce que si vous faites ça, je commencerai à m'occuper de votre copine et je prendrai mon temps. C'est bien compris ?

Au bout d'un moment, Alfie dit qu'il comprenait.

— C'est bien, mon pote. Tant que tu me causes pas de nouveaux ennuis, il se pourrait même que je trouve dans mon grand cœur la force de te pardonner. C'était quoi, le truc que tu mâchouillais pour avoir l'écume aux lèvres comme ça ? Du savon ?

Alfie avoua que c'était du savon.

— J'ai failli me faire avoir, mon pote, mais je suis trop malin pour toi. Qu'est-ce que vous attendez pour bouger ce projecteur ?

Harriet vit une clarté aveuglante éclairer l'obscurité derrière le bord du puits et ferma les yeux.

— Visez-moi ça ! dit Larry Macpherson au bout d'un moment. Un peu plus à gauche, la lumière, les gars, il faut que j'enregistre ça jusqu'au dernier centimètre carré. Parfait. Drôlement bien monté pour un saint homme, hein ? Qu'est-ce que vous en dites ? Vous êtes timide, Harriet ? Non, attendez : vous êtes sensible. Tout comme votre ami Alfie Flowers... Je dois avouer que ces machins dessinés autour du mec ont vraiment l'air bizarre. Et quel effet ça vous fait ?

— Lui, je ne l'ai qu'entrevu. Ça m'a suffi.

Harriet pencha la tête et se plia en deux, la main sur l'estomac, comme si elle avait un malaise.

— Je vous en supplie, ne m'obligez pas à le regarder encore.

— Vous allez vous lever, ordonna Larry Macpherson. Vous allez vous lever et regarder ce colosse, et moi je vais filmer ce qui se passe pour des amis à moi.

— Je ne peux pas, dit-elle.

— Je peux vous tirer dessus. Vous loger une balle là où ça fait très mal et où c'est pas mortel, ensuite je vous colle les paupières au ruban adhésif et je vous oblige à regarder.

Elle resta absolument immobile, la tête sur la poitrine.

— Nom de Dieu ! dit-il.

Il se baissa au-dessus d'elle, la prit sous le bras droit et la tira vers le haut. Harriet se laissa relever, l'atomiseur au creux de la main droite, puis elle tendit la main, appuya sur le bouton et aspergea le mercenaire en plein visage.

Il lâcha prise en rugissant et se frotta les yeux instinctivement.

Elle se laissa retomber, ignorant la douleur cuisante dans son épaule gauche lorsqu'elle s'assit sans douceur, et resta concentrée. Elle lança une jambe en avant, attrapa du pied la poignée du sac en toile, puis repartit à reculons dans la cavité et s'incrusta dans la niche latérale tandis que Larry Macpherson s'essuyait les yeux d'une main et braquait son pistolet à l'aveuglette. Il réussit à ouvrir un œil et visa Harriet qui était en train de fouiller dans le sac, puis il recula, les yeux exorbités, agita son arme dans tous les sens et commença à tirer sur le glyphe, une fois, deux fois, trois fois... Les détonations se répercutaient dans l'espace confiné, des éclats de pierre pleuvaient sur Harriet qui fouillait frénétiquement le sac. Elle se coupa sur la lame d'un couteau puis referma sa main sur la crosse d'un pistolet automatique ; elle le sortit du sac et l'arma. Larry Macpherson tira sur le glyphe les yeux fermés, le visage déformé par une horrible grimace, tira encore une fois et le chien de son pistolet percuta à vide. Il jeta l'arme, tendit la main derrière lui. Harriet se releva péniblement, lui dit de reculer et de se retourner, en se demandant ce qu'il avait vu, ce que le glyphe lui avait fait – l'aperçu fugitif et partiel qu'elle en avait eu pouvait laisser craindre le pire.

Larry Macpherson recula lorsqu'elle lui tira un coup de semonce entre les pieds, mais il sortit le pistolet qu'il avait ramassé par terre et le brandit lorsque Harriet lui cria de le lâcher. Il tira aveuglément en direction du glyphe et Harriet lui tira dessus en hurlant dans le fracas et l'éclair de son arme ; il recula de trois pas et heurta le mur du puits. Il tenait toujours le pistolet et Harriet tira encore, détachant de son bras un lambeau de chair rouge. Il s'assit par terre et les trois balles suivantes allumèrent des étincelles sur le roc luisant au-dessus de sa tête, car le recul de l'arme qu'Harriet tenait d'une seule main lui ébranlait le poignet et déviait son tir vers le haut. Elle se rapprocha donc du monstre qui la regardait fixement, ouvrant et fermant la bouche, et lui tira une balle dans la tête, puis lui tira dans les yeux et continua de presser la détente même après avoir vidé le chargeur de l'automatique.

Harriet ne bougeait plus, entourée de volutes de fumée, comme si elle dormait debout. Puis elle jeta le pistolet aux pieds de l'homme mort, tomba à genoux devant lui et se mit à pleurer.

36.

Tels les survivants d'une catastrophe minière, Alfie et Toby sortirent en rampant de l'étroite bouche de la caverne et émergèrent dans la lumière brûlante et cuivrée du soleil, hagards et chancelants, le visage, les cheveux et les vêtements gris de poussière de roche. Ils avaient fait s'effondrer le passage ouvert par les hommes de Rölf Most en utilisant les charges de plastic qu'Harriet avait sorties du sac en toile avant qu'ils la hissent laborieusement hors du puits, mais ils n'avaient pu trouver le moyen de changer la temporisation à deux minutes du détonateur électronique. C'est à peine s'ils avaient eu le temps de détaler sur le sol de la vaste caverne avant qu'elle saute ; le souffle de l'explosion les avait renversés au moment où ils grimpaient la pente de cailloux pour atteindre l'ouverture étroite dans le rideau de calcaire, et ensuite une vague de poussière suffocante avait déferlé sur eux.

Alfie réussit à descendre en vacillant l'escalier formé par l'entassement de rochers et à suivre Toby sur quelques mètres de pente abrupte dans l'étroit ravin avant que ses jambes refusent de le porter. Il s'assit brusquement, laissant choir le canon à glyphes à ses pieds, serra dans sa main son petit doigt éclissé qui avait beaucoup souffert tout au long de la pénible remontée depuis les profondeurs de la grotte, et respira le parfum capiteux et familier diffusé par les buissons omniprésents dans le sol schisteux. Toby tituba, les jambes raides, jusqu'aux hauts fonds de la rivière, s'agenouilla et s'aspergea le visage et les cheveux, secouant la tête, projetant dans toutes les directions des gouttelettes étincelantes. Pendant ce temps, Harriet sortit sur les genoux de l'entrée de la caverne et s'assit, posant le coude de son bras blessé dans sa main droite, ses mèches collées tout autour du visage. Moussa Qarssou passa près d'elle sans s'arrêter, dégringola jusqu'en bas de l'amas de rochers, ignora Alfie et continua jusqu'au bout du ravin ; là, il s'arrêta, regarda à gauche et à droite, impudent et sûr de lui, son sac à dos jeté sur l'épaule.

Toby se releva, ses cheveux noirs dressés en pointes, le visage ruisselant d'une eau blanchie par la poussière qui dégoulinait sur le devant de sa veste camouflée, et apostropha l'adolescent :

— Qu'y a-t-il, Bison Futé ?

— Vous avez dit que vous êtes venus ici avec un minibus. C'est vrai ?

Toby sourit.

— Quand tu racontes un gros mensonge, un mensonge dont ta vie dépend, il faut t'assurer qu'il colle le plus possible à la réalité. Si c'est la rivière que nous avons traversée la nuit dernière, alors nous n'avons qu'à la redescendre un peu et chercher un bouquet d'arbres. C'est là que nous avons laissé notre véhicule.

— Je crois que vous devriez partir maintenant, avant que quelqu'un vous trouve.

Toby examina l'adolescent et dit :

— J'ai comme l'impression que tu essaies de nous dire au revoir.

— J'ai mon propre véhicule, dit Moussa Qarssou. Je l'ai volé à Mossoul. Une bonne bagnole, une Toyota quatre roues motrices.

Alfie descendit nonchalamment le ravin, le canon à glyphes dans une main, un rameau aux feuilles grises dans l'autre, avec sur le visage une expression tendre, rêveuse et détachée. Il regarda Toby, il regarda Moussa Qarssou et dit :

— Ceci est du haka.

— Si c'est pour le fumer, tu peux faire une croix dessus, dit sèchement Toby. Tu es déjà assez mal en point comme ça.

— Ce sont les gens de ta tribu qui l'ont planté ici ? demanda Alfie à Moussa Qarssou.

L'adolescent haussa les épaules.

— C'est un don du ciel. Où qu'il pousse, c'est un don du ciel.

— Les deux choses au même endroit, le haka et les glyphes : ça ne peut pas être une coïncidence, dit Alfie. Peut-être que les gens qui ont créé les glyphes au départ l'ont cueilli et l'ont apporté ici parce que ça faisait partie de leur rituel. Des graines sont tombées, la plante a poussé...

Il huma le rameau, se retira deux secondes dans ses pensées.

— S'il te plaît, Flowers, dit Toby, ne me fais pas le coup de la défonce. Je ne crois pas que je serais à la hauteur pour te trimbaler jusqu'au bas de cette montagne.

Alfie reprit contact avec la réalité dans un sursaut visible et dit :

— Ça me rappelle la dernière fois que j'ai vu mon père.

— Morph essaie de nous dire au revoir, dit Toby. Nous lui courons après dans toute l'Europe et un bout de l'Asie, et dès que nous l'avons trouvé, il veut nous quitter.

— J'ai fait ce pour quoi je suis venu ici, dit l'adolescent.

Il inspira profondément, expira, puis sourit timidement à Alfie et Toby.

— C'est terminé, conclut-il.

— Je le suppose, dit Alfie en souriant lui aussi.

— Non, dit Harriet. Ce n'est pas terminé.

Elle se tenait à l'entrée du ravin, le bras gauche dénudé en écharpe, le visage hagard, à bout de forces.

— Je crois que ces mercenaires vont avoir du mal à déblayer cet éboulement, dit Toby. Et même s'ils y arrivent, ils ne trouveront qu'un tas de glyphes inutilisables. Mais, franchement, je ne crois pas qu'ils prendront cette peine. L'homme qui les payait est mort, et ils vont avoir peur que les peshmerga reviennent avec des renforts. Bref, s'ils ont un peu de bon sens, ils limiteront les dégâts et décamperont.

Moussa Qarssou opina.

— Vous m'avez aidé, nous avons travaillé ensemble et détruit les images. Je vous suis reconnaissant de m'avoir aidé, mais c'est terminé.

Harriet s'approcha de lui, au bord de l'épuisement total.

— Nous avons détruit les images dans la grotte. Et celles qui sont dans ta tête ?

L'adolescent se dressa de toute sa hauteur et la regarda d'un air de défi.

— Qu'est-ce qu'elles ont, ces images ?

— Tu crois vraiment que Rölf Most est la seule personne qui te cherche ? Des gens le payaient pour te poursuivre, pour trouver la source des glyphes. Pour ces gens-là, les recherches ne sont pas terminées, seulement interrompues. Ils vont mettre ta tête à prix et engager quelqu'un d'autre pour te traquer.

Moussa Qarssou croisa les bras et examina Harriet.

— Vous allez veiller sur moi, c'est ça ?

— Tu seras bien plus en sécurité à Londres qu'en Irak, dit Harriet.

— Madame, si j'ai quitté Londres, c'est parce que je n'y étais pas en sécurité. Je n'ai aucune intention d'y retourner. Je suis ici chez moi. J'ai des mauvais souvenirs, et en revenant ici j'éprouve de la tristesse pour ce que j'ai perdu, mais c'est mon pays.

— *Hawar*, dit Toby.

— C'est un mot kurde, dit Moussa Qarssou. Je ne suis pas kurde, mais je le sens comme ça, oui. Je sens qu'il n'y a pas de lieu où je puisse être en sécurité, même quand je rentre au pays, mais c'est mieux de le ressentir dans un lieu qu'on connaît que dans un lieu qu'on ne connaît pas. Ici, c'est mon pays. C'est le pays de ma tribu, de ma famille. Les Américains sont venus ici, ils ont pris ma mère et mes sœurs. La première chose que je vais faire, c'est essayer de les retrouver. Ce que je ferai ensuite me regarde, pas vous.

— Je ne crois pas, dit Harriet.

Passant la main derrière elle, elle tira de la ceinture de son pantalon de combat le pistolet automatique qu'elle avait pris sur le cadavre de Larry Macpherson, tendit le bras et braqua le canon tronqué de l'arme sur Moussa Qarssou, qu'elle fixa sans ciller par-dessus le guidon.

Toby fit deux pas vers elle.

— Je crois que vous faites erreur...

Il s'immobilisa, les mains à moitié levées, lorsqu'elle agita un instant le pistolet dans sa direction.

— Alors, vous voulez les images, vous aussi, dit Moussa Qarssou d'une voix étranglée par le mépris.

— Je veux que personne ne les ait, dit Harriet. C'est pourquoi il faut que vous veniez avec moi.

— Elles sont détruites, dit Moussa Qarssou.

Il était très calme, la regardait droit dans les yeux, insolent et furieux.

— Vous m'avez aidé à les détruire, dit-il.

Alfie tenta de raisonner Harriet :

— Qu'est-ce que vous allez faire, nous tenir en permanence

sous la menace de votre arme jusqu'à Londres ? Rangez cette arme, Harriet, et nous pourrons discuter entre gens raisonnables.

— Il n'y a rien à discuter, dit Harriet sans cesser de surveiller Moussa Qarssou. Vous devriez être de mon côté. Votre père a donné sa vie pour empêcher les glyphes de tomber en de mauvaises mains. C'est exactement pareil maintenant. Vous savez ce que les glyphes peuvent faire – ceux dont nous connaissons l'existence. Ils sont déjà assez nocifs, mais ceux que nous venons d'effacer sont encore plus puissants, et ce garçon les connaît tous. Il peut dire ce qu'il veut, moi je sais qu'il continuera de les utiliser. Il m'a dit qu'il ne peut pas s'en empêcher. Tôt ou tard, quelqu'un le rattrapera, peut-être quelqu'un de bien pire que Rölf Most. Imaginez ce qui se passerait si les glyphes se répandaient via Internet. Imaginez ce qui se passerait si un groupuscule terroriste mettait la main dessus.

— C'est vraiment ça, le problème ? demanda Alfie. Ou alors, est-ce que ça concerne votre père, en réalité ? Est-ce que vous essayez encore de racheter ses fautes ?

Harriet secoua la tête. Elle tournait le dos à Alfie, ne quittait pas Moussa Qarssou des yeux.

— Le problème, c'est comment empêcher la diffusion des glyphes. Il n'y en a jamais eu d'autre.

— Et vous en avez déjà fait plus qu'assez. Point final.

— Si c'est ce que vous pensez, pourquoi ne partez-vous pas, vous et votre ami ? Laissez-moi régler ça toute seule.

— Vous n'allez pas le tuer, Harriet ? demanda Alfie.

Elle oscillait sur ses pieds, comme si la dalle de pierre sur laquelle elle se tenait était le pont d'un bateau qui tanguait, mais elle maintint le pistolet centré sur la poitrine de Moussa Qarssou et dit :

— Je ne veux pas le tuer. Je veux le ramener à Londres. Je veux l'aider. Mais je le tuerai, oui, s'il le faut. J'ai déjà tué deux personnes aujourd'hui. Alors, une de plus, une de moins...

— Vous ne savez rien des images, dit Moussa Qarssou. Rien.

— Je sais beaucoup de choses, dit Harriet. Mon grand-père a consacré le plus clair de sa vie à les étudier, ses amis aussi, et ils m'ont enseigné tout ce qu'ils savaient.

— Si c'est le cas, dit Moussa Qarssou avec toute la force de son mépris, alors ils n'ont rien appris, et ils ne vous ont rien enseigné. Parce que vous ne pensez qu'à la manière dont ils peuvent causer des ennuis, faire mal aux gens ou les rendre fous comme ce pauvre *low man*. Vous les étudiez, vous les analysez, vous les décomposez et puis vous les reconstituez, mais ce n'est pas comme ça que vous pouvez les connaître. On ne se sert pas de la science pour trouver Allah. Vous ne pouvez pas le mesurer avec des nombres. Tous vos puissants télescopes et microscopes, tous vos satellites et vos ordinateurs ne révéleront rien de lui. Les amis de votre grand-père, je ne les ai pas rencontrés, mais je sais que ce sont des putains de cons. Vous me dites que votre grand-père a dansé une fois avec les gens de ma tribu. Il a compris alors que les images ne sont pas des armes. Qu'elles ne sont pas des outils. Elles sont un don du ciel, et le haka est un don du ciel, l'un et l'autre font partie du don unique, un don sublime qui vous permet de trouver Allah en vous-même. Tout le reste est mensonges et perversion. C'est comme chier au cœur d'une mosquée. Je le sais parce que c'est ce que mon grand-père m'a appris.

Moussa Qarssou regarda Harriet droit dans les yeux et dit :

— Je suis désolé pour vous, parce que votre grand-père aurait pu vous apprendre la même chose, mais il ne l'a pas fait. À la place, il vous a appris à détester les images, à les craindre. Et c'est pourquoi vous voulez me tuer. Parce que vous avez peur.

— Je ne veux pas te tuer, dit Harriet. Je veux te sauver. Nous ne sommes plus dans le monde de ton grand-père. Le monde est beaucoup plus dangereux que ça, connecté de tous les côtés, troublé et compliqué. Si ce sont les méchants qui te retrouvent, ils te tortureront pour que tu leur dises tout ce que tu sais, et ensuite, ils te tueront.

— Vous m'avez cherché à Londres. Ces deux-là aussi, et les méchants aussi. Est-ce que l'un de vous m'a trouvé ?

— Moi, je t'ai trouvé, dit Harriet. Le monde est trop petit pour que quiconque puisse se cacher de quelqu'un qui veut le ou la trouver.

— Mais si je veux essayer, c'est mon droit, n'est-ce pas ? Pourquoi vous auriez le droit de me dire ce que je dois faire ?

— Parce que je fais ce qu'il faut.

Alfie osa avancer d'un pas vers Harriet.

— Je suis désolé, dit-il.

— Vous êtes entré par hasard dans cette histoire. Ce n'est pas votre faute si les choses ont tourné aussi mal.

— Je veux dire, je suis désolé d'être obligé de faire ça, dit

Alfie en brandissant le canon à glyphes et en lui en assenant un coup sur le sommet du crâne avec un minimum d'élan.

Harriet grogna, fit un pas en avant et essaya d'en faire un autre, mais ses jambes se dérobèrent et elle tomba assise par terre. Elle essaya de lever le pistolet, sans y parvenir. Alfie l'extirpa de ses doigts et dit à Moussa Qarssou :

— Tu ferais mieux de partir.

L'adolescent l'observa un instant, puis lui tourna le dos et commença à s'éloigner.

— Hé ! dit Toby. C'est pas la peine de nous remercier.

— À un de ces quatre, dit Moussa Qarssou sans se retourner.

— J'espère que non, dit Alfie en regardant le jeune homme disparaître au coin d'une paroi rocheuse.

— Bon, nous voilà encore dans un beau pétrin, dit Toby en passant la main dans ses cheveux mouillés.

Alfie lui sourit.

— Ça fait du bien de te revoir toi aussi.

— Ça va de soi. Et maintenant ? Qu'est-ce qu'on fait ?

— Avant de faire quoi que ce soit, je crois qu'on devrait se débarrasser de ces machins, dit Alfie en soupesant d'une main le pistolet, de l'autre le canon à glyphes.

— Bonne idée.

Alfie lança l'automatique dans le profond bassin sous la petite cascade puis se servit d'une grosse pierre pour fracturer le boîtier du canon à glyphes, pulvériser la matrice à diodes électro-luminescentes, casser les circuits imprimés et écraser le disque dur. Tandis que Toby et lui ramassaient les morceaux et les jetaient dans des endroits différents du cours imbriqué de la rivière, Harriet essaya de se relever. Alfie la soutint. Elle toucha le sommet de son crâne, essaya d'accommoder sur ses doigts pleins de sang.

— Vous avez eu un accident, dit Alfie. Reposez-vous une minute.

Elle regarda Alfie. Ses yeux louchèrent, redevinrent normaux.

— Vous m'avez frappée.

— Vous étiez sur le point de descendre le gamin, dit Alfie. Appuyez-vous sur moi. Laissez-moi vous aider.

— Allez vous faire foutre, dit Harriet.

Elle le repoussa, se redressa de toute sa hauteur et s'éloigna, s'accrochant à la roche mouillée avec sa main valide tandis qu'elle commençait à descendre le sentier abrupt à côté de la cascade.

Alfie l'appela, mais elle ne se retourna pas.

— Ça aurait pu mieux se passer, déplora Toby. Tu sais comment court-circuiter l'antivol d'une bagnole ?

— Non, et je n'ai jamais essayé. Pourquoi tu me demandes ?

— Tu crois qu'Harriet saurait le faire ?

— Probablement. C'est précisément le genre de truc qu'elle est censée savoir.

— Alors, je crois qu'on ferait mieux d'aller avec elle. Les nervis de Most m'ont pris les clés du minibus, et, avec toute cette agitation, j'ai comme qui dirait oublié de les reprendre.

LONDRES

5 novembre 2004

Lorsque Harriet pénétra sur le terrain d'Alfie, la première chose qu'elle vit fut Toby Brown en train de lancer une chandelle romaine par-dessus la voie ferrée. Il était quatre heures et demie en cet après-midi de novembre sec et froid, le ciel était légèrement cannelé de nuages qui commençaient à se friper avec la tombée de la nuit. Des réverbères clignotaient tout au long de la rue ; des lumières étaient allumées sous le toit incliné du garage à l'autre bout du terrain. Toby livrait une bataille à coups de feux d'artifice avec un trio d'adolescents ; debout entre deux sycomores sur les restes piétinés d'une clôture en grillage, tenant à deux mains le tube massif du lanceur qui crachait des boules de feu rouges, jaunes et vertes, il riait et poussait des hurlements de joie en criant « Prenez ça ! Prenez ça ! » tandis que, sur le remblai de l'autre côté des voies, les trois jeunes gens évitaient les boules de feu qui éclataient en gerbes d'étincelles brillantes dans les arbres dénudés, invectivaient Toby en retour, prenaient des poses et lançaient des pétards, dont la plupart explosaient en l'air au-dessus des voies.

Tout le monde semblait s'amuser follement : pétards et fusées explosaient, les jeunes gens braillaient, Toby poussait des cris de joie.

— Vous allez bouffer mon putain de feu ! En voici, en voilà !

Le lance-fusée projeta en tir courbe une dernière boule de feu, une rouge, brûlot rachitique qui éclata au sommet de sa trajectoire vacillante et retomba en étincelles sur la voie ferrée sous les huées des jeunes gens.

Toby lança le tube fumant dans leur direction et leur lança gaiement :

— Attendez un peu, vilains petits pièges à chomedu. Je reviens de suite.

Il se retourna et vit Harriet en arrêt sur le seuil, sous le grand panneau installé par le promoteur : l'immeuble idéalisé en couleurs pastel, la liste des prix des appartements et la date d'achèvement promise.

— Ils étaient en train de balancer des pétards sur les trains, dit-il froidement. J'ai riposté en nature, et maintenant on se fait une petite guerre. Ça vous dirait de participer ? Si je me souviens bien, vous vous débrouillez pas mal avec l'artillerie lourde.

— Est-ce qu'Alfie Flowers habite encore ici ?

— Vous avez remarqué le panneau, dit Toby en venant à la rencontre d'Harriet.

Il était plus que légèrement ivre et transpirait abondamment dans l'air froid. Il tira un quart de litre de Bells de la poche de sa veste noire, dévissa le bouchon et but une rasade avant de tendre la bouteille à Harriet. Elle déclina la proposition en secouant la tête, réussit à ne pas tressaillir quand deux pétards éclatèrent l'un derrière l'autre au milieu des buissons et des arbres sans feuilles qui bordaient le terrain.

— Bien sûr que vous l'avez remarqué, dit Toby. Vous êtes une espionne. Je crois même que vous êtes spécialement formée à repérer ce genre de trucs.

Harriet ajusta la bretelle de l'étui de l'ordinateur qu'elle portait à l'épaule droite.

— Je ne fais plus d'espionnage... si tant est que j'en aie jamais fait.

— Cette visite n'a donc rien à voir avec les glyphes, ni avec le Nomads' Club ?

— Comment va Alfie ?

— Il est dans sa caravane, vous pouvez lui poser la question vous-même. Il vous dira probablement la vérité, en plus... c'est pas son genre de garder rancune.

— Pas comme vous.

— Pas comme moi, pas comme vous, pas comme la plupart de nous autres courageux insulaires. Nous sommes très forts pour garder les vieilles rancunes au chaud, entretenir les feux qui couvent encore. *Souvenez-vous du cinq novembre*... le Complot des poudres, la trahison... et tout le reste de ces vieilles conneries. Mais Alfie est un type bien, un des meilleurs qui soit. Il se pourrait même qu'il vous demande de rester pour notre petite fête de fin d'époque, dit Toby en tendant la bouteille à Harriet.

Cette fois-ci, Harriet accepta sa proposition. Elle se réchauffa la bouche avec une minuscule gorgée de whisky et lui rendit la bouteille.

— À vrai dire, dit-elle, je suis venue ici avec une offre de paix.

— Au fait, comment va votre bras ?

— Il va mieux. On me dit que je n'en recouvrerai jamais le plein usage, mais je fais de la rééducation, je nage tous les jours... pour une guérison, ça ne peut pas se présenter mieux.

Un autre couple de pétards explosa avec des craquements de coup de fouet ; cette fois-ci, Harriet ne put s'empêcher de tressaillir.

— Je ne pense pas qu'aucun de nous trois redevienne jamais normal à cent pour cent, dit Toby.

Il but une nouvelle rasade de whisky et revissa le bouchon avec la minutie patiente des alcooliques avant de conduire Harriet vers la caravane au fond de la cour.

Deux hommes travaillaient sur la façade du garage ; l'un tenait le socle d'une grande échelle tandis que l'autre, perché au sommet, attachait une extrémité d'une longue banderole qui pendait verticalement. On y lisait *SUPER-BOUM DES ADIEUX D'ALFIE* peint maladroitement en capitales rouges. Les deux hommes, le jeune en haut de l'échelle et le vieux en cardigan, regardèrent Toby et Harriet passer devant une longue table installée juste sous l'auvent du garage, devant le bus Routemaster. Elle était recouverte d'une nappe blanche et encombrée de chopes à bière et de verres à vin, d'assiettes et d'argenterie, de bouteilles de vin rouge, de limonade et de Coca-Cola, de bols de salade enveloppés de film alimentaire, de tranches de fromage et d'une montagne de tartines. Un tonnelet de bière à la pression était posé sur un berceau en bois et les goulots de bouteilles de bière et de vin émergeaient de deux grandes bassines pleines de glace pilée à ras bord.

Toby gravit le marchepied de la caravane et ouvrit la porte à la volée en disant :

— Flowers ! Tu gagnes le gros lot si tu devines qui est là.

Alfie était en train de trier des caisses de revues lorsqu'il sentit un courant d'air froid le poignarder dans le dos et entendit

Toby lui lancer son défi. Il se retourna, vit son ami sur le seuil, vit Harriet Crowley qui attendait derrière lui au bas des marches.

— Je crois que je vais vous laisser discuter tous les deux, dit Toby.

— Je ne suis pas ici pour vous causer des ennuis, dit Harriet. J'ai apporté quelque chose que vous devriez voir.

Sa main droite était sur la bandoulière de l'étui de l'ordinateur ; la gauche était enfoncée dans la poche de son imperméable fauve.

— Pas de problème, dit Alfie.

Mais sa gorge se serra et il commença à transpirer des mains.

— Je serai dehors, dit Toby. La guerre n'est pas terminée.

— N'épuise pas tout le stock de feux d'artifice avant le début de la fête, dit Alfie.

Il regardait Harriet, qui s'écarta pour laisser passer Toby, puis monta les trois marches qui la séparaient du seuil.

— J'ai vu la pub du promoteur, dit-elle.

— J'ai décidé que rien ne m'obligeait à vivre dans une caravane jusqu'à la fin de mes jours. Un immeuble résidentiel va se construire ici au printemps.

— Et votre locataire ?

— Je n'ai pas vendu tout le terrain, j'ai donné à George la pleine propriété de son atelier. Il faudra quand même qu'il trouve un autre endroit pour garer ses bus et sa voiture de pompiers.

— Et vous ?

— Je vais acheter un de ces appartements à usage mixte. Le dernier étage d'une vieille usine de confection à Hackney. Je déménage le jour de l'an, c'est pour ça que je me débarrasse des trucs dont je n'ai pas besoin, comme ces revues. C'est le grand nettoyage du passé. Mon passé, celui de mon père...

Alfie possédait une gigantesque collection des revues qui avaient publié les photos de son père, mais qu'il ne regardait presque jamais. Une fois rentré d'Irak, il les examina toutes et finit par se rendre compte qu'il n'avait plus besoin de ces souvenirs qui sentaient le moisi. Le moment était venu de laisser partir le passé.

À plusieurs occasions depuis son retour d'Irak, il avait essayé sans succès de tout expliquer à sa grand-mère – soit l'histoire était trop compliquée pour qu'elle la suive, soit il n'arrivait pas à la raconter correctement. Mais lorsqu'il lui avait rendu visite le week-end précédent, elle avait joui d'une brève période de lucidité, et bien qu'elle n'ait cessé de confondre Alfie avec son défunt mari – parfois elle était lucide, et parfois elle ne l'était pas, mais elle était toujours confuse –, il avait finalement pu lui faire comprendre qu'en ce qui concernait sa famille, les glyphes étaient une affaire classée.

Lorsque enfin il se leva pour prendre congé d'elle, elle le retint par la manche.

— Tu as dit que ces choses ne t'ont pas changé, Maurice. Tu as dit que tu étais plus fort qu'elles. Mais tu n'étais pas plus fort qu'elles, en réalité. Elles t'ont changé, n'est-ce pas ?

— Oui, dit Alfie. Elles m'ont changé.

— Elles ne te remettront jamais comme tu étais avant.

Alfie fut surpris et touché par la lucidité de sa grand-mère.

— Je sais. J'ai cru qu'elles pourraient le faire, c'est l'une des raisons pour lesquelles je me suis laissé entraîner dans cette affaire. Mais maintenant je sais que je suis ce que je suis.

— C'est comme le labyrinthe, dit-elle. Tu te souviens du labyrinthe de Hampton Court ?

Elle se remémorait quelque chose qui s'était passé longtemps avant la naissance d'Alfie, mais il dit qu'il s'en souvenait.

— Nous avons trouvé le centre, n'est-ce pas ?

Le visage de sa grand-mère s'illuminait, éclairé par le souvenir d'un jour depuis longtemps disparu.

— Oui, je crois bien.

— On gagne la partie quand on arrive au centre du labyrinthe. Mais tu es toujours dans le labyrinthe, pas vrai ?

— Mais une fois qu'on a trouvé le centre, on peut revenir par où on est entré, lui dit Alfie.

Un instant, il crut qu'elle comprenait. Mais elle se mit à regarder dans le vague, le visage brusquement flasque, en disant :

— Il faudrait tondre la pelouse, mais elle est tellement grande. Je ne sais pas à quoi nous pensions quand nous avons emménagé ici.

Harriet attendait sur le seuil de la caravane.

— J'ai débarqué comme ça au milieu de votre soirée d'adieux, dit-elle. Peut-être que je devrais...

— Non, non. Ce n'est pas un problème. C'est vrai. Et si vous finissiez d'entrer et fermiez cette porte ?

Elle entra. Elle ferma la porte. Il y eut un long moment de silence embarrassé.

— On a l'impression que je fais de gros changements, dit

Alfie, mais ce n'est pas vraiment le cas. Je suis toujours dans la photo. Vous vous souvenez de la fête de fin de tournage pour ce film d'horreur, *L'Élémentaire* ? Ç'a été un succès inattendu, et un grand studio veut une suite. Je vais commencer à travailler dessus dans deux semaines comme photographe de plateau : des plans de continuité, des photos pour la pub, ce genre de chose.

— On dirait que vous êtes monté en grade.

— Je fais encore des crises, dit Alfie. Les épisodes de petit mal atypiques que j'ai depuis toujours, et une ou deux crises sérieuses, aussi. Clarence Ashburton a bien voulu me laisser essayer le haka, mais ça n'a pas vraiment marché. Je veux dire, c'était efficace contre le petit mal, mais ça m'a donné aussi de méchants cauchemars...

Il ne se rappelait pas les détails de ses rêves, mais chaque nuit, quand il avait essayé de réduire la fréquence de ses crises en fumant du haka, il s'était réveillé en nage, ses draps trempés de sueur, tellement terrorisé qu'il était incapable de parler, avec une impression de ténèbres dans son esprit, d'une souillure qui l'avait ensuite hanté pendant des jours. Il avait donc abandonné le haka, était revenu au phénobarbital et à une prudente automédication.

— Clarence m'a dit qu'il vous avait vu, dit Harriet.

— Il voulait que nous parlions, vous et moi. Je suppose que vous n'étiez pas encore prête.

— Bon, maintenant, je le suis.

— Franchement, dit Alfie, je ne suis pas sûr de vouloir parler, moi. En plus, votre charmant et très persuasif ami du MI6 m'a fait signer la loi sur les secrets d'État.

— Je sais.

— Alors, nous ne devrions vraiment pas en parler.

Quand il était finalement rentré chez lui, Alfie s'était aperçu que le Dr Robin Cole, de Franks House et du British Museum, avait laissé sur son répondeur plusieurs messages pour demander où en étaient ses recherches sur les découvertes de son grand-père. Se sentant plus qu'un peu coupable, Alfie avait exposé le problème lors de son premier entretien avec les fonctionnaires du MI6 ; ils avaient promis d'en toucher gentiment deux mots à Cole, et il n'avait jamais plus eu de nouvelles de cet archéologue serviable mais trop impatient, qu'on avait sans aucun doute obligé à signer la loi sur les secrets d'État lui aussi.

— Vous croyez que cet endroit est sur table d'écoute ? demanda Harriet.

— Probablement pas, en réalité. Vous allez me trouver parano, mais je le fais contrôler tous les matins par Elliot avec ce gadget que j'ai acheté dans une boutique pour espions. Celle sur Baker Street, près de l'endroit où travaillait mon grand-père.

— Vous êtes du menu fretin, Alfie. Je ne le dis pas au sens péjoratif, je veux dire que vous n'avez pas de raison de vous inquiéter. Ils vont garder l'œil sur vous, mais ils n'iront probablement pas plus loin.

— Tant que je ne réapparais pas sur l'écran du radar.

— Vous avez été un temps un Objet Identifié. Écoutez, si vous ne voulez pas parler de ça, très bien, je m'en vais.

— Je suppose que c'est la preuve que j'ai déconné quand j'ai laissé Moussa Qarssou s'échapper. Bon, je ne vais pas m'excuser pour ça. Je crois toujours que j'ai agi comme il le fallait.

— On m'a montré la transcription de votre interrogatoire.

— Lequel ? Il y en a eu un quand nous nous sommes rendus à l'armée turque à Zakho, et il y en eu un après que l'armée turque nous a remis à la CIA. Ensuite, il y a eu celui à l'ambassade de Grande-Bretagne à Ankara. Ce qui fait jusqu'ici quatre interrogatoires avec celui de cette semaine, pour ressasser les mêmes choses sans raison valable...

— Vous étiez le seul qui ait toujours dit la vérité.

Harriet ne souriait pas vraiment, mais elle se détendait, elle n'avait plus l'air crispée ou sévère.

— C'était la transcription de votre dernier interrogatoire, dit-elle. Celui que vous avez subi il y a trois jours. Ils m'ont convoquée moi aussi. Ils m'ont interrogée, et ensuite ils m'ont fait lire ce que vous aviez déclaré, en me demandant si je voulais y ajouter quoi que ce soit.

— Il s'est passé quelque chose, hein ? dit Alfie. C'est pour ça qu'ils nous ont convoqués et nous ont interrogés encore une fois. Et c'est pour ça que vous êtes venue ici.

— Mais si vous ne voulez pas en parler...

Il y eut un autre silence, interrompu par le craquement ténu d'une fusée d'artifice et le cri de joie aviné de Toby Brown.

— Comment va Toby ? demanda Harriet.

— Il n'en parle pas, mais je crois qu'il a des flash-backs et des cauchemars. Je sais que j'en ai. En plus, les élections américaines le font chier, et il n'aime pas non plus la tournure que prend le monde en général. Et il boit trop, mais ce n'est pas trop différent de... d'avant.

Un silence.

— Vous voulez du thé ? demanda Alfie. J'ai du thé à la pêche, à la menthe ou au fenouil.

Harriet sourit pour de bon.

— Vous maintenez toujours votre équilibre intérieur, dit-elle.

— Je vais faire du thé à la menthe, et ensuite vous pourrez me montrer ce que vous êtes venue me montrer.

Alfie sortit la bouilloire, deux grandes tasses, des sachets. Lorsque la bouilloire se racla la gorge et commença à vibrer, il dit :

— J'aime la coupe de cheveux. Je veux dire, les cheveux courts, ça ne va pas à tout le monde, mais ça vous va.

— Ils en ont coupé la moitié quand ils m'ont recousue, dit Harriet. J'ai décidé de rester comme ça.

— Je ne vais pas m'excuser pour ça non plus.

— Je ne m'attends pas à ce que vous le fassiez.

Nouveau silence.

— Au moins, nous nous reparlons, dit Alfie. Je crois que vous n'avez pas prononcé plus de trois mots pendant tout le trajet jusqu'à Zakho.

— J'en avais gros sur la patate.

— Moi aussi, en fait.

— Parce que je m'étais servie de vous.

— Parce que tout le monde ou presque s'était servi de moi.

La bouilloire sifflait. Alfie versa l'eau sur les sachets ; Harriet alluma son ordinateur portable et lui montra ce qu'elle avait trouvé.

C'était un bref clip vidéo, sans le son, qui montrait un meeting d'un nouveau parti politique dans le sud-est de la Turquie. Un homme en manteau noir se tenait sur le plateau d'un pick-up, avec deux soldats armés et plusieurs hommes en civil derrière lui. L'homme parlait dans un mégaphone orange, avec des gestes éloquents. Un grande banderole carrée était accrochée derrière lui. Un texte en rouge sur la toile blanche, et une photo de l'homme en costume-cravate en surimpression sur une colombe bleue stylisée ; la colombe était encadrée par ce qui ressemblait à de l'écriture arabe, mais Alfie comprit avec un serrement de cœur qu'il s'agissait presque à coup sûr d'autre chose.

— Où est-ce que vous avez trouvé ça ? demanda-t-il.

— Je l'ai téléchargé sur le site Internet d'Al-Djazira. C'est repassé une fois sur BBC News 24 avant que la chaîne soit censurée par le gouvernement. L'orateur est un ancien activiste kurde du nom de Mehmet Celik.

— L'homme qui vous a livrés aux peshmerga.

— Maintenant, c'est un politicien, membre d'un parti qui préconise l'établissement par des moyens pacifiques d'un Kurdistan indépendant.

La séquence se termina. Harriet cliqua avec la souris sur une icône dans la barre de menus au bas de l'écran et fit s'épanouir une image fixe. Un gros plan de la banderole, montrant la photo, la colombe, l'encadrement.

Alfie le regarda puis détourna les yeux en cillant vigoureusement. Comme si cela pouvait chasser le motif qui flottait dans son champ de vision.

— Je suis désolée, dit Harriet. Ce n'était pas très intelligent de ma part. J'aurais dû vous avertir. Ça va ?

— C'était le glyphe de fascination, non ?

— Pas exactement. C'est quelque chose de nouveau. Comme le glyphe de fascination, mais pas tout à fait.

— Mais c'est un glyphe de Morph. De Moussa Qarssou.

— Il y a encore une photo, dit-elle. Sans glyphes, je le promets.

C'était un agrandissement granuleux d'une des images du clip vidéo, qui montrait les soldats et les hommes en civil qui se tenaient derrière l'orateur sur la plate-forme du pick-up. Alfie fut obligé de demander ce qu'il était censé regarder. Même lorsque Harriet lui indiqua l'homme à l'extrême gauche, il ne fut pas convaincu.

— Il s'est laissé pousser la barbe et s'est coupé les cheveux. Il a perdu un peu de poids, aussi, dit Harriet.

— Si c'est lui, qu'est-ce qui va se passer ?

— Il n'arrivera rien. Pas à lui, en tout cas. Peut-être que mon ami du MI6 essaiera de lui parler discrètement, mais ça n'ira pas plus loin. Il fait partie de l'élite du tout dernier parti politique turc. Son arrestation soulèverait toutes sortes de problèmes.

— Et s'il se trouve à proximité quand une bombe explose ? Ce sont des choses qui arrivent, dans cette partie du monde.

Harriet haussa les épaules.

— On m'a dit qu'aucune action directe ne serait envisagée.

— Bien.

— Ce qu'on m'a dit, en réalité, c'est qu'on surveillerait la situation de près, expression codée signifiant « ne rien faire ».

— Bien.

— Il n'est dans l'intérêt de personne de l'assassiner. Vous devriez être content.

— Parce que je l'ai laissé filer.

— Parce que vous aviez raison.

Penchés l'un à côté de l'autre, ils regardaient l'écran. Alfie flairait l'ambiance du dehors dans les cheveux d'Harriet : l'air pur et la fumée des capsules de fulminate.

— Vous êtes venue ici pour me dire que j'avais raison ?

— Il y avait autre chose.

— Je le savais.

— Nous sommes à peu près tout ce qui reste du Nomads' Club, Alfie.

— Je n'ai jamais été membre. Et si vous m'invitez à adhérer, souvenez-vous que j'essaie de décrocher du passé.

— Je n'ai jamais été membre, moi non plus.

— C'est normal. C'était un club plutôt vieux jeu.

— Ce que j'essaie de dire, c'est qu'il s'arrête ici, avec nous.

Alfie l'observa un instant, puis dit :

— Qu'est-ce que fait ce glyphe ? Vous avez dit que c'en était un nouveau, et je parie que vos amis les espions l'ont déjà testé.

— La paix, dit Harriet.

— La paix ?

— Il vous donne un sentiment de paix. Il calme le cœur. Il vous rend réceptif aux idées nouvelles.

Alfie lui sourit et dit :

— La paix. Je crois que je peux vivre avec.

Remerciements

Bien que ce roman soit un ouvrage de fiction, un certain nombre de livres m'ont particulièrement aidé lorsque j'ai effectué les recherches et développé mes idées, et j'aimerais remercier leurs auteurs.

David Lewis-William pour *The Mind in the Cave* (Thames & Hudson) ; Gerald M. Edelman et Giulio Tononi pour *Consciousness* (*Biologie de la conscience*, Odile Jacob).

Richard Rudgley pour *The Alchemy of Culture* (British Museum Press) ; Peter Stafford pour *Psychedelics Encyclopedia* (Ronin).

Jeffrey T. Richelson pour *The Wizards of Langley : Inside the CIA's Directorate of Science and Technology* (Westview) ; John Jacob Nutter pour *The CIA's Black Ops : Covert Action, Foreign Policy, and Democracy* (Prometheus Books).

Wilfred Thesiger pour *Desert, Marsh and Mountain : The World of a Nomad* (Flamingo) ; David McDowall pour *A Modern History of the Kurds* (St Martin's Press).

Je remercie également le Dr Jill Cook, directrice des collections paléolithiques et néolithiques du British Museum, qui m'a généreusement fait visiter Franks House, et Russell Schechter pour m'avoir confié de précieuses révélations sur l'ennui structuré d'une journée moyenne dans la vie d'un détective privé. Kim Newman m'a fourni des tactiques de stockage de données et de diversion, Anthony Harwood m'a soutenu au plan professionnel et, comme toujours, Georgina Hawtrey-Woore m'a prodigué son appui moral sans réserve.

AILLEURS ET DEMAIN

Prix Européen de Science-Fiction 1987
décerné par
la Société Européenne de Science-Fiction

1969

Fritz Leiber	*le Vagabond.* Hugo 1965

1970

Robert A. Heinlein	*En terre étrangère.* Hugo 1962
Philip José Farmer	*Ose*
Jack Vance	*Un monde d'azur*
John Brunner	*le Long Labeur du temps*
Frank Herbert	*Dune.* Hugo 1966, Nebula 1965
Philip K. Dick	*Ubik* (Classiques)
Stefan Wul	*Œuvres* (Classiques)
Gérard Klein	*les Seigneurs de la guerre*

1971

Hal Clement	*Question de poids*
B. R. Bruss	*Et la planète sauta...* (Classiques)
Ursula K. Le Guin	*la Main gauche de la nuit.* Hugo 1970, Nebula 1969
Samuel R. Delany	*Nova*
Jacques Sternberg	*Futurs sans avenir*
Bernard Wolfe	*Limbo* (Classiques)
Norman Spinrad	*Jack Barron et l'éternité*
Jacques Spitz	*l'Œil du purgatoire/l'Expérience du Dr Mops* (Classiques)

1972

Christian Léourier	*les Montagnes du Soleil*
Marc Wersinger	*la Chute dans le néant* (Classiques)
Frank Herbert	*le Messie de Dune*
Charles L. Harness	*l'Anneau de Ritornel*
John Brunner	*Tous à Zanzibar.* Apollo 1973, British Science Fiction Association 1970, Hugo 1969
Stanislas Lem	*l'Invincible*
Philip K. Dick	*Au bout du labyrinthe*

1973

Robert Sheckley	*la Dimension des miracles*
Gérard Klein	*la Loi du talion.* Grand Prix de la Science-Fiction française 1974 (nouvelle)

Anthologie	*Sur l'autre face du monde,* et autres romans scientifiques de *Sciences et voyages* (Classiques)
Michel Jeury	*le Temps incertain.* Grand Prix de la Science-Fiction française 1974
Herbert Franke	*Zone Zéro*
Frank Herbert	*l'Étoile et le fouet*
André Ruellan	*Tunnel*
Wilson Tucker	*l'Année du soleil calme,* John W. Campbell Memorial 1976
Donald A. Wollheim	*les Faiseurs d'univers* (Essais)

1974

Robert Silverberg	*les Monades urbaines* (Classiques)
R. A. Lafferty	*Autobiographie d'une machine ktistèque*
Philippe Curval	*l'Homme à rebours.* Grand Prix de la Science-Fiction française 1975
William Hjortsberg	*Matières grises*
Vladimir Colin	*les Dents de Chronos*
Michel Jeury	*les Singes du temps*
Gilles d'Argyre	*le Sceptre du hasard* (Classiques)
Philip K. Dick	*la Vérité avant-dernière*

1975

John Brunner	*le Troupeau aveugle*
Robert Silverberg	*l'Oreille interne*
Arthur C. Clarke	*Rendez-vous avec Rama.* British Science Fiction Association 1974, Hugo 1974, John W. Campbell Memorial 1974, Locus 1974, Nebula 1973
Kurt Steiner	*Ortog* (Classiques)
Anthologie	*Utopies 75*
Pierre-Jean Brouillaud	*Tellur*
Ursula K. Le Guin	*les Dépossédés.* Hugo 1975, Locus 1975, Nebula 1974
Gene Wolfe	*la Cinquième Tête de Cerbère*

1976

Pierre Christin	*les Prédateurs enjolivés*
Philip K. Dick	*l'Œil dans le ciel* (Classiques)
Philippe Curval	*Cette chère humanité.* Apollo 1977
Alfred Bester	*les Clowns de l'Éden*
Michel Jeury	*Soleil chaud poisson des profondeurs*
Daniel Drode	*Surface de la planète* (Classiques)

1977

John Brunner	*Sur l'onde de choc*
Joanna Russ	*l'Autre Moitié de l'homme*
Robert Silverberg	*l'Homme stochastique* (Classiques)
Michel Demuth	*les Années métalliques*
Franz Werfel	*l'Étoile de ceux qui ne sont pas nés* (Classiques)
Pierre Pelot	*Transit*
Thomas M. Disch	*Génocides* (Classiques)

1978

John Brunner	*À l'ouest du temps*
Thomas M. Disch	*Camp de concentration* (Classiques). Ditmar 1969
Lester del Rey	*Crise*

Frank Herbert	*les Enfants de Dune*
Yves & Ada Rémy	*la Maison du Cygne.* Grand Prix de la Science-Fiction française 1979
Robert Silverberg	*les Déportés du cambrien*

1979

Ursula K. Le Guin	*le Nom du monde est forêt.* Hugo 1973
Philip José Farmer	*le Fleuve de l'éternité* (Classiques). Hugo 1972
Michel Jeury	*le Territoire humain.* Rosny-Aîné 1980
Vonda N. McIntyre	*le Serpent du rêve.* Hugo 1979, Locus 1979, Nebula 1973 (novelette), Nebula 1978
Michael G. Coney	*les Brontosaures mécaniques.* British Science Fiction Association 1977
Christian Léourier	*la Planète inquiète*
Christian-Yves Lhostis	*Tous ces pas vers le jaune* (l'Écart)
Frank Herbert	*Dosadi*
Igor Bogdanoff & Grichka Bogdanoff	*l'Effet science-fiction* (Essais)

1980

George R. Stewart	*la Terre demeure* (Classiques) International Fantasy 1951
Michel Jeury	*les Yeux géants.* Rosny-Aîné 1981
Robert Sheckley	*le Robot qui me ressemblait*
Philip José Farmer	*le Noir Dessein*
Norman Spinrad	*la Grande Guerre des Bleus et des Roses*
Robert Silverberg	*le Château de lord Valentin.* Locus 1981

1981

Philip K. Dick	*Glissement de temps sur Mars* (Classiques)
Lorris Murail	*l'Hippocampe*
Frank Herbert	*Destination : vide*
John Crowley	*l'Animal découronné*
Norman Spinrad	*les Miroirs de l'esprit*
Robert Silverberg	*Shadrak dans la fournaise.* Cosmos 2000 1982
Frank Herbert & Bill Ransom	*l'Incident Jésus*

1982

Philip José Farmer	*le Labyrinthe magique*
David J. Skaï	*les Croque-morts*
Suzy McKee Charnas	*Un vampire ordinaire*
Frank Herbert	*l'Empereur-Dieu de Dune*
Damon Knight	*Passé la barrière du temps* (Classiques)
Rob Swigart	*le Livre des révélations*
Michel Jeury	*l'Orbe et la Roue.* Apollo 1983, Cosmos 2000 1983

1983

Robert Silverberg	*Chroniques de Majipoor*
A. A. Attanasio	*Radix.* Cosmos 2000 1984
Emmanuel Jouanne	*Nuage.* Galaxie 1988
Gene Wolfe	*l'Île du docteur Mort et autres histoires.* Locus 1974 (novella), Nebula 1973 (novella)
Arthur C. Clarke	*2001 : l'Odyssée de l'espace* (Classiques)
Philippe Curval	*En souvenir du futur*

Robert Sheckley — *Dramoclès*
Frank Herbert — *la Mort blanche*

1984

Robert L. Forward — *l'Œuf du Dragon.* Locus 1981
Philip K. Dick — *Mensonges & Cie*
Brian W. Aldiss — *le Printemps d'Helliconia.* British Science Fiction Association 1983, John W. Campbell Memorial 1983
Charles Sheffield — *la Toile entre les mondes*
Barrington J. Bayley — *le Rayon zen*
Frank Herbert & Bill Ransom — *l'Effet Lazare*
Jacques Sadoul — *Histoire de la science-fiction moderne* (Essais)
Philip José Farmer — *les Dieux du fleuve*

1985

Robert Silverberg — *Valentin de Majipoor*
Philip K. Dick — *Coulez mes larmes, dit le policier* (Classiques). John W. Campbell Memorial 1975
John Brunner — *le Creuset du temps*
Charles Sheffield — *les Chroniques de McAndrew*
Frank Herbert — *les Hérétiques de Dune.* Cosmos 2000 1986
Michel Jeury — *le Jeu du monde.* Julia-Verlanger 1986
Michael G. Coney — *la Locomotive à vapeur céleste*

1986

Robert L. Forward — *le Vol de la libellule*
Brian W. Aldiss — *Helliconia, l'été*
Robert Silverberg — *Tom O'Bedlam*
Kevin O'Donnell Jr. — *Oracle.* Mannesmann-Tally 1987
Frank Herbert — *la Maison des mères*
Michael G. Coney — *les Dieux du grand loin*
Christopher Priest — *le Don.* Kurd, Labwitz 1988

1987

Keith Roberts — *Survol*
Michael G. Coney — *la Grande Course de chars à voiles*
Lucius Shepard — *les Yeux électriques*
Gregory Benford & David Brin — *Au cœur de la comète*
Brian & Frank Herbert — *l'Homme de deux mondes*
A. A. Attanasio — *l'Arc du rêve*
Robert Silverberg — *l'Étoile des Gitans*

1988

Brian W. Aldiss — *l'Hiver d'Helliconia.* British Science Fiction Association 1986
Gregory Benford — *En chair étrangère*
Pamela Sargent — *Vénus des rêves*
Lucius Shepard — *la Vie en temps de guerre.* Locus 1987 (novella), Nebula 1986 (novella)
Frank Herbert & Bill Ransom — *le Facteur ascension*
Mike McQuay — *Mémoire*

Arthur C. Clarke & Gentry Lee	*la Terre est un berceau*

1989

Gregory Benford	*la Grande Rivière du ciel*
Robert Silverberg	*À la fin de l'hiver*
Norman Spinrad	*Rock Machine*
Greg Bear	*Éon*
Greg Bear	*Éternité*
Ian McDonald	*Desolation Road.* Locus 1989
Pamela Sargent	*le Rivage des femmes*
Michael G. Coney	*le Gnome*

1990

Robert Silverberg	*Jusqu'aux portes de la vie*
Norman Spinrad	*l'Enfant de la fortune*
Gregory Benford	*Marées de lumière*
Robert Silverberg	*la Reine du printemps*
Michael G. Coney	*le Roi de l'île au sceptre*
Ian McDonald	*État de rêve*

1991

Ursula Le Guin	*Terremer* (Classiques)
Robert Silverberg	*la Face des eaux*
Ursula Le Guin	*Tehanu*
Pamela Sargent	*Vénus des ombres*
Robert Reed	*la Jungle hormone*
Dan Simmons	*Hypérion.* Hugo 1990, Locus 1990 Cosmos 2000 1992

1992

Iain M. Banks	*l'Usage des armes*
Robert Reed	*le Lait de la chimère*
Dan Simmons	*la Chute d'Hypérion.* Locus 1991
Iain M. Banks	*l'Homme des jeux.* Grand Prix de l'Imaginaire (traduction) 1994
John Campbell	*le Ciel est mort*

1993

Orson Scott Card	*Xénocide.* Cosmos 2000 1994
Robert Silverberg	*les Royaumes du mur*
Iain M. Banks	*Une forme de guerre*
Greg Bear	*la Reine des anges*

1994

Robert Reed	*la Voie terrestre.* Grand Prix de l'Imaginaire 1995
Charles Sheffield	*le Frère des dragons*
Harry Harrison & Marvin Minsky	*le Problème de Turing*
Vernor Vinge	*Un feu sur l'abîme.* Hugo 1993, Cosmos 2000 1995

1995

Robert Silverberg	*Ciel brûlant de minuit*
Greg Bear	*l'Envol de Mars.* Nebula 1995

Robert Silverberg	*les Montagnes de Majipoor*
Robert Reed	*le Voile de l'espace*

1996

Neal Stephenson	*le Samouraï virtuel.* Grand Prix de l'Imaginaire 1997, Ozone 1997
Greg Egan	*la Cité des permutants*
Dan Simmons	*Endymion.* Grand Prix de l'Imaginaire (traduction) 1997
Gregory Benford	*les Profondeurs furieuses*

1997

William Gibson & Bruce Sterling	*la Machine à différences*
Greg Bear	*Héritage*
Greg Egan	*l'Énigme de l'univers*

1998

John Barnes	*la Mère des tempêtes*
Iain M. Banks	*Excession*
Robert Silverberg	*les Sorciers de Majipoor*
Dan Simmons	*l'Éveil d'Endymion.* Locus 1998
Stephen Baxter	*les Vaisseaux du temps*

1999

Greg Bear	*Oblique*
Peter F. Hamilton	*Rupture dans le réel, 1. Émergence*
Robert Reed	*Béantes Portes du ciel*

2000

Peter F. Hamilton	*Rupture dans le réel, 2. Expansion*
Brian Herbert & Kevin J. Anderson	*la Maison des Atréides (Avant Dune 1)*
Robert Silverberg	*Prestimion le Coronal*
Ursula Le Guin	*le Dit d'Aka* suivi de *Le nom du monde est forêt*
Peter F. Hamilton	*l'Alchimiste du neutronium, 1. Consolidation*

2001

Brian Herbert & Kevin J. Anderson	*la Maison Harkonnen (Avant Dune 2)*
Vernor Vinge	*Au tréfonds du ciel.* Hugo 2000
Greg Bear	*l'Échelle de Darwin.* Nebula 2000
Peter F. Hamilton	*l'Alchimiste du neutronium, 2. Conflit*
Greg Egan	*Téranésie*

2002

Brian Herbert & Kevin J. Anderson	*la Maison Corrino (Avant Dune 3)*
Robert Silverberg	*le Roi des rêves*
Peter F. Hamilton	*le Dieu nu, 1. Résistance*
Iain M. Banks	*le Sens du vent*
Peter F. Hamilton	*le Dieu nu, 2. Révélation*

2003

Robert Silverberg	*le Long Chemin du retour*

Brian Herbert & Kevin J. Anderson	*la Guerre des machines (Dune, la genèse 1)*
Ursula Le Guin	*Contes de Terremer*
Greg Bear	*les Enfants de Darwin*
Sean McMullen	*les Âmes dans la Grande Machine, 1. Le Calculeur*

2004

Frank Herbert	*l'Effet Lazare*
Sean McMullen	*les Âmes dans la Grande Machine, 2. Les Stratèges*
Paul Di Filippo	*Langues étrangères*
Brian Herbert & Kevin J. Anderson	*le Jihad Butlérien (Dune, la genèse 2)*
Dan Simmons	*Ilium.* Locus 2004
Robert Silverberg	*Roma Æterna*
Charles Stross	*le Bureau des atrocités.* Prix Hugo 2005 pour la nouvelle La Jungle de béton

2005

Georges Panchard	*Forteresse*
Edward Whittemore	*le Codex du Sinaï (le Quatuor de Jérusalem, 1)*
Brian Herbert & Kevin J. Anderson	*la Bataille de Corrin (Dune, la genèse, 3)*
Paul McAuley	*les Diables blancs*
Edward Whittemore	*Jérusalem au poker (le Quatuor de Jérusalem, 2)*
Ursula Le Guin	*le Vent d'ailleurs*

2006

Ursula Le Guin	*l'Anniversaire du monde*
Charles Stross	*Une affaire de famille*
Brian Aldiss	*le Printemps d'Helliconia*
Gérard Klein	*la Loi du Talion*
Charles Stross	*Un secret de famille*
Brian Herbert & Kevin J. Anderson	*la Route de Dune*

2007

Edward Whittemore	*Ombres sur le Nil (le Quatuor de Jérusalem, 3)*
Brian Aldiss	*Helliconia l'été*
Ursula Le Guin	*Terremer*

Composition réalisée par PCA
44400 Rezé

Impression réalisée sur CAMERON par

CPI
Brodard & Taupin
La Flèche

pour le compte des Éditions Robert Laffont
24, avenue Marceau, 75381 Paris Cedex 08
en avril 2007

Imprimé en France
Dépôt légal : avril 2007
N° d'édition : 47852/01 – N° d'impression : 41243